KB120243

용재수필 ④

용재사필 容齋四筆

容齋隨筆, (宋) 洪邁 撰 ; 孔凡禮 點校

Copyright ⓒ [2006] by [Zhonghua Book Company]

All Rights reserved.

Korean translation edition ⓒ 2016 by The National Research Foundation of Korea
Published by arrangement with Zhonghua Book Company, Beijing, China
Through Bestun Korea Agency, Seoul, Korea.
All rights reserved.

이 책의 한국어 판권은 베스툰 코리아 에이전시를 통하여 저작권자인 Zhonghua
Book Company와 독점 계약한 (재)한국연구재단에 있습니다.
저작권법에 의해 한국 내에서 보호를 받는 저작물이므로 어떠한 형태로든 무단 전재와
무단 복제를 금합니다.

이 책은 (재)한국연구재단의 지원으로 학고방출판사에서 출간, 유통합니다.

한국연구재단 학술번역총서 동양편 *615*

용재수필
容齋隨筆

4

용재사필
容齋四筆

[송宋]홍 매洪邁 지음

홍승직 · 노은정 · 안예선 옮김

學古房

◀ 일러두기 ▶

1 역주는 공범례孔凡禮가 교감한 『용재수필容齋隨筆』(중화서국中華書局, 2006)을 저본으로 하였다. 글자와 표점에 의문이 있는 경우 상해고적출판사上海古籍出版社, 1996)에서 출판한 것을 참조하였다.

2 저본에 수록된 내용을 모두 한국어로 옮겼으며, 주석은 번역문에 각주로 달았다. 원문은 각 권의 말미에 수록하였다. 시가 인용된 경우는 원문을 번역문 옆에 함께 제시하였다.

3 번역문에서 한자를 표기할 경우 독음이 같으면 괄호 없이 병기하였고, 독음이 다르면 [ ]를 사용하였다. 인용문의 경우는 " "와 ' '를 사용하고, 서명에서는 『 』를, 편명에서는 「 」를 사용하였다.

4 인물, 지명, 관명, 주요 사건, 관련 고사, 주요 개념 중 필요하다고 판단될 경우 각 권에서 처음 출현할 때 각주를 달았다. 다만, 단순 예시로서 나열되어 있거나 의미의 이해에 문제가 없는 경우에는 각주를 생략하였다.

5 『용재수필容齋隨筆』·『용재속필容齋續筆』·『용재삼필容齋三筆』·『용재사필容齋四筆』·『용재오필容齋五筆』 각 권의 뒤에 서명과 인물 색인을 두었다.

2010년 봄, 서울 삼선교 근처에 세 사람이 모여 결의했다. 그 기세가 약 1,800년 전 도원결의桃園結義와 맞먹는지라, '삼선결의三仙結義'라고 할 만했다. 중국 송나라 때 홍매洪邁가 쓴 글을 모은『용재수필容齋隨筆』을 한글로 번역하기로 결의한 것이다. 중국 고전 번역에 뜻이 있어서 그 전부터 의기투합했던 세 사람은 마침 한국연구재단 학술명저번역 지원 목록에『용재수필』이 등재되었다는 공고를 보고 응모하기로 결의를 굳혔다. 짧은 기간 동안 자료 수집, 지침 토의, 샘플 번역 작업을 거쳐서 응모한 결과 세 사람에게 임무가 맡겨지게 되었다.

『용재수필』은 일단 '수필隨筆'이란 용어가 유통되는 신호탄이었다. 번역을 마치고 그동안 섭렵한 내용을 돌이켜보면, 자기 글을 모은 것에 홍매가 '수필'이라고 이름을 붙이지 않을 수 없었던 연유가 짐작된다. 유난히 책에 애착을 가진 사람을 종종 본다. 애착이라는 말로는 모자라 '광적狂的'이라는 수식어를 붙여야 하는 사람도 드물게 있다. 홍매도 그 중 한 사람이다. 마치 샘에 물이 차오르듯 독서량이 늘어나서 어느 시점부터 자연적 용출이 일어난다. 범위와 깊이를 헤아릴 수 없는 독서의 결과로 샘물처럼 용출되는 그의 글 속에는 세상만사 망라되지 않은 것이 없다. 때로는 주위에서 마주치는 사소한 물건의 이름 한 글자에 집착하여 온갖 독서의 이력과 폭넓은 지식이 동원되기도 하고, 때로는 무수한 시공을 넘나들며 역사와 천문이 펼쳐지기도 한다. 이런 그의 글이 두루 모였으니 뭐라고 이름 짓기가 수월하지 않았을 것이다. 그러니 그저 '붓 가는대로 썼다'는 뜻에서 '수필隨筆'이라고 했을 것이다. 홍매가 21세기에 활동했다면 세계에서 손꼽히는 파워블로거이자 SNS 파워유저가 되었을 것이다.

현재 가장 권위 있는 것으로 인정되는 원문은 중화서국에서 출판한『용재수필』'상, 하' 두 권이다. 그러면서 그 안에는 출간된 시기의 선후에 따라서『용재수필容齋隨筆』, 『용재속필容齋續筆』, 『용재삼필容齋三筆』, 『용재사필容齋四筆』, 『용재오필容齋五筆』 다섯 가지로 분류 수록되었다. 즉 '용재수필'이라고 하면 다섯 가지 모두를 포함하는 시리즈 명칭이기도 하고, 그 중 첫 번째 것만을 일컫기도 한다. 이 번역 출판에서는 위와 같이 다섯 가지를 나누어 다섯 권으로 출판하면서 전체를 '용재수필' 시리즈로 간주하여 각각 '용재수필' 다음에 일련번호를 붙이고, 원문에 쓰였던 각 책의 명칭을 작은 글씨로 병기하였다.

2010년 가을에 정식으로 번역을 시작했다. 홍매의 방대한 독서량과 깊이 있는 지식을 조금이라도 따라가고자 참고 자료를 계속 수집하면서 번역을 진행해나갔다. 현대 한국의 독자가 쉽게 이해할 수 있도록 평이한 언어를 사용하고 풍부한 주석을 수록하는 것을 대원칙으로 삼았다. 1년 후 중간 심사와 2년 후 최종 심사를 순조롭게 통과하여 '출판 가' 판정을 받았다. 그럼에도 불구하고 세 사람은 마치 이제부터 다시 시작이라는 듯, 세 사람이 분담함으로써 피할 수 없었던 상이한 문체를 통일하고 해석을 가다듬고 주석을 보충하기 위해 여러 차례 윤독과 교정을 거듭했다.

지난한 과정이 드디어 결실을 보이게 되었다. 그럼에도 불구하고 지식의 넓이와 깊이가 원저자 홍매에 훨씬 못 미침으로 인하여 그 뜻을 충분히 풀어내지 못한 부분을 면할 수 없다. 여러 차례 교정과 윤독을 거쳤지만 그래도 발견하지 못한 미숙과 오류가 적지 않을 것이다. 독자 여러분이 무언가 얻는 게 있다면 남송의 독서광 홍매에게 그 공을 돌리고, 어딘지 부족한 구석이 있다면 역자 세 사람의 무능과 소홀을 탓해야 하리라.

예측하지 못한 방대한 분야에 걸친 내용, 겉보기와 다른 끝없이 집요한 교정 요구 등으로 인하여 힘들고 지쳤을텐데도 변함없이 꾸준하게 좋은 번역서를 만드느라 고생하신 학고방 하운근 사장님과 편집부 여러분에게 뜨거운 격려와 끝없는 감사의 마음을 표시한다.

2016년 6월 삼선교에서 마지막 윤독회를 마치면서
홍승직, 노은정, 안예선

　　『용재수필容齋隨筆』은 남송시대 홍매洪邁(1123~1202)가 독서하며 얻은 지식과 심득을 정리해 집대성한 것으로 역사, 문학, 철학, 정치 등 여러 분야의 고증과 평론을 엮은 학술 필기이다.

　　홍매洪邁(1123~1202)의 자는 경로景盧, 호는 용재容齋이며, 시호는 문민공文敏公으로 강서성江西省 파양鄱陽 사람이다. 홍매의 부친과 두 형들은 모두 당시의 저명 인사였다. 부친인 홍호洪皓는 금나라에 사신으로 갔다가 억류되어 15년 만에 송나라로 돌아왔는데, 당시 고종 황제는 "한나라 시기 흉노에게 억류되었다가 19년 만에 돌아왔던 소무蘇武와 같은 충절"이라며 칭송하였다. 홍매의 두 형들 또한 재상과 부재상을 지낸 고위 관료이자 학자였기에 당시 '홍씨 삼 형제의 학문과 문학적 명성이 천하에 가득했다三洪文名滿天下!'(『송사宋史』)는 평판이 있었다.

　　홍매는 고종 소흥紹興 15년(1145) 박학굉사과博學宏詞科에 급제한 후 천주泉州, 길주吉州, 공주贛州, 건녕建寧, 무주婺州, 진강鎭江, 소흥紹興 등에서 지방관을 지냈다. 중앙에 있는 기간 동안에는 기거사인起居舍人, 중서사인겸시독中書舍人兼侍讀, 직학사원直學士院, 한림학사翰林學士 등의 관직을 거쳐 단명전학사端明殿學士로 관직생활을 마감하였다.

　　저작으로는 기이한 이야기 모음집인 『이견지夷堅志』, 당시唐詩 선집인 『만수당인절구萬首唐人絶句』, 학술 필기인 『용재수필』, 문집으로 『야처류고野處類稿』가 있다. 또한 30여 년 동안 사관史官을 지내면서 북송 신종神宗, 철종哲宗, 휘종徽宗, 흠종欽宗 4대의 왕조의 역사인 『사조국사四朝國史』와 『흠종실록欽宗實錄』, 『철종보훈哲宗寶訓』을 집필하였다.

　　『용재수필』은 『용재수필』16권, 『속필續筆』16권, 『삼필三筆』16권, 『사필四筆』16권, 『오필五筆』10권인 5부작, 총 1220여 조목으로 구성되어 있다. 『오필』을 제외하고는 매 편마다 서문이 있는데 『사필』의 서문에서 "처음 내가 용재수필을 썼을 때는 장장 18년이 걸렸고, 『이필』은 13년, 『삼필』은 5년, 『사필』은 1년도 채 걸리지 않았다"고 했다. 이와 『오필』을 합쳐본다면 근 40년의 세월을 『용재수필』과 함께 한 셈이다. 그러나 후반부로 갈수록 집필기간이 점점 짧아졌고, 말년에는 『이견지』의 집필에 치중하느라 『용재수필』에 쏟는 시간과 정력은 예전만 못할 수밖에 없었다. 실제로 『사필』과 『오필』은 내용의 충실도와 정확함이 이전만 못하며 오류가 있기도 하다.

홍매는 『수필』의 서문에서 "생각이 가는 대로 써 내려갔으므로 두서가 없어 수필이라 했다"고 하였다. 생각이 가는 대로 써 내려갔다는 말에서 문학적이고 감성적인 내용을 기대할 수도 있지만 실제는 그렇지 않다. 『용재수필』은 경전과 역사, 문학 작품에 대한 견해와 고증, 전인의 오류에 대한 교정이 주를 이루는 공부의 산물이다. 그의 '생각'은 주로 학문에 국한된 것이었다. 다만 시종일관 엄중한 태도로 치밀하고 객관적인 논증이나 규명의 과정을 거치기보다는 학문적 심득과 단성을 자유롭게 풀어냈기에 일반적인 학술 저작에 비해 덜 무겁고 덜 체계적이다. 매 조목의 제목도 임의적으로 붙인 것이며, 의문이나 격앙된 감정을 그대로 표출하기도 한다.

『용재수필』과 같은 저서를 중국 문학에서는 '필기'라고 한다. 필기란 사대부들의 사교나 일상, 시문 창작과 관련된 일화와 평론, 문화와 풍속, 학술적 고증 등을 자유롭게 기록한 잡기식의 글쓰기 모두를 포함한다. 잡록雜錄, 잡기雜記, 쇄어鎖語, 한담閑談, 만록漫錄 등의 제목에서 볼 수 있듯이 필기는 정통적이고 주류적인 고문과는 달리 잡스럽고 자잘하며 가볍다. 이러한 글쓰기는 송대부터 성행하였는데 홍매가 자신의 저작에 '수필'이라는 제목을 붙인 것은 동시대 다른 필기 작가들의 태도와 크게 다르지 않다.

홍매는 바로 이 필기 문체를 학문의 영역으로 끌어왔다는 점에서 의미가 있다. 진지하고 치밀한 학문의 영역과 필기의 만남은 일견 어울리지 않는 듯하다. 그러나 한 방면에 국한되지 않는 다양한 독서와 지식의 습득, 무르익지 않은 단상과 심득, 고민과 의문을 담아내기에 필기는 제격이었다. 정해진 격식이 없고 오류로부터도 덜 엄격하며 보편적 인식과는 다른 자신만의 견해를 풀어낼 수 있기 때문이다. 홍매는 이러한 필기의 장점을 일상의 학문 생활과 연결하여 반평생에 걸친 공부의 기록을 남긴 것이다.

당대唐代에도 학술 필기가 있기는 했지만 그 내용이 경전의 의미 고증에 편중되어 있었으며 편폭도, 수량도 많지 않았다. 『용재수필』이 출현하면서 학술 필기가 전반적으로 유행하게 되었고, 경전의 고증에 국한되었던 내용에서 확장되어 경사자집뿐만 아니라 당시 사회의 풍속, 문화까지 모든 담론을 대상으로 하게 되었다.

『용재수필』이 다루고 있는 내용은 경학 및 문자학, 언어학, 역사, 제자백가, 고고학, 전장 제도, 천문과 지리, 역법과 음악, 문화와 풍속, 점술과 의학 등 일일이 열거할 수 없을 정도로 다양하다. 『용재수필』에 인용된 사서와 문집이 총 250종에 달한다는 통계는 얼마나 광범위한 내용을 다루고 있는지를 보여준다. 『용재수필』의 내용을 대상으로 한 연구만 보더라도 문학, 역사학, 문헌학, 고증학, 훈고학, 어학, 민속학 등이 있다. 하나의 원전을 중심으로 이처럼 다양한 연구가 가능하다는 것은 내용이 다양할 뿐만 아니라 학술적으로도 가치 있음을 의미한다. 이처럼 모든 학문 영역을 아우르는 박학과 탁월한 식견, 정확한 고증과 논리로 『용재수필』은 '남송 필기 중 최고 작품'(『사고전서총목四庫全書總目』)이라 인정받으며 이에 있어서는 고문의 대가인 구양수歐陽脩와 증공曾鞏도 따를 수 없다는 찬사까지 받았다.(청淸, 주중부周中孚, 『정당독서기鄭堂讀書記』)

남송 가정嘉定 16년(1223), 홍매의 후손인 홍급洪伋이 쓴 『용재수필』의 발문에 "사대부들이 다투어 전하고자 했다"고 한 것으로 보아 당시 지식인들 사이에서 상당한 반향을 불러일으켰던 것으로 보인다. 홍매는 자신이 의구심을 가진 문제나 대상에 대해 최대한 자료를 종합하여 검토하고 최종 판단을 내리게 되기까지의 과정과 근거를 기록하였기 때문에 지식의 습득에 상당히 유용했을 것이다. "고증이 정확하고 의론이 심오하면서도 간결하여 독서와 작문의 법이 여기에 모두 담겨있다"(명明, 마원조馬元調, 「서序」), "학문에 크게 도움이 되는 것이니 마땅히 집집마다 한 권씩 두어 독서와 글을 짓는 도움으로 삼아야 한다"(청淸, 경문광耿文光)는 전인의 평가는 『용재수필』의 유용함과 영향력을 대변한다.

『용재수필』 이후 학술 필기는 하나의 유파를 형성할 정도로 영향력 있는 글쓰기이자 학문의 방법으로 자리 잡게 되었으며 중국 학술사에서 큰 비중을 차지하게 된다. 청대淸代에 이르러 '차기箚記'를 제목으로 하거나 '차기'식의 학술 필기가 대거 등장하였고 이러한 학술 필기가 청대의 고증학을 선도하였다. 차기는 청대 학자들의 공부 방법에서 가장 보편적이고 중요한 것이었다. 학문을 하는 선비들은 모두 '차기책자'를 가지고 있었다. 독서를 할 때마다 심득이 있으면 이곳에 기록하였고 오랜 시간 축적되면 내용을 정리하고 체계적으로 엮어 한 권의 저작으로 만들어냈다. 청대 고증학을 대표하는 역작의 대부분은 이러한 '차기'에서 만들어졌으며, 이는 홍매의 『용재수필』에서 비롯되었다고 할 수 있다.

목차

••• 용재사필 권9

••• 용재사필 권12

••• 용재사필 권13

••• 용재사필 서

내가 처음 『용재수필』을 쓰기 시작하여 18년 걸렸고, 『속필』은 13년 걸렸고, 『삼필』은 5년 걸렸고, 『사필』을 완성하는 데는 1년이 걸리지 않았다. 몸은 갈수록 늙어 가는데 책 저술은 더욱 빨라지니, 아마 그 이유가 있으리라. 예전에 월주부越州府에서 퇴직 귀향하여 바깥일과의 접촉을 사절했는데, 오직 붓을 놀려 적는 습관만은 없앨 수 없었다. 그러므로 기이한 견문을 수집 채록하여 『이견지夷堅志』[1]를 계속 저술하는 것에만 신경을 썼고, 이런저런 평론에는 더 이상 관심을 가지지 않았다. 그런데 종이 가득 『이견지』만 쓰는 것을 어린 아들 회㭿가 볼 때마다 이렇게 말했다.

> "『수필』과 『이견지』 모두 부친께서 평소 즐겨 쓰시던 것입니다. 이제 『수필』은 더 쓰지 않으시는데, 하나에만 신경 쓰고 다른 것은 소홀히 하시면 아니 됩니다."

그러고는 날마다 책상 옆에 서서 반드시 한 칙 원고가 완성되는 것을 보고 나서야 물러났다. 그 뜻에 호응하기 위해 기억되는 것들을 모아서 써내려갔다. 회㭿는 독서를 좋아하여, 잠자리에 들 때도 베개 옆에 글 한 편을 놓아두고 아침이면 일어나 함께 했다. 그런데 하늘이 그에게 재능을 부여하는 것에 인색하여, 약관의 나이가 되어도 총명함이 열리지 않았다. 그렇지만 저렇게 부지런하니 필시 언젠가 빛을 볼 날이 있을지도 모르겠다. 남자도 어린 아들을 아끼고 사랑한다는 것이 이를 통해 드러난다. 그래

---

1 『夷堅志』: 『용재수필』의 저자인 홍매洪邁가 엮은 설화집. 송나라 초기부터 그의 생존 당시까지 민간에서 일어난 이상한 사건이나 괴담을 모은 책으로, 당시의 사회·풍속 따위의 자료가 풍부하다. 모두 420권이던 것이 흩어지고 없어져서 오늘날은 약 절반만 전한다.

서 그러한 마음을 적어 서문으로 삼고 아울러 그 뜻을 격려한다.

경원慶元 3년(1197) 9월 24일 서를 쓰다.

••• 容齋四筆 序

始予作容齋隨筆, 首尾十八年, 續筆十三年, 三筆五年, 而四筆之成, 不費一歲。身益老而著書益速, 蓋有其說。羲自越府歸, 謝絶外事, 獨弄筆紀述之習, 不可掃除。故搜采異聞, 但緒夷堅志, 於議論雌黃, 不復關抱。而稚子櫰每見夷堅滿紙, 輒曰:「隨筆、夷堅皆大人素所游戲。今隨筆不加益, 不應厚於彼而薄於此也。」日日立案旁, 必俟草一則乃退。重逆其意, 則哀所憶而書之。櫰嗜讀書, 雖就寢猶置一編枕畔, 旦則與之俱興。而天嗇其付, 年且弱冠, 聰明殊未開, 以彼其勤, 殆必有日。丈夫愛憐少子, 此乎見之。於是占抒爲序, 幷獎其志云。

慶元三年九月二十四日序。

용재사필 서

3

1. 공묘 신위 서열 孔廟位次

당대 이래 공자 문하 우수 제자 중 안연顏淵부터 자하子夏까지를 십철十哲[1]
이라 하여, 묘당廟堂 위에 자리하여 제사를 흠향하도록 했다고 전한다. 그
후 안자顏子를 승격시켜 공자와 배향配享하도록 하고, 증자曾子를 당 위로 올
려 자하의 다음에 자리하도록 하여 안자가 빠진 곳을 채우게 했다. 그러나
안자의 부친 안로顏路와 증자의 부친 증점曾點이 낭무廊廡 아래 종사從祀의
대열에 있어 아들이 아버지의 위에 있으니, 신령에게 지각이 있다면 어찌
편안할 수 있겠는가! 이른바 아들이 비록 성인의 대열에 올라도 아버지보
다 먼저 흠향하지 않는다는 것은 바로 이런 경우를 말한 것이다. 또한
맹자가 안자와 나란히 배향하게 하고, 그의 스승 자사子思와 자사의 스승
증자는 또한 아래에 있다. 이 두 가지는 사실 예禮에도 의義에도 맞지 않는
다. 다만 오랫동안 전승되다 보니 감히 따지는 사람이 없을 뿐이다.

2. 주나라 때 삼공 설치 周三公不特置

주周 성왕成王이 관직을 정비하면서, 태사太師・태부太傅・태보太保 이 삼공三
公만을 설치하고는 말했다.

---

1 十哲 : 공자의 제자 가운데 뛰어난 열 사람. 안회顏回・민자건閔子騫・염백우冉伯牛・염옹冉雍・
재아宰我・자공子貢・염구冉求・자로子路・자유子遊・자하子夏를 이른다.

"관직은 꼭 많이 갖출 필요가 없고, 오로지 적절한 사람을 임용하면 된다."

경서와 주소를 살펴보면 모두 육경六卿을 겸하여 통치하고 별도로 특별히 설치한 적이 없다. 주공周公은 태사太師이면서 여전히 총재塚宰[2]의 지위에 있었다. 『상서尙書』의 내용에 의하면 소공召公이 태보의 자리에 있으면서 총재를 겸하여 맡았고, 예백芮伯은 사도司徒, 동백彤伯은 종백宗伯, 필공畢公은 태사의 자리에 있으면서 모두 사마司馬를 겸하여 맡았고, 위후衛侯는 사구司寇가 되었고, 모공毛公은 태부로서 사공司空을 겸하여 맡았을 따름이다. 서열을 정할 때는 육경을 기준으로 선후를 정하고 삼공 중 태사와 태부는 태보의 아래에 있었다.

3. 주공이 「금등」을 지었다는 설 周公作金縢

『상서尙書』 중 공자가 편찬하여 전해졌다는 59편에는 모두 서序가 있고, 사관史官으로부터 나왔다는 것에는 아무개가 지은 것이라는 말이 없다.

예를 들면 「우서虞書」[3] 다섯 편은 한 때 군신君臣의 우불도유籲咈都俞[4]와 정치 사무를 기록한 것인데, 「설명說命」과 「무성武成」・「고명顧命」・「강왕지고康王之誥」, 그리고 「소고召誥」의 "유이월기망惟二月既望"부터 "월자내어사越自乃御事"까지, 「낙고洛誥」의 "무진왕재신읍戊辰王在新邑"부터 끝까지, 「채중지명蔡仲之命」의 "유주공위총재惟周公位塚宰"부터 "방지채邦之蔡"까지의 내용이 모두 그렇다.

아무개가 지은 것이라고 지칭하여 말한 경우는 이윤伊尹이 「반경盤庚」에 수록되어 있는 「이훈伊訓」・「태갑太甲」・「함유일덕咸有一德」 세 편을 지었다

---

2 塚宰 : 주나라 관명. 육경六卿의 우두머리로 태재太宰라고도 한다.
3 虞書 : 『서경書經』의 편명으로 「요전堯典」・「순전舜典」・「대우모大禹謨」・「고요모皐陶謨」・「익직(益稷)」의 다섯 편이다.
4 籲咈都俞 : 『상서尙書・요전堯典』에서 "……아니오籲, ……안되오咈", 『상서・익직益稷』에서 "……좋습니다都, ……그렇지요俞" 등의 내용이 나와서, 원래는 요・순・우 등이 정사를 논할 때 내뱉던 어떤 어감을 나타낸 말이었는데, 이후 군신 사이에 활발하게 정사를 논하는 것을 찬미하는 데 사용되었다.

는 것과, 주공이 「대고大誥」·「강고康誥」·「주고酒誥」·「재재梓材」·「다사多士」·
「무일無逸」·「군석君奭」·「다방多方」·「입정立政」을 지었다고 한 것이다.

그런데 「금등金縢」[5]만 사건을 서술한 처음부터 끝까지가 모두 주공이
쓴 것이라고 분명히 밝히고 있다. 하지만 잘 살펴보면 이 편은 삼왕三王에게
축원하는 내용을 제외한 나머지는 모두 주나라 역사에 해당하는 내용이다.
예를 들면 다음과 같다.

> 공公이 이에 자기를 속죄양으로 삼았다.[公乃自以爲功.]
> 공公이 돌아와서 책문을 금갑에 넣었다.[公歸納冊.]
> 공公이 장차 어린 왕에게 해가 되리라.[公將不利於孺子]
> 공公이 시를 지어 왕에게 주었다.[公乃爲詩以貽王]
> 왕 또한 공公을 꾸짖지 못했다.[王亦未敢誚公.]
> 감히 말하지 말라고 공公께서 저희에게 명하셨다.[公命我勿敢言.]
> 하늘이 위엄을 움직여 주공의 덕을 밝혔다.[天動威以彰周公之德.]
> 공公은 왕가를 위하여 열심히 일했다.[公勤勞王家]

이 외에도 "성왕이 교외로 나서자[出郊]", "바람의 방향이 반대로 변했다[反
風]"와 같은 이변은 결코 주공이 스스로 쓴 것이라고 볼 수 없는데, 지금은
더 이상 자세히 따질 수가 없다.

4. 운몽택 雲夢澤

『주례周禮·직방씨職方氏』에 운몽雲夢[6]은 초楚의 택수澤藪라고 기록되어 있

---

5 「金縢」: 무왕武王이 병들자 주공周公은 윗대의 세 임금에게 기도를 올려 자신이 무왕의
죽음을 대신하고자 했다. 사관이 쓴 축문과 일의 본말을 갖추어 한 편을 만들어 쇠줄로
단단히 묶은 상자에 보관하였기 때문에, 글을 편집한 자가 그것에 의거하여 「금등金縢」이라
고 하였다.

6 雲夢: 택澤 이름. 춘추시대 운몽택은 남북으로 지금의 호남과 호북에 걸쳐 있었는데, 호북
경내에 있는 것을 '운雲'이라고 하고, 호남 경내에 있는 것을 '몽夢'이라고 했다. 남쪽으로
호남의 상덕常德·익양益陽·상음湘陰에 이르기까지, 북쪽으로 동정호洞庭湖·홍호洪湖를 아우
르고 무한·운몽에 이르기까지, 서쪽으로 응성應城·사시沙市에 이르기까지, 시간의 추이와
지리의 변화에 따라, 진晉 이후에는 물이 점점 말라서, 서로 이어지지 않은 소택小澤이 형성되

다.[7] 정현鄭玄은 "화용華容에 있다"고 했고, 『한서漢書 · 지리지』에도 운몽관雲夢官[8]이 있다. 그러나 사실은 운雲과 몽夢이 각각 한 곳이다. 『상서 · 하서 · 우공禹貢』의 "운토몽작예雲土夢作乂" 주에서 "강남에 있다"[9]고 했다.

『좌전 · 선공宣公 4년』에 상세하게 나와 있다.

> 운부인邘夫人이 몽중夢中에 자문子文을 버렸다.[邘夫人棄子文于夢中.]
> 주注 : 몽夢은 택澤 이름으로, 강하江夏 안륙현安陸縣 성 동남쪽에 있다.

> 초자楚子가 강남의 몽夢에서 사냥했다.[楚子田江南之夢.][10]
> 주 : 초의 운 · 몽은 강의 남북에 걸쳐 있다.

> 초자가 강을 건너 운중으로 들어갔다.[子濟江入于雲中][11]
> 주 : 운택雲澤으로 들어간 것으로, 이른바 강남의 몽夢이다.

그렇다면 운은 강의 북쪽에 있고 몽은 남쪽에 있는 것이다. 「상림부上林賦」에서 "초楚에 일곱 택澤이 있으며, 그 중 하나를 본 적이 있으니, 운몽이라고 한다. 단지 작디 작은 것일 뿐으로, 사방 900리이다"라고 했는데, 이것은 사마상여가 과장한 것이다. 지금은 현이 되어, 덕안德安[12] 관할인데, 그곳 사람들에게 물으니, 이미 구역을 정확히 지적하지 못했다. 『직방씨』에서 '夢몽'을 '瞢몽'으로 적었고, 『한서漢書 · 서전敍傳』에서 "자문이 몽에 버려지다子文投於瞢中"라고 했는데, 음은 모두 같다.

· ·

었다.

7 『주례周禮 · 하관夏官 · 직방씨職方氏』에 "동남방을 양주揚州라고 하고, 산진山鎭을 회계會稽라고 하고, 택수澤藪를 구구具區라고 했다"는 내용이 있다.

8 『한서 · 지리지 · 상』에서 "남군南郡의 양양襄陽 · 강하군江夏郡의 서릉西陵에 모두 운몽관이 있다"고 했다.

9 주를 좀 더 보면, "운몽지택雲夢之澤은 강남에 있는데, 가운데를 평토구平土丘라고 하며, 물이 빠지면 경작 가능한 전답으로 쓸 수 있다"고 했다. '운토몽雲土夢'을 '운몽토'라고 했는데, 송 태종이 옛 판본에 근거하여 "운토몽"이라고 바꿨다고 『몽계필담』에서 말했다. '운토'는 습지 근처에서 풀이 빠져 흙이 보이는 곳을 말한다.

10 『좌전 · 소공昭公 3년』.

11 『좌전 · 정공定公 4년』.

12 德安 : 지금의 호북성 안륙安陸.

5. 「관저」에 대한 여러 설 關雎不同

「관저關雎」는 『국풍國風』의 첫머리에 나오는 시로, 모씨毛氏가 300편의 맨 앞에 배열했다. 「대서大序」에서는 "후비后妃의 덕이다"라고 했다. 그런데 『노시魯詩』에서는 "후부인은 닭이 울면 옥을 차고 군왕의 침소를 떠났는데, 주周 강왕康王 왕후는 그렇지 않아서, 시인이 탄식하며 마음 아파한 것이다"라고 했다. 『후한서·황후기서皇后紀序』에서 "강왕이 조회를 제 때 하지 않아, 「관저」로 풍자한 것이다"라고 한 것은 이것을 활용한 것이다.

현종顯宗 영평永平 8년(65) 조서에서 "예전에 궁문 수비를 실수하여, 「관저」로 세상을 풍자했다"고 했다. 주에서 『춘추설제사春秋說題辭』를 인용하여 "군주가 바르지 않고, 궁문 수비를 실수하여, 「관저」를 노래하여 느낌을 말한 것이다"라고 했다.

송균宋均은 이렇게 설명했다.

> 궁문은 정치를 논하는 곳이다. 정치에 힘쓰지 않고 음행淫行을 퍼뜨릴 마음이 있음을 말하는 것이다. 「관저」는 즐기되 음란하지 않고, 현인을 얻어서 함께 교화하고 궁문의 정치를 닦을 것을 생각한다는 말이다.

설씨薛氏는 『한시장구韓詩章句』에서 이렇게 말했다.

> 시인의 의도는 이렇다. 저구雎鳩는 정숙하고 깨끗하며 짝을 공경하여, 소리로 상대를 찾으며, 사람이 없는 곳에 숨어 있다. 그러므로 군주가 퇴조하여 사궁私宮에 들어가면 후비와 만나는 것에 절제가 있어야 한다. 궁문에서 딱따기를 치고 북을 치면 당堂으로 오르고, 물러나 휴식처로 돌아가면 몸이 편안하고 마음이 맑다. 당시 대인들이 안으로 여색에 빠져 있었다. 현인이 그 조짐을 보고서 관저 이야기를 노래로 불러서 숙녀는 행동거지를 바르게 한다고 말하여 시대를 풍자한 것이다.

세 가지 설이 위와 같이 다르다.

「서리黍離」라는 시를 「왕풍王風」 첫머리에 배열하고 주나라 대부가 지은 것이라고 했는데, 『제시齊詩』에서는 위衛 선공宣公의 아들 수壽가 자기 형급伋이 해를 당할 것을 측은하게 여겨 걱정하는 시를 지었으니,[13] 바로「서리」라고 했다. 이 설 또한 더 논의할 필요가 있다.

6. '迷癡미치'와 '厥撥궐발' 迷癡厥撥

나긋한 말투와 달콤한 미소로 오로지 상대의 비위를 맞추려고 하는 것을 속어로 '미치迷癡'라고 하고, '미희迷嬉'라고도 한다. 마음속에 부끄러운 것이 있어 얼굴에 드러나는 것을 '면전緬䩄'이라고 한다. 일처리가 건성건성하여 손대는 일마다 어긋나는 것을 '궐발厥撥'이라고 한다. 비록 속어지만, 그렇게 말하게 된 뿌리가 모두 있다.

『열자』에서 다음과 같은 구절들이 있다.

> 미치墨厎 · 단지單至 · 탄휜嘽咺 · 별부憋懯 네 사람이 함께 세상에서 어울렸다.
> 면정眠娗 · 추위諈諉 · 용감勇敢 · 겁의怯疑 네 사람도 역시 함께 세상에서 어울렸다.

장담張湛은 주에서 이렇게 설명했다.

> '墨'의 음은 '眉미'이고[14], '厎치'는 '敕칙'과 '夷이'의 반절[15]이다. 『방언方言』에서 '강江 · 회淮 사이에서는 무뢰無賴라고 한다'고 했다. '眠면'의 음은 '緬면'이고, '娗전'의 음은 '殄진'으로, 『방언』에서 기만하는 말이라고 풀었다. 곽박郭璞은 말로 서로 업신여기고 놀리는 것이라고 했다.

....

13 위 선공은 계모였던 이강夷姜과 간통하여 급伋을 낳아 태자로 세웠다. 급이 제齊나라 여자 선강宣姜을 아내로 얻었는데, 그녀가 미인인 것을 알고 자기가 차지해 수壽와 삭朔을 낳았다. 이강이 죽자 선강과 삭의 참언을 듣고 급을 제나라의 사신으로 보내면서 도적을 시켜 제나라로 가는 길목인 신 땅에서 기다리고 있다가 급자를 죽이라고 했다. 이복동생 수가 이 사실을 급자에게 알리면서 사신으로 가서는 안 된다고 말했다. 수는 그에게 술을 먹여 재우고는 자신이 급의 깃발을 달고 먼저 떠났고 기다리던 도적이 수를 죽였다. 결국 형제가 함께 죽게 되었다.
14 '墨'자는 '교활하다'의 의미일 때는 '미'로 읽는다.
15 反切 : 한자의 음을 표시하는 방법으로 첫 글자의 초성과 두 번째 글자의 운을 합하여 한 음으로 읽는다. '칙'과 '이'의 반절이라면 'ㅊ'과 'ㅣ'를 합쳐 '치'로 읽는다.

해석한 것은 비록 다르지만, 대략적인 의미는 이와 같다. 「곡례曲禮」에서 "옷이 펄럭이지 않게 하고, 발이 허둥대지 않게 한다衣毋撥, 足毋蹶"고 했는데, 정씨鄭氏는 주에서 "발撥은 발양發揚하는 모양이고, 궐蹶은 급히 가는 모양이다"라고 했다. 이 역시 황망하고 경솔한 것을 의미한다.

7. 삼관 비각 三館秘閣

송대 관각館閣 제도는 여전히 당대의 제도를 따라서 소문관昭文館·사관史館·집현원集賢院·비각秘閣 네 가지를 설치했다. 대체로 상상上相[16]이 소문대학사昭文大學士를 통솔하게 하고, 그 다음 재상이 국사國史를 감수하게 하고, 그 다음이 집현원을 통솔하게 했다. 만약 재상이 둘 뿐이라면 수상首相이 국사관을 겸하게 했다. 오직 비각秘閣이 제일 낮았다. 그래서 단지 둘만으로 구분하기도 했다. 네 국局에 각각 직관直官을 설치하여 그 자리를 모두 관직館職이라고 하고 그 사람을 모두 학사學士라고 불렀다. 그 아래가 교리校理·검토檢討·교감校勘으로, 명망 있고 청렴한 명류 인사가 아니면 임명될 수 없었다.

범진范鎭[17]이 관각교감館閣校勘이 되었다가 교리로 승진하게 되었는데, 재상 방적龐籍이 "범진은 남다른 재능이 있지만, 승진에 덤덤합니다"라고 하여, 직비각관直秘閣官으로 임명했다. 사마광이 시를 지어 축하했다.

누각이 뻗어가 중천에 솟았고,	延閣屹中天,
서책이 쌓여서 은하수에 이어졌다.	積書雲漢連.
신종神宗이 그 선발을 중시하여,	神宗重其選,
국사國士로서 신선에게 견주었다.	國士比爲仙.
옥난간은 구진鉤陳[18] 위로 올라가고,	玉檻鉤陳上,

16 上相 : 수석 재상.
17 范鎭(1007~1088) : 자는 경인景仁, 화양華陽(지금의 사천성 성도) 사람, 북송 때 문학가·사학가.
18 鉤陳 : 별 이름.

붉은 계단은 북두성 근처까지 뻗었다.	丹梯北斗邊.
황제의 용태는 일각日角[19]을 보는 듯,	帝容瞻日角,
황제의 묵적이 별자리를 차례로 비추었다.	宸翰照星躔.
직위와 봉급을 아까워함 없이,	職秩曾無貴,
재능이 뛰어난 현인을 얻었네.	光華在得賢.

중요성이 위와 같은 정도였다. 신종 희녕熙寧[20] 연간 이래, 유공자를 격려하여 상을 주듯 임명하는 일이 잦아졌다. 신종 원풍元豐[21] 때 관제가 시행되면서, 소문·집현은 더 이상 설치하지 않고, 사관史館은 저작국著作局에 편입되었고, 직비각은 그저 겸직으로만 임명되었다.

휘종 숭녕崇寧·정화政和·선화宣和[22] 연간에 이르러 대신 자제와 인척을 임명하게 되어 전곡錢穀 관련 문서를 다루는 속리俗吏보다 많을 정도로 남발되면서, 사대부들은 더 이상 중시하지 않게 되었다. 그러나 이 직職에 임명된 사람은 반드시 관사에 가서 배각拜閣해야 해서, 성대한 연회를 준비하여 삼관三館에 있는 사람을 초청하였다. 가을에 여는 폭서연曝書宴에는 모두 참석해야 하며 나머지 날에는 오지 말라고 하였으니, 『용재수필』에 「관직명존館職名存」 1칙이 있다.

8. 정자 누대 등의 작명 亭榭立名

정亭·각閣·대臺·사榭의 명칭을 정할 때는 관습을 따르는 것이 가장 쉬운데, 너무 통속적이어도 안 되고 지나치게 남다르고 껄끄러운 것으로 하려고 애써도 안 된다.

··

19 日角 : 가운데 부분이 마치 해처럼 돋아난 이마, 크게 귀하게 될 상이라고 여겨, 제왕을 비유하는 말로 쓰였다.
20 熙寧 : 북송 신종神宗 시기 연호(1068∼1077).
21 元豐 : 북송 신종神宗 시기 연호(1078∼1085).
22 崇寧 : 북송 휘종徽宗 시기 연호(1120∼1106), 政和 : 휘종 시기 연호(1111∼1118), 宣和 : 휘종 시기 연호(1119∼1125).

소식蘇軾이 어떤 객을 만났는데 최근 『진서晉書』를 보았다고 하기에, "혹시 좋은 정자亭子 명칭을 찾아보신 적 있습니까?"라고 물었다고 한다. 아마도 그만큼 어렵다는 말이리라.

진재秦梓[23]가 선성宣城에 있을 때 성 밖을 따라 흐르는 강에 정자를 짓고 '지유知有'라고 이름을 지었다. 이는 두보의 시 구절에서 따온 것이다.

성곽을 나서니 속세의 일 적음을 알겠고,   已知出郭少塵事,
게다가 맑은 강물이 있어 나그네 시름을   更有澄江消客愁.[24]
풀어준다.

왕중형王仲衡이 회계會稽에 있을 때 뒷산에 정자를 짓고 '백량白凉'이라고 이름을 지었다. 역시 두보의 시 구절에서 따온 것이다.

월의 여인 천하에서 가장 희고,   越女天下白,
감호는 5월에도 시원하다.   鑑湖五月凉.[25]

이 두 이름은 매우 신선하다고 할 수 있지만 그다지 적절하다고는 할 수 없다.

여산廬山의 한 사찰에 분위기가 아주 뛰어난 정자가 있었다. 이름을 '불경귀不更歸'[26]라고 지었다. 한유 시의 마지막 구절을 따온 것인데 참 가소롭다.

....

23 秦梓 : 자는 초재楚材, 진회秦檜의 형으로, 선화宣和 연간에 진사가 되어 한림원 학사까지 지내고 선주宣州(지금의 안휘성 선성宣城) 지부를 지냈다. 동생이 정권을 잡았을 때 매우 싫어하고 증오하여, 식구를 데리고 피신했다.
24 「卜居」.
25 「壯遊」.
26 不更歸 : 한유의 「산석山石」이라는 시에 나온다. 이 시의 작자가 밤에 산사山寺에서 묵는데, 달빛이 창으로 들어왔다. 날이 밝자 떠나면서 산 속 좋은 경치를 모두 보고 푹 빠져 돌아갈 생각이 들지 않았다. 마지막 구에서 "어허 우리 무리 두세 명, 어떻게 하면 늙어서 다시 돌아가지 않을 수 있을까嗟哉吾黨二三子, 安得至老不更歸.」라고 했다.

9. 십십전 十十錢

시장 점포에서 거래할 때 돈 100전을 말하려면 십십전十十錢이라고 한다. 조금도 떼 내는 것 없이 숫자 100이 꽉 찬다는 말이다. 상당히 통속적인 말이지만, 그래도 기원이 있다. 『후한서後漢書·양해전襄楷傳』에 궁숭宮崇[27]이 바친 신서神書를 인용하였는데, 『태평경太平經·흥제왕편興帝王篇』에 이런 내용이 있다.

> 옥호玉戶를 열어서 안에 씨를 뿌리면, 비유하자면 마치 봄에 땅에 씨를 뿌려서 십십十十이 서로 조화에 응하여 자라는 것과 같다. 제 때가 아닌데 씨를 뿌리는 건, 비유하자면 마치 10월에 땅에 무엇을 뿌려서 십십이 모두 죽어 살아남는 것이 없는 것과 같다.

이 책이 지금은 전해지지 않으나 당나라 장회태자章懷太子[28]가 주석할 때는 아직 세상에 전해지고 있었다. 여기서 말한 십십十十은 열 개를 심어서 하나도 유실 없이 열 개 모두 자라났음을 말한 것이고, 모두 죽었다는 뜻 역시 마찬가지다. 돈 백 전과는 사례가 다르지만 그 글자는 같다.

10. 서주 犀舟

장형張衡[29]은 『응간應間』에서 단단한 배와 튼튼한 노를 "서주경즙犀舟勁楫"[30]

---

27 宮崇 : '宮嵩(궁숭)'으로도 쓴다. 동한 때 낭야琅邪(지금의 산동성 임기臨沂) 사람이다. 간길干吉을 사사하여, 『태평경太平經』을 전수받았다고 한다. 『역세진선체도통감歷世真仙體道通鑑』 20권 기재에 따르면, 순제順帝(125~144 재위) 때 궁숭이 궁궐을 찾아가 책을 바쳤는데, 책에 요망한 잡소리가 많다고 유사가 보고하여, 받아들이지 않았다고 한다. 운모를 복용하여 얼굴이 동자같았으며, 나중에 영서산㟃嶼山에 들어가 득도하여 신선이 되었다고 한다.

28 章懷太子(654~684) : 당 고종 이치李治의 여섯 번째 아들 이현李賢. 자 명윤明允. 측천무후의 둘째 아들로, 형 이홍李弘이 사망한 뒤 일시적으로 태자에 책봉되었다가, 이후 폐위되어 서인이 되었다. 장대안張大安 등의 학자들을 소집하여 『후한서後漢書』에 주석註釋을 붙였다.

29 張衡(78~139) : 동한 때 천문학자·수학자·발명가·지리학자 및 시인. 자 평자平子. 하남성 남양 서악西鄂(지금의 하남성 남양 석교진石橋鎮) 사람이다.

30 『후한서·장형전』: 비록 단단한 배와 튼튼한 노가 있어서 다른 사람들은 모두 강을 건너

이라고 했다. 『후한서』의 주에 『한서漢書』를 인용하여 "강羌 · 융戎의 활 · 창 등 병기는 '서리犀利'하지 않다"고 하였다. 『음의音義』에서 "지금 세상에서 도검이 날카로운 것을 서犀라고 하는데, 서犀는 단단하다는 뜻이다"라고 했다. 서주犀舟라는 말이 매우 신기한데, 글을 짓는 자들은 이를 채용한 적이 없다. 내가 견문이 넓지 않을 수도 있다.

11. 필중유의 글 두 편 畢仲遊二書

철종 원우元祐[31] 초기 사마광이 집정하여 왕안석이 시행했던 정치적 조치를 모두 개편하였다. 그러자 이해를 논하는 사대부가 수도 없이 많았고 조정이 법제를 바꾸었다는 소식을 듣고 모두 기뻐하며 축하하였다. 그러나 필중유畢仲遊[32]의 상서 한 통만이 그 본말을 제대로 따졌다. 그 내용은 다음과 같다.

> 예전에 왕안석이 재정을 일으키자는 설로 선제를 설득한 것은 재정의 부족을 염려해서였으므로 백성의 재물을 얻을 수 있는 정책이라면 사용하지 않은 것이 없습니다. 청묘전青苗錢[33]을 풀고 시역법市易法[34]을 제정하고 역전役錢[35]을 걷고

용재사필 권1

- -

가도 나는 건너가지 않으리니, 기다리는 것이 있기 때문이지.[雖有犀舟勁檝, 猶人涉卬否, 有須者也.]

31 元祐 : 북송 철종哲宗 시기 연호(1086~1093).

32 畢仲遊(1047~1121) : 북송의 문장가. 자 공숙公叔. 학사원學士院에 들어와 황정견 · 장뢰張耒 · 조보지晁補之와 함께 응시하였는데 소식이 그의 문장을 높이 사 일등으로 발탁하였다. 휘종徽宗 때 정주鄭州와 운주鄆州의 지주를 거쳐 이부낭중吏部郎中이 되었다. 원우당적元祐黨籍에 이름이 올라 관직이 강등되어 산직散職으로 있다가 일생을 마쳤다.

33 青苗錢 : 청묘법青苗法에 의해 풀린 금전. 청묘법은 송대 왕안석이 추진한 신법 중 하나이다. 각 로路의 상평창常平倉 · 광혜창廣惠倉에 있는 금전과 식량을 자본으로 춘하기에 민간에게 대출해주었다. 춘계에 대출하고 하계에 회수하고, 하계에 대출하고 추계에 회수했다. 매 기 두 푼 이자를 받았다. 본래 호족의 착취를 제한하고 백성의 부담을 경감하기 위한 것이었는데, 시행 중 폐단이 나타나고 보수파의 반대를 만나서 폐지되었다.

34 市易法 : 송대 왕안석이 추진한 신법 중 하나이다. 신종 희녕 5년(1072) 반포하여 실시한 것으로, 변경汴京에 도시역사都市易司를 설치하고 변방과 중요도시에 시역사市易司 혹은 시역무市易務를 설치하여, 매출 정체된 물품을 싸게 사들이고 상인에게 금전과 물품의 대출을 허가

15

염법鹽法을 개편한 것 등이 그가 한 일이요, 재정이 부족할까봐 염려했던 것은 그의 마음입니다.

재정을 일으키려는 마음은 막지 못하면서, 그저 청묘전을 풀고 시역사를 설치하고 역전을 거두고 염법을 개편한 것을 금지하려고만 하면, 이는 백 번을 말해도 안 되는 것입니다. 지금 결국 청묘전을 폐지하고 시역법을 그만두고 역전을 걷지 않고 염법을 없애려고 하면서, 재물과 이익을 위한다면서 백성을 다치게 한다고 알려진 것을 일소하여 개혁하려 하면, 이제껏 신법을 추진하던 사람은 필시 기뻐하지 않을 것입니다.

기뻐하지 않는 사람은 필시 청묘전을 폐지할 수 없고, 시역법을 그만둘 수 없고, 역전을 없앨 수 없고, 염법을 없앨 수 없다고 말할 뿐만 아니라, 필시 재정이 부족하다고 여기는 마음을 건드리고 그 사례를 얘기하면서 황제를 설득하려 할 것이니, 비록 석상을 갖다놓고서 말을 듣게 해도 설득 할 수 있을 것입니다. 그렇다면 폐지한 것을 다시 퍼뜨릴 수 있고, 그만 둔 것을 다시 설치할 수 있고, 그만 둔 것을 다시 거두어들일 수 있고, 없앤 것을 다시 복원 할 수 있습니다. 그렇다면 재정이 부족하다고 여기는 그들의 감정을 미리 다스려야 하지 않겠습니까!

지금을 위한 대책으로는 마땅히 천하의 재무 계획을 크게 정리하고 수입과 지출을 분명히 밝혀내고 각 로路에 쌓아둔 자금과 곡식을 모두 현지 관청에 귀속시켜서, 20년은 지탱할 수 있는 비용을 마련해두어야 합니다. 몇 년 사이에 또 오늘보다 10배가 늘 것입니다. 천하에 재물이 남음이 있음을 천자께서 훤히 알게 하면, 부족하다는 논의를 펼칠 수 없게 될 것이며, 그런 연후에 신법이라는 것이 비로소 영원히 파기되어 다시 행해지지 않게 될 것입니다. 예전에 왕안석이 자리에 있을 때 안팎에 그의 사람이 아닌 사람이 없었으므로 그 법이 시행될 수 있었습니다. 지금 예전의 폐단을 바로잡고자 해도 좌우의 시종 및 업무를 담당한 자의 7~8할은 모두 왕안석의 무리이니, 비록 구신舊臣 두세 명을 기용하고 군자 6~7명을 등용한다고 해도 총 수백 명 중 열 몇 명에 지나지 않으니 어찌 추진할 수 있겠습니까! 아직 추진할 형세가 아닌데 하려고 하면, 청묘전이 폐지되었다가도 장차 다시 풀릴 것인데, 하물며 아직 폐지되지도 않으니 어떻게 되겠습니까! 시역법이 비록 파기되어도 또한 다시 설치될 것인데, 하물며 아직 파기되지도 않았음에랴 어떻게 되겠습니까! 역전 · 염법 역시 그렇지 않은 게 없습니다. 이것으로 예전의 폐단을 바로잡으려고 하는 것은 마치 사람이 오랫동안 병을 앓았는데 잠깐 좋아진 것과 같습니다. 부형과 자제의 얼굴에 기쁜 안색이 보이면서도 감히 아직 축하하지는 못하니, 병이 아직 남아 있기 때문입니다.

· ·

하고 규정된 이자를 받도록 했다. 원풍 8년(1085) 이후 점차 폐지되었다.

35 役錢 : 노역 대신으로 내는 세금.

이에 앞서 소식이 관각館閣에 있을 때 언어와 문장을 통해 당시의 정치를 바로잡으려고 하곤 했다. 필중유는 그에게 화가 미칠까 염려하여 다음과 같이 경계시키는 글을 썼다.

맹가孟軻는 부득이하고 나서야 웅변을 잘 했고, 공자는 가능하면 말을 하지 않으려고 했습니다. 옛날 사람들이 계획과 사고를 깊고 정밀하게 하여 공적과 업적을 굳건히 하고 수명을 잘 연장시킨 것은 여기에서 나오지 않은 게 없습니다. 선생님께서 조정에 계신 이래 자신에게 화복과 이해가 걸린 말을 하지 않으셨으니, 이는 오직 말을 아끼신 것입니다. 말이 누가 되는 경우, 단지 입에서 나오는 것만이 말이 아니라 시가로 표현되고, 부송賦頌으로 찬미하고, 비명碑銘에 기탁하고, 서기序記로 쓴 것 역시 말입니다. 지금 입에서 나오는 것은 두려워하실 줄 알면서 글에서 나오는 것은 두려워하지 않으시니, 옳은 것을 옳다고 하면 옳다고 인정된 사람은 기뻐하고, 잘못을 잘못이라고 하면 잘못이라고 지적된 사람은 원망합니다. 기뻐하는 사람이 선생님의 계획을 이루게 할 수는 없지만, 원망하는 사람은 선생님의 일을 그르칠 수 있습니다. 천하가 선생님의 글을 논하기를, 마치 손빈이 용병하는 듯 하다고 하고 편작이 병 고치는 듯 하다고 하여, 비록 이름을 지적하면서 시비를 따진 말은 없더라도 시비를 따지지 않았을까 의혹은 있게 됩니다. 하물며 따진 것이 있었다면 어떻겠습니까! 관직이 간관이 아닌데, 직책이 어사가 아닌데, 사람들이 아직 잘못이라고 정하지 않은 것을 잘못이라 하고, 사람들이 아직 옳다고 정하지 않은 것을 옳다고 하고, 자신을 위태롭게 하고 금기를 저촉하면서까지 그 사이에서 노니는 것은 물에 빠진 사람을 구출하려고 돌을 안고 뛰어드는 것과 같습니다.

두 공은 서신을 받고 나서 모골이 송연했는데 결국 필중유의 염려대로 되었다.

내가 잠깐 역사서를 편찬할 때 필중유 문집을 얻게 되어 두 서신을 읽고 그 내용을 드러낼 필요가 있다고 판단했다. 그러므로 관직은 현달하지 못했지만 그래도 그를 위해 전기를 써 둔다.

12. 『열자』와 불경의 공통점 列子與佛經相參

장담張湛[36]이 『열자列子』 서문을 썼다.

이 책은 대략 '군유群有³⁷는 '지허至虛³⁸를 으뜸 근원으로 삼고, '만품萬品'은 '종멸終滅'을 징험으로 삼고, '신혜神惠³⁹는 '응적凝寂⁴⁰으로 항상 온전하고, '상념想念'은 '착물著物'로 스스로 없어지고, '생각生覺'과 '몽화夢化'는 실상이 같음을 밝힌 것이다. 밝힌 내용이 종종 불경의 내용과 비슷하다.

내가 「천서편天瑞篇」을 읽어보니, 임류林類가 자공子貢에게 대답한 말이 실려 있다.

> 죽음과 삶은 하나가 가면 하나가 돌아오는 것이다. 그러므로 여기서 죽은 자는 저기서 태어나지 않는다고 어찌 알겠는가! 그러므로 나는 서로 같지 않음을 알겠다. 내가 지금 죽는다고 해서 이전의 삶보다 낫지 않을 지 또한 어찌 알겠는가!

이 부분이 불경과 비슷한 내용이다. 또한 다음과 같이 말했다.

> 상商의 태재太宰가 공자孔子에게 물었다.
> "삼왕과 오제·삼황은 성자입니까?"
> 공자는 모두 '모르겠습니다'라고 대답했다. 태재가 다시 물었다.
> "그렇다면 누가 성인입니까?"
> 공자가 대답했다.
> "서방 사람 중 성스러운 자가 있습니다. 다스리지 않아도 혼란스럽지 않고, 말하지 않아도 저절로 믿음이 가고, 교화하지 않아도 저절로 행해져서, 탕탕蕩蕩하여 백성이 뭐라고 이름 짓지 못하지만 저는 이러한 것들이 성인의 행위가 아닌가 생각합니다. 정말 성인인지 아닌지는 모르겠습니다."

그 후 논자들은 『열자』에서 말한 것은 바로 부처이며, 공자에게 기탁한 것일 뿐이라고 보았다.

용재수필

---

36 張湛 : 동진東晉 학자·양생학자. 자 처도處度. 고평高平(지금의 산동 금향金鄕 서북쪽) 사람이다. 『양생요집養生要集』·『열자주列子注』·『충허지덕진경주沖虛至德眞經注』 등을 저술했다.

37 群有 : 불교 용어로, 중생 혹은 만물을 가리킨다.

38 至虛 : 마음이 무엇에도 집착이 없는 상태를 지칭한다.

39 神惠 : 영묘한 지혜를 말한다.

40 凝寂 : 단정하고 장엄하고 안정적인 상태를 지칭한다.

13. 이치에 맞지 않는 위맹의 시 韋孟詩乖疏

『한서漢書・위현전韋賢傳』에 위맹韋孟[41]의 시 두 편과 그의 손자 위현성韋玄成의 시 한 편이 실려 있다. 모두『시경』풍치가 깊이 담겨 있다. 다만 위맹은 다음과 같이 풍간했다.

존경스런 우리 조상, 시위豕韋 때부터 시작되었네.	肅肅我祖, 國自豕韋.
여러 지역 통일하여, 상나라를 보좌했지.	總齊群邦, 以翼大商.
주나라에 이르러서, 대대로 회동에 참여했네.	至于有周, 歷世會同.
난왕이 참언을 믿고, 우리 지역 멸절시켜	王赧聽譖, 實絶我邦.
우리 지역 멸절되어, 그 정치도 사라졌네.	我邦既絶, 厥政斯逸.
상벌의 시행이, 왕실에서 나오지 않았지.	賞罰之行, 非繇王室.
백관과 공경은, 부축도 방어도 하지 않았다네.	庶尹群后, 靡扶靡衛.
왕기 오복 붕괴되어, 주나라가 망했다네.	五服崩離, 宗周以隊.

응소應劭는 "난왕赧王이 참언을 듣고 받아들여 시위씨豕韋氏와 관계를 끊었다. 이후로 정치와 교화가 사라지고 느슨해져 왕으로부터 비롯되지 않았다"라고 했다.

위맹이 직접 자신의 조상에 대해 기술한 것인데 이처럼 이치에 맞지 않고 소략하다. 주나라는 난왕赧王[42]에 이르러 겨우 일곱 읍만 존재해서

....

41 韋孟 : 서한 초기 시인. 팽성彭城(지금의 강소 서주徐州) 사람이다. 한 고조 6년(B.C.201), 초원왕楚元王의 사부가 되어, 그의 아들 초이왕楚夷王 유영객劉郢客과 손자 유무劉戊를 보좌했다. 유무가 황음무도하여, 경제 2년(B.C.155) 작위를 삭탈당하여, 오왕吳王 유비劉濞와 모의하여 난을 일으켰다가, 다음 해 실패하여 자살했다. 위맹은 유무가 난을 일으키기 전에 시를 지어 풍간한 다음 관직을 사퇴하고 추鄒로 이사했다. 위맹은 가학으로『시』를 연구했는데,『풍간시諷諫詩』・『재추시在鄒詩』4언장편 두 수가 전해진다.『풍간시』는 108구로, 위씨 가족 역사를 노래하고, 초왕 3대의 변화를 노래하고, 유무의 황음무도를 꾸짖고, 끝으로 울분을 토로하여, 유무가 각성하기를 기대했다.『재추시』는 52구로, 연로하여 사퇴하고 추로 옮긴 것을 쓰고, 초왕을 생각하는 심정을 쓰고, 추鄒・노魯 지역의 기풍을 찬미했다.

42 赧王(?~B.C.256) : 전국 시대 주周나라의 국군國君. 성은 희姬씨고, 이름은 연延이다. 현왕顯王의 손자고, 신정왕愼靚王의 아들이다. 당시 주나라는 이미 동주와 서주 두 소국小國으로 분열되어 있었다. 난왕은 명칭만 천자天子였지 사실은 서주西周에 붙어사는 처지였다. 서주의 무공武公이 땅을 모두 진秦나라에 바쳐, 난왕이 죽자 주왕조周王朝는 멸망했다. 59년 동안 재위했다.

망해가는 지경을 구원할 겨를도 없는데 어찌 후侯의 나라와 절교할 수 있겠는가! 주나라가 점점 쇠미해진 지 오래 되었으니 시위豕韋 한 나라와 관계를 끊은 것 때문에 오복五服[43]의 범위에 해당되는 지역이 무너진 것이 아니다. 논박할 필요도 없는 허망한 내용인데 응소는 또 사실인 것으로 간주하였으니 더욱 우스운 일이다.

『좌전』에 "개檢의 조상은 상商나라 때는 시위씨였고, 주나라 때는 당두씨唐杜氏였다"는 범선자范宣子의 말이 실려 있고, 두예杜預가 "시위는 동군東郡 백마현白馬縣에 나라를 세웠고 은나라 말기에는 당唐에 나라를 세웠다. 주나라 성왕이 멸망시켰다"고 하였으니, 이것이 가장 확실한 증거이다. 안사고가 인용하지 않은 것이 애석하다.

14. 정도를 지키기도 했던 광형 匡衡守正

한 원제元帝 때 공우貢禹[44]가 상소를 올려, 천자의 칠묘七廟[45] 중 친족 관계가 이미 다한 사당은 철거하고, 군국의 사당에서도 고례古禮와 맞지 않는 것은 개정해야 한다고 말했다. 원제는 이를 대신들에게 논의하도록 했는데, 시행에 이르기 전에 공우가 세상을 떠났다. 그 후 조서를 내려서, 우선 군국의 사당을 철거하고 친족 관계가 다한 침원寢園은 모두 더 이상 수리하지 말라

....

43 五服 : 천자가 살고 있는 지역인 왕기王畿을 중심으로 사방 500리 씩 거리를 두고, 전복甸服 · 후복侯服 · 수복綏服 · 요복要服 · 황복荒服의 다섯 구역으로 나눈 것이다. 전복은 천자의 직할지이고, 후복은 천자의 근친들이 거주하는 곳이며, 수복은 왕조의 먼 친척과 인척들이 거주하며, 요복에는 왕조에 속한 신하들과 왕조에서 방출된 죄인들이 거주하는 곳이며, 황복은 명의는 천자에 속하지만 오랑캐가 거주하는 지역이다.

44 貢禹(B.C.124~B.C.44) : 서한의 대신. 자 소옹少翁. 낭야琅琊(지금의 산동성 제성諸城) 사람으로, 선제宣帝 때 간대부諫大夫를 역임했다. 원제에게 여러 차례 상소하여, 조정 부패 · 귀족 사치 · 군현 서민 고통 등을 얘기하고, 유능한 인재를 등용하고 간악한 신하를 주살하고, 검소와 절약을 중시하고, 요역을 경감시킬 것을 건의했다.

45 七廟 : 『예기 · 왕제』에 따르면 "천자의 7묘는 3소3목三昭三穆과 태조의 묘廟이다"라고 했다. 즉 부父 · 조祖 · 증曾 · 고高 등 4친묘와 2조묘二祧廟와 시조묘始祖廟이다. 후에 '칠묘'는 제왕이 선조에게 제사를 올리는 종묘를 통칭하는 말로도 쓰였다.

용재수필

고 했다. 얼마 후 황제가 병들어 눕게 되었는데, 꿈에서 선조들이 군국의 사당을 철거한 것을 꾸짖었다. 승상 광형匡衡[46]에게 조서를 내려서 다시 복구할 것을 논의하는 것이 어떠냐고 물었다. 광형은 안된다고 극구 반대했다. 황제의 병이 오래 지나도 호전되지 않자, 광형은 황공하여 고조·문제·무제 사당에 가서 기도하였다.

> "친족의 사당은 한결같이 경사京師에 있는 것이 마땅합니다만, 지금 황제께서 병이 호전되지 않으시고 꿈에서 선제들께서 나타나 사당 문제로 꾸짖으시니, 황제께서 슬프고 두려운 마음에 신 광형에게 조서를 내려 다시 사당을 수리할 것을 논의하라고 하셨습니다. 만약 진정으로 예의에 맞지 않고 선제분들의 마음을 어기는 것이라면, 허물은 모두 신 광형에게 있으니 마땅히 그 재앙을 받겠습니다."

또한 철거한 사당의 신에게 기도하며 말했다.

> "사당을 옮겨서 통합 제사하는 것이 장구한 앞날을 위하는 대책입니다만, 지금 황제께서 병에 걸리셔서 다시 사당을 세워서 제사를 올리길 원하십니다. 신 광형 등은 모두 예에 맞지 않는다고 여깁니다만, 만약 여러 제후帝后의 뜻에 맞지 않는다면 죄는 모두 신 광형 등에게 있으니 마땅히 그 허물을 받겠습니다. 지금 황제께서는 조서를 내려 조정 신하들이 사당을 복구하고 철거하는 것에 대해 논하도록 하였습니다. 천자의 제사는 친족 관계가 이미 다한 경우 제사도 근거로 할 만한 것이 없으므로 이 글을 지어 제 뜻을 밝힙니다. 만약 실수나 잘못이 있으면 죄는 모두 신 광형에게 있습니다."

내가 보기에 광형은 평생 아첨을 일삼았으며, 오로지 석현石顯[47]에게 붙어서 높은 자리를 차지했다. 그런데 이 대목에서는 홀로 경전에 근거하여 예법을 지켰고, 그가 사당에 기도한 글은 『상서·금등金縢』의 축문에 버금갈 만큼 훌륭한데, 후세에 칭찬을 받지 못하고 『한서』의 본전에도 기록되어 있지 않았다. 누구를 미워하더라도 그의 좋은 점도 알고 있고 있어야

용재사필 권 1

---

46 匡衡 : 서한의 경학가. 자 치규稚圭. 동해 승현承縣(지금의 산동성 조장시棗莊市 일대) 사람으로, 원제 때 재상에 올랐다.
47 石顯(?~B.C.33) : 서한 선제와 원제 때 환관. 자 군방君房. 제남 사람이다.

한다.

「교사지^{郊祀志}」에 남산^{南山} 무당이 진중^{秦中}의 사당을 지었다는 내용이 있다. 진중은 진이세황제 호해^{胡亥}를 지칭한다. 무당은 그가 강제로 죽어서 혼백이 원귀가 되었기 때문에 사당을 지어준 것이다. 성제^{成帝} 때 광형이 상소를 올려 진중의 사당을 철거할 것은 주장했으니, 이것도 기록할 만하다.

15. 서역 마술사 西極化人

『열자^{列子}』에 주나라 목왕^{穆王} 때 이야기가 실려 있다. 서쪽 끝 나라에서 마술사가 오자 목왕은 마치 신처럼 공경했다. 마술사가 목왕을 만나 함께 노닐기로 하였다. 목왕이 마술사의 옷소매를 잡자 갑자기 중천까지 솟구쳐 올라 마술사의 궁전에 도착하였고, 이로부터 수십 년을 지내도록 자기 나라로 돌아오고 싶지 않았다. 마술사가 다시 목왕을 찾아가 함께 노닐자고 하자 목왕은 정신이 나간 듯 혼미해져서 돌아가게 해달라고 마술사에게 부탁했다. 깨어나서 보니 예전 그 곳에 그대로 앉아 있었고 예전 그 사람들이 그대로 옆에서 모시고 있었다. 앞을 보니 술도 아직 그대로 있었고 안주도 아직 마르지 않고 그대로였다. 목왕이 그동안 무슨 일이 있었는지 묻자, 좌우 시종들이 대답했다.

"왕께서는 말없이 묵묵히 계셨을 뿐이옵니다."

목왕은 석 달 동안 망연자실했다. 다시 마술사에게 물으니, 마술사는 "저와 왕은 정신이 함께 노닌 것이온데, 형체가 어떻게 움직였겠습니까!"라고 했다. 그리고 나서야 나는 당나라 사람이 지었다는 『남가태수전^{南柯太守傳}』[48]

48 『南柯太守傳』: 당나라 이공좌^{李公佐}(770~850)의 전기 소설. 순우분^{淳于棼}이 술에 취하여 선잠을 자는데 꿈속에서 괴안국^{槐安國} 사신의 초청을 받고 그의 집 마당에 있는 홰나무 구멍 속으로 동행하였다. 그리고 그곳의 왕녀와 결혼하고 남가군^{南柯郡}의 태수가 되어 호강을 누리다 왕녀가 죽자 귀향을 해서 깨어 보니 그곳이 원래의 자기 집이었다고 한다. 마당으로 내려가 홰나무를 베어 조사해 보니 꿈속에서의 나라와 똑같은 개미의 나라가 나타났다고

과 '황량몽黃粱夢'[49]・『앵도청의櫻桃靑衣』[50] 등의 이야기가 모두 이것에 근본한 것임을 알게 되었다.

16. 경솔하게 발표하면 안 되는 조령 詔令不可輕出

군주는 말 한 마디 한 마디를 경솔하게 꺼내면 안 된다. 하물며 조령 형식으로 사방에 반포하고 전달하는 경우에는 말할 것도 없다!

후한 광무제가 막 즉위했을 때 이미 곽씨郭氏[51]는 황후로 책봉된 상태였다. 당시 음려화陰麗華[52]는 귀인貴人으로 있었는데, 광무제가 그녀를 높은 자리로 올려주고 싶어 했지만 음려화는 한사코 사양했다. 곽씨에게 아들이 있기에 끝내 받아들이려고 하지 않은 것이다. 건무建武 9년(33) 광무제는 결국 다음과 같은 조서를 내렸다.

> 짐은 귀인에게 국모의 미덕이 있다고 생각하니 황후로 세우는 것이 마땅하겠지만, 한사코 사양하며 받아들이려 하지 않고 빈첩의 대열에 있으려고 한다. 짐은 그 겸양의 뜻을 가상하게 여겨 귀인의 형제들을 책봉할 것을 허락한다.

한다.

49 黃粱夢 : 당나라 심기제沈旣濟(750~800)가 지은 전기傳奇 소설 『침중기枕中記』에 나오는 말이다. 당唐나라 때 노생盧生은 여관에서 도사道士 여옹呂翁을 만나게 된다. 노생은 여옹에게서 베개를 빌려 베고 잠이 들어, 부귀영화를 누리며 80살까지 잘 산 꿈을 꾸었는데, 깨어 보니 아까 주인이 짓던 좁쌀밥이 채 익지도 않은 상태였다.

50 『櫻桃靑衣』 : 당나라의 전기소설. 범양사람 노자盧子는 수차례 과거에 낙방하였다. 어느 날 놀러나갔다가 속강하는 자리에 도착해서 잠이 들었는데 꿈에 앵두 바구니를 들고 푸른 옷을 입은 하녀를 만나게 되는데 이후 선녀같이 아름다운 정씨鄭氏와 혼인을 하고 과거에 급제한 후 고위관직을 역임하고 재상까지 지내게 되면서 20년간 벼슬과 영화로운 생활을 모두 뜻대로 이루었다. 노자는 외출했다가 옛날에 마주친 정사 안에 스님이 속강하는 것을 보고는 불전에 올라 예불을 드리다가 혼미해졌다. 스님의 목소리가 들려 갑자기 꿈에서 깨어나니 시간은 정오가 다 되어가고 있었다.

51 郭氏(?~52) : 곽황후郭皇后. 이름은 성통聖通, 진정고眞定槁(지금의 하북 석가장 동북쪽) 사람으로, 황태자 강彊을 낳았다.

52 陰麗華(5~64) : 광무제光武帝 때의 미인. 남양 신야新野 사람으로, 광무제 유수가 제위에 오르기 3년 전에 맞이한 아내로, 유수가 제위에 오르게 되자 황후의 지위를 사양하고 귀인이 되었다.

그리하여 부친과 아우를 후작으로 추증했다.[53] 이는 이제껏 비빈에게는 없었던 일이다. 17년이 되어 결국 곽후와 태자 강彊을 폐위하고 귀인 음려화를 황후로 세웠다. 건무 9년(33)에 조서가 시행되었기 때문에 광무제의 마음과 생각이 이미 음여화에게 옮겨갔던 것을 알 수 있다. 그런데 곽씨가 어떻게 그 자리를 편히 여길 수 있었겠는가!

17. 『전국책』戰國策

유향劉向은 『전국책戰國策』의 서문에서, 이전까지 책 내용이 많이 뒤섞이고 마모되었다고 했다. 이를테면 거본㝢本에서는 '趙조'가 '肖초'로 되어 있고 '齊제'가 '立립'으로 되어 있는 등, 글자가 잘못 표기되거나 빠진 것들이 있고 글자가 반만 남은 사례가 많았다고 했다.

나는 지금 세상에 전해지는 『전국책』은 대부분 읽을 만하지 못하다고 생각한다. 그 이유는 『한비자韓非子』와 『신서新序』·『설원說苑』·『한시외전韓詩外傳』·『고사전高士傳』·『사기색은史記索隱』·『태평어람太平御覽』·『북당서초北堂書鈔』·『예문류취藝文類聚』 등의 책에서 『전국책』 내용을 인용하였는데, 대부분 현재 전해지는 판본에는 없는 것이 많기 때문이다. 유향은 모든 책을 널리 섭렵했지만, 『전국책』을 교정하면서는 꼼꼼히 따지지 않은 것 같다. 『전국책』은 단순히 문자의 탈자脫字와 오자誤字의 문제에 국한되는 것이 아니다. 사마천이 『사기』에서 『전국책』 내용을 채록한 것이 93조목으로, 뜻이 명명백백 훤히 드러나서 모두 전거를 헤아려 살펴볼 수 있으니, 유향이 사마천보다 훨씬 처진다는 것을 알 수 있다.

· ·

53 광무제는 음려화의 망부亡父를 선은애후宣恩哀侯로 추봉追封하고, 망제 소訴를 선의공후宣義恭侯로 추봉하고, 동생이 애후의 뒤를 잇게 했다. 이후 광무제는 곽후가 자꾸 투기를 부리자 폐위하고, 음려화를 황후로 삼았다.

18. 범엽의 『후한서 · 지』 范曄漢志

심약沈約의 『송서宋書 · 사엄전謝儼傳』에 이런 내용이 있다.

> 범엽范曄이 『후한서』를 편찬하기 위해서 작성한 『십지十志』를 모두 사엄에게 맡겼다. 자료 수집과 원고 작성이 끝나서 편찬이 완료되려고 하는데, 범엽이 죄를 얻어 죽게 될 상황이 닥치자 모두 수레에 실어 가져갔다고 했다. 송 문제文帝가 단양윤丹陽尹 서담지徐湛之에게 사엄을 찾아가 찾아보게 하였으나, 이미 더 이상 찾지 못하여 그 시대 모두가 여한으로 여겼다. 그래서 그 지志는 현재 전해지지 않는다.

범엽 본전本傳에 범엽이 옥중에서 조카들에게 보낸 서신이 실려 있다.

> 『후한서』를 이미 쓰고 여러 『지志』를 작성하려고 하는데, 전한 때 있었던 것은 모두 구비되어 있다. 비록 일이 꼭 많진 않지만 또한 모든 글이 세상에 나오게 하고 싶었으며, 또한 사안에 따라서 각 권 안에서 평론을 발표하여 일대의 득실을 바로잡고 싶었으나, 더 이상 소원을 이룰 수 없게 되었다.

이 말은 「사엄전」의 내용과 다르다. 그러나 「사엄전」에서 말한 것은 범엽이 기록한 『본기』 10권의 공주公主와 관련된 주석에 인용되었는데 지금 『송서』에는 전해지지 않으니, 어찌 된 것인 지 알 수 없다.

송대 진종 건흥乾興 원년(1022)에서야 판국자감判國子監 손석孫奭[54]이 유소劉昭[55]가 주석한 『보지補志』 30권을 상주하여 이전 사서의 누락을 메울 수 있었다. 그렇기 때문에 태종 순화淳化 5년(994) 국자감에서 간행한 『후한서』는 모두 90권인데, 「제후기帝后紀」 10권, 「열전」 80권으로, 「지志」가 없다.

· ·

54 孫奭(962~1033) : 북송 시기 경학가이자 교육가. 자 종고宗古. 구경九經으로 급제하였으며, 관직이 한림시강학사翰林侍講學士에 이르렀다. 황제의 칙명으로 형병邢昺 · 두호杜鎬 등과 함께 제경정의諸經正義와 『장자』 및 『이아爾雅』의 석문釋文을 교정하고, 『상서』와 『효경』 · 『논어』 · 『이아』 등을 고정考正했다. 또한 조기趙岐의 『맹자주孟子注』를 교정하고, 육덕명陸德明의 『경전석문經典釋文』의 부족한 부분을 보충했다.

55 劉昭 : 남조南朝 양梁나라의 역사가. 자 선경宣卿, 남조 양梁나라 때 평원平原 고당高唐(지금의 산동 장구章丘 서북쪽) 사람이다. 대략 양 무제武帝 천감天監 연간 인물로, 일곱 살 때 『노자』와 『장자』에 정통했다고 전한다. 『후한서』에 주석을 하였다.

『신당서·예문지』에서 "유소가 보주補注한 『후한서』 58권"이라고 했는데, 유소가 어느 시대 사람인지 모르겠다. 이른바 『지』 30권은 당연히 그 안에 있는 것일 것이다.

19. 집 짓다가 토신의 금제를 범하다 繕修犯土

지금 세상에서 건물을 건축하는데 간혹 액운을 만나면 흙의 신을 범한 것이라고 말한다. 도가에 장초章醮[56]를 지내며 감사를 표하는 글이 있다. 『후한서·내력전來歷傳』에 이런 내용이 있다.

> 안제安帝 때 황태자가 병으로 놀라서 불안에 떨다가 유모 야왕군野王君 왕성王聖의 집으로 피신했다. 태자주감太子廚監 병길邴吉은 왕성의 집을 막 수선한 상태여서 토신의 금제禁制를 범하면 안 되기에 황태자가 오래 머물면 안 된다고 했다.

그렇다면 옛날부터 이런 설이 있었던 것이다.

56 章醮 : 단을 설치하고 제사를 지내는 도교 의식을 말한다.

1. 孔廟位次

自唐以來，相傳以孔門高弟顏淵至子夏爲十哲，故坐祀於廟堂上。其後升顏子配享，則進曾子於堂，居子夏之次以補其闕。然顏子之父路、曾子之父點，乃在廡下從祀之列，子處父上，神靈有知，何以自安。所謂子雖齊聖，不先父食，正謂是也。又孟子配食與顏子並，而其師子思，子思之師曾子亦在下。此兩者於禮於義實爲未然，特相承既久，莫之敢議耳。

2. 周三公不特置

周成王董正治官，立太師、太傅、太保，茲惟三公，而云：「官不必備，惟其人。」以書傳考之，皆兼領六卿，未嘗特置也。周公既爲師，然猶位冢宰，尚書所載召公以太保領冢宰，芮伯爲司徒，彤伯爲宗伯，畢公以太師領司馬，衛侯爲司寇，毛公以太傅領司空是已。其所次第惟以六卿爲先後，而師傅之尊乃居太保下也。

3. 周公作金縢

尚書孔氏所傳五十九篇皆有序，其出於史官者不言某人作，如虞書五篇，紀一時君臣吁謨都俞及識其政事，如說命、武成、顧命、康王之誥、召誥自「惟二月既望」至「越自乃御事」、洛誥自「戊辰王在新邑」至篇終，蔡仲之命自「惟周公位冢宰」至「邦之蔡」皆然。如指言某人所作，則伊尹作伊訓、太甲、咸有一德，盤庚三篇，周公作大誥、康誥、酒誥、梓材、多士、無逸、君奭、多方、立政是也。惟金縢之篇，首尾皆敍事，而直以爲周公作。案此篇除冊祝三王外，餘皆周史之詞，如「公乃自以爲功」、「公歸納冊」、「公將不利於孺子」、「公乃爲詩以貽王」、「王亦未敢誚公」、「公命我勿敢言」、「天動威以彰周公之德」、「公勤勞王家」之語，「出郊」、「反風」之異，決非周公所自爲，今不復可質究矣。

4. 雲夢澤

雲夢，楚澤藪也，列於周禮職方氏。鄭氏曰：「在華容。」漢志有雲夢官。然其實雲也夢也，各爲一處。禹貢所書：「雲土夢作乂。」注云：「在江南。」惟左傳得其詳。如(邔)夫人棄子文于夢中。注云：「夢，澤名，在江夏安陸縣城東南。」楚子田江南之夢，注云：「楚之

雲、夢，跨江南北。」楚子濟江入于雲中。注：「入雲澤中，所謂江南之夢。」然則雲在江之北，夢在其南也。上林賦：「楚有七澤，嘗見其一，名曰雲夢，特其小小者耳，方九百里。」此乃司馬長卿夸言。今爲縣，隷德安，詢諸彼人，已不能的指疆域。職方氏以「夢」爲「瞢」。前漢敘傳：「子文投於夢中。」音皆同。

5. 關雎不同

關雎爲國風首，毛氏列之於三百篇之前。大序云：「后妃之德也。」而魯詩云：「后夫人鷄鳴佩玉去君所，周康王后不然，故詩人嘆而傷之。」後漢皇后紀序：「康王晏朝，關雎作諷。蓋用此也。」顯宗永平八年，詔云：「昔應門失守，關雎刺世。」注引春秋說題辭曰：「人主不正，應門失守，故歌關雎以感之。」宋均云：「應門，聽政之處也。言不以政事爲務，則有宣淫之心。關雎樂而不淫，思得賢人與之共化，修應門之政者也。」薛氏韓詩章句曰：「詩人言雎鳩貞潔敬匹，以聲相求，隱蔽于無人之處。故人君退朝，入于私宮，后妃御見有度，應門擊柝，鼓人上堂，退反燕處，體安志明。今時大人內傾於色，賢人見其萌，故詠關雎之說淑女正容儀以刺時。」三說不同如此。黍離之詩列於王國風之首，周大夫所作也，而齊詩以爲衛宣公之子壽閔其兄伋之且見害，作憂思之詩，黍離之詩是也。此說尤爲可議。

6. 迷癡厥撥

柔詞諂笑，專取容悅，世俗謂之迷癡，亦曰迷嬉。中心有愧見諸顏面者，謂之緬覥。舉措脫落觸事乖忤者，謂之厥撥。雖爲俚言，然其說皆有所本。列子云：「墨尿、單至、嘽咺、憋懯，四人相與游於世。」又云：「眠娗、誫諉、勇敢、怯疑，四人亦相與游。」張湛注云：「墨音眉，尿敕夷反，方言：江淮之間謂之無賴。眠音緬，娗音殄，方言：欺謾之語也。郭璞云：謂以言相輕嗤弄也。」所釋雖不同，然大略具是矣。曲禮：「衣毋撥，足毋蹶。」鄭氏注云：「撥，發揚貌。蹶，行遽貌。」大抵亦指其荒率也。

7. 三館祕閣

國朝儒館仍唐制，有四：曰昭文館，曰史館，曰集賢院，曰祕閣。率以上相領昭文大學士，其次監脩國史，其次領集賢。若只兩相，則首廳兼國史。唯祕閣最低，故但以兩制判之。四局各置直官，均謂之館職，皆稱學士。其下則爲校理、檢討、校勘，地望清切，非名流不得處。范景仁爲館閣校勘，當遷校理，宰相龐籍言：「范鎮有異才，恬於進取。」乃除直祕閣。司馬公作詩賀之曰：「延閣屹中天，積書雲漢連。神宗重其選，[謂太宗也] 國士比爲仙。玉檻鉤陳上，丹梯北斗邊。帝容瞻日角，宸翰照星躔。職秩曾無貴，光華在得賢。」其重如此。自熙寧以來，或頗用賞勞。元豐官制行，不置昭文、集賢，以史館入著作局，

而直祕閣只爲貼職。至崇寧、政、宣以處大臣子弟姻戚, 其濫及於錢穀文俗吏, 士大夫不復貴重。然除此職者必詣館下拜閣, 乃具盛筵, 遇見在三館者宴集, 秋日暴書宴, 皆得預席, 若餘日則不許至, 隨筆有館職名存一則云。

8. 亭榭立名

立亭榭名最易蹈襲, 旣不可近俗, 而務爲奇澀亦非是。東坡見一客云近看晉書, 問之, 曰:「曾尋得好亭子名否?」蓋謂其難也。秦楚材在宣城, 於城外並江作亭, 目之曰「知有」。用杜詩「已知出郭少塵事, 更有澄江消客愁」之句也。王仲衡在會稽, 於後山作亭, 目之曰「白涼」。亦用杜詩「越女天下白, 鑑湖五月涼」之句。二者可謂甚新, 然要爲未當。廬山一寺中有亭頗幽勝, 或標之曰「不更歸」, 取韓詩末句, 亦可笑也。

9. 十十錢

市肆間交易論錢陌者, 云十十錢。言其足數滿百無蹺減也。其語至俗, 然亦有所本。後漢書襄楷傳引宮崇所獻神書, 其太平經興帝王篇云:「開其玉戶, 施種於中, 比若春種於地也, 十十相應和而生。其施不以其時, 比若十月種物於地也, 十十盡死, 固無生者。」其書不傳於今, 唐章懷太子注釋之時, 尙猶存也。此所謂十十, 蓋言十種十生無一失耳, 其盡死之義亦然, 與錢陌之事殊, 然其字則同也。

10. 犀舟

張衡應間云:「犀舟勁楫。」後漢注引前書:「羌戎弓矛之兵, 器不犀利。」音義曰:「今俗謂刀兵利爲犀。犀, 堅也。」「犀舟」, 甚新奇, 然爲文者未嘗用, 亦慮予所見之不博也。

11. 畢仲游二書

元祐初, 司馬溫公當國, 盡改王荊公所行政事。士大夫言利害者以千百數, 聞朝廷更化, 莫不驩然相賀, 唯畢仲游一書究盡本末。其略云:「昔安石以興作之說動先帝, 而患財之不足也,　故凡政之可以得民財者無不用。蓋散青苗、置市易、斂役錢、變鹽法者, 事也, 而欲興作患不足者, 情也。苟未能杜其興作之情, 而徒欲禁其散斂變置之事, 是以百說而百不行。今遂欲廢青苗、罷市易、蠲役錢、去鹽法, 凡號爲財利而傷民者一掃而更之, 則向來用事於新法者, 必不喜矣。不喜之人, 必不但曰青苗不可廢, 市易不可罷, 役錢不可蠲, 鹽法不可去, 必探不足之情, 言不足之事, 以動上意, 雖致石人而使聽之, 猶將動也。如是則廢者可復散, 罷者可復置, 蠲者可復斂, 去者可復存矣。則不足之情可不預治哉! 爲今之策, 當大舉天下之計, 深明出入之數, 以諸路所積之錢粟一歸地官, 使經費可支二十年之用。數年之間, 又將十倍於今日。使天子曉然知天下之餘於財也, 則不足

용재사필 권1

之論不得陳於前, 然後所謂新法者, 始可永罷而不復行矣。昔安石之居位也, 中外莫非其人, 故其法能行。今欲捄前日之敝, 而左右侍從職司使者, 十有七八皆安石之徒, 雖起二三舊臣, 用六七君子, 然累百之中存其十數, 烏在其勢之可爲也! 勢未可爲而欲爲之, 則青苗雖廢將復散, 況未廢乎! 市易雖罷且復置, 況未罷乎! 役錢、鹽法亦莫不然。以此捄前日之敝, 如人久病而少間, 其父兄子弟喜見顏色, 而未敢賀者, 意其病之在也。」

先是東坡公在館閣, 頗因言語文章, 規切時政, 仲游憂其及禍, 貽書戒之曰:「孟軻不得已而後辯, 孔子欲無言。古人所以精謀極慮, 固功業而養壽命者, 未嘗不出乎此。君自立朝以來, 禍福利害繫身者未嘗言, 顧直惜其言爾。夫言語之累, 不特出口者爲言, 其形于詩歌、贊于賦頌、託于碑銘、著于序記者, 亦言也。今知畏於口而未畏於文, 是其所是, 則見是者喜;非其所非, 則蒙非者怨。喜者未能濟君之謀, 而怨者或已敗君之事矣。天下論君之文, 如孫臏之用兵、扁鵲之醫疾, 固所指名者矣, 雖無是非之言, 猶有是非之疑, 又況其有耶! 官非諫臣, 職非御史, 而非人所未非, 是人所未是, 危身觸諱以游其間, 殆由抱石而抹溺也。」

二公得書聳然, 竟如其慮。予頃修史時, 因得其集, 讀二書, 思欲爲之表見, 故官雖不顯, 亦爲之立傳云。

12. 列子與佛經相參

張湛序列子云:「其書大略明羣有以至虛爲宗, 萬品以終滅爲驗, 神惠以凝寂常全, 想念以著物自喪, 生覺與夢化等情。所明往往與佛經相參。」予讀天瑞篇載林類答子貢之言曰:「死之與生, 一往一反, 故死於是者, 安知不生於彼, 故吾知其不相若矣, 吾又安知吾今之死不愈昔之生乎。」此一節, 所謂與佛經相參者也。又云:「商太宰問孔子:『三王、五帝、三皇聖者歟?』孔子皆曰:『弗知。』太宰曰:『然則孰者爲聖?』孔子曰:『西方之人有聖者焉, 不治而不亂, 不言而自信, 不化而自行, 蕩蕩乎民無能名焉, 丘疑其爲聖。弗知眞爲聖歟? 眞不聖歟?』」其後論者以爲列子所言乃佛也, 寄於孔子云。

13. 韋孟詩乖疏

漢書韋賢傳載韋孟詩二篇及其孫玄成詩一篇, 皆深有三百篇風致。但韋孟諷諫云:「肅肅我祖, 國自豕韋。總齊群邦, 以翼大商。至于有周, 歷世會同。王赧聽譖, 實絕我邦。我邦既絕, 厥政斯逸。賞罰之行, 非繇王室。庶尹群后, 靡扶靡衛。五服崩離, 宗周以隊。」應劭曰:「王赧聽讒受譖, 絕豕韋氏。自是政敎逸漏, 不由王者。」觀孟之自敍乃祖, 而乖疏如是! 周至赧王僅存七邑, 救亡不暇, 豈能絕侯邦乎! 周之積微久矣, 非因絕豕韋一國, 然後五服崩離也。其妄固不待攻, 而應劭又從而實之, 尤爲可笑。左傳書范宣子之言曰:「匄之祖在商爲豕韋氏, 在周爲唐杜氏。」杜預曰:「豕韋國於東郡白馬縣, 殷末

용재수필

國於唐, 周成王滅之。」此最可證, 惜顏師古之不引用也。

14. 匡衡守正

漢元帝時, 貢禹奏言：天子七廟, 親盡之廟宜毀, 及郡國廟不應古禮, 宜正定。天子下
其議, 未及施行而禹卒。後乃下詔先罷郡國廟, 其親盡寢園, 皆無復修。已而上寢疾, 夢
祖宗譴罷郡國廟。詔問丞相匡衡, 議欲復之。衡深言不可。上疾久不平, 衡皇恐, 禱高
祖、孝文、孝武廟曰：「親廟宜一居京師, 今皇帝有疾不豫, 迺夢祖宗見戒以廟, 皇帝悼
懼, 即詔臣衡復修立, 如誠非禮義之中, 違祖宗之心, 咎盡在臣衡, 當受其殃。」又告謝毀
廟曰：「遷廟合祭, 久長之策, 今皇帝乃有疾, 願復修立承祀。臣衡等咸以爲禮不得, 如不
合諸帝后之意, 罪盡在臣衡等, 當受其咎。今詔中朝臣具復毀廟之文, 臣衡以爲天子之祀
義有所斷, 無所依緣, 以作其文。事如失措, 罪迺在臣衡。」

予案：衡平生伕諛, 專附石顯以取大位, 而此一節獨據經守禮, 其禱廟之文, 殆與金縢
之冊祝相似, 而不爲後世所稱述, 漢史又不書於本傳, 憎而知其善可也。郊祀志, 南山巫
祠秦中。秦中者, 二世皇帝也。以其彊死, 魂魄爲厲, 故祠之。成帝時, 匡衡奏罷之, 亦可
書。

15. 西極化人

列子載周穆王時, 西極之國有化人來, 王敬之若神。化人謁王同游, 王執化人之袪, 騰
而上者中天迺止, 暨及化人之宮, 自以居數十年, 不思其國。復謁王同游, 意迷精喪, 請
化人求還。既寤, 所坐猶嚮者之處, 侍御猶嚮者之人。視其前, 則酒未淸、肴未晞。王問
所從來, 左右曰：「王默存耳。」穆王自失者三月。復問化人, 化人曰：「吾與王神游也,
形奚動哉？」予然後知唐人所著南柯太守、黃粱夢、櫻桃青衣之類, 皆本乎此。

16. 詔令不可輕出

人君一話一言不宜輕發, 況於詔令形播告者哉！ 漢光武初即位, 既立郭氏爲皇后矣,
時陰麗華爲貴人, 帝欲崇以尊位, 后固辭, 以郭氏有子, 終不肯當。建武九年, 遂下詔曰：
「吾以貴人有母儀之美, 宜立爲后, 而固辭不敢當, 列於媵妾。朕嘉其義讓, 許封諸弟。」
乃追爵其父及弟爲侯, 皆前世妃嬪所未有。至十七年, 竟廢郭后及太子彊, 而立貴人爲
后。蓋九年之詔既行, 主意移奪, 已見之矣。郭后豈得安其位乎！

17. 戰國策

劉向序戰國策, 言其書錯亂相揉, 莒本字多誤脫爲半字, 以趙爲肖, 以齊爲立, 如此類
者多。予案, 今傳於世者, 大抵不可讀, 其韓非子、新序、說苑、韓詩外傳、高士傳、史

記索隱、太平御覽、北堂書鈔、藝文類聚諸書所引用者, 多今本所無。向博極群書, 但擇焉不精, 不止於文字脫誤而已。惟太史公史記所采之事九十有三, 則明白光豔, 悉可稽考, 視向爲有間矣。

18. 范曄漢志

沈約作宋書謝儼傳曰:「范曄所撰十志, 一皆託儼。搜撰隨畢, 遇曄敗, 悉蠟以覆車。宋文帝令丹陽尹徐湛之就儼尋求, 已不復得, 一代以爲恨。其志今闕。」曄本傳載曄在獄中與諸生姪書曰:「旣造後漢, 欲遍作諸志, 前漢所有者悉令備。雖事不必多, 且使見文得盡, 又欲因事就卷內發論, 以正一代得失, 意復不果。」此說與儼傳不同, 然儼傳所云乃范紀第十卷公主注中引之, 今宋書却無, 殊不可曉。劉昭注補志三十卷, 至本朝乾興元年, 判國子監孫奭始奏以備前史之闕, 故淳化五年監中所刊後漢書凡九十卷, 惟帝后紀十卷, 列傳八十卷, 而無志云。新唐書藝文志:「劉昭補注後漢書五十八卷。」不知昭爲何代人, 所謂志三十卷, 當在其中也。

19. 繕修犯土

今世俗營建宅舍, 或小遭疾厄, 皆云犯土。故道家有謝土司章醮之文。按後漢書來歷傳所載:「安帝時皇太子驚病不安, 避幸乳母野王君王聖舍, 太子廚監邴吉以爲聖舍新繕修, 犯土禁, 不可久御。」然則古有其說矣。

••• 용재사필 권2(20칙)

1. 각 학파 경학의 흥폐 諸家經學興廢

어린 아들이 물었다.

> 한대漢代 유학자가 전해 준 경학은 각각 그 학파 이름이 있는데 지금 어떤 것은
> 남아 있고 어떤 것은 남아 있지 않으니, 그 본말을 기록하여 『용재사필』의 한
> 칙則으로 하시면 어떠신지요?

그래서 반고의 『한서』와 육덕명陸德明의 『경전석문經典釋文』 및 다른 책을
참고하여 추려서 요강을 작성하여 여기 자세히 싣는다.

『주역周易』의 전수는 춘추시대 노나라 사람 상구商瞿[1]로부터 시작되었다.
한대 초기에 이르러 전하田何가 일가를 이루었다. 그 후 시수施讎와 맹희孟
喜・양구하梁丘賀가 전문적으로 연구했고, 또한 경방京房・비직費直・고상高相
세 학자가 있었다. 후한에 이르러 고씨 학문이 이미 쇠미해졌고, 진대晉代
영가永嘉의 난[2] 때 양구하의 『역』이 사라졌다. 맹희와 경방・비직의 학문은
전하는 사람이 없고, 정현鄭玄과 왕필王弼이 주해한 것만 세상에 유통되었다.
동진東晉의 중흥을 맞아 정역박사鄭易博士를 두려고 하였으나 실현되지는 못
했고, 왕필 주석만 중시받았다. 한백韓伯 등 열 명이 함께 『계사系辭』를 주석

1 商瞿(B.C.522~?) : 춘추 말기 노나라 사람. 자 자목子木. 공자보다 29살 적었다고 한다.
　『역경』을 좋아하여, 공자가 그에게 『역경』을 전수했고, 상구는 나중에 초나라 사람 자홍子弘
　에게 전수했다고 한다.
2 永嘉의 난 : 서진西晉 말기 회제懷帝 영가 연간(307~312)에 흉노匈奴가 일으킨 큰 반란. 영가의
　난으로 서진은 망하고 왕족인 사마씨司馬氏는 강남江南으로 피하여 남경南京에 도읍하고 동진
　東晉을 세우게 된다.

용재사필 권2

했는데, 지금은 한백 주석만 세상에 전해진다.

『상서尙書』는 한 문제文帝 때 복생伏生이 29편을 입수하여 전수했고,[3] 그 후 하후승夏侯勝의 대하후학大夏侯學과 하후건夏侯建의 소하후학小夏侯學이 있었다. 『고문상서古文尙書』는 무제 때 공자 구택 벽에서 나온 것으로, 모두 59편이다. 조서를 내려 공안국孔安國에게 주석을 하라고 하였으나 무고巫蠱의 화를 만나 결과를 올리지 못해서 결국 학관 대열에 들어서지 못하고 그 판본이 거의 단절되었다. 그렇기 때문에 마융馬融과 정현鄭玄·두예杜預 등은 모두 일서逸書라고 했다. 왕숙王肅 또한 주해를 한 적이 있다. 동진 원제元帝 때에 비로소 『공전孔傳』이 나왔는데,『순전舜典』한 편이 없어서 왕숙이 주해한 『요전堯典』을 갖다가 나누어 이어 붙였다. 이로 인해 결국 배우는 학생들이 많아졌다. 당대에 이르러 마융과 정현·왕숙의 주석은 결국 폐기되었고, 지금은 공씨본을 정본으로 삼는다.

『시경』은 자하子夏 이후 한나라 전까지 네 학파로 나뉘어 전해졌다. 노나라 신공申公의 것을 노시魯詩라고 하고, 제나라 원고생轅固生의 것을 제시齊詩라고 하고, 연나라 한영韓嬰의 것을 한시韓詩라고 하여, 모두 박사관이 설립되었다. 『모시毛詩』는 하간河間 사람 대모공大毛公으로부터 나왔으며, 고훈故訓 작업을 하여 소모공小毛公에게 전수했고 헌왕박사獻王博士가 되었는데, 한 조정에 있지 않았던 관계로 학관 대열에 끼지 못했다. 정중鄭衆·가규賈逵·마융馬融이 모두 『시경』 주석을 했으며, 정현이 전箋을 내자 세 학파는 결국 사라졌다. 『제시』는 오래 전에 사라졌고,『노시』는 강동을 건너지 못했고, 『한시』는 남아 있었지만 전수하는 사람이 없어, 오직 『모시정전毛詩鄭箋』만 홀로 국학으로 서서, 지금도 따르고 있다.

한대 고당생高堂生이 전수한 『사례士禮』 17편이 바로 지금의 『의례儀禮』이

··························

3 『상서』가 분서갱유로 소실되자 한 문제文帝 때 진秦에서 박사를 지낸 복생伏生이 상서에 정통하다는 말을 듣고 한 왕실에서 유학을 진흥시키기 위해 조조晁錯를 보내 배워오게 했다. 복생은 조조에게 29편의 상서를 전해주었고 조조는 상서를 당시의 문자체, 즉 금문今文으로 받아썼는데, 이것이 『금문상서』이다.

용재수필

다. 『고례경古禮經』은 56편인데, 후창后蒼이 전수한 17편을 『후씨곡대기后氏曲臺記』라고 하고, 나머지 39편을 『일례逸禮』라고 한다. 대덕戴德이 『고례古禮』 204편을 85편으로 줄인 것을 『대대례大戴禮』라고 하고, 대성戴聖이 또 49편으로 줄인 것을 『소대례小戴禮』라고 한다. 마융과 노식盧植이 여러 학자의 같은 점과 다른 점을 살펴 대성의 편장에 첨부하고, 번다한 것·중복된 것·누락된 것을 없애 세상에 유통되게 하였으니, 바로 지금의 『예기』이다. 왕망王莽 때 유흠劉歆[4]이 처음으로 『주관경周官經』 학파를 열어서 『주례周禮』라고 하였으니, 삼례 중 가장 늦게 나온 것이다.

좌씨左氏는 『춘추전春秋傳』을 지었는데, 또 공양公羊·곡량穀梁·추씨鄒氏·협씨夾氏 등이 지은 주석서들이 있었다. 추씨는 사승이 전해지지 않고, 협씨는 책이 전해지지 않는다. 공양은 경제景帝 때 흥기했고, 곡량은 선제宣帝 때 왕성했고, 좌씨는 서한이 다 가도록 주목받지 않았다. 장제章帝 때에 이르러 가규賈逵더러 훈고를 짓도록 하여, 이 때부터 『좌씨』가 크게 흥행하고 두 전은 점점 시들었다.

『고문효경古文孝經』 22장은 더 이상 세상에 전해지지 않고, 정주鄭注 18장 판본만 통용되고 있다.

『논어』는 삼가三家가 있다. 『노논어魯論語』는 노나라 사람이 전수한 것으로 바로 지금 발행되는 편집이 이것이다. 『제논어齊論語』는 제나라 사람이 전수한 것으로 모두 22편이다. 『고논어古論語』는 공자 구택 벽에서 나온 것으로, 모두 21편이다. 각각 장구章句 해석이 있다. 위魏나라 하안何晏이 여

---

4 劉歆(B.C.53?~25) : 전한 말기의 유학자. 자 자준子駿. 나중에 이름을 수秀, 자를 영숙穎叔으로 고쳤다. 아버지 유향劉向과 궁정의 장서를 정리하고 육예六藝의 군서群書를 7종으로 분류하여 『칠략七略』이라 하였다. 이것은 현존하지는 않지만, 중국 최초의 체계적인 서적목록으로 『한서漢書·예문지藝文志』가 대체로 그에 의해서 엮어졌다. 『좌씨춘추左氏春秋』·『모시毛詩』·『일례逸禮』·『고문상서古文尙書』를 특히 존숭하여 학관에 이에 대한 전문박사專門博士를 설정하기 위하여 당시의 학관 박사들과 일대 논쟁을 벌였으나 뜻을 이루지 못하고 하내태수河內太守로 전출되었다. 그 후 왕망王莽이 한왕조漢王朝를 찬탈한 후 국사國師로 초빙되어 그의 국정에 협력하였다. 만년에는 왕망에 반대하여 모반을 기도하였으나 실패하여 자살하였다.

러 학파의 설을 모아 『집해』를 편찬했으니 지금 세상에서 유통되고 있다.

2. 한나라 사람 성명 漢人姓名

서한 때 유명한 사람으로 공손홍公孫弘과 동중서董仲舒 · 주매신朱買臣 · 병길丙吉 · 왕포王褒 · 공우貢禹 등이 있는데, 성명이 같은 사람이 다른 세대에 모두 있었다.

『전국책』과 『여씨춘추』에서 제나라에 공손홍이 있었다고 하였는데, 진왕秦王 · 맹상군孟嘗君과 대화를 나누었던 사람이다. 동한 명제明帝 때에도 유주종사幽州從事 공손홍이 있었는데, 초왕楚王 영英과 왕래한 사람으로, 『우연전虞延傳』에 보인다. 당 고조 때 또한 알자謁者 공우가 있었다. 남조 양梁나라 원제元帝 때 무창태수武昌太守 주매신과 상서좌복야 왕포가 있었고, 후한 안제安帝 때는 태자주감太子廚監 병길邴吉이 있었다. 남조 제齊나라 무제武帝의 아들 파동왕巴東王 소자향蕭子響이 형주자사荊州刺史로 가게 되어 직각장군直閣將軍 동만董蠻에게 동행하자고 부탁했다. 동만이 말했다.

"전하께서 우레와 같이 발작을 하시는데, 감히 따라갈 수 있습니까?"

소자향이 대답했다.

"그대가 감히 그런 말을 하다니, 심하게 미쳤구만!"

무제는 이 말을 듣고 기분이 좋지 않아서 말했다.

"이름에 '만蠻'자가 있으니, 어찌 관대하게 포용할 수 있겠는가!"

그리하여 이름을 중서仲舒로 바꿨다.

누군가 "지금의 중서는 옛날의 중서와 어떻게 다릅니까?"라고 묻자 "옛날의 중서는 개인 가정에서 나왔고 지금의 중서는 선제로부터 내려왔으니, 옛날 중서보다 훨씬 낫겠지요"라고 하였다. 그러나 이 사람에 대한 기록은 더 이상 보이지 않는다.

3. 경솔한 호칭 輕浮稱謂

남제南齊 육혜효陸慧曉[5]는 청렴하고 겸손하게 처신하여, 제왕諸王의 장사長史로 일할 때 자기를 보좌하는 하급 관료가 찾아오면 반드시 일어나 맞이했다. 혹자가 말했다.

"장사께서는 귀중한 신분이오니, 함부로 겸양하거나 몸을 굽히면 안 됩니다."

육혜효가 답했다.

"내 성격이 남이 무례한 것을 싫어하므로, 남에게 무례하게 처신하는 것을 용납하지 못하오."

그는 경대부의 관직을 맡은 적이 없었다. 혹자가 그 까닭을 묻자, 육혜효가 답했다.

"존귀한 사람은 경卿이 될 수 없고, 비천한 사람만이 경이 될 수 있소. 살면서 관직의 경중을 좇는 마음을 평생의 포부로 삼을 필요가 있겠소."

그는 죽을 때까지 사람들 관직의 고하를 심상하게 대했다.

지금 세상에서 부박浮薄한 젊은이들이 어쩌다 자신이 낮은 관리라도 되면, 높은 사람과 대화하면서 자기와 지위가 같은 자를 언급할 때 꼭 '모장某丈'이라고 한다. 그들이 모시는 목백牧伯·감사監司를 언급할 때도 역시 그렇다. 다른 사람의 부형父兄·존장尊長 앞에서 그 자손·조카·사위 등을 언급할 때도 역시 '모장某丈'이라고 한다. 혹은 재상이나 집정 귀인貴人의 자字를 멋대로 지칭하기도 한다. 모두 사리를 제대로 몰라 습관이 되어 그런 것으

---

5 陸慧曉 : 남조 제나라의 대신. 자 숙명叔明. 오군吳郡 사람으로, 진晉 태위 육완陸玩의 현손이요, 부친은 육자진陸子真이다. 사람 됨됨이가 정직하고 친구에게 함부로 대하지 않았다고 한다.

로, 원래 경솔하고 오만해서 그런 것은 아니다. 나는 항상 아이들에게 조심하라고 말을 한다.

4. 귀곡자의 서신 鬼谷子書

귀곡자鬼谷子[6]가 소진蘇秦과 장의張儀에게 서신을 보냈다.

> 두 족하足下는 모두 공명功名이 혁혁하지만, 봄꽃도 가을이 되면 오랫동안 무성할 수 없소이다. 지금 두 사람은 아침 이슬 같은 영광만을 좋아하고, 장구하게 길이 빛날 공을 소홀히 하고 있소. 왕자교王子喬와 적송자赤松子의 명성이 영원히 이어지는 것을 가벼이 여기고, 하루아침의 뜬 구름 같은 작위를 귀하게 여기오. 여자의 애정은 자리가 식을 때까지 만큼도 지속되지 않고, 남자의 환심은 수레바퀴가 닳을 때까지 만큼도 기다리지 않소이다. 두 사람을 생각하면 참으로 마음이 아프오!

『전국책戰國策』에서 초나라 강을江乙[7]이 안릉군安陵君에게 말했다.

> 재물로 사귀면 재물이 다 떨어지면서 교분도 끊어지고, 미모로 사귀면 꽃이 떨어지면서 사랑도 시듭니다. 그러므로 이쁨받는 여인은 연회의 규정을 깨지 않고 총애 받는 신하도 수레 규정을 어기지는 않습니다.

여불위呂不韋는 "미모로 사람을 모시면, 미모가 시들면 사랑도 식는다"고 화양부인華陽夫人에게 말했다.

『시詩·맹氓』의 서序에서 "꽃 떨어지고 미모 시들면 버려진다"고 했다.

. . . .

6 鬼谷子 : 전국시대 초楚나라의 사상가. 영천潁川·양성陽城의 귀곡지방에 은둔하였기 때문에 귀곡자라고도 하였다. 진秦·초楚·연燕·조趙 등 7국이 천하의 패권을 다투던 시대에, 권모술수의 외교책을 우자優者의 도道라고 주장한 종횡가縱橫家였다. 소진과 장의도 그의 제자였다고 한다. 천지간의 현상은 천지를 생성하는 도에 의하여 이루어지기 때문에, 이는 일정한 법칙에 지배된다고 보았으며, 자신의 뜻을 관철하기 위해서는 상대방의 동정변화動靜變化를 알아야 한다고 설명하였다. 저서로 『귀곡자』 1권이 전해지는데, 소진이 가탁假託한 위서僞書로 여겨진다.

7 江乙 : 전국시대 위나라의 변사. 강일江—이라고도 한다. 위魏나라 사람으로 초나라에서 벼슬하여, 초나라 선왕宣王 시기에 활동했다.

이상의 설이 대체로 비슷한데, 모두 미색을 비유로 들었다. 사대부도 고관 대작을 추구하기만 하고 스스로 물러날 줄 모른다면, 이것을 거울로 삼아야 하리라!

5. 소식의 「유미당시」 有美堂詩

소식이 항주에서 「유미당회객시^{有美堂會客詩}」를 지었는데, 함련^{頷聯}이 다음과 같다.

하늘 밖 검은 바람 불어와 바다 일어서고,   天外黑風吹海立,
절동^{浙東}에 비 날려 강 건너 온다.   浙東飛雨過江來.

이 시를 읽은 이가 바다는 일어설 수 없지 않느냐며 의아해하자 황정견이 말했다.

이 구절은 아마 두보의 오해에서 비롯된 것일 겁니다. 두보의 「삼대례부조헌태청궁^{三大禮賦朝獻太淸宮}」 시에 이런 구절이 있지요.

구천의 구름 아래로 드리우고,   九天之雲下垂,
사해의 물 모두 일어섰다.   四海之水皆立.

두 시구가 모두 웅혼한 기상이 있으니, 일찍이 이런 시가 나온 적이 없었다.

소식이 「화도정운시^{和陶停雲詩}」에서 "구름은 구하^{九河}를 누르고, 눈발은 삼강^{三江}을 세웠다^{雲屯九河, 雪立三江}"라는 시구를 쓴 것도 역시 이런 용법이다.

6. 장천각의 서간 張天覺小簡

장천각^{張天覺}이 신종 희녕^{熙寧8} 연간에 유주^{渝州} 남천현^{南川縣} 장관이 되었다. 장돈^{章惇9}이 기주^{夔州}의 소수민족 사무를 보고 있었는데, 주현^{州縣}의 관리를

우습게 여기고 무시하여, 감히 그와 함께 말하려는 사람이 없었다. 부서^{部署}의 사자는 오직 장천각만이 그와 맞설 수 있다고 생각하여, 격문을 보내서 기주로 오게 했다. 장돈은 인재를 찾고 있었다. 장천각이 왔다는 소식을 사자가 보고하자 즉시 불러들여 함께 식사를 하자고 했다. 장천각은 도사 복장을 하고 한참 읍을 하고 자리에 앉았다. 장돈이 거침없이 이런저런 이야기를 하면, 장천각은 그때그때 임기응변으로 그를 압도하니, 장돈은 크게 기뻐하여 장천각을 상객으로 대우했다. 장돈이 귀환하여 왕안석에게 장천각을 추천하자, 드디어 등용될 수 있었다. 휘종 정화^{政和} 6년(1116), 장천각이 형남^{荊南}에 있을 때, 장돈의 아들 장치평^{章致平}에게 서찰을 보냈다.

> 이 늙은이는 올해 나이 일흔넷으로, 날마다 불경 너 댓 권을 읽고, 아침저녁으로 쌀 한 되와 국수 닷 냥·고기 여덟 냥을 먹고 물고기와 술을 곁들이며, 평소 그렇게 살지요. 또 약은 먹지 않고, 오직 기를 호흡하고 밤낮으로 하늘의 운행에 맞게 살아갈 뿐이오. 꿈에서 선친을 자주 만나 뵙는데, 말씀하시는 것도 생존하셨을 때와 똑같으니, 아마 하늘나라 신선 사이에서 사시는 듯하오. 그렇다면 이 늙은이와 노닐거나 만나는 것이 정해져 있겠지요. 아아, 어찌 하면 선친같이 남다른 대장부를 만나, 통쾌함을 느낄 수 있으런지!

이 서찰은 장치평 집에 보관되어 있었는데, 증손 장간^{章簡}이 돌에 새겼다. 나도 올해 74세이다. 질손 홍시^{洪偲}가 장흥^{長興}에서 묵본^{墨本}을 구하여 보여주어서, 기록에 남긴다.

7. 성 안의 여우와 사직단의 쥐 城狐社鼠

"물을 대서 성안에 사는 여우를 잡지 않고, 훈증으로 사직단의 쥐를 내

용재수필

---

8 熙寧 : 북송 신종 시기 연호(1068~1077).

9 章惇(1035~1106) : 자 자후^{子厚}. 신종^{神宗} 희녕^{熙寧} 초에 왕안석^{王安石}이 정권을 잡자 편수삼사 조례관^{編修三司條例官}에 발탁되었으며 원풍^{元豊} 2년(1079) 참지정사^{參知政事}에 올랐다. 구법당의 전성기에 쫓겨났다가 철종이 친정을 하게 되면서 청묘법과 면역법 등 신법을 회복시켰다. 휘종^{徽宗}이 즉위하면서 다시 폄적되었다.

쫓지 않는다.[城狐不灌, 社鼠不熏.]"는 말이 있다. 이 말은 여우와 쥐가 자신들이 서식하는 구덩이에 기대고 의지한다는 말이다. 이것은 예전부터 전해져 오던 말이다.[10] 그렇기 때문에 논자들은 대체로 군주 옆에서 가까이 지내며 신뢰를 받는 자들을 '성호사서城狐社鼠'[11]라고 말한다. 『설원說苑·선설善說』에 맹상군의 객이 한 말이 실려있다.

> 사람들은 여우를 공격하고, 쥐를 싫어해 연기를 피워 잡습니다. 그러나 저는 직호稷狐[12]가 공격당하고 사서가 훈증당하는 것은 보지 못했습니다. 왜일까요! 그들이 모두 각자 의지하는 바가 있기 때문일 것입니다.

직호稷狐라는 글자를 쓴 것이 매우 신기하다.

8. 용병은 신하에게 이익이다 用兵爲臣下利

부필富弼[13]이 사신 임무를 맡아 요遼에 갔는데, 거란 군주가 군대를 일으켜 쳐들어오겠다고 했다. 부필이 말했다.

> "요나라와 중국이 우호적으로 지내면 군주가 그 이익을 다 누리게 되고, 신하는 얻는 게 없습니다. 만약 군대를 동원하면 이익은 신하에게 돌아가고, 군주는 그 화를 뒤집어씁니다. 그러므로 북조 신하들이 군대를 동원할 것을 다투어 권하는 것은 모두 자기를 위한 계책이지 나라를 위한 계책이 아닙니다. 승부를 아직 알

10 『한비자·외저설外儲說』에 관중이 군주의 측근을 사서社鼠에 비유한 얘기가 나온다. 이들은 군주의 권세에 기대서 온갖 간악한 짓을 저지르는데, 주벌하지 않으면 법을 어지럽히고, 주벌하면 군주가 불안해하여, 사서社鼠와 닮았다고 했다.

11 城狐社鼠 : 성안에 사는 여우와 사당에 사는 쥐. 임금의 곁에 있는 간신의 무리나 관청의 세력에 기대어 사는 무리를 이르는 말로, 몸을 안전한 곳에 두고 나쁜 짓을 하는 사람을 지칭한다.

12 稷狐 : 사社는 토신土神을 모시는 곳이고, 직稷은 곡신穀神을 모시는 곳이다. 옛날에 국가를 세우면 군주는 제일 먼저 사社와 직稷을 모시는 사당을 설치했다. 사직社稷은 국가와 운명을 같이 했으므로, 이후 사직은 국가를 상징하게 되었다.

13 富弼(1004~1083) : 북송 시기 재상. 자 언국彦國. 추밀사樞密使가 되어 범중엄範仲淹 등과 함께 경력신정慶曆新政을 추진했으며, 재상까지 지냈다. 왕안석王安石의 청묘법靑苗法을 반대하다가 탄핵을 받아 강등되었다.

수 없는데, 설령 승리한다 해도 잃어버린 병사와 말을 신하들이 책임지겠습니까!
아니면 군주가 책임지겠습니까!"

당시 부필이 했던 말이 기록되어 사방에 전해졌는데, 소순蘇洵이 그 기록
을 보고 말했다. "이 같은 논의를 옛날 사람이 한 적이 없었던가?" 아직
열 살이 안 된 소식이 옆에서 듣고 대답했다.

> "엄안嚴安[14]이 상서한 내용에서 '지금 남이南夷를 순행하고, 야랑夜郎[15]이 조회를
> 하게 하고, 예주薉州를 공략하고, 성읍을 건설하고, 흉노 땅에 깊이 들어가 그 용
> 성龍城을 태우니 논자들은 찬미한다지만, 이것은 신하의 이익으로, 천하 최상의
> 대책이 아닙니다'라고 한 부분이 바로 이 뜻입니다."

소순은 아들의 말이 맞다고 여겼다.

북위 태무제 때에도 그러한 논의가 있었던 것으로 기억한다. 북위 태무
제 때 남쪽 변방 장수들은 송宋나라가 군비를 갖추어 장차 쳐들어오려고
하니, 그들이 쳐들어오기 전에 미리 공격하기를 청하는 표를 올렸다. 공경
公卿들은 모두 그래야 한다고 했는데, 최백심崔伯深이 아뢰었다.

> "조정 신하들과 서북을 지키는 장수가 폐하를 따라 정벌에 나섰다가, 서쪽으로
> 혁련赫連[16]을 평정하고, 북쪽으로 유연柔蠕을 격파하여, 미녀와 보물을 많이 획득
> 했습니다. 남쪽 변방 장수들은 이를 부러워하여, 남쪽을 공격하여 재물을 얻으려
> 는 것입니다. 모두 개인의 사리를 위한 것으로 나라에 사단을 만든 것이니 따라
> 서는 안 됩니다."

· ·

14 嚴安(B.C.156~B.C.87) : 전한의 문인. 임치臨菑 사람이다. 무제는 그를 보자 늦게 만난
   것을 한탄하며 낭중에 임명했다고 한다. 무제를 보좌한 문인 중 하나로, 사마상여 등과
   함께 존중을 받았다.
15 夜郎 : 한나라 때 서남 지역에 있었던 나라 이름. 지금의 귀주 서북부와 운남·사천 일부
   지역.
16 赫連 : 흉노 성씨 중 하나. 흉노 남선우가 한나라 종실 여인을 아내로 맞아서, 그 자손이
   유劉를 성으로 쓰게 되었다. 유호劉虎에 이르러, 그 모친이 선비 사람이었는데, 북방 사람들은
   부친이 흉노이고 모친이 선비이면 '철불鐵弗'이라고 해서, 유호 역시 '철불'을 호로 삼았다.
   동진東晉 의희 3년(407)에 이르러, 후손 발발勃勃(또는 屈子)이 대하천왕大夏天王을 참칭하고
   호를 '철불'이라고 하고, 성을 혁련으로 바꾸었다.

이에 위나라 군주는 송나라를 공격하려는 계획을 취소했다. 이 논의 역시 그러하다.

9. 묘지명 문장은 간략하게 誌文不可冗

소식이 장제현張齊賢[17]을 위해 묘지명을 쓸 때, 그의 아들 장서張恕에게 답장한 서신이 있다.

> 묘지명 문장은 여기로 오는 도중에 이미 반 이상 썼지만, 여기 온 이후 온갖 잡일 때문에 아직 완성을 못했는데 열흘이나 보름이면 완성될 듯하오. 그러나 굵직한 이야기만 쓰고 세세한 이야기는 생략했는데도 이미 6천여 자이니, 만약 세세한 이야기를 모두 쓰면 만 자로도 부족할 듯하오. 예로부터 이런 사례는 없었소. 이런 상황을 알려드리오.

아마 장서는 그저 많이 써주길 원했었던 듯하다. 또 한 서찰에서 말했다.

> 며칠 휴가 내서 묘지명 문장을 마침내 다 써서 삼가 보내니 받아주길 바랍니다. 병들어 쇠한 몸에 눈앞이 흐릿하여 글씨도 모두 제대로 안 써지니, 제대로 쓴 건 지 모르겠습니다.

이제 보니 묘지명 정본이 모두 7,100자, 명시銘詩 160자이다.

우리 고향에서 어떤 사람이 대부 급의 작은 군 군수의 행장을 9천자나 썼다고도 하고, 구주衢州[18]의 어떤 사람이 궁궐을 찾아가 2만자에 달하는 상소를 올렸다고도 하는데, 읽는 사람이 얼마나 지겹겠는가! 글을 쓰는 사람은 마땅히 주의해야 할 것이다. 소식의 서첩은 양씨梁氏의 죽재竹齋에 보관되어 있고 조진신趙晉臣이 그것을 호남湖南 제점형옥사提點刑獄司의 초관楚觀 안에 새겨 두었다.

. . . .

17 張齊賢(942~1014) : 북송의 정치가. 자 사량師亮. 북송 초기 정치·군사·외교 등 방면에 지대한 공헌을 했다.
18 衢州 : 지금의 절강성 구주.

10. 조간자가 명독을 죽이다 趙殺鳴犢

『한서·유보전劉輔傳』에 이런 내용이 있다.

> 곡영谷永 등이 "조간자趙簡子가 대부 명독鳴犢을 죽이자 공자는 황하까지 갔다가 돌아왔다"고 상소를 올렸다.

장안張晏은 이렇게 주를 달았다.

> 조간자는 진晉나라를 나누어 가지려고 먼저 명독을 죽이고 공자를 초빙한 것이다. 공자는 그가 죽었다는 소식을 듣고 황하까지 갔다가 돌아온 것이다.

안사고顏師古는 이렇게 설명했다.

> 『전국책』에서는 두 사람 성명을 명독鳴犢·탁주鐸犨라고 했다. 그런데 『사기』 및 「고금인표古今人表」에서는 명독鳴犢·두주竇犨라고 했다. 아마 鐸탁·犢독·竇두의 발음이 비슷해서 기록의 차이가 생긴 듯하다. 지금 곡영 등은 명독 한 사람만 거론하고 두주는 말하지 않았다.

한유의 「장귀조將歸操」에서도 "공자가 조나라에 가는 도중에 명독을 죽이는 사건이 일어났다"고 했다.

지금 유통되는 판본에서 『사기·공자세가』를 살펴보니, 두명독竇鳴犢과 순화舜華라고 되어 있었다. 『설원·권모편權謀篇』에서는 "진晉나라에 택명澤鳴·독주犢犨가 있었다"고 되어 있다. 이렇게 제각각 다르다.

11. 오제의 천하관 五帝官天下

한대 갑관요蓋寬饒[19]가 밀봉한 상소문을 올리면서 『한씨역전韓氏易傳』을 인

---

19 蓋寬饒 : 『한서』·『자치통감』 등의 기록에 따르면, 자는 차공次公, 위군魏郡 사람이다. 한 선제宣帝 때 태중대부太中大夫가 되어, 황제의 마음에 들어 사례교위司隸校尉로 발탁되었다. 사례교위는 무제 때 특별히 설치한 것으로, 경성 감찰을 맡았다. 황후와 태자로부터 공경백관에 이르기까지 모두 감찰하여, '호신虎臣'이라고 불렸다. 갑관요가 강직하여, 공경과 귀척이

용하여 이렇게 말했다.

> 오제五帝는 천하를 관직[官]으로 삼았고, 삼왕三王은 천하를 가정[家]으로 삼았습니다. 가정은 자식에게 전해주고, 관직은 현자에게 전해주니, 마치 사시가 운행하면서 공을 이루면 떠나는 것과 같습니다.

그 말의 의미가 선양을 요청하려는 것이라는 죄를 얻게 되어 자결했다. 그래서 혹자는 이후 천자를 '관가官家'라고 하는 것이 여기서 나왔다고 하기도 한다. 지금 세상에는 『한씨역전』이 전해지지 않는데, 『한서』를 주석한 많은 학자들 중 아무도 이를 언급하지 않았다. 오직 『설원說苑 · 지공편至公篇』에서만 다음과 같이 언급했다.

> 진시황제가 천하를 삼키고, 신하들을 불러 논의했다. 오제는 현자에게 선양했고 삼왕은 대를 이어 전했는데 어느 쪽이 옳으냐고 물었다. 박사 포령지鮑令之가 대답했다.
> "천하관天下官이면 현자를 선발하는 것이 옳고, 천하가天下家면 대를 잇는 것이 옳습니다. 그러므로 오제는 천하를 관직으로 삼았고, 삼왕은 천하를 가정으로 삼았습니다."
> 시황제는 탄식하며 말했다.
> "내 덕이 오제로부터 나와, 나는 천하를 관직으로 여길 것이니, 내 뒤를 이을 수 있는 자가 누구인가!"

이 설이 증거가 될 수 있기에 여기에 기록하여 『한서』 주석을 보충한다. 장제蔣濟의 『만기론萬機論』에도 '관천하官天下' · '가천하家天下'라는 말이 있다.

12. 『황제이법』黃帝李法

『한서 · 호건전胡建傳』에 『황제이법黃帝李法』이란 책이 기록되어 있다. 소림蘇林이 말했다.

> 벌벌 떨었다고 한다. 선제가 참언을 믿어, 갑관요는 결국 자결했고, 안타까워하지 않는 사람이 없었다.

옥관獄官의 명칭이다. 「천문지天文志」에서 "좌각左角은 이李이고, 우각右角은 장將이다"라고 했다.

안사고顏師古는 "이李는 법관의 호칭으로, 그가 지은 책을 『이법李法』이라고 한다"고 했다. 『당서·세계표世系表』에 이런 내용이 있다.

> 이씨는 고요皋陶로부터 요堯의 대리大理가 되어, 우虞·하夏·상商을 거치면서 대대로 이 관직을 지냈기에 일족의 명칭을 관직으로 하여 이씨理氏가 되었다. 주紂왕에 이르러 이후伊侯의 옛터로 달아나 나무 열매를 먹으며 목숨을 보전하여, 결국 '이理'를 '이씨李氏'로 바꾸었다.

지금 전해지는 판본의 『한서·천문지』 기관騎官과 관련된 기록을 보니, "좌각左角은 이理이다"라고 하여 계속 '이理'를 썼는데, 『사기·천관서天官書』에서는 '이李'라고 했다. 『설원』의 호건 관련 기록에서도 '이법理法'이라고 했다. 그렇다면 '理'와 '李'는 같은 것이다. 그러므로 『좌전』에서 여러 차례 "행리行李가 왕래했다行李往來"라고 한 것이다. 두예杜預는 주에서 "행리行李는 사인使人이다"라고 했다.

정자산鄭子產이 평구平丘에서 진晉나라와 회맹할 때 "행리지명行理之命"이라고 했는데, 주에서 역시 "행리行理는 사람을 보내서 초빙하고 문안하는 것"이라고 하였으니, 그 뜻이 더욱 분명해진다. 고요 때 대리大理에 임명되어 대대손손 바뀌지 않고 관직이 그대로 전해졌다면, 상商나라 말기까지 거의 1,200년 동안 관직을 이어받아 대리직을 맡은 것이니, 창씨倉氏와 고씨庫氏는 말할 것도 못된다. 「세계표」의 기록은 믿을 수 없다.

13. 문서 필사의 오류 抄傳文書之誤

지금 시대 전하는 문서 중에는 필사 담당 관리가 주의를 기울이지 않아 빠진 부분이 생긴 경우가 많다. 내가 삼관三館에서 근무할 때 유자직庾自直[20]의 『유문類文』을 빌려서 정본과 대조 점검해보았더니, 그 중 몇 권은 뒷

편의 내용이 모두 앞으로 편집되어 있어서, 서고書庫에 알려 정리한 다음에 기록하라고 했다. 그밖에도 이런 예가 많다.

주필대周必大[21]가 『소위공집蘇魏公集』을 태평주太平州에 조판 의뢰하면서 먼저 교감을 했다. 그 중 「동산장로어록서東山長老語錄序」에서 "측정정종側定政宗, 무용소이위용無用所以爲用; 인제득토因蹄得兔, 망언이후가언忘言而後可言"이라는 구절이 있는데, 앞 구절 뜻이 분명하지 않고 또한 뒤 구절과 짝을 이루지도 않기에, 이 부분을 오려 와 내게 물었다. 나는 『장자』의 다음과 같은 부분이 생각났다.

> 땅은 넓고 크지 않은 것이 아니지만, 사람이 쓰는 것은 발 딛는 부분 정도일 따름이다. 그렇다고 해서 발 딛는 부분만 제외하고 황천까지 파내 버린다면 되겠는가! 무용無用을 알고 나서 용用을 말할 수 있는 것이다.

이 문장과 맞춰보니 "측정정종側定政宗"은 당연히 "측족치천厠足致泉"이어야 맞고, 그렇게 되면 뒤 구절과 호응이 되기에, 이 네 글자가 모두 오류인 것이 판명되었다.

이로 인해 증굉曾紘이 필사한 도연명의 시 「독산해경讀山海經」에서 "형요무천세形夭無千歲, 맹지고상재猛志固常在"의 앞 뒤 구절 뜻이 연결되지 않는 것도 해결할 수 있었다. 『산해경』을 가져다가 참고 대조해보니 "형천刑天은 짐승이름으로, 입에 간척干戚을 물고 춤추는 것을 잘한다"라고 되어 있어, "형요무천세形夭無千歲"가 원래는 "형천무간척刑天舞干戚"이라는 것을 알았다. 그렇게

---

20 庾自直 : 영천潁川 사람이다. 학문을 좋아하고, 침착하고 조용했으며, 욕심이 없었다. 진陳에 벼슬하였다가, 진이 망하여 은거했는데, 수 양제가 학사로 초빙했다. 수 양제 대업(605~618) 초기, 저작랑에 임명되었다. 5언시에 특히 뛰어났다. 황제가 글을 쓰면 반드시 먼저 유자직에게 보여주어 평하도록 하여, 유자직이 평을 하면 고쳤으며, 좋다고 할 때까지 두번 세번 반복한 후에 물러나게 했다.

21 周必大(1126~1204) : 자는 자충子充 또는 홍도洪道, 여릉廬陵(지금의 강서 길안吉安) 사람이다. 4세 때 부친을 잃고, 모친을 따라 평강平江 외조부 집에서 기숙했다. 소흥 21년(1151) 진사 급제 이후 여러 요직을 거쳤다. 만년에 스스로 평원노수平園老叟라고 하였으며, 시호는 문충文忠이다. 『평원집平園集』 200권과 명초본明抄本 『주익문충공집周益文忠公集』이 있다.

되면 앞 뒤 구절이 서로 호응하게 되니, 그 다섯 글자가 모두 오류였다.

이를 친구 잠공휴岑公休와 조지도晁之道에게 얘기하니 모두 손뼉을 치면서 경탄하였고, 자신들이 소장하고 있던 책들을 바로 꺼내 그 자리에서 교정하였다. 도연명 시의 이런 예는 『소위공집』의 착오와 유사하다.

14. 이십팔수 二十八宿

'이십팔수二十八宿'에서 '宿'는 음이 '수秀'이다. 그런데 그 뜻을 따져보면, 본음 '숙'으로 읽는 것이 타당하다. 예전에 누군가 다음과 같은 설을 주장한 것이 기억난다. 『설원說苑 · 변물편辨物篇』에서 "하늘의 금 · 목 · 수 · 화 · 토 오성五星은 오행에 의하여 기가 운행되며, '宿'이라고 하는 것은 일월日月과 오성이 묵는 곳이다"라고 한 것에서 그 뜻이 분명히 드러난다.

15. 대관 연간 섣달 그믐날의 시 大觀元夕詩

휘종 대관大觀[22] 초년 개봉에서 섣달 그믐날 밤 등을 켜고 연회를 열었다. 당시 황주湟州[23]와 선주鄯州[24]를 재차 수복하여 휘종이 시를 지어 군신에게 내려 보냈다. 함련頷聯이 다음과 같았다.

깊은 밤 생笙 연주와 노래 청해 산자락에 이어져,   午夜笙歌連海嶠,
봄바람 등불이 황주湟州를 지난다.   春風燈火過湟中.

자리에서 화답한 것은 모두 휘종보다 못했다. 개봉윤開封尹 송교년宋喬年이 시를 잘 짓지 못하는지라 은밀하게 사람을 보내서 객 주자옹周子雍에게 도움을 요청하도록 하여, 다음과 같은 시구를 전달받았다.

22 大觀 : 북송 휘종 때의 연호(1107~1110).
23 湟州 : 지금의 청해성 낙도樂都.
24 鄯州 : 지금의 청해성 낙도 일대.

창합에서 바람 생겨 일찍 찾아온 봄,   風生閶闔春來早,

달은 봉래에 이르고 한밤중은 아직 아니어라.   月到蓬萊夜未中

당시 사람들의 칭송을 받았다. 주자옹은 여음^{汝陰} 사람으로, 진사도^{陳師}
^{道25}의 문하에서 공부한 적이 있었기 때문에 시에 뛰어났다. 그러니 글
짓고 시 쓰는 데 스승이 없으면 되겠는가!

16. 안진경의 서첩 顔魯公帖

안진경^{顔眞卿}의 충의와 기개는 역사서에 곡진하게 기술되어 있다. 우연히
임여^{臨汝}의 석각을 보게 되었는데, 그 중 한 서첩에서 다음과 같은 내용을
보게 되었다.

> 정치에서는 지켜야 할 원칙은 지켜야 한다. 나는 작년에 정치를 논하다가 죄를
> 얻었는데, 또한 도를 거스르고 일순간을 구차하게 살려 하다 천고의 죄인이 될
> 수는 없으니, 비록 폄적되어 먼 곳에서 살게 된다 해도 종신토록 부끄럽지 않으
> 리라. 지킨 원칙을 너희들도 알아야 한다.

이것은 혼자 폄적지로 가서 자손에게 보낸 것으로, 구체적인 시간은
알 수 없다. 천 년이 지난 지금도 이 서첩을 읽으면 안진경에 대한 경외심과
존경심이 절로 생겨난다.

17. 문언박이 정리하여 올린 관직 임명 제도 文潞公奏除改官制

신종 희녕^{熙寧26} 이래 사대부 자격과 경력 제도가 날로 무너지면서 해가

---

25 陳師道(1053~1102) : 북송의 시인. 자 이상^{履常} 또는 무기^{無己}. 호 후산거사^{後山居士}. 팽성^{彭城}
(지금의 강소 소주) 사람이다. 사람됨이 고아하고 절개가 있어 안빈낙도^{安貧樂道}했지만, 어려
움 속에 곤궁하게 살다가 추위와 병에 시달리다 죽었다. 시에서는 황정견^{黃庭堅}의 영향을
받았지만, 그의 시풍에 불만을 품고 두보^{杜甫}의 시풍을 본받으려 했으나, 그늘에서 완전히
벗어나지는 못했다. 강서시파^{江西詩派}를 대표하는 시인이다.

갈수록 심해져 흘러 이제 더 이상 정리가 불가능한 지경이 되었다. 최근 더욱 심각해져 종합 검토 제도가 제대로 지켜진 적이 없다.

우연히 보게 되었는데, 문언박文彦博이 철종 원우元祐 연간에 평장군국중사平章軍國重事에 임명되었을 때 선인고황후宣仁高皇后가 직접 송대 이래 지금까지 관직을 임명한 절차를 한 권으로 정리하여 올리라고 지시하였다고 한다. 그래서 문언박은 송대 이래 관직 임명과 관련된 옛 제도와 바뀐 것을 조목조목 정리하여 올렸다. 그 중 다음과 같은 내용이 있다.

이부吏部에서 친민관親民官[27]으로 두 번 임기를 마치고 거주擧主 추천이 있으면 통판通判으로 승진할 수 있었습니다. 통판에서 두 번 임기를 마치고 거주 추천이 있으면, 지주知州·지군知軍으로 승진할 수 있으니, 이것을 '상조常調(정상 인사이동)'라고 합니다. 지주·지군으로 근무하면서 공적이 있고 추천이 있어서 명실상부하면 전운사轉運使·전운부사轉運副使·전운판관轉運判官으로 혹은 제점형옥提點刑獄·각 부부府 추관推官·판관으로 특별 발탁 승진되었으니, 이를 '출상조出常調'라고 합니다. 전운사는 배정되는 로路에 따라 경중과 원근의 차이가 있었습니다. 하북·섬서·하동 세 로路는 중로重路로, 임기가 만료되면 삼사사三司使·삼사부사三司副使 혹은 발운사發運使로 임명되는 경우가 많았습니다. 발운사 임기가 만료되면 역시 삼사부사로 충원되기도 했습니다. 성도로成都路는 앞의 세 로 다음이요, 경동서로京東西路·회남로淮南路가 또 그 다음이요, 강동서로江東西路·형호로荊湖路·양절로兩浙路가 또 그 다음이요, 이광로二廣路·복건로福建路·재로梓路·이로利路·기로夔路가 가장 멀고 작은 등급입니다. 이와 같이 로路를 세 등급으로 나누어, 전운사 임기가 만료되면 가까운 다음 위 등급 로路로 옮기기도 하고 성부판관省府判官으로 귀환 임명되기도 하여, 차례대로 올라와서 삼로 중임으로 발탁 충원되었습니다. 제점형옥은 로路의 경중에 구애되지 않고 임명되었습니다.

문언박이 올린 것은 영종 치평治平[28] 연간 이전에 정상적으로 시행되었던 관리 임명인데, 지금은 모든 것이 사라졌다. 경관京官과 조관朝官은 어느 누구도 지방관으로서의 두 임기를 마치려고 하지 않는다. 이제 막 통판通判

용재수필

· ·

26 熙寧 : 북송 신종神宗 때의 연호(1068～1077).
27 親民官 : 지방 장관.
50 28 治平 : 북송 영종 때의 연호(1064～1067).

이 되었는데도 주군관州郡官으로 가길 희망한다. 전운사轉運司와 제형사提刑司 같은 지방의 감사監司들도 이제는 더 이상 경중원근의 등급 구별이 없어졌기에, 더 이상 경력에 의거해 차례대로 승진되지도 않는다.

18. 대제와 지제고 待制知制誥

인종 경력慶曆 7년(1047) 증공량曾公亮[29]이 수기거주修起居注에서 천장각대제 天章閣待制로 승진 임용되었다. 당시 진집중陳執中[30]만 재상의 자리에 있었는데, 그의 동생 부인인 왕씨王氏가 기공冀公의 손녀로, 증공량의 생질甥姪이었다. 왕씨가 초하루에 인사를 하러 오자 진집중이 맞이하며 말했다.

"제수, 외가의 증삼曾三께서 종관從官이 되시니, 매우 기쁘시겠군요."

그녀가 답했다.

"셋째 외삼촌을 아주버님께서 이끌어주시니 매우 기쁩니다. 다만 외할머니께서는 기뻐하지 않으십니다."

진집중이 까닭을 묻자 곧바로 대답했다.

"외할머니께서 셋째 외삼촌이 인사하러 온 것을 보시고 '네가 5등으로 급제하였으니 마땅히 사액詞掖[31]에 배정되어야 하거늘, 학업을 완전히 등한시하였단 말이

용재사필 권 2

---

29 曾公亮(998~1078) : 북송 시기 정치가·군사가·사상가. 자 명중明仲, 호 낙정樂正. 천주泉州 진강晉江(지금의 복건 천주) 사람이다. 지현·지주·지부·지제고·한림학사·단명전학사·참지정사·추밀사·동중서문하평장사 등을 두루 역임했다. 연국공兗國公·노국공魯國公에 책봉되었고, 태사·중서령에 추증되었다. 시호는 선정宣靖이다. 증공량은 정도丁度와 함께 황제의 명을 받아 중국 최초 관찬 군사서적 『무경총요武經總要』를 편찬했다.

30 陳執中(990~1059) : 북송의 재상. 자 소예昭譽. 북송 홍주洪州 남창南昌 사람이다. 대대로 관리를 지낸 집안 출신으로, 부친 진서陳恕가 부상副相인 염철사를 지내, 진종 때 부친 음공으로 비서성정자로 입사했다. 청렴한 것으로 유명했다. 사위가 일자리를 청탁하자, 관직은 국가의 것으로, 침실 상자 속 물건이 아니라며 들어주지 않아, 인종의 신임을 얻었다. 진집중의 소첩 장씨張氏가 포학하여 여종을 세 차례나 죽여, 탄핵을 받아서 외지로 부임했다가 퇴임했다. 시호는 공恭이다.

51

냐, 그래서 조정에서 너를 이런 부서로 배정한 것 아니겠느냐!'라고 꾸짖으셨다고 합니다."

진집중은 망연자실 아무 말도 못했고, 후에 증공량을 지제고知制誥로 변경 임명했다. 진집중은 과거 급제 출신이 아니어서 관련된 전거를 잘 몰랐기 때문에 여인으로부터 비웃음을 당한 것이다. 이 여인은 원래 외가에 간 적도 없었는데 이렇게 대답하였으니 그 총명하고 기민함이 이와 같았다.

국가의 전거에 따르면, 수주관修注官[32] 다음 보직은 반드시 지제고知制誥여 야 한다. 다만 조개趙概[33]는 구양수의 지위가 자기의 아래에 있다 하여 먼저 승진시키고 싶은 마음이었고 사마광은 이를 극력 반대하였기 때문에 세 사람이 모두 대제待制로 임명된 것이다. 관직 임명에 선후 순서를 심하게 따졌음을 알 수 있다.

19. 배행검과 경양 裴行儉景陽

배행검裴行儉[34]이 정양도대총관定襄道大總管이 되어 돌궐突厥을 토벌하러 갔 다. 대군이 선우單于 북쪽에 주둔하기로 하여, 저물 무렵 이미 군영을 세우고 참호도 거의 마무리되고 있었는데 높은 언덕으로 군영을 옮기라는 명이 다시 내려왔다. 군리軍吏가 "병사들이 이미 방호벽이 설치된 군영에 안심하 고 있기 때문에 다시 동요시킬 수 없다"고 건의하였으나 듣지 않고 옮길 것을 재촉했다. 한밤중이 되자 갑자기 비바람이 불어 닥쳐, 전에 군영을

31 詞掖 : 문학 관련 관리의 근무처로, 한림원·중서성 등을 가리킨다.
32 修注官 : 수기거주.
33 趙概 : 자는 숙평叔平, 송대 남경 우성虞城 사람이다. 관문전학사觀文殿學士까지 지냈으며, 태자 태사에 추증되었다. 시호는 강정康靖이다. 구양수와 함께 수기거주를 지낸 적이 있다. 조개는 신중하고 과묵하였는데, 구양수는 그를 무시하고 홀대했다. 그럼에도 불구하고 후에 구양수 가 탄핵을 받을 때 조개는 개인적 원한을 따지지 않고 홀로 구양수를 변호했으며, 이후 승진 기회도 구양수에게 양보하려 하여, 만년에 둘은 막역지교가 되었다.
34 裴行儉(619~682) : 자는 수약守約, 강주絳州 문희聞喜(지금의 산서성 문희 동북쪽) 사람으로, 당 고종 때 명신이다.

설치했던 장소는 이미 물이 1장丈 넘게 차올랐다. 모두들 깜짝 놀랐고, 감탄하지 않는 사람이 없었다. 어떻게 알게 되었냐고 묻자 배행검이 답했다.

"이제부터 내가 통제하는 대로 따르면 될 뿐 내가 어떻게 아는 지는 묻지 마시오."

『전국책』에 다음 내용이 나온다.

제齊·한韓·위魏가 함께 연燕을 공격하자 초왕楚王이 경양景陽을 보내 군대를 이끌고 가서 구원하게 했다. 저녁에 주둔을 하기 위해 좌우사마에게 각각 담벽을 쌓도록 했다. 표지를 이미 다 세웠는데 경양이 화를 내며 "너희가 야영하려는 곳은 모두 물이 그 표지까지 들이칠 것이다. 어떻게 이런 곳에서 묵을 수 있겠느냐!"라고 하고 옮기도록 했다. 다음날 큰 비가 와서 산에 물이 넘쳐 야영하던 곳에 물이 표지까지 잠겼고 군사들이 이에 탄복했다.

두 가지가 똑같은 얘기인데 경양의 일은 잘 전해지지 않는다.

20. 사탕수수를 중시한 북방 사람 北人重甘蔗

사탕수수는 남방에서만 나와서 북방 사람은 좋아하지만 구할 수가 없다. 북위北魏의 태무제太武帝가 팽성彭城[35]에 도착하자 무릉왕武陵王에게 사람을 보내 술과 사탕수수를 구해오게 했다. 곽자의郭子儀[36]가 분수汾水 가에 있을 때 대종代宗이 사탕수수 20줄을 하사했다.

「자허부子虛賦」에 "제자와 파차諸柘巴且"[37]라는 구절이 나오는데, 제자諸柘는 감자甘柘(사탕수수)[38]이다. 아마 사마상여가 말한 것은 초楚의 운몽雲夢지

35 彭城 : 지금의 강소성 서주徐州.
36 郭子儀(697~781) : 당나라 중기의 무장武將. 현종玄宗·숙종肅宗·대종代宗·덕종德宗의 4대에 걸쳐 당조를 위해 일했으며, 안사安史의 난을 진압한 것으로 가장 유명하다. 외족의 침입으로부터 중국 서부지방을 방어하는 일에 전념하여, 토번吐蕃의 침입을 물리치고 수도 장안長安을 수복하였다. 이에 대한 감사의 표시로 태종은 그에게 작위를 내리고 공주를 그의 막내아들에게 시집보냈다. 사후에 민간신앙에서 신으로 숭배되어, 복성福星 또는 재신財神으로 숭배되었다.
37 巴且 : 파초.
38 甘柘는 甘蔗와 같은 의미로 사탕수수를 가리킨다.

역에서 나오는 산물일 것이다. 한나라 「교사가^{郊祀歌}」에 "큰 잔에 자장을 담다_{泰尊柘漿}"라는 구절이 나오는데, 역시 사탕수수 즙을 음료로 만든 것을 말한다.

1. 諸家經學興廢

稚子問漢儒所傳授諸經, 各名其家, 而今或存或不存, 請書其本末爲四筆一則。乃爲采撫班史及陸德明經典釋文幷它書, 刪取綱要, 詳載於此。

周易傳自商瞿始, 至漢初, 田何以之顯門。其後爲施讎、孟喜、梁丘賀之學, 又有京房、費直、高相三家。至後漢, 高氏已微, 晉永嘉之亂, 梁丘之易亡, 孟、京、費氏人無傳者, 唯鄭康成、王弼所注行于世。江左中興, 欲置鄭易博士, 不果立, 而弼猶爲世所重。韓康伯等十人並注繫辭, 今唯韓傳。

尚書自漢文帝時伏生得二十九篇, 其後爲大小夏侯之學。古文者, 武帝時出於孔壁, 凡五十九篇, 詔孔安國作傳, 遭巫蠱事, 不獲以聞, 遂不列於學官, 其本殆絕, 是以馬、鄭、杜預之徒皆謂之逸書。王肅嘗爲注解, 至晉元帝時, 孔傳始出, 而亡舜典一篇, 乃取肅所注堯典分以續之, 學徒遂盛。及唐以來, 馬、鄭、王注遂廢, 今以孔氏爲正云。

詩自子夏之後, 至漢興, 分而爲四, 魯申公曰魯詩, 齊轅固生曰齊詩, 燕韓嬰曰韓詩, 皆列博士。毛詩者出於河間人大毛公, 爲之故訓, 以授小毛公, 爲獻王博士, 以不在漢朝, 不列於學。鄭衆、賈逵、馬融皆作詩注, 及鄭康成作箋, 三家遂廢。齊詩久亡, 魯詩不過江東, 韓詩雖在, 人無傳者, 唯毛詩鄭箋獨立國學, 今所遵用。

漢高堂生傳士禮十七篇, 卽今之儀禮也。古禮經五十六篇, 后蒼傳十七篇, 曰后氏曲臺記, 所餘三十九篇名爲逸禮。戴德刪古禮二百四篇爲八十五篇, 謂之大戴禮, 戴聖又刪爲四十九篇, 謂之小戴禮。馬融、盧植考諸家異同, 附戴聖篇章, 去其煩重及所缺略而行於世, 卽今之禮記也。王莽時, 劉歆始建立周官經, 以爲周禮, 在三禮中最爲晚出。

左氏爲春秋傳, 又有公羊、穀梁、鄒氏、夾氏。鄒氏無師, 夾氏無書。公羊興於景帝時, 穀梁盛於宣帝時, 而左氏終西漢不顯。迨章帝, 乃令賈逵作訓詁。自是左氏大興, 二傳漸微矣。

古文孝經二十二章, 世不復行, 只用鄭注十八章本。

論語三家, 魯論語者, 魯人所傳, 卽今所行篇次是也；齊論語者, 齊人所傳, 凡二十二篇；古論語者, 出自孔壁, 凡二十一篇。各有章句。魏何晏集諸家之說爲集解, 今盛行於世。

2. 漢人姓名

西漢名人如公孫弘、董仲舒、朱買臣、丙吉、王褒、貢禹, 皆有異世與之同姓名者。戰國策及呂氏春秋, 齊有公孫弘, 與秦王、孟嘗君言者。明帝時, 又有幽州從事公孫弘, 交通楚王英, 見於虞延傳。高祖時, 又有謁者貢禹。梁元帝時, 有武昌太守朱買臣、尚書左僕射王褒。後漢安帝時, 有太子廚監邴吉。南齊武帝之子巴東王子響爲荊州刺史, 要直閣將軍董蠻與同行, 蠻曰:「殿下癲如雷, 敢相隨耶?」子響曰:「君敢出此語, 亦復奇癲。」上聞而不悅, 曰:「人名『蠻』, 復何容得醖藉。」乃改爲仲舒。謂曰:「今日仲舒, 何如昔日仲舒?」答曰:「昔日仲舒, 出自私庭, 今日仲舒, 降自先帝, 以此言之, 勝昔遠矣。」然此人後不復見。

3. 輕浮稱謂

南齊陸慧曉立身清肅, 爲諸王長史行事, 僚佐以下造詣, 必起迎之。或曰:「長史貴重, 不宜妄自謙屈。」答曰:「我性惡人無禮, 不容不以禮處人。」未嘗卿士大夫。或問其故, 慧曉曰:「貴人不可卿, 而賤者乃可卿, 人生何容立輕重於懷抱!」終身常呼人位。今世俗浮薄少年, 或身爲卑官, 而與尊者言話, 稱其儕流, 必曰「某丈」。談其所事牧伯監司亦然。至於當他人父兄尊長之前, 語及其子孫甥壻, 亦云「某丈」。或妄稱宰相執政貴人之字。皆大不識事分者, 習慣以然, 元非簡傲也。予常以戒兒輩云。

4. 鬼谷子書

鬼谷子與蘇秦、張儀書曰:「二足下功名赫赫, 但春華至秋, 不得久茂。今二子好朝露之榮, 忽長久之功, 輕喬、松之永延, 貴一旦之浮爵。夫女愛不極席, 男歡不畢輪, 痛哉夫君。」戰國策楚江乙謂安陵君曰:「以財交者, 財盡而交絕。以色交者, 華落而愛渝。是以嬖女不敝席, 寵臣不敝軒。」呂不韋說華陽夫人曰:「以色事人者, 色衰而愛弛。」詩氓之序曰:「華落色衰, 復相棄背。」是諸說大抵意同, 皆以色而爲喩。士之嗜進而不知自反者, 尚監茲哉!

5. 有美堂詩

東坡在杭州作有美堂會客詩, 頷聯云:「天外黑風吹海立, 浙東飛雨過江來。」讀者疑海不能立, 黃魯直曰:蓋是爲老杜所誤, 因擧三大禮賦朝獻太淸宮云「九天之雲下垂, 四海之水皆立」以告之。二者皆句語雄峻, 前無古人。坡和陶停雲詩有「雲屯九河, 雪立三江」之句, 亦用此也。

6. 張天覺小簡

張天覺熙寧中爲渝州南川宰。章子厚經制夔夷，狎侮州縣史，無人敢與共語。部使者念獨張可亢之，檄至夔。子厚詢人才，使者以告，卽呼入同食。張著道士服，長揖就坐。子厚肆意大言，張隨機折之，落落出其上，子厚大喜，延爲上客。歸而薦諸王介甫，遂得召用。政和六年，張在荊南，與子厚之子致平一帖云：「老夫行年七十有四，日閱佛書四五卷，早晚食米一升、麵五兩，肉八兩，魚、酒佐之，以此爲常，亦不服煖藥，唯以呼吸氣晝夜合天度而已。數數夢見先相公語論如平生，豈其人在天仙間，而老夫定中神遊或遇之乎？嗟乎，安得奇男子如先相公者，一快吾胸中哉！」此帖藏致平家，其曾孫簡刻諸石。予今年亦七十四歲，姪孫偲於長興得墨本以相示，聊記之云。

7. 城狐社鼠

城狐不灌，社鼠不燻。謂其所棲穴者得所憑依，此古語也，故議論者率指人君左右近習爲城狐社鼠。予讀說苑所載孟嘗君之客曰：「狐者人之所攻也，鼠者人之所燻也。臣未嘗見稷狐見攻，社鼠見燻，何則？所託者然也。」「稷狐之字」，甚奇且新。

8. 用兵爲臣下利

富公奉使契丹，虜主言欲擧兵。公曰：「北朝與中國通好，則人主專其利，而臣下無所獲。若用兵則利歸臣下，而人主任其禍。故北朝群臣爭勸擧兵者，此皆其自謀，非國計也。勝負未可知，就使其勝，所亡士馬，群臣當之歟？抑人主當之歟？」是時，語錄傳於四方，蘇明允讀至此，曰：「此一段議論，古人有之否？」東坡年未十歲，在傍對曰：「記得嚴安上書云：『今徇南夷，朝夜郎，降羌僰略薉州，建城邑，深入匈奴，燔其龍城，議者美之。此人臣之利，非天下之長策也。』正是此意。」明允以爲然。予又記魏太武時，南邊諸將表稱宋人大嚴，將入寇，請先其未發逆擊之。魏公卿皆以爲當。崔伯深曰：「朝廷群臣及西北守將，從陛下征伐，西平赫連，北破蠕蠕，多獲美女珍寶。南邊諸將聞而慕之，亦欲南鈔以取資財。皆營私計，爲國生事，不可從也。」魏主乃止。其論亦然。

9. 誌文不可冗

東坡爲張文定公作墓誌銘，有答其子厚之一書，云：「志文路中已作得大半，到此百冗未絶筆，計得十日半月乃成。然書大事略小節，已有六千餘字，若纖悉盡書，萬字不了，古無此例也。知之知之。」蓋當時恕之意但欲務多耳。又一帖云：「志文謁告數日方寫得了，謹遣持納。衰病眼眩，辭翰皆不佳，不知可用否？」今誌文正本凡七千一百字，銘詩百六十字云。予鄉士作一列大夫小郡守行狀九千言，衢州士人詣闕上書二萬言，使讀之者豈不厭倦，作文者宜戒之。坡帖藏梁氏竹齋，趙晉臣鑴石於湖南憲司楚觀。

10. 趙殺鳴犢

漢書劉輔傳:「谷永等上書曰:『趙簡子殺其大夫鳴犢, 孔子臨河而還。』」張晏注曰:「簡子欲分晉國, 故先殺鳴犢, 又聘孔子, 孔子聞其死, 至河而還也。」顏師古曰:「戰國策說二人姓名云:鳴犢、鐸犨。而史記及古今人表並以爲鳴犢、竇犨。蓋『鐸』、『犢』及『竇』, 其聲相近, 故有不同耳。今永等指鳴犢一人, 不論竇犨也。」韓退之將歸操亦云:「孔子之趙, 聞殺鳴犢作。」予案今本史記孔子世家, 乃以爲竇鳴犢、舜華。說苑權謀篇云:「晉有澤鳴、犢犨。」其不同如此。

11. 五帝官天下

漢蓋寬饒奏封事, 引韓氏易傳言:「五帝官天下, 三王家天下, 家以傳子, 官以傳賢, 若四時之運, 成功者去。」坐「指意欲求禪」而死。故或云自後稱天子爲「官家」, 蓋出於此。今世無韓氏易, 諸家注釋漢書, 皆無一語。惟說苑至公篇云:「秦始皇帝既吞天下, 召群臣議, 五帝禪賢, 三王世繼, 孰是? 博士鮑令之對曰:『天下官, 則選賢是也;天下家, 則世繼是也。故五帝以天下爲官, 三王以天下爲家。』始皇帝嘆曰:『吾德出于五帝, 吾將官天下, 誰可使代我後者!』」此說可以爲證, 輒記之以補漢注之缺。蔣濟萬機論亦有官天下、家天下之語。

12. 黃帝李法

漢書胡建傳:「黃帝李法。」蘇林曰:「獄官名也。天文志:『左角, 李;右角, 將。』」顏師古曰:「李者, 法官之號也, 其書曰李法。」唐世系表:「李氏自皋陶爲堯大理, 歷虞、夏、商, 世世作此官, 以官命族爲理氏。至紂之時, 逃難於伊侯之墟, 食木子得全, 遂改『理』爲李氏。」予于今本漢書天文志, 騎官「左角, 理」, 乃用「理」字, 而史記天官書則爲「李」, 說苑載胡建事亦爲「理法」, 然則「理」、「李」一也。故左傳數云「行李往來」。杜預注曰:「行李, 使人也。」至鄭子產與晉盟於平丘, 則曰:「行理之命。」注亦云:「行理, 使人通聘問者。」其義益明。皋陶作大理, 傳子孫不改, 迨商之季幾千二百年, 世官久任, 倉氏、庫氏不足道矣。表系疑不可信。

13. 抄傳文書之誤

今代所傳文書, 筆吏不謹, 至於成行脫漏。予在三館假庾自直類文, 先以正本點檢, 中有數卷皆以後板爲前, 予令書庫整頓, 然後錄之。他多類此。周益公以蘇魏公集付太平州鏤板, 亦先爲勘校。其所作東山長老語錄序云:「側定政宗, 無用所以爲用;因蹄得兔, 忘言而後可言。」以上一句不明白, 又與下不對, 折簡來問。予憶莊子曰:「地非不廣且大也, 人之所用容足爾。然而廁足而墊之致黃泉, 知無用而後可以言用矣。」始驗「側定

政宗」當是「厠足致泉」, 正與下文相應, 四字皆誤也。因記曾紘所書陶淵明讀山海經詩云:「形夭無千歲, 猛志固常在。」疑上下文義若不貫, 遂取山海經參校, 則云:「刑天, 獸名也, 口中好銜干戚而舞。」乃知是「刑天舞干戚」, 故與下句相應, 五字皆訛。以語友人岑公休、晁之道, 皆撫掌驚嘆, 亟取所藏本是正之。此一節甚類蘇集云。

14. 二十八宿

二十八宿, 宿音秀。若考其義, 則止當讀如本音。嘗記前人有說如此。說苑辯篇曰:「天之五星, 運氣於五行, 所謂宿者, 日月五星之所宿也。」其義昭然。

15. 大觀元夕詩

大觀初年, 京師以元夕張燈開宴。時再復湟、鄯, 徽宗賦詩賜群臣, 其頷聯云:「午夜笙歌連海嶠, 春風燈火過湟中。」席上和者皆莫及。開封尹宋喬年不能詩, 密走介求援於其客周子雍, 得句云:「風生閶闔春來早, 月到蓬萊夜未中。」爲時輩所稱。子雍, 汝陰人, 曾受學於陳無已, 故有句法。則作文爲詩者, 可無師承乎?

16. 顏魯公帖

顏魯公忠義氣節, 史策略盡。偶閱臨汝石刻, 見一帖云:「政可守不可不守, 吾去歲中言事得罪, 又不能逆道苟時爲千古罪人也, 雖貶居遠方, 終身不恥。汝曹當須謂吾之志不可不守也。」此是獨赴謫地, 而與其子孫者, 無由考其歲月。千載之下, 使人讀之, 尚可畏而仰也。

17. 文潞公奏除改官制

自熙寧以來, 士大夫資歷之法, 日趨於壞, 歲甚一歲, 久而不可復淸。近年愈甚, 綜核之制, 未嘗能守。偶見文潞公在元祐中任平章軍國重事, 宣仁面諭, 令具自來除授官職次序一本進呈。公遂具除改舊制節目以奏, 其一云:「吏部選兩任親民, 有擧主, 升通判。通判兩任滿, 有擧主, 升知州、軍, 謂之常調。知州、軍有績效, 或有擧薦, 名實相副者, 特擢升轉運使副、判官, 或提點刑獄、府推、判官, 謂之出常調。轉運使有路分輕重遠近之差。河北、陝西、河東三路爲重路, 歲滿多任三司使、副, 或發運使。發運任滿, 亦充三司副使。成都路次三路, 京東西、淮南又其次, 江東、西、荊湖、兩浙又次之, 二廣、福建、梓、利、夔路爲遠小。已上三等路分, 轉運任滿, 或就移近上次等路分, 或歸任省府判官, 漸次擢充三路重任。內提點刑獄, 則不拘路分輕重除授。」潞公所奏乃是治平以前常行, 今一切蕩然矣。京朝官未嘗肯兩任親民, 才爲通判, 便望州郡。至於監司, 旣無輕重遠近之間, 不復以序升擢云。

18. 待制知制誥

慶曆七年，曾魯公[公亮]自修起居注除天章閣待制。時陳恭公獨爲相，其弟婦王氏，冀公孫女，曾出也。當月旦出拜，恭公迎語之，曰：「六新婦，曾三做從官，想甚喜。」應聲對曰：「三舅荷伯伯提挈，極驩喜，只是外婆不樂。」恭公問故，曰：「外婆見三舅來謝，責之曰：汝第五人及第，當過詞掖，想是全廢學，故朝廷如此處汝。」恭公默然自失，後竟改知制誥。蓋恭公不由科第，不諳典故，致受譏於女子。而此女對答之時，元未嘗往外家也，其警慧如此。國家故事，修注官次補必知制誥，惟趙康靖公以歐陽公位在下，而欲先遷，司馬公以力辭，三人皆除待制，其雜壓先後可見云。

19. 裴行儉景陽

裴行儉爲定襄道大總管討突厥，大軍次單于北，暮已立營，塹壕旣周，更命徙營高岡。吏白：「士安堵不可擾。」不聽，促徙之。比夜風雨暴至，前占營所，水深丈餘，衆莫不駭嘆。問何以知之，行儉曰：「自今第如我節制，毋問我所以知也。」案戰國策云：「齊、韓、魏共攻燕，楚王使景陽將而救之。暮舍，使左右司馬各營壁地，已植表，景陽怒曰：『女所營者水皆至滅表，此焉可以舍？』乃令徙。明日大雨，山水大出，所營者水皆滅表，軍吏乃服。」二事正同，而景陽之事不傳。

20. 北人重甘蔗

甘蔗只生於南方，北人嗜之而不可得。魏太武至彭城，遣人於武陵王處求酒及甘蔗。郭汾陽在汾上，代宗賜甘蔗二十條。子虛賦所云：「諸柘巴且。」諸柘者，甘蔗也。蓋相如指言楚雲夢之物，漢郊祀歌「泰尊柘漿」，亦謂取甘蔗汁以爲飲。

1. 한유가 장적에게 보낸 서신 韓退之張籍書

한유韓愈 문집에는 장적張籍에게 답장한 서신이 두 편 있다. 전편에서는 다음과 같이 말했다.

> 귀하의 논점은 석가와 노자를 배척하는 것보다 책을 저술하는 것이 낫다는 겁니다. 내 견해는 이와 다릅니다. 나는 50·60세 정도가 되면 저술을 시작하려고 합니다. 귀하는 또 내가 사람들과 실속 없는 잡담을 주고받는다고 비판했습니다만, 그건 내가 농담을 즐기는 것일 뿐입니다. 토론에서 상대에게 기가 죽지 않으려고 한다고 지적한 것과 같은 경우는 혹시 있을지도 모르겠습니다. 내기나 도박을 즐긴다고 비판했는데, 그건 절대 받아들일 수 없습니다!

후편에서는 다음과 같이 말했다.

> 석가와 노자가 중국 땅에서 유행한 것이 대략 600년입니다. 아침에 명령을 내려서 저녁에 금지시킬 수 있는 것이 아닙니다. 50·60세가 되어 저술로 써도 늦지 않습니다. 사람들과 토론에서 내 주장을 굽히지 않는 것이 이기기를 좋아하는 것처럼 보일 수 있겠습니다. 그런 면이 있기는 하지만, 사적인 호승심에서 이기려고 하는 것이 아니라, 내가 말하는 도道가 이기는 것을 좋아하는 것입니다. 잡담을 주고받는다고 비판한 것에 대해서는 이전 서신에서 모두 썼습니다. 옛날에 공자께서도 농담을 즐기셨는데 어찌 도道에 해가 되겠습니까!

장적이 말한 것은 대략 네 가지이다. 저술을 권하고, 잡담하는 것을 비판하고, 토론에서 이기기를 좋아하는 것과 도박하는 것에 대한 것이다. 지금 장적이 쓴 것을 입수해 보니 전편에서 다음과 같이 말했다.

> 한나라가 쇠미해져 부처 설법이 중국에 들어오고 황로黃老 학술이 대를 이어 번

성했습니다. 저술을 하셔서 성인의 도를 일으키고 보존하는 것을 왜 하지 않으십니까! 집사執事(한유)께서는 잡스럽고 실속 없는 논설을 좋아하시는데 이러한 것들은 들으면 재밌지만 성덕盛德에는 누가 되는 것입니다. 또한 토론을 하실 때 남의 단점을 용납하지 않고 개인 기분대로 이기기를 좋아하시는데, 역시 덕에 누가 되는 것입니다. 하물며 내기 도박을 하여 다른 사람과 재물을 다투다니요! 성덕을 저버린 시간이 오래되면 어떤 것이 덕을 해치는 행위인지 분간하지 못하게 됩니다. 내기를 끊으시고 실속 없는 논설을 버리시고 사려를 크게 하여 인재를 받아들이시고, 맹가·양웅의 작품을 이으시어, 성인의 도가 다시 당나라에 나타나도록 하시기 바랍니다.

후편에서는 다음과 같이 말했다.

노자와 석가가 생민을 유혹한 것이 오래 되었으니 집사께서는 저술하는 일을 임무로 삼으셔야 합니다. 군자는 하고자 하는 것에 급급하니 만약 모두 50·60이 되기를 기다려서야 무언가 하려고 한다면 한이 남을 것입니다. 군자가 발언하고 행동하는 것은 예에서 멀지 않으니 잡스럽고 실속 없는 말로 농담을 즐긴다는 것은 들어보지 못했습니다. 집사께서는 그런 설을 볼 때마다 손뼉치고 소리치고 웃으시니 이렇게 하면 기를 꺾고 성性을 해치게 되어 바른 것을 얻지 못합니다.

장적의 두 서신 말투가 매우 강직하다. 한유를 집사라고만 호칭하고 선생이라고 하지 않았다. 그 때를 따져보면 "집사가 융부戎府에 참여했다"고 하는 시기인데, 한유는 정원 12년(796)에 변주汴州 추관推官이 되었고, 당시 29세였다. 정원 15년(799)에 서주徐州 추관이 되었는데, 당시 32세였다. 한유의 나이가 아직 많지 않았기 때문에, 장적이 아직 스승을 대하는 예로 모시지 않았던 것이다.

2. 한유가 이백과 두보를 칭찬한 말 韓公稱李杜

『신당서新唐書·두보전찬杜甫傳贊』에 이러한 내용이 있다.

창려昌黎 한유韓愈의 문장이 특히 훌륭하다는 것은 인정하지만, 시가의 경우는 한유가 '이백·두보의 문장이 있어서 그 불꽃이 길이 만 장에 뻗친다李杜文章在, 光焰萬丈長'고 유달리 추앙했으니, 참으로 믿을 만하다.

내가 한유 시를 읽어보니 이백과 두보를 칭찬한 것이 몇 부분 있다. 여기 간략하게 소개한다.

「석고가石鼓歌」에서는 다음과 같이 읊었다.

소릉少陵[1]에 사람 없고 적선謫仙[2]은 죽었도다,　少陵無人謫僊死,
재주가 보잘것없으니 석고石鼓를 어이할까!　才薄將奈石鼓何.

「수노운부酬盧雲夫」에서는 다음과 같이 읊었다.

뭇 공께 읍하며 명예 사양하고,　高揖群公謝名譽,
두보와 이백을 멀리 추모하며 지성至誠에 감탄한다.　遠追甫白感至誠.

「천사薦士」에서는 다음과 같이 읊었다.

왕발이 일어난 이후 이백 두보 나타나서,　勃興得李杜,
능욕과 횡포에 모든 것이 곤경을 당했다.　萬類困凌暴.

「취류동야醉留東野」에서는 다음과 같이 읊었다.

예전에 이백과 두보의 시 보다가,　昔年因讀李白杜甫詩,
둘이 어울리지 않은 것을 오래도록 탄식한다.　長恨二人不相從.

「감춘感春」에서는 다음과 같이 읊었다.

이백과 두보가 검속 없었음이 근래 가련하니,　近憐李杜無檢束,
긴 시간 취하여 거리낄 것 없이 많은 글을 남겼구나!　爛漫長醉多文辭.

『신당서·지』에서 인용한 것까지 합하면, 이런 시를 대략 여섯 수 지었다.

. . . .

1　少陵 : 두보는 일찍이 소릉(지금의 섬서성 서안 동남쪽)에서 산 적이 있어서, 자칭 소릉야로少陵野老라고 했다.
2　謫仙 : 이백을 말한다. 당대 시인 하지장賀知章이 이백의 「촉도난蜀道難」을 보고, 이백은 '적선인'이라고 했다.

3. 한유의 「차일족가석」시 此日足可惜

한유의 「차일족가석일수증장적此日足可惜一首贈張籍」이란 시는 모두 140구로, 동東·동冬·강江·양陽·경庚·청青 여섯 운을 섞어 사용했다. 한유가 세상을 떠나자 장적張籍은 시를 지어 제사지냈다. 모두 166구로 양陽·경庚 두 운을 사용했는데, 구절구절 심금을 울렸으며, 모두 한유 시 체제를 그대로 따랐다. 이른바 "이에 두 시녀가 나와, 비파와 쟁을 함께 뜯다乃出二侍女, 合彈琵琶箏]"³라는 말과 같은 상황이다.

4. 분백대흑 粉白黛黑

한유는 문장을 지을 때 이전 사람의 한 마디 한 구절도 답습하려고 하지 않았다. 그렇기 때문에 "오직 진부한 말을 없애는 것에 힘쓰건만, 어허라 어렵기만 하구나!"라고 했다.⁴ 그런데 유독 '분백대록粉白黛綠' 네 글자는 무언가 따른 것이 있는 듯하다.

『열자列子』에 다음과 같은 구절이 있다.

> 주나라 목왕穆王이 하늘을 찌르는 높은 대臺를 짓고, 정鄭나라와 위衛나라에서 늘씬하고 어여쁜 처자를 선발하니, 분백대흑粉白黛黑⁵으로 치장한 여인들이 누대에 가득 찼다.

『전국책』에서는 장의張儀가 초왕楚王에게 다음과 같이 말한 대목이 나온다.

> "정鄭나라와 주周나라의 여인들이 분백대흑粉白黛黑으로 치장하고 거리에 나와 서면, 보는 사람들은 모두 선녀인 줄 압니다."

....

3 張籍, 「祭退之」.
4 「答李翊書」.
5 粉白黛黑 : 얼굴에 분을 희게 바르고 눈썹을 검게 그린다는 의미로, 여인이 곱게 화장하는 일이나 곱게 화장한 여인을 지칭한다.

굴원은 『대초大招』에서 "분백대흑粉白黛黑으로 치장하고, 향 고운 지분을 바른다"고 했다. 사마상여는 "치장하고 장식하다靚莊刻飾"라고 했는데, 곽박郭璞은 "분백대흑粉白黛黑이다"라고 했다. 『회남자』에도 다음과 같은 기록이 있다.

> 모장毛嬙과 서시西施는 향 고운 지분을 바르고, 아미를 바르게 그리고, 비녀와 귀고리를 꽂고, 아석阿錫 옷을 입고, 분백대흑粉白黛黑으로 치장하고, 눈웃음에 보조개가 드러났다.

한유는 흑黑을 녹綠으로 썼지만, 그 뜻은 같다.

5. 이백과 두보의 왕래에 관한 시 李杜往來詩

이백과 두보는 벼슬이 없었을 때, 함께 양梁과 송宋 지역을 유람하면서[6] 시와 술을 함께 한 마음이 통하는 벗이었다. 두보의 문집을 살펴보면 이백을 칭찬하고 그리워한 시가 매우 많다.

이후李侯는 금규언金閨彦[7]이건만,	李侯金閨彦,
벗어나 깊은 곳에 은거했네.	脫身事幽討.[8]
남쪽으로 우혈禹穴 찾아가면 이백 만날테니,	南尋禹穴見李白,
가는 길에 요즘 어찌 지내는지 소식 물어봐주오.	道甫問訊今何如.[9]
이백은 한 말에 시 백 편 지으며,	李白一斗詩百篇,
자신은 '술 속 신선'이라 했지	自稱臣是酒中仙,[10]

---

6 양梁과 송宋 지역은 양주와 송주로, 지금의 하남·산동 지역이다. 천보 3·4년 무렵 이백이 권신의 참언을 당해 조정에서 쫓겨났는데, 제·조 지역을 유람하던 두보가 때 마침 이백·고적과 만나 함께 양·송을 유람한 것을 말한다.

7 金閨彦 : 조정의 걸출한 재인. 남조南朝 양梁나라 강엄江淹의 「별부別賦」에 "金閨之諸彦, 蘭臺之群英"이란 말이 나온다.

8 「贈李白」.

9 「送孔巢父謝病歸遊江東兼呈李白」.

근래 해내에서 칠언 장편 시라면,　　近來海內爲長句,
자네와 산동의 이백이 잘 짓지.　　汝與山東李白好.[11],

예전에 고적·이백과 함께,　　昔者與高李,
느즈막히 단보대에 올랐었지.　　晚登單父臺.[12]

이후李侯가 지은 훌륭한 싯구,　　李侯有佳句,
종종 음갱陰鏗[13]과 닮았네.　　往往似陰鏗.[14]

고적·이백과 어울리던 때 생각나네,　　憶與高李輩,
우정을 논하며 술에 빠졌었지.　　論交入酒壚.[15]

이백은 시에서 무적일세,　　白也詩無敵,
무리를 벗어나 훨훨 날아오르듯.　　飄然思不群.[16]

예전에 광객[17]이 있어서,　　昔年有狂客,
자네를 적선인이라고 불렀지.　　號爾謫儒人.[18]

지는 달이 들보에 가득하여,　　落月滿屋梁,
얼굴을 비추는 듯.　　猶疑照顏色.[19]

용재수필

....

10 「飮中八仙歌」. 원래 시는 "李白一斗詩百篇, 長安市上酒家眠. 天子呼來不上船, 自稱臣是酒中仙."이다. 홍매가 1구와 4구를 연결하여 인용하였다.
11 「蘇端薛復筵簡薛華醉歌」. 이백이 조래산徂徠山(지금의 산동성 태안 동남쪽)에서 은거할 때, 사람들이 모두 산동사람이라고 칭했다.
12 「昔遊」.
13 陰鏗 : 남조 진陳나라의 시인. 자 자견子堅, 무위武威 사람으로, 사전史傳에 정통했고, 5언시를 잘 지어 당시 인정을 받았다. 진문제陳文帝가 종종 여러 군신들과 연회를 베풀면서 그들과 시를 지었는데 한번은 서릉徐陵이 음갱을 이 자리에 천거했다. 시의 주제는 새로 지은 안락궁安樂宮을 찬미하는 것이었는데, 붓을 들자마자 곧장 써냈다. 그 글이 문제의 마음에 들어 큰 칭찬을 받았다.
14 「與李十二白同尋範十隱居」.
15 「遣懷」.
16 「春日憶李白」.
17 狂客 : 하지장이 스스로를 사명광객四明狂客이라고 했다.
18 「寄李十二白二十韻」.
19 「夢李白二首」 제1수.

| 깊은 밤 꿈에서 자네를 자주 보니, | 三夜頻夢君, |
| 깊은 정 자네 뜻 볼 수 있어. | 情親見君意.[20] |

| 가을이 와 돌아보니 아직 정처 없이 떠도는 듯, | 秋來相顧尙飄蓬, |
| 단사를 찾지 못해 갈홍에게 부끄러워. | 未就丹砂愧葛洪.[21] |

| 적막한 서재에서, | 寂寞書齋裏, |
| 아침이 다 가도록 자네를 생각하네. | 終朝獨爾思.[22] |

| 하늘 끝에서 서늘한 바람 일어나니, | 涼風起天末, |
| 자네 마음은 어떤가. | 君子意如何.[23] |

| 이백을 못 본지 오래로다, | 不見李生久, |
| 광인 행세해야 함이 정말 슬프구나. | 佯狂眞可哀.[24] |

모두 열 너댓 편이다. 그런데 이백이 두보에게 쓴 시는 한 구절도 보이지 않는다. 혹자는 「요사정별두보궐堯祠亭別杜補闕」[25]이 두보에게 쓴 것이라고 하지만, 아닌 것이 확실하다. 두보는 우습유右拾遺만 지냈을 뿐 보궐에 임명된 적이 없으며, 간성諫省에서 나와 화주사공華州司功을 지내다가 우여곡절 끝에 촉蜀으로 들어가 더 이상 동쪽으로 나오지 않았다. 또 다른 시에서 "반과산 산머리에서[飯顆山頭]"[26]라고 조소한 것도 호사가가 지은 것일 뿐이다.

용재사필 권3

· ·

20 「夢李白二首」 제2수.
21 「贈李白」.
22 「終日有懷李白」.
23 「天末懷李白」.
24 「不見」.
25 원제는 「秋日魯郡堯祠亭上宴別杜補闕范侍御」이다.
26 이는 「戲贈杜甫」라는 시에 보이는 구절이다. 시 내용은 다음과 같다.

반과산 산머리에서 두보를 만나니,	飯顆山頭逢杜甫,
눌러쓴 삿갓에 햇볕이 쩅쩅 내리쬐네.	頭戴笠子日卓午.
그 사이 어찌 그리 야위었나 물으니,	借問別來太瘦生?
모두가 시 짓는 고통 때문이라네.	總爲從前作詩苦.

6. 주좌를 무서워 한 이백 李太白怖州佐

이백은 「상안주배장사서上安州裴長史書」에서 다음과 같이 말했다.

> 저는 귀하의 높은 의기를 흠모하여 말석에서 꽁무니를 따라다닐 수 있게 되었습니다만, 갑자기 많은 입이 저를 비방하고 헐뜯을 줄이야 어찌 예상했겠습니까! 장차 요언이 계속 퍼져서 위엄에 손상을 끼치게 되지나 않을까 두렵습니다. 만약 모든 것이 사실이라면 마땅히 제가 죄를 책임져야 할 것입니다. 그리 되면 저는 난초로 몸을 씻고 정치에서 물러나 군후君侯께서 내리시는 사생死生의 결정에 따를 것입니다. 바라옵건대 군후께서 크나큰 은혜로 마음과 얼굴을 활짝 열고 이전 은덕을 끝까지 베푸시어 다시 한 번 살펴주신다면, 필시 정성을 다하여 하늘도 움직이게 하여 긴 무지개가 해를 뚫을 수 있게 할 수 있을 것입니다. 만약 불끈 위엄을 드러내시어 더욱 분노하신다면 무릎걸음으로 앞에 나가 재배하고 떠나겠습니다.

배장사가 어떤 사람인지는 모르겠지만, 사람들이 그의 고귀하고 현명한 재능을 극히 찬미해 장안에 이름이 드날렸으며, 발군의 재능을 타고 났고 다른 사람을 압도하는 풍채와 태도에 모두들 두려워하며 복종했던 것은 알겠다.

이백은 백의白衣 신분으로 한림翰林에 들어갔지만 세상을 덮을 듯한 빼어난 자태는 당시 고력사高力士 같은 권력자에게 대전에서 신발을 벗기게 할 수 있을 정도였는데, 왜 지주知州를 보좌하는 직책 낮은 관리인 주좌州佐 한 사람에게 벌벌 떨었을까! 무릇 인생에 있어 때에 따라 실의失意하기도 하고 득의得意하기도 하기에, 그렇게 말단 관리에게조차 굽신거릴 수밖에 없었을 것이다. 재주가 뛰어난 인물이 때를 만나지 못하고, 신룡神龍이 하잘 것 없는 땅강아지나 개미로 인해 곤경에 처하는 경우가 많으니, 어찌 탄식하지 않을 수 있겠는가! 이백은 이 서신에서 자신의 생애에 대해 말했는데, 다음과 같은 대목이 있다.

> 예전에 촉蜀의 친구 오지남吳指南과 함께 초楚 지역을 유람했는데, 친구인 오지남이 동정호 호숫가에서 죽어 저는 상복襌服을 입고 그를 장례지내며 통곡했습니

다. 뜨거운 여름의 열기가 시신을 뒤덮고 사나운 맹수가 제 눈앞에 와도, 꼼짝 않고 굳게 시신을 지키며 그를 동정호 호숫가에 임시로 매장했습니다. 몇 년 후 그 근골筋骨이 아직 그대로 있는 걸 보고 눈물을 훔치며 칼을 가져다가 직접 씻고 발라내서 유골을 잘 정리하고 감싼 후 발걸음을 옮겼습니다. 등에 짊어지고 달리며, 자나 깨나 몸에서 떨어뜨리지 않기에 잠시도 손에서 내려 놓은 적이 없었습니다. 그리고 비용을 빌려서 결국 악성鄂城에 그의 유골을 안장했습니다.

이백은 사귐에 있어 이처럼 의리를 중시하였다.

또한 은자 동암자東巖子와 민산岷山에서 은거하여 몇 년 동안 머물면서 도시로 발길을 돌리지 않았습니다. 기이한 새 천 마리를 길렀는데, 부르기만 하면 모두 손바닥에 와서 모이를 먹었고 절대 놀라거나 의심하지 않았지요.

이와 같이 이백은 세상 모든 것을 잊고 높은 뜻을 키웠는데, 사서에는 실리지 않은 것을 보면, 사서가 완전한 것은 아니다.

7. 기도도 저주를 이기지 못 한다 祝不勝詛

제齊나라 경공景公이 병이 나자 양구거梁丘據는 기도를 맡았던 축사祝史를 주살하라고 청했다. 안자晏子가 말했다.

"기도를 하면 좋은 일이 있듯 저주를 하면 또한 나쁜 일이 있습니다. 요聊·섭攝 동쪽과 고姑·우尤 서쪽에는 저주하는 사람들이 많습니다. 비록 아무리 기도를 잘 한다 해도 억조창생의 저주를 어떻게 이길 수 있겠습니까!"

진晉나라 중항인中行寅[27]이 멸망을 앞두고 제사관 태축太祝을 불러 죄를 물으며 이렇게 말했다.

"네가 나를 위해 기도할 때 재계齋戒를 불경스럽게 하여 우리나라가 망하게 했다."

태축이 대답했다.

---

27 中行寅 : 춘추시대 진晉나라 귀족. 중항씨 경족卿族의 마지막 사람, 순인荀寅이라고도 한다.

"타고 다니는 배와 수레를 화려하게 치장하고 세금을 과하게 거두어들이니, 원망하고 비방하고 저주하는 백성이 많았습니다. 기도를 해서 나라에 좋은 일이 있다고 여기신다면, 저주를 하면 또한 나쁜 일이 있을 것입니다. 한 사람이 기도하고 온 나라 사람이 저주하면, 한 사람 기도가 만 사람 저주를 당해내지 못합니다. 나라가 망하는 게 당연하지 않습니까! 제게 무슨 죄가 있습니까!"

이 두 이야기는 한 사람 입에서 나온 듯 하니 참으로 약이 되는 말이다.

8. 여불위가 배움을 논하다 呂子論學

『여씨춘추』에 이런 내용이 있다.

하늘은 사람을 이 세상에 태어나게 하면서 귀로 들을 수 있게 했는데, 배우지 않으면 듣는 것이 귀머거리보다 못하게 된다. 눈으로 볼 수 있게 했는데 배우지 않으면 보는 것이 장님보다 못하게 된다. 입으로 말할 수 있게 했는데 배우지 않으면 말하는 것이 벙어리보다 못하게 된다. 마음으로 알 수 있게 했는데 배우지 않으면, 아는 것이 미치광이보다 못하게 된다. 그러므로 배운다는 것은 무엇을 더 보탤 수 있는 게 아니라 천성天性에 이르는 것이다. 하늘이 사람에게 준 것을 온전히 지키며 없어지지 않게 할 수만 있다면 제대로 잘 배우는 것이라고 할 수 있다.[28]

이 말이 참 좋은데 언급하는 학자가 드물기에 내가 기록하여 스스로 경계로 삼는다.

9. 증태황태후 曾太皇太后

당나라 덕종德宗은 즉위하여 모친 심태후沈太后[29]를 찾으려 했으나 못 찾았

---

28 『여씨춘추呂氏春秋』 권4 「맹하기孟夏記·존사尊師」.
29 沈太后 : 예진황후睿眞皇后 심씨沈氏. 당 대종代宗이 광평왕廣平王이었을 때 시첩으로, 덕종을 낳았다. 안록산의 난 때 실종되었는데, 대종이 십여 년에 걸쳐 백방으로 수소문하였으나 찾을 수 없었다. 덕종은 즉위한 이듬해인 건중建中 원년(780), 생모 심씨를 '황태후'로 책봉하는 의식을 거행하였고, 재위 기간 내내 모친을 찾았으나 결국 찾지 못했다. 순종은 즉위

다. 순종順宗을 거쳐 헌종憲宗 때에 이르러 심태후는 증조모가 되었기 때문에, 증태황태후曾太皇太后라고 호칭했다. 조모와 구별하기 위해서이다. 『구당서』와 『신당서』의 「기紀」에 모두 실려 있다.

지금 자복태황태후慈福太皇太后는 수강태상壽康太上 때 이미 존호가 더해졌는데, 주상에게는 증조모가 되니 마땅히 당대 전례에 따라 '증曾'을 붙여야 한다. 예전에 재상에게 이 사안에 대해 알린 적이 있는데, 관련부처 관리는 과거에 그러한 선례가 없다면서, 천자가 세 세대까지 계승되었으니 이전에 비견될 사례가 어찌 있겠냐고 했다. 이는 또한 예의를 모르는 것이라고 할 수 있다.

또한 사복왕嗣濮王 사흠士歆은 효종 융흥隆興[30] 때 종숙조從叔祖가 되었고, 광종 소희紹熙[31] 때 증숙조曾叔祖가 되었고, 영종 경원慶元[32] 때 고숙조高叔祖가 되었다. 그런데 예전처럼 여전히 황숙조皇叔祖라고 호칭했다. 사흠은 사수왕嗣秀王 백규伯圭를 종조從祖로 보는데, 지금 백규를 황백조皇伯祖라고 호칭하고 사흠을 단지 황숙조라고 호칭하니, 아우가 되어버렸다.

대례시大禮寺에서도 국조 이래 증·고를 붙여 호칭한 예가 없다고만 하는데, 저들은 아마도 여러 조대에서 황제의 존속에 대해 이렇게 호칭한 사례가 아직 없었다는 것을 모르는 듯하다.

10. 중천대 中天之臺

하늘에 닿는 대臺라는 뜻의 중천대中天臺에 관한 두 가지 설이 있다.
하나는 『열자』에 나온다.

....

후 심씨를 찾는 것을 그만두라는 조서를 내리고 발상發喪을 하였으며, 태황태후의 존호를 추증하였다.
30 隆興 : 남송 효종孝宗 시기 연호(1163~1164).
31 紹熙 : 남송 광종光宗 시기 연호(1190~1194).
32 慶元 : 남송 영종寧宗 시기 연호(1195~1200).

서방 끝에서 산다는 마술사가 주나라 목왕穆王을 만났다. 왕은 그를 위해 궁실을 개축했는데, 토목에 공력과 정성을 들이고 붉은색 하얀색 벽돌을 쓰는 등 기교를 아끼지 않았다. 창고 다섯 곳을 다 털어 대대臺가 비로소 완성되었다. 그 높이가 천 길에 이르고 종남산終南山 위로 솟아 중천지대中天之臺라고 불렀다.

하나는 『신서新序』에 나온다.

위魏나라 왕이 중천대中天臺를 건축하려고 하자 허관許綰이 삽을 들고 메고 들어와 말했다.
"제가 상商의 대대臺를 쌓을 수 있습니다."
왕이 물었다.
"어떻게 쌓을텐가?"
허관이 말했다.
"하늘과 땅은 그 거리가 1만 5천리입니다. 지금 왕께서 반만 쌓으신다면 마땅히 7,500리 높이 대대臺를 쌓아야 합니다. 높이가 이렇다면 그 터는 사방 8천 리가 되어야 하는데 왕의 땅을 모두 동원해도 대대臺의 터로는 부족합니다. 반드시 이 대대臺를 쌓으시려면 우선 군대를 동원하여 제후를 정벌하여 그 땅을 모두 가지고 또한 사이四夷를 정벌하여 사방 8천 리가 되어야만 대대臺의 터가 될 수 있습니다. 따져보니 8천 리 밖에는 마땅히 농경지를 지정하여 왕의 대대臺를 유지하는 데 비용이 충분하도록 해야 합니다. 대대臺를 쌓을 조건이 구비되어야 작업을 시작할 수 있습니다."
왕은 묵묵히 아무 대꾸가 없더니 대를 쌓으려는 것을 결국 포기했다.

11. 실제 나이와 관직 나이 實年官年

사대부의 관직 이력을 기록할 때 실제 나이[實年]와 관직 나이[官年] 두 가지를 따져 기록한다. 이전 관가 문서에서는 없었던 일이다. 대체로 포의 신분에서 과거에 응시할 때는 반드시 나이를 줄여 신고한다. 젊은 시절 이를 빌어 혼처를 구하기 위해서이다. 불행히도 시험에서 낙방하여 '특은特恩33'을 기대하는 경우에도 나이가 예순이 안 되어야 입사仕가 허용되었기

---

33 特恩 : 연속 15 차례 시험에 응시했는데 합격하지 못한 문인에게 황제가 특별히 관직을 내려주는 경우가 있었다.

때문에 미리 대비하지 않을 수 없었다. 공경^{公卿}에 이르면 자식이 임용될 기회가 주어지는데 좀 더 일찍 입사^{入仕} 명단에 오르게 하기 위해, 아이가 아직 어린 경우는 대부분 나이를 늘리곤 했으며 몇 살이나 늘린 경우도 있었다.

그러나 정의를 지키려는 사대부는 그래도 아이가 과거시험에 응시하여 관리로 일하려고 하는데 조부나 부친이 앞장서서 군주를 속이는 쪽으로 이끄는 것은 안 된다고 했다.

최근 조정의 신하가 누차 말을 해서 나이가 일흔에 이르면 감사^{監司}·군수^{郡守} 등에 임명하는 것을 허용하지 않게 되자, 관료 중에서 스스로 불안한 자가 많아 다투어 나이를 줄이거나 늘려 거취를 결정하려고 했다.

강동^{江東34} 제형^{提刑35} 이신보^{李信甫}는 나이가 비록 일흔이 넘었지만 관직 나이는 오히려 다섯 해가 적었기에, 퇴임하게 해달라고 간절하게 사정했음에도 불구하고 관년이 아직 때가 되지 않았으니 '외사^{外祠36}로 가라는 교지가 내려왔다.

방주^{房州37} 지주^{知州} 장주^{章驥}는 나이가 68세였지만 관직 나이는 오히려 삼 년이 더 많았는데, 그 역시 퇴직하기를 원했다. 관련 관리들은 그의 정력이 아직 쇠하지 않았으니 실제 나이를 근거로 일을 더 하게 하자고 청원하였으나, 그의 요청을 들어주어 임무를 마치게 하라는 교지가 내려왔다.

엄주^{嚴州38} 지주 진육^{秦焴}이 사록관을 희망하는 상소를 올려 "실제 나이 65세인데 관년은 이미 일흔이 넘었습니다"라고 하여 결국 떠날 수 있게

용재사필 권3

- -

34 江東 : 강남동로^{江南東路}. 지금의 강소 남경.
35 提刑 : 제점형옥공사^{提點刑獄公事}의 준말로, 제점형옥이라고도 했다. 송대 각 노^路에 설치하여, 소속 각 주의 사법·형옥·감찰·권농 등을 주관하게 했다.
36 外祠 : 외임^{外任} 궁관관^{宮觀官}. 송초 궁관관을 설치하고, 희녕(1068∼1077) 시기 왕안석이 확충하여, 재경대신 중 파직된 자에게 도교 궁관을 관리하는 직함을 주어, 실제 책무는 없고 봉록만 받게 했다. 사록관^{司祿官}이라고도 했다. 이후 지방 도교 궁관과 악묘에도 계속해서 외사록관을 설치하여, 외관^{外官}에게 안배했다.
37 房州 : 지금의 호북 방현^{房縣}.
38 嚴州 : 지금의 절강 건덕^{建德} 동북쪽.

되었다.

　제녕국齊寧國도 사직 귀향을 희망하면서 "실제 나이 일흔인데 관년은 67세입니다"라고 했다. 이리하여 실년이니 관년이니 하는 말이 문서에 나타나기 시작하고 안팎으로 널리 알려지게 되었는데, 이는 사실 군주와 신하가 공공연히 서로 속이는 것이다. 장고掌故[39]는 정말 해도 너무했다. 어찌 역사 기록에 이런 것을 기록할 수 있었을까!

12. 『뇌공포자론』雷公炮炙論

　중병을 치료할 수 있는 약 처방이 『뇌공포자론雷公炮炙論』에 기재되어 있는데 지금 활용하는 의사가 드물기에 여기 기록한다.[40]

용재수필

　　머리카락과 눈썹이 빠지는 사람은 반하半夏[41] 즙을 바르면 즉시 자라난다. 눈동자가 한쪽으로 돌아가는 사람은 오화五花를 복용하면 저절로 바르게 된다. 다리에 종기가 생기면 탕蕩 뿌리를 묶으면 낫는다. 음낭이 쭈글쭈글해지고 소변이 많으면 밤에 대나무를 달여 복용한다. 몸이 차고 배가 불룩하면 가마우지를 먹어야 한다. 월경혈이 너무 많으면 과자瓜子를 음료와 복용한다. 기침이 심하면 술로 숙웅熟雄을 복용한다. 몸에 두루 반점이 퍼지면 생측生側을 찬 음료와 복용한다. 장이 허하고 설사를 하면 초령草苓을 써야 한다. 갈증이 오래 가고 짜증이 일어나면 죽력竹瀝을 마셔야 한다. 종양을 없애려면 요磠・초硝를 복용해야 한다. 식욕과 주량을 늘리려면 갈대와 후박나무를 달여 복용해야 한다. 근골을 강하게 하려면 종용蓯蓉 버섯과 민물고기인 드렁허리를 써야 한다. 안색을 안정시키고 수명을 연장하려면 신금神錦을 잘 달여 복용한다. 창옹이 있는 곳을 알려면 음교陰膠를 조금 찍어 입에 바른다. 출산 후 살갗이 들뜨면 감피甘皮를 술로 복용한다. 머리가 아프면 코에 초硝 가루를 투입한다. 심장이 아프면 속히 연호延胡를 찾는다.

---

39 掌故 : 예악제도 등을 고증 기록하는 일을 관장하는 관리.

40 이후 원문을 싣고 홍매가 해설하는 형식으로 되어 있어, 중복 출현하는 내용이 있을 수 있다.

41 半夏 : 반하는 5월에 생산되기 때문에 대략 여름의 한중간이 된다는 뜻으로 붙여진 이름이다. 다른 이름으로 수전守田이 있는데 이는 강한 하기下氣 작용으로 단전丹田에 기를 모을 수 있도록 한다는 뜻이며 수옥水玉이라는 명칭은 모양 때문에 생겼다고 한다.

모두 18항목이다. 눈썹과 머리카락이 빠지는 사람은 생 반하半夏 줄기를 짓이겨 진액을 짜내서 빠진 곳에 바르면 즉시 자라난다. 오화五花는 오가피五加皮이다. 잎에 자웅雌雄이 있는데, 삼엽三葉인 것이 웅雄이고 오엽五葉인 것이 자雌이다. 오엽인 것을 가루로 만들어 술에 담가 사용하면 눈동자가 돌아간 것이 바르게 된다. 다리에 종기가 있는 사람은 낭탕莨菪 뿌리를 캐서 다리에 묶어두면 다시는 이 병이 생기지 않는다. 소변이 많은 사람은 비해萆薢를 달여 복용하면 이후 영영 밤에 일어날 필요 없을 것이다. 배가 북처럼 부풀어 오르는 병을 앓을 때는 미음에 가마우지 가루를 타서 복용하면 즉시 예전처럼 가라앉게 된다. 월경혈이 넘치는 사람은 참외씨를 빻아 가루를 낸 다음 기름기를 제거하고 물에 타 마시면 곧 멈춘다. 기침이 심하면 천웅天雄을 볶아서 술을 1전錢 섞어 수저로 먹는다. 반점이 생기는 사람은 부자附子 곁에서 자라는 측자側子를 가루 내서 찬 술에 타서 복용한다. 장이 허하고 설사를 하는 사람은 오배자五倍子를 빻아 가루 내서 더운 물로 넘긴다. 배에 응어리 증상이 있는 사람은 요사硇砂 · 초석硝石 두 가지를 유발乳鉢에 넣어 갈아 가루 내서 함께 불에 달궈 술로 복용하면 신기한 효과가 있다.

마시지 못하는 사람과 음주량이 적은 사람은 역수로逆水蘆 뿌리와 후박厚朴 두 가지를 달여 탕으로 복용한다. 종용蓯蓉과 선어鱔魚를 가루 내고 황정黃精 즙으로 둥글게 하여 복용하면 보통 때보다 힘이 두 배 늘어난다. 천연 황정 즙을 잘게 비벼 신금神錦으로 만들어서 버드나무 항아리에서 일곱 날 훈증하여 꿀로 둥글게 뭉쳐서 복용하면 어린 소녀 같은 안색이 된다고 한다. 음교陰膠는 바로 양조 항아리 속 때로, 조금 찍어 입 속에 넣으면 오장육부부터 시작해서 병이 있는 곳에 도달하여 아픈 곳을 알 수 있게 하고 충분히 치료도 할 수 있다. 출산 이후 살갗이 들뜨면 술과 함께 감피甘皮를 복용하면 곧 가라앉는다. 머리가 아픈 사람은 초석硝石을 가루 내서 코 속에 넣으면 곧 그친다. 심장이 아픈 사람은 연호색延胡索을 산제散劑하여 술과 함께 복용한다.

13. 약재 간편 가공법 治藥捷法

약 중에는 매우 싸고 쉽게 구할 수 있어서 사람들이 자주 활용하는 것도 있고, 만들기 어려운 것도 있다. 향부자香附子와 토사자菟絲子 · 애엽艾葉 등이 그것이다. 의원들도 적절한 방법을 몰라 종일토록 애를 써도 만들지 못하는 경우가 간혹 있다. 『본초本草』에 다음과 같은 내용이 있다.

> 토사자菟絲子는 따뜻한 물로 모래흙을 제거하고 걸러내 말려서, 따뜻한 술에 담가 하룻밤 지나서 걸러내, 백색이 약간 돌면 빻는다. 다 빻아지지 않은 것은 다시 술에 담갔다가 3~5일 지나서 꺼내, 다시 햇볕에 약간 말려서 잠깐 빻으면 다 빻아진다. 극히 쉽게 분쇄된다.

대체로 그 알갱이가 미세하여 시공하기 어려워서 여기서 소개한 것도 특별한 수고가 필요하다. 그러나 애초에 간편한 방법이 있다. 그저 종이 몇 가닥 비벼서 그 사이에 놓아두면 잠깐 사이에 가루가 된다. 향부자香附子는 껍질과 터럭을 씻어내고 볶아서 익힌 다음 물이 들어간 사발에 넣어, 물이 충분히 스며들기를 기다렸다가 건져내, 햇볕에 쬐어 약간 건조시켜서 절구에 넣어 찧으면 모두 아주 쉽게 분쇄된다. 쑥잎은 부들부들해서 힘주어 찧을 수가 없는데, 백복령白茯苓을 너댓 쪽 넣어서 함께 찧으면 즉시 고운 가루로 만들 수 있다.

14. 연나라 태후를 설득한 진취 陳翠說燕后

전국시대 조趙나라 좌사左師 촉룡觸龍은 장안군長安君을 타국에 인질로 보내도록 태후를 설득하였다. 그 때 촉룡은 어린 자식을 아끼고 사랑하는 이야기를 하여 태후를 설득하였는데, 일찍이 『수필』에서 말한 적이 있다.[42] 그 이야기가 『전국책』과 『사기』 · 『자치통감』에 실려 있고, 『연어燕語』에도

42 『용재수필』권13, 「諫說之諫說之難」 참조.

또 매우 비슷한 진취陳翠 이야기 한 토막이 실려 있다. 그 내용은 다음과 같다.

> 진취陳翠가 제나라와 연나라의 연합을 도모하고자 연나라 왕의 동생을 제나라에 인질로 보내게 하려고 했다. 태후가 대노하여 말했다.
> "진공은 나라를 위하지 못하면 그만 둘 것이지, 어찌 남의 모자를 헤어지게 하는 경우가 있단 말이오!"
> 진취가 결국 들어가 태후를 만나 말했다.
> "태후께서 아드님을 사랑하시는 것이 보통 사람이 아들을 사랑하는 만큼 깊지 않은 듯합니다. 어린 아들을 사랑하지 않으실 뿐 아니라 또한 장성한 아들은 더더욱 사랑하지 않으시는 것입니다."
> 태후가 무슨 말이냐고 묻자 진취가 대답했다.
> "태후께서 따님을 제후에게 시집보낼 때는 천금을 갖다 바쳤습니다. 지금 왕이 아드님을 책봉하길 원하는데, 신하들이 아드님은 공이 없으니 책봉함이 마땅하지 않다고 합니다. 지금 아드님을 인질로 하면 장차 공으로 인정되어 책봉될 것입니다. 태후께서 받아들이지 않으시면 이는 태후께서 장성한 아들을 사랑하지 않음이 매우 심한 것입니다. 또한 태후와 왕께서 다행히 건재하셔서 아드님은 귀한 신분이 되었습니다. 태후께서 세상을 떠나시고 왕께서 세상을 떠나셔서 태자가 즉위하게 되면, 아드님은 보통 사람보다 천하게 됩니다. 그러므로 태후와 왕께서 계실 때 아드님을 책봉하지 않게 되면 종신토록 책봉되지 않을 것입니다."
> 태후가 말했다.
> "노부老婦가 미처 어르신의 계책을 깨닫지 못했소."
> 결국 떠날 채비를 하도록 명했다.

이 이야기는 촉룡 이야기와 차이가 없는데, 『사기』에 기록되지 않았고 『자치통감』에도 실리지 않았고 학자들 또한 언급한 적이 없다.

15. 강대국이 아니었던 연나라 燕非強國

북쪽 연燕나라는 춘추시대 때 가장 외지고 조그만 나라로, 중원 제후국과 동등하게 어깨를 나란히 할 수 있었던 시기가 전체 존속 시기의 3할 내지는 4할에 불과했고 대부분 기간 동안 제나라 통치를 받았다. 7웅雄 때 제나라에 병탄되었다가 나중에 5국의 힘에 의지하고 악의樂毅[43]가 대장이 된 후에 제나라를 이겼으나 얻은 70개의 성을 끝내 지킬 수 없었다.

소진蘇秦은 조나라 왕에게 유세할 때 말했다.

> 조나라 북쪽에 연나라가 있는데, 연나라는 본래 약한 나라여서 두려워할 바가 못 됩니다.

연나라 왕도 다음과 같이 말한 적이 있다.

> 과인의 나라는 작고, 서쪽으로 강한 진나라에 인접하여 있고, 남쪽으로 제나라와 조나라가 가까이 있는데, 제나라와 조나라는 강국이오.
> ……
> 천하에서 전쟁을 벌이고 있는 나라가 일곱인데 연나라는 약한 처지로, 혼자 싸우면 안 되고, 어느 나라와 연합하기로 할 때에는 그 나라를 중시할 수밖에 없지 않소.

소왕昭王은 곽외郭隗[44]에게 말했다.

> 연나라가 약소하여 제나라에 보복하지 못한다는 것을 나는 잘 알고 있소.

소대蘇代는 말했다.

> 강대국인 제나라는 연나라가 대적할 수 있는 상대가 아닙니다.

봉양군奉陽君은 말했다.

> 연나라는 약한 나라로, 동쪽으로는 제나라만 못하고, 서쪽으로는 조나라만 못하오.

● 용재수필

. . . .

43 樂毅 : 연나라의 무장. 위나라 출신이나 연나라 소왕昭王이 현자를 초빙하는 정책을 펴자, 위나라에서 연나라로 가 상장군上將軍이 되었다. 조·초·한·위·연의 군사를 이끌고 당시 강대국이던 제나라를 토벌했다.

44 郭隗 : 연나라 사람. 제나라의 침략으로 초토화되었던 연나라의 소왕은 재건의 계책을 곽외와 의논하였다. 곽외는 '천금시마千金市馬'의 비유를 들며 곽외 자신을 후대한다면 천하의 뛰어난 선비들이 소왕에게로 모여들 것이라고 진언했다. 소왕은 곽외에게 집을 지어주고 스승으로 모셨으며, 이후 위나라에서 악의가, 제나라에서 추연이, 조나라에서는 극신이 모두 연나라로 모여들게 된다.

조나라가 장평長平 전투에서 패하여 장사들이 모두 죽었는데도[45] 연나라는 2천 승乘으로 공격했다가 조나라에 패배했다.

연나라 태자 단丹은 형가荊軻에게 말했다.

> 연나라는 약소국으로 전쟁에서 자주 곤경을 겪었는데, 어떻게 진나라를 당해내겠소!

초·한 쟁패 초기 조왕趙王 무신武臣이 연나라 군대에게 잡혔는데, 조나라의 말 키우는 병졸이 장군에게 말했다.

> 조나라 하나도 연나라를 쉽게 여기는데, 하물며 두 현왕賢王이 있으면 연을 멸망시키는 것은 쉽습니다.

팽총彭寵[46]이 어양漁陽에서 반란을 일으키자 즉시 섬멸했다.

16국이 일어나서 융적이 중국을 어지럽혀 연을 칭하고 조를 칭하는 경우가 많았는데, 유幽·기冀 지역만을 점거한 적은 없다.

오직 안록산安祿山이 30년 절도사의 위엄으로 하동河東을 겸하여 거느리고 천보天寶[47]의 정란을 틈타 불시에 거병하였고 사사명史思明이 그 뒤를 이었다. 비록 천하의 화가 되긴 했지만 얼마 못가 역시 멸망했다.

번진藩鎭이 할거하였을 때 범양范陽·노룡盧龍은 본래 항상 천웅天雄·성덕成德의 통제를 받았다. 유인공劉仁恭·유수광劉守光 부자가 일부 지역을 점거하자, 후당 장종莊宗은 주덕위周德威를 보내 공격하여 소속 10여 주州를 물리쳐

45 장평 대전은 B.C. 262년에서 B.C. 260년에 걸쳐 진나라와 조나라 사이에 벌어진 전투로, 조나라 군사 40만이 매장되었다. 장평의 승리는 진나라가 천하를 통일하는 기반이 되었으며, 패전국인 조나라의 몰락을 가져온 결정적인 전투였다.

46 彭寵(?~29) : 왕망 말기 동한 초기 무장. 자 백통伯通. 형주荊州 남양군南陽郡 완현宛縣 사람이다. 부친은 팽굉彭宏, 동생은 팽순彭純, 아들은 팽오彭午이다. 부친 팽굉은 한 애제 때 어양漁陽(지금의 북경 밀운密雲) 태수로, 용모와 자태가 우뚝했고, 호탕하게 먹고 마셔, 북방 변경에서 명망이 높았다. 광무제가 칭제한 지 얼마 되지 않아, 팽굉이 광무제에게 반대하여, 하무何武·포선鮑宣 등과 함께 주살되었다.

47 天寶 : 당나라 현종 때의 연호(742~756).

접수하였으니, 마치 땅에 떨어진 풀을 줍듯 하였다.

후에 5대10국 후진後晉이 이 땅을 거란에게 할양하자 거란은 옛 땅을 차지했다면서 강하다고 자부하고 있었다. 그런데 후진 개운開運[48] 연간 양성陽城 전투에서 요나라 태종 야율덕광耶律德光은 거의 사경에서 벗어나지 못할 뻔 했었다. 후주後周 세종世宗 때 다소 진작하여 즉각 세 관關을 함락했다.

그러나 태종 태평흥국[49] 때 경거망동한 실수에다가 또한 패장상사敗將喪師의 죄를 다스리지 않아, 지금에 이르기까지 창피한 지경이 되게 했다. 유幽 · 연燕이 용무用武 지역이라고 하기엔 좀 그렇다.

16. 기우제와 기청제 水旱祈禱

해내 각 지역에서 비가 내리는지 맑은 날씨인지 하는 기후 변화는 군郡마다 다르고 현縣마다 다르다. 따라서 군수나 현령이 되면 현지 백성 일에 관심을 가지고 반드시 스스로 알아서 계절에 맞춰 기도해야지 상부의 명령을 기다릴 필요가 없다. 그런데 중앙 부서에서 지방 재난 현장을 조사하는 것은 오직 정기 지침 하달 때에만 맞춰서 각 도道 전운사轉運司에게 명령을 하달하여 관내 주현州縣을 순찰하도록 하고 각각 명산 영사靈祠에 가서 정결하게 기도를 올리게 하고 있다. 그러나 본디 이렇게 일률적으로 하기 어려운 것이다.

효종 건도乾道 9년(1173) 가을 공주贛州와 길주吉州에서 계속 비가 내려 물이 불어났다. 나는 공주贛州 지주로 있었다. 많은 흙으로 성문을 막아 물이 들어오는 것을 차단하여 이틀 만에 물이 빠졌다. 그런데 조정에서 내려온 조서는 기우제를 지내라고 명하는 것이었다. 나는 공문을 보류시켜서 하달되지 않도록 하고 오직 실상에 근거하여 보고를 했다. 얼마 후 길주吉州의

48 開運 : 후진 출제出帝 석중귀石重貴 시기 연호(944~946).
49 太平興國 : 송나라 태종 시기 연호(976~984).

소청小廳에서는 날씨가 개기를 기도하는 기청도량祈晴道場을 설치하고 대청大廳에서 기우제를 지낸다는 소식을 들었다. 그 까닭을 물으니 군수가 말했다.

> 날씨가 개기를 비는 것은 우리 군에 수재가 났기 때문이고, 비가 오기를 비는 것은 조정의 교지 때문입니다.

이 정도로 변통을 모르면 신과 하늘을 아예 모욕하는 격이니, 하늘아래 또 무엇을 근거로 해야 한다는 말인가! 민간에 전해지는 우스운 이야기가 있다.

> 두 상인이 신묘에 들어갔다. 한 상인은 육로로 가려고 하니, 날씨가 맑기를 바라서 돼지 머리를 공양하겠다고 하고, 한 상인은 물길로 가려고 하니, 비가 오기를 바라서 양 머리를 공양하겠다고 했다. 신神이 소귀小鬼를 돌아보며 말했다. "날씨를 맑게 하고 돼지 머리 먹고, 비 오게 하고 양 머리 먹으면 되겠구만."

바로 이런 경우를 말한 것이다. 소식 시 중 다음과 같은 것이 있다.

밭 갈 때는 비 왔으면 하고 김 맬 때는 맑았으면 하고,	耕田欲雨刈欲晴,
갈 때 순풍 만나면 오는 자는 원망한다.	去得順風來者怨.
한 사람 한 사람 기도 다 이루어지게 하려면,	若使人人禱輒遂,
조물주는 하루에 천 번도 변해야 하리.	造物應須日千變.

이 뜻을 세속 사람들에게 말해주기 쉽지 않다.

1. 韓退之張籍書

韓公集中有答張籍二書, 其前篇曰:「吾子所論, 排釋、老不若著書。若僕之見, 則有異乎此, 請待五六十然後爲之。吾子又譏吾與人爲無實駁雜之說, 此吾所以爲戲耳。若商論不能下氣, 或似有之。博塞之譏, 敢不承敎。」後篇曰:「二氏行乎中土, 蓋六百年, 非可以朝令而夕禁, 俟五六十爲之未失也。謂吾與人商論不能下氣, 若好勝者。雖誠有之, 抑非好己勝也, 好己之道勝也。駁雜之譏, 前書盡之。昔者夫子猶有所戲, 烏害於道哉?」大略籍所論四事, 乞著書、譏駁雜、諫商論好勝及博塞也。今得籍所與書, 前篇曰:「漢之衰, 浮圖之法入中國, 黃、老之術, 相沿而熾。盍爲一書, 以興存聖人之道。執事多尙駁雜無實之說, 使人陳之前以爲歡, 此有累於盛德。又商論之際, 或不容人之短, 如任私尙勝者, 亦有所累也。況爲博塞之戲與人競財乎? 廢弃棄日時, 不識其然。願絶博塞之好, 弃無實之談, 弘慮以接士, 嗣孟軻、楊雄之作, 使聖人之道, 復見於唐。」後篇曰:「老、釋惑於生人久矣, 執事可以任著書之事。君子汲汲於所欲爲, 若皆待五十六十而後有所爲, 則或有遺恨矣。君子發言擧足, 不遠於禮, 未聞以駁雜無實之說以爲戲也。執事每見其說, 則拊抃呼笑, 是撓氣害性, 不得其正矣。」籍之二書, 甚勁而直。但稱韓公爲執事, 不曰先生。考其時, 乃云「執事參於戎府」。按, 韓公以貞元十二年爲汴州推官, 時年二十有九, 十五年爲徐州推官, 時年三十有二, 年位未盛, 籍未以師禮事之云。

2. 韓公稱李杜

新唐書杜甫傳贊曰:「昌黎韓愈於文章重許可, 至歌詩, 獨推曰:『李、杜文章在, 光焰萬丈長』誠可信云。」予讀韓詩, 其稱李、杜者數端, 聊疏於此。石鼓歌曰:「少陵無人謫僊死, 才薄將奈石鼓何。」酬盧雲夫曰:「高揖群公謝名譽, 遠追甫、白感至誠。」薦士曰:「勃興得李、杜, 萬類困凌暴。」醉留東野曰:「昔年因讀李、白杜甫詩, 長恨二人不相從。」感春曰:「近憐李、杜無檢束, 爛漫長醉多文辭。」幷唐志所引, 蓋六用之。

3. 此日足可惜

韓退之此日足可惜一首贈張籍, 凡百四十句, 雜用東、冬、江、陽、庚、青六韻。及其亡也, 籍作詩祭之, 凡百六十六句, 用陽、庚二韻, 其語鏗鏘震厲, 全倣韓體, 所謂「乃出

二侍女, 合彈琵琶箏」者是也。

4. 粉白黛黑

韓退之爲文章, 不肯蹈襲前人一言一句。故其語曰:「惟陳言之務去, 戛戛乎其難哉!」獨「粉白黛綠」四字, 似有所因。列子:「周穆王築中天之臺, 簡鄭、衛之處子娥媌靡曼者, 粉白黛黑以滿之。」戰國策張儀謂楚王曰:「鄭、周之女, 粉白黛黑, 立於衢間, 見者以爲神。」屈原大招:「粉白黛黑, 施芳澤只。」司馬相如:「靚莊刻飾。」郭璞曰:「粉白黛黑也。」淮南子:「毛嬙、西施, 施芳澤, 正蛾眉, 設笄珥, 衣阿錫, 粉白黛黑, 笑目流眺。」韓公以黑爲綠, 其旨則同。

5. 李杜往來詩

李太白、杜子美在布衣時, 同游梁、宋, 爲詩酒會心之友。以杜集考之, 其稱太白及懷贈之篇甚多。如「李侯金閨彥, 脫身事幽討」,「南尋禹穴見李白, 道甫問訊今何如」,「李白一斗詩百篇, 自稱臣是酒中儒」,「近來海內爲長句, 汝與山東李白好」,「昔者與高、李, 晚登單父臺」,「李侯有佳句, 往往似陰鏗」,「憶與高、李輩, 論交入酒壚」,「白也詩無敵, 飄然思不群」,「昔年有狂客, 號爾謫僊人」,「落月滿屋梁, 猶疑照顏色」,「三夜頻夢君, 情親見君意」,「秋來相顧尚飄蓬, 未就丹砂愧葛洪」,「寂寞書齋裏, 終朝獨爾思」,「涼風起天末, 君子意如何」,「不見李生久, 佯狂眞可哀」, 凡十四五篇。至於太白與子美詩畧不見一句。或謂堯祠亭別杜補闕者是已。乃殊不然, 杜但爲右拾遺, 不曾任補闕, 兼自諫省出爲華州司功, 迤邐避難入蜀, 未嘗復至東州, 所謂「飯顆山頭」之嘲, 亦好事者所撰耳。

6. 李太白怖州佐

李太白上安州裴長史書云:「白竊慕高義, 得趨末塵, 何圖謗言忽生, 衆口攢毀, 將恐投杼下客, 震於嚴威。若使事得其實, 罪當其身, 則將浴蘭沐芳, 自屏於烹鮮之地, 惟君侯死生之。願君侯惠以大遇, 洞開心顏, 終乎前恩, 再辱英盻, 必能使精誠動天, 長虹貫日。若赫然作威, 加以大怒, 卽膝行而前, 再拜而去耳。」裴君不知何如人, 至譽其貴而且賢, 名飛天京, 天才超然, 度越作者, 稜威雄雄, 下懾群物。予謂白以白衣入翰林, 其蓋世英姿, 能使高力士脫靴於殿上, 豈拘拘然怖一州佐者邪! 蓋時有屈伸, 正自不得不爾。大賢不偶, 神龍困於螻蟻, 可勝嘆哉。白此書自敍其平生云:「昔與蜀中友人吳指南同遊於楚, 指南死於洞庭之上, 白禫服慟哭, 炎月伏屍, 猛虎前臨, 堅守不動, 遂權殯於湖側。數年來, 觀筋骨尚在, 雪泣持刃, 躬申洗削, 裹骨徒步, 負之而趨, 寢興携持, 無輟身手, 遂丐貸營葬於鄂城。」其存交重義如此。「又與逸人東巖子隱於岷山, 巢居數年, 不跡城市。養奇禽千計, 呼皆就掌取食, 了無驚猜。」其養高忘機如此, 而史傳不爲書之, 亦爲未盡。

7. 祝不勝詛

齊景公有疾，梁丘據請誅祝史。晏子曰：「祝有益也，詛亦有損。聊、攝以東，姑、尤以西，其爲人也多矣。雖其善祝，豈能勝億兆人之詛！」晉中行寅將亡，召其太祝欲加罪。曰：「子爲我祝，齋戒不敬，使吾國亡。」祝簡對曰：「今舟車飾，賦斂厚，民怨謗詛多矣。苟以爲祝有益於國，則詛亦將爲損，一人祝之，一國詛之，一祝不勝萬詛，國亡不亦宜乎，祝其何罪！」此二說若出一口，眞藥石之言也。

8. 呂子論學

呂子曰：「天生人而使其耳可以聞，不學，其聞則不若聾；使其目可以見，不學，其見則不若盲；使其口可以言，不學，其言則不若喑；使其心可以智，不學，其智則不若狂。故凡學，非能益之也，達天性也，能全天之所生，而勿敗之，可謂善學者矣。」此說甚美，而罕爲學者所稱，故書以自戒。

9. 曾太皇太后

唐德宗卽位，訪求其母沈太后，歷順宗，及憲宗時爲曾祖母，故稱爲曾太皇太后，蓋別於祖母也。舊、新二唐書紀皆載之。今慈福太皇太后在壽康太上時，已加尊稱，若於主上則爲曾祖母，當用唐故事加曾字。向者嘗以告宰相，而省吏以爲典故所無，天子逮事三世，安得有前比，亦可謂不知禮矣。又嗣濮王士歆在隆興爲從叔祖，在紹熙爲曾叔祖，慶元爲高叔祖矣，而仍稱皇叔祖如故。士歆視嗣秀王伯圭爲從祖，今圭稱皇伯祖，而歆但爲皇叔祖，乃是弟爾。禮寺亦以爲國朝以來無稱曾、高者，彼蓋不知累朝尊屬元未之有也。

10. 中天之臺

中天之臺有二。其一，列子曰：「西極化人見周穆王，王爲之改築宮室，土木之功，赭堊之色，無遺巧焉。五府爲虛，而臺始成。其高千仞，臨終南之上，名曰中天之臺。」其一，新序曰：「魏王將起中天臺，許綰負操鍤入，曰：『臣能商臺。』王曰：『若何？』曰：『天與地相去萬五千里，今王因而半之，當起七千五百里之臺，高旣如是，其趾須方八千里，盡王之地不足以爲臺趾。必起此臺，先以兵伐諸侯，盡有其地，又伐四夷，得方八千里，乃足以爲臺趾。度八千里之外，當定農畝之地，足以奉給王之臺者。臺具以備，乃可以作。』王默然無以應，乃罷起臺。」

11. 實年官年

士大夫敍官閥，有所謂實年、官年兩說，前此未嘗見於官文書。大抵布衣應擧，必減歲數，蓋少壯者欲藉此爲求昏地；不幸潦倒場屋，勉從特恩，則年未六十始許入仕，不得

용재수필

不豫爲之圖。至公卿任子，欲其早列仕籍，或正在童孺，故率增攙庚甲有至數歲者。然守義之士，猶曰兒曹甫策名委質，而父祖先導之以挾詐欺君，不可也。比者以朝臣屢言，言及七十者不許任監司，郡守、搢紳多不自安，爭引年以決去就。江東提刑李信甫，雖春秋過七十，而官年損其五，堅乞致仕，有旨官年未及，與之外祠。知房州章駧六十八歲，而官年增其三，亦求罷去。諸司以其精力未衰，援實爲請，有旨聽終任。知嚴州秦焴乞祠之疏曰：「實年六十五，而官年已逾七十。」遂得去。齊慶胄寧國乞歸，亦曰「實年七十，而官年六十七，於是實年、官年之字，形於制書，播告中外，是君臣上下公相爲欺也。掌故之野甚矣，此豈可紀於史錄哉！

12. 雷公炮炙論

雷公炮炙論載一藥而能治重疾者，今醫家罕用之，聊志於此。其說云：「髮眉墮落，塗半夏而立生。目辟眼䀎，有五花而自正。脚生肉枕，裩繫若根。囊皺澀多，夜煎竹木。體寒腹大，全賴鸕鷀。血泛經過，飲調瓜子。咳逆數數，酒服熟雄。遍體瘑風，冷調七側。腸虛泄利，須假草零。久渴心煩，宜投竹瀝。除癥去塊，全仗硝、碯。益食加觸，須煎蘆、朴。强筋健骨，須是蓯、鱓。駐色延年，精蒸神錦。知瘡所在，口點陰膠。產後肌浮，甘皮酒服。腦痛，鼻投硝末。心痛，速覓延胡。」凡十八項。謂眉髮墮落者，揀生半夏莖，取涎塗髮落處，立生。五花者，五加皮也，葉有雄雌，三葉爲雄，五葉爲雌，須使五葉者作末，酒浸用之，目䀎者正。脚有肉枕者，取莨岩根，繫裩帶上，永瘥。多小便者，煎草薢服之，永不夜起。若患腹大如鼓，米飲調鸕鷀末服，立枯如故。血泛行者，搗甜瓜子仁作末去油，飲調服之，立絕。咳逆者，天雄炮過，以酒調一錢，匕服。瘑風者，側子附子傍生者。作末，冷酒服。虛泄者，搗五倍子末，熟水下之。癥塊者，以硇砂、硝石二味，乳鉢中研作粉，同煅了，酒服，神效。不飲者并飲酒少者，煎逆水蘆根并厚朴二味，湯服之。蓯蓉并鱓魚作末，以黃精汁圓服之，可力倍常日也。黃精自然汁拌細研神錦，於柳木甑中，蒸七日了，以蜜圓服，顏貌可如幼女之容色。陰膠即是甑中氣垢，點少許於口中，即知臟腑所起，直徹至住處知痛，足可醫也。產後肌浮，酒服甘皮立枯。頭痛者，以硝石作末，內鼻中，立止。心痛者，以延胡索作散，酒服之。

13. 治藥捷法

藥有至賤易得，人所常用，而難於修製者，如香附子、菟絲子、艾葉之類。醫家昧其節度，或終日疲勞而不能成。本草云：「凡菟絲子，暖湯淘汰去沙土，漉乾，煖酒漬，經一宿，漉出，暴微白，搗之，不盡者，更以酒漬，經三五日乃出，更曬微乾，搗之須臾悉盡，極易碎。」蓋以其顆細難施工，其說亦殊勞費。然自有捷法，但撚紙條數枚實其間，則馴帖成粉。香附子洗去皮毛，炒之焦熟，然後舉投水鉢內，候浸漬透徹，漉出，暴日中微燥，乃

入搗臼, 悉應手糜碎。艾葉柔軟不可著力, 若入白茯苓三五片同碾, 則卽時可作細末。

14. 陳翠說燕后

趙左師觸龍說太后, 使長安君出質, 用愛憐少子之說以感動之。予嘗論之於隨筆中。其事載於戰國策、史記、資治通鑑, 而燕語中又有陳翠一段, 甚相似。云:「陳翠合齊、燕, 將令燕王之弟爲質於齊, 太后大怒曰:『陳公不能爲人之國, 則亦已矣, 焉有離人子母者!』翠遂入見后, 曰:『人主之愛子也, 不如布衣之甚也, 非徒不愛子也, 又不愛丈夫子獨甚。』太后曰:『何也?』對曰:『太后嫁女諸侯, 奉以千金。今王願封公子, 群臣曰公子無功不當封, 今以公子爲質, 且以爲功而封之也, 太后弗聽, 是以知人主之不愛丈夫子獨甚也。且太后與王幸而在, 故公子貴, 太后千秋之後, 王棄國家, 而太子卽位, 公子賤於布衣。故非及太后與王封公子, 則終身不封矣。』太后曰:『老婦不知長者之計。』乃命爲行具。」此語與觸龍無異, 而史記不書, 通鑑不取, 學者亦未嘗言。

15. 燕非強國

北燕在春秋時最爲僻小, 能自見於中國者, 不過三四, 大率制命於齊。七雄之際, 爲齊所取, 後賴五國之力, 樂毅爲將, 然後勝齊, 然卒於得七十城不能守也。故蘇秦說趙王曰:「趙北有燕, 燕固弱國, 不足畏也。」燕王曰:「寡人國小, 西迫强秦, 南近齊、趙, 齊、趙彊國也。」又曰:「天下之戰國七, 而燕處弱焉, 獨戰則不能, 有所附則無不重。」昭王謂郭隗曰:「孤極知燕弱小, 不足以報齊。」蘇代曰:「一齊之彊, 燕猶不能支。」奉陽君曰:「燕, 弱國也, 東不如齊, 西不如趙。」趙長平之敗, 壯者皆死, 燕以二千乘攻之, 爲趙所敗。太子丹謂荊軻曰:「燕小弱, 數困於兵, 何足以當秦!」楚、漢之初, 趙王武臣爲燕軍所得, 趙廝養卒謂其將曰:「一趙尙易燕, 況以兩賢王, 滅燕易矣。」彭寵以漁陽叛, 卽時夷滅。十六國之起, 戎狄亂華, 稱燕稱趙者多矣, 未嘗有只據幽、薊之地者也。獨安祿山以三十年節制之威, 又兼領河東, 乘天寶政亂, 出不意而擧兵, 史思明繼之, 雖爲天下之禍, 旋亦殄滅。至於藩鎭擅地, 所謂范陽、盧龍, 固常受制於天雄、成德也。劉仁恭、守光父子, 僭竊一方, 唐莊宗遣周德威攻之, 克取巡屬十餘州, 如拾地芥。石晉割賂契丹, 仍其舊, 恃以爲强, 然晉開運陽城之戰, 德光幾不免。周世宗小振之, 立下三關。但太平興國, 失於輕擧, 又不治敗將喪師之罪, 致令披猖以迄於今。若以謂幽燕爲用武之地, 則不然也。

16. 水旱祈禱

海內雨暘之數, 郡異而縣不同, 爲守爲令, 能以民事介心, 必自知以時禱祈, 不待上命也。而省部循案故例, 但視天府爲節, 下之諸道轉運司, 使巡內州縣, 各詣名山靈祠, 精潔

致禱, 然固難以一概論。乾道九年秋, 贛、吉連雨暴漲。予守贛, 方多備土囊, 甕諸城門, 以杜水入, 凡二日乃退。而臺符令禱雨, 予格之不下, 但據實報之。已而聞吉州於小廳設祈晴道場, 大廳祈雨。問其故, 郡守曰:「請霽者, 本郡以淫潦爲災, 而請雨者, 朝旨也。」其不知變如此, 殆爲侮慢 神天, 幽冥之下, 將何所據憑哉! 俚語笑林謂「兩商人入神廟, 其一陸行欲晴, 許賽以猪頭, 其一水行欲雨, 許賽羊頭。神顧小鬼言:『晴乾喫猪頭, 雨落喫羊頭, 有何不可。』」正謂此耳。坡詩云:「耕田欲雨刈欲晴, 去得順風來者怨。若使人人禱輒遂, 造物應須日千變。」此意未易爲庸俗道也。

••• 용재사필 권4(15칙)

1. 오늘날의 용관 今日官冗

신종 원풍元豊[1] 연간 증공曾鞏이 판삼반원判三班院[2]으로 재임할 때 상소를 올렸다.

> 진종 경덕景德[3] 시기 경작지는 170만 경頃, 관리는 만 명이었습니다. 인종 황우皇祐[4] 시기 경작지는 225만 경, 관리는 2만 명이었습니다. 영종 치평治平[5] 시기 경작지는 430만 경, 관리는 2만4천 명이었습니다. 경작지도 나날이 추가 개간되고 관리도 나날이 많아졌습니다만, 나중의 교사郊祀 비용은 이전의 두 배가 되었습니다. 삼반원의 3년 동안 명부 등재 인원을 비교해보면, 명부에 등재된 사람이 거의 700명이고 사망하거나 퇴직한 사람은 200명이 되지 않습니다. 이는 계속 해마다 증가했다는 뜻입니다. 관리 등용에 쓸 재정의 단서와 관리로 임용할 문호를 담당관리에게 그 인과를 강구하게 하여, 천하의 수입을 치평 시기처럼 하고, 재정의 쓰임과 관리의 숫자를 경덕 시기처럼 하여, 30년 동안 통용하면, 10년 쓸 비축분을 남길 수 있습니다.

당시는 나라의 전성기로 창고에 물자가 많이 쌓여 있었는데도 이런 걱정이 있었다. 영종寧宗 경원慶元 2년(1096) 4월, 어떤 신하가 상소를 하여 극언했다.

> 옛날 효종 건도乾道[6] 시기 경조京朝 관리는 3·4천 명이었고 선인選人은 7·8천

---

1 元豊 : 북송 신종神宗 시기 연호(1078~1085).
2 三班院 : 송 태종 옹희雍熙 4년(987) 설치한 부서로, 인원 배치, 승진 이동, 포상 등을 관장했다. 원풍 개혁 이후 시랑우선侍郎右選으로 바뀌었다.
3 景德 : 북송 진종 시기 연호(1004~1007).
4 皇祐 : 북송 인종仁宗 시기 연호(1049~1054).
5 治平 : 북송 영종英宗 시기 연호(1064~1067).

명이었습니다. 광종 소희紹熙 2년(1191) 네 선발 부서 등재 명단을 보면, 상좌尙左에서 경관京官 4,159명, 상우尙右에서 대사신大使臣 5,173명, 시좌侍左에서 선인選人 12,869명, 시우侍右에서 소사신小使臣 11,315명인데, 네 부서에서 선발한 숫자를 합하면 모두 33,516명으로, 용관冗官의 규모가 국가 전성기 때의 두 배입니다. 최근 4년 사이 경관京官은 증가하지 않고 지방 선인選人은 13,670명까지 증가했고(소흥 시기보다 801명 증가), 대사신은 6,525명이 되었고(소흥 시기보다 1,348명 증가), 소사신은 18,705명이 되었는데(소흥 시기보다 7,400명 증가), 올해 과거 선발 인원과 내년 추천 선발 인원은 아직 포함시키지 않은 숫자입니다. 총 무려 4만3천 명으로, 4년 전 숫자에 비해 1만 명이 증가하였으니, 걱정하지 않을 수 있겠습니까!

담패覃霈[7]를 연달아 시행하였고 경축 행사가 누차 거행되고 종실 추천으로 은혜를 베풀 때도 관계의 원근에 따라 중단하지 않았으며, 특별 주청에 따라 임명된 삼류 거인擧人 모두 특별한 은혜에 해당되어 조교 역시 정관正官으로 임명되어 매 주마다 수천 명에 달할 정도였다. 이렇듯 병이 중태에 빠져 완치될 가망이 없는 상황이 되어, 유부兪跗[8]나 편작扁鵲[9]이 상지上池[10]와 양약良藥을 가지고 와서 치료한다고 해도 아무 소용이 없을 정도였다.

2. 소철과 장방평의 시 欒城和張安道詩

장방평張方平[11]이 촉蜀에 있을 때, 소순과 소식·소철 부자를 한 번 만나보

---

6 乾道 : 남송 효종孝宗 시기 연호(1165〜1173).

7 覃霈 : 경축일을 맞아서 내리는 은택.

8 兪跗 : 전설에서 말하는 황제黃帝 때 명의.

9 扁鵲 : 고대 명의. 본명은 진월인秦越人으로, 춘추 전국시대 동쪽 일부 지역에서는 명의를 흔히 편작이라고 불렀다.

10 上池 : 상지수上池水의 준말. 땅에 닿기 전 공중에서 받은 물 또는 대나무에 맺힌 이슬을 받은 물을 말하며, 최상의 물이라 하여 약을 조제하는 데 썼다고 한다.

11 張方平(1007〜1091) : 자는 안도安道, 호는 낙전거사樂全居士, 응천應天 송성宋城(지금의 하남 상구商丘) 사람이다. 신종 때 참지정사에 임명되어, 왕안석과 불화하여 신법의 폐해를 극렬하게 비판하였다. 불법佛法을 좋아하여 낭아사琅琊寺에서 『능가경楞伽經』을 써서 남다른 서법을 보여주었다. 그가 사망하자 소식이 매우 애통해했다고 한다. 시호는 문정文定이다. 『낙전집樂全集』 40권이 전한다.

고 국사國士라고 인정했다. 신종 희녕熙寧 연간 장방평이 진주陳州 남도南都 장관으로 있을 때 소철을 막료로 등용했다. 원풍元豐[12] 초, 소식은 제안齊安으로, 소철은 감균주세監筠酒稅로 폄적되었다. 이별하면서 장방평은 처연하게 슬퍼하며 술을 대작하며 위로하고 직접 시를 한 수 썼다.

줄기 끊긴 부평초로 정처 없이 떠도는 가련한 인생,	可憐萍梗飄蓬客,
혼자 있으면서 늙은 몸 병들어 탄식한다.	自嘆匏瓜老病身.
이제 텅빈 서재에는 먼지 쌓인 탁자만 걸려 있을 터이니	從此空齋掛塵榻,
이제 마당 쓸며 누굴 기다려야 하나?	不知重掃待何人？

7년 후 소철이 소환되어 남도에서 장방평을 다시 만났다. 철종 원부元符[13] 말년에 이르러 소철은 용천龍川에서 허창許昌으로 돌아왔는데, 조카 숙당叔黨이 소식의 유묵을 꺼내 보여주었다. 그러다가 장방평이 써준 시를 다시 보게 되었는데, 그가 세상을 떠난 지 이미 10년이라 눈물이 흐르는 것을 멈출 수 없어 뒤늦게 화답시를 썼다.

젊은 시절 성도에서 뵙고 알게 되었고,	少年便識成都尹,
중년에는 막하의 빈객이셨다네.	中歲仍爲幕下賓.
나를 강서 서유자徐孺子[14]처럼 대해주시니,	待我江西徐孺子,
일생 지기로는 이 사람 있었지.	一生知己有斯人.

두 시가 모두 애절하여 지금도 사람들의 심금을 울린다. 지금은 세태가 각박하여 남다른 은혜를 입고서도 눈 깜짝할 사이에 서로 모르는 것처럼 행동하는데, 하물며 하나는 죽고 하나는 살아 있는데도 이렇게 절절하고 정이 도타우니 칭송할 만하다.

....

12 元豐 : 북송 신종神宗 시기 연호(1078~1085).
13 元符 : 북송 철종哲宗의 연호(1098~1100).
14 徐孺子(97~168) : 후한의 덕망 높은 선비. 본명 서치徐穉. 매우 가난했지만 고상한 품행으로 이름이 알려져, 남주南洲의 고사高士라 일컬어졌다.

3. 화응과 범질·두연·소송 和范杜蘇四公

후진後晉 재상 화응和凝[15]은 후당後唐 명제明帝 장흥長興 4년(933) 지공거知貢舉[16]가 되었을 때 범질范質[17]을 제13등으로 선발했다. 후당 때 관례에 따르면, 지공거가 선발한 진사 중 자기가 급제할 때 등수로 선발된 사람을 중시하여 의발衣鉢을 전해준다고 했다. 아마도 화응은 후량後梁 말제 정명貞明 연간에 제13등으로 급제하였기 때문에, 범질을 그렇게 대우한 듯하며, 또 "훗날 틀림없이 나처럼 되리라"고 말했다. 후에 두 사람 모두 재상에 이르러 노국공魯國公에 책봉되었고 태자태부太子太傅에 이르렀으니, 당시에는 영광스런 것이었다. 화응은 수명이 58세였고 범질은 54세였다. 『삼조사三朝史』 범질 본전에도 이 기록이 있다. 『신오대사新五代史』 화응 전기에서는 5등으로 급제했다고 기재되어 있는데, 『등과기登科記』를 참고해보니 잘못 기재된 것이었다.

두연杜衍[18]은 재상의 임기가 끝나서 태자소사太子少師로 퇴직했는데, 나중에 남교南郊 제례 행사 진행으로 다시 복직되어 동참하는 은혜를 입었다. 그 후 두연은 계속 승진하여 직책이 태자태사에 이르렀고, 나이 80에 세상

용재수필

---

15 和凝(898~955) : 오대 때 문학가, 법의학자, 자는 성적成績으로, 운주鄆州 수창須昌(지금의 산동성 동평東平) 사람이다. 17세 때 명경으로 추천되어, 양梁 정명貞明 2년(916) 19세 때 진사 급제했다. 단가염곡短歌艷曲에 뛰어났다. 후당 때 중서사인·공부시랑을 지냈고, 후진後晉 천복天福 5년(940) 중서시랑동중서문하평장사를 지냈고, 후한 때 노국공魯國公에 책봉되고, 후주後周 때 시중에 추증되었다. 고금 역사서의 소송사건관결·무고사건해결 등에 대한 것을 모아 『의옥집疑獄集』을 편찬했다.

16 지공거知貢舉 : 지공거는 지예부공거사知禮部貢舉事의 약칭으로, 그 해 성시省試의 최고 책임자이다. 과거科舉의 경우 지방 부주府州의 향시鄕試, 중앙예부中央禮部의 성시省試로 구분된다.

17 范質(911~964) : 자는 문소文素, 대명大名 종성宗城(하북성 대명) 사람이다. 23세 때 진사 급제한 이후 후당·후진·후주·북송 등에서 고위 관직을 지냈다.

18 杜衍(978~1057) : 자는 세창世昌, 북송 월주越州 산음山陰(지금의 절강성 소흥) 사람이다. 어려서 모친이 전씨錢氏에게 개가하여, 두 형의 학대를 피해 모친을 찾아갔으나 계부가 거두려 하지 않아서 유랑생활을 했다. 어떤 부호가 그의 의표가 비범함을 보고 딸을 시집보냈다. 대중상부 원년(1008) 진사 급제하여, 평요平遙·건주乾州·봉상鳳翔 등지에서 지방관을 지내면서 민심을 얻어서, 이임할 때 백성들이 길 옆에 서서 전송하며 "왜 우리 훌륭한 태수를 빼앗아가느냐"고 통곡했다고 한다. 기국공祁國公에 책봉되었으며, 시호는 정헌正獻이다.

을 떠났다.

소송蘇頌[19]이 처음에 관운을 점치니 남경판관南京判官이 된다고 나왔다. 두연은 그때 소송과 같은 마을에 기거하였는데 소송에게 앞으로 인생의 행방에 대해 이것저것 알려주며 "그대는 나중에 나와 비슷한 정도까지 출세할 것이네"라고 했다. 소송이 역임한 중앙관직과 외직, 명성과 덕망이 모두 두연과 비슷했다. 소송의 문집에 「사두공서謝杜公書」가 있는데, 바로 이 일에 대해 기록되어 있다. 그 역시 재상에서 물러나며 태자소사로 퇴직하였는데, 후에 다시 태보로 승진되었고, 82세에 세상을 떠났다.

옛 현인들은 귀인이 왕왕 사람의 앞날을 잘 점친다고 말했는데, 이는 경험한 것이 많기 때문이다. 화응과 두연 이 두 사람은 다른 사람의 관작과 수명을 모두 미리 예측했으니, 참으로 남달랐다.

4. 『외대비요』外臺秘要

『외대비요外臺秘要』 중 호랑이를 제압하는 방법에 대해 서술한 「제호방制虎方」을 보자.

> 산 아래 도착하여 우선 호흡을 35차례 멈추면, 그곳 산신이 호랑이를 내 눈 앞에 데려다 놓을 것이다. 그러면 내 폐 속에 있던 백제白帝가 나와 호랑이의 두 눈을 가져다 내 뱃속에 채워 넣게 되는데, 그 때 폐에서 다시 숨이 토해져 나오면, 숨이 상승하여 산 위까지 모두 퍼져 통할 것이다. 잠시 기다렸다가 다시 호흡을 35차례 멈추고, 두 손으로 눈을 둥그렇게 크게 뜨고 세 걸음 내딛는데 걸음마다 모두 오른발을 먼저 내딛으며, 멈춰 서서 다음과 같이 주문을 왼다.
>
> "이이李耳[20]야, 이이야, 너를 어찌 해보려 한다면 이이가 아니리! 네가 황제黃帝의 개를 훔쳤기에, 황제께서 나에게 어찌 된 것이냐고 너에게 물어보라고 하셨다!" 기도를 마치고 앞을 향해 가면 산에서 호랑이를 한 마리도 마주치지 않을 것이

다. 만약 갑자기 마주치게 되면 정면으로 마주하고 서서 왼손 다섯 손가락을 쫙 펴서 호랑이를 가리키고 온 힘을 다해 뛰어올라, 손을 위 아래로 세 번 움직이고, 뛰어오르면서 "호랑아, 북두군北斗君이 너더러 가라는구나!虎, 北斗君使汝去!"라고 크게 소리치면 호랑이가 가버릴 것이다.

사람이 갑자기 범과 마주치면 깜짝 놀라 혼백이 달아나 숨거나 엎드릴 겨를도 없는데, 어떻게 여유 있게 걷고 뛰면서 일곱 글자 주문을 외서 벗어날 수 있겠는가! 호랑이를 제압하는 이 괴이한 방법을 읽고서 여기에 기록한 것은 한 번 웃고 넘어가자는 뜻이다.

『외대비요』는 당나라 왕규王珪의 손자 왕도王燾[21]가 지은 것으로, 왕도의 본전에 다음과 같은 기록이 있다.

> 왕도는 모친이 병들자 고명한 의사와 자주 어울려 다니더니 결국 그 의술을 다 배우고 자기가 배운 것에 근거하여 책을 썼는데, 논하고 풀이한 것이 정확하고 분명하여 세상 사람들이 보배로 여겼다.

이런 평가가 나온 것은 아마도 그 책을 자세하게 살펴보지 않아서였던 듯하다.

5. 육지관 六枳關

큰형님께서[22] 탱자나무 여섯 그루를 심어서 울타리로 삼았다. 작은 문을 내고 육지관六枳關이라고 이름을 지었다. 왜 이름을 그렇게 지었는지 사람들

용재수필

- -

21 王燾(670~755) : 당나라의 의학가醫學家. 대대로 의업醫業에 종사하는 집안 출신으로, 홍문관弘文館에 20여 년간 재직하여 제가諸家의 의방醫方을 수집하였다. 후에 방릉房陵으로 좌천된 후에도 계속 의학문헌을 정리하여 천보天寶 11년(752) 『외대비요外臺秘要』 40권을 편찬하였는데, 이는 당대唐代이전의 방서方書를 집대성한 것이라 할 수 있으며, 한의학에 있어서 중요한 문헌중 하나이다.

22 원문은 '반주盤洲'라고 되어있다. 홍매의 큰형인 '홍적洪適'의 만년 호가 '반주'이다.

　○ 洪適(1117~1184) : 남송 시기 저명한 금석학자金石學家. 자 경백景伯. 관직이 상서우복야尙書右僕射, 동중서문하평장사同中書門下平章事 겸 추밀사樞密使에까지 이르러 위국공魏國公에 봉해졌다.

이 물어볼 때마다 일일이 응대하기 귀찮았다. 그래서 지금 풍연馮衍의 「현지부顯志賦」에 나오는 구절을 여기에 적어본다. 풍연은 "탱자나무 여섯 그루를 심어 울타리로 삼았다[樾六枳而爲籬]"고 했다. 그런데 『동관한기東觀漢記』에는 탱자나무 여덟 그루라고 기록되어 있다.

『일주서逸周書·소개편小開篇』에서 다음과 같이 말했다.

> 아하! 네가 언제 누구를 공경한들 때에 맞을 것이며, 무엇을 선택한들 덕행일 것이다! 덕의 울타리는 대인을 지키고, 대인의 울타리는 공公을 지키고, 공의 울타리는 경卿을 지키고, 경의 울타리는 대부를 지키고, 대부의 울타리는 사士를 지킨다. 든든하고 믿음 있게 나라의 울타리가 지켜주고, 나라의 울타리는 도都를 지키고, 도의 울타리는 읍을 지키고, 읍의 울타리는 가家를 지키고, 가家의 울타리는 지키는 것이 끝이 없어라.[嗚呼! 汝何敬非時, 何擇非德? 德枳維大人, 大人枳維公, 公枳維卿, 卿枳維大夫, 大夫枳維士. 登登皇皇, 維在國枳, 國枳維都, 都枳維邑, 邑枳維家, 家枳維欲無疆.]

위 아래가 서로 결속되어 서로의 울타리가 된다는 말이다. 글에 나오는 탱자나무 울타리[枳]의 수가 모두 여덟이면, 『동관한기』에서 말한 것과 같다. 하지만 내가 자세히 살펴보니 '지枳'자가 모두 아홉 번 나온다. 경문공景文公 송기宋祁23가 「하재상계賀宰相啓」에서 "식유공지式維公枳"라고 한 것은 이것을 활용한 것이다.

6. 왕안석이 올린 글과 시 王荊公上書幷詩

왕안석王安石은 의론이 탁월하고 기발하였고 주장과 실천에 과감했다. 인종 가우嘉祐 초기 탁지판관度支判官이 되어, 「만언서萬言書」를 올려 다음과 같이 말했다.

---

23 宋祁(998~1061): 북송의 문장가·시인. 자 자경子京. 형 송상宋庠과 함께 유명해 '이송二宋'으로 불렸다. 사관수찬史觀修撰을 맡아 구양수와 함께 『신당서』를 편찬했다. 사詞를 잘 지었는데, 「옥루춘玉樓春」이 유명하다.

지금 천하의 재정은 나날이 어려워지고, 풍속은 나날이 쇠퇴해지고 있습니다. 법도를 모른다는 것이 가장 근심거리이니, 선왕의 정치를 본받지 않기 때문입니다. 선왕의 정치를 본받는다는 것은 그 뜻을 본받는 것일 따름입니다. 그 뜻을 본받으면 제가 주장하는 개혁은 천하의 이목을 깜짝 놀라게 하지 않고서도 자연스럽게 순리와 합할 것입니다. 천하의 능력에 따라 천하의 재정을 생산하고, 천하의 재정을 가지고 천하의 비용에 제공하는 것입니다. 예로부터 세상을 다스릴 때는 재정이 부족한 것이 국가의 환난이 아니라 재정을 다스리는 데 도가 없었던 것이 환난이 되었을 뿐입니다. 등용된 인재들이 부족한데 재야에도 쓸 만한 인재가 적으니, 사직을 맡기고 강역을 지키는 것을 폐하께서는 오랫동안 천행에 맡기는 것을 일상으로 삼아 언젠가 하루아침에 무너질 염려가 없을 수 있겠습니까! 구차한 인습의 폐단을 살펴보시고 대신에게 분명히 분부하셔서 점차 바로잡아 당세의 변화에 합치되게 하시옵소서. 제가 말씀드리는 내용은 세상 사람들이 말하지 않는 것이고, 논자들은 우활하고 진부하다고 여기고 있습니다.

당시 부필富弼과 한기韓琦 두 공公이 재상 자리에 있었는데, 이를 읽자 불쾌해하며 그가 뜻을 얻으면 필시 사단이 날 것이라 여겼다. 그 후 왕안석이 국정을 맡게 되면서 그가 추진한 조치는 대체로 이 글을 원조로 삼은 것이었다. 또한 가난한 백성을 차마 보지 못하고 부유한 백성을 깊이 미워하여, 부자 것을 취해 가난한 자에게 나누어주려 했다. 「겸병兼幷」이라는 시 한 편을 지었는데 다음과 같다.

삼대에는 백성을 자식으로 대하여,	三代子百姓,
공적이든 사적이든 다른 재화가 없었다.	公私無異財.
주군이 권력을 행사하는 것이,	人主擅操柄,
하늘이 북두성을 운행하듯 하였다.	如天持斗魁.
주는 것이 나로부터 나오는데,	賦予皆自我,
겸병이 간악하게 시작되었네.	兼幷乃奸回.
간악하게 시작되면 주벌하라는 법이 있건만,	奸回法有誅,
형세 또한 저절로 오는 길 없네.	勢亦無自來.
후세에 거꾸로 쥐기 시작하여,	後世始倒持,
드디어 검수를 다룰 겨를 없네.	黔首遂難裁.
진시황제는 이걸 모르고,	秦王不知此,
게다가 회청대懷淸臺[24]까지 지었다네.	更築懷淸臺.
예의는 이미 나날이 사라지고,	禮義日已媮,

성인의 가르침 오랫동안 파묻혔다.	聖經久埋埃.
아직 남은 법도가 있어도,	法尙有存者,
말하려고 하면 세상에서 비웃는다.	欲言時所咍.
속리는 방도를 몰라,	俗吏不知方,
긁어 모으는 걸 재주라 여긴다.	掊克乃爲才.
속유는 변통을 몰라,	俗儒不知變,
겸병을 하여도 막을 길이 없다.	兼幷可無摧.
잇속의 근원이 백 가지로 나타나서,	利孔至百出,
소인이 매입과 매출을 맡는다.	小人司闔開.
담당 관리도 이를 다투니,	有司與之爭,
백성만 더욱 가련해진다.	民愈可憐哉!

표현이 세련되지 못하다. 왕안석이 집정하게 되자 청묘법^{靑苗法25}을 설치해서 부자의 이익을 빼앗고, 백성의 빈부를 따지지 않고 양세^{兩稅} 이외 모두 2할의 이자를 더 내게 했다. 여혜경^{呂惠卿26}이 다시 수실법^{手實法27}을 만들자 백성들은 세금 부담이 가중되어 생활이 더욱 힘겨워졌다. 그 화근이 이 시에서 비롯되었다. 소철은 예로부터 시가 불러온 화근이 이처럼 가혹

. . . .

24 懷淸臺 : 여회청대^{女懷淸臺}라고도 한다. 지금의 사천 장수현^{長壽縣} 남쪽에 있었다고 한다. 진^秦나라 때 파군^{巴郡}에 청^淸이라는 과부가 있었는데, 남편이 단혈^{丹穴}(주사 광맥)을 찾아서 부자가 되었고, 남편이 죽자 그 사업을 계속 이어 함으로써 재산으로 자기를 지켜서, 사람들이 감히 범하지 못했다. 그런데 진시황제는 정부^{貞婦}인 줄 알고 (여)회청대를 쌓았다.

25 靑苗法 : 왕안석이 추진한 신법 중 하나이다. 각 로^路의 상평창^{常平倉}·광혜창^{廣惠倉}에 있는 금전과 식량을 자본으로 춘하기에 민간에게 대출해주었다. 춘계에 대출하고 하계에 회수하고, 하계에 대출하고 추계에 회수했다. 매 기 두 푼 이자를 받았다. 본래 호족의 착취를 제한하고 백성의 부담을 경감하기 위한 것이었는데, 시행 중 폐단이 나타나고 보수파의 반대를 만나서 폐지되었다.

26 呂惠卿(1032~1112) : 북송의 재상. 자 길보^{吉甫}. 왕안석^{王安石}과 경의^{經義}에 대해 논하다가 일치하는 점이 많아 교유를 시작했고, 신법^{新法} 운영에 적극 참여해서 여러 법령들이 그의 손에서 나왔다. 희녕^{熙寧} 7년(1074) 왕안석이 밀려난 뒤 참지정사^{參知政事}가 되어 신법을 지속적으로 시행했다. 나중에 왕안석과 사이가 틀어져 지방관으로 폄적되기도 했다.

27 手實法 : 희령^{熙寧} 7년(1074)에 여혜경^{呂惠卿}의 건의로 시행된 제도. 수실이란 이정^{里正}이 매년 말에 호주^{戶主}로 하여금 제출하게 하는 호구^{戶口}의 성명·연령 및 전택^{田宅}에 관한 신고서인데, 이 수실을 기초로 하여 민정^{民政}에 필요한 관의 장부를 만드는 것에 관한 제도이다. 이 법령에 따라, 우선 관에서 물가^{物價}를 정하고 백성에게 자산^{資産}의 액수를 신고하게 한 다음에 그 액수에 의하여 세금을 부담시켰다.

한 적이 없다고 하였다. 정말 가슴 아픈 일이다.

7. 좌진의 표 左黃州表

당 숙종肅宗 때 왕여王璵가 기도하는 것으로 총애를 받아서 아주 짧은 기간에 재상의 자리까지 올랐다. 황제가 몸이 불편하면 왕여는 무녀巫女를 수레에 태워서 천하 명산대천으로 보내서 기도하게 했다. 무녀는 모두 성장盛裝을 하였고, 환관이 이들을 호송하였는데, 가는 곳마다 주현의 일에 간섭했기에 뇌물이 횡행했다. 그 때 미모가 뛰어난 어떤 무녀가 성격이 못된 청년 수십 명을 거느리고 다니면서, 간악하게 불법을 자행했다. 그녀가 황주黃州에 도착했을 때, 자사 좌진左震이 이른 아침 그녀가 머물고 있는 관사에 가서 일을 논의하려고 했는데 문을 자물쇠로 잠그고 열어주지 않았다. 좌진은 노하여 자물쇠를 깨고 들어가 무녀를 잡아 관아에서 참수하고 따라다니던 청년들도 모두 처형하였다. 또한 그들이 부당하게 거두어들인 장물을 몰수하였는데 모두 10여만 전이나 되어, 그녀를 호송해왔던 환관에게 되돌려 보냈다. 이 일에 대해 왕여는 뭐라고 따지지도 못했고 황제도 죄를 묻지 않았다. 좌진이 이토록 강직하고 과감하였지만, 역사서에 그와 관련된 다른 일들이 기록되어 있지 않다. 『원차산집元次山集』을 살펴보니, 「좌황주표左黃州表」 한 편이 있다.

> 건원乾元 기해년 찬선대부贊善大夫 좌진左振이 황주자사黃州刺史로 나가 수레에서 내리는데, 황주 사람들이 노래 부르며 이렇게 말했다.
> "내가 고향에서 달아나려 했었는데, 내가 조상 묘를 버리고 떠나려고 했었는데, 좌공께서 이제 오셨으니 누가 차마 떠날 수 있으랴."
> 1년 후에는 또 이렇게 노래했다.
> "우리 마을에 무녀 있어 사람들 유혹해도 사람들 몰랐다네. 천자께서 존중하고 신임하였지만, 좌공께서는 죽일 수 있었다네."
> 아마 이 무녀는 황주 사람인 듯하다. 좌진은 황주에 있으면서 세 번 승진하여 시어사侍御史가 되고 판금주자사判金州刺史가 되었다. 그가 퇴임할 때 많은 황주 사람들이 찾아와 그리움의 정을 표하기에, 그를 위해 이 표를 지었다.

용재수필

좌진이 백성에게 적절하게 정치를 해서 노래로 칭송까지 받았으니 사관은 그를 순리循吏열전에 특별히 기록해야 할 것이다. 그러므로 나는 이러한 사실들이 묻혀버리지 않게 하기 위해 여기에 기록해 둔다.

기해년은 건원 2년(759)이다. 왕여는 건원 원년(758) 5월 태상소경에서 중서상中書相이 되었고 이듬해 3월 퇴직하였으니, 본기와 재상표의 기록이 같다. 그런데 『신당서』 본전에는 3년에 태상경에서 재상이 되고 다음 날 퇴직했다고 했으니, 명백한 착오이다. 이는 『구당서』의 오류를 그대로 답습해서 그리된 것이다.

8. 이정과 곽자의의 조서 李郭詔書

당 대종代宗이 즉위하자 곽자의郭子儀[28]는 황제 측근의 비방으로 화가 미칠 것을 염려하여, 자신이 영무靈武와 하북河北, 강주絳州의 관리로 재직하면서 받았던 현종과 숙종 두 황제의 조서 1천여 권을 진상하였다. 그의 가전家傳 전기에 수록된 표表에도 대부분 이 내용이 있다. 또 위단부韋端符가 지은 「이위공고물기李衛公故物記」를 보면 다음과 같은 내용이 있다.

> 삼원三原 현령에게 이승李丞이라는 문객이 있었다. 이정李靖의 후예로, 문제文帝가 내려준 글 20편을 소장하고 있었는데, 정벌과 토벌에 관한 일을 많이 말하였고 노고를 위로하면서, "군사와 관련된 일은 모두 공에게 맡기니, 나는 그 사이에서 아무 간섭도 하지 않겠다"고 했다. 이정이 병들자 직접 조서를 내렸는데 그 중 하나에서 "밤낮으로 공의 병을 살펴보는 노파를 한 명 내게 보내시오. 공의 일거수일투족 상황을 내가 잘 알고 싶소"라고 했다. 권덕여權德輿는 이 조서를 볼 때마다 울면서 "군신의 사이가 이렇게 가까웠구나!"라고 했다.

28 郭子儀(697~781) : 당나라 중기의 무장武將. 현종玄宗·숙종肅宗·대종代宗·덕종德宗의 4대에 걸쳐 당조를 위해 일했으며, 안사安史의 난을 진압한 것으로 가장 유명하다. 외족의 침입으로부터 중국 서부지방을 방어하는 일에 전념하여, 토번吐蕃의 침입을 물리치고 수도 장안長安을 수복하였다. 이에 대한 감사의 표시로 대종은 그에게 작위를 내리고 공주를 그의 막내아들에게 시집보냈다. 사후에 민간신앙에서 신으로 숭배되어, 복성福星 또는 재신財神으로 숭배되었다.

『신당서』에도 이 일이 수록되어 있다.

> 이정李靖의 5대손은 이언방李彦芳으로, 문종 대화大和(827~835) 연간 봉상사록참
> 군鳳翔司錄參軍이 되었는데, 고조와 태종이 이정에게 내린 조서 몇 상자를 문종에
> 게 바쳐서, 천자가 모두 궁중에 보관하였다. 또 칙서를 내려서 조서 모두를 한
> 부씩 베껴 이언방에게 돌려주도록 했다.

두 가지 사례로 보자면, 당나라 때 뛰어난 장군과 명재상을 아끼고 예우
한 것이 이처럼 주도면밀하고 따뜻했다. 한漢·진晉 이래 이런 적이 없었다.

9. 각기 다른 길로 군사를 출동시키다 兩道出師

나라에서 군대를 출병시켜 전쟁을 할 때 각기 다른 길로 출동하게 된다
면 그 승패와 공과는 마땅히 각자의 실상에 따라 처리해야 한다. 그러면
신상필벌이 되어서 사람들에게 권장과 경계의 효과가 있게 된다.

한 무제가 위청衛靑[29]과 곽거병霍去病[30]을 보내 흉노를 정벌하게 했는데,
곽거병은 공을 인정받아 추가 책봉되고 부장 네 명 또한 열후에 책봉되었
다. 그러나 위청은 추가 책봉되지 않고 군리와 병졸들 중에도 후작에 책봉
된 자가 하나도 없었다.

한 선제宣帝가 전광명田廣明 등 다섯 장군을 보내 흉노를 치게 하고, 또한
상혜常惠에게 오손烏孫 병사를 호위하여 함께 출동하게 하였다. 다섯 장군은
모두 전공을 세우지 못하여 전광명과 전순田順은 그 죄를 물어 죽임을 당했
다. 그러나 상혜는 승리를 거두었고 후작에 책봉되었다.

남조 송 문제文帝가 북위北魏를 정벌할 때 옹주雍州 장군 유원경柳元景 등이
이미 홍농弘農 섬성陝城을 함락하고 동관潼關을 지키고 있었는데, 문제는 동군

용재수필

....

29 衛靑(?~B.C.106) : 한 무제 시기 대장군. 자 중경仲卿. 무제의 총애를 받은 위자부衛子夫의
   동생이다.
30 霍去病(B.C.140~B.C.117) : 한 무제 시기 대장군. 위청의 누이 위소아의 아들로 흉노 정벌
   에 큰 공을 세워 무제의 총애를 받았으나 24세의 나이로 요절했다.

東軍 왕현모王玄謨가 패했기 때문에 모두 돌아오도록 소환하였다. 그 후 왕현모는 폄적되었고 유원경은 상을 받았다.

남송 고종 소흥 7년(1137) 회서대수淮西大帥 유기劉錡[31]가 파직되고 호북湖北에 주둔한 악비岳飛가 모친상으로 떠났는데 복귀하라는 명령에 누차 사양했다. 조정에서는 병부상서 여지呂祉[32]·병부시랑 장연도張淵道에게 두 부대를 나누어 통솔하게 하였고 얼마 후 선무사宣撫使로 정식 임명하여, 둘은 결국 정권을 장악하게 되었다. 당시 악비는 구강九江에 있었는데 일단 병권을 잃으면 다시 손에 쥐기 어려움을 염려하여 서둘러 악鄂으로 갔다. 조정에서는 옛날 임무로 복귀하라는 교지를 내리고 장연도를 불러 추밀도승지樞密都承旨로 삼았다. 여지가 여주廬州에서 변을 만나 논자들이 장준張浚을 파직할 것을 논의하여, 장연도 역시 연루되어 배척당했다.

효종 융흥隆興[33] 연간에 북로北虜가 다시 군대를 동원하여, 장연도가 도독이 되어 이현충李顯忠·소굉연邵宏淵을 보내 부리符離를 공격하게 했으나 실패하여 후퇴하여 한 부府 전체가 모두 폄적 당했다. 이 때 왕장민汪莊敏이 참지정사로 형荊·양襄을 감독하고 있었는데 동서東西 로路 군대에 협조하지 않는지라 역시 연루되어 견책 당했다. 옛날과 지금이 이처럼 다르다.

10. 두보와 한유의 헐후어 사용 杜韓用歇後語

두보나 한유는 시를 지을 때 헐후어歇後語[34]를 사용하곤 했다. 예를 들자

용재사필 권4

. . . .

31 劉錡(1098~1162) : 북송의 명장. 자 신숙信叔. 진주秦州 성기成紀(지금의 감숙성 천수天水) 사람.

32 呂祉(1092~1135) : 북송의 대장군. 자 안로安老. 건양建陽 사람이다. 소흥 7년(1137), 조서를 내려서 왕덕王德이 건강建康으로 돌아가고 여지가 여주廬州로 가서 왕덕과 역경酈瓊의 부대를 수습하도록 했다. 얼마 후 역경이 여지를 죽이고 4만 병사를 거느리고 유예劉豫에게 투항했다. 여지의 처 오씨는 자결했다. 이 일로 장준張浚이 영주永州로 폄적되었다.

33 隆興 : 남송 효종孝宗 때의 연호(1163~1164).

34 歇後語 : 현대적 의미에서의 헐후어는 말을 두 부분으로 나누어 어떤 의미를 표시하는 방식을 말하는 것으로, 앞부분은 은어 또는 비유로 말하고 뒷부분은 이를 해석하는 형식인데,

면 다음과 같다.

여상呂尙 · 제갈량諸葛亮 나타나기를 쓸쓸히 바라며	"棲其望呂葛."[35]
새와 꽃과 같은 나의 형제	"仙鳥仙花吾友于."[36]
형제 모두 두각을 드러내	"友于皆挺拔."[37]
다시 맞붙어 사납게 싸우라네	"再接再礪乃."[38]
하인들은 회에서 온다네	"僮僕誠自劊."[39]
너희를 위하여 시간을 아껴야 하나니	"爲爾惜居諸."[40]
누가 후손에 남겨준 기반 없다 하는가	"誰謂貽厥無基阯."[41]

11. 당 현종이 좌우 승상에게 하사한 물품 唐明皇賜二相物

당 현종은 이림보李林甫[42]를 우승상으로 삼아 정치의 대권을 맡겼고 좌승상 우선객牛仙客 · 이적지李適之 · 진희열陳希烈은 각각 같은 서열이지만 모두 자리만 차지하고 있는 격이었다. 이림보가 죽자 양국충楊國忠[43]이 대신하였는데 총애가 더욱 심하였다. 천보 13년(754) 황제가 약룡전躍龍殿 문에 행차

주로 앞부분만 말을 해서 상대방이 뜻을 알아채지 못했으면 뒷부분을 말해주는 형식으로 활용된다. 여기서 예로 든 고대 헐후어는 뒤에 이어질 말을 아예 하지 않는 것으로, 마치 미처 말을 다 마치지 못했거나 말이 완정하지 않은 듯한 느낌을 주는 것을 말한다.

35 杜甫, 「晚登瀼上堂」: 棲其望呂葛, 不復夢周孔.

36 杜甫, 「嶽麓山道林二寺行」之三 : 一重一掩吾肺腑, 山鳥山花吾友於.

37 杜甫, 「奉贈太常張卿垍二十韻」: 友於皆挺拔, 公望各端倪.

38 韓愈 · 孟郊, 「鬪鷄聯句」: 一噴一醒然, 再接再礪乃.

39 韓愈, 「秋雨聯句」: 吾人猶在陳, 僮僕誠自郒.

40 韓愈, 「符讀書城南」: 豈不旦夕念, 爲爾惜居諸.

41 韓愈, 「寄盧仝」: 苗裔當蒙十世宥, 豈謂貽厥無基阯.

42 李林甫(?~752) : 당나라 현종玄宗 시기 재상宰相. 당나라를 쇠퇴의 길로 이끈 인물로 평가받는다. 성격이 음험하고 정치적 수완과 모함에 능해 간신의 전형으로, 조정의 인사를 좌지우지하며 유능한 인재들은 배척하고 자신에게 충성하는 사람들만 발탁하여 등용하였다. 겉으로는 감언을 일삼으며 절친한 척하지만 뒤에서는 음해와 모함을 일삼아 세인世人들이 그를 "입에는 꿀이 있고, 뱃속에는 칼이 있다口有蜜, 腹有劍"고 평했는데, 여기에서 '구밀복검口蜜腹劍'이라는 말이 생겼다.

43 楊國忠(?~756) : 현종 시기 재상. 본명은 소釗이나 양귀비의 친척으로 등용되어 현종에게 중용되어 '국충'이라는 이름을 하사받았다.

하여 음악을 연주하면서 군신에게 연회를 베풀었는데, 우승상에게 견絹 1,500필과 채라彩羅 300필·채릉彩綾 500필을 하사하고, 좌승상에게는 견 300 필과 나·능 각 50필만 하사했다. 상의 많고 적음의 차이가 심지어 5배가 나기도 했다. 진희열 같은 용렬한 자가 황제가 은혜를 내리는 뜻을 알고서 어찌 노예처럼 황제를 섬기지 않을 수 있겠는가? 그가 기꺼이 안록산의 신하가 된 것도 당연하다.

12. 105일 一百五日

지금 사람들이 한식寒食을 '105'라고 말하는 이유는 동지부터 청명까지 여섯 절기를 지나면 모두 107일인데 이틀 앞선 날을 한식이라고 하기 때문이다. 다른 절기는 모두 그렇지 않다. 두보의 「부주일백오일야대월鄜州一百五日夜對月」이라는 시가 있고, 강서시파江西詩派의 시에 "105일이면 풍우가 충분하고, 36봉우리 몽혼이 수고롭구나一百五日足風雨, 三十六峰勞夢魂", "105일 한식에 비 오고, 24차례 꽃소식 바람에 불어와一百五日寒食雨, 二十四番花信風" 등과 같은 시구가 있다.

우리 고향 요주饒州[44] 성 북쪽에 지산사芝山寺가 있는데 불 피우는 것을 금지하는 유람지이다. 그 절의 스님이 화엄각華嚴閣을 건축하면서, 나에게 「권연소勸緣疏」를 지어달라고 부탁했다. 그 마지막 연은 이러하다.

대선 지식 얻은 53인,　　　　　　　　　　大善知識五十三,
영원히 웅장해 사람들이 하늘처럼 우러르며,　永壯人天之仰.
한식 청명 106일,　　　　　　　　　　　寒食清明一百六,
도속의 관묘가 찾아왔네.　　　　　　　　鼎來道俗之觀.

혹자가 '106'은 어디서 나온 것이냐고 묻기에 나는 이렇게 대답했다.

----

44 饒州 : 치소治所는 지금의 강서성 파양鄱陽으로 홍매의 고향이 이곳이다.

원진元稹의 「연창궁사連昌宮詞」에 "106일 한식을 처음 지내려니 객점에는 연기 없고 궁궐 나무는 푸르구나[初過寒食一百六, 店舍無煙宮樹綠.]"라는 구절이 있어 이를 인용하여 쓴 것이오.

13. 두보와 한산의 시 老杜寒山詩

두보의 「춘일억이백春日憶李白」 시를 보자.

이백은 시에서 필적할 사람 없어,　　　　　　白也詩無敵,
훨훨 홀로 날아올랐다네.　　　　　　　　　飄然思不群.
청신함은 유신庾信이요,　　　　　　　　　清新庾開府,
준일함은 포조鮑照로다.　　　　　　　　　俊逸鮑參軍.

일찍이 어떤 무관이 "필적할 사람이 없다고 해놓고 또 유신庾信과 포조鮑照를 닮았다고 했다"며 그 실수를 지적하였다. 그러자 혹자는 "유신은 청신하되 준일하지 못하고 포조는 준일하되 청신하지 못하다. 이태백은 둘을 겸비하였으니 그래서 필적할 사람이 없는 것이다"라며 반박했다. 지금 문집 다른 판본에서 '무적無敵'을 '무수無數'로 쓴 것이 있는데, 아마 호사가가 고친 것이리라! 한산寒山[45]의 시를 보자.

내 마음은 가을 달 같기도 하고,　　　　　　吾心似秋月,
푸른 연못처럼 맑고 희고 깨끗하다.　　　　　碧潭清皎潔.
비유할 만한 게 없으니,　　　　　　　　　無物堪比倫,
어떻게 말해야 할까?　　　　　　　　　　教我如何說?

- -

45 寒山 : 당나라의 시인. 항상 천태 시풍현始豐縣의 서쪽 70리에 있는 한암寒巖의 깊은 굴속에 있었으므로 한산이라 했다. 몸은 바싹 마르고, 보기에 미친 사람 비슷한 짓을 하며, 늘 국청사에 와서 습득拾得과 함께 대중이 먹고 남은 밥을 얻어서 댓통에 넣어 가지고 둘이 서로 어울려 다녔다. 미친 짓을 하면서도 하는 말은 불도의 이치에 맞으며, 또 시를 잘하였다. 어느 날 태주 자사台州刺史 여구윤閭丘胤이 한암寒巖에 찾아가서 옷과 약 등을 주었더니, 한산은 큰소리로 "도적놈아! 이 도적놈아! 물러가라"하면서 굴 속으로 들어간 뒤에는 그 소식을 알 수 없었다 한다. 세상에서 한산·습득·풍간豊幹을 3성聖이라 부르며, 또 한산을 문수 보살의 재현再現이라 한다.

이에 대해서도, 이미 가을 달과 푸른 연못 같다고 해놓고 나서 비유할 만한 것이 없다고 말한 것은 무엇 때문이냐고 하는 사람이 있다. 아마도 비유할 이 두 가지가 없으면 어떻게 말해야 하는가의 뜻일 것이다. 독자도 그런 뜻으로 이해해야 한다.

14. 여석의 독 礜石之毒

황백사黃伯思[46]의 『동관여론東觀餘論』을 읽어보니 그 중 왕대령王大令 책을 평론한 대목이 하나 있었다.

> 「정식첩靜息帖」에서 "여석礜石의 약효는 대단히 의심스럽다. 형 희熹가 병이 나 산散을 복용하자 독창이 생겼다"고 했는데, 산散은 한식산寒食散 종류를 말한다. 산散에는 대체로 여석을 쓰는데, 그 성질이 뜨겁고 독이 있어 의심스럽다고 한 것이다. 유표劉表가 형주荊州에 있을 때 왕찬王粲과 장산障山에 올라갔는데, 한 언덕에 풀이 하나도 자라지 않는 걸 보고 왕찬이 말했다. '이건 필시 옛 무덤일 것이오. 이 사람이 살아 생전 생 여석을 많이 복용하여 열기가 밖으로 증발하여 나왔기 때문에 초목이 타서 멸종된 것이오.' 파서 보니 과연 묘였으며 묘역에 여석이 가득했다. 또한 지금 낙수洛水는 겨울에 얼음이 얼지 않는데 옛날 사람들은 온락溫洛이라고 하였으니, 밑에 역시 여석이 있어서이다. 지금 이 돌을 채취하여 항아리 물속에 넣어두면 물이 얼지 않는다. 또한 관복鸛伏이라는 새의 알도 온기 보충을 돕는다. 이것처럼 열기가 심하니 복용하지 않는 것이 좋다. 자경子敬의 말이 사실이다.

『회남자淮南子』에 "사람이 여석을 먹으면 죽고 누에가 먹으면 배고픔을 느끼지 않는다"라는 말이 나온다.

둘째 형님인 문안공文安公[47]이 금릉金陵을 진수鎭守하고 있을 때, 가을에 더

- - - - - - - - - - - - - - - - - - - -

46 黃伯思(1079~1118) : 북송의 서예가이자 서예이론가. 자 장예長睿 또는 소빈霄賓, 호 운림자 雲林子. 북송 소무邵武(지금은 복건에 속함) 사람이다. 각 서체 모두 뛰어났으며, 『법첩간오法帖 刊誤』 2권을 저술하여 『순화각첩淳化閣帖』에서 적지 않은 오류를 바로잡았다.

47 홍매의 작은 형 홍준洪遵(1120~1174)을 가리킨다. 비서성정자秘書省正字를 비롯하여 한림학 사승지翰林學士承旨 · 동지추밀원사同知樞密院事 · 자정전학사資政殿學士 등의 여러 관직을 지냈다.

위를 먹어 식욕이 감퇴하자 당도當塗[48]의 의사가 삼익三益을 탕으로 만들고 여석 환을 복용하게 하였다. 얼마 후 식욕이 늘어 추가로 더 복용하였는데 10월이 지나서 독이 발작하여 코피를 한 말 이상 쏟았고 이로부터 여러 차례 그치지 않더니 결국 몸 속의 진액이 모두 고갈되어 세상을 떠났다. 우연히 이 글을 보니 지금도 마음이 아프다. 기록하여 이후 사람들에게 경계하도록 하고자 한다.

15. 「회합연구」 會合聯句

『운략韻略』[49]에서 상성上聲 두 번째 '腫종'의 운자가 매우 적다고 했다. 내가 예전에 「왕장민명汪莊敏銘」 시 80구를 지었는데, 소민중蕭敏中이 읽고 "모두 하나의 운으로 맞추었다"고 말했다. 지금 살펴보니 첫 번째 '董동' 안에서 차용한 글자가 열 개였다.

용재수필

아, 하늘이 이 재목을 탄생시켜,	維天生材,
만물이 경이로워한다.	萬彙傾竦.
왕후장상이여,	侯王將相,
일찍이 이런 종자 있었는가!	曾是有種?
공의 집은 강동이요,	公家江東,
대대로 농사를 이었다.	世繹耕壟.
도계 물가에다,	桃溪之涘,
씨 뿌리고 김을 맸다.	是播是穠.
두툼하게 북돋우고,	孰豐厥培,
규옥처럼 키웠다네.	藝此圭珙.
공이 매여 있어 아직 뛰지 못할 때도,	公羈未奮,

---

48 當塗 : 지금의 안휘성安徽省 당도현當塗縣

49 『韻略』: 송대 초기 『절운切韻』을 수정하여 『광운廣韻』을 편찬하는 것과 거의 동시에, 과거시험 응시 때 수요에 따라서 시험을 주관하는 예부禮部에서 『광운』보다 좀 간략한 『운략韻略』을 간행했다. 이 『운략』은 송 경덕景德 연간에 편찬되었기 때문에 『경덕운략』이라고 했는데, 사실상 『광운』의 간략본이다. 경우景祐 4년(1037) 『집운集韻』이 완성되던 해에 인종이 정도丁度 등에게 명하여 『경덕운략』을 보완 간행하게 하면서 이름을 『예부운략』이라고 했다.

힘차게 내달릴 생각했지.　　　　　　　　　　逸駕思騄.

춘추에 잠겨 취해,　　　　　　　　　　　　沈酣春秋,

주공과 공자의 길을 갔다.　　　　　　　　　蹈迪周孔.

우수한 책문을 내고 급제하여,　　　　　　　徑策名第,

미천한 처지를 벗어났다.　　　　　　　　　稍辭渫褲.

상강 원강 가로질러,　　　　　　　　　　　橫經湘沅,

사람들이 떠받들듯 공경한다.　　　　　　　士敬如捧.

봉래산 방장산,　　　　　　　　　　　　　蓬萊方丈,

패옥 장식 드리웠네.　　　　　　　　　　　佩飾有琫.

응룡이 하늘을 날아,　　　　　　　　　　　應龍天飛,

사방에서 구름 뭉게뭉게.　　　　　　　　　薈蔚雲滃.

모든 관리 서열이 있어서,　　　　　　　　　千官在序,

절차탁마하며 따른다네.　　　　　　　　　摩厲從臾.

나의 한 마디에,　　　　　　　　　　　　吾惟片言,

전적과 대책이 샘이 솟아나듯 했다.　　　　藉箸泉湧.

상대霜臺50에서 모자를 바로 하니,　　　　　正冠霜臺,

지나는 자들이 황송해했다.　　　　　　　過者卞悚.

높고 높은 대전 계단,　　　　　　　　　顒顒殿阤,

어떤 소리 기세에도 끄떡없네.　　　　　　聲氣不動.

어진 덕 드러나 동으로 모여서,　　　　　顯仁東攢,

무사巫史51는 바람을 부르고 파도를 일으킨다네.　巫史呼洶.

창언 한 번 내려오자,　　　　　　　　　昌言一下,

천총千塚에 젖어드는 은혜.　　　　　　　恩浹千塚.

훈육薰鬻이 날뛰어,　　　　　　　　　　薰粥孔熾,

변방에서는 모용을 경계한다.　　　　　　邊戒毛氄.

줏대 없는 자가 자리 차지하면,　　　　　媆嬰當位,

좌에서 끌고 우에서 당긴다네.　　　　　左掣右壅.

공이 말하기를 지금 세상에는,　　　　　公云當今,

들끓고 소용돌이친다고 했지.　　　　　　沸渭混涌.

하늘의 위엄이 천둥치듯 벼락치듯 하면,　天威震耀,

누가 떨쳐 일어나지 않으리오.　　　　　誰不憤踊.

마침내 어사중승의 자리에 올라,　　　　遂遷中司,

・・・・・・・・・・・・・・・・・・・・・・・・・

50 霜臺 : 어사대.

51 巫史 : 고대에 점복 활동을 맡았던 '무巫'와 천문・성상星象・역법・역사를 관장했던 '사史'를
　　통칭한 말로, 겸임한 경우가 많았다.

서병西柄을 통솔하게 되었다네.　　西柄是董.
깃발 세우고 관문 나서서,　　出關啓斾,
황급히 격문을 날린다.　　籌檄侘傯.
형과 양이 두려워,　　業業荊襄,
수그러들어 공손히 따르네.　　將懦曰拱.
소매 걷어 부치고 번개처럼 달려가,　　投袂電赴,
존중하듯 용기를 내리라.　　如尊乃勇.
등·당·채·진에서,　　鄧唐蔡陳,
연이어서 말을 달려 나섰다네.　　馳捷系踵.
불리를 장사지내게 되어,　　佛狸歸魗,
백성이 두려워하지 않고 믿게 되었네.　　民恃不恐.
새서가 조정에 내려와,　　璽書賜朝,
백관이 모여들었네.　　百揆參摠.
천자 책립 도움에 버금가는 공으로,　　亞勛贊冊,
국세가 존귀해지고 굳건해졌네.　　國勢尊鞏.
군대 독려하여 서쪽으로 가서,　　督軍載西,
더욱 무거운 책임 맡겼네.　　寄責寀重.
허와 낙을 다스리고,　　方規許洛,
진과 농을 지원했네.　　事援秦隴.
부리에서 공이 없어,　　符離罔功,
교·공에서 기발한 계책을 냈네.　　奇畫膠拲.
국가의 중임을 맡기어 시키니,　　鈞樞建使,
재상의 자리는 크나큰 총애를 누리네.　　宰席亢寵.
돌아와 서주에 임하니,　　還臨西州,
양쪽 길가에서 기뻐 맞이하네.　　夾道歡擁.
치료를 제대로 하지 않아,　　有御未瘳,
기가 쌓이고 종기가 났네.　　病癖且尰.
일찍이 버린 적 없어,　　曾不愁遺,
내 마음 두텁게 하네.　　使我心憪.
상강 호수 높은 언덕,　　湘湖高丘,
울창히 우거진 초목.　　草木蔚蓊.
아, 너울너울 흘러가는 물,　　維水容裔,
아, 우뚝 솟은 산.　　維山龍嵸.
시를 바치노라,　　矢其銘詩,
많은 말을 하였노라.　　詞費以冗.
어찌 할까 공이여,　　奈何乎公,

용재수필

만 번 제사에 놀라지 마시기를.　　　　　　　　　　萬禳毋聳.

　한유·맹교·장적·장철張徹의「회합연구會合聯句」34운 같은 경우, 총螽·
용魟 두 글자가『운략』에 수록되지 않은 것을 제외하고, 나머지는 모두
두 번째 '종鍾'에서 벗어나지 않았다. 그 시는 웅장하고 기발하고 세차게
처올리는 듯하고 마치 큰 강이 그 끝이 보이지 않는 듯하여, 도로나 이랑의
자잘한 구덩이나 웅덩이는 비교가 되지 않을 정도였다.[52]

기약 없는 이별이었기에,	離別言無期,
다시 모이니 더욱 소중해지는 의미.(장적)	會合意采重.
병이 늘어나서 아이들은 걱정하고,	病添兒女戀,
늙음 따라 사라져간 젊은 시절 용기.(한유)	老喪丈夫勇.
검심은 아직 사그라들지 않았으되,	劍心知未死,
시심은 홀로 더욱 솟는다.(맹교)	詩思猶孤聳.
화살 날아가듯 사라지는 근심,	愁去劇箭飛,
샘물 솟아나듯 찾아오는 기쁨.(장철)	讙來若泉湧.
싯구엔 새 의미 많아지고,	析言多新貫,
흉금엔 예전에 막혔던 것 이젠 없다.(장적)	攄抱無昔壅.
어려웠던 시절 생각하며 부지런히 정진하고,	念難須勤追,
편안했던 시절 생각하며 경박하게	悔易勿輕踵.
살지 않길.(한유)	
파산 겹겹이 쌓인 걸 노래하고,	吟巴山犖嶧,
초楚의 물결 겹겹이 쌓인 걸 애기했지.(맹교)	說楚波堆壟.
말을 타고 떠나려니 호표가 노하고,	馬辭虎豹怒,
배가 출발하니 교룡과 악어가 두렵도다.(장철)	舟出蛟鼉恐.
미친 듯 날뛰는 큰 물고기 때로 홀로 일어서고,	狂鯨時孤軒,

・・・・・・・・・・・・・・・・・・・・・・・

52　「會合聯句」: 한유·맹교·장적·장철이 공동 창작한 5언고시 연합작품을 말한다. 모두
　　34운 68구이다. 그 중 한유가 16운 32구, 맹교가 10운 20구, 장적이 6운 12구 장철이 2운
　　4구를 지었다. 당 덕종 정원 19년(803) 한유가 양산陽山 현령으로 폄적되었다가, 헌종 원화
　　원년(806) 강릉 법조로 옮기고, 얼마 후 장안으로 돌아와 국자박사를 맡게 되어, 장적·장
　　철·맹교와 경사에서 만나 연작시를 지었다. 헤어졌다가 다시 만나고 폄적되었다가 귀환하
　　게 된 심정을 노래한 것으로, 크고 거침없는 뜻과 기이한 글자가 독자를 놀라게 한다는
　　평이 있는가 하면, 억지로 운을 맞추려고 애써서 생경하고 뜻이 잘 통하지 않기 때문에
　　합작의 의미는 있지만 예술적 가치는 덜하다는 평도 있다.

수도 없이 섞여 있는 숨어사는　　　　　　　　幽狄雜百種.
　긴꼬리원숭이.(한유)

장의瘴衣의 냄새는 항상 비릿하고 느끼하고,　　瘴衣常腥膩,
만기蠻器는 조잡하여 쓸모없는 것이 많다.(장적)　蠻器多疎冗.
태전苔錢 벗긴 반죽斑竹 걸려 있고53,　　　　　剝苔吊斑林,
각서角黍 교자 만들어 물고기에게 먹인다.(한유)　角飱餌沉湥.
갑자기 멀리서 온 명을 받들어,　　　　　　　忽爾銜遠命,
돌아와 새 총애 받으며 춤추게 되었다.(맹교)　歸歟舞新寵.
악귀와 요마의 굴에서 벗어나,　　　　　　　鬼窟脫幽妖,
하늘에 거하며 맑은 무지개를 본다.(한유)　　天居覲清拱.
경사로 향하는 발걸음 내디디려 하니,　　　　京遊步方振,
폄적 꿈에 여전히 두렵다.(장적)　　　　　　謫夢意猶怕.
시서를 보이며 오랜 지인에게 자랑하고,　　　詩書誇舊知,
밥과 술로 새로 대접한다.(한유)　　　　　　酒食接新奉.
아름다운 말로 맑은 곡조 묘사하고,　　　　　嘉言寫清越,
병 나으니 종기 사라졌다.(맹교)　　　　　　瘳病失肒腫.
여름 그늘 높은 처마와 짝하고,　　　　　　　夏陰偶高庇,
손 내밀어 초승달 맞는다.(한유)　　　　　　宵魂接虛擁.
고요한 가운데 설현 타는 소리 들려오고,　　　雪弦寂寂聽,
찻사발 나긋나긋 받들어 가져온다.(맹교)　　　茗盌纖纖捧.
반디가 촛불 밝히듯 내달리는 불빛,　　　　　馳輝燭浮螢,
귀뚜라미가 숨어 있는 듯 새나오는 소리.(한유)　幽響泄潛蛩.
시로詩老는 마음이 어떨까,　　　　　　　　詩老獨何心,
습진에 종기가 남은 듯.(맹교)　　　　　　　江疾有餘尰.
우리 집은 본래 전과 곡에 있었고,　　　　　我家本瀍穀,
고와 공 사이에 땅 있었지.　　　　　　　　有地介皋鞏.
자취를 감추고 은거할 걸 생각하여,　　　　　休跡憶沉冥,
높은 모자 썼으되 용렬한 것 부끄럽다.(한유)　岌冠愧闒茸.
조정 올라 고삐 높이 매고 편하더니,　　　　升朝高轡逸,
떨리는 소리에 모두 듣고 쭈뼛하다.　　　　振物群聽悚.
헛된 말은 흐르는 샘물에 씻어내고,　　　　　徒言濯幽泌,

---
53 위태魏泰는 『임한은거시화臨漢隱居詩話』에서 "대나무에 검은 점이 있는 것을 반죽斑竹이라고 한다는 것은 사실이 아니다. 호남 지방의 반죽은 자라날 때 점마다 태전苔錢이 아주 굳게 달라붙어 있어서, 대나무를 베어다가 물에 담가 풀로 태전을 씻어내면 보기 좋은 자색이 되는데, 이것이 진정한 반죽이다"라고 했다.

무성한 풀싹 누구와 제거하나.(장적)　　　　誰與薙荒茸.
갓끈과 청록색 복장 입고 조정에 나가니,　　朝紳鬱靑綠,
빛나는 옥으로 장식한 말.　　　　　　　　馬飾曜珪珖.
나라의 원수가 아직 사라지지 않아,　　　　國讎未銷鑠,
내 마음은 공邛·농隴에서 요동친다.(맹교)　　我志蕩邛隴.
자네의 재능은 참으로 남달리 탁월해,　　　君才誠倜儻,
때마침 논의가 비등하네.　　　　　　　　時論方洶溶.
격언이 무성하게 많아,　　　　　　　　格言多彪蔚,
세상만사 벗어나서 질곡 없다.　　　　　　縣解無梏拲.
장생은 연원 얻고,　　　　　　　　　　張生得淵源,
한색은 산 위로 올라와.　　　　　　　　寒色拔山塚.
많은 종을 두드린 듯 단단하고,　　　　　堅如撞群金,
고치 하나에서 뽑아낸 듯 작다.(한유)　　眇若抽獨蛹.
나는 무엇을 따를까,　　　　　　　　　伊余何所擬?
절름발이 자라가 어찌 뛸 수 있겠나.　　　跛鼈詎能踊.
산의 바위 우르르 무너져,　　　　　　　塊然墮嶽石,
살며시 그물에 걸린 새털인 듯.(맹교)　　飄爾罥巢氄.
용기 천구에 드리우고,　　　　　　　　龍斾垂天衢,
운·소 음악 연주에 궁중 종소리 퍼진다.　雲韶凝禁甬.
그대는 어찌 편안히 잠자는가,　　　　　君胡眠安然,
아침 북소리 둥둥 울려대는데.(한유)　　朝鼓聲洶洶.

　　중간 중간 간혹 껄끄러운 시구가 있긴 하다. 그러나 여러 사람 손으로
즉석에서 이루어진 것이라서 이런 것은 피할 수가 없었을 것이다.

1. 今日官冗

元豐中, 曾鞏判三班院, [今侍右也。] 上疏言:「國朝景德墾田百七十萬頃, 官萬員。皇祐二百二十五萬頃, 官二萬員。治平四百三十萬頃, 官二萬四千員。田日加闢, 官日加多, 而後之郊費視前一倍。以三班三年之籍較之, 其入籍者幾七百人, 而死亡免退不能二百, 是年增歲溢, 未見其止, 則用財之端, 入官之門, 當令有司講求其故, 使天下之入如治平, 而財之用官之數同景德, 以三十年之通, 可以餘十年之蓄矣。」是時, 海內全盛, 倉庫多有樁積, 猶有此懼。慶元二年四月, 有朝臣奏對, 極言云:「曩在乾道間, 京朝官三四千員, 選人七八千員。紹熙二年, 四選名籍, 尚左, 京官四千一百五十九員, 尚右, 大使臣五千一百七十三員, 侍左, 選人一萬二千八百六十九員, 侍右, 小使臣一萬一千三百十五員, 合四選之數, 共三萬三千五百十六員, 冗倍於國朝全盛之際。近者四年之間, 京官未至增添, 外選人增至一萬三千六百七十員, [此紹熙增八百一員。] 大使臣六千五百二十五員, [此紹熙增一千三百四十八員。] 小使臣一萬八千七百五員, [此紹熙增七千四百員。] 而今年科舉, 明年奏薦不在焉。通無慮四萬三千員, 比四年之數增萬員矣, 可不爲之寒心哉!」蓋連有覃需, 慶典屢行, 而宗室推恩, 不以服派近遠爲間斷, 特奏名三舉, 皆値異恩, 雖助教亦出官歸正, 人每州以數十百, 病在膏肓, 正使俞跗、扁鵲持上池良藥以救之, 亦無及已。

2. 欒城和張安道詩

張文定公在蜀, 一見蘇公父子, 卽以國士許之。熙寧中, 張守陳州南都, 辟子由幕府。元豐初, 東坡謫齊安, 子由貶監筠酒稅, 與張別, 張悽然不樂, 酌酒相命, 手寫一詩曰:「可憐萍梗飄蓬客, 自嘆匏瓜老病身。從此空齋掛塵榻, 不知重掃待何人。」後七年, 子由召還, 猶復見之於南都。及元符末, 自龍川還許昌, 因姪叔黨出坡遺墨, 再讀張所贈詩, 其薨已十年, 泣下不能已, 乃追和之曰:「少年便識成都尹, 中歲仍爲幕下賓。待我江西徐孺子, 一生知己有斯人。」兩詩皆哀而不怨, 使人至今有感於斯文。今世薄夫受人異恩, 轉眼若不相識, 況於一死一生, 卷卷如此, 忠厚之至, 殆可端拜也。

3. 和范杜蘇四公

晉相和凝, 以唐長興四年知貢舉, 取范質爲第十三人。唐故事, 知貢舉者, 所放進士, 以

己及第時名次爲重, 謂之傳衣鉢。蓋凝在梁貞明中居此級, 故以處質, 且云:「它日當如我。」後皆至宰相, 封魯國公, 官至太子太傅, 當時以爲榮。凝壽止五十八, 質止五十四, 三朝史質本傳亦書之, 而新五代史和凝傳誤爲第五, 以登科記考之而非也。杜祁公罷相, 以太子少師致仕, 後以南郊免陪位恩, 連進至太子太師, 年八十而薨。蘇子容初筮仕爲南京判官, 杜公方里居, 告以平生出處本末, 曰:「子異日所至, 亦如老夫。」及蘇更踐中外, 名德殊與之相似。集中有謝杜公書, 正敍此事。其罷相也, 亦以太子少師致仕, 進太保, 年八十二而薨。昔賢謂貴人往往善相人, 以所閱多之故也。此二者幷官爵年壽皆前知, 異矣。

4. 外臺祕要

外臺祕要載制虎方云:「到山下先閉氣三十五息, 所在山神將虎來到吾前, 乃存吾肺中, 有白帝出, 收取虎兩目, 塞吾下部中, 乃吐肺氣, 上自通冠一山林之上。於是良久, 又閉氣三十五息, 兩手捻都監目作三步, 步皆以右足在前, 乃止, 祝曰:『李耳、李耳, 圖汝非李耳邪? 汝盜黃帝之犬, 黃帝敎我問汝云何。』畢, 便行, 一山虎不可得見。若卒逢之者, 因正面立, 大張左手五指側之, 極勢跳, 手上下三度, 於跳中大喚, 咄曰:『虎, 北斗君使汝去!』虎卽走。」予謂人卒逢虎, 魂魄驚怖, 竄伏之不暇, 豈能雍容步趨, 仗咒語七字而脫邪! 因讀此方, 聊書之以發一笑。此書乃唐王珪之孫燾所作, 本傳云:「燾視母疾, 數從高醫游, 遂窮其術, 因以所學作書, 討繹精明, 世寶焉。」蓋不深考也。

5. 六枳關

盤洲種枳六本, 以爲藩籬之限。立小門, 名曰六枳關。每爲人問其所出, 倦於酬應。今取馮衍顯志賦中語書於此。衍云:「楗六枳而爲籬。」案, 東觀漢記作八枳。逸周書小開篇云:「嗚呼, 汝何敬非時, 何擇非德。德枳維大人, 大人枳維公, 公枳維卿, 卿枳維大夫, 大夫枳維士。登登皇皇, 維在國枳, 國枳維都, 都枳維邑, 邑枳維家, 家枳維欲無疆。」言上下相維, 遞爲藩蔽也。其數有八, 與東觀記同。予詳考之, 乃九枳也。宋景文公賀宰相啓:「式維公枳。」蓋用此云。

6. 王荆公上書幷詩

王荆公議論高奇, 果於自用。嘉祐初, 爲度支判官, 上萬言書, 以爲「今天下財力日以困窮, 風俗日以衰壞。患在不知法度, 不法先王之政故也。法先王之政者, 法其意而已。法其意, 則吾所改易更革, 不至乎傾駭天下之耳目, 而固已合矣。因天下之力, 以生天下之財, 取天下之財, 以供天下之費。自古治世, 未嘗以不足爲公患也, 患在治財無其道爾。在位之人才旣不足, 而閭巷草野之間, 亦少可用之材, 社稷之託, 封疆之守, 陛下其能久以天幸爲常, 而無一旦之憂乎。願監苟且因循之敝, 明詔大臣, 爲之以漸, 期爲合於當

世之變。臣之所稱, 流俗之所不講, 而議者以爲迂闊而熟爛者也。」當時富、韓二公在相位, 讀之不樂, 知其得志必生事。後安石當國, 其所注措, 大抵皆祖此書。又不忍貧民, 而深疾富民, 志欲破富以惠貧。嘗賦兼幷詩一篇, 曰:「三代子百姓, 公私無異財。人主擅操柄, 如天持斗魁。賦予皆自我, 兼幷乃奸回。奸回法有誅, 勢亦無自來。後世始倒持, 黔首遂難裁。秦王不知此, 更築懷淸臺。禮義日已媮, 聖經久堙埃。法尙有存者, 欲言時所咍。俗吏不知方, 掊克乃爲才。俗儒不知變, 兼幷可無摧。利孔至百出, 小人司闔開。有司與之爭, 民愈可憐哉。」其語絶不工。迨其得政, 設靑苗法以奪富民之利, 民無貧富, 兩稅之外, 皆重出息十二。呂惠卿復作手實之法, 民遂大病。其禍源於此詩。蘇子由以爲昔之詩病未有若此其酷也。痛哉!

7. 左黃州表

唐肅宗時, 王璵以祠禱見寵, 驟得宰相。帝嘗不豫, 璵遣女巫乘傳分禱天下名山大川。巫皆盛服, 中人護領, 所至干託州縣, 賂遺狼藉。時有一巫美而豔, 以惡少年數十自隨, 尤憸狡不法。馳入黃州, 刺史左震晨至館請事, 門鐍不啓。震怒, 破鐍入, 取巫斬廷下, 悉誅所從少年, 籍其贓得十餘萬, 因遣還中人。璵不能詰, 帝亦不加罪。震剛決如此, 而史不記其他事。予讀元次山集, 有左黃州表一篇云:「乾元己亥, 贊善大夫左振, 出爲黃州刺史, 下車, 黃人歌曰:『我欲逃鄕里, 我欲去墳墓。左公今旣來, 誰忍棄之去。』後一歲, 又歌曰:『吾鄕有鬼巫, 惑人人不知。天子正尊信, 左公能殺之。』蓋此巫黃人也。振在州三遷侍御史, 判金州刺史, 將去, 黃人多去思, 故爲作表。」予謂振[即震也。]爲政宜民, 見於歌頌, 史官當特書之於循吏中, 而僅能不沒其實, 故爲標顯於此。己亥者, 乾元二年。璵以元年五月自太常少卿拜中書相, 二年三月罷, 本紀及宰相表同。而新史本傳以爲三年自太常卿拜相, 明日罷, 失之矣。乃承舊史之誤也。

8. 李郭詔書

唐代宗卽位, 郭汾陽爲近昵所搖, 懼禍之及, 表上自靈武、河北至於絳州, 兩朝所詔詔書一千餘卷。家傳載其表語, 其多如是。又讀韋端符所撰李衛公故物記云:「三原令座中有客曰李丞者, 衛公之胄, 藏文帝賜書二十通, 多言征討事, 厚勞苦,『其兵事節度皆付公, 吾不從中治也』。曁公疾, 親詔者數四, 其一曰:『有書夜視公病大老嫗令一人來, 吾欲熟知公起居狀。』權文公視此詔, 常泣曰:『君臣之際乃如是耶!』新史載其事云:「靖五代孫彥芳, 大和中爲鳳翔司錄參軍, 以高祖、太宗賜靖詔書數函上之, 天子悉留禁中。又敕幕詔本還賜彥芳。」 卽二事觀之, 唐世之所以眷禮名將相者綢繆熟復至此。漢、晉以來所不及也。

요재수필

9. 兩道出師

國家用兵行師, 異道並出, 其勝敗功罪, 當隨其實而處之, 則賞信罰明, 人知勸戒。漢武帝遣衛青、霍去病伐匈奴, 去病以功益封, 又封部將四人爲列侯, 而青不得益封, 軍吏卒皆無封侯者。宣帝遣田廣明等五將軍擊匈奴, 又以常惠護烏孫兵共出, 五將皆無功, 而廣明及田順以罪誅, 獨常惠奉使克獲封侯。宋文帝伐魏, 雍州諸將柳元景等, 旣拔弘農陝城, 戍潼關矣, 而上以東軍王玄謨敗退, 皆召還。其後玄謨貶黜, 元景受賞。紹興七年, 淮西大帥劉少師罷, 湖北岳少保以母憂去。累辭起復之命。朝廷以兵部尚書呂安老、侍郎張淵道分使兩部, 已而正除宣撫, 遂掌其軍。岳在九江, 憂兵柄一失, 不容再得, 亟兼程至鄂, 有旨復故任, 而召淵道爲樞密都承旨。安老在廬遭變, 言者論罷張魏公, 淵道亦繼坐斥。隆興中, 北虜再動兵, 張公爲督帥, 遣李顯忠、邵宏淵攻符離, 失利而退, 一府皆貶秩。是時, 汪莊敏以參知政事督視荆、襄, 東西不相爲謀, 乃亦坐譴。古今不侔如此。

10. 杜韓用歇後語

杜、韓二公作詩, 或用歇後語, 如「棲其望呂葛」, 「仙鳥仙花吾友于」, 「友于皆挺拔」, 「再接再礪乃」, 「僮僕誠自劊」, 「爲爾惜居諸」, 「誰謂晡厥無基趾」之類是已。

11. 唐明皇賜二相物

唐明皇以李林甫爲右相, 顓付大政, 而左相牛仙客、李適之、陳希烈前後同列, 皆拱手備員。林甫死, 楊國忠代之, 其寵遇愈甚。天寶十三載, 上御躍龍殿門, 張樂宴群臣, 賜右相絹一千五百疋, 綵羅三百疋, 綵綾五百疋, 而賜左相絹三百, 羅、綾各五十而已。其多寡不侔, 至於五倍。如希烈庸才, 知上恩意, 安得不奴事之乎! 宜其甘心臣於祿山也。

12. 一百五日

今人謂寒食爲一百五者, 以其自冬至之後至淸明, 歷節氣六, 凡爲一百七日, 而先兩日爲寒食故云, 它節皆不然也。杜老有鄜州一百五日夜對月一篇, 江西宗派詩云「一百五日足風雨, 三十六峯勞夢魂」, 「一百五日寒食雨, 二十四番花信風」之類是也。吾州城北芝山寺, 爲禁烟遊賞之地, 寺僧欲建華嚴閣, 請予作勸緣疏, 其末一聯云:「大善知識五十三, 永壯人天之仰: 寒食淸明一百六, 鼎來道俗之觀。」或問一百六所出, 應之曰:「元微之連昌宮詞:『初過寒食一百六, 店舍無煙烟宮樹綠。』」是以用之。

13. 老杜寒山詩

老杜春日憶李白詩云:「白也詩無敵, 飄然思不群。淸新庾開府, 俊逸鮑參軍。」嘗有武弁議其失, 曰:「旣是無敵, 又却似庾鮑。」或折之曰:「庾淸新而不能俊逸, 鮑俊逸而

不能淸新。太白兼之, 所以爲無敵也。」今集別本一作「無數」, 殆好事者更之乎！ 寒山子詩云：「吾心似秋月, 碧潭淸皎潔。無物堪比倫, 教我如何說。」人亦有言, 既似秋月、碧潭, 乃以爲無物堪比, 何也？蓋其意謂若無二物比倫, 當如何說耳。讀者當以是求之。

14. 礜石之毒

讀黃伯思東觀餘論, 內評王大令書一節, 曰：「靜息帖云：『礜石深是可疑事, 兄憙患散輒發癰。』散者, 寒食散之類。散中蓋用礜石, 是性極熱有毒, 故云深可疑也。劉表在荊州, 與王粲登障山, 見一岡不生百草, 粲曰：『此必古冢, 其人在世服生礜石, 熱蒸出外, 故草木焦滅。』鑿看, 果墓, 礜石滿塋。又今洛水冬月不冰, 古人謂之溫洛, 下亦有礜石。今取此石置瓮水中, 水亦不冰。又鸛伏卵以助暖氣。其烈酷如此, 固不宜餌服。子敬之語實然。」淮南子曰：「人食礜石死, 蠶食之而不飢。」予仲兄文安公鎭金陵, 因秋暑減食, 當塗醫湯三益教以服礜石圓, 已而飮啖日進, 遂加意服之, 越十月而毒作, 鼻衄血斗餘, 自是數數不止, 竟至精液皆竭, 迨於捐館。偶見其語, 使人追痛, 因書之以戒未來者。

15. 會合聯句

韻略上聲二腫字險窄。予向作汪莊敏銘詩八十各, 唯蕭敏中讀之, 曰：「押盡一韻。」今考之, 猶有十字越用一董內韻。其詞曰：「維天生材, 萬彙傾竦。侯王將相, 曾是有種？ 公家江東, 世繹耕壟。桃溪之涘, 是播是(穮)。孰丰厥培？ 藝此圭珙。公羈未奮, 逸駕思駷。沈酣春秋, 蹈迪周、孔。徑策名第, 稍辭渫(塓抗)。橫經湘、沅, 士敬如捧。蓬萊方丈, 佩飾有琫。應龍天飛, 薈蔚雲滃。千官在序, 摩厲從臾。吾惟片言, 借箸泉湧。正冠霜臺, 過者卞悚。顏顏殿陛, 聲氣不動。顯仁東櫝, 巫史呼洶。昌言一下, 恩浹千冢。薰粥孔熾, 邊戒毛氄。嫭嫛當位, 左掣右壅。公云當今, 沸渭混澒。天威震耀, 誰不憤踊。遂遷中司, 西柄是董。出關啓旆, 籌檄倥、傯。業業荊襄, 將懦曰拱。投袂電赴, 如賁乃勇。鄧、唐、蔡、陳, 馳捷系踵。佛狸歸骴, 民恃不恐。璽書賜朝, 百揆參摠。亞勳贊冊, 國勢尊鞏。督軍載西, 寄責冞重。方規許、洛, 事援秦、隴。符離罔功, 奇畫膠拲。鈞樞建使, 宰席亢寵。還臨西州, 夾道歡擁。有御未卽, 病癖且尰。曾不慭遺, 使我心懵。湘湖高丘, 草木蔚蓊。維水容裔, 維山巃嵸。矢其銘詩, 詞費以冗。奈何乎公, 萬祺毋聳。」若韓、孟、籍、徹會合聯句三十四韻, 除蜷蛹二字韻略不收外, 餘皆不出二腫中, 雄奇激越, 如大川洪河, 不見涯涘, 非瑣瑣潢汙行潦之水所可同語也。其詩曰：「離別言無期, 會合意冞重。病添兒女戀, 老喪丈夫勇。劍心知未死, 詩思猶孤聳。愁去劇箭飛, 讙來若泉湧。析言多新貫, 攄抱無昔壅。念難須勤追, 悔易勿輕踵。吟巴山犖嶨, 說楚波堆壟。馬辭虎豹怒, 舟出蛟鼉恐。狂鯨時孤軒, 幽狖雜百種。瘴衣常腥膩, 蠻器多疏冗。剝苔吊斑林, 角餃餌沉冢。忽爾銜遠命, 歸歟舞新寵。鬼窟脫幽妖, 天居覿

淸拱。京遊步方振, 譎夢意猶恟。詩書詫舊知, 酒食接新奉。嘉言寫淸越, 瘉病失肬腫。夏陰偶高庇, 宵魂接虛擁。雪弦寂寂聽, 茗盌纖纖捧。馳輝燭浮螢, 幽響泄潛蛬。詩老獨何心, 江疾有餘燻。我家本瀍轂, 有地介皐輂。休迹憶沈冥, 峩冠慚闒(㝩)。升朝高轡逸, 振物羣聽悚。徒言濯幽泌, 誰與薙荒茸。朝紳鬱靑綠, 馬飾曜珪珫。國讎未銷鑠, 我志蕩邛隴。君才誠倜儻, 時論方洶溶。格言多彪蔚, 縣解無梏拲。張生得淵源, 寒色拔山冡。堅如撞群金, 眇若抽獨蛹。伊余何所擬？跛(鼈)詎能踊。塊然墮岳石, 飄爾胃巢㲥。龍斾垂天衢, 雲韶凝禁甬。君胡眠安然, 朝皷聲洶洶。」其間或有纇句, 然衆手立成, 理如是也。

1. 토목우인 土木偶人

조명성趙明誠[1]이 『금석록金石錄』[2]을 지었는데, 「발한거섭분단이각석跋漢居攝墳壇二刻石」에서 다음과 같이 말했다.

'분단墳壇'은 두 가지가 있는데, 하나는 상곡부경上穀府卿의 '분단'이고, 다른 하나는 축기경祝其卿의 '분단'이다. '분단'이라고 한 것은 옛날 토목상土木像이 아직 없을 때 단壇을 만들어 제사지냈기 때문이다. 양한 때도 모두 이와 같았다.

내가 『전국책』에 실린 것을 살펴보니, 소진蘇秦이 맹상군孟嘗君에게 다음과 같이 말한 것이 실려있었다.

토우인土偶人과 도경桃梗[3]이 대화를 나누었다. 도경桃梗이 말했다.
"자네는 서안西岸의 흙으로, 주물러져 사람 모양이 되었지만, 비가 와서 물이 차면 자네는 부서질 것이네."
토우가 답했다.
"자네는 동국東國의 복숭아나무 인형[桃梗]으로, 깎여서 사람 모양이 되었지만, 비가 와서 물이 차면 쓸려 흘러갈 것이네."

---

1 趙明誠(1081~1129) : 송대 저명한 금석학자·문물학자·고문자연구가. 자 덕보德甫 또는 덕보德父. 밀주密州 제성諸城(지금의 산동성 제성) 사람이다. 휘종 숭녕崇寧(1102~1106) 연간 재상을 지낸 조정지趙挺之의 셋째 아들이다. 21세 때 태학에서 공부할 때 이청조李淸照와 혼인했다.

2 『金石錄』: 조명성이 편찬한 금석학 저술로, 총30권이다. 상고시대부터 수당오대시대까지 종정이기鐘鼎彝器의 명문銘文·관지款識·비명·묘지 등 석각문자를 수록했다. 중국에서 가장 일찍 나온 금석학 연구 전문 저술이다.

3 桃梗 : 사악한 기운을 물리치기 위해 만든, 복숭아나무를 깎아 만든 나무 인형.

이른바 흙이나 나무로 사람 모양을 만든 것이니 상像 아니면 무엇이란 말인가? 한대에 이르러 용 모양과 수레와 말 모양을 나무로 만들어 그 진짜 모습을 닮게 했다고 한다. 양한 시대에 없었다고 하는 건 말이 안 된다.

2. 요주의 풍속 饒州風俗

북송 인종 가우嘉祐[4] 연간에 오효종吳孝宗[5]이 「여간현학기餘干縣學記」를 지었다. 그 중 다음과 같은 내용이 있다.

> 옛날에 강남江南은 중원과 달랐는데, 송이 천명을 받은 후 칠민七閩[6]·이절二浙[7]과 장강의 동서에서 의관을 갖추고 『시』·『서』를 송독하는 기풍이 대대적으로 퍼져 마침내 인재의 번성 또한 천하에서 으뜸인 곳이 되었다. 강남이 천하의 으뜸이 되고, 요주饒州[8] 사람들의 경사慶事 또한 강남에서 으뜸이 되었다. 대체로 요주는 토양이 비옥하고 산출되는 동식물과 농작물이 많아서 민가가 부유하고 풍족하여, 100금을 쌓은 정도로는 부자 대열에 끼지 못했다. 태평하고 별일 없는 때를 만나 천성이 선을 행하는 것을 좋아하고, 부형은 자제가 글공부 하지 않는 것을 허물로 여기고 어머니와 아내는 아들과 남편이 공부하지 않는 것을 치욕으로 여겼다. 그 풍속이 이처럼 아름답다.

지금 요주 사람들을 살펴보니, 집집마다 부유하고 풍족하다고 했지만 옛 모습이 아니었고, 높은 들보 대형 기둥이 거리마다 골목마다 줄을 이었다는 것도 모두 수 십 년 동안 우공寓公[9]에게 점령을 당했으며, 선행을 좋아

용재수필

4 嘉祐 : 송 인종仁宗 시기 연호(1056~1063).
5 吳孝宗 : 북송의 문인. 자 자경子經. 무주撫州(지금의 강서) 사람. 신종 때 진사에 급제했다. 문장에 뛰어나, 구양수를 만났는데, 구양수가 그의 재능에 감탄했다고 한다. 왕안석에게 거역했기 때문에, 관직이 주부主簿에서 멈추었다.
6 七閩 : 지금의 복건성 일대.
7 二浙 : 지금의 절강성 일대.
8 饒州 : 치소治所는 지금의 강서성 파양鄱陽.
9 寓公 : 원래 영지를 잃고 다른 나라에서 빌붙어 사는 귀족을 지칭하는 말이었다. 나중에는 타향 또는 타국에서 망명 유랑하는 관료·신사紳士를 지칭하는 말이 되었다.

하고 학문을 즐긴다는 것도 오효종이 기록에서 말한 대로 모두 그렇진 않았다. 그래서 오효종의 글을 여기에 기록하며 안타까움을 표한다.

3. 지역에 따라 다른 가축과 채소 색깔 禽畜菜茄色不同

가축과 채소의 색은 생산지에 따라 다르다. 이를테면 강江·절浙 사이에서 돼지는 검고 양은 희며, 강주江州[10]·광주廣州·길주吉州[11] 이서以西 지역은 돼지와 양의 색이 정반대여서 돼지는 흰색이고 양은 검정색이다. 소주蘇州와 수주秀州[12] 일대는 거위가 모두 흰색이다. 간혹 갈색 반점이 있는 거위가 있는데, 당지 사람들은 그런 기러기를 '안아雁鵝'라고 부르며, 매우 희귀한 것으로 여겨 사육한다. 우리 고향인 요주 파양의 경우 거위는 모두 얼룩무늬이기 때문에 흰색 거위가 아주 희귀하다. 그래서 아이들은 절동浙東이나 절서浙西 지역에서 흰 거위를 사다가 호수에 풀어서 관상용으로 키우기도 한다.

절서浙西 지역의 가지는 일반적으로 모두 껍질이 보라색인데, 껍질이 하얀 가지는 물가지[水茄]라고 부른다. 우리 고향인 요주 파양은 반대로 일반 가지는 껍질이 하얗고 물가지[水茄]는 껍질이 보라색이다.

가축과 채소 색깔이 이처럼 다른 것을 알 수 있다.

4. 복룡간 伏龍肝

『본초강목本草綱目』에 '복룡간伏龍肝'이라는 약이 나온다. 도은거陶隱居가 말했다.

---

10 江州 : 지금의 강서성 구강九江.
11 吉州 : 지금의 강서성 길안吉安.
12 秀州 : 지금의 절강성 가흥嘉興.

복룡간은 부뚜막의 솥 아래 붙어 있는 황토를 가리킨다. 부뚜막에 신이 있으므로 복룡간이라고 부른 것이다. 또 '우은汪隱'이라고 부르기도 한다.

뇌공雷公은 다음과 같이 말했다.

부뚜막 아래 흙을 오용誤用하지 않도록 해야 한다. 복룡간이란 10년 동안 부뚜막 안쪽에서 화기가 쌓여서 뭉쳐진 것으로, 마치 붉은 돌과 같은 모양에 속은 황색이고 모양은 팔각형이다.

내가 일찍이 임안臨安[13]의 의관醫官인 진여陳輿 대부大夫를 만났는데, 부뚜막에 회칠을 할 때 돼지 간 한 쪽을 흙 속에 넣어두었다가, 세월이 오래되어 돼지 간과 흙이 하나가 된 후에 사용하게 된다고 하였다. 그러면 어느 정도 복룡간의 이름과 서로 어울린다.

최근 『후한서·음식전陰識傳』을 읽었는데, 다음과 같은 구절이 있었다.

그의 선조는 음자방陰子方으로, 납일(12월 초팔일) 새벽 밥을 하는데 부뚜막 신의 모습이 나타났다.

주석에서 『잡오행서雜五行書』를 인용하여 "시장에서 돼지 간을 사서 부뚜막에 바르면 아내가 효성스러워진다"고 했다. 그렇다면 진여가 말한 것이 근거가 있는 것이 된다. 『광제력廣濟曆』에도 역시 이와 유사한 이야기가 있다. 또 조기일竈忌日을 제정하여 "복룡이 있으면 옮기면 안 된다"고 했는데, 복룡은 바로 부뚜막 신을 말한 것이다.

5. 용감함과 비겁함 勇怯無常

사람은 항상 용감한 것도 아니요 또한 항상 겁이 많은 것도 아니다. 사기가 가득 차면 충실해지고, 충실해지면 용감해진다. 사기를 잃으면 공허해지고, 공허해지면 겁이 많아진다. 겁 많음과 용감함·공허함과 충실함, 이것들이 생기는 이유는

용재수필

13 臨安 : 지금의 절강성 항주杭州.

아주 미묘하니, 모르면 안 된다. 용감하면 힘을 다해 싸울 것이요, 겁 많으면 등을 돌려 도망갈 것이다. 싸워서 승리를 거두는 것은 자기의 용기를 믿고 싸워서요, 싸워서 패주하는 것은 겁을 먹고 싸웠기 때문이다. 겁 많음과 용감함의 변화는 일정하지 않고, 불현듯 이랬다 저랬다 하여, 그 원인을 알 수 없다. 오직 성인만이 그 연유를 알 뿐이다.

이상은 『여씨춘추·결승決勝』에 나오는 말로, 내가 좋아해서 여기에 한 번 기록해보았다.

6. 조명성의 『금석록』 趙德甫金石錄

동무東武[14] 사람 조명성趙明誠은 승상을 지낸 조정지趙挺之의 셋째 아들이다. 『금석록金石錄』 30편을 지었다. 위로 하·은·주 삼대三代로부터 아래로 오대五代에 이르기까지, 정鼎·종鍾·언甗·격鬲·반槃·이匜·준尊·작爵에 새겨진 글자와 큰 비석에 새겨진 명인 명사의 사적을 통해, 석각에 보이는 모든 것의 와전訛傳과 오류를 바로잡고 객관적인 포폄襃貶을 가감하여, 모두 2천 권으로 편집하였다. 그의 아내 이안거사易安居士 이청조李淸照는 평생 그와 뜻을 같이 하여, 조명성이 죽은 이후 함께 수집했던 진귀한 서적들과 서화 및 비각 들이 전란 중에 유실된 것을 슬퍼하며, 『금석록』의 후서後序를 지어 변고를 만난 전후 과정을 상세히 기록했다. 그런데 지금 용서군고龍舒郡庫에서 『금석록』을 판각하는데, 이 후서를 수록하지 않았다. 최근 왕순백王順伯에게서 후서의 원고를 볼 수 있게 되어 그 대강을 여기에 소개한다.

> 나는 휘종 건중정국建中靖國 원년(1101)에 조씨 집에 시집왔다. 승상을 지내신 시부께서는 당시 이부시랑이셨다. 집안이 평소 가난하고 검소했다. 남편 덕보德甫 (조명성)는 태학에 있었는데, 매 그믐과 보름에 휴가를 내 외출 나와 옷을 저당 잡혀 500문을 마련하여 상국사相國寺까지 걸어가 비문과 과일을 사가지고 귀가하여 서로 마주앉아 감상하며 과일을 먹었다. 2년 후 벼슬에 나아갔다. 벼슬을 하던

중 문득 천하의 고문古文과 기자奇字를 모두 모아보겠다는 뜻을 품어, 아직 보지 못한 책을 전사傳寫하고 명인의 서화와 기이한 옛 기물을 샀다. 누군가 서희徐熙의 『모란도牡丹圖』를 가져와 20만전을 부르기에 하루 묵게 하였지만, 돈을 마련할 방도가 없어 그림을 말아서 돌려주고, 며칠 동안 우리 부부는 서로 아쉬워했다. 연이어 두 군郡의 태수를 지낼 때 봉록을 모두 털어 연참鉛槧[15]을 사들여, 책을 하나 입수할 때마다 당일 즉시 교감과 장정을 했고, 명화나 이기彝器를 입수하면 만지작거리고 폈다 말았다 하면서 무엇이 잘못된 것인지 지적하곤 했는데, 한 번 시작하면 초 하나가 다 탈 때까지 계속하였다. 그래서 종이와 표찰이 깔끔하고 자획이 온전하게 정돈되어, 여러 전문가가 소장한 것 중 으뜸이었다. 매번 식사가 끝나면 귀래당歸來堂에 앉아 차를 끓이고, 쌓여 있는 서책들을 가리키며 어떤 내용이 어느 책 몇 권 몇 쪽 몇 행에 있는 것을 맞히는지로 승부를 가려서, 누가 먼저 차를 마실지 순서를 정했다. 맞으면 찻잔 들고 크게 웃다가 가슴에 차를 쏟곤 하여 마시지 못하고 일어나기도 했다. 역사서나 백가서 중 오탈자가 없고 판본에 틀림이 없는 것은 모두 구입하여 부본으로 보관했다.

흠종 정강靖康 원년(1126) 남편 덕보가 치천淄川 태수로 가게 되었다. 오랑캐가 경사京師(개봉)를 침범했다는 소식을 듣고 상자 가득 담긴 서화와 유물이 어찌 될지 노심초사했고, 필시 그것들이 우리 것이 되지 못할 줄 알았다.

남송 고종 건염建炎 원년(1127) 태부인의 상을 당해 남쪽으로 가게 되었는데, 오랫동안 수집한 유물을 모두 싣지 못해 책 중에서 크고 무거운 인쇄본과 그림 중에서 여러 폭인 것과 기물 중에서 새겨진 글자가 없는 것들을 우선 처분했고, 다음으로 책 중에서 감본監本(국자감 인각본)과 그림 중에서 일반적인 것들과 기물器物 중에서 크고 무거운 것을 처분했다. 그래도 가져가기로 한 것이 수레 열다섯 대 분량인데, 이를 가지고 연달아 회수와 장강을 건넜다. 청주靑州 옛집 열 칸 방에 넣어 놓은 고서화들과 기물들은 문을 잠그면서 다음 해에 모두 배에 실어서 가져가기로 생각했는데, 불행히도 모두 잿더미로 변해버렸다.

고종 건염 3년(1129) 6월 남편 덕보는 지양池陽[16]에 거처를 정하고 혼자 행도行都(임시 수도)로 가게 되어, 강가에서 배를 바라보며 작별을 고했다. 나는 마음이 몹시 안 좋아 소리쳤다.

"만약 지양성에 적이 쳐들어온다는 소식이 들리면 어떻게 하나요?"

남편 덕보가 멀리서 대답했다.

"다른 사람들 하는 대로 하시오. 정 부득이한 상황이면 우선 세간살이를 포기하고, 다음으로 옷과 이불을 포기하고, 다음으로 서책을 포기하고, 다음으로 서화를 포기하고, 다음으로 옛 기물을 포기하시오. 하지만 제기만은 직접 지고 안고 다

---

15 鉛槧 : 옛날 사람들이 글자를 쓰고 수정할 때 사용하던 도구 일체.

16 池陽 : 지금의 안휘성 귀지貴池.

니고 당신과 존망을 함께 해야 한다는 것을 잊지 마시오!"

말을 마치고는 서둘러 가버렸다. 가을 8월 남편 덕보가 병으로 세상을 떠났다. 당시 육궁六宮이 강서江西로 피난가게 되어, 나는 사람 둘을 보내 남은 책 2만 권과 금석각 2천 점을 수습하여 우선 홍주洪州[17]로 가게 했는데, 겨울에 이르러 오랑캐가 홍주를 함락하여 결국 모두 버리게 되었다. 앞에서 말했던 연달아 회수와 장강을 건너 운반했던 것이 모두 구름과 연기처럼 흩어져버린 것이다. 오직 남은 것이라곤 작고 가벼운 두루마리, 이백·두보·한유·유종원 문집 필사본, 『세설신어』·『염철론』, 석각 부본 수십 폭, 정내鼎鼐 십여 가지, 남당南唐의 책 몇 상자 등이었다. 이것들은 간신히 내 방에 두어서 겨우 남게 된 것이다. 강서로는 더 이상 갈 수 없어서 태주台州[18]와 온주溫州로 갔다가, 구주衢州[19]로 갔다가, 월주越州[20]로 갔다가, 항주杭州로 갔다가, 승현嵊縣에 물건을 맡겼다.

건염 4년(1130) 봄 관군이 반군의 물품을 몰수하면서 내 물건도 모두 가져가서, 옛 이장군 집에 들여다 놓았다. 가지고 왔던 것의 5·6할을 잃어버리고 가까스로 남은 것이라곤 예닐곱 상자 뿐이어서, 가지고 월주성에 가서 정착하였다. 어느 저녁 도둑이 벽에 구멍을 뚫어 다섯 상자를 빼내 가서 전운사轉運使 오열吳說[21]에게 모두 싼 값에 팔았다고 한다. 겨우 남은 것이라곤 짝이 맞지 않는 잔결 서책 몇 종 뿐이었다.

문득 『금석록』을 펴보니 마치 고인을 보는 듯, 동래東萊 정치당靜治堂에서 남편 덕보의 모습이 새록새록 기억난다. 처음 표구와 장정을 하여 갈피를 끼우고 비단 띠로 묶었는데, 열 권을 한 질로 묶고, 날마다 두 권을 교감하고, 한 권의 발문을 쓰고, 이렇게 해서 2천 권 중 제발을 쓴 것이 502권이었다. 이제 보니 남편의 필적은 방금 쓴 것 같은데 무덤의 나무는 이미 한 아름이나 자랐다! 이리하여, 있음이 있으면 반드시 없음이 있고 모여듦이 있으면 반드시 흩어짐이 있는 것이 변함없는 이치임을 알게 되었으니, 또 무슨 말을 하겠는가! 이렇게 전후 사정을 시시콜콜 기록하는 것은 후세에 옛 물건을 널리 좋아하는 자들이 경계로 삼게 하기 위해서다.

---

17 洪州 : 지금의 강서성 남창南昌.
18 台州 : 지금의 절강성 임해臨海.
19 衢州 : 지금의 강서성 구현衢縣.
20 越州 : 지금의 절강성 소흥.
21 吳說 : 남송의 서예가. 자 부붕傳朋, 호 연당練塘. 전당錢塘(지금의 절강성 항주) 사람이다. 자계紫溪에서 살았기에 오자계吳紫溪라고도 칭한다. 남송 고종 시기를 대표하는 서예가로, 당나라의 손과정孫過庭과 위진魏晉 시기의 서예를 배워 수려한 서풍을 이루었다. 특히 소해小해와 필획이 실처럼 가늘고 실태처럼 이어지는 유희적 글씨인 유사서[遊絲草]에 뛰어났다.

이 글을 쓴 때는 고종 소흥 4년(1134)으로, 이청조 나이 52세 이런 글을 남긴 것이다. 이글을 읽고 슬퍼서 여기에 기록했다.

7. 한유의 인재 추천 韓文公薦士

당대 과거시험에서 선발의 권한은 모두 주무관에게 있었다. 그러나 응시생의 이름을 몰라보도록 가리는 방법을 사용하지 않았기 때문에, 두터운 친분을 이용하여 도움을 청하는 사례 또한 있었다. 이것을 '통방通榜'이라고 했다. 그렇기에 사람을 선발할 때 비난과 논란이 생기는 것을 두려워하여 공정하게 심사하는 경우가 많았다. 하지만 권세의 위협을 받거나 친척과 친구의 정에 끌리거나, 혹은 자신의 자손이나 제자 관계에 걸리거나 하는 경우 또한 있었기에, 인지상정에서 벗어날 수가 없었다. 만약 현명한 사람이 주무관을 맡게 되면 그렇게 하지 않았지만, 일반적으로 시험을 치르기 이전에 주문관의 마음속에는 이미 수험생의 성적과 당락이 정해져 있었다.

한유는 「여사부육원외서與祠部陸員外書」에서 말했다.

집사께서는 인재선발 담당관과 서로 아는 사이입니다. 저들이 집사께 바라는 것은 간극 없이 협조하는 것입니다. 저들의 직책은 인재를 얻는 것에 있으며, 집사의 직책은 현자를 추천하는 것에 있습니다. 만약 인재를 얻어서 임용하게 되면 이른바 누이 좋고 매부 좋은 것이라고 할 수 있습니다. 제가 아는 사람으로, 후희侯喜 · 후운장侯雲長 · 유술고劉述古 · 위군옥韋群玉이 있습니다. 이 네 사람은 첫머리로 추천하여 지극히 칭찬할 만하니, 이들의 임용이 달성될 때까지 추천하는 것이 옳습니다. 심기沈杞 · 장홍張弘 · 위지분尉遲汾 · 이신李紳 · 장후여張後餘 · 이익李翊은 모두 출중한 인재로, 이들을 임용한다면 만인의 바람을 받아들여서 실질적 인재를 얻게 될 터이니, 담당관이 널리 자문을 구하면 이들을 말해줘도 좋습니다. 예전에 육상공께서 인재 선발을 담당하시어 제가 그때 다행스럽게도 합격할 수 있었으니, 함께 급제한 사람들 모두 혁혁하게 명성을 날렸습니다. 그 이유를 따져보면 역시 양숙梁肅 보궐과 왕초王礎 낭중의 도움 때문이었습니다. 양숙이 천거한 여덟 명 중 탈락된 사람이 하나도 없고, 나머지는 모두 왕초와 상의하여 결정하였습니다. 육상공이 왕초 · 양숙과 이처럼 의심하지 않은 것은 지금까지 미담으로 전해지고 있습니다.

한유 문집에서 위 서신이 언제 작성된 것인지 정확히 밝히지 않았다. 『당척언唐摭言』에 이런 내용이 있다.

> 덕종 정원貞元 18년(802) 권덕여權德興가 과거시험을 주관하고 육참陸傪 원외가 통방通榜을 주관했다. 한유가 육참에게 열 명을 추천하여 권덕여가 세 번 선발과 발표를 주관하여 모두 여섯 명을 합격시켰고 나머지도 5년 넘지 않아 모두 급제했다.

『등과기登科記』를 살펴보면 정원 18년(802)에 권덕여가 중서사인으로 과거시험을 주관하여 진사 23명을 합격시켰고, 위지분·후운장·위서韋紓·심기·이익 등이 급제했다. 정원 19년(803)에 예부시랑으로 있으면서 20명을 합격시켰고, 후희가 급제했다. 영정永貞 원년(805)에는 29명을 합격시켰고, 유술고가 급제했다. 이상의 세 차례 과거시험에서 모두 72명을 선발했는데, 한유가 추천한 사람이 7명 들어 있다. 헌종 원화 원년(806)에 최빈崔邠이 이신을 선발했고, 원화 2년(807)에는 장후여·장홍을 선발했다. 모두 『당척언』 내용과 부합한다.

육참은 덕종 정원貞元[22] 연간에 가장 이름이 널리 알려졌기에, 한유가 그를 존경하고 중시했다. 「행난行難」이란 글 한 편도 육참을 위해 지은 것이다.

> 육선생의 현명함이 천하에 알려져, 옳은 것은 옳다 하고 아닌 것은 아니라고 한다. 월주越州에서 초빙되어 사부祠部에 임명받으니 경사 사람들이 날마다 찾아갔다. 선생은 이렇게 말했다.
> "지금 인재를 등용하는데 자세히 살피지 않습니다. 조정에 자리한 사람 중, 나는 아무개와 아무개만 인정할 뿐이요, 재야의 유능한 사람은 조정보다 많지요. 나는 그중 몇 몇 사람들과 왕래하고 있습니다."

또 한유는 육참이 흡주歙州 자사로 가는 것을 전송하는 글에서도 다음과 같이 말했다.

....
22 貞元 : 당나라 덕종德宗 때의 연호(785~805).

귀하가 흡주자사로 나가게 되자, 조정의 연로한 현인들과 전국 도읍에서 우거하는 양인良人들이 소식을 전해 듣고 모두 눈물을 흘리며 귀하가 경사를 떠나면 안 된다고 말했습니다.

육참이 인물의 천거를 자기 임무로 여긴 지 오래 된 것이다. 그가 흡주자사로 간 때는 정원 18년(802) 2월이었다. 권덕여가 급제자를 결정할 때는 육참이 이미 도성을 떠난 뒤였는데도 그가 내놓은 결정을 변경하지 않고 그대로 채택하였다. 육참이 인재를 선발할 때 그 사람의 명성을 살피고 대중의 평론을 저버리지 않는 점은 당나라의 육지陸贄[23]와 같았다.

한유가 서신을 쓸 때는 사문박사四門博士 신분으로 백관의 맨 아래 계급이었지만, 인재를 추천하는 것이 본분을 벗어난 것이라고 여기지 않았다. 그러므로 「권공비權公碑」에서 이렇게 말했다.

> 공이 인재 선발을 주관할 당시 누군가 공에게 인물을 추천했는데, 그 말이 믿을 만하면 그가 (추천한 사람이) 보통 사람이라 하여 채택하지 않은 적이 없고, 그 말이 믿을만하지 못하면 고관대작 권세 있는 사람이 말을 거들어도 일절 뜻을 굽히지 않았다.
> 그가 과거시험을 주관하면서 진사에 합격한 사람과 정전庭殿 책시策試에서 선발한 사람 중 서로 이어 재상과 고관의 자리를 밟은 사람과 그외 대각臺閣과 외부外府에 포진한 사람이 모두 백여 명이었다.

양숙과 육참은 모두 후진의 영수가 되어 일시에 용문龍門[24]이 되었건만 그들의 지위가 현달하지 못한 것이 아까우니, 훌륭한 인재를 끌어오는 것을 당국자가 꺼려했기 때문이 아니겠는가!

또 「답유정부서答劉正夫書」에서는 이렇게 말했다.

．．．．．．．．．．．．．．．．．．．．．．．．．．

23 陸贄(754~805) : 당나라 관료·학자. 자 경여敬輿. 가흥嘉興(지금의 절강성浙江省) 출신으로, 재상의 자리까지 올랐지만, 모함으로 좌천되었다. 재주가 남달랐으며, 민정民情을 몸소 살폈고, 성품이 강직했다. 한림학사에 재임하였을 때 덕종德宗의 신임을 얻었으나 황제에게 직언을 잘하여 점차 덕종의 불만을 사기도 했다.

24 龍門 : 지명. 황하와 분하汾河가 합치는 지점에서 황하의 200Km 상류에 있는데, 양 기슭이 좁고 아주 심한 급류急流여서 배나 물고기가 쉽게 오르지 못한다. 잉어가 여기를 오르면 용이 되어 등천登天한다고 하는데, 후에 비유적으로 입신출세의 관문을 일컫게 되었다.

진사에 응시할 사람이 먼저 급제한 선배 문하에 어느 곳인들 찾아가지 않았겠는
가! 선배는 후배가 찾아오는 것을 보고 어찌 그 성의에 응대하지 않겠는가! 찾아
오면 받아주어 도성 모든 사대부 중 그렇지 않은 자가 없는데, 불행히도 나만
홀로 후배를 맞아준다는 평판이 있다.

이로써 보자면 한유가 얼마나 인재에 관심을 가졌는지 알 수 있다.

8. 왕발의 문장 王勃文章

왕발王勃 등 초당사걸初唐四傑[25]의 글은 모두 세련되고 적절하며 뿌리와
근원이 있다. 그들은 변려체로 기記·서序·비碑·갈碣을 썼다. 당시 유행한
문체가 그랬던 것인데 나중에 상당히 비판을 받았다. 두보가 쓴 시 중
이런 대목이 있다.

왕발·양형·노조린·낙빈왕이 썼던 당시 문체,	王楊盧駱當時體,
경박한 무리가 글을 써서 쉬지 않고 비웃는다.	輕薄爲文哂未休.
너희 몸도 이름도 모두 사라졌건만,	爾曹身與名俱滅,
장강과 황하는 사라지지 않고 영원히 흐르네.	不廢江河萬古流.[26]

바로 이것을 말한 것이다. 몸도 이름도 모두 사라졌다는 것은 경박한
무리를 질책한 것이다. 장강·황하처럼 영원히 흐른다는 것은 초당사걸을
말한 것이다.

한유는 「등왕각기滕王閣記」[27]에서 다음과 같이 말했다.

강남에 유람할만한 아름다운 경치가 많지만 오직 등왕각이 제일이라. 세 왕씨[28]

----

25 初唐四傑 : 당나라 초기의 문학가인 왕발王勃·양형楊炯·노조린盧照鄰·낙빈왕駱賓王.
26 「戲爲六絶句」.
27 「滕王閣記」:「신수등왕각기新修滕王閣記」를 말한다. 한유가 원주袁州 자사였을 때 왕중서王仲舒
  의 요청에 응하여 쓴 것이다. 당 고조의 아들 이원영李元嬰이 등왕滕王·홍주도독洪州都督이었
  기에 그곳에 등왕각滕王閣을 지었다.
28 세 왕씨 : 왕발·왕서王緖·왕중서王仲舒.

가 서序·부賦·기記를 썼으니 그 글에 찬사를 보낸다.

그리고 주석에서 이렇게 말했다.

　　왕발이 「등왕각서」를 썼다.
　　어사중승이 기記를 쓰라고 하여 이곳에 이름이 실리게 되어 감히 기쁘다. 세 왕씨
　　다음에 글이 배열되는 영광을 누리게 되었다.

그렇다면 한유가 왕발을 추존한 것은 결코 하루 이틀의 일이 아니었다는
것을 알 수 있다. 왕발의 글 중 지금 존재하는 것은 27권이다.

9. 『여씨춘추』의 『시』·『서』 인용 呂覽引詩書

『여씨춘추呂氏春秋·유시람有始覽·유대論大』에서 「하서夏書」를 인용하여 다
음과 같이 말했다.

용재수필

　　천자의 덕은 넓고도 신성하며 문과 무를 겸비했네.

또 「상서商書」를 인용하여 이렇게 말했다.

　　다섯 윗대 묘당에서 괴이한 것 볼 수 있고, 만부萬夫의 우두머리라 계책이 나오리.

고유高誘는 다음과 같은 주를 달았다.

　　이는 지금 전해지지 않은 일서逸書에 기록된 것이다. 묘廟는 귀신이 있는 곳이다.
　　다섯 세대라는 오랜 세월이 흘렀으므로 괴이한 귀신이 보이는 것이다.

여불위가 책을 편찬할 때 진나라에서 아직 『시』·『서』를 금서로 지정하
지 않았는데, 무슨 연유로 인용이 이처럼 오류가 있을까! 고유는 주에서
괴이한 귀신이 보인다는 등 말을 했는데, 어쩜 이리 황당함이 심하단 말인
가!

130　　또한 「효행람孝行覽」에서 「상서商書」를 인용하여 "300가지 죄를 벌주는데,

불효보다 더 큰 죄는 없다"라고 했는데, 지금 어디 이 글이 있단 말인가! 『효경』과도 안 맞는다.

또한 「주서周書」를 인용하여 "깊은 연못 다가가듯, 엷은 얼음 밟듯"이라고 하고 주에서 "「주서」는 주문공周文公이 지은 것이다"라고 했는데 더욱 허무맹랑하다.

또 "넓디 넓은 하늘 아래 왕의 땅 아닌 곳 없으며, 이 땅 모든 사람들 중 왕의 신하 아닌 사람 없네"[29]가 순舜임금의 자작시라고 하고, "그대 나를 좋아하면, 바지 걷고 강 건너요. 그대 나를 안 좋아해도, 어찌 다른 사람 없겠어요?"[30]가 자산子產이 숙향叔向에게 답한 시라고 했다. 이 때 국풍·아·송은 어떻게 정해졌는지 모르겠다. 영척甯戚의 「반우가飯牛歌」 주석에서 고유는 「석서碩鼠」 3장을 모두 인용했으니, 또한 우스운 일이다.

10. 「남전현승벽기」 藍田丞壁記

한유는 「남전현승청벽기藍田縣丞廳壁記」를 썼고, 유종원은 「무공현승청벽기武功縣丞廳壁記」를 썼다. 남전현과 무공현은 모두 장안에 소속된 성城으로, 당나라 때에는 기내畿內였다. 두 글의 내용과 체재는 똑같은데, 한유의 글은 웅장하고 빼어나서 예전에도 앞으로도 그런 글이 있을 수 없을 것이며, 유종원의 글과 비교해 보면 마치 돌과 옥처럼 차이가 난다. 보전莆田 방숭경方崧卿이 촉본蜀本을 입수해서 살펴보니 몇 군데가 지금 문장과 조금 다르다고 하였다. "파애안이위문破崖岸而爲文" 구절에 이어 "승청고유기丞廳故有記"가 나오는데, 촉본에는 '이而'가 없다. 그 문맥을 따져보니 "파애안위문승破崖岸爲文丞"으로 끊었어야 했다. '문승文丞'은 '문구비원文具備員'이라고 하는 것과 같아서, 말이 더욱 기괴하다. 만약 '승丞'이 다음 구절에 이어지는 것으로 하면

29 『시경·소아小雅·북산北山』: [普天之下, 莫非王土; 率土之濱, 莫非王臣].
30 『시경·정풍鄭風·건상褰裳』: [子惠思我, 褰裳涉洧, 子不我思, 豈無他士?]

승청기承廳記가 되는데 또 "승청고유기承廳故有記"라고 하는 것이 되어, 비록 글쓰기를 처음 배우는 사람이라도 이렇게 하려고 하지 않을 것이다. 이 글 이외 후인들이 전사傳寫하는 것을 더 이상 허용하지 않으려고 한다.

질손姪孫인 홍탁洪倬이 곧 선성宣城 현승縣丞으로 가게 되었는데, 한유 등이 지은 청벽기廳壁記에 매우 흥미를 느껴 「제명기題名記」를 자작하여 내게 보여 주었다. 나는 말했다.

> 다른 문장은 자신의 능력에 따라 쓸 수 있지만, 이런 기記는 올바르지 않은 것인 데 어찌 그대로 본받을 필요 있겠느냐!

내가 말을 했을 때, 홍탁은 그때 이미 자신의 글을 돌에 새긴 후라서 매우 후회했다. 최근에도 그런 사람들이 많이 보인다. 우리 집안 손질孫姪 중 경관京官으로 임용 선발되는 자가 많기에, 계속 승진 임용되다 보면 필시 승丞이 되기도 할 것이다. 그들이 다시 그런 실수를 본받을까 염려하여 주의하라는 뜻에서 이 글을 쓴다.

11. 오월국 무숙의 세 차례 개원 錢武肅三改元

구양수는 『신오대사新五代史』의 「십국세가연보十國世家年譜」 서문에서 말했다.

> 오월吳越[31] 역시 칭제개원稱帝改元한 적이 있다고 원로들에게 들은 적 있기에 그 사적을 찾았으나 못 찾아서, 오월이 스스로 기록을 기피했나 나중에 의심했다. 각국의 기록을 두루 채집하니 오월과 왕래한 사례가 많았는데 칭제를 했다는 기록은 어디에도 없었다. 다만 낙성석落星石(운석)을 보석산寶石山에 책봉한다는 제서制書를 찾았는데, 보정寶正 6년(931) 신묘辛卯라고 했을 뿐이다.

. . . .

31 吳越 : 당나라 말 진해鎭海·진동鎭東 절도사인 전류錢鏐가 세운 나라로서 양절兩浙, 소남蘇南 13주 지역을 점거하고 항주杭州에 수도를 두었다. 902년에 오월 정권을 수립하였다. 후에 송에게 멸망될 때까지 4대 86년 동안 존속하였다.

왕순백王順伯이 각종 비석을 수집하는데, 「임안부석옥숭화사존승당臨安府石屋崇化寺尊勝幢」에 "천보天寶 4년 신미辛未년 4월 모일 원수부元帥府 부고사府庫使 왕아무개"라는 말이 있고 또한 「명경사백산개타라니당明慶寺白傘蓋陀羅尼幢」에 "오월국吳越國 여제자 오씨吳氏 십오낭十五娘 세우다"라고 하고, 발원문 서序에서 "십오낭은 패조霸朝에서 태어나 존귀한 지위에 오르고 국사의 덕망이 있었다. 천보天寶 5년 임신壬申년 몇 월 몇 일 쓰다"라고 했다.

왕순백이 그 연대를 살펴보니 당대唐代 천보는 아니고, 신미년이면 후량後梁 태조 개평開平 5년(911)으로 5월에 건화乾化로 연호를 바꾸었고, 임신년이면 건화 2년(912)이다.

후량後梁은 정묘년에 당唐나라를 찬탈하고 무숙武肅[32]은 그 해 당나라 연호 천우天祐[33]를 그대로 썼다가, 다음해 스스로 연호를 세웠다.

「전당호광윤용왕묘비錢唐湖廣潤龍王廟碑」에서 "전류錢鏐 정명貞明 2년(916) 병자년 정월 건립하다"라고 했다. 「신공신단원비新功臣壇院碑」·「봉목주장하신 묘칙封睦州牆下神廟敕」은 모두 정명貞明[34] 연간 등성사登聖寺에서 석벽石壁에 글자를 새긴 것으로, 후량 용덕龍德 원년(921) 신사辛巳년에 해당되며 전류가 건립한 것이다. 또한 용덕 3년(923)의 「상궁시上宮詩」가 있는데 이 해에 후량이 멸망했다.

「구리송관음존승당九里松觀音尊勝幢」은 "보대寶大 2년(925) 을유년에 건립"했다. 「구주사마묘지衢州司馬墓志」에서 "보대 2년(925) 8월 세상을 떠났다"고 했다. 왕순백이 살펴보니, 을유년은 후당 장종莊宗 동광同光 3년(925)으로, 원년은 갑신년이 된다. 임신년 이후 후량의 연호를 쓰기 시작했고 후당이

32 武肅 : 오월을 건국한 전류錢鏐의 시호諡號. 항주자사였던 동창董昌이 반란을 일으키자 전류가 반란을 진압하고 진해진동군절도사鎮海鎮東軍節度使가 되었다. 당나라 소종昭宗 천복天復 2년(902) 월왕越王에 봉해졌고 천우天祐 원년(904) 오왕吳王에 봉해졌다. 후량後梁 태조 개평開平 원년(908) 오월왕에 봉해지고, 회남절도사淮南節度使를 겸했다. 나중에 스스로 오월국왕이라 불렸으며 41년 동안 재위했다.

33 天祐 : 당나라 소종昭宗, 애제哀帝 때의 연호(904~919).

34 貞明 : 오대 후량시기의 연호(915~921).

혁명을 하기에 이르러 다시 원년을 세운 것이다.

또한 「수월사당水月寺幢」에서 "보정寶正 원년(926) 병술년 10월 전류가 세우다"라고 했다. 이 해는 후당 명종明宗 천성天成 원년(926)이다. 「초현사당招賢寺幢」에서 "정해년 보정寶正 2년"이라고 했다. 또한 소소경금우小昭慶金牛 · 마노碼瑙 등 구당九幢 모두 2년에서 5년까지 새긴 것이다. 공원貢院 앞 다리 기둥에는 보정寶正 6년 신묘년에 만들었다고 새겨져 있다. 그렇다면 보대 연호는 2년에서 끝나고 보정으로 개원했다.

보정 연호는 모두 6년으로, 다음해가 임진년인데, 천축 「일관암경당日觀庵經幢」에서는 또 장흥長興 3년(932) 8월이라고 후당의 연호를 사용했다. 그해 3월 무숙武肅이 세상을 떠났다. 병으로 누워 있을 때 아들 원관元瓘에게 "자손들이 중원을 잘 받들 것이며, 역성易姓했다 하여 사대의 예를 폐하지 말라"고 했다. 이에 유명에 따라서 국가로서 독립하는 정치제도를 폐하고 번진의 법을 채택했다.

그러므로 천보 · 보대 · 보정 세 연호가 있었는데 구양수는 하나만을 안 것이다. 『자치통감』에서도 역시 그렇다. 이로부터 후진後晉 · 후한後漢 · 후주後周 및 우리 송에 이를 때까지 더 이상 개원을 하지 않았다.

지금도 청태淸泰 · 천복天福 · 개운開運 · 회동會同(이상 거란 연호) · 건우乾祐 · 광순廣順 · 현덕顯德 등 연호를 쓴 석각이 3 · 40종 남아 있는데, 칭제를 한 적은 없다.

●
용
재
수
필

12. 거위를 받고 써준 『황정경』 黃庭換鵝

이백의 시에 이런 구절이 있다.

산음의 도사를 만나면,	山陰道士如相見,
『황정경』[35] 적어서 거위와 바꾸리.	應寫黃庭換白鵝.[36]

. . . .

35 『黃庭經』: 왕희지가 해서체로 썼다는 100행 서첩으로, 원래 견본絹本에 쓴 것을 송대에

왕희지 얘기를 차용한 것이다. 이전의 학자가 "왕희지가 『도덕경』을 쓰니 도사들이 거위떼를 들고 와 증정하였다"고 하였으니, 원래 『황정경』이 아닌데 이백이 오기한 것 같다고 했다. 내가 보기에 이백은 눈을 사해에 높이 두고 입에서 나오는 것마다 훌륭한 작품이 되었다. 필시 또박또박 잣대에 얽매여 『진사晉史』를 펼쳐서 왕희지 전기를 보고 나서 쓰지는 않았을 것이다. 잘못해서 『도덕경』을 『황정경』이라고 했다 해서 문리文理에 해가 되는 건 없는 듯하니, 따지는 것이 지나쳤다.

소식의 설당雪堂이 허물어져, 고종 소흥紹興 초년 황주黃州의 한 도사가 자발적으로 비용과 곡식을 출연하여 다시 건축하고, 사인士人 하힐何頡이 상량문上梁文을 썼다. 첫 연에서 "전에는 학으로 변하여 적벽 유람 때 동행하더니, 옛 이야기에서 거위와 바꿔 써주었다는 『황정경』 글자는 더 이상 없네"라고 하여 이백의 시를 출처로 활용하였으니, 기발하다고 하겠다.

장언원張彦遠의 『법서요록法書要錄』에 실린 저수량褚遂良 글씨 목록을 살펴보면 마침 『황정경』이 올라 있다. 주석에서 60행이라고 했다. 산음도사 진적과 함께 있다. 또한 무평일武平一의 『서씨법서기徐氏法書記』에서 "무후가 태종 때 법첩 60여 상자를 볕에 말리는데, 『황정경』이 있었다"고 했다. 또한 서계해徐季海는 『고적기古跡記』에서 "현종 때 대왕大王이 세 권을 정서했는데 『황정경』을 제일로 쳤다"고 했다. 모두 『도덕경』이라고 하지 않았으니 『진서』 열전에 오류가 있었음을 알 수 있다.

용재사필 권5

. . . .

돌에 모각하여, 탁본이 전해진다고 한다. 『황정경』에 대해 "산음의 어떤 도사가 왕희지의 서법을 손에 넣고 싶어했다. 왕희지가 거위를 좋아한다는 것을 알고 크고 살찐 하얀 흰 거위를 특별히 준비해서 보수로 주겠다고 했다. 왕희지가 거위를 보고 흔쾌히 도사에게 경문을 써주고, 신이 나서 거위를 조롱에 넣어 귀가했다"는 전설이 전한다. 원래 왕희지가 쓴 것은 『도덕경』인데 전해지는 과정에서 『황정경』으로 변했다고 한다. 속칭 『환아첩換鵝帖』이라고도 한다.

13. 송나라의 「상림」宋桑林

『좌전』의 "송공宋公이 초구楚丘에서 진후晉侯를 접대하며 「상림桑林」을 부탁했다"[37]는 내용의 주에서 「상림」은 은나라 천자의 음악 명칭이라고 했다.

> 무사舞師가 『정하旌夏』 깃발을 들자 진후晉侯는 두려워 후퇴하여 저옹著雍에 이르러 병이 나서 점을 치니 상림桑林의 신이 보였다. 순언荀偃·사개士匄가 달려가 기도를 부탁하려 하였으나 순영荀罃이 안 된다고 했다.

내가 살펴보니 『여씨춘추』에서 "무왕武王이 은을 이기고 성탕成湯의 후예를 송宋에 세워 상림桑林을 봉양하도록 했다"고 하였고, 고유高誘는 주에서 "상산桑山의 숲은 탕왕이 기도하던 곳이다. 그러므로 봉양하도록 한 것이다"라고 했다. 『회남자』에서 "탕왕은 가뭄이 들면 상산의 숲에서 기도했다"고 했고, 허숙중許叔重은 주에서 "상산의 숲은 구름이 일게 하고 비가 내리게 할 수 있기에 기도한 것이다"라고 했다.

'상림'에 대한 두 설이 서로 다르다. 두예杜預는 『좌전』을 주석하면서 인용을 한 적이 없으니, 이 때는 그 책을 아직 보지 못한 것 아닐까!

14. 풍이의 성과 자 馮夷姓字

장형張衡은 「사현부思玄賦」에서 다음과 같이 노래했다.

> 풍이馮夷[38]를 불러 청진에 보내,   號馮夷俾清津兮,
> 용주를 띄워서 나를 건너가게 한다.   桌龍舟以濟予.

이선李善은 『문선』 주에서 『청령전青令傳』을 인용하여 하백河伯에 대해 다음과 같은 설명을 했다.

---

37 『좌전·양공襄公 10년』.

38 馮夷 : 황하의 신인 하백河伯을 달리 이르는 말이다.

하백河伯의 성은 풍馮, 이름은 이夷로, 황하에서 목욕하다 빠져 죽었으니, 이가 하백이다.

『태공금궤太公金匱』에서는 "하백의 성은 풍, 이름은 수修이다"라고 했다. 『배씨신어裴氏新語』에서는 풍이馮夷라고 했다. 『장자』에서 "풍이가 도를 얻어 대천을 주유하다"라고 했고, 『회남자淮南子』에서 "풍이가 이석夷石을 복용하고 수선水仙(황하의 신선)이 되었다"고 했다.

『후한서 · 장형전張衡傳』 주에서 『성현총묘기聖賢塚墓記』를 인용하여 다음과 같이 말했다.

풍이는 홍농弘農 화음華陰 동향潼鄕 제수리堤首里 사람으로, 팔석八石을 복용하고 수선水仙이 되었으니, 이가 하백이다.

또 『용어하도龍魚河圖』에서 "하백의 성은 여呂이고 이름은 공자公子이며, 부인의 성은 풍馮이고 이름이 이夷이다"라고 했다. 당나라 비석에 『하후신사송河侯新祠頌』이 있는데 진종秦宗이 쓴 것으로, 그 중 "하백의 성은 풍이고, 이름은 이夷이고, 자는 공자이다"라고 했다.

이렇게 여러 설이 있는데 모두 근거 없이 전해진 것이다. 대체로 굴원의 「원유遠遊」에서 "상수湘水의 신에게 고鼓와 슬瑟을 연주하게 하고, 해약海若에게 풍이에 맞추어 춤을 추게 하네"에 뿌리를 둔 것으로, 이 이전에는 인용된 것이 없다. 『회남자 · 원도훈原道訓』에서 또한 "풍이馮夷와 대병大丙이 바람을 몰며 운거雲車를 타고 운예雲霓로 들어간다"라고 했고, 허숙중許叔重은 "모두 옛날 득도하여 음양을 부릴 수 있었던 자이다"라고 하였는데, 이는 물론 다른 풍이이다.

1. 土木偶人

趙德甫作金石錄, 其跋漢居攝墳壇二刻石云:「其一上谷府卿墳壇, 其一祝其卿墳壇。曰墳壇者, 古未有土木像, 故爲壇以祀之, 兩漢時皆如此。」予攷戰國策所載, 蘇秦謂孟嘗君曰:「有土偶人與桃梗相語。桃梗曰:『子西岸之土也, 埏子以爲人, 雨下水至, 則汝殘矣。』土偶曰:『子東國之桃梗也, 刻削子以爲人, 雨降水至, 流子而去矣。』」所謂土木爲偶人, 非像而何! 漢至寓龍、寓車馬, 皆謂以木爲之, 像其眞形。謂之兩漢未有, 則不可也。

2. 饒州風俗

嘉祐中, 吳孝宗子經者, 作餘干縣學記, 云:「古者江南不能與中土等, 宋受天命, 然後七閩二浙與江之西東, 冠帶詩、書, 翕然大肆, 人才之盛, 遂甲於天下。江南既爲天下甲, 而饒人喜事, 又甲於江南。蓋饒之爲州, 壤土肥而養生之物多。其民家富而戶羨, 蓄百金者不在富人之列。又當寬平無事之際, 而天性好善, 爲父兄者, 以其子與弟不文爲咎; 爲母妻者, 以其子與夫不學爲辱。其美如此。」予觀今之饒民, 所謂家富戶羨, 了非昔時, 而高甍巨棟連亘阡陌者, 又皆數十年來寓公所擅, 而好善爲學, 亦不盡如吳記所言, 故錄其語以寄一嘆。

3. 禽畜菜茄色不同

禽畜、菜茄之色, 所在不同, 如江、浙間, 猪黑而羊白, 至江、廣、吉州以西, 二者則反是。蘇、秀間鵝皆白, 或有一斑褐者, 則呼爲鴈鵝, 頗異而畜之。若吾鄉, 凡鵝皆鴈也。小兒至取浙中白者飼養, 以爲湖沼觀美。浙西常茄皆皮紫, 其皮白者爲水茄。吾鄉常茄皮白, 而水茄則紫, 其異如是。

4. 伏龍肝

本草伏龍肝, 陶隱居云:「此竈中對釜月下黃土也。以竈有神, 故呼爲伏龍肝。并以透隱爲名爾。」雷公云:「凡使勿誤用竈下土, 其伏龍肝, 是十年已來竈額內火氣積, 自結如赤色石, 中黃, 其形貌八稜。」予嘗見臨安醫官陳輿大夫, 言, 「當以砌竈時, 納猪肝一具於土中, 俟其積久, 與土爲一, 然後用之, 則稍與名相應。」比讀後漢書陰識傳云:「其先

陰子方, 臘日晨炊而竈神形見。」注引雜五行書曰：「宜市買猪肝泥竈, 令婦孝。」然則興之說亦有所本云。廣濟曆亦有此說, 又列作竈忌日, 云：「伏龍在不可移作。」所謂伏龍者, 竈之神也。

5. 勇怯無常

「民無常勇, 亦無常怯, 有氣則實, 實則勇, 無氣則虛, 虛則怯。怯勇虛實, 其由甚微, 不可不知。勇則戰, 怯則北。戰而勝者, 戰其勇者也；戰而北者, 戰其怯者也。怯勇無常, 倏忽往來, 而莫知其方, 惟聖人獨見其所由然。」此呂氏春秋決勝篇之語, 予愛而書之。

6. 趙德甫金石錄

東武趙明誠德甫, 清憲丞相中子也。著金石錄三十篇, 上自三代, 下訖五季, 鼎、鐘、甗、鬲、槃、匜、尊、爵之款識、豐碑、大碣、顯人晦士之事蹟, 見于石刻者, 皆是正僞謬, 去取褒貶, 凡爲卷二千。其妻易安李居士, 平生與之同志, 趙沒後, 愍悼舊物之不存, 乃作後序, 極道遭罹變故本末。今龍舒郡庫刻其書, 而此序不見取, 比獲見元稿於王順伯, 因爲撮述大概云：

「予以建中辛巳歸趙氏, 時丞相作吏部侍郎, 家素貧儉, 德甫在太學, 每朔望謁告出, 質衣取半千錢, 步入相國寺, 市碑文果實歸, 相對展玩咀嚼。後二年, 從宦, 宦便有窮盡天下古文奇字之志, 傳寫未見書, 買名人書畫、古奇器。有持徐熙牡丹圖求錢二十萬, 留信宿, 計無所得, 捲還之, 夫婦相向悵悵者數日。

「及連守兩郡, 竭俸入以事鈆槧, 每獲一書, 卽日勘校裝緝, 得名畫彝器, 亦摩玩舒卷, 摘指疵病, 盡一燭爲率。故紙札精緻, 字畫全整, 冠於諸家。每飯罷, 坐歸來堂, 烹茶, 指堆積書史, 言某事在某書某卷第幾葉第幾行, 以中否勝負, 爲飲茶先後, 中則舉杯大笑, 或至茶覆懷中, 不得飲而起。凡書史百家字不刓缺、本不誤者, 輒市之, 儲作副本。

「靖康丙午, 德甫守淄川, 聞虜犯京師, 盈箱溢篋, 戀戀悵悵, 知其必不爲己物。建炎丁未, 奔太夫人喪南來, 旣長物不能盡載, 乃先去書之印本重大者, 畫之多幅者, 器之無款識者, 已又去書之監本者, 畫之平常者, 器之重大者, 所載尙十五車, 連艫渡淮、江。其青州故第所鎖十間屋, 期以明年具舟載之, 又化爲煨燼。

「己酉歲六月, 德甫駐家池陽, 獨赴行都, 自岸上望舟中告別。予意甚惡, 呼曰：『如傳聞城中緩急, 奈何？』遙應曰：『從衆。必不得已, 先棄輜重, 次衣衾, 次書冊, 次卷軸, 次古器。獨宗器者可自負抱, 與身俱存亡, 勿忘之！』徑馳馬去。秋八月, 德甫以病不起。時六宮往江西, 予遣二吏部所存書二萬卷, 金石刻二千本, 先往洪州。至冬, 虜陷洪, 遂盡委棄。所謂連艫渡江者, 又散爲雲烟矣。獨餘輕小卷軸, 寫本李、杜、韓、柳集、世說、

鹽鐵論, 石刻數十副軸, 鼎鼐十數, 及南唐書數篋, 偶在臥內, 巋然獨存。上江旣不可往, 乃之台、溫, 之衢, 之越, 之杭, 寄物於剡縣。庚戌春, 官軍收叛卒, 悉取去, 入故李將軍家。巋然者十失五六, 猶有五七篋, 挈家寓越城, 一夕爲盜穴壁, 負五篋去, 盡爲吳說運使賤價得之。僅存不成部帙殘書策數種。

「忽閱此書, 如見故人, 因憶德甫在東萊靜治堂, 裝褾初就, 芸籤縹帶, 束十卷作一帙, 日校二卷, 跋一卷, 此二千卷, 有題跋者五百二卷耳。今手澤如新, 墓木已拱, 乃知有有必有無, 有聚必有散, 亦理之常, 又胡足道！所以區區記其終始者, 亦欲爲後世好古博雅者之戒云。」

時紹興四年也, 易安年五十二矣, 自敍如此。予讀其文而悲之, 爲識於是書。

7. 韓文公薦士

唐世科擧之柄, 顓付之主司, 仍不糊名。又有交朋之厚者爲之助, 謂之通牓, 故其取人也畏於譏議, 多公而審。亦有脅於權勢, 或撓於親故, 或累於子弟, 皆常情所不能免者。若賢者臨之則不然, 未引試之前, 其去取高下, 固已定於胸中矣。

韓文公與祠部陸員外書云：「執事與司貢士者相知識, 彼之所望於執事者, 至而無間, 彼之職在乎得人, 執事之職在乎進賢, 如得其人而授之, 所謂兩得矣。愈之知者有侯喜、侯雲長、劉述古、韋羣玉, [撝言作紓。]此四子者, 可以當首薦而極論, 期於成而後止可也。沈(杞)、張苰, [科記又作弘。]尉遲汾、李紳、張後餘、李翊皆出群之才, 與之足以收人望而得才實, 主司廣求焉, 則以告之可也。往者陸相公司貢士, 愈時幸在得中, 所與及第者, 皆林然有聲。原其所以, 亦由梁補闕肅、王郎中礎佐之。梁擧八人無有失者, 其餘則王皆與謀焉。陸相於王與梁如此不疑也, 至今以爲美談。」此書在集中不注歲月。案撝言云：「貞元十八年, 權德輿主文, 陸傪員外通牓, 韓文公薦十人於傪, 權公凡三榜, 共放六人, 餘不出五年內皆捷。」以登科記考之, 貞元十八年, 德輿以中書舍人知擧, 放進士二十三人, 尉遲汾、侯雲長、韋紓、沈(杞)、李翊登第。十九年, 以禮部侍郎放二十人, 侯喜登第。永貞元年, 放二十九人, 劉述古登第。通三牓, 共七十二人, 而韓所薦者預其七。元和元年, 崔邠下放李紳, 二年, 又放張後餘、張弘。皆與撝言合。

陸傪在貞元間時名最著, 韓公敬重之。其行難一篇, 爲傪作也。曰：「陸先生之賢聞於天下, 是是而非非。自越州召拜祠部, 京師之人日造焉。先生曰：『今之用人也不詳, 位于朝者, 吾取某與某而已, 在下者多于朝, 凡吾與者若千人。』」又送其刺歙州序曰：「君出刺歙州, 朝廷耆舊之賢, 都邑游居之良, 齋咨涕洟, 咸以爲不當去。」則傪之以人物爲己任久矣。其刺歙以十八年二月, 權公放牓時, 旣以去國, 而用其言不替, 其不負公議而采人望, 蓋與陸宣公同。

韓公與書時, 方爲四門博士, 居百寮底, 殊不以其薦爲犯分。故公作權公碑云：「典貢

士，薦士於公者，其言可信，不以其人布衣不用；卽不可信，雖大官勢人交言，一不以綴意。」又云：「前後考第進士，及庭所策試士，踵相躡爲宰相達官，其餘布處臺閣外府，凡百餘人。」梁肅及儔，皆爲後進領袖，一時龍門，惜其位不通顯也，豈非汲引善士爲當國者所忌乎！韓公又有答劉正夫書云：「擧進士者，於先進之門，何所不往！先進之於後輩，苟見其至，寧可以不答其意邪！來者則接之，擧城士大夫莫不皆然，而愈不幸獨有接後進名。」以是觀之，韓之留意人士可見也。

8. 王勃文章

王勃等四子之文，皆精切有本原。其用駢儷作記序碑碣，蓋一時體格如此，而後來頗議之。杜詩云：「王、楊、盧、駱當時體，輕薄爲文哂未休。爾曹身與名俱滅，不廢江、河萬古流。」正謂此耳。身名俱滅，以責輕薄子。江、河萬古流，指四子也。韓公滕王閣記云：「江南多游觀之美，而滕王閣獨爲第一。及得三王所爲序、賦、記等，壯其文辭。」注謂：「王勃作游閣序。」又云：「中丞命爲記，竊喜載名其上，詞列三王之次，有榮耀焉。」則韓之所以推勃，亦爲不淺矣。勃之文今存者二十七卷云。

9. 呂覽引詩書

呂氏春秋有始覽諭大篇引夏書曰：「天子之德，廣運乃神，乃武乃文。」又引商書曰：「五世之廟，可以觀怪，萬夫之長，可以生謀。」高誘注皆曰：「逸書也。廟者，鬼神之所在，五世久遠，故於其所觀魅物之怪異也。」予謂呂不韋作書時，秦未有詩、書之禁，何因所引訛謬如此！高誘注文怪異之說，一何不典之甚邪！又孝行覽亦引商書曰：「刑三百，罪莫重於不孝。」今安得有此文，亦與孝經不合。又引周書曰：「若臨深淵，若履薄冰。」注云：「周書周文公所作。」尤妄也。又以「普天之下，莫非王土，率土之濱，莫非王臣」爲舜自作詩，「子惠思我，褰裳涉洧，子不我思，豈無他士」爲子産答叔向之詩。不知是時國風、雅、頌何所定也。甯戚飯牛歌，高誘全引碩鼠三章，又爲可笑。

10. 藍田丞壁記

韓退之作藍田縣丞廳壁記，柳子厚作武功縣丞廳壁記，二縣皆京兆屬城，在唐爲畿甸，事體正同，而韓文雄拔超峻，光前絕後，以柳視之，殆猶碔砆之與美玉也。莆田方崧卿得蜀本，數處與今文小異，其「破崖岸而爲文」一句，繼以「丞廳故有記」，蜀本無「而」字。考其語脈，乃「破崖岸爲文丞」，是句絕「文丞」者，猶言文具備員而已，語尤奇崛，若以「丞」字屬下句，則旣是丞廳記矣，而又云「丞廳故有記」，雖初學爲文者不肯爾也。此篇之外，不復容後人出手。侄孫倬，頃丞宣城，後生頗有意斯道，自作題名記示予。予曉之曰：「他文尚可隨力工拙下筆，至如此記，豈宜犯不韙哉！」倬時已勒石，深悔之。近日亦

見有爲之者, 吾家孫姪多京官調選, 再轉必爲丞, 慮其復有效尤者, 故書以戒之。

11. 錢武肅三改元

歐陽公五代史紇列國年譜云:「聞於故老, 謂吳越亦嘗稱帝改元, 而求其事迹不可得, 頗疑吳越後自諱之。及旁採諸國書, 與吳越往來者多矣, 皆無稱帝之事, 獨得其封落星石爲寶石山制書, 稱寶正六年辛卯耳。」王順伯收碑, 有臨安府石屋崇化寺尊勝幢云:「時天寶四年, 歲次辛未, 四月某日, 元帥府府庫使王某。」又明慶寺白傘蓋陀羅尼幢云:「吳越國女弟子吳氏十五娘建。」其發願文序曰:「十五娘生忝霸朝, 貴彰國懿。天寶五年, 太歲壬申月日題。」順伯考其歲年, 知非唐天寶, 而辛未乃梁開平五年, 其五月改乾化, 壬申乃二年。梁以丁卯篡唐, 武肅是歲猶用唐天祐, 次年自建元也。錢唐湖廣潤龍王廟碑云:「錢鏐貞明二年丙子正月建。」新功臣壇院碑、封睦州牆下神廟敕, 皆貞明中登聖寺磨崖, 梁龍德元年, 歲次辛巳, 錢鏐建。又有龍德三年上宮詩, 是歲梁亡。九里松觀音尊勝幢:「寶大二年歲次乙酉建。」衢州司馬墓誌云:「寶大二年八月歿。」順伯案, 乙酉乃唐莊宗同光三年, 其元年當在甲申。蓋自壬申以後用梁紀元, 至後唐革命, 復自立正朔也。又水月寺幢云:「寶正元年丙戌十月, 具位錢鏐建。」是年爲明宗天成。招賢寺幢云:「丁亥寶正二年。」又小昭慶金牛、碼碯等九幢, 皆二年至五年所刻。貢院前橋柱, 刻寶正六年歲在辛卯造。然則寶大止二年而改寶正。寶正盡六年, 次年壬辰, 有天竺日觀庵經幢, 復稱長興三年八月, 用唐正朔, 其年三月, 武肅薨。方寢疾, 語其子元瓘曰:「子孫善事中國, 勿以易姓廢事大之禮。」於是以遺命去國儀, 用藩鎮法, 然則有天寶、寶大、寶正三名, 歐陽公但知其一耳。通鑑亦然。自是歷晉、漢、周及本朝, 不復建元。今猶有清泰、天福、開運、會同、[係契丹年。] 乾祐、廣順、顯德石刻, 存者三四十種, 固未嘗稱帝也。

12. 黃庭換鵝

李太白詩云:「山陰道士如相見, 應寫黃庭換白鵝。」蓋用王逸少事也。前賢或議之, 曰:「逸少寫道德經, 道士舉鵝羣以贈之。」元非黃庭, 以爲太白之誤。予謂太白眼高四海, 衝口成章, 必不規規然旋檢閱晉史, 看逸少傳, 然後落筆, 正使誤以道德爲黃庭, 於理正自無害, 議之過矣。東坡雪堂既毀, 紹興初, 黃州一道士自捐錢粟再營建, 士人何頡斯擧作上梁文, 其一聯云:「前身化鶴, 曾陪赤壁之游;故事換鵝, 無復黃庭之字。」乃用太白詩爲出處, 可謂奇語。案張彥遠法書要錄載褚遂良右軍書目, 正書有黃庭經云。注:六十行。與山陰道士真蹟故在。又武平一徐氏法書記云:「武后曝太宗時法書六十餘函, 有黃庭。」又, 徐季海古蹟記:「玄宗時, 大王正書三卷, 以黃庭爲第一。」皆不云有道德經, 則知乃晉傳誤也。

13. 宋桑林

左傳：「宋公享晉侯於楚丘，請以桑林。」注；桑林者，殷天子之樂名。「舞師題以旌夏。晉侯懼而退，及著雍疾，卜桑林見。荀偃、士匄欲奔請禱焉，荀罃不可。」予案呂氏春秋云：「武王勝殷，立成湯之後於宋，以奉桑林。」高誘注曰：「桑山之林，湯所禱也。故使奉之。」淮南子云：「湯旱，以身禱於桑山之林。」許叔重注曰：「桑山之林，能興雲致雨，故禱之。」「桑林」二說不同。杜預注左傳不曾引用，豈非是時未見其書乎！

14. 馮夷姓字

張衡思玄賦：「號馮夷俾清津兮，櫂龍舟以濟予。」李善注文選引青令傳曰：「河伯姓馮氏，名夷，浴於河中而溺死，是爲河伯。」太公金匱曰：「河伯姓馮名脩。」裴氏新語謂爲馮夷。莊子曰：「馮夷得之以游大川。」淮南子曰：「馮夷服夷石而水仙。」後漢張衡傳注引聖賢冢墓記曰：「馮夷者，弘農華陰潼鄉堤首里人，服八石，得水仙，爲河伯。」又龍魚河圖曰：「河伯姓呂名公子，夫人姓馮名夷。」唐碑有河侯新祠頌，秦宗撰，文曰：「河伯姓馮名夷，字公子。」數說不同，然皆不經之傳也。蓋本於屈原遠遊篇，所謂「使湘靈鼓瑟兮，令海若舞馮夷」，前此未有用者。淮南子原道訓又曰：「馮夷、大丙之御也，乘雲車，入雲蜺。」許叔重云：「皆古之得道能御陰陽者。」此自別一馮夷也。

1. 한유의 일시 韓文公逸詩

당나라 두씨寶氏 다섯 형제[1]의 『연주집聯珠集』에 실린 내용에 의하면, 두모寶牟가 동도판관東都判官일 때 한유·위집중韋執中과 함께 유사劉師를 찾아갔는데 만나지 못하여, 세 사람이 운을 나누어 시를 지었다고 한다. 도관원외랑都官員外郎 한유에게는 '심尋'이 운자로 배당되었는데, 다음과 같은 시가 지어졌다.

진객秦客은 몇 년을 묵었나,	秦客何年駐,
신선이 사는 곳 여기 깊은 곳이라네.	仙源此地深.
오리 한 쌍 타고,	還隨蹁躚騎,
운금 펄럭이며 찾아왔네.	來訪馭雲襟.
뜰은 닫혀 있고 푸른 노을 들어가고,	院閉青霞入,
소나무 저 높이 학이 찾아온다.	松高老鶴尋.
머뭇머뭇 숨어 앉았다가,	猶疑隱形坐,
일어나 복사꽃 뜯는다.	敢起竊桃心.

지금 한유 문집 어디에도 실려 있지 않다. 최근 보전莆田 방숭경方崧卿이 고증과 답사에 매우 심혈을 기울였음에도 『연주집』 중 두상寶庠의 「수퇴지등악양루酬退之登岳陽樓」 장편 한 편만 채택하고, 한유의 이 시는 누락시켰는

---

1 五寶聯珠: 『신당서新唐書·두군전寶群傳』에서 "두군의 형 두상寶常·두모寶牟, 동생 두상寶庠·두공寶鞏이 모두 낭郎을 지냈고 시문에 뛰어나, 『연주집聯珠集』이 일시에 유행해, 마치 다섯 별과 같았다"고 했으며, 당시 '오두연주五寶聯珠'라고 했다. 이후 형제의 시문이 모두 훌륭한 것을 일컫는 말로 쓰이게 되었다.

데, 무슨 이유였을까?

2. 전해지지 않던 두숙향의 시 竇叔向詩不存

두씨竇氏는 「연주집서聯珠集序」에서 다음과 같이 말했다.

> 두씨 다섯 형제의 부친은 두숙향竇叔向[2]으로, 대종 때에 5언시에 뛰어나 동년배 중 으뜸으로 이름을 날렸다. 마침 정의황후貞懿皇后 서거 때, 대종이 애도의 뜻을 중시하여 만사輓詞를 짓도록 했다. 두숙향은 즉시 세 장章을 올렸고 궁내에서 살펴보고 가장 먼저 추천되어 사람들 입에서 입으로 전해졌다.

내외명부의 비빈들은 네가래 잎을 진헌하고,	命婦羞蘋葉,
궁녀는 내화奈花를 꽂네.	都人挿奈花.

금군은 하얀 장막을 둘러서고,	禁兵環素柰,
궁녀는 차가운 구름 밑에서 곡하고 있다.	宮女哭寒雲.

> 위의 구절들은 절창이라고 할 수 있는데 그러나 지금은 한 수도 남아 있지 않다.

이 구절들이 왕안석의 『백가시선百家詩選』에도 없으니 참으로 애석한 일이다.

일찍이 친구 오량사吳良嗣 집에서 당시唐詩를 초록해 놓은 것을 보았는데, 두숙향의 시 여섯 편이 실려 있었다. 모두 뛰어난 작품이었지만, 세상에 전해지지 않아, 지금 여기에 모두 기록해 놓는다.

「하야숙표형화구夏夜宿表兄話舊」 :

야합화 피어 마당에 향기 가득,	夜合花開香滿庭,
깊은 밤 보슬비 막 깨어나는 술기운.	夜深微雨醉初醒.
멀리서 보내온 귀한 편지 언제 도착했나,	遠書珍重何時達,

....

2 竇叔向 : 자는 유직遺直, 경조京兆(지금의 섬서 부풍扶風) 사람이다. 5언시에 뛰어나서 당시 으뜸으로 꼽혔다고 한다. 두상竇常・두모竇牟・두군竇群・두상竇庠・두공竇鞏 아들 다섯 형제가 모두 시문에 뛰어나서, 『연주집聯珠集』이 일시에 유행했다.

146

옛 이야기 구슬퍼서 들을 수가 없네.   舊事凄涼不可聽.
지난날 아이들 모두 다 자랐고,   去日兒童皆長大,
지난날 친구들 반은 늙었구나.   昔年親友半凋零.
내일 아침 또 외로운 배에 올라 이별해야 하니, 明朝又是孤舟別,
시름에 차 강의 다리 바라보니 푸르른 주막 깃발. 愁見河橋酒幔青.

「추침송포대부秋砧送包大夫」 :
끊어질 듯 이어질 듯 장문궁 밤,   斷續長門夜,
청냉한 가을 여관.   淸泠逆旅秋.
징집나간 남편 편지 기다릴 터,   征夫應待信,
가난한 아내는 감당 못할 시름.   寒女不勝愁.
달 데리고 성 위로 날아서,   帶月飛城上,
바람 때문에 저리로 흩어진다.   因風散陌頭.
떨어져 살면서 그 소리 듣는데,   離居偏入聽,
게다가 귀향길 배를 전송하네.   況復送歸舟.

「춘일조조응제春日早朝應制」 :
자전紫殿(궁전)에서 천관千官 내려보니,   紫殿俯千官,
봄 소나무 합환하기 좋을시고.   春松應合歡.
향로에는 따뜻한 향 연기,   御爐香焰煖,
도로에는 차가운 옥 소리.   馳道玉聲寒.
새끼 제비 진주 장식 뒤집더니,   乳燕翻珠綴,
상서로운 까마귀가 승로반承露盤에 모여든다. 祥烏集露盤.
궁에 핀 꽃 1만 그루,   宮花一萬樹,
고개 들어 보지 못하겠네.   不敢擧頭看.

「과첨석호過簾石湖」 :
새벽에 어문 제방을 출발하여,   曉發魚門埭,
날 맑아 첨석호 보인다.   晴看簾石湖.
해는 높은 물결 입에 물고 나와,   日銜高浪出,
하늘로 들어가 사방이 텅 비어 아무것도 없다. 天入四空無.
지척에서 물과 섬이 나뉘고,   咫尺分洲島,
배의 선두와 후미는 털끝 차이로다.   織毫指舳艫.
이렇게 아득히 멀리 가버리면,   渺然從此去,
외로운 여객선 누가 생각할까.   誰念客帆孤.

「정의만가삼수貞懿挽歌三首」는 지금 두 수만 전해진다.

이릉二陵에는 부녀의 도 다하였고,	二陵恭婦道,
육침六寢에는 황제의 정 가득하다.	六寢盛皇情.
예의와 겸손으로 생전에 귀하였고,	禮遜生前貴,
은혜를 추모하여 사후에 영화를 누렸다.	恩追歿後榮.
어린 왕이 직접 흙을 북돋우고,	幼王親捧土,
사랑스런 딸이 묘역에 연이어 섰다.	愛女復連塋.
동쪽 바라보면 늘 있는 듯하니,	東望長如在,
누가 옥경에 갔다고 할까.	誰云向玉京.
뒷마당에서 화류畫柳에 오르고,	後庭攀畫柳,
거리에 나서 맑은 호드기처럼 흐느낀다.	上陌咽淸笳.
내외명부의 비빈들은 네가래 잎을 진헌하고,	命婦羞蘋葉,
궁녀는 내화柰花를 꼽네.	都人揷柰花.
수궁壽宮 별과 달은 남다르고,	壽宮星月異,
왕래하는 신선의 길 멀고 멀다.	仙路往來賒.
설령 신을 맞는 방법 있다 해도,	縱有迎神術,
결국 붉은 비단 저편에서 슬퍼하리.	終悲隔絳紗.

제3수는 유실되었다. 두숙향의 자는 유직遺直이고 벼슬은 좌습유를 지냈으며, 외직으로 율수령溧水令을 지냈다. 『당서唐書』에서도 그가 시로 이름을 날렸다고 했다.

3. 장례 때 사용한 내화 用柰花事

두숙향이 「정의만가」에서 언급한 내화柰花와 관련된 이야기는 『진사晉史』에 나온다.

진晉나라 성제成帝 때 강소·절강 일대에서 여인들이 머리에 백화白花를 꽂았는데 멀리서 보면 하얀 내화柰花같았다.

하늘의 선녀인 직녀가 죽었을 때 이렇게 복장을 꾸몄다고 전해진다.

얼마 후 성제의 두황후^{杜皇后}가 세상을 떠났을 때 이 말이 그대로 입증되었다.

소흥 5년(1135) 영덕황후^{寧德皇后}의 부음이 북쪽 금나라 조정에서 전해지자 휘주^{徽州}의 지주^{知州} 당휘^{唐輝}가 휴녕위^{休寧尉}와 진지무^{陳之茂}에게 애도문을 쓰게 했다. 내용은 다음과 같다.

10년 동안 난을 만났건만,	十年罹難,
결국 창오로 돌아오지 못했다.	終弗返於蒼梧.
만국이 원한을 머금고,	萬國銜冤,
그저 모두 비녀에 하얀 내화를 꼽았도다.	徒盡簪於白柰.

이 때는 마침 휘종이 포로가 되어 금나라에 구금되어 있을 때였다. 애도문의 대우가 매우 정확하다.

4. 왕료와 예랑 王廖兒良

가의^{賈誼3}의 「과진론^{過秦論}」에는 다음과 같은 내용이 서술되어 있다.

여섯 나라의 사인^{士人}인 오기^{吳起}와 손빈^{孫臏}·대타^{帶佗}·예량^{兒良}·왕료^{王廖}·전기^{田忌}·염파^{廉頗}·조사^{趙奢} 등 훌륭한 군사^{軍師}들이 각기 그들의 군대를 통제했다.

『한서^{漢書}』를 주석한 학자들 중 가의의 이러한 주장에 대해 해설을 단이가 없다. 안사고^{顏師古}만이 주석에서 단지 '兒^예'자의 독음이 五奚^{오혜}의 반절^{反切}이고, '廖^료'의 독음이 '聊^료'라고 했을 뿐이다. 가의가 「과진론」에서 훌륭한 군사로 칭한 여덟 사람 중, 대타와 예량·왕료는 역사서에도 기록이 남아있지 않아 어느 나라 사람인지 알 수조차 없다. 그런데 『여씨춘추^{呂氏春秋}』에 다음과 같은 소소한 기록이 있다.

---

3 賈誼(B.C.200~B.C.168) : 전한 문제 때의 문인 겸 학자. 진나라 때부터 내려온 율령·관제·예악 등의 제도를 개정하고 전한의 관제를 정비하기 위한 많은 의견을 상주했다.

노자老子는 부드러움[柔]을 귀하게 여겼으며, 공자孔子는 인자함[仁]을 귀하게 여겼고, 묵자墨子는 검소함[廉]을 귀하게 여겼다. 관윤자關尹子[4]는 맑음[淸]을 귀하게 여겼고, 열자列子는 비움[虛]을 귀하게 여겼다. 전변田駢[5]은 가지런함[齊]을 귀하게 여겼으며, 양주楊朱는 자신[己]을 귀하게 여겼고, 손빈孫臏은 기세[勢]를 귀하게 여겼다. 왕료는 앞서는 것[先]을 귀하게 여겼고, 예량은 뒤로 물러나는 것[後]을 귀하게 여겼다.

이 문장에 대한 주석은 다음과 같다.

왕료는 병법에 뛰어난 인물로, 전쟁에 임할 때 선수를 써서 상대방을 제압하고 기선을 장악해 적을 이기는 것을 중시하였다. 예량은 『병모兵謀』라는 저서를 남겼는데, 상대가 먼저 공격해 오기를 기다려 적을 제압하는 것과 전쟁 이후 경험을 총괄하여 다음 전쟁에 이길 수 있도록 대비하는 것을 중시하였다.

위와 같이 『여씨춘추』에 왕료와 예량 두 사람의 이름이 언급되었지만, 그들의 생애를 구체적으로 기술하지는 않았다. 그런데 『여씨춘추』에 두 사람의 이름이 노자와 공자 뒤에 언급되었고, 한나라 때 지어진 네 권의 병서兵書 중에 예량의 『권모權謀』가 포함되었다. 또 가의는 영월寧越과 두혁杜赫이 육국을 위해 진秦나라에 대항하여 여러 가지 전략 전술을 구사한 공적을 세웠음을 인정하였는데, 『한서』에는 또 이것에 대한 주석과 설명이 누락되어 있다. 『여씨춘추』에서는 다음과 같이 말하였다.

●
용재수필

---

4 關尹子 : 춘추 시대 말기 때 사람. 도가 학파의 한 사람으로 일설에는 주周나라 관령關令 윤희尹喜라고도 한다. 노자老子의 제자로 노자를 따라 관서 지방으로 간 뒤 소식을 알 수 없다고 한다. 스승의 사상을 발전시켜 청정무위淸淨無爲를 주장했다. 도교에서는 무상진인無上眞人 또는 문시선생文始先生이라 부른다. 저서 『관윤자』는 당말오대唐末五代 두광정杜光庭의 위작으로 본다. 『장자』와 『열자』를 모방하여 신선방술神仙方術과 불교 교리를 혼합한 내용인데, 문장은 불경을 흉내냈다. 『한서 · 예문지』에는 9편, 『송사宋史 · 예문지藝文志』에는 9권으로 되어 있고, 현행본은 서장자례徐藏子禮가 영가永嘉의 손정孫定에게서 얻은 것으로 되어 있다. 책머리에 유향劉向의 서문이 있고, 말미에 갈홍葛洪의 서문이 있다.

5 田駢(B.C.370?~B.C.291) : 전국시대의 사상가. 진변陳駢이라고도 칭해진다. 제齊나라 사람으로, 황로학을 배웠으며, 직하稷下에서 강의를 했고, 팽몽彭蒙으로부터 사사 받아 만물을 가지런히 하는 것을 으뜸으로 삼았다. 『한서 · 예문지』에 그의 저서인 『전자田子』 25편을 도가道家로 분류하였는데, 지금은 전해지지 않는다.

공자와 묵자, 영월은 모두 벼슬살이를 하지 않았던 포의지사布衣之士이다. 영월은 중모中牟 사람으로 주나라 위공衞公의 스승이었다.

두혁은 천하를 안정시켜야 한다는 주장을 내세우며 주나라 소문군昭文君에게 유세하였다.

이를 근거로 영월과 두혁이 모두 책략과 계책에 뛰어난 인물들이었음을 알 수 있다.

이상의 기록들은 붓 가는대로 쓴 것으로, 『한서』의 기록 중 빠진 것들에 대한 보충이다.

5. 상앙과 오기 徙木償表

전국시대 때 진나라에 중용되었던 상앙商鞅[6]은 법을 개혁했는데, 백성들이 개정된 법을 잘 믿고 따라주지 않을까 근심하였다. 그래서 백성들이 법을 믿을 수 있도록 계책을 내어, 도성 남문 근처에 석 장丈 높이의 나무를 세워놓고, 이 나무를 옮기면 오십 금金을 주겠다고 방을 붙였다. 어떤 사람이 그 나무를 옮겼고, 옮긴 후 바로 오십 금을 받았다. 상앙은 곧바로 개정된 법의 시행을 명했다.

오기吳起[7]는 서하西河[8]에서 지방장관으로 재직하면서, 백성들의 조정의 명령을 신뢰할 수 있도록 하기 위해, 밤에 남문 밖에 표식을 한 나무기둥을

· ·

6 商鞅(?~B.C.338) : 전국시대 진나라의 재상. 공손앙公孫鞅. 위衞나라 태생이나 자신의 나라에서는 뜻을 펼치기가 어렵다고 여겨 위魏나라로 건너갔다가 진나라 효공孝公에게 등용되었다. 20년간 진나라의 재상으로 있으면서 엄격한 법치주의 정치를 펼쳐 나라를 강국으로 성장시켰으나, 한편으로는 그 때문에 많은 사람들의 원한을 샀다. 결국 반대파에게 반역죄로 몰려 처형되었다.

7 吳起 : 전략가로서 위衞나라 좌씨左氏(지금의 산동성山東省 조현曹縣 북쪽) 사람이다. 위魏나라의 대장군이 되어 서하西河를 20년 넘게 굳게 지켜 진秦·한韓의 두려운 존재가 되었다. 나중에 초楚나라의 영윤令尹을 역임하였고, 초 도왕悼王을 보필하여 변법을 시행하며 부국강병을 촉진시켰다.

8 西河 : 지금의 섬서성 대려현大荔縣.

세워놓고 다음과 같이 공표하였다.

> 누구든지 표식을 한 나무기둥을 넘어뜨릴 수 있는 자가 있다면, 그를 장대부長大
> 夫의 관직에 임명할 것이다.

백성들은 절대 믿을 수 없는 말이라며 의견이 분분하였다.
이 때 한 사람이 나서며 말했다.

> "진짜든 거짓말이든, 한 번 표식을 한 나무기둥을 쓰러뜨려보면 되지 않겠소?
> 상을 못 받으면 그만이고 받으면 좋을 테니, 밑져야 본전이지요!"

그 사람이 표식을 한 나무기둥을 넘어뜨리고 오기를 찾아갔는데, 오기는
약속대로 그를 장대부에 임명하였다. 이후로 서하의 백성들은 상벌을 분명
히 처리하는 오기를 전적으로 신뢰하였다.

상앙은 위魏나라 재상 공손좌公孫座 문하에서 식객생활을 했기에 나무기
둥을 세우고 옮기게 한 것으로 백성들의 신뢰를 얻은 것은 오기의 방법을
본 딴 것으로 생각된다. 그런데 백성들의 신뢰를 사기 위해 계책을 세웠던
오기의 방법이 세상에 전해지지 않아, 여기에 기록하였다.

6. 「건무중원」 속편 建武中元續書

나는 '건무중원建武中元'이라는 연호에 대한 내 견해를 『용재수필』「건무
중원」편에서 서술하였다. 문혜공文惠公[9] 홍적洪適이 지은 『예석隸釋』에는 촉
군蜀郡의 태수太守인 하군何君의 「각도비閣道碑」에 언급된 '건무중원'에 대한
고증과 해석이 있는데, 이는 내 견해와 다르다. 근래에 촉 지방 사람인

---

9 文惠公 : 홍매의 장형 홍적洪適(1117~1184). 남송의 금석학자이자 문인. 자 온백溫伯・경온景
　溫. 어릴 때 이름은 조造, 벼슬길에 오르면서 이름을 적適으로 바꾸고, 자도 경백景伯으로
　하였다. 홍호洪皓의 장남이다. 홍적은 아우 홍준・홍매와 함께 문학으로 이름을 떨쳤는데,
　파양영기종삼수鄱陽英氣鐘三秀라 불려졌다. 또한 그는 금석학 방면에서 조예가 깊어, 구양수・
　조명성趙明誠과 함께 송대 금석삼대가金石三大家로 칭해졌다.

원몽기袁夢麒의 『응상한제총록應祥漢制叢錄』을 얻어 읽어보았는데, 기紀와 지志·전傳의 기록이 모두 달라 의심스러웠다. 그러다가 아주雅州 영경현榮經縣의 서쪽 산자락 절벽에 새겨져있는 「촉군치도기蜀郡治道記」를 발견했는데, 그 석각의 마지막 부분에 다음과 같이 새겨져 있었다.

건무중원 2년 6월에 세웠다.

이로 인해 천 년간 지속된 의혹이 얼음 녹듯 다 해소되었다. 촉군 태수인 하군의 「각도비」의 기록에 의하면 각도閣道가 정식으로 건립된 것은 한나라 광무제光武帝 건무중원 2년(57) 6월이다. 원몽기가 언급한 영경현의 서쪽 산자락 절벽에 새겨진 「촉군치도기」가 바로 각도를 정식으로 건립하면서 세운 각도비閣道碑였던 것이다.

영경현의 「촉군치도기」가 근래에 와서 발견된 것이기에, 문혜공이 이를 근거로 진실을 규명할 수 없었다는 것이 참으로 안타깝다.

7. 말의 다른 이름 草駒聾蟲

요즘 사람들은 모두 들판에 방목하는 말들을 모두 초마草馬라고 부르는데, 원래 초마의 뜻은 결코 그 의미가 아니다. 『회남자淮南子·수무훈修務訓』의 풀이를 보자.

무릇 말이 초원에서 노니는 망아지 즉 초구草駒였을 때에는 시시때때로 펄쩍펄쩍 뛰며 발길질하고 꼬리를 뻗친 채 달리므로, 사람이 제어하기 어렵다.

그리고 이 문장에 이어 다음과 같은 주가 있다.

오척尺 이하의 작은 말을 구駒라고 하는데, 풀밭에 방목하기에 초구草駒라고 한다.

이것이 대체로 요즘 사람들이 들판에 방목하는 말들을 초구라고 호칭하는 것의 유래가 된 것이다.

153

『회남자·수무훈』에는 앞에서 인용한 문장에 이어 다음과 같은 글이 기록되어있다.

> 말이 비록 형체와 뇌를 지닌 동물이지만, 교화를 받아들이는 능력이 없다. 말을 부릴 수 있는 것은, 길들였기 때문이다. 말은 농충聾蟲 즉 무지한 짐승이다. 말과 사람이 서로 통하게 되면, 말이 사람의 간단한 지시를 이해할 수 있게 된다. 그러나 오직 장기간의 훈련기간을 통해 길들여야지만 가축으로 부릴 수 있게 되는 것이니, 하물며 사람은 어떠하겠는가!

이 구절에 대한 주는 다음과 같다.

> 충蟲은 무지하다는 것이다.

말을 농충聾蟲이라고 칭한 것은 아주 특이하다.

8. 이이중 記李履中二事

숭녕崇寧[10] 연간에 채경蔡京[11]은 정권을 움켜쥐고 권력을 마음대로 휘두르면서, 종묘宗廟를 헐뜯은 형서邢恕[12]의 죄를 무마시키기 위해 그의 죄를 없던 것으로 했을 뿐만 아니라 그를 중용하기까지 했다. 또 형서가 군공을 세워 승진하기를 바라며 그를 경원경략사涇原經略使에 기용하였다.

형서는 부임한 후 군공을 세우려는 욕심이 앞서서 현 상황을 고려하지도

• •

10 崇寧 : 북송 휘종徽宗 시기 연호(1102~1106).
11 蔡京(1047~1126) : 북송北宋 말기의 재상·서예가. 16년간 재상자리에 있으면서 숙적 요遼를 멸망시켰으나, 휘종에게 사치를 권하고 재정을 궁핍에 몰아넣었다. 금군金軍이 침입하고 흠종 즉위 후, 국난을 초래한 6적賊의 우두머리로 몰려 실각하였다.
12 邢恕 : 북송의 대신. 자 화숙和叔 또는 칠七. 정호程顥의 문하에 드나들면서 일찍이 이름을 얻었다. 원우 연간(1086~1094)에 여러 차례 벼슬을 옮겨 어사중승御史中丞에 이르렀는데, 공경 사이에서 명성을 얻게 되자 구법당인 사마광司馬光의 문객이 되었다가 곧 사마광을 모함하고 장돈章惇을 따랐으며, 얼마 후 장돈을 배반하고 채경蔡京의 심복이 되었다. 이욕利慾이 강하고 지조가 없는 소인이나 스승의 뜻을 따르지 않고 배반한 패륜이라는 의미로 자주 인용된다.

않고 차전법車戰法을 채용하여 배 500척을 만들어, 군대를 이끌고 흥주興州[13] 와 영주靈州[14]까지 돌진하여 직접 서하西夏를 공격하려고 하였다. 조정은 형서의 서하 침공 계획을 보고받은 후, 희하熙河의 조운漕運을 담당하는 관리인 이복李復에게 형서를 도울 것을 명했다. 이복은 장안 사람으로, 오랫동안 군대생활을 해서 변경의 군사軍事 전반에 대하여 아주 잘 알고 있었다. 이복은 형서의 서하 침공 계획을 살펴본 후, 형서의 침공계획에 극력 반대하는 상소문을 올렸다. 그 상소문의 글이 얼마나 간절했던지 그의 충성스러운 마음이 그대로 보이는 듯 했다. 내가 역사를 편찬할 때 형서의 열전에 이것을 기록하였다.

근래에 상요上饒에서 간행한 『휼수집潏水集』을 보게 되었는데, 바로 이복의 문집이었다. 이 문집에는 당시 이복이 올렸던 상주문上奏文 두 편이 실려 있었다. 보잘 것 없는 지방관리의 신분으로 권력에 굴하지 않고 재상의 심복이 올린 그릇된 계획을 조목조목 반론하며 질책하는 그 용기에 감탄을 금할 수 없었다. 그러나 유감스럽게도 역사서에는 이 내용이 상세하게 기록되지 않고 간략하게만 서술되어, 이복의 상소문 두 편을 특별히 여기에 기록한다.

이복은 「걸파조전차소乞罷造戰車疏」에서 다음과 같이 말했다.

> 신이 성지聖旨를 받들어, 본사本司에 서둘러 전차 삼백 량輛을 만들라 명했습니다. 신이 관련된 과거의 기록들을 조사해보았더니, 옛날 군대를 출정시켰을 때는 분명 전차를 사용하였습니다. 당시의 군대는 경거망동하지 않았고, 정벌 작전은 질서가 있었고 절도가 있었기에, 음모와 거짓계략을 꾸미지 않았습니다. 게다가 전쟁이 대체적으로 광활한 평야에서 벌어졌기에 전차가 아무런 장애 없이 움직일 수 있었습니다.
> 그러나 지금 행하고자 하는 전쟁은 지극히 먼 서부 변경에서 행해 질 것이고, 더군다나 융적戎狄이 기세를 몰아 움직일 때는 얼마나 빠르고 맹렬한지 보통이 아닙니다. 설사 빠르게 나는 사나운 매라 할지라도, 융적처럼 신속하게 움직이지

용재사필 권6

는 못할 것입니다. 또 융적의 군대는 막사를 치고 진지를 구축하여 주둔할 때 지세가 비교적 높고 안전한 곳을 최고의 장소로 칩니다.

만약에 우리 군대가 융적이 퇴각하는 것을 좇는다고 할 때 빠르게 움직이는 그들을 좇는데 전차는 무용지물이 됩니다. 게다가 그들은 높고 험한 곳에 주둔하기에 그곳까지 우리 전차가 갈 수 있는 방법이 없습니다. 그리고 우리 군대의 전차가 퇴각이라도 하게 되면, 적들은 기세를 몰아 우리의 후미를 맹렬하게 추격해 올 것입니다. 적들의 추격이 코앞까지 닥쳐오는 마당에 병사들은 모두 앞 다투어 도망가느라 정신이 없을 것인데, 누가 전차를 몰고 나오겠습니까? 전차가 중원에서 사용되었던 예전과 지금의 상황은 완전히 다릅니다.

신은 전차를 사용하는 이 전략이 허언규許彥圭에게서 나온 것으로 알고 있습니다. 허언규는 이 전략을 요린姚麟[15]을 통해 조정에 헌상하였습니다. 조정은 지금 이 전략을 받아들였지만, 이러한 전략이 얼마나 경솔하고 기만적인 책략이라는 것을 알지 못하고 있습니다. 역사를 상세하게 고찰해보니, 당나라의 방관房琯[16]이 전쟁에 전차를 이용한 기록이 있었습니다. 그렇지만 방관은 진도사陳濤斜[17]에서 크게 패하여, 십만 대군이 한 사람도 살아 돌아오지 못하고 전군이 전멸했다고 합니다.[18] 당시의 전쟁터가 장안 부근의 평원이었음에도 불구하고 이러한 참혹한 결과가 나왔는데, 하물며 지금 험준한 계곡에서 전쟁을 벌여야 하는 마당에 전차 사용이 가당키나 합니까? 또 전차는 평상시에 사용하는 수레에 비해 폭이 6,7촌寸정도 넓기에, 궤도軌道에 맞지 않아 움직일 수도 없고 끌 수도 없습니다. 어제 소집된 병사들은 곤궁한 가정 형편 때문에 옷과 가재도구들을 전당잡혀 소와 농기구를 빌려 농사를 짓던 이들이라, 체력이 약하여 전차를 끌 힘이 없습니다. 그들이 아침부터 저녁까지 종일 걷는다고 해도 이동거리는 기껏해야 5,6리

용재수필

---

15 姚麟 : 자 군서君瑞. 송나라의 명장 요시姚兜의 아우로 명성을 떨쳤다. 관중關中에서는 형 요시와 더불어 이요二姚라 불렸다.

16 房琯(697~736) : 당나라 현종과 숙종 시기 재상. 자 차율次律. 방융房融의 아들로, 처음에는 음보로 벼슬을 시작했지만, 정치를 잘 한다는 평가를 받았다. 현종이 촉蜀으로 피난을 갔을 때 보안군普安郡으로 달려가 황제를 뵙고 문부상서文部尙書와 동중서문하평장사同中書門下平章事에 올랐다. 숙종肅宗이 즉위하자 병마절도사兵馬節度使가 되어, 장안長安을 수복했다. 중군中軍을 이끌고 춘추 시대 때의 차전車戰 전법을 이용하다가 함양咸陽에서 크게 패했지만 황제가 용서해 주었다. 총애를 받던 악공樂工 동정란董廷蘭에게 뇌물을 바쳐 황제의 진노를 사 파직되어 태자소사太子少師가 되었다.

17 陳濤斜 : 지금의 섬서성 함양시咸陽市 동쪽.

18 당나라 숙종 때 방관이 자청하여 안록산의 군대를 토벌하러 진도사에 가서, 춘추시대의 전법戰法으로 수레 2000승을 이용해 적과 대적하였다. 그러나 싸움이 시작되자 적이 바람을 타고 불을 놓고 북을 쳐서 시끄럽게 하니, 수레를 몰던 소들이 모두 놀라 날뛰면서 당나라 진영은 혼란스러워졌다. 그 틈을 타 적들의 도륙이 시작되어 4만의 군사가 그 자리에서 모두 죽고 살아남은 이는 수천 명에 지나지 않았다.(『자치통감資治通鑑·당기唐紀』)

밖에 되지 않을 것입니다. 만약에 그들이 도망치는 상황이 발생한다면, 분명 전차는 길에 버려질 것이고, 버려진 수레로 인해 도로가 막혀 큰 화가 닥칠 것입니다. 청하옵건대 지금이라도 황상께서 전차 만드는 것을 멈추라 명을 내려주십시오. 그리고 만약에 다른 지방에서 이미 전차가 만들어졌다면 이를 끌어오지 않도록 명을 내려주십시오.

이복은 또 「걸파조선주乞罷造船奏」에서 다음과 같이 청했다.

형서는 배 500척을 만들 것을 청하며, 배를 황하黃河에 띄우면 물길 따라 순조롭게 항해해 회주會州[19] 서쪽의 작은 강까지 갈 수 있을 것이라고 하였습니다. 조정은 사신을 파견하여 제게 배 만드는 것을 총괄하여 감독하라 명하며, 모든 것을 일 년 안에 완성시키라는 임무를 주셨습니다. 하지만 저희 지역에는 배를 만드는 목수가 한 사람밖에 없기 때문에, 형주荊州와 장강長江 · 회수淮水 · 절강浙江의 관부에서 마땅한 사람을 찾아 고용해야 합니다. 또 배 만드는데 필요한 못이나 끈 등의 각종 재료들 역시 저희 지역에서는 생산되지 않습니다.

형서의 주청奏請을 세밀히 검토해보면 어린아이의 장난과 같다는 것을 알 수 있습니다. 500척의 배를 만들기 위해서는, 지금 모든 재료가 구비되어 있다고 하더라도 몇 년의 시간이 걸려야 완성할 수 있습니다. 그리고 배가 완성이 되면, 난주蘭州에서부터 배를 몰아 회주會州까지 가야하는데 물길이 약 300리 정도 됩니다. 게다가 황하의 북쪽 강가는 적의 구역이니, 어찌 쉽게 통과할 수 있겠습니까? 더군다나 회주 서쪽은 강폭이 좁고 얕은데다가 염수鹽水이고, 폭은 1장丈도 못되고, 깊이도 1 · 2척尺에 지나지 않는데, 어찌 전투함을 띄울 수 있겠습니까? 황하는 회주를 지나 위정산韋精山으로 유입되는데, 암석으로 이루어진 협곡이 험준하고 좁아, 강물이 마치 하늘에서 수직으로 쏟아져 내리는 듯한테, 그 높이가 수십 척에 달합니다. 그런데 이 곳을 어찌 배가 지나갈 수 있겠습니까? 황하는 다시 서안주西安州의 동쪽으로 흘러가 예닐곱 줄기의 강으로 나눠지는데, 각 강의 수량이 아주 적을 뿐만 아니라, 또 강 여기저기에 삼각주가 많아 배가 다니기 아주 어렵습니다. 설사 이러한 곤란이 모두 해결된다하더라도, 배 한 척 당 실을 수 있는 것은 겨우 말 다섯 필匹과 장정 이십 명 정도에 불과할 따름인데, 안전하게 흥주興州에 도달한다고 하더라도 그것을 가지고 도대체 뭘 도모할 수 있겠습니까? 그리고 전쟁이라는 것은 얼마만큼의 시간이 소요되는지 알 수 없습니다. 만약 이러한 계획이 유출되어 서하에 알려지게 된다면, 분명 비웃음을 살 것입니다. 하여 신은 이러한 계획으로 인해 나라의 재산이 불필요하게 낭비되어, 결국에

용재사필 권6

국가의 대사를 그르치게 될까 두렵기에, 신은 감히 성지를 받아들일 수 없나이다.

이복의 상소문 두 편이 조정에 진상된 후, 휘종은 그의 충성스러운 마음을 받아들여, 전차와 배를 만드는 것을 그만두라고 명했다. 이복의 자는 이중履中이며, 관내關內²⁰의 뛰어난 유학자였고, 관직은 중대부中大夫 · 집영전 수찬集英殿修撰에까지 올랐다. 당시 이복의 사람됨을 존경하였던 이소기李昭玘 는 그에게 시 한 수를 바쳤다.

<table>
<tr><td>사귐에 다행이 자염옹이 있으니,</td><td>結交賴有紫髥翁,</td></tr>
<tr><td>학같이 앙상한 체격에 형형한 눈빛.</td><td>鶴骨嶄嶄爛修目.</td></tr>
<tr><td>오언시 잘 지어 이룬 명성 천장 높이로 우뚝하니,</td><td>五言長城屹千丈,</td></tr>
<tr><td>만권서루에서 한 번 읽어보리라.</td><td>萬卷書樓聊一讀.</td></tr>
</table>

이를 통해 이복의 사람됨을 충분히 알 수 있다.

용재수필

9. 건녕 연간의 진사과 재시험 乾寧覆試進士

당나라 소종昭宗²¹ 건녕乾寧 2년(895) 장안에서 거행된 진사시는 형부상서 刑部尙書 최응崔凝이 과거를 주관하는 주임시험관이었고, 스물다섯 사람이 낙 방하였다. 과거시험이 끝난 후 급제자 명단이 공포되었고, 이를 황제에게

· ·

20 關內 : 옛날 섬서성에 도읍을 정한 왕조의 경우 함곡관函谷關 혹은 동관潼關의 서쪽 부근을 관내라고 칭한다.

21 昭宗(867~904) : 당나라의 제19대 황제(재위 888~904). 의종懿宗의 일곱 번째 아들이며 휘종僖宗의 동생. 당시 당의 실권을 잡고 있던 환관 양복공楊復恭에 의해 옹립되었다. 즉위 후 소종은 당의 재건을 추진하면서 양복공을 추방하고 군비증강 등을 추진하였으나, 황권의 강화를 두려워한 이무정李茂貞이 난을 일으켜 일시적으로 장안으로 피신하는 결과를 초래하 여, 소종의 개혁은 실패로 끝나고 말았다. 그 충격으로 술에 빠져들고 숙청을 즐기는 잔혹한 인물로 변했다고 한다. 900년 재상 최윤崔胤과 환관에 대한 대 숙청을 기도했다가 환관에 의해 실권을 빼앗겼다가 다음 해 환관들의 내분으로 권력을 되찾았다. 902년 주전충朱全忠이 실권자였던 이무정을 죽이고 실권을 장악하고 환관의 대부분을 처형하면서 소종을 압박하 여 낙양으로의 천도를 강행하였다. 904년 주전충은 애제哀帝로 등극한 소종의 13세의 9번째 아들을 제외한 나머지 아들과 함께 소종을 죽였다. 소종의 사후 애제가 뒤를 이었지만 소종이 실질적으로는 당唐의 마지막 황제로 여겨지고 있다.

158

아뢰기 위해 한림학사翰林學士 육의陸扆와 비서감秘書監 풍악馮渥이 입궐하였다. 급제자들에게는 각각 옷 한 벌과 담요 등이 수여되었다. 그리고 무덕전武德殿 앞에서 재시험이 치러졌는데, 겨우 열다섯 명만 합격하였고 장원이었던 장이범張貽範 이하 열 사람은 낙방을 하였다. 낙방자 열 사람 중 여섯 사람에게는 다시 시험에 응시할 수 있는 자격이 주어졌는데, 나머지 네 사람은 시험 성적이 너무 낮아 재시험 응시조차 불허되었다.

소해蘇楷는 재시험 응시가 불허된 네 사람 중 한 사람이었다. 소해는 가슴 속에 불만과 울분이 가득했고, 글을 지어 소종의 시호諡號인 '성문聖文'을 공격하였다. 이 글로 인해 조정은 시끄러워졌고, 주임 시험관인 최응이 문책을 당해 합주合州[22]의 자사刺史로 좌천되었다. 이 당시는 당나라의 국운이 쇠락하던 시기였기에 정국이 불안했고, 당나라의 천자는 불필요한 물건처럼 취급되었다. 강하고 사나운 번진 세력들은 저마다 황위 찬탈에 급급하여 다른 일들을 돌아볼 여유가 없었다. 그래서 소해 같은 이들이 이처럼 진사 시험에 집착했던 것이다.

이 재시험에서는 시詩와 부賦 각각 두 편을 제출하도록 했다. 그 중 하나는 「양궁헌문부良弓獻問賦」에서 태종이 공인工人에게 목심木心이 바르지 않으면 나무결이 모두 어긋나는데 그것이 어떤 이유인지 물었다는 "太宗問工人木心不正, 脈理皆邪, 若何道理" 열일곱 글자를 이용해 시나 부를 짓게 하였다. 모두 오언으로 짓되 쌍주격구雙周隔句로 운韻을 달도록 하고, 분량은 320자로 제한했다. 장이범 등 여섯 사람은 여러 차례 시험에 응시하였지만 당나라 말기까지 급제자 명단에 이름을 올리지 못했다. 그들이 계속해서 낙방했던 것은 당시 과거에 응시한 사람의 답안지에 쓴 성명 부분을 봉하지 않았던 제도 때문이었을 것이다. 시험에 낙방한 후 다시 시험에 참가했을 때, 시험관은 답안을 확인하면서 응시자의 이름과 본적을 보게 되는데, 어느 누가 이전에 낙방했던 사람을 합격시키려 하였겠는가?

....
22 合州 : 지금의 사천성 합주合州.

황도^{黃滔}라는 사람은 이 해에 진사에 급제했는데, 민閩²³ 지방 출신이다. 그의 9세손인 손옥^{孫沃}은 길주^{吉州} 영풍현^{永豊縣}의 지현^{知縣}에 임명되었을 때, 황도의 유문^{遺文}을 문집으로 엮어 간행하였다. 그 문집에는 황도가 진사시에 응시했을 때, 초시^{初試}와 부시^{復試}에 지은 세 편의 부도 포함되어있다. 그 중 한 편의 제목은 「곡직불상입부^{曲直不相入賦}」인데, 제목의 곡^曲과 직^直 두 글자를 운^韻으로 삼아 부를 지었다. 아울러 주를 덧붙여 곡직은 사정^{邪正}과는 의미가 다르며, 사람들마다 호오^{好惡}가 다르다고 했다. 그리고 전체 작품은 단지 두 개의 운만으로 압운을 했다. 다른 한 편의 제목은 「양궁현 문부」이고, 오언으로 순서에 따라 각각의 성^聲을 취해 부의 격식으로 삼도록 했다. 답안 작성의 요령에 따라 첫 번째 운이 들어간 마지막 구절은 "자국조지숭숭^{資國祚之崇崇}"으로 지어졌는데, 숭^崇자는 상평성^{上平聲}이다. 두 번째 운은 "수보조어면면^{垂寶祚於緜緜}"이며, 면^緜자는 하평성^{下平聲}이다. 세 번째 운은 "증비유유^{曾非唯唯}"고, 유^唯자는 상성^{上聲}이다. 네 번째 운은 "노기언이찬찬^{露其言而粲粲}"이며, 찬^粲은 거성^{去聲}이다. 이 부에는 입성^{入聲} 하나만 빠져있다. 이전에는 이렇게 부를 압운하는 경우가 없었다. 당나라 왕조가 멸망하기 직전에 이처럼 복잡한 문장 규정이 생긴 것은 정말 우습다.

신주^{信州}의 영풍^{永豊}²⁴ 출신인 왕정백^{王正白}이 그해 2차 시험에서 급제하였는데, 군수가 그의 집이 있는 동네 이름을 '진현^{進賢}'으로 바꾸고, 매년 납부해야 하는 세금도 면제해주었다고 한다. 이러한 포상은 이후에 시행된 적이 없다.

10. 임해의 게를 그린 그림 臨海蟹圖

문등현^{文登縣}²⁵ 출신인 여항^{呂亢}은 다양한 초목과 곤충·어류 등에 대해

잘 알았다. 그가 태주台州 임해臨海[26]의 현령으로 재임하고 있을 때, 화공에게 명하여 해도蟹圖를 그리도록 하였는데, 게가 12종이나 되었다.

첫 번째 종은 추모蝤蛑로 게 중에서 크기가 가장 크다. 두 개의 큰 엄지 집게발은 이끼 같은 가느다란 털이 나있고, 여덟 개의 다리 역시 모두 미세한 털이 나있다.

두 번째 종은 발탁자撥棹子로, 모양은 추모와 비슷하다. 엄지 집게발은 털이 없고, 뒤에 달린 두 개의 작은 다리는 두께도 얇고 폭도 좁다. 사람들이 식용하는 게와 비슷하지만, 명확한 차이점이 있다. 발탁자는 크기는 됫박만한데, 남방 사람들은 이것을 게라고 부른다. 매해 8월에 포획량이 가장 많다. 포획할 때 잡히지 않으려고 커다란 엄지 집게발을 막 움직이는 바람에 사람들이 종종 다치곤 한다.

세 번째 종은 옹검擁劍으로, 모양은 게와 같고 노란색이다. 왼쪽 오른쪽 엄지 집게발의 길이가 서로 다른데, 긴 것은 길이가 3촌이 넘고, 광택이 있다.

네 번째 종은 팽활彭螖이며, 엄지 집게발에 미세한 털이 나 있고, 나머지 발에는 털이 없다. 염장해서 시장에 내다 판다. 『이아爾雅』에서 "팽택彭蜌 중 작은 것을 노蟧라고 한다"고 했는데, 작은 게를 말한 것이다. 蜌은 음이 澤택이고, 蟧는 음이 勞노이다. 오나라 사람은 이것을 팽월彭越이라고 부른다. 『수신기搜神記』에 의하면 꿈에서 팽활을 본 사람은 자신을 '장경長卿'이라고 칭한다고 한다. 그래서 요즘 임해사람들은 대부분 팽활을 '장경'이라고 부른다.

다섯 번째 종은 갈박蝎蹼이며, 크기가 팽활 보다 크고, 껍질에 검은 반점이 있다. 무늬가 있는 것은 엄지 집게발이 붉은 색이고, 크기가 서로 다른 엄지 집게발을 가지고 있다. 큰 엄지 집게발로는 눈을 가리고, 작은 엄지 집게발로는 먹이를 집는다.

용재사필 권6

여섯 번째 종은 사구沙狗이며, 크기는 팽활과 같다. 모래 속에 구멍을 파는 것을 좋아하며, 사람을 보기만 하면 도망가 버린다. 몸체가 접혀지며 동작이 아주 빨라 잡기 어렵다.

일곱 번째 종은 망조望潮이며, 껍질은 흰색이다. 구덩이를 등지고 밖으로 몸을 내밀고 살며, 조수潮水가 밀려오면 구멍에서 나와 엄지 집게발을 들고 멀리 바라본다. 조수가 밀려오는 시기만 잘 맞추면 잡을 수 있다.

여덟 번째 종은 의망倚望이며, 크기는 역시 팽활과 같다. 사방이 바라다 보이는 곳에 살며, 움직일 때는 네 다섯 보步 정도 가서 양쪽 엄지 집게발을 높이 쳐들고 사방을 둘러보는 것을 반복하는데, 구멍 속에 들어가서야 이러한 동작을 멈춘다.

아홉 번째 종은 석군石蟹이며, 크기는 일반 게보다 크다. 여덟 개의 다리와 껍질은 붉은 색이고, 모양은 거위알과 비슷하다.

열 번째는 봉강蜂江이며, 일반 게와 크기가 같다. 두 개의 엄지 집게발은 아주 작지만, 돌처럼 단단하여 먹을 수가 없다.

열한 번째는 노호蘆虎이며, 모양과 크기는 팽기彭蜞와 비슷하다. 붉은 색을 띠는데 먹을 수 없다.

열두 번째는 팽기彭蜞이며, 크기는 팽활보다 크고 일반 게보다는 작다.

여항은 다음과 같이 말했다.

> 소개한 열 두 종류의 게들은 모두 임해에서 자주 볼 수 있는 것이지만, 북방사람들은 거의 보지 못하는 것이기에, 그 모양을 그림으로 그리도록 하였다. 이외에도 해산물을 취급하는 상인들의 말에 의하면, 바다 가운데 구벽도㣺鑑島의 동쪽에 위치한 한 섬에는 다양한 종류의 게들이 사는데, 그중에는 아주 진귀한 것도 있다고 한다. 호랑이 머리처럼 생긴 것, 날개가 있어 날 수도 있는 것, 물고기를 잡을 수도 있는 것, 껍질의 크기가 한 척을 넘는 것도 있다고 하는데, 직접 보지 못했기에 그 모양을 그리지 못했다.

이이중李履中이 여항의 『해도』를 하나 얻어 이에 대해 기록을 남겼다. 가족들이 초楚 땅에 살 때, 나는 절동浙東과 절서浙西·복건福建·광동廣東에서 관리생활을 하였기 때문에, 나름대로 알고 있는 게 종류가 아주 많다. 하지만 내가 알고 있는 게 종류와 위에 설명한 종류들이 완전히 일치하지는 않는다. 그리고 사람들이 일반적으로 언급하는 황갑黃甲이나 백해白蟹·심매尋蝥·절해節蠏 등의 게는 여항의 『해도』에 실려 있지 않다. 그렇다면 여항의 『해도』에 그려진 게들은 아주 특이한 종류가 아닐까? 그렇기 때문에 해박한 이들에게 참고가 되기를 바라는 마음에 여기에 상세하게 기록하였다.

11. 소식이 지은 묘지명 東坡作碑銘

소식의 「제장문정문祭張文定文」에는 다음과 같은 기록이 있다.

> 나는 원래 다른 사람의 묘지명을 쓰는 것을 좋아하지 않는다. 그러나 다섯 사람에 한해서는 묘지명을 썼는데, 그 사람들이 모두 큰 공을 세우고 큰 덕을 지닌 사람들이었기 때문이었다.

소식의 문집을 자세하게 살펴보니 모두 일곱 편의 묘지명이 있었다. 그중 부필富弼[27]과 사마광司馬光[28]·조변趙抃[29]·범진范鎭[30]·장방평張方平[31]의 묘지명은 소식이 직접 지은 것이었다. 이 다섯 사람의 묘지명 이외의 조기趙旣

----

27 富弼(1004~1083) : 북송 시기 재상. 자 언국彦國. 추밀사樞密使가 되어 범중엄范仲淹 등과 함께 경력신정慶曆新政을 추진했으며, 재상까지 지냈다. 왕안석王安石의 청묘법靑苗法을 반대하다가 탄핵을 받아 강등되었다.

28 司馬光(1019~1086) : 북송 때 유명한 사학자이자 산문가. 자 군실君實, 호 우부迂夫·만호晩號·우수迂叟. 태사太師·온국공溫國公에 추증되었고, 시호는 문정文正이다.

29 趙抃(1008~1084) : 북송의 대신. 자 열도閱道 또는 열도悅道, 호는 지비자知非子, 시호 청헌淸獻. 구주衢州 서안西安(지금의 절강 구현衢縣) 사람. 조상趙湘의 손자. 인종 지화至和 원년(1054) 전중시어사殿中侍御史가 되어 권세 있는 자를 두려워하지 않고 탄핵하였으므로 철면어사鐵面御史라고 불렸다고 한다.

30 范鎭(1008~1089) : 북송의 정치가, 학자. 자 경인景仁, 시호 충문忠文. 인종仁宗 보원寶元 원년(1038) 진사제일進士第一로 급제하였고, 왕안석王安石의 신법新法을 극력 반대하다가 치사致仕했다. 철종哲宗 때 단명전학사端明殿學士로 재기하여 숭복궁崇福宮을 관리했고, 사후에 촉군공蜀郡公에 봉해졌다.

31 張方平(1007~1091) : 북송 신종 때의 재상. 자 안도安道. 호 낙전거사樂全居士. 시호 문정文定. 소순·소식·소철 삼부자와 교분이 두터웠다.

와 등원발^{滕元發}의 묘지명은 소식이 장방평^{張方平}을 대신해서 쓴 것으로, 그 스스로가 원해서 쓴 것이 아니기에 앞서 언급한 다섯 사람 안에 포함되지 않는다.

『미주소집^{眉州小集}』은 소식의 문집으로, 이 책에는 소식이 원우^{元祐32} 연간에 쓴 주고^{奏稿33} 한 편이 실려 있다.

> 소신은 요즘 고인이 되신 동지추밀원사^{同知樞密院事} 조첨^{趙瞻}의 신도비^{神道碑}를 짓고 이를 비석에 쓰라는 명을 받았습니다. 저는 한 평생 살아오며 다른 사람을 위해 행장^{行狀}이나 묘지명·묘비문은 짓지 않았습니다. 이는 모든 사대부들이 알고 있는 바입니다. 근래 신이 사마광의 행장을 썼는데, 이는 그가 돌아가신 소신의 어머니 정씨^{程氏}를 위해 묘비명을 써준 적이 있기 때문입니다. 또 제가 범진의 묘지명을 쓴 것은 범진과 제 선친과의 교분이 무척 두터웠기 때문으로, 두 분 사이의 정을 생각하면 묘지명을 쓰지 않을 수가 없었습니다. 또 조칙을 받들어 사마광과 부필 등의 묘지명을 쓰게 되었는데, 이것 또한 거절할 수 없었기 때문입니다. 그러나 결국 제 본심에서 우러나온 것은 아니었습니다. 게다가 제가 나이 들고 병들어 학업마저 등한시 했고 글도 비루해져, 자손이 그의 선친의 공덕과 은덕을 널리 알리고자 하는 뜻을 충분히 반영할 수 있는 만족스러운 글을 쓸 수 없습니다. 그렇기 때문에 황상께서 부디 뛰어난 능력을 갖춘 이를 선발하셔서 조첨의 신도비를 쓰도록 하셔서, 소신의 이 직무를 면케 해주십사 간청 올립니다.

이 주고를 읽어보니, 다른 사람의 묘지명을 쓰고 싶어 하지 않았던 소식의 마음이 그대로 전해진다. 지금 살펴보니, 항주^{杭州} 각본^{刻本}인 소식의 문집 15권 주의^{奏議}편에 이 주고가 실려 있지 않았다.

12. 황자와 황녀의 탄신 기념 하사품 洗兒金錢

송나라 고종^{高宗}이 남천하여 도성을 전당강^{錢塘江} 유역의 항주^{杭州}로 정한 이후, 여러 황자들의 왕부에서 아들이나 딸을 낳게 되면, 황실 내외 친척은

---

32 元祐 : 북송 철종^{哲宗} 시기 연호(1086~1093).

33 奏稿 : 임금에게 올리는 문서의 초고를 말한다.

물론 삼아三衙의 장관長官들과 절강조사관浙江漕司官·지임안부知臨安府 등이 공물을 바쳐 축하했다. 황자들은 곧바로 이에 답례했는데, 답례 예물로는 금화 이외에도 '세아전과洗兒錢果'라고 하는 패물이 포함되어, 종종 몇 십 상자의 예물이 답례로 보내졌다고 한다. 세아전과는 장식이 아주 섬세하고 정교한 패물로, 무척 비싼 예물이다. 답례 예물을 준비하는데 황자가 쓴 돈이 얼마인지는 아무도 모른다. 유원보劉原甫가 가우嘉祐[34] 연간에 「논무고소결論無故疏決」이란 글을 써서 황제에게 상주했다. 그는 이 글에서 다음과 같이 말하였다.

> 황실에서 황녀가 태어났다고 이처럼 성대한 축전을 치르는 것에 대해, 천하의 신하들과 백성들은 조정에서 계승해야 할 좋은 풍속은 아니라고 말들 하고 있습니다. 소신 또한 이러한 축전이 거행될 때, 수많은 금은金銀과 상아·옥석玉石·호박琥珀·대모玳瑁·단향檀香 등의 예물과 금은으로 만든 여러 가지 꽃과 과일들을 신하들께 하사하여, 재상에서부터 대간臺諫에 이르기까지 여러 신하들이 모두 예물을 하사받는다고 들었사옵니다. 이는 불필요한 낭비이며 명분 없는 하사로, 이보다 더 큰 해로움은 없다고 생각되옵니다. 만약에 이러한 겉치레로 계속 황실의 사치함과 화려함을 과시한다면 분명 일반 백성들도 그러한 겉치레를 따를 것이니, 반드시 적지 않은 폐단이 뒤따를 것입니다. 재상이나 간관은 도덕과 정의로 황제를 보필해야 하는데, 아무런 공도 세우지 않고 어찌하여 이러한 하사품을 받을 수 있사옵니까? 또한 이러한 겉치레에 대해 재상이나 간관들이 지금껏 황상께 어찌하여 한 마디의 간언도 올리지 않았는지요! 소신은 폐하께서 근검절약하는 정책을 펼치시어 하늘의 보살핌에 보답하시기를 간절히 바라옵고, 다시는 이러한 겉치레로 국가의 경비를 낭비하는 일이 없도록 명을 내리시기를 간절히 청하옵니다.

유원보의 논리는 정말이지 대단하다. 그의 논리는 문제의 핵심을 정확하게 파헤쳤다. 구양수歐陽脩[35]가 유원보의 묘지명을 쓸 때, 이 일을 생략하

. . . .
34 嘉祐 : 송 인종仁宗 시기 연호(1056~1063).
35 歐陽脩(1007~1072) : 북송 저명 정치가 겸 문학가. 자 영숙永叔, 호 취옹醉翁, 육일거사六一居士. 길안吉安 영풍永豊(지금의 강서성江西省)인. 송나라 초기의 미문조美文調 시문인 서곤체西崑體를 개혁하고, 당나라의 한유를 모범으로 하는 시문을 지었다. 당송8대가唐宋八大家의 한 사람이었으며, 후배들에게 많은 영향을 주었고, 『신당서新唐書』와 『신오대사新五代史』를 편찬

고 기록하지 않았고, 내가 역사를 편찬할 때도 이 일을 알지 못해 열전에 수록하지 못했다. 그래서 그의 「논무고소결」을 여러 사람들이 읽기 바라는 마음에, 여기에 보충 기록하였다.

한악韓偓[36]의 「금란밀기金鑾密記」에도 다음과 같은 기록이 있다.

> 천복天復 2년(902)에 황제가 기산岐山[37]에 행차하셨는데, 황녀가 태어났다. 사흘 후 황제는 신하들에게 세아과자洗兒果子와 금은전·은엽좌자銀葉坐子·금은정자金銀鋌子 등을 하사하였다.

당나라 소종昭宗 때에도 이처럼 황자와 황녀의 탄생에 맞춰 신하들에게 많은 예물을 하사하였지만, 조정에서 그 누구 하나 이에 대해 간언을 올리는 이가 없었다. 아마도 궁궐 내의 관습으로 여겨, 이러한 풍습을 폐지하는 것이 아주 어려웠던 것 같다.

용재수필

13. 유원보와 칙서 告命失故事

송나라가 막 건립되었을 때, 중요한 조령詔令[38]을 작성하는 일을 담당하는 지제고知制誥[39] 관직을 설치하였는데, 관원은 여섯 명이었다. 조정은 지제고 관원을 무척 신중하게 선발하였는데, 개봉의 중앙 관청의 관리라 할지라도 그의 자격과 능력을 신중하게 검토하여 선발하였다. 조정의 인재 선발과 관원의 부서 변경·진급, 문객 추천, 은과恩科[40]의 조교 임명 등이

하였다.

36 韓偓(844~923) : 당말 시인. 자 치요致堯. 장안長安 출생. 소종昭宗의 신뢰가 두터웠고 멸망 직전의 당나라에 충절을 다하였으나, 주전충朱全忠의 미움을 받고 좌천되어 만년에는 민閩(복건성福建省)의 지배자 왕심지王審知의 비호를 받으며 그곳에서 죽었다.

37 岐山 : 지금의 섬서성 기산현岐山縣의 동북쪽에 위치한 산.

38 詔令 : 천자나 제후·황후·태자가 발하는 명령. 천자의 명령은 조詔라 하고 제후·황후·태자의 명령은 령令이라 한다.

39 知制誥 : 황제의 명령 문서를 담당하는 관직. 당나라 초기에는 중서사인中書舍人이 황제의 명령문서를 담당하였으나, 후에 이를 전적으로 담당하는 관직인 지제고가 신설되었다.

40 恩科 : 송대의 과거제도로 오대五代 후진後晉의 제도를 계승한 것이다. 향시에 합격한 후

모두 지제고가 쓴 문장에 의해 결정되기 때문에, 관직이 아무리 높은 이라 할지라도 관련기관 관원들의 추천을 받을 수 없었다.

유원보가 외제^{外制}[41]를 담당하였을 때, 임전^{任顓}이 파면되었는데 조정에서 는 그에게 면직을 알리는 문서를 보내지 않았다. 유원보는 임전의 면직에 대한 문서를 발부하지 않은 것은 현행 제도와 부합하지 않은 조치라고 상주하였고, 황제는 그의 건의를 받아들여 곧바로 임전에게 면직에 관한 칙령을 전달했다. 후에 유원보와 왕기^{王琪}가 폄직되었을 때는 그들에게 직접 칙첩^{勅牒}을 내렸다. 유원보는 또 직접 칙첩을 내리는 것은 조정의 상벌 고시나 이전의 과오를 뒷날의 경계로 삼는 것과는 부합하지 않는다고 다시 상주하였다.

지금 유원보의 문집을 살펴보면 「태평주문학원사입개강주문학제^{太平州文學袁嗣立改江州文學制}」가 실려 있는데, 다음과 같은 내용이 있다.

> 옛 선왕들은 가르침을 준수 않고 완고하여 변하지 않는 사람들을 황량한 변방으로 내쳐 죽을 때까지 사람들의 멸시를 받게끔 하였는데, 지금 그대의 행위에 대해 어찌 이렇듯 아량을 베풀 수 있는 것인지! 지금 조정은 다시 그대에게 관직을 제수하려 하며, 또 아주 좋은 지역에 임명하려고 하는데, 이는 조정이 그대에게 아주 큰 은혜를 내리는 것이니, 그대는 이 기회에 스스로를 반성하고 개과천선하여 다시는 잘못을 저지르지 않기를 바랍니다.

오래지 않아 원사입^{袁嗣立}은 홍주^{洪州}[42]로 파견되었는데, 조정은 다음과 같은 임명장을 내렸다.

· ·

예부시^{禮部試} 혹은 정시^{廷試}에 여러 차례 응시하였으나 계속 낙방한 경우, 특별히 황제 친시^{親試} 때 별도의 명부를 통해 별도로 시험의 기회를 제공하는데, 시험 자체가 통과의례로 행해졌기에 대부분 합격했다.

41 外制 : 당나라와 송나라의 중서사인 혹은 지제고가 담당하는 문서 일을 외제라고 하며, 한림학사가 담당하는 내제^{內制}와 서로 대를 이룬다. 외제는 중서문하성의 정규 기구에서 작성한 조칙이며, 내제는 황제가 직접 조정에서 발표한 고시^{告示}이다. 외제와 내제를 담당하는 관원을 '양제관^{兩制官}'이라 칭했다.

42 洪州 : 지금의 강서성 남창^{南昌}.

그대가 최근 나라의 법을 위반하여 심양潯陽[43]으로 폄직되었는데, 법 규정에 의해
심양에 그대의 친척이 사는 이유로 폄직이 시행되지 못했다. 그대의 의지가 약하
고 염치 또한 적기에, 친척이 있는 곳에 부임하면 여러 가지 의심스러운 일이
생길 수도 있기 때문이다. 그래서 그대를 예장豫章에 파견하니, 스스로 반성하여
잘못을 뉘우치고, 이전의 잘못을 고치시오.

원사입의 사례는 소소한 일에 불과한데, 전후로 두 차례나 현 상황을
알려주는 글을 보냈다. 지금 이 글들을 읽어보니, 유원보의 사람됨이 어떠
했는지를 알 수 있었다. 이를 기록하니, 한 번 읽어보고 만족스러운 웃음을
짓기 바란다.

14. '扁편'의 두 가지 뜻 扁字二義

'扁편'의 발음은 薄박과 典전의 반절인데, 『당운唐韻』에 의하면 두 가지 의
미가 있다고 한다. 첫 번째 뜻은 큰 글자를 써서 문 윗부분에 붙여 놓는
다는 의미이다. 두 번째 뜻은 성姓의 의미이다. 이 두 가지를 제외하고
다른 뜻은 없다. 『갈관자鶡冠子』에서는 다음과 같이 설명했다.

> 다섯 가구를 1오伍라고 하고, 열 다섯 가구를 1리里라고 한다. 네 개의 리里를
> 1편扁이라고 하고, 편에는 편장扁長이 있다. 10편扁은 1향鄕이 된다. 향鄕 위로는
> 현縣과 군郡이 있다. 누군가가 상급 기관에서 내린 정령政令을 집행하지 못할 경
> 우에는 편장에게 보고해야 한다.

여기에서 언급되는 편扁과 수邃·당黨·도都·보保 등의 글자는 모두 현縣
이하의 향촌 행정조직의 명칭이다. 그런데 다른 서적에는 실려 있지 않아
여기에 기록하였다.

43 潯陽 : 지금의 강서성 구강九江.

15. 사라수 娑羅樹

요즘 사람들은 대부분 달 속의 계수나무를 사라수娑羅樹라고 칭하는데, 그 유래는 분명하지 않다. 『유양잡조酉陽雜俎』[44]에는 다음과 같은 기록이 있다.

> 파릉巴陵에 절이 하나 있는데, 승려가 머무는 방의 침대 아래에서 갑자기 나무 묘목 하나가 생겨났다. 베어낼수록 크게 자랐는데, 다른 나라에서 온 승려가 그 나무를 보고 "이것은 사라수입니다"라고 했다. 원가元嘉[45] 연간에 홀연히 이 나무에 꽃이 한 송이 피었는데, 그 모습이 연꽃 같았다. 당나라 천보天寶[46] 초에 안서安西에서 조정에 사라수 가지를 바쳤다. 사라수 가지와 함께 올린 글에는 "신이 관할하고 있는 안서의 사진四鎭에는 페르가나拔汗那國[47]의 사라수가 있는데, 아주 특이하고 아름답습니다. 일반 수목들과는 비교할 수도 없으며, 맹금류들 또한 이 나무에 서식하지 못합니다. 근래에 사라수 가지 이백 개를 채집했기에 조정에 진상합니다"라고 적혀있었다.

요즘 내가 초주楚州 회음현淮陰縣에서 이옹李邕[48]이 지은 「사라수비娑羅樹碑」

· ·

44 『酉陽雜俎』: 당나라 단성식段成式이 지은 기이한 이야기를 모은 책. 통행본은 전집前集 20권, 속집續集 10권으로 이루어져있다. 이상한 사건, 황당무계한 이야기를 비롯하여 도서·의식衣食·풍습·동식물·의학·종교·인사人事 등 온갖 사항에 관한 것을 탁월한 문장으로 흥미있게 기술하였다. 원래 책명은 양梁 원제元帝가 지은 부賦의 『방유양지일전訪酉陽之逸典』에서 따온 것으로 인용한 책 가운데에는 이미 그 원전이 없어진 것들도 있어 문헌적 가치도 높다. 단성식은 집에 기이한 책을 많이 소장하고 있었고, 박학하고 기억력도 아주 뛰어났으며 불경에도 조예가 깊었다고 한다.

45 元嘉 : 남북조 시대의 송나라 문제文帝 시기 연호(424~453).

46 天寶 : 당나라 현종 시기 연호(742~756).

47 拔汗那國 : Ferghana. 중앙아시아 페르가나(지금의 키르기스스탄Kyrgyzstan 지역)에 세워진 국가로, 한나라때 대원大宛이라 부르던 나라다. 위魏나라 때는 파락나破洛那, 수隋나라 때는 발한국鏺汗國, 당唐나라 때는 발한나拔汗那 혹은 영원寧遠이라고 불렀으며, 명대明代에 와서는 곽한霍罕 혹은 호한浩罕으로 불렸다. 당나라 때는 발한나국과 매우 우호적인 관계를 맺은 적이 있었는데, 당현종 때에 대식국大食國(사라센제국 Saracen)이 군대를 끌고 와 정복해버렸다고 한다. 신라의 승려 혜초가 이 곳을 방문했을 당시에는 아무다리야(Amu Darya/阿姆河) 강을 사이에 두고 남북으로 나뉘어져, 남쪽은 대식에 예속되고 북쪽은 돌궐의 치하에 있었다고 한다.

48 李邕(678~747) : 당나라의 서예가. 자 태화泰和. 당나라 양주揚州 강도江都(지금의 강소江蘇) 사람. 이선李善의 아들로, 일찍부터 재능을 드러냈다. 해서와 행서로 비석 글씨는 쓰는 데

를 보았다. 이옹은 당나라 현종 개원開元 11년(723)에 해주海州[49]의 자사刺史를 지냈다고 한다. 「사라수비」를 여기 소개해본다.

사라수 나무는 중원의 토양과 기후에 적합하지 않은 나무다. 사라수는 크기가 커서 10무畝[50]나 차지하는데, 천 여 명이 그 그늘에서 쉴 수 있다. 맹금류가 나무 위에서 선회를 해도 감히 나무에 내려앉지 못하고, 작고 아름다운 새들이 나뭇가지에 앉기는 하지만 둥지를 만들지는 않는다. 식견이 뛰어난 사람들이 왕왕 이 나무 아래에서 이리 저리 배회하며 고개를 들어 나무를 살펴보지만, 가지와 잎사귀가 어찌 그렇게 울창하게 자라는지 알 수가 없다. 박학다식한 사람이라 할지라도 나무의 아름다움을 찬탄할 뿐, 그 이름을 알아내지 못한다. 나무의 상하좌우에 변화가 생기면 세상은 그에 맞춰 반응했는데, 상당히 영험하였다. 예를 들면 나무의 동쪽 가지와 잎사귀가 시들면 동쪽 지방에 가뭄이 들어 그해 수확이 줄었다. 또 나무의 서쪽 가지와 잎사귀가 무성해지면, 서쪽 지역에 경사가 생기고 가을철에 풍성한 수확을 거두었다. 일찍이 삼장법사三藏法師[51]가 서역에서 불경을 가지고 돌아올 때 사라수에서 재계齋戒하고 참배하며 찬탄했다고 한다. 그리하여 회음현의 현령 장송질張松質이 이옹에게 이 글을 청하였고, 아울러 글을 돌에 새겨 여기에 비를 세웠다.

이옹이 지은 글을 자세히 보니, 맹금류가 이 나무에 모이지 않는다고 한 것은 위에 언급한 『유양잡조』의 기록과 같다. 이외에도 또 장송질이 이옹에게 보낸 답신에 다음과 같은 내용이 있다.

이곳 회양의 옥상玉像과 석귀石龜가 회음현을 떠난 지 이미 백여 년이 흘렀습니다.

....

뛰어났고, 왕희지王羲之와 왕헌지王獻之의 필법을 본받아 개성 있는 글씨를 썼다. 이교李嶠의 천거를 받아 좌습위左拾遺가 되었다. 아버지의 『문선주文選注』를 보충한 두 책이 함께 전한다. 현종 개원開元 초에 공부낭중工部郎中에 발탁되었다가 괄주사마括州司馬로 강등되고 다시 진주자사陳州刺史로 전임되었다. 천보天寶 초에 북해태수北海太守를 지내 세칭 '이북해李北海'로 불린다. 사람됨이 정직해 재상 이림보李林甫가 평소 그를 꺼려 모해하여 북해군에서 장살杖殺 당했다.

49 海州 : 지금의 강소성 연운항連雲港.

50 畝 : 이랑, 두둑. 6척 사방을 일보一步라 하고 백보百步를 일무一畝라고 한다.

51 三藏法師 : 의정삼장義淨三藏. 불교의 경전인 삼장 즉, 석가모니의 설법을 모은 경장經藏(Sutta Pitaka), 교단이 지켜야 할 계율을 모은 율장律藏(Vinaya Pitaka), 교리에 관해 뒤에 제자들이 연구한 주석 논문을 모은 논장論藏(Abhid-harma Pitaka)에 밝은 스님. 최고의 학승을 일컫는 영예스런 칭호이다. 『대당서역기大唐西域記』를 쓴 현장玄藏을 가리킨다.

여러 차례 조정에 상주하여 이 유물들을 돌려줄 것을 요구했지만 돌려받을 수 없었습니다. 지금 그대의 명망과 미덕에 도움 받아 조정에 다시 상주하여 이 유물들을 돌려받기를 원합니다. 이를 위해 특별히 승려 세 사람과 이 고을의 장로長老 일곱 분에게 이 장문狀文을 들려 보내어, 감사를 표하는 바입니다.

송나라 휘종 선화宣和[52] 연간에 상자인向子諲[53]이 회음현을 지나가면서 이 사라수를 보았는데, 넓이가 각각 1장丈이 넘는 사라수 두 그루가 있었다고 했다. 향자인이 본 나무는 과거의 사라수가 아니다. 장영숙蔣潁叔은 "이곳의 옥상과 석귀가 지금 어디에 있는지 알 수 없다"고 했고, 사라수는 아주 특이하여 세상에 다른 품종이 없는 유일한 품종이기 때문이다.

오흥吳興 사람인 예엽芮燁[54]이 쓴 「종심문백걸사라수비從沈文伯乞娑羅樹碑」 고풍古風 한 수가 있는데, 다음과 같다.

초주 회음현의 사라수,	楚州淮陰娑羅樹,
서리 이슬에 꽃피고 시들었을 터 지금은 어떠한지?	霜露榮悴今何如?
초목이 말라 죽어도 영원할 수 있다고,	能令草木死不朽,
당시 이옹의 『북해서』에서 말했다네.	當時爲有北海書.
황량한 비석은 비에 침식당하고 이끼 가득해 알아볼 수 없는데,	荒碑雨侵澁苔蘚,
묵본墨本[55]이 동오지역에 전해진다고 하네.	尚想墨本傳東吳.

이 시에서 말하고 있는 나무가 바로 사라수이다. 구양수의 「정력원칠엽목定力院七葉木」이라는 시를 감상해보자.

....

52 宣和 : 송나라 휘종徽宗 시기 연호(1119~1125).
53 向子諲(1086~1152) : 남송의 사詞작가. 자 백공伯恭, 호 향림거사薌林居士. 남송 임강군臨江軍 청강淸江 사람. 철종哲宗 원부元符 3년(1100) 조상의 음덕으로 가승봉랑假承奉郎에 임명되었다. 고종高宗 건염建炎 연간 초에 주화파主和派인 황잠선黃潛善의 배척을 받아 벼슬에서 쫓겨났다. 얼마 뒤에 담주潭州의 지주로 임명되었는데 마침 금金나라가 강서江西를 함락시키자 직접 군사와 백성을 이끌고 호남湖南으로 이동하여 굳게 성을 지켰다. 나중에 진회秦檜의 뜻에 거스르며 화의和議에 반대하여 또 쫓겨나게 되었다.
54 芮燁(1115~1172) : 남송 때의 관리. 자 중몽仲蒙 또는 국기國器.
55 墨本 : 비문 글자를 붓으로 모사한 뒤 여백을 먹으로 채운 것.

이하伊河와 낙하洛河에 많은 저 아름다운 나무,　伊洛多佳木,
옛 이름이 '사라'라 하네.　娑羅舊得名.
불가에서 자주 볼 수 있는 이름으로,　常於佛家見,
분명 달나라 궁전에 자랄 터.　宜在月宮生.
섬돌 그늘 둘레에 조용히 자라는데,　釦砌陰鋪靜,
텅 빈 불당에 낙엽 지는 소리만 울리네.　虛堂子落聲.

　이 시에서 노래한 것 역시 사라수이다. 그러나 이 시에서 노래한 '칠엽七葉'이 무엇을 지칭하는지는 상세하게 설명하지 않고 있어, 아쉽기만 하다.

1. 韓文公逸詩

唐五竇聯珠集載, 竇牟爲東都判官, 陪韓院長、韋河南同尋劉師, 不遇, 分韻賦詩。都官員外郎韓愈得尋字, 其語云:「秦客何年駐, 仙源此地深。還隨躡鳧騎, 來訪馭雲襟。院閉靑霞入, 松高老鶴尋。猶疑隱形坐, 敢起竊桃心。」今諸本韓集皆不載。近者莆田方崧卿考證訪蹟甚至, 猶取聯珠中竇庠酬退之登岳陽樓一大篇, 顧獨遺此, 何也?

2. 竇叔向詩不存

竇氏聯珠序云:五竇之父叔向, 當代宗朝, 善五言詩, 名冠流輩。時屬貞懿皇后山陵, 上注意哀挽, 卽時進三章, 內考首出, 傳諸人口。有「命婦羞蘋葉, 都人挿柰花」,「禁兵環素帟, 宮女哭寒雲」之句。可謂佳唱, 而略無一首存於今。荆公百家詩選亦無之, 是可惜也。予嘗得故吳良嗣家所抄唐詩, 僅有叔向六篇, 皆佳作。念其不傳於世, 今悉錄之。夏夜宿表兄話舊云:「夜合花開香滿庭, 夜深微雨醉初醒。遠書珍重何時達, 舊事淒涼不可聽。去日兒童皆長大, 昔年親友半凋零。明朝又是孤舟別, 愁見河橋酒幔靑。」秋砧送包大夫云:「斷續長門夜, 淸泠逆旅秋。征夫應待信, 寒女不勝愁。帶月飛城上, 因風散陌頭。離居偏入聽, 況復送歸舟。」春日早朝應制云:「紫殿俯千官, 春松應合歡。御爐香焰暖, 馳道玉聲寒。乳燕翻珠綴, 祥烏集露盤。宮花一萬樹, 不敢擧頭看。」過檐石湖云:「曉發魚門伐, 晴看檐石湖。日銜高浪出, 天入四空無。只尺分洲島, 纖毫指舳艫。渺然從此去, 誰念客帆孤。」貞懿挽歌二首云:「二陵恭婦道, 六寢盛皇情。禮遜生前貴, 恩追歿後榮。幼王親捧土, 愛女復連塋。東望égvra在, 誰云向玉京。」「後庭攀畫柳, 上陌咽淸笳。命婦羞蘋葉, 都人挿柰花。壽宮星月異, 仙路往來賒。縱有迎神術, 終悲隔絳紗。」第三篇亡。叔向字遺直, 仕至左拾遺, 出爲溧水令。唐書亦稱其以詩自名云。

3. 用柰花事

竇叔向所用柰花事, 出晉史, 云成帝時, 三吳女子相與簪白花, 望之如素柰, 傳言天公織女死, 爲之著服。已而杜皇后崩, 其言遂驗。紹興五年, 寧德皇后訃音從北邊來, 知徽州唐輝使休寧尉陳之茂撰疏文, 有語云:「十年罹難, 終弗返於蒼梧;萬國銜冤, 徒盡簪於白柰。」是時正從徽廟蒙塵, 其對偶精確如此。

173

4. 王廖兒良

賈誼過秦論曰：「六國之士, 吳起、孫臏、帶佗、兒良、王廖、田忌、廉頗、趙奢之朋制其兵。」漢書注家皆無所釋, 顏師古但音兒爲五奚反, 廖爲聊而已。此八人者, 帶佗、兒良、王廖不知其何國人, 獨呂氏春秋云：「老聃貴柔, 孔子貴仁, 墨翟貴廉, 關尹貴淸, 列子貴虛, 陳駢貴齊, 楊朱貴己, 孫臏貴勢, 王廖貴先, 兒良貴後。」而注云：「王廖謀兵事, 貴先, 建茅也。兒良作兵謀, 貴後。」雖僅見二人之名, 然亦莫能詳也。廖、良列於孔、老之末, 而漢四種兵書, 有良權謀一篇。又, 賈誼首稱甯越、杜赫爲之謀, 漢書亦不注。呂氏云：「孔、墨、甯越, 皆布衣之士也。越, 中牟人也, 周威公師之。」又稱：「杜赫以安天下說周昭文君。」則越、赫善謀, 可以槪見。漫書之, 以補漢書之缺。

5. 徙木償表

商鞅變秦法, 恐民不信, 乃募民徙三丈之木而予五十金。有一人徙之, 輒予金, 乃下令。吳起治西河, 欲諭其信於民, 夜置表於南門之外, 令於邑中曰：「有人能償表者, 仕之長大夫。」民相謂曰：「此必不信。」有一人曰：「試往償表, 不得賞而已何傷！」往償表, 來謁吳起, 起仕之長大夫。自是之後, 民信起之賞罰。予謂鞅本魏人, 其徙木示信, 蓋以效起, 而起之事不傳。

6. 建武中元續書

隨筆所書建武中元一則, 文惠公作隸釋, 於蜀郡守何君閣道碑一篇中, 以爲不然。比得蜀士袁夢麒應祥漢制叢錄, 亦以紀、志、傳不同爲惑, 而云近歲雅州滎經縣治之西, 有得蜀郡治道記於崖壁間者, 記末云：「建武中元二年六月就。」於是千載之疑, 渙然冰釋。予觀何君閣道正建武中元二年六月就。袁君所言滎經崖壁之記, 蓋是此耳。但以出於近歲, 恨不得質之文惠, 爲之惻然。

7. 草駒聾蟲

今人謂野牧馬爲草馬, 淮南子脩務訓曰：「馬之爲草駒之時, 跳躍揚蹏, 翹尾而走, 人不能制。」注云：「馬五尺以下爲駒, 放在草中, 故曰草不可化, 其可駕御, 敎之所爲也。馬, 聾蟲也, 而可以通氣志, 猶待敎而成, 又況人乎！」注曰：「蟲, 喩無知也。」聾蟲之名甚奇。

8. 記李履中二事

崇寧中, 蔡京當國, 欲洗邢恕誣謗宗廟之罪, 旣扙拭用之, 又欲令立邊功以進身, 於是以爲涇原經略使, 遂謀用車戰法, 及造舟五百艘, 將直抵興靈, 以空夏國。詔以付熙河漕

臣李復。復，長安人，久居兵間，習熟戎事，力上疏詆切之。予頃書之於國史恕列傳中。比得上饒所刊濟水集，正復所爲文，得此兩奏，嘆其能以區區外官而排斥上相之客如此，恨史傳爲不詳盡，乃錄于此。其乞罷造戰車疏云：「奉聖旨，令本司製造戰車三百兩。臣嘗覽載籍，古者師行，固嘗用車，蓋兵不妄動，征戰有禮，不爲詭遇，多在平原易野，故車可以行。今盡在極邊，戎狄乘勢而來，雖鷙鳥飛蟲，不如是之迅捷，下寨駐軍，各以保險爲利。其往也，車不及期，居而保險，車不能登，歸則虜多襲逐，爭先奔趨，不暇回顧，車安能收！非若古昔於中國爲用。臣聞此議出於許彥圭，彥圭因姚麟而獻說，朝廷遂然之，不知彥圭劇爲輕妄。唐之房琯，嘗用車戰，大敗於陳濤斜，十萬義軍，無有脫者。畿邑平地且如此，況今欲用於峻阪溝谷之間乎！又，戰車比常車闊六七寸，運不合轍，牽挽不行。昨來兵夫典賣衣物，自賃牛具，終日方進五七里，遂致兵夫逃亡，棄車於道，大爲諸路之患。今乞便行罷造，如別路已有造者，乞更不牽挽前來。」其乞罷造船奏云：「邢恕乞打造船五百隻，於黃河順流放下，至會州西小河內藏放。有旨專委臣監督，限一年了當。契勘本路只有船匠一人，須乞於荊、江、淮、浙和雇。又，丁線物料，亦非本路所出。觀恕奏請，實是兒戲。且造舡五百隻，若自今工料並備，亦須數年。自蘭州駕放至會州，約三百里，北岸是敵境，豈可容易！會州之西，小河鹹水，其闊不及一丈，深止於一二尺，豈能藏船！黃河過會州入韋精山，石峽險窄，自上垂流直下，高數十尺，船豈可過！至西安州之東，大河分爲六七道，水淺灘磧，不勝舟載，一船所載，不過五馬二十人，雖到興州，又何能爲！又不知幾月得至。此聲若出，必爲夏國侮笑，臣未敢便依旨揮擘畫，恐虛費錢物，終誤大事。」疏既上，徽宗察其言忠，遂罷二役。復字履中，爲關內名儒，官至中大夫、集英殿修撰。李昭玘嘗贈詩云：「結交賴有紫髯翁，鶴骨嶄嶄爛脩目。五言長城屹千丈，萬卷書樓聊一讀。」可知其人矣。

9. 乾寧覆試進士

唐昭宗乾寧二年試進士，刑部尙書崔凝下二十五人。放牓後，宣詔翰林學士陸扆、祕書監馮渥入內，各贈衣一副及氈被，於武德殿前復試，但放十五人。自狀頭張貽範以下重落，其六人許入再入舉場，四人所試最下，不許再入，蘇楷其一也。故挾此憾，至於駁昭宗「聖文」之謚。崔凝坐貶合州刺史。是時，國祚如贅肬疣，悍鎭强藩，請隧問鼎之不暇，顧卷卷若此。其再試也，詩賦各兩篇，內良弓獻問賦，以「太宗問工人木心不正，脈理皆邪，若何道理」十七字皆取五聲字，依輪次以雙周隔句爲韻，限三百二十字成。貽範等六人，訖唐末不復綴牓。蓋是時不糊名，一黜之後，主司不敢再收拾也。有黃滔者，是年及第，閩人也，九世孫沃爲吉州永豐宰，刊其遺文，初試覆試凡三賦皆在焉。曲直不相入賦，以題中曲直兩字爲韻。釋詞：邪正殊途，各有好惡。終篇只押兩韻。良弓獻問賦，取五聲字次第用各隨聲爲賦格。於是第一韻尾句云「資國祚之崇崇」，上平聲也。第二韻「垂寶

袴於縣繫」，下平聲也。第三韻「曾非唯唯」，上聲也。第四韻「露其言而粲粲」，去聲也。而闕入聲一韻。賦韻如是，前所未有。國將亡，必多制，亦云可笑矣。信州永豐人王正白，時再試中選，郡守爲改所居坊名曰「進賢」，且減戶稅，亦後來所無。

10. 臨海蟹圖

　　文登呂亢多識草木蟲魚。守官台州臨海，命工作蟹圖，凡十有二種。一曰蝤蛑。乃蟹之巨者，兩螯大而有細毛如苔，八足亦皆有微毛。二曰撥棹子。狀如蝤蛑，螯足無毛，後兩小足薄而微闊，類人之所食者，然亦頗異，其大如升，南人皆呼爲蟹，八月間盛出，人探之，與人鬪，其螯甚巨，往往能害人。三曰擁劍。狀如蟹而色黃，其一螯偏長三寸餘，有光。四曰彭蜞。螯微毛，足無毛，以鹽藏而貨於市，爾雅曰：「彭螖，小者蟧。」云小蟹也。螖音澤，蟧音勞，吳人呼爲彭越。搜神記言此物嘗通人夢，自稱「長卿」，今臨海人多以「長卿」呼之。五曰竭樸。大於彭蜞，殼黑斑，有文章，螯正赤，常以大螯障目，小螯取食。六曰沙狗。似彭蜞，壤沙爲穴，見人則走，屈折易道不可得。七曰望潮。殼白色，居則背坎外向，潮欲來，皆出坎舉螯如望，不失常期。八曰倚望。亦大如彭蜞，居常東西顧眄，行不四五，又舉兩螯，以足起望，惟入穴乃止。九曰石蜠。大於常蟹，八足，殼通赤，狀若鵝卵。十曰蜂江。如蟹，兩螯足極小，堅如石，不可食。十一曰蘆虎。似彭蜞，正赤，不可食。十二曰彭蜞。大於蟧，小於常蟹。呂君云：「此皆常所見者，北人罕見，故繪以爲圖。又海商言，海中（當）鼊島之東，一島多蟹，種類甚異。有虎頭者，有翅能飛者，有能捕魚者，有殼大兼尺者。以非親見，故不畫。」李履中得其一本，爲作記。予家楚，宦遊二浙、閩、廣，所識蟹屬多矣，亦不悉與前說同。而所謂黃甲、白蟹、蟳、蟙諸種，呂圖不載，豈名謂或殊乎！故紀其詳，以示博雅者。

11. 東坡作碑銘

　　東坡祭張文定文云：「軾於天下，未嘗銘墓。獨銘五人，皆盛德故。」以文集考之，凡七篇。若富韓公、司馬溫公、趙清獻公、范蜀公幷張公，坡所自作。此外趙康靖、滕元發二誌，乃代張公者，故不列於五人之數。眉州小集有元祐中奏稾云：「臣近準敕差撰故同知樞密院事趙瞻神道碑幷書者，臣平生本不爲人撰行狀、埋銘、墓碑，士大夫所共知。只因近日撰司馬光行狀，蓋爲光曾爲臣亡母程氏撰埋銘，又爲范鎮撰墓誌，蓋爲鎮與先臣某平生交契至深，不可不撰。及奉詔撰司馬光、富弼等墓碑，不可固辭，然終非本志，況臣老病廢學，文詞鄙陋，不稱人子所欲顯揚其親之意，伏望聖慈別擇能者，特許辭免。」觀此一奏，可印公心。而杭本奏議十五卷中不載。

176

176

176

12. 洗兒金錢

車駕都錢塘以來, 皇子在邸生男及女, 則戚里、三衙、浙漕、京尹皆有餉獻, 隨卽致答, 自金幣之外, 洗兒錢果動以十數合, 極其珍巧, 若總而言之, 殆不可勝算, 莫知其事例之所起。劉原甫在嘉祐中, 因論無故疏決云:「在外羣情皆云, 聖意以皇女生, 故施此慶, 恐非王者之令典也。又聞多作金銀、犀象、玉石、琥珀、玳瑁、檀香等錢, 及鑄金銀爲花果, 賜于臣下, 自宰相、臺諫, 皆受此賜。無益之費, 無名之賞, 殆無甚於此。若欲夸示奢麗, 爲世俗之觀則可矣, 非所以軌物訓儉也。宰相、臺諫以道德輔主, 奈何空受此賜, 曾無一言, 遂事不諫!臣願深執恭儉, 以答上天之眷, 不宜行姑息之恩, 以損政體。」偉哉劉公之論, 其勁切如此。歐陽公銘墓, 略而不書。予爲國史, 亦不知載於本傳, 比方讀其奏章, 故敬紀之。韓偓金鑾密記云:「天復二年, 大駕在岐, 皇女生三日, 賜洗兒果子、金銀錢、銀葉坐子、金銀錠子。」予謂唐昭宗於是時尚復講此, 而在庭無一言, 蓋宮掖相承, 欲罷不能也。

13. 告命失故事

祖宗時知制誥六員, 故朝廷除授, 雖京官磨勘, 選人改秩, 奏薦門客、恩科助教, 率皆命詞, 然有官列已崇而有司不擧者, 多出時相之意。劉原甫掌外制, 以任顓落職, 不降誥詞, 曾奏陳以爲非故事, 得旨卽施行之。已而劉元瑜、王琪降官, 直以敕牒。劉又言非朝廷賞罰訓誥惷重之意。今觀劉集, 有太平州文學袁嗣立改江州文學制云:「昔先王簡不帥敎而不變者, 屛之裔土, 終身不齒, 若爾之行, 豈足顧哉!然猶假以仕板, 徙之善郡, 不貲之恩也。勉思自新, 無重其咎。」未幾, 嗣立又徙洪州, 制云:「爾頃冒憲典, 遷之尋陽, 復以親嫌, 於法當避。夫薄志節、寡廉恥者, 固不可使處有嫌之地, 益徙豫章, 思自湔滌。」嗣立之事微矣, 乃費兩誥, 讀此命書, 可知其人。漫書之以發一笑。

14. 扁字二義

扁音薄典切, 唐韻二義:其一曰扁署門戶, 其一曰姓也, 此外無它說。案, 鶡冠子云:「五家爲伍, 十伍爲里, 四里爲扁, 扁爲之長, 十扁爲鄉。其上爲縣爲郡。其不奉上令者, 以告扁長。」蓋如遂、黨、都、保之稱, 諸書皆不載。

15. 娑羅樹

世俗多指言月中桂爲娑羅樹, 不知所起。案, 酉陽雜俎云:「巴陵有寺, 僧房床下, 忽生一木, 隨伐而長。外國僧見曰:『此娑羅也。』元嘉中出一花如蓮。唐天寶初, 安西進娑羅枝, 狀言:『臣所管四鎭拔汗郁國, 有娑羅樹, 特爲奇絶, 不芘凡草, 不止惡禽, 近采得樹枝二百莖以進。』」予比得楚州淮陰縣唐開元十一年海州刺史李邕所作娑羅樹碑云:

「非中夏物土所宜有者, 婆娑十畝, 蔚暎千人。惡禽翔而不集, 好鳥止而不巢。深識者雖徘徊仰止而莫知冥植, 博物者雖沈吟稱引而莫辨嘉名。隨所方面, 頗證靈應, 東痒則青郊苦而歲不稔, 西茂則白藏泰而秋有成。嘗有三藏義淨, 還自西域, 齋戒瞻嘆。於是邑宰張松質請邕述文建碑。」觀邕所言惡禽不集, 正與上說同。又有松質一書答邕云:「此土玉像, 爰及石龜, 一離淮陰, 百有餘載, 前後抗表, 尙不能稱, 賴公威德備聞, 所以還歸故里, 謹遣僧三人, 父老七人, 賚狀拜謝。」宣和中, 向子諲過淮陰, 見此樹, 今有二本, 方廣丈餘, 蓋非故物。蔣穎叔云:「玉像石龜, 不知今安在?」然則娑羅之異, 世間無別種也。吳興芮燁國器有從沈文伯乞娑羅樹碑古風一首云:「楚州淮陰娑羅樹, 霜露榮悴今何如。能令草木死不朽, 當時爲有北海書。荒碑雨侵澀苔蘚, 尙想墨本傳東吳。」正賦此也。歐陽公有定力院七葉木詩云:「伊、洛多佳木, 娑羅舊得名。常於佛家見, 宜在月宮生。釦砌陰鋪靜, 虛堂子落聲。」亦此樹耳, 所謂七葉者未詳。

... 용재사필 권7(14칙)

1. 천지 天咫

황정견黃庭堅이 왕정국王定國[1]의 「문소자유병와적계聞蘇子由病臥績溪」에 화답하여 지은 「차운정국문자유와병적계次韻定國聞子由臥病績溪」에 다음과 같은 구절이 있다.

| 독기 서린 안개 깨끗이 씻어지니, | 湔祓瘴霧姿, |
| 조정은 천도天道를 향해 가는구나. | 朝趨去天咫. |

촉지방 선비인 임연任淵이 이 구절에 주를 달면서『좌전左傳』의 "하늘의 위엄이 내 얼굴과 불과 지척지간인데[天威不違顔咫尺]"라는 구절을 인용하였다.『국어國語·초어楚語』의 기록을 살펴보자.

초나라 영왕靈王이 진陳나라와 채蔡나라·불갱不羹에 새로운 성을 축조할 때, 자석子晳을 보내 범무우范無宇의 의견을 구했다. 그는 정복한 세 곳에 새로운 성을 축조하는 것은 나라에 이롭지 못하다는 의견을 내놓았다.
왕이 말했다.
"이는 천도天道를 아는 것이니, 곧 백성들의 법칙을 아는 것이다. [是知天咫, 安知民則.]"

위소韋昭는 "지咫는 조금[少]의 뜻이다. 곧 하늘의 도리를 조금 안다는 말이

....

1 王定國 : 남송시대 화가. 변경汴京(지금의 하남성 개봉開封) 출신으로, 화조도에 뛰어났고, 이안충李安忠을 스승으로 섬겼으며, 최백崔白 형제의 필법도 배웠다. 가벼우면서도 담담하며 청아한 채색은 다른 사람들이 따라 갈 수 없을 정도로 뛰어났다고 한다. 「설경한금도雪景寒禽圖」가 전해지는데, 현재 타이베이 고궁박물관에 소장되어있다.

179

니, 어찌 백성들을 다스리는 법을 알 수 있겠느냐?"라고 주를 달았다. 『국어·초어』의 '천지天咫'는 하늘의 도리, 즉 천도天道의 의미이다. 『유양잡조酉陽雜組』에 「천지天咫」편이 있다. 하늘의 도리는 천지자연의 이치이며, 흥망성쇠의 규칙이다. 이를 잘 알고 있는 황제는 백성을 잘 다스릴 수 있다. 황정견 시의 '천지天咫'는 무릇 이러한 의미로 기술한 것이다.

서사천徐師川의 사언시四言詩「희왕수재견과소작완월喜王秀才見過小酌玩月」에도 '천지天咫'가 나온다.

그대 저자거리와 가까운데서 살면,	君家近市,
천도天道를 볼 수 있으리.	所見天咫.
뜰 출입문 사이,	庭戶之間,
틈사이로 비추는 햇살은 또 얼마나 되는지?	容光能幾?
수초 사이로	菰蒲之中,
강가 보이는데,	江湖之涘.
한없이 넓게 펼쳐진 푸른 물속에,	一碧萬頃,
천리 높은 먼 하늘 담겼네.	長空千里.

이 시는 황정견의 '천지' 용법을 그대로 본뜬 것이다.

2. 현위의 별칭인 '少仙소선' 縣尉爲少仙

『용재수필』에서 현위縣尉[2]를 소공少公이라고 한다고 했는데, 나중에 「여통수소공與通叟少公」이라는 제목이 붙어있는 안기도晏幾道[3]의 첩자帖子를 보고서, 제목의 소공少公이 바로 현위를 지칭하기 위해 사용된 것임을 알았다.

두보의 시 중에 「야망인과상소선野望因過常少仙」이라는 시가 있다.

2 縣尉 : 관직명. 현縣에서 현령縣令 혹은 현장縣長 아래의 직책으로 치안을 담당하였다.
3 晏幾道(1030?~1106?) : 북송의 사인. 자 숙원叔原, 호 소산小山. 무주撫州 임천臨川 사람. 안수晏殊의 일곱 번째 아들이다. 사를 잘 지었으며 아버지 안수와 함께 '이안二晏'이라 칭해졌다. 경치 묘사와 서정에 뛰어난 사를 지었으며, 아름답고 정교한 언어를 구사하여, 시어의 아름다움을 추구하는 후대 문인들의 격찬을 받았다.

| 높이 뜬 해 다 졌는데, | 落盡高天日, |
| 은자는 돌아가지 못하네. | 幽人未遣回. |

이 구절에 대해 촉지방의 선비가 "소선少仙은 분명 현위를 말하는 것이다"
라고 주를 달았다. 현위를 소부少府라고 하는데, 매복梅福[4]이 현위로 있었을
때 어떤 이는 그를 신선이라고 불렀다고 한다. 소선少仙이라는 단어는 아주
고결하고 우아하기에, 지금 속칭으로 사용되는 선위仙尉[5]와 함께 논할 수
없다.

3. 두보 시의 '受수'자와 '覺각'자 杜詩用受覺二字

두보 시에 사용된 '受수'와 '覺각' 두 글자는 아주 절묘하다. 여기 두보가
'受'자를 사용한 시 구절들을 정리하였다.

길게 자란 대나무 있어 더위 타지 않네.	修竹不受暑.[6]
바깥사람들의 시기와 질투는 받아들이지 말아라.	勿受外嫌猜.[7]
백발이 침범함을 느끼지 말라.	莫受二毛侵.[8]
감하후에게 빌린 곡식 받아오네.	監河受貸粟.[9]

- -

4 梅福 : 전한의 관리. 자 자진子眞. 어릴 적 장안에서 수학하였으며, 남창南昌 현위縣尉를 역임하
  였다. 전한 말에 외척 왕씨가 정권을 장악하면서 조정의 부패가 심해지자, 매복은 일개
  현위縣尉의 말단 관직임에도 불구하고 여러 차례 조정에 그릇되게 행해지고 있는 정사와
  왕씨의 전횡을 풍자하는 상소를 올렸다. 그 후 관직을 버리고 남창 근교 청운보靑雲譜와
  비홍산飛鴻山에서 낚시하고 신선의 도를 배우며 은거했다.
5 仙尉 : 한나라 때 매복이 남창현의 부관인 위尉로 재직하고 있다가 왕망王莽이 정권을 잡자
  벼슬을 버리고 떠나 신선이 되었다는 데서 나온 말로, 지방 수령의 부관에 대한 미칭美稱으로
  쓰인다.
6 「陪李北海宴歷下亭」.
7 「示從孫濟」.
8 「送賈閣老出汝州」.
9 「奉贈蕭十二使君」.

181

날쌘 제비는 바람을 받아 비껴 나네.　　　　　輕燕受風斜.[10]

일에 능한 사람은 상대방의 재촉을 받지 않네.　能事不受相促迫.[11]

작은 배는 두 세 사람 태우기에 알맞다.　　　野航恰受兩三人.[12]

한 쌍의 백어(뱅어) 낚시에 걸리지 않네.　　一雙白魚不受釣.[13]

웅장한 자태 마구간에
　　그냥 엎드려 있고자 하질 않네.　　　　雄姿未受伏櫪恩.[14]

'覺'자를 사용한 시 구절은 다음과 같다.

술 다 익어 술주자에 거를 때 됨을 아네.　已覺糟床注.[15]

몸은 성랑省郎으로 있다네.　　　　　　身覺省郎在.[16]

나이 들고 추해짐을 느끼네.　　　　　自覺成老醜.[17]

송죽의 그윽함이 더 깊어지네.　　　　更覺松竹幽.[18]

생사로 부질없이 바쁘게 사는구나.　　日覺死生忙.[19]

새삼 그림 속 용비늘 젖었는가 한다.　最覺潤龍鱗.[20]

도성의 떠들썩함을 좋아하네.　　　　喜覺都城動.[21]

· ·

10 「春歸」.
11 「戲題王宰畵山水歌」.
12 「南鄰」.
13 「卽事」.
14 「高都護驄馬行」.
15 「羌村三首」 제2수.
16 「復愁十二首」 제4수.
17 「將適吳楚, 留別章使君留後, 兼幕府諸公, 得柳字」.
18 「除草」.
19 「壯遊」.
20 「大雲寺贊公房四首」 제2수.
21 「喜聞官軍已臨賊境二十韻」.

용재수필

이 몸 늙어감을 다시금 느끼네.　　　　　　　　更覺老隨人.[22]

매번 재상의 자리에 올라.　　　　　　　　　　每覺升元輔.[23]

어린 자네의 행동이 분망하게 느껴지는구나.　覺兒行步奔.[24]

아직도 왕손의 귀함을 느끼네.　　　　　　　　尙覺王孫貴.[25]

슬퍼하며 그대의 현명함 깨달았네.　　　　　　含悽覺汝賢.[26]

부엌 연기에 부엌 멀리 있음을 알았네.　　　　廚煙覺遠庖.[27]

시가 이루어지는 것이 신이 있는 듯하다.　　詩成覺有神.[28]

옷가슴 풀어 헤친 것 이미 익숙하네.　　　　已覺披衣慣.[29]

외상으로 술 사야 함을 절로 아네.　　　　　自覺酒須賒.[30]

완함이 어짊을 일찍 알았다네!　　　　　　早覺仲容賢.[31]

성곽 해자에서 소란스러움 느껴보지 못했네.　城池未覺喧.[32]

아무도 왕래하지 않음을 알았네.　　　　　　無人覺來往.[33]

동생의 뛰어남을 이미 알고 있네.　　　　　人才覺弟優.[34]

용재수필 권7

- -

22 「奉酬李都督表丈早春作」.
23 「寄岳州賈司馬六丈、巴州嚴八使君兩閣老五十韻」.
24 「示從孫濟」.
25 「李監宅二首」 제1수.
26 「船下夔州郭宿, 雨濕不得上岸, 別王十二判官」.
27 「題新津北橋樓, 得郊字」.
28 「獨酌成詩」.
29 「漫成二首」 제1수.
30 「復愁十二首」 제11수.
31 「示姪佐」.
32 「觀安西兵過關中待命二首」 제2수.
33 「西郊」.
34 「重送劉十弟判官」.

183

무산에 해 저무는 것을 곧 알았네.　　　　　直覺巫山暮.[35]

괜스레 하늘가에 있는 것 알았네.　　　　　空覺在天邊[36]

걸음 느려지니 곧 신선이 될 듯 느껴진다네.　行遲更覺仙.[37]

평생 신세짐을 깊이 깨닫는다.　　　　　　深覺負平生.[38]

가을이 바짝 따라왔음을 느낀다네.　　　　秋覺追隨盡[39]

뒤좇아 따라가는 것 늦지 않았음을 아네.　追隨不覺晚.[40]

곰과 큰곰 스스로 살찐 것 깨닫네.　　　　熊羆覺自肥.[41]

절로 견고해짐을 알았네.　　　　　　　　自覺坐能堅.[42]

좋은 밤 영원할 것임을 깨닫네.　　　　　已覺良宵永.[43]

색색의 옷에 봄이 왔음을 다시 느꼈네.　　更覺彩衣春.[44]

그 기세는 숭산 화산과 대적할 만하네.　　已覺氣與嵩華敵.[45]

천금이 아주 큰 가치라는 것을 미처 몰랐네.　未覺千金滿高價.[46]

매화가 피려고 하는 것을 깨닫지 못했네.　梅花欲開不自覺.[47]

용재수필

35 「雨」.
36 「夜二首」 제1수.
37 「覽鏡呈柏中丞」.
　○『全唐詩』에는 "行遲更覺仙"이 아니라, "行遲更學仙"으로 되어있다.
38 「正月三日歸溪上有作簡院內諸公」.
39 「九月一日過孟十二倉曹, 十四主簿兄弟」.
40 「贈王二十四侍御契四十韻」.
41 「晚晴」.
42 「秋日夔府詠懷奉寄鄭監李賓客一百韻」.
43 「奉漢中王手札」.
44 「奉賀陽城郡王太夫人恩命加鄧國太夫人」.
45 「閬山歌」.
46 「驄馬行」.
184　47 「至後」.

오랑캐는 동관의 험함을 모른 채 쳐들어오네.　　　胡來不覺潼關隘.[48]

수주隋珠[49] 얻어 밤이 밝아짐을 깨달았네.　　　自得隋珠覺夜明.[50]

젓가락 내려놓았는데 금 쟁반 비질 않네.　　　放箸未覺金盤空.[51]

동으로 길을 서둘러 가는 것 어려움 절로 느끼네.　　　東歸貪路自覺難.[52]

새삼 뛰어난 화공이
　심혈 기울여 구상했음을 느끼네.　　　更覺良工心獨苦.[53]

비로소 병풍에 광채 생긴 것 알 수 있었네.　　　始覺屏障生光輝.[54]

예전의 현인이 후생 두려워했음을
　깨닫지 못하네.　　　不覺前賢畏後生.[55]

관직에 얽매여 은둔지가 먼 것 새삼 느꼈네.　　　吏情更覺滄洲遠.[56]

그대에게 성인의 느낌 충만하다고
　홀로 느꼈다오.　　　我獨覺子神充實.[57]

습가지習家池[58]에서의 풍류 다했음을
　느끼지 못했다오.　　　習池未覺風流盡.[59]

. . . .

48 「諸將五首」 제2수.
49 隋珠 : 수후지주隋侯之珠. 한동漢東의 제후諸侯인 수후隋侯(성은 축祝, 자 원창元暢)가 뱀을 살려
　준 보답으로 얻은 보배로운 구슬로, 명월주明月珠·야광주夜光珠라고 한다.
50 「酬郭十五受判官」.
51 「閿鄕姜七少府設膾戱贈長歌」.
52 「閿鄕姜七少府設膾戱贈長歌」.
53 「題李尊師松樹障子歌」.
54 「韋諷錄事宅觀曹將軍畫馬圖」.
55 「戱爲六絶句」 제1수.
56 「曲江對酒」.
57 「別李秘書始興寺所居」.
58 習家池 : 진晉나라 산간山簡이 양양襄陽에 있을 적에 항상 그곳에 찾아가 만취했던 고사에서
　유래하여, 흥겨운 주연酒宴을 비유할 때의 표현으로 쓰게 되었다.
59 「將赴成都草堂途中有作, 先寄嚴鄭公五首」 제2수.

위의 예시처럼 두보의 시 중 '受'와 '覺'이 들어간 시 구절들은 아주 많은데, 사용될 때 마다 그 의미가 각기 달랐다. 각기 다른 의미로 사용된 '受'와 '覺'은 1500수나 되는 두보의 시 여기저기 산재되어, 그의 시문을 공부하는 이들은 같은 단어가 중복되는 느낌을 전혀 받지 않는다. 두보 시 여기저기에서 보여 지는 '受'와 '覺' 두 글자를 통해 두보의 시어 활용이 얼마나 참신하고 교묘한지를 체험할 수 있다.

진여의陳與義[60] 역시 '受'와 '覺' 이 두 글자를 즐겨 사용했지만, 그의 시를 읽고 난 후에 중복되는 느낌을 피할 수 없다. 진여의의 시는 몇 백수 밖에 되지 않는데, 여러 차례 사용된 '受'와 '覺' 두 글자 때문에 자연스레 중복되는 인상을 받는 것이다. '受'와 '覺'이 들어간 진여의의 시 구절들을 감상해 보자.

바람 없어 나빠졌네.	未受風作惡.[61]
구슬을 엮지 못하네.	不受珠璣絡.
부름을 받지 못하였네.	不受折簡呼.
손짓하여 부름을 받지 못하였네.	不受人招麾.
안위가 침범 받지 않았네.	不受安危侵.
지금의 한가로움 맘껏 누리네.	飽受今日閑.
부채 물리고 가볍게 불어오는 마파람 맞이하네.	卻扇受景風.
말 들리는데 멀리 메아리치네.	語聞受遠響.

----

60 陳與義(1090~1138) : 송나라 시인. 자 거비去非, 호 간재簡齋. 남·북송 교체 시기의 중요한 시인으로, 남도南渡 이전의 시풍은 명쾌하고 발랄하였지만, 남도 이후에는 두보를 배우고 아울러 소식과 황정견을 존중하였다. 초기시의 소재는 일상생활의 정취와 산수 등을 즐겨 썼으나, 정강靖康의 난 이후에는 스스로 겪었던 어지러운 사회생활의 비참한 경험 등이 시에 잘 반영되고 있어, 시풍이 청아함에서 비장함으로 바뀌었다.

186　61 「舍弟躓日不知雪勢密因再賦」.

절로 세상살이 고달픔을 겪네.	受世故驅.
정원의 측백나무는 추위 느끼지 않네.	庭柏不受寒.
다시금 걱정하고 마음 아파하네.	可復受憂戚.
차라리 이러한 고통을 받아들이리.	寧受此酸辛.
도도한 강바람 받았네.	滔滔江受風.
괜스레 세상의 편협한 평가를 받네.	坐受世褊迫.
맑은 연못 무더위 없네.	清池不受暑.
고요한 연못 이슬비 내리네.	平池受細雨.
빈촌에 늦봄 찾아드네.	窮村受春晚.
빠른 세월의 재촉 받지 않네.	不受急景催.
원규의 먼지를 받아들이네.	肯受元規塵.[62]
성쇠를 받아들이지 못하네.	了不受榮悴.
마음 한가로우니 영광과 치욕 상관없네.	意閑不受榮與辱.
홀로 인간세상에서 추위 느끼지 못하네.	獨自人間不受寒.
가지 없는 고목 추위 느끼지 못하네.	枯木無枝不受寒.
천마는 굴레를 씌우지 않아도 되네.	天馬何妨略受羈.
사과 꽃은 높은 가지에 피어 꺾을 수 없네.	來禽花高不受折.
흐림과 개임 추위와 더위 느끼지 못하네.	不受陰晴與寒暑.

• •

62 元規塵 : 자신의 마음에 들지 않는 다른 사람의 행동을 이르는 말. 원규元規는 유량庾亮의 자字이며, 동진東晉 성제成帝의 장인이었다. 유량이 서쪽 지방관으로 있으면서도 조정의 권력을 자기 마음대로 휘두르자, 왕도王導가 불쾌하게 생각하여 서풍이 불때마다 부채를 들어 바람을 막으며, "원규의 먼지가 사람을 더럽히려 하는 구나"라고 말했다고 한다.

길게 뻗은 숲과 큰 나무는 고저가 있다네.	長林巨木受軒輊.[63]
게을러 서로 양보하는 것조차 알지 못했네.	未覺懶相先.
훌륭한 뜻 사라진 것 몰랐네.	未覺壯心休.
오래 머물러있음을 알지 못했네.	未覺身淹留.
담벼락의 그늘 더디감을 몰랐네.	未覺埔陰遲.
맹가孟嘉[64]가 빠진 것 몰랐네.	未覺欠孟嘉.
나이와 신분 같은 사람 있는 것 몰랐네.	未覺有等倫.
바람이 느린 것을 몰랐네.	未覺風來遲.
열흘이 오래전에 지나간 것 몰랐네.	未覺經旬久.
가려했다가 다시금 그럴 수 없다는 것 깨달았네.	欲往還覺非.
시 쓰는 것 어렵다는 것 홀로 깨달았네.	獨覺賦詩難.
달밤이 길어진 것을 갑자기 깨달았네.	稍覺夜月添.
부들에 바람 불어오는 것을 느꼈네.	菰蒲覺風入.
이 계획이 잘못된 것 느끼지 못했네.	未覺此計非.
높은 곳에 있으니 눈이 새로워진 것을 느끼네.	高處覺眼新.
뜻이 정해지니 다채로운 풍경 느낄 수 있네.	意定覺景多.
서소패徐昭佩[65]가 나이 든 줄 몰랐네.	未覺徐娘老.

. . . .

63 軒輊 : 수레가 앞이 높고 뒤가 낮은 것을 '헌軒'이라 하고, 앞이 낮고 뒤가 높은 것을 '지輊'라
하는데, 고저와 우열을 비유하는 말로 사용한다.

64 孟嘉 : 진晉나라 정서대장군征西大將軍 환온桓溫의 참모. 환온이 중양절에 용산龍山에서 막료
부하들을 전부 불러 잔치를 열고 즐길 때, 맹가孟嘉의 모자가 바람에 날려 땅바닥에 떨어졌으
나 맹가는 술에 취해 그것을 느끼지 못했다. 그러자 환온은 손성孫盛에게 그것을 주제로
맹가를 조소하는 글을 짓게 하고 맹가는 또 즉석에서 그에 화답하였는데, 맹가의 문장이
너무도 아름다워 모든 사람이 감탄하였다.

영광과 치욕을 알지 못했네.	未覺有榮辱.
창자가 비어 배고픈 것을 알지 못했네.	未覺飢腸虛.
평생토록 소원이 어긋나는 것을 몰랐네.	未覺平生與願違.
텅 빈 마을 물 흐르는 소리만 더욱 크게 들리네.	村空更覺水潺湲.
일엽편주 배 한 척 안중에 없다는 것을 몰랐네.	眼中微覺欠扁舟.
오랑캐 땅에 머무르니 중원이 좋은 줄 다시금 알았네.	居夷更覺中原好.
한 잔 술이 추운기운을 견디게 해주는 걸 곧 알았네.	便覺杯觴耐薄寒.
담장에 꽃 핀 것을 바람 부는 난간에서 느꼈네.	牆頭花定覺風闌.

'受'와 '覺'이 들어간 시 구절이 상당히 많다. 진여의가 '受'와 '覺' 이 두 글자를 즐겨 활용했기 때문에, 시를 쓰려 붓을 들기만 하면 자기도 모르는 사이에 절로 '受'와 '覺' 두 글자를 사용한 것이다.

4. 서태일궁 西太一宮六言

왕안석은 「제서태일궁題西太一宮」이라는 6언시 두 편을 지었는데, 그 중 첫 번째 시는 다음과 같다.

버들나무 사이로 쓰르라미 우니 녹음 짙푸르고,	楊柳鳴蜩綠暗,
연꽃은 지는 해에 붉게 물드네.	荷花落日紅酣.
많은 호수와 연못에는 봄물이 가득하고,	三十六陂春水,[66]

---

65 徐昭佩 : 남조南朝 양梁나라 원제元帝의 비로, 나이 들어서도 다정다감하고 우아하다는 의미의 서랑반노徐娘半老라는 성어가 있다. 우아한 자태를 지닌 중년 부인. 여전히 풍류가 남아 있는 중년 부인을 비유하는 말로 사용된다.

66 三十六陂 : 지명으로 지금의 강소성 양주揚州에 있다. 시에서는 호수나 연못이 많은 곳을

하얗게 머리 샌 늙은이는 강남을 그리워하네.　　　　　　白頭想見江南.

　　지금 전해지는 임천각본臨川刻本의 『왕안석집王安石集』에는 '양류楊柳'가 '유엽柳葉'으로 되어있는데, 두 번째 구절의 '하화荷花'와 완벽한 대를 이룬다. 그러나 '양류楊柳'가 주는 아름다운 어감은 상실되어버렸다. 그래서 '유엽柳葉'을 '양류楊柳'로 바꾼 것은 나무랄 필요가 없다. 하지만 "삼십육피춘수三十六陂春水"를 "삼십육궁연수三十六宮煙水"로 바꾼 것은 정말이지 너무 황당하여 웃음만 나온다. 왕안석이 이 시를 쓴 근본적인 의미는 자신이 머물고 있는 경성 즉 개봉開封에서 고향인 강남을 그리워한 것에 있는데, 어찌 궁궐의 연못과 관련이 있겠는가? 배우지도 않은 이들이 무책임하게 마음대로 개작하였으니, 정말이지 원래 시가 지니고 있는 풍격을 해쳤다고 할 수 있다. 이러한 오류가 나온 원인은 아마도, 그들이 태일궁太一宮[67]을 황궁의 이궁離宮[68]이라고 생각했기 때문일 것이다.

5. '由유'와 '猶유'는 같은 글자 由與猶同

　　『신당서新唐書·번진전藩鎭傳』 서문에 "그 사람은 자신을 강적羌狄[69]처럼 여겼다其人自視由羌狄然"는 문장이 나온다. 글자의 의미에 의하면, '由유'는 '마치 ~와 같다'는 의미의 '猶유'로 봐야한다. 그렇기 때문에 오진吳縝[70]이 『당

비유하는 뜻으로 사용된다.

67　太一宮 : 태을궁太乙宮으로 태일신 제사를 치루는 궁전이다. 남송 때는 임안臨安(지금의 절강성 항주杭州)의 태을궁이 동서 두 곳으로 나뉘어져, 동태을궁은 신장교新莊橋 남쪽에 위치했고, 오복태을신五福太乙神을 제사지냈다. 서태을궁은 서호西湖 고산孤山에 위치했고, 태을십신제太乙十神帝를 모셨다.

68　離宮. 행궁行宮. 왕이 순행巡行 할 때에 거처하기 위한 별장別莊을 뜻하거나 또 왕이 상주常住하는 별궁別宮을 의미하기도 한다.

69　羌狄 : 중국 서북방지역의 전통 민족.

70　吳縝 : 북송의 사학가. 자 정진廷珍. 사천 성도成都 사람이다. 저서에 『신당서규류新唐書糾謬』와 『오대사찬류五代史纂謬』가 있다. 『신당서新唐書』의 오류를 찾아 수정한 『신당서규류』 20권은 수정한 것이 400여 조나 되며, 중국 사학사상 중요한 의미를 지닌다.

용재수필

서음훈唐書音訓』의「규류紏謬」에서『당서唐書』의 오류를 지적하고 수정한 것이다. 그러나 오진은『맹자孟子』의 글자 사용에 대해서는 제대로 탐구하지 않았다.

형님이신 문혜공文惠公[71]과 내가 최근에『당서보과唐書補過』를 편찬하면서, 『당서』의 글자 사용의 오류를 지적하였다. 그리고 내가 문장을 쓰면서 매번 '由'자를 사용할 때마다 사람들의 질문을 받았다. 그래서 여기에서 '由'자에 대해 상세하게 논술하고자 한다.

『맹자』에 나오는 '由'자가 사용된 문장들을 보자.

> 제나라 왕 노릇하는 것은 손을 뒤집는 것과 같다. [以齊王, 由反手也.]
> 활을 만드는 사람이 활 만드는 것을 부끄럽게 여기는 것과 같다. [由弓人而恥爲弓.]
> 왕은 그래도 충분히 선을 행할 수 있을 것이다. [王由足用爲善.][72]
>
> 이는 취하기를 싫어하면서 억지로 술을 마시는 것과 같다. [是由惡醉而強酒.]
> 자신이 물에 빠지게 한 것과 같고, 자신이 그들을 굶주리게 한 것과 같다. [由己溺之, 由己飢之.][73]
> 마치 백보 밖에서 활을 쏘는 것과 같다. [由射於百步之外.][74]
> 만나보는 것조차 오히려 자주할 수 없다. [見且由不得亟.][75]

여기에 예시한 문장에서 나오는 '由'의 의미는 모두 같다. 즉 '오히려, 여전히, ~와 같다'는 의미의 '猶'와 통한다.

. . . .

71 文惠公 : 홍적洪適(1117~1184), 남송의 금석학자이자 문인. 자 온백溫伯 또는 경온景溫. 어릴 때 이름은 조造인데, 벼슬길에 오르면서 이름을 적適으로 바꾸고, 자도 경백景伯으로 하였다. 홍호洪皓의 장남이다. 홍적은 아우 홍준·홍매와 함께 문학으로 이름을 떨쳤는데, 파양영기종삼수鄱陽英氣鐘三秀라 불려졌다. 또한 그는 금석학 방면에서 조예가 깊어, 구양수·조명성趙明誠과 함께 송대 금석삼대가金石三大家로 칭해졌다.

72 이상「公孫丑上」.

73 이상「離婁上」.

74 「萬章下」.

75 「盡心上」.

6. 사람이 어찌 자신을 숨길 수 있겠는가? 人焉廋哉

공자는 사람의 선악을 어떻게 판단할 것인가를 논하면서 이렇게 이야기를 시작했다.

> 그 사람이 함께하는 사람을 찾아보고, 그 사람이 좇는 방법을 들여다보고, 그 사람이 편안해하는 상태를 살펴보라. [視其所以, 觀其所由, 察其所安.][76]

그리고 마지막에 이렇게 중복해서 말하였다.

> 사람이 어찌 자신을 숨길 수 있겠는가, 어찌 자신을 숨길 수 있겠는가? [人焉廋哉, 人焉廋哉!]

이상의 문장은 공자가 사람을 자세히 관찰한 결과로 나온 것이다. 맹자도 인간의 선악을 판단할 때는 눈으로 판단할 것을 주장하였다.

> 사람에게 있는 것 중 눈보다 더 좋은 것은 없다. 눈은 그 악한 것을 감추지 못한다. 마음이 바르면 눈이 맑고, 마음이 바르지 못하면 눈은 흐려진다. 그 말을 듣고 그 눈을 보면 사람이 어찌 자신을 숨길 수 있겠는가![77]

어떤 이가 이에 대해 다음과 같이 자세히 설명을 달았다.

> 사람이 사물과 접할 때 그 정신은 눈에 담겨지게 된다. 그렇기 때문에 마음이 바르면 정신이 맑아지고, 마음이 바르지 않으면 정신이 흩어져 혼미해진다. 말은 또한 마음에서 나오는 것이다. 그러므로 이 두 가지로 살펴보면, 사람의 사악함과 바름은 감춰질 수 없는 것이다. 말은 오히려 거짓으로 할 수 있으나, 눈동자는 거짓을 용납하지 못한다. 공자가 이미 이전에 이 문제를 언급했는데, 맹자가 공자의 주장의 핵심을 이해하고, 이를 한 층 더 자세히 설명하였기 때문에 간결하고 명확해졌다.[78]

용재수필

---

76 『論語·爲政』.
77 『孟子·離婁上』.
78 주자朱子의 주注이다.

예전에 왕계명王季明이 태학의 학생들이 장난으로 지은 글 한 편에 대해 말하는 것을 들었는데, 그 내용은 대략 다음과 같다.

"사람이 어찌 자신을 숨길 수 있겠는가[知人焉廋哉]"라는 『맹자』의 구절을 명확히 알게 되면, 그 후에야 "사람이 어찌 자신을 숨길 수 있겠는가, 어찌 자신을 숨길 수 있겠는가?[人焉廋哉, 人焉廋哉]"라는 『논어』의 구절을 명확히 알 수 있게 된다. "사람이 어찌 자신을 숨길 수 있겠는가, 어찌 자신을 숨길 수 있겠는가?"라는 『논어』의 구절을 명확히 알게 되면, 그 후에야 "사람이 어찌 자신을 숨길 수 있겠는가"라는 『맹자』의 구절을 명확히 알게 된다. 공자가 말한 "사람이 어찌 자신을 숨길 수 있겠는가, 어찌 자신을 숨길 수 있겠는가?"는 상세하게 말한 것이고, 맹자가 말한 "사람이 어찌 자신을 숨길 수 있겠는가?"는 간략하게 말한 것이다. 공자가 말한 "사람이 어찌 자신을 숨길 수 있겠는가, 어찌 자신을 숨길 수 있겠는가?"는 맹자가 말한 "사람이 어찌 자신을 숨길 수 있겠는가"이다. 맹자가 말한 "사람이 어찌 자신을 숨길 수 있겠는가"는 공자가 말한 "사람이 어찌 자신을 숨길 수 있겠는가, 어찌 자신을 숨길 수 있겠는가?"이다.

이것으로 끝나지 않고 이어서 '사람이 어찌 자신을 숨길 수 있겠는가[人焉廋哉]'를 세 차례씩 중복하여 서술하였다.

"사람이 어찌 자신을 숨길 수 있겠는가, 어찌 자신을 숨길 수 있겠는가, 어찌 자신을 숨길 수 있겠는가?"라고 하면, 이는 "사람이 어찌 자신을 숨길 수 있겠는가?"를 한 번 또는 중복해서 사용하는 것과 분명 다르다. 그러나 그 의미는 조금도 다르지 않다.[夫人焉廋哉, 人焉廋哉, 人焉廋哉, 雖曰不同, 而其所以爲人焉廋哉, 人焉廋哉, 人焉廋哉, 未始不同.]

"사람이 어찌 자신을 숨길 수 있겠는가?"라는 의미의 '人焉廋哉인언수재'를 반복해서 몇 백자의 글로 만들었는데, 이것이 어찌 그저 우습기만 하겠는가? 이 글은 성인들의 말씀을 악의적으로 모욕한 것이다!

7. 시간이 지남에 따라 변화 久而俱化

천하의 만물은 시간이 지남에 따라 모두 변화하는 것이, 진리이다. 감정이 있던 감정이 없던 간에, 지각이 있던 지각이 없던 간에, 모두 예외 없이 시간이 지남에 따라 변화한다.

나는 구주衢州[79] 사람인 정백응鄭伯鷹에게서 기러기 한 쌍을 선물 받았다. 기러기는 순백색으로 길이 잘 들어 온순하고 손에서 떼어놓기 싫을 정도로 귀여웠다. 기러기들을 운학원雲壑園에 풀어주어도, 멀리 날아가지 않고 돌아왔다. 그런데 불행하게도 얼마 뒤 기러기 한 마리가 그만 죽어, 나머지 한 마리는 외톨이가 되었다. 나는 거위도 같은 순백색이고, 성격도 비슷하니, 거위 한 마리를 구해 함께 키워야겠다고 생각했다.

처음에 기러기와 거위를 함께 두니 서로 거들떠보지도 않고, 서로 마주쳐도 고개를 돌리고 각기 서로 반대 방향으로 가서 등을 지고 있었다. 같은 그릇에 먹이를 주어도 함께 먹지 않았다. 그렇게 닷새가 지나자, 기러기와 거위는 조금씩 가까이 접촉하기 시작했다. 그리고 열흘이 지나자, 흔쾌히 서로 어울렸다. 단지 크고 작은 몸통만 서로 달랐을 뿐, 순백색의 색깔이나 나는 모습 울음소리는 똑같았다. 오랜 시간이 흐르자, 기러기는 자신이 기러기인 것을 잊고, 거위도 자신이 거위인 것을 잊어버리고, 완전히 같은 둥지에서 태어난 형제처럼 서로 같이 잘 지냈다. 이렇듯 세상 만물은 시간이 지남에 따라 변한다. 이는 내가 기러기와 거위를 함께 기르면서 경험한 것이다.

요즘 사람들은 거위를 기러기를 뜻하는 서안舒雁, 또는 가안家雁이라고 부른다. 갈색 거위는 안아雁鵝라고 하고, 큰 기러기를 고니라고 부른다. 고니는 천아天鵝로 하늘 거위라는 의미이다.

당 태종太宗 때 토번인 녹동찬祿東贊이 태종의 공덕을 칭송하는 상소를 올렸다. 그는 태종의 공덕이 멀리까지 퍼졌는데, 기러기가 하늘을 날아가더라도 태종의 공덕이 퍼져가는 것보다는 빠르게 날지 못할 것이라고 하였다. 녹동찬은 거위와 기러기가 비슷해 금으로 만든 거위를 태종에게 헌상했다고 한다. 기러기와 거위는 무릇 같은 종임을 알 수 있다.

79 衢州 : 지금의 절강성 구현衢縣.

8. 황도의 부 黃文江賦

만당晚唐 시기 문인들이 시를 지을 때, 대부분 옛날의 사건들을 제목으로 삼아 자신의 슬픈 감정을 기탁했다. 예를 들면 오융吳融과 서인徐寅 같은 시인들이 그러했다. 황도黃滔[80]의 자는 문강文江인데, 그 역시 옛날의 사건들을 제목 삼아 자신의 슬픈 감정을 기탁한 것으로 유명했다. 황도의 「명황회가경마외파明皇回駕經馬嵬坡」를 감상해보자,

해는 빛을 잃어버리고 바람소리 슬프니,	日慘風悲,
양귀비가 죽은 곳에 도착했네.	到玉顔之死處.
꽃도 시름겨워 눈물 흘리니,	花愁露泣,
미인의 눈물 흔적임을 알겠노라.	認朱臉之啼痕.
......	......
큰 구름 만 겹 하늘에 가득하고,	褒雲萬疊,
새로 들려오는 원숭이 울음소리에 애 끊어지네.	斷腸新出於啼猿.
진나라 나무는 천 겹 둘러있는데,	秦樹千層.
비익조라 하늘 나는 새처럼 날지 못하네.	比翼不如于飛鳥.
......	......
황제 호위병들은 시끄럽고 번잡하여	羽衛參差,
황제의 깃발 든 채 움직이지도 않네.	擁翠華而不發.[81]
황제의 안색도 슬퍼,	天顔愴恨,
미인은 세상에 머물기 어렵다는 것 알았네.	覺紅袖以難留.
......	......
선녀 같은 자태,	神仙表態,
홀연히 지고 말더니 돌아오지 않네.	忽零落以無歸.
똑똑 떨어지던 눈물 줄줄 흐르니,	雨露成波,
이미 젖어버린 소매로도 어찌 할 수 없네.	已沾濡而不及.

80 黃滔 : 당나라 문인. 자 문강文江. 당나라 보전莆田(지금의 복건성) 사람. 소종昭宗 건녕乾寧 2년(895)에 진사進士가 되었다. 광화光化 연간에 사문박사四門博士가 되었다가 얼마 뒤 감찰어사리행監察御史裏行으로 옮겼고, 위무군절도추관威武軍節度推官이 되었다. 나중에 민왕閩王 왕심지王審知에 귀의했다. 원래 저서 15권 있었지만 이미 없어졌다. 『전당시全唐詩』에 시가 3권 실려 있다.

81 翠華 : 물총새 깃으로 장식한 왕의 기旗 또는 왕이 타는 수레의 덮개를 말한다.

......

여섯 마리 말이 끄는 황제의 수레
　진땅으로 돌아가는데,
바로 이 곳을 지나간다네.
구천이 멀리 떨어져 있으니,
평생토록 처량하겠구나.

「경양정景陽井」[82]을 살펴보자.

상황 판단을 제대로 못하고 우물로 몸 던져
우물 속에 있었으니 어찌할거나!
진실로 나라 잘못 다스리고서
무슨 면목으로 두레박줄에 매달렸던가!
　......
청동거울도 한스러워하며
가을바람에 또 몰락해가네.
푸른 파도 무정하니
차라리 밤 골짜기에 부서지면 나으련만.
　......
사방이 황량하니,
꽃 피는 아침에도 고운 얼굴 볼 수 없네.
똑똑똑 천 길 깊이
비 오는 밤 괜스레 푸른 물방울 소리만
　울려 퍼지네.
　......
찾을 수 없으니
옥수후정화玉樹後庭花[83] 노래 소리 아득하여라.

......

六馬歸秦,

卻經過於此地.
九泉隔越,
幾淒惻於平生.

理昧納隍,
處窮泉而詎得.
誠乖馭朽,
攀素練以胡顏.
　......
靑銅有恨,
也從零落於秋風.
碧浪無情,
寧解流傳於夜壑.
　......
荒涼四面,
花朝而不見朱顏.
滴瀝千尋,
雨夜而空啼碧溜.
　......
莫可追尋,
玉樹之歌聲邈矣.

82　景陽井 : 남조 진陳나라 경양전景陽殿의 우물로, 연지정胭脂井이라고도 한다. 정명禎明 3년(589)
　　에 수隋나라 군대가 남으로 내려와 강을 건너 대성台城을 공략해 점령하니, 진후주陳後主는
　　군대가 이르렀다는 말을 듣고는 비 장려화張麗華와 함께 경양정으로 뛰어내렸다가, 수나라
　　군사들에게 들켜서 잡히게 되었다. 훗날 사람들은 이 우물을 치욕스런 우물이라고 욕정辱井
　　이라고 불렀다. 그 터는 지금의 남경시南京市 현무호玄武湖 옆에 위치한다.
83　玉樹後庭花 : 악부이름. 남조 진후주가 지은 것이라 전해지며, 망국의 노래라고 불린다.
　　진후주는 항상 빈객을 청하여 비빈들과 연회를 베풀면서 지은 시 중에서 잘된 것을 골라
　　곡을 붙여 궁녀들로 하여금 노래하게 하였다. 그 곡의 하나가 「옥수후정화」로 뒤에 「옥수」
　　와 「후정화」로 나뉘었는데, 모두 장귀비張貴妃 공귀빈孔貴嬪의 미색을 찬미한 것이다.

용재수필

너무나도 서글퍼라
술 마시고 흐느낌이 예전과 다름없으니.

最堪惆悵,
金瓶之咽處依然.

「관와궁^{館娃宮}」⁸⁴은 다음과 같다.

아련한 꽃 같은 얼굴
숲에 부는 봄바람마저 속이고
은빛 햇살은 휘황찬란하게
성의 새벽빛을 물리치네.
　……

花顔縹緲,
欺樹裏之春風.
銀焰熒煌,
卻城頭之曉色.
　……

한스러워라 산에 머무는 새
봄날 온갖 붉은 꽃들 사이에서 울음 울고,
근심은 언덕의 구름에 부치니
사방의 저물녘 푸르름에 가둬져버렸네.
　……

恨留山鳥,
啼百草之春紅.
愁寄壟雲,
鎖四天之暮碧.
　……

버려진 담장에는 먼지만 가득한데
얼마나 많은 이들이 황제의 자리를 거쳤던가.
창주의 달은 그대로인데,
차라리 탁하고 거센 파도에 흩어지기나 하지.

遺堵塵空,
幾踐群遊之鹿.
滄洲月在,
寧銷怒濁之濤.

또 몇 작품의 구절들을 감상해보자.

「진황후인부복총^{陳皇后因賦復寵}」:
이미 비 안 오는 시기라,
하늘에 꿈이 매달려있네.
끝내 구름을 뛰어넘는 곳에서
안개를 불러왔네.

已爲無雨之期,
空懸夢寐.
終自淩雲之制,
能致煙霄.

「추색^{秋色}」:
삼초^{三楚}⁸⁵의 저물녘 하늘 텅 비어,
누각은 역력.
육조의 옛 땅에 가득 찬 것은,

空三楚之暮天,
樓中歷歷.
滿六朝之故地,

---

84 館娃宮 : 춘추시대 오^吳나라 왕 부차가 서시를 위해 지은 궁전. 지금의 강소성^{江蘇省} 오현^{吳縣} 영암산^{靈岩山} 영암사^{靈岩寺}가 궁전터이다.
85 三楚 : 옛 초나라 땅으로 동초^{東楚}·서초^{西楚}·남초^{南楚}를 총칭한 말.

아득한 풀밭.	草際悠悠.

「백일상승白日上昇」:
고금의 아름다움 비교해보니,	較美古今,
열자가 바람 타고 다닌 것은 진실로 졸렬하였네.	列子之乘風固劣.
아침저녁으로 공을 논하는데,	論功晝夜,
항아가 달로 도망간 것은 잘한 일 아니라네.	姮娥之奔月非優.

　무릇 이 수십 연聯은 모두 구상에 심혈을 기울였고 정취도 풍부하다.
격률 상으로는 결코 뛰어나다 할 수는 없는데, 이는 당시의 시대적 제약
때문이었으며, 당시의 문체가 대부분 이와 같았다.

9. 심계장의 진언 沈季長進言

● 용재수필

　심계장沈季長[86]은 신종神宗 원풍元豊[87] 연간에 숭정원설서崇政殿說書로 황제에
게 경전과 역사를 강의했다. 한 번은 그가 주임시험관이 되어 개봉에서
진사시를 주관하게 되었다. 시험이 끝난 후 그가 황제를 알현하여 진사시
결과를 보고하며, 황제와 다음과 같은 문답을 나누었다.

　　"「논불이지치국論不以智治國」은 누가 지은 것이오?" "이정李定이 지은 것입니다."
　　"듣자하니 이정이 이 문장을 지은 이유가 나를 비난하기 위한 것이라고 하던데,
　　도대체 어찌 된 일이오?"
　　"이정은 폐하를 섬긴지 이미 여러 해가 되었습니다. 얼마 전에 어사御史가 이정이
　　인륜도덕을 저버리고 부모님 상을 제대로 치루지 않았다고 질책하는 상소를 올
　　렸습니다. 폐하께서는 이에 대해 면밀히 조사한 후, 많은 대신들의 의견을 힘으
　　로 물리치시고, 이정이 이전과 똑같이 조정의 일을 담당하도록 하셨습니다. 게다
　　가 그를 파격적으로 승진시키기까지 하셨습니다. 설사 이정이 명리名利만을 추구
　　하는 사람이라 할지라도, 어찌 황상의 큰 은혜를 잊을 수 있겠습니까? 소신은
　　그가 폐하를 비난하려는 뜻으로 그 문장을 지은 것이 절대 아니라고 생각합니다.

86　沈季長(1027~1087) : 북송의 대신. 자 도원道源(또는 道原). 왕안석王安石의 매제로, 진사가
　　되어 월주사법참군越州司法參軍을 거쳐 남경국자감교수南京國子監教授와 직강直講을 역임했다.
87　元豊 : 북송 신종神宗 시기 연호(1078~1085).

「모시대서毛詩大序」에서 '말하는 자는 죄가 되지 않고, 듣는 자는 족히 경계할 만하다'고 하였고, 『상서尙書』에서는 '백성들이 왕을 원망하고 욕하고 있다고 소인들이 아뢰면, 곧 급히 스스로 행동을 삼가셨습니다'라고 하였습니다. 폐하께서는 폐하가 지혜롭게 세상을 다스리지 못하고 있다고 생각하시는 것입니까? 그렇지 않다면 어찌하여 이정의 문장이 폐하를 비난하는 것이라고 생각하시는 것입니까?"

"경이 옳은 말을 하였소. 짐이 그대가 하고자 하는 말을 모두 이해하였소! 경은 훌륭한 연장자이며, 무고한 사람을 위해서 사실무근임을 밝혀 잘못된 것을 바로잡기를 좋아하는구려."

"신이 누군가를 위해 그에 대한 무고가 사실무근임을 밝힌 것이 결코 아닙니다. 폐하를 대신하여 이렇듯 터무니없이 날조된 참언임을 밝힌 것입니다."

또 어느 날, 신종이 여러 대신들과 전대 황제와 신하에 대해 논한 적이 있었다. 그때 한 무제에 대해 이야기할 때, 신종이 심계장에게 말하였다.

"한 무제가 말년에 장생불로長生不老의 신선술을 열심히 배웠는데, 그대는 한 무제가 그렇게 한 의도를 아시오? 짐은 그가 죽음이 두려워 삶에 집착하며 황제 자리를 영원히 지키려고 한 것이라고 생각하오. 그래서 그가 만년에 행한 조처들은 아주 황당무계한 것들이 많았고, 자신의 혈육에까지 그 화가 미쳐 거의 나라가 멸망할 지경에 이른 것이 아니겠소? 황제가 영원히 자신의 자리를 지키려고 일으킨 재앙이 이처럼 큰데, 신하가 자신의 관직을 지키려고만 한다면 그로 인해 발생하게 될 재앙은 도저히 예측할 수조차 없을 것이오. 그렇기 때문에 짐은 천하에 관직과 녹봉을 가벼이 여기는 선비들이 너무 적다는 것이 항상 걱정스럽기만 하오."

심계장이 답했다.

"선비가 관직과 녹봉을 가벼이 여긴다면, 선비의 입장에서야 괜찮다 할 수 있습니다. 그러나 나라의 입장에서 말한다면 복이라고 할 수 없습니다. 만약에 황제가 진정으로 덕을 존중하고 도를 즐기고자하는 뜻을 가지고 있다면, 선비들이 관직에 오르지 못하는 것을 수치스럽게 여길 것이니, 어찌 관직과 녹봉을 가벼이 여기는 사람이 있겠사옵니까? 선비들이 황제께 상소를 올리는데, 황상의 뜻과 다르면 건의를 해도 채택되지 않습니다. 이렇게 되면 선비들은 사퇴하여 은거하고자 하는 소극적인 사상을 가지게 되고, 자연스럽게 관직과 녹봉을 가벼이 여기는 풍조가 형성이 되는 것입니다."

신종은 심계장의 말을 다 듣고서는 만족스럽게 말했다.

"진실로 그대의 말이 맞구려."

심계장이 비록 황제의 일상 언행을 기록하는 사관史官인 기거주起居注로 재직했으나, 후에는 줄곧 일반 관직에 있었기 때문에, 역사서에 그의 열전이 없다. 왕화보王和甫가 심계장을 위해 쓴 묘지명에 위에 기록한 황제와의 대화가 실려 있는데, 사관史館에서 보지 못했던 내용이었다. 시종侍從으로 조정에 있는 심계장의 아들인 심주沈鉄가 부친의 이러한 사적에 대해 알지 못했던 것을 매우 유감스럽게 생각하기에, 여기에 기록하였다.

10. 「번」과 「알」·「거」 繁遏渠

『국어國語』에 노魯나라의 숙손목자叔孫穆子[88]가 다음과 같이 말한 것이 기록되어있다.

> 청동악기로 「사하肆夏」[89]의 「번繁」과 「알遏」·「거渠」를 연주하는 것은 천자가 제후의 맹주를 환대하여 그의 공로를 표창할 때 사용했던 예의이다.

위소韋昭는 이에 다음과 같은 주를 달았다.

> 「번」과 「알」·「거」는 「사하」 악곡 중의 삼장章이다. 『예기禮記』에 「구하九夏」가 기록되어있는데, 이러한 것들은 모두 악곡의 명칭이다.

위소가 「번」과 「알」·「거」의 의미는 알고 있었지만, 자세하게 설명하지 않았다. 『주례周禮·춘관春官』을 근거로 자세히 설명해보겠다. 우선 『주례·춘관』의 기록을 보자.

용재수필

---

88 叔孫穆子(?~B.C.538) : 춘추 시대 노魯나라 사람으로, 숙손표叔孫豹 또는 목숙穆叔이라고도 한다. 숙손교叔孫僑의 동생으로, 대부大夫를 지냈다. 숙손교가 노성공魯成公의 어머니 목강穆姜과 사통하자, 이것으로 인해 재앙이 생길 것을 알고 제齊나라로 달아났다가, 후에 노나라로 돌아가 양공襄公을 섬기면서 국정에 참여했다.

89 肆夏 : 옛날 악장樂章의 이름. 행진곡처럼 걸음걸이의 절도를 이루는 음악이다.

종鐘을 치는 악사가 청동악기를 담당하는데, 종과 북으로 「구하」를 연주한다.

정현鄭玄은 이에 대해 주를 달면서 여숙옥呂叔玉의 말을 인용하였다.

> 「사하」와 「번알繁遏」·「거」는 모두 「주송周頌」의 편명이다. 「사하」를 연주할 때는 「시매時邁」를 노래하고, 「번알」을 연주할 때는 「집경執競」을 노래하며, 「거」를 연주할 때는 「사문思文」을 노래한다.

또 정현은 다음과 같이 설명했다.

> 번繁은 많다는 뜻이다. 알遏은 멈추다는 뜻이다. 이는 유복함이 주나라 때 가장 융성했다가 그 융성함이 주나라 때에 끝났다는 것을 말한다. 그렇기 때문에 「집경執競」에서 "내리시는 복 한이 없고, 내리시는 복 크고도 크네"라고 하였다. 거遽는 크다는 뜻이다. 이는 하늘에 제사를 지낼 때 후직后稷의 제사도 함께 지내는데, 이것이 왕이 지켜야 할 도리 중에 가장 큰 일이라는 것을 말한다. 그렇기 때문에 「사문」에서 "문덕 많으신 후직은 하늘의 짝이 되실 만한 분일세"라고 하였다.

나는 정현과 여숙옥의 주장이 실제에 가장 근접한 설명이라고 생각한다.

11. 체려강 替戾岡

소식이 학림鶴林과 초은招隱을 유람할 때, '岡강'자를 운韻으로 삼아 시를 지었는데, 모두 7수였다. 일곱 번째 시 마지막 구절은 다음과 같다.

> 성벽 등지고 결사 항전하는 것을 어찌 감당 하리오,   背城借一吾何敢,
> 절대 술 단지 앞으로 나가지 말아야하리.   切勿樽前替戾岡.

내 아들놈이 '체려강替戾岡' 세 글자의 출처를 물어왔다. 『진서晉書·불도징전佛圖澄傳』에 의하면, 불도징[90]이 요령소리를 듣고 길흉화복을 예측할 수

---

90 佛圖澄(232~348) : 오호십육국五胡十六國 시대에 활약한 서역西域의 승려. 중앙아시아 쿠체[龜玆] 출생으로, 불도등佛圖磴·부도징浮圖澄이라고도 한다. 북인도의 카슈미르 등지에서 수학하고, 진회제晉懷帝 영가永嘉 4년(310)에 낙양洛陽으로 왔는데, 낙양에 난이 일어나자 석륵石勒에

있어서 석륵石勒[91]에게 가서 몸을 의탁했다고 한다. 유요劉曜가 낙양을 공격하였을 때, 석륵은 군대를 이끌고 가서 도와주고자 했는데, 부하들이 모두들 나서 군사를 출정해서는 안 된다고 간언하였다. 석륵은 불도징을 방문하였고, 불도징은 다음과 같이 말했다고 한다.

> 불탑 꼭대기에 달린 요령은 "수지체려강秀支替戾岡, 복곡구독당僕谷劬禿當"이라 말했습니다. 이는 갈족羯族의 말입니다. '수지秀支'는 '군대'를 말하고, '체려강替戾岡'은 '나아가다'는 뜻입니다. '복곡僕谷'은 유요를 지칭하는 것이며, '구독당劬禿當'은 붙잡다는 뜻입니다. 즉 이 말은 군대를 출정시키면 유요를 잡을 수 있다는 뜻입니다.

석륵은 불도징의 예언을 듣고 곧바로 군대를 출동시켰고 유요를 붙잡을 수 있었다. 소식의 시는 바로 이 이야기에 나온 '나아가다'의 뜻을 지닌 갈족의 말 '체려강'을 쓴 것이다.

12. 평장군국중사에 임용된 문언박 文潞公平章重事

원풍 6년(1083)에 문언박文彦博[92]이 태사太師의 직을 사임하고 귀향했는데, 그때 그의 나이가 78세였다. 그리고 이년 뒤에 철종哲宗이 즉위하였는데,

······················

게 몸을 맡겼다. 석륵이 여러 차례 시험을 했는데, 승부나 길흉을 모두 맞추어, 석륵이 존중해서 대화상大和尙이라 불렀다. 뒤를 이은 석호石虎 역시 마음을 다해 섬겼다. 폭군이었던 석륵과 석호를 교화시켜서, 그때까지 허용되지 않았던 한인漢人의 출가를 허락하도록 힘썼다. 그는 문화 수준이 낮은 북방민족을 불교문화와 신통력 있는 영험으로 교화하여, 불교를 민중 속으로 펴나가는 데 크게 공헌하여 38년 동안에 893개의 절을 건립하였다 한다. 중국 초기불교 발전의 중심이 되었으며, 수백명의 문하생 가운데서 도안道安·축법태竺法汰·법화法和·법상法常 등 동진東晉시대를 대표하는 승려를 배출하였다.

91 石勒(274~333): 갈족羯族 출신으로 유총劉聰의 무장이었으며, 유총이 죽은 후 전조前趙의 병권을 장악하였다. 내란이 일어나자 후조後趙를 건립하여 명제明帝가 되었다. 노예의 신분에서 황제가 된 인물이다.

92 文彦博(1006~1097): 북송 시대 정치가. 자 관부寬夫. 산서성 분주汾州 개휴介休 사람. 인종, 영종, 신종, 철종 조대의 중신으로 전후 50년간 장상의 지위에 있으면서 중책을 담당하였다. 신종 시기에는 왕안석의 신법을 비난하였다가 지방으로 폄적되었으나, 철종이 즉위하고 구법당이 부활하면서 평장군국중사平章軍國重事에 임명되었다.

철종의 나이가 8세 밖에 되지 않아, 태황태후太皇太后가 수렴청정을 하게 되었는데, 사마광司馬光[93]을 문하시랑門下侍郎에 기용하여 정사를 처리하도록 했다. 사마광은 즉위한 후, 문언박을 백관을 다스리는 재상의 자리에 앉혀 천하를 안정시키고자 그를 다시 조정으로 불러달라고 상주했다. 태후가 이 상주문을 보고서, 환관 양유간梁惟簡을 파견하여 황제의 유지諭旨를 알렸다.

> 문언박의 명성은 이미 대단하고, 또 많은 사람들의 신망을 얻고 있다. 지금 천자께서 나이 어리시기에, 문언박을 다시 조정으로 불러들여 기용한다면 그의 높은 자리가 오히려 황제를 위협하지 않을까 두렵다. 또한 현재 재상의 자리가 비어있지 않기에, 문언박에게 재상의 직을 줄 수 없으며, 문언박이 이미 나이 들어 퇴직하였기 때문에 다시 기용하기 어렵다.

사마광은 당시 막 기용되었기 때문에, 이에 대해 감히 다시 논의를 할 수 없었다. 원우元祐 원년(1086) 3월 사마광은 좌복야左僕射로 승진한 후, 다시 상주문을 올렸다.

> 『상서』에서 "사람은 옛 사람을 구해야 한다"고 했습니다. 무릇 연장자는 보고 들은 것이 많고 식견이 넓어 경험 또한 많습니다. 문언박은 기지가 넘치고 지혜로워 계획을 세워 일을 잘 처리하는 사람이며, 나라의 정치 체제를 잘 알고 있기 때문에 조정이 국가 대사를 결정하는데 큰 도움을 줄 수 있습니다. 또 그가 인종 황제 이래 줄곧 요직을 담당하며 탁월한 공훈을 세웠던 것은 세상이 모두 알고 있습니다. 비록 그가 팔십이 넘은 나이이기는 하지만, 정력은 여전히 강건합니다. 신이 처음에 상주문을 올려 문언박의 기용을 청하였을 때, 태후께서 사람을 보내어 황제의 유지를 보내셨습니다. 그로 인해 그를 기용할 수 없는 이유를 알게 되었습니다. 신이 생각하기로는 문언박은 일개 서생에 불과하고, 나이 또한 고희古稀를 훌쩍 넘어선 노인이며, 부귀 또한 이미 누릴 만큼 누렸으니, 또 무엇을 욕심내어 추구하겠습니까? 하물며 그에게는 병권도 없고 사당死黨[94]도 없으니, 무엇이 두렵겠습니까? 설령 그를 재상에 기용한다고 하더라도 그가 법도에 어긋난 행동을 하면, 하루아침에 그를 파면할 수 있습니다. 그를 파면시키는데 단지 학사學士가 쓴 조서 한 부만 필요할 뿐이며, 파면한다는 조서가 내려지면 그는

---

93 司馬光(1019~1086) : 북송의 사학자. 자 군실君實. 속수선생涑水先生이라고도 하며 죽은 후 온국공溫國公에 봉해졌으므로 사마온공司馬溫公이라고도 한다. 『자치통감資治通鑑』을 편찬했다.
94 死黨 : 공공의 이익이 아닌, 어떤 사람이나 집단을 위하여 사력을 다하는 도당徒黨을 말한다.

일개 필부匹夫가 됩니다. 그러니 그가 관복을 입는 것에 무슨 어려움이 있을 수 있겠습니까? 그가 황제를 위협할 수도 있다고 우려하는 것은 너무 지나친 걱정입니다. 만약 현재의 관제官制에 따라 그를 재상에 기용한다면, 태사겸시중太師兼侍中의 직책으로 좌복야左僕射를 담당하도록 하면 되니, 그의 기용이 어찌 불가하겠습니까? 만약 그가 나이가 많기에 번잡하고 긴급한 일로 그에게 부담을 주고 싶지 않다면, 일반적인 문서들은 우복야右僕射 이하의 관원들이 나누어 처리하고, 판단하기 어려운 큰일들만 문언박이 살펴볼 수 있도록 하면 됩니다.

자고로 퇴직했던 관원을 다시 조정으로 불러 기용했던 선례가 결코 없지 않습니다. 문언박은 올해 나이가 이미 81세로, 설사 그를 중용한다고 하더라도 그 시간이 몇 년 되지 않을 것이기에, 신은 폐하께서 조속히 결단을 내리셔서 그를 기용하시기를 희망합니다. 신은 문하시랑門下侍郎의 신분으로 문언박을 도울 것이며, 그렇게 되면 현재의 정국을 안정시키는데 도움이 될 것입니다. 지금 문언박을 재상으로 임용하지 않고 신으로 하여금 재상을 자리를 담당하게 하시는 것은, 천리마를 버리고 느리고 둔한 노마駑馬에게 채찍질을 하는 것과 같습니다. 하여신은 황상의 이러한 처사에 몹시 가슴이 아플 뿐입니다. 만약에 신께 좌복야를 제수하신다면, 이유 없이 그 자리를 다른 사람과 바꾸는 것은 어려울 것입니다. 그렇기 때문에 신은 천하 백성들의 마음을 대신하여 문언박을 천거하오니, 그로 하여금 제게 제수하신 좌복야의 직위에 오르기를 원하옵니다.

사마광의 상주문이 진상되었지만, 비준을 받지 못하였다. 급사중給事中 범순인范純仁[95] 역시 상주문을 올려 문언박을 조정으로 불러들이기를 청하였지만, 조정은 자리가 없다며 청을 받아들이지 않았다. 오래지 않아 우복야인 한진韓縝이 사직하기를 청하였다. 태후는 사마광에게 문언박을 우복야에 제수하고 시중을 겸하도록 한다는 비밀 조서를 내리고, 의례를 시행하는 방안을 올리라고 하였다. 사마광은 문언박에게 제수되는 직책이 올바르지 않으며, 자신의 직위가 문언박 위에 있을 수 없다며, 문언박을 좌복야에 제수하고 자신을 우복야에 제수해달라고 청하였다. 이에 대해 태후가 조서를 내렸다.

. . . .

95 范純仁(1027~1101) : 북송北宋 때의 정치가. 범중엄의 둘째 아들로, 시호는 충선忠宣, 강직하여 불의와 타협하지 않았고, 왕안석 신법의 문제점을 거리낌 없이 상소하여 왕안석의 미움을 샀다.

문언박이 그대보다 높은 직위에 오르는 것은, 그대에 대한 내 큰 기대와 부합하지 않으니, 그대가 다시 이 일에 대해 고려해보시오.

사마광은 자신의 주장을 굽히지 않고 다시 상주했다.

신이 막 중앙관직에 임명되었을 때 문언박은 이미 재상의 자리에 있었기에, 지금 문언박이 신보다 낮은 지위에 임명 되는 것은 윤리적으로 옳지 않습니다.

이리하여 조정은 비로소 문언박에게 삼성장관三省長官직을 제수하고 조정으로 다시 소환하였다.

이 임용은 조정의 다른 대신들의 불만을 야기하였다. 어사중승御史中丞 유지劉摯와 좌정언左正言 주광정朱光庭, 우정언右正言 왕적구王覿俱는 다음과 같은 상소를 올렸다.

문언박은 나이가 너무 많기 때문에, 삼성장관의 직책을 수행할 수 없습니다.

사마광은 이 상소문으로 인해 문언박에게 직책을 제수하는 것이 취소될까 두려워 다시 상주문을 올렸다.

만약에 문언박에게 정태사평장군국중사正太師平章軍國重事라는 직책을 하사한다면, 원로대신에 대한 조정의 존경을 표하기에 족할 것입니다.

그해 사월, 사마광의 건의에 따라 조정은 문언박을 평장군국중사平章軍國重事에 임명한다는 조서를 내려, 그에게 한 달에 두 차례 황제에게 경전과 사서史書 및 나라를 편히 다스리는 책략을 강의하고, 엿새에 한 차례 입조入朝하여 도사당都事堂96에서 집정 대신들과 국사를 논의하도록 하였다. 조정에 중대한 결정을 내려야 할 정책과 정령 반포가 있으면, 그와 보정대신들이 함께 논의하여 결정하도록 했다.

. . . .
96 都事堂 : 재상이 공무를 보는 곳.

문언박의 재기용은 우여곡절이 많았는데, 그를 재기용한 것은 조정과 태후의 뜻이 아니었기에 여러 차례 재기용을 원하는 청을 물리쳤던 것이다. 그는 평장군사중사에 재직하였던 5년 동안 여러 차례 병을 이유로 사직을 청하였고, 사직이 받아들여졌다. 그런데 그는 생각지도 못하게 철종 소성紹聖[97] 연간에 이로 인해 폄적되는 액운을 당하였다.

13. 폐지된 고과 제도 考課之法廢

당나라 제도 규정에 따르면, 상서성尙書省의 고공사考功司[98]가 내외 문무관원의 업적을 심사하는 책임을 졌다. 무릇 심사를 받는 관원들은 모두 당해의 공과功過와 업적·능력 등을 기록하여 상관에게 제출해야 했다. 관청과 주州의 장관들은 제출한 서류들을 읽고 우열을 심의 평가하여 9등급으로 나눈 후, 상서성에 보고했다. 또 직위가 높고 덕망이 높은 중앙관리 두 명을 파견하도록 규정하여, 한 명은 중앙관리 심사에 대한 대조와 점검을 책임지게 하였고, 한 명은 지방관리 심사에 대한 대조와 점검을 책임지게 하였다. 낭중郎中은 중앙관리의 업적을 심사하여 평가하고, 원외랑員外郎은 지방관리의 업적을 심사하여 평가하였다.

무릇 고과考課[99]는 사선四善[100]과 이십칠최二十七最[101]의 규정을 표준으로 삼

용재수필

---

97 紹聖 : 북송 철종哲宗 시기 연호(1094~1097).
98 考功司 : 관리의 인사人事와 고과를 맡아 처리하던 관아.
99 考課 : 관리의 성적을 조사하여 상벌과 지위를 정하던 제도. 이는 관료들의 기강을 유지시키고 국가 행정을 활성화시킨 기능을 가지고 있었다. 심사 기준은 사선四善과 이십칠최二十七最를 표준으로 삼았는데, 선善이란 모든 관직을 통해 거론할 수 있는 선행이기 때문에 한 사람이 사선四善을 겸할 수가 있으나, 최最는 각기의 직종에서 최고의 업적을 말하기 때문에 보통 한 사람에게 일최一最 밖에는 주어지지 않았다.
100 四善 : 고대 중국에서 관리의 성적 고사考査를 매길 때의 네 가지 표준. 곧 덕행德行, 청신淸愼, 공평公平, 근면勤勉이다.
101 二十七最 : 각 부서에서 서로 다른 업무를 집행하는데 필요한 능력을 평가할 때의 표준. ① 좋은 의견을 선별하여 올리고, 빠진 것을 수습하고 잘못된 것을 보충하는 근시近侍의 최最. ② 사람의 됨됨이나 재능 따위를 가려서 발탁하는 선사選司의 최最. ③ 청탁淸濁을

앉는데, 일최一最이상과 사선四善을 받으면 상상등上上等이고, 삼선三善과 일최를 받거나 무최無最지만 사선을 받으면 상중등上中等이며, 이선二善과 일최를 받거나 무최지만 삼선을 받으면 상하등上下等이고, 가장 낮은 등급은 관직에 있으면서 아부를 하거나 횡령을 한 명확한 증거가 있는 경우로, 하하등下下等이다.

중앙관리 이외의 지방 주관州官의 업적 심사는 사록司錄과 녹사참군錄事參軍이 담당하며, 각급 관리들은 업적 심사 등급에 따라 관직의 승진과 강등이 결정된다.

송나라는 당나라의 관리 고과 제도를 그대로 유지하였다. 경력慶曆[102] 연간과 황우皇祐[103] 연간에 황서黃庶[104]는 한 부府와 세 주州의 속관屬官[105]으로

정확하게 가리고 옳고 그름을 정확하게 걸러내어 포폄을 알맞게 하는 고교考校의 최最. ④ 예제禮制와 의식을 경전에 맞게 하는 예관禮官의 최最. ⑤ 음률을 조화롭게 하여 절주를 잃지 않는 악관樂官의 최最. ⑥ 판단이 막히지 않고 사리에 맞게 주고 뺏을 수 있는 판사判事의 최最. ⑦ 부관들을 잘 통솔하고 수비에 실수가 없는 숙위宿衛의 최最. ⑧ 군대를 잘 훈련시키고 장비를 충실히 갖춘 독령督領의 최最. ⑨ 심문으로 진실을 알아내고 공평하게 처단하는 법관法官의 최最. ⑩ 문장의 교정을 정밀하게 하고 간행에 뛰어난 교정校正의 최最. ⑪ 뜻을 받들어 자세히 아뢰고 출납을 명민하게 하는 선납宣納(왕명 출납)의 최最. ⑫ 요령 있게 잘 가르쳐 학생들이 학업에 정진하도록 하는 학관學官의 최最. ⑬ 엄정하게 상벌을 내리고 전쟁에서 반드시 이기는 군장軍將의 최最. ⑭ 예의를 행하고 인솔 부서를 바로 잡는 정교政敎의 최最. ⑮ 기록이 전아하고 바르며 문장이 간명한 문사文史의 최最. ⑯ 감찰을 정밀히 하고 탄핵과 천거를 알맞게 하는 규정糾正의 최最. ⑰ 조사가 철저하고 잘못을 찾아내어 숨김이 없는 구검勾檢의 최最. ⑱ 직무를 잘 처리하고 뜻을 받들어 잘 정리하는 감장監掌(일을 감독하고 관장하는 관원)의 최最. ⑲ 공과를 충실히 하면서도 정장丁匠들의 원망이 없게 하는 역사役使의 최最. ⑳ 밭갈고 김매기를 시기에 맞추어 수확의 성과를 올리는 둔전관屯田官의 최最. ㉑ 철저히 보관하고 출납을 분명히 하는 창고倉庫의 최最. ㉒ 천체의 운행을 관측하여 이치를 정밀하게 연구하는 역관曆官의 최最. ㉓ 천문을 보고 길흉을 점치고 의복醫卜으로 효험을 보이는 방술方術의 최最. ㉔ 요령 있게 검찰하고 막힘없이 여행할 수 있도록 하는 관진關津의 최最. ㉕ 시장과 가게에 질서를 세워 올바르지 못한 행위가 범람하지 않도록 하는 시사市司의 최最. ㉖ 크고 살찌게 잘 길러 번식을 많이 시키는 목관牧官의 최最. ㉗ 변경이 깨끗하고 성과 해자를 잘 수리하는 진방鎭防의 최最.

102 慶曆 : 북송 인종仁宗 시기 연호(1041~1048).
103 皇祐 : 북송 인종仁宗 시기 연호(1049~1054).
104 黃庶(1019~1058) : 송대 시인. 자 아부亞夫(혹은 亞父), 만년의 호 청사靑社. 홍주洪州 분녕分寧(지금의 강서성 수수修水) 출신으로, 황정견黃庭堅의 아버지이다.
105 屬官 : 장관長官에게 속하여 있는 관원.

재직했다. 그렇기 때문에 그의 문집에 업적 심사 평가 14편이 수록되어있다. 그중 「황사리黃司理」를 살펴보자.

> 옥사獄事를 2년에 한 차례 처리하였는데, 죄의 크고 작음에 따라 기시棄市[106]에 처해진 사람이 54명이었고, 도형徒刑[107]에 처해지거나 유형流刑[108]에 처해진 사람은 314명이었으며, 장형杖刑[109]에 처해진 사람은 186명이었다. 모든 사건의 진상을 명확하게 조사하였기에, 억울한 사람이 누명을 쓰는 경우가 없었다. 재능과 기백이 없었다면 또 어찌 이렇게 처리할 수 있었겠는가? 그 업적 평가 결과를 중등中等으로 정할 수 있다.

「무양위舞陽尉」는 다음과 같다.

> 무양현舞陽縣[110]은 지역이 광범위하고 지형이 복잡하여, 사방의 도적들이 자주 이곳에서 은신하곤 한다. 일 년 동안 강도사건이 11건 발생하였는데, 사건발생 후 관리를 파견하여 대부분 잡아들였고, 도망간 사람은 단지 한 사람뿐이었다. 재능이 없다면 절대로 이렇듯 검거율이 높을 수 없을 것이다. 그 업적 평가 결과를 중등中等으로 정할 수 있다.

「법조유소원法曹劉昭遠」을 살펴보자.

> 법은 예禮의 중요한 원칙이다. 법을 집행할 때는 이치에 부합해야 하며 아울러 인정人情도 돌아보고 합리적으로 처리해야, 많은 이들의 옹호를 받을 수 있다.

---

106 棄市 : 죄인의 목을 베어 그 시체를 길거리에 내다버리는 형벌. 주로 나라를 크게 위태롭게 한 반역범이나 부모 형제 등을 살해하여 인륜人倫을 저버린 죄인에게 적용시켰다.

107 徒刑 : 강제 노동형을 뜻하는 말. 진秦·한漢 나라 이후 이 강제 노동형이 형벌체계의 주요부분을 구성하게 되었다. 도徒란 원래 죄를 범하여 감옥에서 복역服役하는 사람을 가리키는 말이었으나, 시일이 지나면서 형벌 그 자체의 명칭으로 변하였다. 당률唐律에서는 형벌을 태형笞刑·장형杖刑·도형·유형流刑·사형死刑의 5종류로 정하여, 도형을 3번째의 형벌로 하였다.

108 流刑 : 오형五刑의 하나로 죄인을 먼 곳으로 보내 그곳에 거주하게 하는 형벌. 유배流配라고도 한다. 중한 죄를 범했을 때 차마 사형에는 처하지 못하고 먼 곳으로 보내어 죽을 때까지 고향에 돌아오지 못하게 하는 형벌이다.

109 杖刑 : 5형五刑의 하나로 큰 곤장으로 볼기를 치는 형벌. 태형笞刑보다 한 단계 무거운 형벌이다. 죄의 경중에 따라 60대·70대·80대·90대·100대까지 5등급이 있으며, 유형流刑과 함께 집행되는 경우가 대부분이다.

110 舞陽縣 : 지금의 하남성에 속한다.

용재수필

각박하게 법을 집행하면, 법전의 조문條文에 얽매어 인정과 의리를 소홀히 하게 된다. 법조 유소원은 경서를 익혀 진사시를 통과하여 진사가 되었고, 본주本州의 하급관리에 임용되어 여러 해 동안 법관으로 일을 했다. 이로 인해 다양하고 복잡한 사안을 처리하면서 많은 경험을 쌓을 수 있었다. 매번 옥사를 처리할 때마다, 반드시 경전에서 근거를 찾은 연후에 인정을 참작해서 죄과의 경중을 처리했다. 그래서 사안의 처리가 실정에 부합하지 않는 경우가 한 번도 없었다. 이러한 것들을 고려하면 그 업적 평가 결과는 중등中等으로 정할 수 있다.

황서의 문집에 실려 있는 다른 업적 심사 평가서도 모두 위의 것들과 유사하다. 고과제도가 언제 폐지되었는지 알 수 없다. 지금은 관리들에게 정해진 법식에 의거하여 자신의 성과를 도장이 찍힌 종이위에 책임지고 기록하여 조정에 제출하게 하였다. 근래에는 또 군수郡守에게 현령縣令의 성품과 직무 수행 능력을 평가하도록 하였는데, 이러한 평가방법이 어디에서 나왔는지 알지 못한다. 만약에 점차적으로 옛 고과제도가 다시 부활한다면, 시기적절할 것 같다. 비록 모든 사람들이 반드시 사실에 근거하여 공평하게 일을 처리하는 것이 아니지만, 조정에서 임명하는 고과를 담당하는 관리들은 반드시 덕망이 높은 이를 임명해야 할 것이다. 그래야 업적 심사 평가가 공평해질 수 있을 것이다.

14. 말단관리의 봉급 小官受俸

심괄沈括[111]의 『몽계필담夢溪筆談』[112]에 송나라 건국 초기에 주현州縣의 말단

---

111 沈括(1031～1095) : 북송의 정치가, 과학자. 유능한 정치가였을 뿐만 아니라, 박학하여 문학·예술·역사·행정 분야는 물론, 수학·물리·동식물·약학藥學·기술·천문학 등 자연과학의 모든 분야에 걸쳐 일가견을 가지고 있었다. 그의 이러한 연구 결과를 만년에 집대성한 것이 『몽계필담』인데, 송나라 과학사 연구의 중요한 자료로서 후세에 공헌한 바 크며, 오늘날에도 그 가치를 인정받고 있다.

112 『夢溪筆談』 : 심괄이 말년을 보낸 윤주潤州(지금의 강소성 진강鎭江)에 있는 몽계원夢溪園이라는 정원에서 손님들과 나눈 대화를 기록했다고 해서 제목을 『몽계필담』이라 했다고 한다. 필담은 일종의 수필이다. 『몽계필담』에는 나침반·역법曆法에 대한 최초의 설명이 있으며, 화석의 기원 등에 대해 비교적 정확한 설명을 했다. 또한 천문·산학算學·지도제작법·광

관리들의 봉급이 아주 적었다고 하면서, 당시에 유행했던 다음과 같은 말을 인용하였다.

매달 받는 봉급은 5관五貫 960문文인데, 매 관貫[113] 당 770문밖에 주지 않아, 1000문 文[114] 정도를 제한 나머지 돈만 쓸 수 있었다.

황서는 황우皇祐 연간에 자신의 글을 엮어 『벌단집伐檀集』을 편찬하고 서 문에서 다음과 같이 말했다.

한 부府와 세 주州에서 업무 보조를 하였는데, 모두 종사從事[115]의 직책이었다. 십년 넘게 일을 하다 보니, 군郡의 정치상황에 대해 큰일에서 작은 일까지 관여하 지 않는 것이 없었으며, 문서를 관리하거나 소송안건을 심사하는 일을 주로 했다. 아침부터 저녁까지 하루 종일 생각하는 것은, 어떻게 하면 황상께 충절을 다하고, 나라에 보탬이 되며, 백성에게 도움을 줄 수 있을까 하는 것이었다. 하지만 지금 생각해보니 그 어느 것 하나 스스로 만족할 만한 성과를 거둔 것이 없다. 그런데 내가 매 달 관부로부터 받은 봉급은 조와 보리가 통상적으로 두 곡斛[116]이었고, 돈은 7천문이었다. 나는 항상 일을 할 때마다 '양심에 가책을 느껴 꺼림칙한 것은 없는가?'하고 내 자신에게 질문을 했다. 내가 했던 일들은 보통 사람들도 능히 담당할 수 있는 일이었다. 결국 나는 공적을 쌓지도 않고 무위도식하며 봉록만 축낸 사람이다. 그래서 나는 『시경』의 「벌단伐檀」[117]을 내 문집의 명칭으로 삼아, 내 마음속의 부끄러움을 표현하고자 했다.

지금 나라의 관리들이 받는 봉급이 계속해서 증가하는 것으로 알고 있

용재수필

학光學 · 약학 등과 같은 다양한 주제에 대한 심괄 자신의 관찰을 기록하고 있다.

113 貫 : 동전 1,000개를 꿴 한 꾸러미를 기준으로 정한 무게 단위.

114 文 : 닢. 동전을 헤아리는 화폐 단위.

115 從事 : 한나라 이후 삼공三公과 주군州郡의 장관들은 모두 자기 마음대로 사람을 추천하여 관리로 등용할 수 있었는데, 그러한 관리들을 종사從事라고 칭했다.

116 斛 : 중국에서 곡식을 계량할 때 쓰는 용기였으나 이것이 후에 단위로 쓰이게 되었다. 이 단위는 송宋나라 때에 와서 10말을 1석石(한국에서는 섬이라고도 한다)이라는 단위 명으 로 고쳐져 사용되었다. 한국에서는 홉合 · 되升 · 말斗 · 석이 있어 곡이라는 단위는 사용 하지 않았으나, 중국과의 교류가 활발하던 고려 정종 당시 한 때 양곡의 양을 측정하는 단위로 사용된 적이 있다.

117 「伐檀」 : 『시경 · 위풍衛風』의 편명篇名. 이 편은 관리가 하는 일 없이 녹祿만 받는 것을 꾸짖는 시이다.

다. 설령 주부主簿나 현위縣尉 같은 말단관리들이 받는 봉급도 건국 초기보다 7, 8배 증가했다. 그런데 그들은 여전히 수입보다 지출이 많다고 탄식을 한다. 만약 두 곡斛의 양식과 7천문이 서리書吏[118]나 소교小校[119] 등 하급관료의 봉급이라고 한다면, 어찌 지금의 사회풍조가 사치스럽게 된 것이라고 하지 않을 수 있겠는가? 사람들의 평상시 소비가 증가되고 물가는 날마다 올라서, 수입이 지출보다 많은 상황이 나타난 것이 아니겠는가? 이러한 상황에서 위와 같은 황서의 고매한 뜻과 인식은 정말 고귀한 것이다. 황정견이 바로 황서의 아들이다.

118 書吏 : 문서의 기록과 관리를 맡아보던 하급의 구실아치.
119 小校 : 하급 무관.

1. 天咫

黃魯直和王定國詩聞蘇子由病臥績溪云:「湔祓瘴霧姿, 朝趨去天咫。」蜀士任淵注引「天威不違顏咫尺」。予按國語, 楚靈築三城, 使子晳問范無宇, 無宇不可, 王曰:「是知天咫, 安知民則。」韋昭曰:「咫者少也, 言少知天道耳。」酉陽雜爼有天咫篇。黃詩蓋用此。徐師川喜王秀才見過小酌翫月四言曰:「君家近市, 所見天咫。庭戶之間, 容光能幾。菰蒲之中, 江湖之涘。一碧萬頃, 長空千里。」正祖述黃所用云。

2. 縣尉爲少仙

隨筆載縣尉爲少公, 予後得晏幾道叔原一帖與通叟少公者, 正用此也。杜詩有野望因過常少仙一篇, 所謂「落盡高天日, 幽人未遣回」者, 蜀士注曰:「少仙應是言縣尉也。」縣尉謂之少府, 而梅福爲尉, 有神仙之稱。少仙二字, 尤爲清雅, 與今俗呼爲仙尉不侔矣。

3. 杜詩用受覺二字

杜詩所用受覺二字皆絕奇。今摭其受字云:「脩竹不受暑」,「勿受外嫌猜」,「莫受二毛侵」,「監河受貸粟」,「輕燕受風斜」,「能事不受相促迫」,「野航恰受兩三人」,「一雙白魚不受釣」,「雄姿未受伏櫪恩」。其覺字云「已覺糟床注」,「身覺省郎在」,「自覺成老醜」,「更覺松竹幽」,「日覺死生忙」,「最覺潤龍鱗」,「喜覺都城動」,「更覺老隨人」,「每覺昇元輔」,「覺而行步奔」,「尙覺王孫貴」,「含悽覺汝賢」,「廚煙覺遠庖」,「詩成覺有神」,「已覺披衣慣」,「自覺酒須賒」,「早覺仲容賢」,「城池未覺喧」,「無人覺來往」,「人才覺弟優」,「直覺巫山暮」,「重覺在天邊」,「行遲更覺仙」,「深覺負平生」,「秋覺追隨盡」,「追隨不覺晚」,「熊羆覺自肥」,「自覺坐能堅」,「已覺良宵永」,「更覺綵衣春」,「已覺氣與嵩、華敵」,「未覺千金滿高價」,「梅花欲開不自覺」,「胡來不覺潼關隘」,「自得隋珠覺夜明」,「放箸未覺金盤空」,「東歸貪路自覺難」,「更覺良工心獨苦」,「始覺屏障生光輝」,「不覺前賢畏後生」,「吏情更覺滄洲遠」,「我獨覺子神充實」,「習池未覺風流盡」。用之雖多, 然每字命意不同, 又雜於千五百篇中, 學者讀之, 唯見其新工也。若陳簡齋亦好用此二字, 未免頻複者, 蓋只在數百篇內, 所以見其多。如「未受風作惡」,「不受珠璣絡」,「不受折簡呼」,「不受人招麾」,「不受安危侵」,「飽受今日閑」,「却扇受景風」,「語聞受遠響」,「坐受世故驅」,「庭

용재수필

柏不受寒」,「可復受憂戚」,「寧受此酸辛」,「浴浴江受風」,「坐受世褊迫」,「清池不受暑」,
「平池受細雨」,「窮村受春晚」,「不受急景催」,「肯受元規塵」,「了不受榮悴」,「意閑不受榮
與辱」,「獨自人閒不受寒」,「枯木無枝不受寒」,「天馬何妨略受羈」,「來禽花高不受折」,「不
受陰晴與寒暑」,「長林巨木受軒輊」。「未覺懶相先」,「未覺壯心休」,「未覺身淹留」,「未
覺墦陰遲」,「未覺欠孟嘉」,「未覺有等倫」,「未覺風來遲」,「未覺經旬久」,「欲往還覺非」,
「獨覺賦詩難」,「稍覺夜月添」,「菰蒲覺風入」,「未覺此計非」,「高處覺眼新」,「意定覺景多」,
「未覺徐娘老」,「未覺有榮辱」,「未覺飢腸虛」,「未覺平生與願違」,「村空更覺水潺湲」,「眼
中微覺欠扁舟」,「居夷更覺中原好」,「便覺杯觴耐薄寒」,「牆頭花定覺風闌」,可謂多矣。
蓋喜用其字,自不知下筆所著也。

4. 西太一宮六言

「楊柳鳴蜩綠暗,荷花落日紅酣。三十六陂春水,白頭想見江南」荊公題西太一宮六言
首篇也。今臨川刻本以「楊柳」爲「柳葉」,其意欲與荷花爲切對,而語句遂不佳。此猶未
足問,至改「三十六陂春水」爲「三十六宮煙水」,則極可笑。公本意以在京華中,故想見
江南景物,何預於宮禁哉！不學者妄意塗竄,殊爲害也。彼蓋以太一宮爲禁廷離宮爾。

5. 由與猶同

新唐書藩鎮傳序云:「其人自視由羌狄然。」據字義,「由」當爲「猶」,故吳縝作唐書音
訓有糾謬一篇,正指其失,彼元不深究孟子也。文惠公頃與予作唐書補過,嘗駁其說。予
作文每用之,輒爲人所疑問,今爲詳載於此。如「以齊王,由反手也」,「由弓人而恥爲弓」,
「王由足用爲善」,「是由惡醉而強酒」,「由己溺之,由己飢之」,「由射於百步之外」,「見且
由不得亟」,其義皆然,蓋由與猶通用也。

6. 人焉廋哉

孔子論人之善惡,始之曰:「視其所以」,繼之以「觀其所由,察其所安」,然後重言之
曰:「人焉廋哉,人焉廋哉」,蓋以上之三語詳察之也。而孟氏一斷以眸子,其言曰:「存
乎人者,莫良於眸子。眸子不能掩其惡,胸中正,則眸子瞭焉,胸中不正,則眸子眊焉。聽
其言也,觀其眸子,人焉廋哉！」說者謂:「人與物接之時,其神在目。故胸中正,則神精
而明。不正,則神散而昏。心之所發,幷此而觀,則人之邪正不可匿矣。言猶可以僞爲,
眸子則有不容僞者。孔聖既已發之於前,孟子知言之要,續爲之說,故簡亮如此。」舊見
王季明云:太學士子嘗戲作一論,其略曰:「知人焉廋哉之義,然後知人焉廋哉,人焉廋
哉之義。知人焉廋哉,人焉廋哉之義,然後知人焉廋哉之義。孔子所云『人焉廋哉,人焉
廋哉』者,詳言之也。孟子所云『人焉廋哉』者,略言之也。孔子之所謂『人焉廋哉,人焉

廋哉』, 卽孟子之所謂『人焉廋哉』也。孟子之所謂『人焉廋哉』, 卽孔子之所謂『人焉廋哉, 人焉廋哉』也。」繼又疊三語爲一云:「夫人焉廋哉, 人焉廋哉, 人焉廋哉, 雖曰不同, 而其所以爲人焉廋哉, 人焉廋哉, 人焉廋哉, 未始不同。」演而成數百字, 可資一笑, 亦幾於侮聖言矣!

7. 久而俱化

天生萬物, 久而與之俱化, 固其理焉, 無間於有情無情, 有知無知也。予得雙雁於衢人鄭伯鷹, 純白色, 極馴擾可翫, 寘之雲壑, 不遠飛翔。未幾, 隕其一, 其一塊獨無儔, 因念白鵝正同色, 又性亦相類, 乃取一隻與同處。始也, 兩下不相賓接, 見則東西分背, 雖一盆伺穀, 不肯並唼。如是五日, 漸復相就, 踰旬之後, 怡然同群, 但形體有大小, 而色澤飛鳴則一。久之, 雁不自知其爲雁, 鵝不自知其爲鵝, 宛如同巢而生者。與之俱化, 於是驗焉。今人呼鵝爲舒雁, 或稱家雁, 其褐色者爲雁鵝, 雁之最大者曰天鵝。唐太宗時, 吐蕃祿東贊上書, 以謂聖功遠被, 雖雁飛于天, 無是之速, 鵝猶雁也, 遂鑄金爲鵝以獻。蓋二禽一種也。

8. 黄文江賦

晚唐士人作律賦, 多以古事爲題, 寓悲傷之旨, 如吳融、徐寅諸人是也。黄滔字文江, 亦以此擅名, 有明皇回駕經馬嵬坡隔句云:「日慘風悲, 到玉顏之死處; 花愁露泣, 認朱臉之啼痕。」「褰雲萬疊, 斷腸新出於啼猿; 秦樹千層, 比翼不如于飛鳥。」「羽衛參差, 擁翠華而不發; 天顏愴恨, 覺紅袖以難留。」「神仙表態, 忽零落以無歸; 雨露成波, 已沾濡而不及。」「六馬歸秦, 却經過於此地; 九泉隔越, 幾悽惻於平生。」景陽井云:「理昧納隍, 處窮泉而詎得; 誠乖馭朽, 攀素綆以胡顏。」「青銅有恨, 也從零落於秋風; 碧浪無情, 寧解流傳於夜壑。」「荒涼四面, 花朝而不見朱顏; 滴瀝千尋, 雨夜而空啼碧溜。」「莫可追尋, 玉樹之歌聲邈矣; 最堪惆悵, 金瓶之咽處依然。」館娃宮云:「花顏縹緲, 欺樹裏之春風; 銀燧熒煌, 却城頭之曉色。」「恨留山鳥, 啼百草之春紅; 愁寄籬雲, 鏁四天之暮碧。」「遺堵塵空, 幾踐羣遊之鹿; 滄洲月在, 寧銷怒觸之濤。」陳皇后因賦復寵云:「已爲無雨之期, 空懸夢寐; 終自凌雲之製, 能致煙霄。」秋色云:「空三楚之暮天, 樓中歷歷; 滿六朝之故地, 草際悠悠。」白日上昇云:「較美古今, 列子之乘風固劣; 論功晝夜, 姮娥之奔月非優。」凡此數十聯, 皆研確有情致, 若夫格律之卑, 則自當時體如此耳。

9. 沈季長進言

沈季長元豐中爲崇政殿說書, 考開封進士, 旣罷, 入見, 神宗曰:「論不以智治國, 誰爲此者?」對曰:「李定所爲。」上曰:「聞定意譏朕。」季長曰:「定事陛下有年, 頃者御史

言定乃人倫所棄, 陛下力排羣議, 而定始得爲人如初, 繼又擢用不次, 定雖懷利, 尙當知恩, 臣以此敢謂無讒陛下意。詩序曰:『言之者無罪, 聞之者足以戒。』書曰:『小人怨汝詈汝, 則皇自敬德。』陛下自視豈任智者, 不知何自慊疑, 乃信此爲讒也?」上曰:「卿言甚善, 朕今已釋然矣, 卿長者, 乃喜爲人辯謗。」對曰:「臣非爲人辯謗, 乃爲陛下辯譖耳。」它日, 上語及前代君臣, 因曰:「漢武帝學神仙不死之術, 卿曉其意否? 此乃貪生以固位耳, 故其晩年舉措謬戾, 禍貽骨肉, 幾覆宗社。且人主固位, 其禍猶爾, 則爲人臣而固位者, 其患亦何所不至, 故朕每患天下之士能輕爵祿者少。」季長曰:「士而輕爵祿, 爲士言之, 則可, 爲國言之, 則非福也。人主有尊德樂道之志, 士皆以不得爵祿爲恥, 寧有輕爵祿者哉! 至於言違諫咈, 士有去志, 故以爵祿爲輕。」上曰:「誠如卿言。」按, 季長雖嘗至修起居注, 其後但終於庶僚, 史不立傳。王和甫銘其墓, 載此兩論, 予在史院時未之見也。其子銖爲侍從, 恨不獲附見之, 故表出於是。

10. 繁遏渠

國語魯叔孫穆子曰:「金奏肆夏:繁、遏、渠。天子所以饗元侯也。」 韋昭注曰:「繁、遏、渠, 肆夏之三也。禮有九夏, 皆篇名。」昭雖曉其義, 而不詳釋。案, 周禮春官:「鐘師掌金奏, 以鐘鼓奏九夏。」鄭氏注引呂叔玉云:「肆夏、繁遏、渠, 皆周頌也。肆夏, 時邁也。繁遏, 執競也。渠, 思文也。」又曰:「繁, 多也。遏, 止也。言福祿止於周之多也。故執競曰:『降福穰穰, 降福簡簡。』渠, 大也。言以后稷配天, 王道之大也。故思文曰:『思文后稷, 克配彼天。』」予謂此說亦近於鑿。

11. 替戾岡

坡公遊鶴林、招隱, 有岡字韻詩, 凡作七首, 最後云:「背城借一吾何敢, 切勿樽前替戾岡。」小兒問三字所出, 案, 晉書佛圖澄傳, 澄能聽鈴音以知吉凶, 往投石勒。及劉曜攻洛陽, 勒將救之, 其羣下咸諫, 以爲不可。勒以訪澄, 澄曰:「相輪鈴音云:『秀支替戾岡, 僕谷劬禿當。』此羯語也。秀支, 軍也。替戾岡, 出也。僕谷, 劉曜胡位也。劬禿當, 捉也。此言軍出捉得曜也。」勒遂擒曜。坡公正用此云。

12. 文潞公平章重事

文潞公元豐六年以太師致仕, 時七十八歲矣。後二年, 哲宗卽位, 太皇太后垂簾同聽政。用司馬公爲門下侍郎, 公奏乞召潞公置之百寮之首, 以鎭安四海, 后遣中使梁惟簡宣諭曰:「彦博名位已重, 又得人心, 今天子幼沖, 恐其有震主之威。且於輔相中無處安排, 又已致仕, 難爲復起。」公當時以新入, 不敢復言。元祐元年三月, 公拜左僕射, 乃再上奏曰:「書曰:『人惟求舊。』蓋以其歷年之多也。彦博沈敏有謀略, 知國家治體, 能斷大事,

自仁宗以來，出將入相，功效顯著，天下所共知，年踰八十，精力尚強。臣初曾奏陳，尋蒙宣諭。切惟彥博一書生爾，年逼桑榆，富貴已極，夫復何求，非有兵權死黨可畏懼也。假使為相，一旦欲罷之，止煩召一學士，授以詞頭，白麻既出，則一匹夫爾，何難制之。有震主之威，防慮大過。若依今官制用之為相，以太師兼侍中行左僕射，有何不可。儻不欲以劇務煩老臣，則凡常程文書，只委右僕射以下簽書發遣，惟事有難決者，方就彥博咨稟。自古致仕復起，蓋非一人，彥博今年八十一，不過得其數年之力，願急用之，臣但以門下侍郎助彥博，恐亦時有小補。今不以彥博首相，而以臣處之，是猶捨騏驥而策駑駘也，切為朝廷惜之。若以除臣左僕射，難為無故以他人易之，則臣欲露表舉其自代。」奏入，不許。給事中范純仁亦勸乞召致，留為師臣。未幾，右僕射韓縝求去，后始賜司馬公密詔，欲除彥博兼侍中行右僕射事，其合行恩禮，令相度條具。公以名體未正，不敢居其上，乞以行左僕射，自守右僕射。詔曰：「使彥博居卿上，非予所以待卿之意，卿更思之。」公執奏言：「臣為京官時，彥博已為宰相，今使彥博列位在下，非所以正大倫也。」於是召赴闕。既而御史中丞劉摯、左正言朱光庭、右正言王覿俱上言：「彥博春秋高，不可為三省長官。」司馬公又言：「若令以正太師平章軍國重事，亦足以尊老成矣。」四月，遂下制如公言，詔一月兩赴經筵，六日一入朝，因至都堂與執政商量事，朝廷有大政令，即與輔臣共議。潞公此命，可謂鄭重費力，蓋本不出於主意也。然居位逾五年，屢謝病，乃得歸，竟坐此貽紹聖之貶。

13. 考課之法廢

唐制，尚書考功掌內外文武官吏之考課，凡應考之官，家具錄當年功過行能，本司及本州長官對眾讀議其優劣，定為九等考第，然後送省。別敕定京官位望高者二人，一校京官考，一校外官考，又定給事中、中書舍人各一人，一監京官考，一監外官考，郎中判京官考，員外郎判外官考，凡考課之法，有四善、二十七最。一最以上有四善，為上上。有三善，或無最而有四善，為上中。有二善，或無最而有三善，為上下。其末至於居官詔詐、貪濁有狀，為下下。外州則司錄、錄事參軍主之，各據之以為黜陟。國朝此法尚存。慶曆、皇祐中，黃亞夫庶佐一府、三州幕，其集所載考詞十四篇。黃司理者曰：「治狂獄，歲再周矣，論其罪棄市者五十四，流若徒三百十有四，杖百八十六，皆得其情，無有冤隱不伸，非才也其孰能！其考可書中。」舞陽尉者曰：「舞陽大約地廣，它盜往往囊橐於其間，居一歲，為竊與強者凡十一，前件官捕得之，其亡者一而已矣。非才焉固不能。可書中。」法曹劉昭遠者曰：「法者，禮之防也。其用之以當人情為得，刻者為之，則拘而少恩。前件官以通經舉進士，始掾於此，若老於為法者，每抱具獄，必傅之經義然後處，故無一不當其情。其考可書中。」它皆類此。不知其制廢於何時。今但付之士案吏據定式書於印紙，比者又令郡守定縣令臧否高下，人亦不知所從出。若使稍復舊貫，似為得宜，雖未必人人

盡公得實, 然思過半矣。

14. 小官受俸

　沈存中筆談書國初時州縣之小官俸入至薄, 故有「五貫九百六十俸, 省錢且作足錢用」之語。黃亞夫皇祐間自序其所爲伐檀集云：「歷佐一府、三州, 皆爲從事, 踰十年, 郡之政, 巨細無不與, 大抵止於簿書獄訟而已, 其心之所存, 可以效於君、補於國、資於民者, 曾未有一事可以自見。然月廩於官, 粟麥常兩斛, 錢常七千, 問其所爲, 乃一常人皆可不勉而能, 茲素餐昭昭矣。遂以『伐檀』名其集, 且識其愧。」予謂今之仕宦, 雖主簿、尉, 蓋或七八倍於此, 然常有不足之嘆。若兩斛、七千, 祇可祿一書吏小校耳！豈非風俗日趨於浮靡, 人用日以汰, 物價日以滋, 致於不能贍足乎！亞夫之立志如此, 眞可重也。山谷先生乃其子云。

1. 칠기 고로진 庫路眞

『신당서新唐書·지리지地理志』의 기록을 살펴보자.

> 양주襄州[1]에서 매번 조정에 진상한 지방특산물은 고로진庫路眞의 두 가지 종류 칠기 열 수레와, 꽃 무늬 칠기 다섯 수레이다.

고로진庫路眞은 칠기漆器의 명칭인데, 어떤 것을 고로진이라고 했는지는 분명하지 않다. 『원풍구역지元豐九域志』에는 "칠기 스무 가지를 진상하였다"는 기록이 있는데, 여기에서의 칠기는 고로진을 지칭한 것이다.

『신당서·우적전于頔傳』에서는 우적이 양양의 절도사로 재직하고 있었을 때, 양양에서 생산된 적흑색의 칠기가 아주 유명해서, 여기저기 각지에서 이를 모방하는 일이 빈번했다고 한다. 이로 인해 우적은 오만방자하게 행동하면서 나라의 법도마저 지키지 않게 되었고, 사람들은 그를 '양양절도襄陽節度'라고 칭했다고 한다.

또 『구당서舊唐書·직관지職官志』에서는 무덕武德 7년(624)에 진왕秦王과 제왕齊王이 관할하던 삼위三衛와 고진庫眞·구질진䮩座眞을 병합하여 통솔하라는 명령이 내려졌다는 기록이 있다.

고로진은 북주北周와 수나라 때 서부변경지역의 방언인 것 같다. 기록에 근거하면, 백거이의 문집에도 이 단어가 나온다고 하는데, 나는 아직 어디에 나오는지 찾지 못했다.

---

1 襄州 : 지금의 호북성 양번襄樊.

2. 득의와 실의를 노래한 시 得意失意詩

예전부터 전해 내려오는 네 구절의 시가 있는데, 인생 중 바라던 바를 이루어 가장 득의양양한 네 가지 상황을 노래한 것이다.

오랜 가뭄 끝에 단비 만난 때,	久旱逢甘雨,
타향에서 옛 친구 만난 때.	他鄉見故知.
동방에서 화촉을 밝히던 첫 날 밤,	洞房花燭夜,
과거급제 방문에 이름이 걸린 날.	金榜掛名時.

호사가들이 여기에 이어 실의한 네 가지 상황을 노래했다.

과부가 아이를 끌고 가며 울 때	寡婦攜兒泣,
장수가 적에게 사로잡혔을 때	將軍被敵擒,
총애를 잃어버린 궁녀의 얼굴	失恩宮女面,
과거에 낙방한 선비의 착잡한 심정	下第擧人心.

이 두 수의 시는 득의하여 즐겁고 실의하여 슬픈 상황을 아주 절묘하게 묘사하고 있다.

3. 적겸모와 노정 狄監 盧尹

문언박이 서경^{西京}에 남아 지키고 있었을 때 그의 나이는 77세의 고령이었다. 그와 사마광 등은 기영회^{耆英會}를 조직하였는데, 모두 열 두 사람이 모였다. 당시 부필^{富弼}은 79세로 기영회 회원 중에 가장 연장자였다. 태중대부^{太中大夫} 장문^{張問}은 70세였고, 사마광은 이제 막 64세가 되어 나이가 가장 어렸다.

당나라 때 백거이와 함께 향산구로^{香山九老2}로 불렸던 적겸모^{狄兼謨}와 노정

---

2 香山九老 : 당나라의 백거이^{白居易}가 낙양에서 8인의 노인 친구들과 모임을 만든 구로회^{九老會}를 말한다. 향산^{香山}은 낙양에 있는 산 이름으로, 당^唐 무종^{武宗} 때에 백거이가 형부상서^{刑部尚書}로 있다가 퇴직한 후 이곳에 누대를 지어놓고 향산거사^{香山居士}라고 자호하고, 승려 여만^{如滿}

盧貞의 나이를 생각해보면, 그들 또한 기영회에 참여했을 것으로 생각된다. 혹자는 적겸모와 노정의 기영회 참여가 진짜냐고 질문을 할 것이다. 이것에 대한 기록이 백거이의 문집에 보이는데, 요즘 사람들이 말하는 구로도九老圖이다.

구로도에 나와 있는 회주사마懷州司馬 호고胡杲의 나이는 89세였고, 위위경衛尉卿 길교吉皎의 나이는 86세, 용무장사龍武長史 정거鄭據의 나이는 84세, 자주자사慈州刺史 유가劉嘉와 시어사侍御史 노정은 모두 82세였는데, 이들은 모두 원풍元豊3 연간에 문언박과 부필 등이 조직한 기영회의 사람들보다 나이가 많다.

무종武宗 회창會昌 5년(845)에 영주자사永州刺史 장혼張渾과 형부상서刑部尙書 백거이는 모두 74세였다. 백거이는 기영회를 위해 쓴 서문에서 다음과 같이 말했다.

> 여섯 현인은 모두 나이가 많고, 내가 그 다음이다. 비서감秘書監 적겸모狄兼謨와 하남윤河南尹 노정盧貞은 나이가 칠십도 안 되었기 때문에, 함께 구로회에 참여해 활동했지만 그 둘의 이름을 넣지는 않았다.

백거이가 함께 활동했어도 나이가 적은 이들의 이름을 언급하지 않았던 것처럼, 사마광 역시 기영회를 말하면서 나이 어린 자신의 이름을 언급하지 않고 나이가 많았던 부필과 장창張昌만을 말하였던 것이다.

요즘 사대부들은 모두 이 일을 잘 알고 있지만, 적겸모와 노정의 이야기를 나이 어린 후학들이 잘 알지 못하기에 그들에게 알려주기 위해 여기에 기록하였다. 그런데 두 사람의 노정盧貞이 향산구로에서 같이 활동했다고 하는 것은, 역사서 기록상의 오류로 보인다.[4]

용재사필 권8

등과 함께 향화사香火社를 결성하여 만년을 보냈던 곳이다. 향산에서 백거이가 나이 많은 호고胡杲 · 길교吉皎 · 정거鄭據 · 유진劉眞 · 노진盧眞 · 장혼張渾 · 적겸모狄兼謨 · 노정盧貞 등과 잔치를 즐기며 놀았다는 기록이 『구당서 · 백거이열전白居易列傳』에 기록되어있는데, 이들을 향산구로라고 칭한다. 향산구로의 구성원에 대해서는 기록마다 조금씩 다르다.
3 元豊 : 북송 신종神宗 시기 연호(1078~1085).

4. 항우와 한신의 병서 項韓兵書

한나라 성제 때, 임굉任宏이 언급한 병서兵書는 모두 네 종류였다. 즉 『권모權謀』의 「한신韓信」 3편과 『형세形勢』의 「항왕項王」 1편이다. 이 글들은 모두 『한서』와 『후한서』의 「예문지藝文志」에 실려 있다. 『한서예문지漢書藝文志·병서략兵書略』에는 다음과 같은 기록이 있다.

> 한나라가 흥하고, 장량張良[5]과 한신韓信이 고대의 각종 병서를 모으니 모두 182가家였다. 그중 필요 없는 것은 빼고 중요한 것만 선별하여 35가로 정리하였다. 여태후呂太后가 정권을 장악하면서 이 병서들을 훔쳐 가졌다.

항우와 한신은 비록 제명대로 살지 못하고 비극적인 죽음을 맞이하였지만, 그들이 남긴 병서는 후세에까지 전해져 한나라 400여 년간 줄곧 전해져 왔다. 그러나 지금은 볼 수 없다.

5. 「형남승천탑기」 承天塔記

황정견은 줄곧 벼슬길이 순탄하지 않아, 여러 차례 폄적을 당했다. 처음 융주戎州[6]와 부주涪州[7]로 폄적되어 고난을 겪다가, 여러 해 후에 다시 개봉으로 돌아갈 수 있었다. 그러나 불행은 이것으로 끝나지 않고, 개봉으로 돌아

························

4 향산구로에 대한 다양한 기록을 보면 노정盧貞 외에 노씨 성을 가진 사람으로 노진盧眞 또는 노신盧愼이 언급되고 있는데, 시어사侍御史는 노진盧眞 또는 노신盧愼으로 보인다. 이에 대해 홍매가 제대로 고찰하지 못했기에, 두 사람의 노정을 언급하며 역사서 기록상의 오류로 본 것이다.

5 張良(?~B.C.189) : 전한 초기의 정치가. 자 자방子房. 할아버지와 아버지는 한韓나라 소후昭侯·선혜왕宣惠王 등 5대에 걸쳐 승상을 지냈다. 진秦이 한을 멸하자 그는 자객들과 사귀면서 한의 회복을 도모했다. 박랑사博浪沙에서 진시황제를 공격했으나 실패했다. 그후 진나라에 반대하는 무리를 모아 유방劉邦과 합세했고, 이후 주요전략가가 되어 한나라 건국에 큰 공을 세웠다.

6 戎州 : 지금의 사천성 의빈宜賓.

7 涪州 : 지금의 사천성 부릉涪陵.

용재수필

가자마자 다시 참소를 당했다. 당시 호북전운판관湖北轉運判官 진거陳擧는 황정견과 재상 조청헌趙淸憲간에 불화가 있다는 것을 알고, 조청헌에게 아부하기 위해, 황정견이 쓴 「형남승천탑기荊南承天塔記」를 빌미로 삼아 그를 공격하였다. 진거는 황정견의 「형남승천탑기」가 재앙이나 불행을 다행스럽게 여기고 좋아하면서, 조정을 비방하는 글이라고 참소하였다. 그래서 황정견은 또 관직을 박탈당하고 의주宜州[8]로 폄적되었다가 결국 거기에서 생을 마감했다.

지금의 『예장집豫章集』에는 「형남승천탑기」가 수록되어 있지 않은데, 아마도 그 글이 화의 발단이 되었기 때문에 수록하지 않은 것 같다. 황정견의 증손인 황순黃쑖이 그의 유문을 모아 별집을 편찬하면서, 비로소 그 문장을 볼 기회를 얻을 수 있었다. 「형남승천탑기」의 내용은 다음과 같다.

> 내가 죄를 지어 검주黔州[9]로 유배되어 강릉江陵을 지나다가, 승천선원承天禪院에 기거하게 되었다. 때마침 그곳의 주지승인 지주대사智珠大師가 불탑을 하나 세우려고 하고 있었다. 지주대사가 내게 말하였다.
> "우리 절에 불탑이 세워지면, 그대가 탑이 세워지게 된 과정을 글로 써주시길 부탁드립니다."
> 육년 후, 황상의 은덕으로 고향으로 돌아갈 수 있게 되자 다시 강릉의 승천선원을 지나가게 되었는데, 7층 불탑이 우뚝 솟아있는 것을 보고 붓을 들어 글을 썼다.

문장의 뒷부분을 살펴보자.

> 선비들은 항상 불탑 하나를 세우는 비용이 만호萬戶의 재산과 맞먹는다며, 불탑이 백성들의 재산을 갉아먹는 좀벌레와도 같다고들 한다. 나 역시도 그렇게 생각했었다. 그런데 나라가 빈약한 원인 역시 이와 같다. 내가 글을 쓴 이래로, 나라의 재력이 고갈된 발단을 살펴보니 바로 전쟁과 끊임없이 백성들에게 징수하는 각종 세금이었다. 게다가 메뚜기 떼로 인한 농사피해에 가뭄과 수재 · 전염병 등등이 수십 주州에 만연하여, 백성들에게 재난을 가져다주었다. 흥망성쇠의 무상함은 사람의 힘으로 어찌할 수 없는 것이다!

황정견의 문장은 이와 같았기에, 애초에 조정의 재앙이나 불행을 다행스럽게 여기고 좋아하면서 조정을 비방하려는 의도가 전혀 없었다. 오히려 백성들의 고달픈 현실을 직시하며 나라를 위해 걱정하는 내용이었다. 그런데 이 문장으로 인해 멀리 면직되어 유배를 가고 또 그 낯선 땅에서 죽음에 이르게 되었으니, 어찌 원통하지 않을 수 있겠는가!

6. 「목호가」穆護歌

곽무천郭茂倩[10]이 편찬한 『악부시집樂府詩集』[11]에 「목호가穆護歌」 한 편이 수록되어있는데, 『역대가사歷代歌辭』의 '곡범각曲犯角'을 인용하여 다음과 같이 기록하였다.

옥피리 아침마다 부니,　　　　　　　　　　玉管朝朝弄,
맑은 노래 날마다 날마다 새로워라.　　　　　淸歌日日新.
꽃 꺾어 들고 역로驛路에 가서,　　　　　　　折花當驛路,
농두隴頭 사람에게 부치네.　　　　　　　　　寄與隴頭人.

황정견은 「제목호가후題牧護歌後」에서 다음과 같이 서술했다.

내 일찍이 이 노래를 왜 목호가牧護歌라고 부르는지 물어보았지만, 모두 '목호'의 뜻에 대해 설명하지 못했다. 옛날에 파주巴州[12]・북주僰州[13]에서 육년간 지내면서, 그 일대의 사람들에게 물어보았지만, '목호'의 뜻에 대해 정확하게 알고 있는 사람이 없었다. 하루는 배를 타고 가다가 운안雲安에서 묵게 되었는데, 그 곳 사람들이 신에게 제사를 지낸 후 주연을 베풀면서 함께 음복하며 제사에 참석한 사람들이 춤을 추며 함께 목호가를 큰소리로 부르는 것을 들었다. 노래 가사의 처음은

용재수필

---

10 郭茂倩 : 송나라 문인. 『악부시집樂府詩集』의 저자이며, 정확한 생몰년을 알 수 없고, 생애의 사적도 전해지지 않는다.

11 『樂府詩集』 : 악부가사를 수록한 책 중에서 가장 정리가 잘 된 총집總集. 한대漢代에서 오대五代에 이르기까지의 악부시와 선진先秦에서 당唐에 이르는 시기의 가요 및 악부에 대한 후인의 의작擬作까지를 겸하여 집록했다. 해설이 정확하여, 악부의 총집으로서 중시된다.

12 巴州 : 지금의 사천성 봉절奉節.

224 13 僰州 : 지금의 사천성 의빈宜賓.

다음과 같았다.

상인들의 목호를 들었는데,
사해와 오호를 떠돈 이야기라네.

聽說商人木瓠,
四海五湖曾去.

가운데 몇 십 구절은 모두 상인들이 장사하러 다니는 즐거움을 노래한 것이다.
마지막 구절은 다음과 같다.

한 마디 말로 여러 사람들에게 소식을 전하고,
많은 술 다 마신 후 돌아가네.

一言爲報諸人,
倒盡百瓶歸去.

이어서 또 여러 사람들이 춤을 추기 시작했다. 춤을 추면서, 자신의 일을 노래했
는데, 처음과 끝의 정경이 대체로 같았다. 내가 왜 목호가라고 하는지 물어보니,
나무로 표주박모양을 깎아 악기로 삼아, 이것을 두드리며 춤의 박자를 맞추어서
목호가라고 한다고 했다. 이 대답을 통해 목호라는 것이 즉 목호木瓠인 것을 깨닫
게 되었다.

황정견의 말을 근거로 하면, 곽무천이 「목호가穆護歌」의 유래를 제대로
알지 못하고 있었다는 것이 된다. 또 그가 '곡범각'이라고 하면서 인용한
시 또한 아무런 의미도 없다.

7. 성시의 합격인원 省試取人額

매번 성시省試[14]가 거행되면 시험장인 공원貢院[15]의 문이 닫혔다가 열리기

....

14 省試 : 과거科擧의 일종. 상서성尙書省 예부禮部에서 주관하는 시험으로 당나라와 송나라·금나
라·원나라까지는 '성시'라고 불렀고, 명나라와 청나라에서는 '회시會試'라고 불렀다.
15 貢院 : 과거시험을 실시하기 위해 각 성省 및 수도에 설치한 시험장. 고사장 사무를 위한
관리들의 집무실과 응시자들이 답안을 작성하는 수천 개의 작은 독방으로 구성되어 있다.
장방형의 긴 건물에 약 2미터 정도의 폭으로 촘촘하게 칸을 질러 한 칸에 한 명씩 수용하였으
며 이런 건물이 수십 채가 있어 마치 벌집 같은 모습을 띠고 있었다. 외각은 높은 담장으로
둘러 쳐서 외부와의 연락을 차단하였다. 당나라 때 이미 예부禮部 남원南院이 있어서 공원의
역할을 하였으며, 이후 각 왕조는 공원을 독립된 시설로 설치, 운영하였다. 과거제가 폐지된
이후 일부 지방공원은 근대학교 시설로 전용되기도 하였으며 일부는 옛 모습대로 남아
있는데, 현존하는 대표적인 것으로는 북경공원, 남경공원 등이 있다. 우리나라의 경우 과거

225

까지 한 달의 시간이 소요되었다. 만약에 시험이 끝나지 않으면, 시간이 연장되는데 열흘을 초과할 수 없었다. 매번 합격인원수는 응시생의 1/14로 정해져 있었고, 이러한 제도가 언제부터 시작되었는지는 알 수 없다. 황정견은 철종 원우元祐 3년(1088)에 공원참상관貢院參詳官에 임명되었는데, 서첩書帖에 이렇게 기록하였다.

> 정월 을축乙丑일에 태학太學의 문을 닫은 후, 4732명이 예부의 진사시에 참가하였다. 3월 무신戊申일에 시험이 끝났고, 진사에 급제한 500명의 명단을 상소로 올렸다.

이를 통해 과거시험 책임관이 과거를 치루기 위해 44일간 공원의 문을 닫았고, 진사시에 참가했던 응시생 9.5인에 한 사람이 시험에 합격했다는 것을 알 수 있는데, 지금 행해지는 과거의 기간이나 합격 비율과는 다르다. 이 서첩은 황정견의 별집에 수록되어 있다.

8. 통인자어 通印子魚

어통인魚通印이라는 말은 왕안석의 시「송장병부지복주送張兵部知福州」에 나온다.

> 도마 위의 큰 물고기에 도장 세 개를 찍네.　　　　　　長魚俎上通三印.

무릇 복주福州는 바닷가에 접해있어 물고기가 풍성하게 잡히고, 물고기의 크기도 아주 크다. 처음 '어통인'은 물고기를 지칭해서 한 말이 결코 아니었다. '어통인'이 물고기의 의미를 가지게 된 것은 소식이 '披縣黃雀피면황작'의 대구로 '通印子魚통인자어'를 사용하면서 시작되었다. 이때 '子자'를 빌어 '黃황'의 가대假對[16]로 삼았다. 황정견의 시구절인 "子魚通印蠔破山자어통인호

제가 정착되어 있었음에도 불구하고 독립된 공원 시설은 없었다.

16 假對 : 시문을 지을 때 사용하는 대우방법의 하나로 차대借對를 지칭한다. 즉 내용이 대우를 이루지는 않지만 글자로는 대우를 이루거나, 음이 비슷한 해음자諧音字를 사용해서 대우를

^{파산}"도 바로 이러한 의미를 계승한 것이다.

진정민^{陳正敏}은 『둔재한람^{遯齋閑覽}』에서 다음과 같이 설명했다.

> 복주에는 통응묘^{通應廟}가 있는데, 묘 앞의 항구에서 잡히는 자어^{子魚}[17]가 아주 유명하다. 왕초료^{王初寮}의 시 구절 "통응의 자어 소금처럼 투명한 백색[通應子魚鹽透白]"은 바로 통응묘 앞에서 잡히는 자어를 이야기 한 것이다.

복주출신인 황처권^{黃處權}은 다음과 같이 말했다.

> 흥화^{興化}에서 생산되는 자어는 도성에서 50리 떨어진 영선^{迎仙}에서 잡히는 것을 최상품으로 친다. 생산되는 곳의 지명에 따라 토착민들은 이를 자어담^{子魚潭}이라고 불렀는데, 처음에는 통응항^{通應港}이란 이름이 없었기 때문이다.

복주에 거대한 신상^{神像}이 설치된 사당이 세워지고, 조정은 그 사당에 '현응^{顯應}'이란 편액을 하사하였다고 한다. 바로 그 사당이 『둔재한람』에서 언급한 묘인데, '현응'은 '통응'이 아니다. 자어담 옆에 또 작은 사당이 하나 있는데, 한 칸 밖에 안 되는 작은 규모에 오래도록 수리를 하지 않아, 아주 초라하고 보잘 것 없었다. 복주의 농가에서는 이 사당에서 밭을 주관하는 전신^{田神}에게 제사를 올렸다. 쓸데없는 일을 하기 좋아하는 사람들이 『둔재한람』의 주장을 증명하기 위해, 그 작은 사당을 새로 수리하고 편액 하나를 제작해서 달았다. 편액에는 멋대로 '통응묘^{通應廟}'라는 세 글자를 썼고, 옆에 "원우^{元祐}[18] 모년^{某年}에 세웠다"는 글자까지 써 넣었다. 이 이야기는 정말이지 웃기고 황당할 뿐이다. 다른 지역에서는 그 지역에서 생산되는 특산품의 이름을 사당의 편액에서 따와 짓는 경우를 보지 못했다.

^{용재사필 권8}

- -

이루는 것이다.
17 子魚 : 숭어. 치어^{鯔魚}.
18 元祐 : 북송 철종^{哲宗} 시기 연호(1086～1093).

227

9. 수정후인 壽亭侯印

형문荊門의 옥천관장군묘玉泉關將軍廟에 수정후인壽亭侯印이라고 새겨진 인장 하나가 있다. 인장 윗 부분에 커다란 둥근 고리가 하나 달려있는데, 직경이 4촌寸이나 된다. 그리고 그 아래로 네 개의 작은 고리들이 달려있고 모두 인장과 연결되어 있다. 전해지는 바에 의하면 소흥紹興19 연간에 동정호洞庭湖 지역 어민漁民이 이 인장을 발견하여 담주潭府20의 관아로 가져갔는데, 삼국 시대에 한수정후漢壽亭侯21에 봉해진 관우關羽의 유물이라고 판단하여, 이를 장군묘에 돌려주었다고 한다.

남웅南雄 태수 황태黃兌가 임천흥성원臨川興聖院의 승려 혜통惠通의 인장을 보고서, 한수정후의 인장에 대한 글을 남겼다.

고종高宗 건염建炎 2년(1128)에 복주復州22의 보상원寶相院에서 벌목을 하는데, 삼문三門의 큰 나무 아래 4척尺이 넘는 깊은 땅 속에서 인장 하나를 발견했다. 인장과 인장 뒷면에 후한 헌제獻帝 건안建安 20년(215)에 만들어진 수정후의 인장이라는 것을 알려주는 "한건안이십년수정후인漢建安二十年壽亭侯印"이라는 글이 새겨져 있었다. 현재 이 인장은 좌장고左藏庫에 보관되어 있다. 이외에 소주邵州 태수 황옥黃沃이 경원慶元23 2년(1196)에 소주 사람인 장씨張氏에게서 인장 하나를 구입했는데, 인장 위에 새겨진 문자가 보상원에서 발견된 인장의 문자와 똑같았다. 단지 다섯 개의 고리가 없었을 뿐이다.

한수漢壽는 정亭의 명칭으로, 관우가 한수정후漢壽亭侯에 봉해졌기 때문에 한漢자를 빼고 수정후壽亭侯라고 해서는 안 된다. 그리고 이 인장들은 모두 한나라 때의 것이 아닌 것으로 생각된다. 우선 이 인장은 지금 전해지는

19 紹興 : 남송 고종高宗 시기 연호(1131~1162).
20 潭府 : 지금의 호남성 장사長沙.
21 漢壽亭侯 : 한수정漢壽亭을 다스리는 정후亭侯. 정후는 작위 명으로, 진秦나라부터 진晋나라까지 시행되었다. 열후 중에서 그 식록이 향鄕보다 적은 정亭에 해당해서 정후라고 하였다.
22 復州 : 지금의 호북성 면양沔陽.
23 慶元 : 남송 영종寧宗 시기 연호(1195~1200).

한나라 때의 다른 인장들보다 몇 배나 크다. 또 가흥嘉興의 왕중언王仲言 역시
한수정후의 인장 하나를 가지고 있다고 들었는데, 열후에 봉할 때 인장은
하나만 하사하는 것인데, 어찌하여 한수정후 인장이 네 개나 있을 수 있겠
는가? 또 관우가 건안 4년(199)에 한수정후에 봉해졌는데, 작위에 봉해졌을
때 인장을 새기는 것이 마땅하니, 건안 20년에 인장을 새길 수 없다. 지금
한수정후 인장 네 개가 존재한다는 것은 심히 잘못된 것이다. 나는 지금
전해지는 한수정후 인장들은 모두 후세사람들이 관운장 제사에 사용하기
위해 특별히 제작한 것이며, 그 수량이 분명 많았을 것으로 생각된다. 앞에
서 언급한 한수정후 인장들은 바로 제사에 사용되던 인장들이 유실되었다
가 지금 발견된 것으로 생각된다. 나는 한수정후의 인장에 대해 분석을
해서 황옥을 위해 발문跋文 한 편을 지었는데, 그 글은 내 문집에 실려 있다.

10. 종기를 치료하는 녹이와 부자 茸附治疽漏

시강조時康祖는 치질로 20년간을 고생하다가, 『성혜방聖惠方』[24]에 소개되어
있는 요통腰痛 치료 약재인 녹이鹿茸와 부자附子를 한 달 넘게 복용하고 완쾌
되었다고 한다. 이 이야기는 『이견지夷堅志』[25]에 기록되어 있다.

나는 매번 의사들과 이야기를 나누며 다음과 같은 것을 묻곤 하였다.

몸속에 열이 극점에 도달해서 빠져나갈 방법이 없기 때문에 악성 종기가 생기는
것인데, 오히려 열약熱藥을 사용해 종기를 제거하는 이유는 무엇인가?

24 『聖惠方』: 송나라 태종太宗의 명령으로 태의太醫 왕회은王懷恩・왕고王祜・정기鄭奇・진소우陳
昭遇 등이 찬집撰集한 의학서적. 원명은 『태평성혜방太平聖惠方』이다. 민간에서 수집한 경험방
을 토대로 북송 이전의 각종 방서方書와 관련 내용을 수집하여 정리한 것이며, 10세기 이전의
임상 약처방을 총괄했다는 데 중요한 가치가 있다. 16,834 수首의 처방이 수록되어 있어,
내용이 풍부하고 방대하며, 북송전기의 의학수준을 여실히 보여준다. 우리나라에는 고려
현종顯宗 때 소개되었다.
25 『夷堅志』: 『용재수필』의 저자인 홍매가 엮은 설화집. 송나라 초기부터 그의 생존 당시까지
민간에서 일어난 이상한 사건이나 괴담을 모은 책으로, 당시의 사회・풍속 따위의 자료가
풍부하다. 모두 420권이던 것이 흩어지고 없어져서 오늘날은 약 절반만 전한다.

열약으로 악성종기를 치료하는 것을 알기는 하지만, 그 원리가 무엇인지 몰랐기 때문에 물었던 것이다. 후에 복주福州의 명의名醫 곽진경郭晉卿을 만나게 되었는데, 그가 내 의문에 답해주었다.

악성종기는 열을 내지만 종기로 인해 맥은 가라앉습니다. 맥이 가라앉는다는 것은 즉 병으로 인해 기가 빠지는 것이며, 가라앉는다는 것은 차갑다는 의미입니다. 만약에 기혈氣血을 따스하게 해주면, 기가 빠지는 것을 멈출 수 있습니다. 기혈을 따스하게 해주려면 열약인 녹이와 부자를 사용하면 됩니다.

『황제내경黃帝內經』[26]의 『소문素問』[27] 「생기통천론生氣通天論」에 다음과 같은 기록이 있다.

가라앉는 맥은 저리는 증상을 가져오는데, 저리는 현상이 살갗에 머무르게 된다.

이 문장에 대한 주는 다음과 같다.

가라앉는 맥은 한기寒氣가 그 맥을 상하게 한 것이다. 오래도록 한기가 쌓여 머물러 있으면, 경맥과 혈이 정체되어 통하지 않게 된다. 그러한 상태가 오래가면 체내에 쌓여 종기가 되고, 화농하여 짓무르게 되면 그 분비물이 밖으로 나와 피부에 엉긴다.

....

26 『黃帝內經』: 『내경內經』이라고도 하며, 의학오경醫學五經의 하나로, 지금까지 계승되고 있는 한의학이라는 의학 체계를 성립시킨 가장 중요한 기준을 제시한 고전이다. 중국 신화의 인물인 황제와 그의 신하이며 천하의 명의인 기백岐伯과의 의술에 관한 토론을 기록한 것이라 하나, 사실은 진한秦漢시대에 황제의 이름에 가탁假託하여 저작한 것 같다. 이 책은 원래 18권으로 전반 9권은 『소문素問』, 후반 9권은 『영추靈樞』로 구분된다. 『소문』은 천인합일설天人合一說 · 음양오행설陰陽五行說 등 자연학에 입각한 병리학설을 주로 하고 실제치료에 대한 기록은 적다. 『영추』는 침구鍼灸와 도인導引 등 물리요법을 상술하고 있으며, 약물요법에 대하여는 별로 언급이 없다. 현존하는 내경으로는 당唐나라의 왕빙王氷이 주석을 한 24권본이 있으며, 이보다 앞서 수隋나라의 양상선楊上善이 편집한 『황제내경태소黃帝內經太素』 30권이 있었으나 소실되고 전해지지 않는다.

27 『素問』: 황제가 기백을 비롯한 여러 명의들과 나눈 문답을 기록한 것. '소문'은 평소의 문답 또는 생리나 병리의 근본에 대한 황제의 질문으로 해석할 수 있다. 즉 생명을 영위하는 존재, 즉 인간 생명의 본질을 묻는다는 의미다. 요즘 말로 하자면 "인간의 생명은 무엇인가?" 혹은 "인간은 무엇인가?"에 해당할 것이다.

이 설명을 통해 악성종기를 열약으로 치료하는 원리를 명확히 알 수 있기 때문에, 여기에 기록하였다. 이 원리는 아마 궤양질병을 치료하는데 도움이 될 것이다.

11. 포전의 여지 莆田荔枝

포전莆田에서 생산되는 여지荔枝는 아주 유명한데, 인공적으로 기른 것이 아니라 자연에서 저절로 자란 것이다. 자연산 여지의 씨앗을 심어 봐도 수확된 여지의 품질은 자연산과 큰 차이가 난다. 송향宋香[28] 품종의 씨앗을 심어도 새로 자란 나무에서 열린 여지는 송향이 아닌 것처럼, 인공적으로 배양하면 어미나무의 변종이 되어 버릴 뿐이다. 진자陳紫[29] 품종의 씨앗을 심어도 새로 자란 나무에서 열린 여지는 진자가 아니고, 진기陳琦 집 담장을 넘은 소진자小陳紫이다.

심괄의 『몽계필담』에 접목하는 방법이 나와 있다.

> 초핵여지焦核荔子는 당지 사람들이 기를 수 있는 품종이다. 우선 묘목을 취하여 그 뿌리를 제거하고 뿌리를 자른 단면을 불로 지진 후, 땅에 심는다. 그리고 돌로 심어 놓은 줄기 주변의 흙을 눌러서, 곁뿌리가 자라지 못하게 하면 여지 씨가 자연스레 작아진다.

그러나 포전 사람들이 말하는 것은 완전히 달랐다.

> 여지의 형태는 천태만상인데 어떻게 일률적인 형태를 만들 수 있겠는가? 어떤 것은 용의 이빨 같고, 어떤 것은 봉황의 발 같고, 또 어떤 것은 비녀의 머리 부분

- - - - - - - - - - - - - - - -

28 宋香 : 여지의 우량 품종 중 하나로, 송가향宋家香이라고도 한다. 복건성 포전현에서 생산되며, 포전현에는 1300년 된 송향이 있다고 한다.
29 陳紫 : 여지의 우량 품종 중 하나로, 장원향狀元香이라고도 한다. 복건성 포전과 선유仙遊 등에서 자라며, 복건에서 재배하는 주요 품종이다. 전하는 바에 의하면 송나라 때 복건성福建省 흥화군興化軍에 위치한 비서성秘書省 저작좌랑著作佐郎 진기陳琦의 집에서 자라던 것이라고 한다. 어미나무는 포전현 교외의 동포촌東埔村에 있는데, 수령이 1000년이 넘는다. 7월 하순이 되면 과실이 익는데, 색과 향이 아주 뛰어나서, 과일의 황후皇后라고 칭해진다.

231

처럼 붉은 색을 띠어서 머리에 비녀처럼 꽂을 수도 있고, 비취 구슬처럼 송이송이 중첩되어 매달려있기도 하니, 어찌 사람의 힘으로 만들 수 있는 것이겠는가?

여지에 대해서 꼭 언급할 만한 재미있는 이야기가 하나 있다.

> 방씨方氏 집안에 아주 특이한 여지나무 한 그루가 있었는데, 매년 열매가 수천 개나 달렸다고 한다. 수확 때가 되면 온 가지에 가득 매달린 여지가 주인을 아주 기쁘게 했다. 방씨는 자신의 집에 자라는 여지의 지명도를 높이기 위해, 수확한 여지 열매 200개를 채양蔡襄[30]에게 헌상했다. 방씨는 혹시 채양이 자신이 바친 여지 200개의 양이 너무 작다고 할까봐, 자신의 집에 있는 여지나무는 매년 200개의 열매만 열린다고 거짓말을 했다. 채양은 방씨가 보내온 여지를 '방가홍方家紅'이라고 이름 붙이고, 『여지보荔枝譜』에 기록했는데, 열매가 200개만 열린다는 방씨의 거짓말도 그대로 기록했다. 그 후부터 방씨집의 여지는 가지와 잎사귀가 무성하고 열매도 주렁주렁 맺혔지만, 익을 때가 되면 수확할 수 있는 것은 200개 정도밖에 되지 않았다. 방씨가 한 거짓말이 저주가 되어 현실이 되어버린 것이다.

이 내용은 『둔재한람』에 이미 실려 있는데, 포전 사람인 황처권黃處權이 이를 다시 상세하게 기록했다.

용재수필

12. 쌍륙에서 지는 꿈을 꾼 측천무후 雙陸不勝

『신당서 · 적인걸전狄仁傑傳』에 측천무후와 대신들의 다음과 같은 문답이 실려 있다.

> 측천무후則天武后[31]가 꿈 이야기를 하며 대신들에게 물었다.

- -

30 蔡襄(1012~1067) : 송대 저명 서예가. 자 군모君謨. 소식蘇軾 · 황정견黃庭堅 · 미불米芾과 함께 송대 4대가로 꼽힌다. 처음에는 왕희지王羲之풍의 서를 잘 썼으나, 후에는 안진경顏眞卿의 서를 배워 골력骨力있는 독자적 서풍을 이루었다. 해楷 · 행行 · 초草 · 예隷의 각 체體 및 비백체飛白體에 이르기까지 교묘한 솜씨를 발휘하였다 한다.

31 則天武后(624~705) : 당 고종의 황후. 성은 무武, 이름諱은 조曌, 시호諡號는 측천순성황후則天順聖皇后이다. 중국에서 여성으로 유일하게 황제皇帝가 되었던 인물로, 이름인 '조曌'는 '비출조照'의 뜻을 나타내는 측천문자則天文字로서 해日와 달月이 하늘空에 떠있는 모양처럼 세상을 비춘다는 의미가 담겨 있다. 무후는 당 태종의 후궁으로 처음 궁에 입궁해, 고종의 후궁으로 재 입궁했다가, 왕황후와 소숙비蕭淑妃 등을 내쫓고 황후가 되었다. 황후가 된 무후는 고종을

"내가 밤에 쌍륙雙陸[32]을 하며 놀다가 지는 꿈을 꾸었는데, 이 꿈이 무슨 징조인지 아시겠소?"

적인걸狄仁傑[33]과 왕침王綝[34]이 그 자리에 있었는데, 두 사람은 이구동성으로 답했다.

"쌍륙에서 이기지 못했다는 것은 옆에 아들이 없다는 것을 의미합니다. 이는 아들과 조카 중 누구를 태자로 책봉할 것인가 고민하시는 폐하께 하늘이 경종을 울린 것이 아닐런지요?"

이리하여 무측천은 폄적되었던 여릉왕廬陵王 이현李顯[35]을 다시 궁으로 소환하도

....

대신해서 정무政務를 맡아보며 권력을 장악하였다. 고종이 붕어한 후 수렴청정을 통해 실질적으로 통치하다가 690년 예종을 폐위시키고 자신이 직접 황제가 되어 나라 이름을 '대주大周'라 하고 수도를 장안에서 신도神都라 이름을 바꾼 낙양으로 옮겼다. 무후는 과거제도를 정비해 적인걸狄仁傑·요숭姚崇·송경宋璟 등의 인재를 등용하였으며, 행정 체계를 대대적으로 정비하였다. 무후는 반대파를 매우 엄격히 감시하고 통제하는 공포정치를 실시했지만, 상대적으로 백성들의 생활은 안정되었다. 그녀의 통치기는 태종이 통치하던 '정관의 치'에 버금간다는 평가를 받아 '무주의 치'라고 불리며, 이후 당의 전성기인 현종玄宗 때의 '개원의 치'의 기초를 마련하였다는 평가를 받는다.

32 雙陸 : 편을 갈라 차례로 주사위를 던져 말을 써서 말이 먼저 궁에 들어가기를 다투는 놀이. 실내오락의 하나로, 다듬은 나무(말)를 쥐고 논다고 하여 '악삭握槊'으로 쓰는 일도 있다. 놀이방법은 지역에 따라 다르며 쓰는 말도 일정하지 않다. 놀이도구로는 말판과 여러 개의 말 그리고 두개의 주사위가 필요하다.

33 狄仁傑(607~700) : 당나라와 무주武周 때의 정치가. 자 회영懷英. 태원太原 사람이다. 지금의 대법원 대법관격인 대리승大理丞이 되어 공평하고 합리적으로 사안을 처리하여 원성이 하나도 없자, 고종은 그를 조정 문무백관들을 감찰하고 탄핵하는 시어사侍御史로 임명하였다. 적인걸은 자신의 안위를 돌보지 않으며 권세가들에게 굽히지 않고 맞섰다. 무측천은 황제가 된 다음에 적인걸을 더욱 신임하여, 재상에 임명하였다. 그러다가 내준신來俊臣의 모함을 받아 옥에 갇혔지만, 후에 누명을 벗고 다시 재상에 임명되었다. 아들과 조카 중 누구를 태자로 삼을지 고민하는 무측천에게 "태묘에 고모를 모시고 제를 지내는 법은 자고로 없습니다"며 당나라 황실 부활에 결정적 역할을 했다. 적인걸은 재상으로 있으면서 인재들을 적재적소에 임용하여 각자가 자신의 재능을 마음껏 발휘하도록 했으며, 투항한 소수민족 장수들도 자신의 재능을 발휘할 수 있도록 적합한 관직에 임용하여 당나라 북쪽 변경이 평화를 되찾게 되었다. 적인걸이 나이가 들자 무측천은 그의 이름을 직접 부르지 않고 존경하는 뜻으로 '국로國老'라고 불렀다. 700년에 적인걸이 병으로 죽자, 무측천은 너무도 비통한 나머지 사흘이나 조회를 하지 않았으며 그를 양국공梁國公으로 추봉追封했다.

34 王綝(?~702) : 당나라 정치가. 자 방경方慶, 시호 정貞. 옹주雍州(지금의 섬서성 함양咸陽) 사람. 측천무후 때 광주도독廣州都督을 지냈는데, 치적이 천하제일이었다. 왕포王褒의 증손曾孫이며, 임희고任希古에게 『사기』와 『한서』를 배웠다. 박학하여 저서 2백여 권을 남겼으며, 서적이나 도화圖畵를 모은 것도 대단한 양이었다.

35 李顯(656~710) : 당나라의 제4대 황제 중종中宗(재위 683~684, 705~710). 고종高宗의 제7자로, 어머니가 측천무후則天武后이다. 처음에는 영왕英王으로 봉해졌으나, 측천무후가 장회

록 명을 내렸다.

이 일은『구당서舊唐書』에 기록되어 있지 않다.『자치통감』에는 단지 측천무후의 날개 잘린 앵무새 꿈[36] 이야기만 실려 있다.『자치통감고이資治通鑑考異』에는 다음과 같은 기록이 있다.

> 쌍륙과 관련된 꿈 이야기는『적양공전狄梁公傳』에 기록되어 세상에 전해졌다. 그러나 이 책은 이옹李邕이 지은 것으로, 책 내용의 상당부분이 모두 천박하고 황당한 이야기들이다. 그렇기 때문에 이 책이 원서가 아니라고 여겨져 채택하지 않은 것이다.

『신당서新唐書·예문지藝文志』에 이번李繁이 편찬한『대당설찬大唐說纂』4권이 소개되어있는데, 지금은 이 책을 보기 어렵다. 내가 이 책을 소장하고 있어 자세히 살펴보니, 조목을 나누어 서술하는 방법을 채용하여 서술이 한 조목 당 몇 십자에 불과해 지극히 간단했다.『신당서』는 이 책에 서술되어 있는 일 대부분을 채택하여 기록하였다. 그중「충절忠節」의 기록을 한 번 살펴보자.

> 측천무후가 석천공石泉公 왕침에게 물었다.
> "짐이 어젯밤에 쌍륙놀이를 하다가 지는 꿈을 꾸었는데, 무슨 징조인 것 같소?"
> 왕침이 답했다.
> "이는 무릇 궁궐에 폐하의 아들이 없다는 것을 암시하는 것으로, 아마도 신령께서 폐하께 경종을 울리기 위해 계시한 것으로 사료되옵니다."
> 그리고 이어서 무측천에게 천하의 인심이 당나라로 돌아가고 있는 상황을 설명

태자章懷太子 현賢을 폐한 뒤에 그를 황태자로 삼았다. 고종의 뒤를 이어 즉위하였으나, 제위에 오른지 2개월 만에 측천무후가 폐위시켜 방주房州(호남성湖南省 방현房縣)로 유배되었다. 얼마 후 무주혁명武周革命이 일어나 당왕조는 사실상 멸망하였으나, 측천무후의 정치적 실패로 당왕조 부흥의 기운이 일어나 697년 다시 황태자로 소환되었고, 705년 우림군羽林軍의 변을 기회로 제위를 회복하였다. 그러나 외척 위씨韋氏의 권세가 커져 황제는 이름뿐이었고, 아내 위황후와 결탁한 그의 딸 안락공주安樂公主에 의해 독살되었다.

36 74세의 측천무후가 큰 앵무새의 양쪽 날개가 잘려 있는 꿈을 꾼 후 이를 적인걸에게 이야기 하자, 적인걸은 앵무새는 무후이고 양 날개는 무후가 유폐시킨 무후의 두 아들이라 며, 다시 두 아들을 불러들여 바로 세운다면 앵무새는 새롭게 살아날 것이라고 하였다.

234

했다. 무측천은 왕침의 말을 듣고 크게 깨달은 바가 있어, 여릉왕을 소환하여 황태자의 신분을 회복해주었다. 그리고 왕침을 재상에 임명하여, 태자를 보위하도록 했다.

그런데 『신당서』는 이옹과 이번의 기록을 모두 기록하였기에, 측천무후의 쌍륙 꿈 이야기에 당황실 회복을 간한 이가 적인걸인지 아니면 왕침인지 분명하지 않다. 『자치통감』에서 이 이야기를 삭제하고 기록하지 않은 것은 매우 안타깝다.

13. 화원의 초나라 군영 잠입 華元入楚師

『좌전左傳』에 다음과 같은 기록이 있다.

> 초장왕楚莊王[37]이 송宋나라를 포위하고 다섯 달 동안 포위를 풀지 않자 송나라는 화원華元[38]을 파견하여 밤에 초군의 진영에 잠입하게 했다고 한다. 화원은 초나라 장군 자반子反의 침대에 올라가 자반을 일으킨 후 다음과 같이 말했다.

・・・・・・・・・・・・・・・・・・・・

37 楚莊王(?~B.C. 591) : 초나라의 22대 군주(재위: B.C.613~B.C.591). 웅씨熊氏로 이름은 여侶 또는 여侶(呂)며, 목왕穆王의 아들이다. 춘추오패春秋五覇의 한 사람이다. 양자강 중류지역을 본거지로 삼았던 초나라는 기원전 7세기 중엽부터 활발한 북진정책을 추진했다. 즉위한 뒤 손숙오孫叔敖를 기용하여 내정을 정비하고 수리水利를 일으켰다. 3년 용庸나라를 멸망시키고 송나라를 공격했으며, 이어 육혼陸渾의 융戎을 토벌한 여세를 몰아 낙양洛陽 근처에서 위세를 떨쳤다. 주나라 왕성 부근에서 대규모 열병식을 거행해 초나라의 위엄을 만방에 떨치는 한편, 사신으로 참석한 왕손王孫 만滿에게 주 왕실의 보기寶器인 구정九鼎의 크기를 물어 천하를 지배하겠다는 야심을 표현했다. 약오씨若敖氏의 반란을 진압하고, 필지邲地에서 진晉나라 군대를 대패시키며 진陳나라와 정鄭나라·송나라 등 오랜 전통을 지닌 나라들에게 압박을 가했지만 멸망시키지는 않았다. 이 때문에 제환공齊桓公이나 진문공晉文公 등과 더불어 오패五覇로 불려진다. 23년 동안 재위했고, 시호는 장莊이다.

38 華元 : 춘추 시대 송宋나라 사람. 화독華督의 증손으로, 대부大夫를 지냈다. 송문공宋文公과 공공共公, 평공平公 세 군주를 섬겼다. 문공 4년 초楚나라가 정鄭나라를 시켜 송나라를 공격하자 우사右師가 되어 군사를 이끌고 나가 맞아 싸우다 포로로 잡혔는데, 나중에 달아나 송나라로 돌아왔다. 16년 초나라 군사가 송나라를 포위하여 다섯 달 동안 갇혔는데, 성 안의 식량까지 바닥나자 밤에 초나라 군진軍陣으로 들어가 초나라와 화의를 논의했다. 공공 10년 개인적인 친분을 이용해 진晉나라와 초나라 두 강대국으로 하여금 송나라에서 상호 불가침 조약을 체결하게 했다. 공공이 죽고 경대부卿大夫 사이에 분쟁이 일어나자, 사마司馬 탕택蕩澤을 공격해 살해하고는 공공의 어린 아들 성成 즉 평공을 옹립했다.

"우리 군주께서 저를 파견하여 열악한 송나라의 현재 상황을 말씀드리라 하셨습니다. 송나라 백성들은 이미 자식을 서로 바꿔 잡아먹고 해골을 쪼개 땔감으로 만들어 밥을 지어 먹고 있습니다. 그러나 나라가 망하는 일이 있더라도 굴욕적인 강화講和를 체결할 수는 없습니다. 만약에 초나라 군대가 30리만 물러가 준다면 그 어떤 조건이라도 받아들이겠습니다."

자반은 화원의 갑작스런 출현에 크게 놀라 해를 입을까 두려워한 나머지 30리를 물러나겠다고 화원과 맹세했고, 30리를 퇴각하였다.

두예杜預는 이 대목에 다음과 같은 주를 달았다.

병법에서 사람을 쓸 때는 적국의 사람을 활용해야하며 반드시 좌우에서 보조하는 측근과 연락병·수문장 등의 이름을 먼저 알아야 한다. 그렇게 해야 형세를 승리로 이끌 수 있다. 화원은 바로 이 방법을 교묘하게 이용하여 성공에 도달할 수 있었던 것이다.

이러한 기록들을 살펴보니, 이 일이 일어나기 3년 전에 진晉나라와 초나라가 필邲[39]에서 큰 전쟁을 벌인 적이 있었다. 그때 사회士會[40]가 초나라의 뛰어난 군대 통솔력을 칭찬하여 다음과 같은 말을 하였다.

초나라 군대는 행군할 때 오른쪽 보병이 전차를 보호하여 진격하고 왼쪽 보병은 거적을 들고 가서 숙영宿營할 준비를 합니다. 선봉인 전군前軍이 적군을 정탐한 뒤 따로 깃발을 만들어 신호하면, 참모들이 속해있는 중군中軍은 계책을 세우고, 정예군으로 이루어진 후군後軍은 뒤를 굳게 지킵니다. 초나라는 군대 체재가 잘 갖추어져 명령을 하지 않아도 각각의 군무軍務가 완벽하게 수행됩니다.

이 대목은 초나라 군대가 출정할 때 그 수비태세가 얼마나 엄정하고 철통같은 지를 말해준다. 그런데 그런 철통같은 수비를 뚫고 상장군의 막사에 적이 침입하여 상장군의 침상에까지 올라왔으니, 만약 자객이나 간첩을 이용해 상장군의 막사에 침입하게 한다면 무엇을 못할 것인가?

....

39 邲 : 지금의 하남성 정현鄭縣.
40 士會 : 춘추 시대 때 진晉나라의 대부. 자 계季. 수隨와 범范을 봉지로 받아 범계范季 또는 수계隨季라고도 한다. 문공文公 등 네 임금을 섬기면서 법제法制를 정비하는 등 큰 치적을 쌓았다.

수비가 소홀해졌다면 적이 왕궁까지도 충분히 침입할 수 있으니, 이것이 어찌 제대로 된 군비 제도라 할 수 있겠는가? 그렇기 때문에 나는 화원이 자반의 군막에 숨어들어갔다는 상황이 의심스럽다. 분명 실제와는 다를 것이다.

『공양전公羊傳』[41]에서는 이 사건에 대해 다음과 같이 기록하였다.

> 초나라 왕은 자반에게 성을 공격하기 위해 쌓아놓은 토산에 올라 송나라 성을 살펴보도록 했는데, 송나라 대부 화원도 역시 토산에 올랐기에 두 사람이 만나게 되었다.

이 설명이 『좌전』에 비해 더 이치가 맞다.

14. 『공양전』의 첩어 公羊用疊語

『공양전』에 초장왕이 송나라를 포위하여 공격하였다가 송나라와 맹약을 맺고 전쟁을 끝낸 일이 기록되어 있는데, 기록은 처음부터 끝까지 모두 합쳐 400자가 채 되지 못한다. 그런데 문장 속에 "사마자반司馬子反"이 8번, "군대에는 7일간의 양식만 있을 뿐이다軍有七日之糧爾"는 3번, "포기하고 돌아가야했다將去而歸爾"는 2번 반복해서 나온다. 또 "그런 후에 돌아가리라然而而歸爾"·"그런 후에 돌아가리라然後歸爾"·"신은 돌아가기를 청하옵니다臣請歸爾"·"나 역시 그대를 좇아 돌아가겠소吾亦從子而歸爾" 등 '이爾' 자가 9번이나 반복해서 나오지만, 지겨운 느낌이 전혀 없다.

41 『公羊傳』: 정식 명칭은 『춘추공양전春秋公羊傳』이며, 유가의 주요 경전 가운데 하나로 『춘추 좌씨전春秋左氏傳』(『좌전左傳』), 『춘추곡량전春秋穀梁傳』과 더불어 '춘추삼전春秋三傳'으로 꼽히는 『춘추』의 해설서이다. 이 책의 저자는 공자孔子의 제자인 자하子夏의 제자라는 설도 있고, 전국戰國 시기 제齊나라 사람인 공양고公羊高라는 설도 있다. 이 책은 구전口傳되다가 서한西漢 경제景帝 때 공양수公羊壽와 호모자도胡母子都가 글로 기록했다. 또한 『춘추』에 담긴 이른바 '미언대의微言大義'를 문답問答 형식으로 풀이하고 있는데, 서한시대 금문경학金文經學의 주요 경전이었다.

15. 문장은 한 글자도 잘못 써서는 안 된다 文書誤一字

문서를 작성할 때 한 글자라도 잘못 쓰게 되면 자칫 커다란 화를 초래할 수도 있다. 내가 세 번이나 직접 그런 상황을 겪어봤는데, 지금 생각해도 온몸에 식은땀이 흐른다.

첫 번째는 효종孝宗 건도乾道 2년(1166) 겨울에 황제의 은총으로 내가 개봉으로 소환되었을 때의 일이다. 삼구三衢[42]를 지날 때 그곳의 군수인 하덕보何德輔가 나에게 황상의 물음에 답할 때 어떤 찰자札子[43]를 사용하는지 물었다. 나는 내가 쓴 찰자의 초고를 꺼내어 그에게 보여주었다. 내가 보여준 찰자의 초고는 파양鄱陽에서 해마다 조정에 공납하는 황제의 생신 축하 황금 천 냥을 면제해달라는 내용이었다. 그 내용은 다음과 같았다.

> 황제의 생신 축하 황금 공납이 언제부터 시작되었는지는 알 수 없습니다. 송태조가 처음으로 강남을 평정했을 때 파양군의 창고에 때마침 황금이 있었는데, 당시의 파양군수가 송태조의 생신인 장춘절長春節에 하례물로 황금을 헌상했던 것이 후에 관례가 되었습니다.

그런데 나는 '장춘절'을 그만 '만춘절萬春節'로 잘못 기록하였는데, 만춘절은 금나라 세종世宗인 완안옹完顔雍의 생일 명칭이다. 내가 보여준 찰자를 읽고 하덕보가 그 잘못된 것을 발견하고 곧바로 지적해주어 즉시 고칠 수 있었다. 당시에 내가 얼마나 당황했던지 얼굴이 붉어지면서 등골엔 식은땀이 흘렀었다.

두 번째는 건도 3년(1167)의 일이다. 나는 시강侍講으로 황제께 『모시毛詩』

용재수필

---

42 三衢 : 지금의 절강성 구현衢縣.

43 札子 : 주차奏箚·차문箚文·차자箚子·차箚·방자牓子라고도 하였다. 송宋나라에서 비롯된 것으로 임금에게 아뢸 때 올리는 상주문의 한 종류이다. 여러 신하와 관리가 임금에게 의견을 아뢸 때 내제內制를 관장하는 한림학사翰林學士와 외제外制를 관장하는 지제고知制誥 이상은 불시不時에 아뢸 일이 있으면 모두 차자를 쓴다. 중서추밀원中書樞密院의 일로서 선칙宣勅이 내려 있지 않은 것도 차자를 쓴다. 중서성과 추밀원에서 주고받는 것도 역시 차자를 쓴다. 또 상관이 아래 관리에게 내리는 공문서도 찰자札子 또는 찰문札文이라고 했다.

를 강의했었다. 강의안을 작성할 때, 시를 배워야하는 중요성을 설명하기 위해 공자가 시에 대해서 말한 "시를 안 배웠으면 말조차 제대로 할 수 없다不學詩, 無以言"는『논어』의 구절을 인용하였다. 그런데 이 구절을 인용하면서 '언言'을 '입立'으로 잘못 썼다. 나는 이를 강의를 진행할 때 사용하는 책에도 똑 같이 기록해놓았다. 경연經筵[44]을 주관하던 원현충袁顯忠이 "입立은 언言자가 잘못 쓰인 것이 아닙니까?"라고 지적해주어, 곧바로 고치고 원현충에게 깊은 감사를 표했다. 큰 실수를 한 것이기에, 나는 너무 부끄러웠다.

세 번째는 효종孝宗 순희淳熙 13년(1186) 때의 일이다. 나는 그 당시 한림원翰林苑에 재직하면서, 「사안남국역일조賜安南國曆日詔」라는 조서를 기초하였다. 그 조서에 "하나라의 정월을 행하였고, 한나라의 정삭正朔[45]을 반포했다兹履夏正, 載頒漢朔"라는 구절이 나오는데, '하정夏正'을 '주정周正'이라고 잘못 썼다. 한림원의 관리가 이를 재상에게 올려 심의를 받았는데, 익국공益國公 (주필대周必大)[46]께서 잘못 쓴 곳을 지적하셨다. 한림원 관리는 곧바로 이를 나에게 알려주었다. 어순과 뜻이 똑같아 글을 쓸 때 잘못된 것을 미처 알아내지 못했던 것이다.

16. 역대 왕조의 역사서 歷代史本末

옛날 역대 왕조마다 사관史官이 있어 지금도 그들이 편찬한 역사서를 볼 수 있다. 가장 이른 역사서는『요전堯典』과『순전舜典』이다. 주나라가 각 제후들에게 영토를 분봉한 이후, 제후들은 모두 자신의 국사國史를 갖게 되었다. 공자는 노나라 사관의 기록을 근거로 하여『춘추春秋』를 편찬하였

- - - - - - - - - - - - - - - - - - - -

44 經筵 : 임금이 학문을 닦기 위하여 신하들 중에서 학식과 덕망이 높은 사람을 궁중에 불러 유가경전과 사서史書 등을 강론하게 했던 제도.
45 正朔 : 정월正月과 같은 의미로, 음력 정월이다. '正'자는 새로운 한 해의 시작 곧 '연시年始'를 뜻하고, '朔'은 '월초月初'의 뜻이다. 제왕이 새로이 나라를 세우면 반드시 새로운 해의 1월 1일을 정하고, 역법曆法 즉 달력을 고쳐 만들어 반포했는데 그 일을 정삭正朔이라 하였다.
46 周必大(1126~1204) : 남송의 정치가이자 문학가. 자 자충子充. 명재상이라는 평가를 받았다.

고, 좌구명左丘明[47]은 『춘추』를 위해 주해서인 『춘추좌전春秋左傳』을 저술했다. 『정지鄭志』와 『송지宋志』, 진晉나라와 제齊나라의 태사太史[48], 남사씨南史氏[49]와 관련된 사적이 모두 『좌전』에 기록되어있다. 좌구명은 또 각 나라 사관의 기록이 서로 다른 것을 보고, 이를 정리하여 『국어國語』를 편찬했다.

전한前漢의 사마담司馬談은 자신의 선조가 주나라의 태사관太史官이라고 생각하여 역사서 서술에 뜻을 세웠지만, 그 꿈을 이루지 못하였다. 그의 아들인 사마천司馬遷은 아버지의 뜻을 이어받아 중요문서를 보관하는 금궤석실金匱石室의 장서들을 근거로, 전국 각지의 옛 이야기와 역사적 사적들을 수집하여, 위로는 황제黃帝부터 아래로는 한 무제 원수元狩 원년(B.C.122)까지 고금을 넘나들며 수천 년의 역사를 기록해 편찬하였다. 사마천은 그때까지 편년체編年體[50]를 사용한 역사서의 형식을 기전체紀傳體[51]로 바꾸어, 『사기史記』를 「본기本紀」 12편과 「표表」 10편·「서書」 8편·「세가世家」[52] 30편·「열전列傳」

용재수필

47 左丘明 : 중국 춘추 시대의 학자. 공자와 같은 무렵, 또는 약간 후대나 앞선 시기의 노魯나라 사람으로 추정하고 있으며, 『춘추좌씨전』과 『국어』의 지은이로 알려져 있음. 『사기史記』에서는 그가 눈이 멀게 되었다고 하여 '맹좌盲左'라고 하였다.

48 太史 : 관직. 삼대三代의 사관과 역관曆官에 대한 명칭으로 조정대신이었다. 후에는 직위가 점차 낮아져 진秦때는 태사령太史令이라고 했고, 한나라 때는 천문역법天文曆法을 관장했으며, 위진魏晉이후에는 역법만을 담당했다. 명청시기에는 역사를 편찬하는 일을 한림원翰林院에서 하여, 한림翰林을 태사太史라고 부르기도 했다.

49 南史氏 : 춘추시대 제齊나라 이남의 제후국의 사관에 대한 통칭이다.

50 編年體 : 역사편찬의 한 체재. 역사기록을 연·월·일의 순으로 정리하는 방식으로 동양에서는 가장 보편적이고 오래된 역사편찬 체재이다. 오늘날 전하는 편년체 사서 중 가장 오래된 것은 중국의 공자가 노魯나라의 역사를 쓴 『춘추春秋』이며, 수·당대에 사관史館에서 편찬된 각 왕의 실록 역시 모두 편년체로 기술되었다. 송나라 때 사마광司馬光이 쓴 『자치통감』과 주희朱熹의 『자치통감강목資治通鑑綱目』도 편년체로 쓰인 사서이다.

51 紀傳體 : 역사편찬의 한 체제. 왕의 정치와 관련된 기사인 본기와 인물들의 개인전기인 열전, 그리고 통치제도·문물·경제·자연현상 등을 내용별로 분류하여 쓴 지志와 연표의 네 부분으로 구성되며, 본기와 열전을 따서 기전체라 했다. 기전체 사서는 전한의 사마천이 쓴 『사기』에서 시작되었으나, 그 정형은 후한의 반고가 편찬한 『한서』에서 이미 갖추었으며, 이후 중국 역대왕조의 정사正史로서 편찬된 25사二十五史가 모두 기전체로 편찬되었다. 중국의 경우 정사의 편찬은 한 왕조가 멸망한 뒤 후속 왕조에 의해 전 왕조의 실록을 기본 자료로 이용해 기전체로 편찬하는 것이 정례가 되었다.

52 世家 : 기전체 사서의 한 편목으로, 분봉된 국가의 군주나 제후들 혹은 중요한 역사적 인물의 사적 및 사회에 특출한 재능을 보인 인물들의 사적을 기록하였다.

70편 모두 130편으로 구성하였다. 그중에 10편은 목록만 남아있고 구체적 내용은 전해지지 않는다. 한 원제元帝와 성제成帝 때, 저소손褚少孫[53]이 『사기』에 누락된 부분을 보충하여 「무제기武帝紀」와 「삼왕세가三王世家」·「귀책열전龜策列傳」·「일자열전日者列傳」 등을 썼다. 장안張晏은 『사기』에 뒤섞여 있는 저소손이 보충하여 쓴 「무제기」 등의 문장이 속되고 천박하다고 평했다. 『한서·예문지』에는 풍상馮商이 쓴 「속태사공續太史公」 7편이 기재되어 있는데, 현재는 실전되어 전해지지 않는다. 사마천의 『사기』가 세상에 알려진 후, 후세의 몇몇 사람들이 『사기』에 빠진 내용을 보충하려고 했지만, 역사 서술의 본보기가 된 『사기』 체제에 영향을 주지는 못했다.

후한때 반표班彪와 반고班固[54] 부자는 한나라가 요임금의 전통을 계승하여 나라를 세웠다고 생각했다. 그래서 『사기』가 한나라 제왕의 역사를 진시황제秦始皇帝와 항우項羽 다음에 기록한 것에 불만을 가지고 있었기에, 앞선 시대의 기록들을 수집하고 미처 기록되지 못한 옛 이야기들을 정리하여 『한서漢書』를 편찬하였다. 『한서』는 전한만을 다룬 단대사斷代史로, 한 고조高祖 유방劉邦부터 왕망王莽의 난亂까지 만을 기록했다. 대체로 사마천 『사기』의 구성을 그대로 답습하여 체재상 변동이 거의 없었는데, 「서書」 8편이 「지志」 10편으로 바뀌고 「세가」가 없어져, 모두 100편으로 구성되었다. 『한서』를 완성하지 못하고 반고가 사망했는데, 반고의 누이동생 반소班昭가 책을 완성하여 『전한서前漢書』라 이름하였다. 이외에 순열荀悅이 『한기漢紀』

---

53 褚少孫 : 전한의 유학자·역사가. 장장안張長安·당장빈唐長賓과 함께 신배공申培公의 재전제자再傳弟子인 왕식王式에게 노시魯詩를 배워 노시저씨학魯詩褚氏學이 생겼으며, 원제元帝와 성제成帝 때 박사博士가 되었다. 사마천이 죽고 난 뒤 『사기』에 누락된 부분이 있었는데, 이를 수집·보충하는 작업을 담당했다고 한다.

54 班固(32~92) : 후한의 역사가. 자 맹견孟堅. 부풍扶風 안릉安陵 사람으로, 박학능문博學能文하여 아버지의 유지를 이어 고향에서 『사기후전史記後傳』과 『한서』의 편집에 종사했지만, 영평永平 5년(62)경 사사롭게 국사國史를 개작한다는 중상모략으로 투옥되었다. 아우인 서역도호西域都護 반초班超가 상소문을 올려 적극 변호해 명제明帝의 용서를 받아 석방되었다. 20여 년 걸려서 『한서』를 완성했다. 황제의 명령을 받아 여러 학자들이 백호관白虎觀에서 오경五經의 이동異同을 토론한 것을 바탕으로 『백호통의白虎通義』를 편집했다.

를 저술하였는데, 이는 『한서』의 내용을 이어 편찬한 책이다.

　유학자들에게 후한의 역사를 동관東觀[55]에서 저술하도록 하여, 이를 『한기漢紀』라고 했다. 그 후에도 계속 책이 편찬되어 원굉袁宏의 『한기漢紀』가 나왔고, 장번張璠 · 설영薛瑩 · 사승謝承 · 화교華嶠 · 원산송袁山松 · 유의경劉義慶 · 사침謝沈 등도 모두 저술을 남겼다. 남조의 송宋나라 범엽范曄은 이러한 역사서들의 기록을 근거로 자세히 살펴 기紀 10편과 열전 60편의 『후한서後漢書』를 편찬했다. 장번 이하 사관들의 저서는 세상에 전해지지 않고 모두 유실되었다. 『후한서』의 「지志」는 후에 유소劉昭가 보충하였다.

　삼국시대에 관련된 역사서는 그 종류가 아주 다양하여, 왕침의 『위서魏書』 · 원행충元行沖의 『위전魏典』 · 어환魚豢의 『전략典略』 · 장발張勃의 『오록吳錄』 · 위소韋昭의 『오서吳書』 · 손성孫盛의 『위춘추魏春秋』 · 사마표司馬彪의 『구주춘추九州春秋』 · 구열丘悅의 『삼국전략三國典略』 · 원반천員半千의 『삼국춘추三國春秋』 · 우부虞溥의 『강표전江表傳』 등이 있다. 지금은 진수陳壽의 『삼국지三國志』가 정사로 정해졌다.

　『진서晉書』는 원래 왕은王隱과 우예虞預 · 사령운謝靈運 · 장영서臧榮緖 · 손작孫綽 · 간보干寶 등 여러 학자들이 저술한 것인데, 당 태종太宗이 방현령房玄齡과 저수량褚遂良에게 이를 수정하여 편찬하도록 명령하여, 130권의 『진서』가 완성되었다. 『진서』에는 탕태종의 직접 쓴 네 편의 평어評語가 있어, 이를 어찬御撰이라고도 부른다. 이 책이 바로 지금 전해지는 『진서』이다.

　남조와 북조에는 각각 네 개의 조대가 있었지만 정권을 찬탈하여 세워진 작은 나라들은 열 몇 개나 있었기에, 이 시기와 관련된 역사서는 특히 더 많다. 서원徐爰과 손엄孫嚴 · 왕지심王智深 · 고야왕顧野王 · 위담魏澹 · 장대소張大素 · 이덕림李德林 등이 편찬한 정사는 이미 유실되어 현재는 전해지지 않는다. 지금 볼 수 있는 남북조의 역사서로는 심약沈約의 『송서宋書』와 소자

．．．．．．．．．．．．．．．．．．．．．．．

55 東觀 : 후한 때 모든 서적을 모아 두던 곳으로 낙양의 남궁南宮에 위치하며, 이곳에서 교서校書나 저술을 했다. 이름난 선비들을 여기에 모아 저술토록 했기에 학자들이 이 동관을 노자의 장서각을 뜻하는 노씨장서실老氏藏書室 또는 도가봉래산道家蓬萊山에 비유하였다고 한다.

현蕭子顯의『제서齊書』・요사렴姚思廉의『양서梁書』와『진서陳書』・위수魏收의『위서魏書』・이백약李百藥의『북제서北齊書』・영호덕분令狐德棻의『주서周書』・위징魏徵의『수서隋書』가 있다. 이 외에도 기타 소국들의 역사서도 있는데, 화포和包의『한조기漢趙紀』와 전융田融의『조석기趙石記』・범형范亨의『연서燕書』・왕경휘王景暉의『남연록南燕錄』・고려高閭의『연지燕志』・유병劉昞의『양서涼書』・배경인裴景仁의『진기秦記』・최홍崔鴻의『십육국춘추十六國春秋』・소방무민蕭方武敏의『삼십국춘추三十國春秋』가 있다. 이연수李延壽[56] 부자는 위에 언급했던 역사서들을 선별하여『남사南史』80권과『북사北史』100권을 편찬했다. 심약과 소자현・요사렴・위수・이백약・영호덕분・위징의 역사서 8종류가 현재에도 그대로 전해지고 있지만, 이연수 부자의『남사』와『북사』가 가장 광범위하게 읽혀지고 있다.

당나라는 고조高祖부터 무종武宗에 이르기까지 모두『실록實錄』이 존재한다. 오대五代의 후당後唐때 역사가들을 모아 당나라 역사를 편찬하도록 했는데, 이것이 바로 유후劉昫가 진상한『구당서舊唐書』로, 내용이 난잡하고 무질서하여 계통이 없다. 송나라 인종仁宗이 경력慶曆[57] 연간에 다시금 당나라 역사서를 편찬하도록 명하여, 1044년부터 1060년까지 17년에 걸쳐『신당서新唐書』를 완성하였다. 구양수歐陽脩[58]가 본기와 표・지 부분을 책임지고, 송기宋祁[59]는 열전 부분을 책임지고 편찬하여, 지금 세상에 전해지게 되었다.

....

56 李延壽 : 당나라 역사가. 자 하령遐齡. 농서隴西 상주相州 출신으로, 태자전선승太子典膳丞과 숭현관학사崇賢館學士를 지내고, 곧 어사대주부御史臺主簿를 거쳐 직국사直國史를 겸했다. 일찍이 황명을 받아『오대사지五代史志』와『진서晉書』의 편찬에 참여했다. 643년부터 659년까지 16년의 각고 끝에『남사南史』80권과『북사北史』100권을 지었다. 편저에『태종정전太宗政典』이 있다.

57 慶曆 : 북송 인종仁宗 시기 연호(1041～1048).

58 歐陽脩(1007～1072) : 북송 저명 정치가 겸 문학가. 자 영숙永叔, 호 취옹醉翁, 육일거사六一居士. 길안吉安 영풍永豊(지금의 강서성江西省)인. 송나라 초기의 미문조美文調 시문인 서곤체西崑體를 개혁하고, 당나라의 한유를 모범으로 하는 시문을 지었다. 당송8대가唐宋八大家의 한 사람이었으며, 후배들에게 많은 영향을 주었고,『신당서』와『신오대사』를 편찬하였다.

59 宋祁(998～1061) : 북송의 문장가・시인. 자 자경子京. 형 송상宋庠과 함께 유명해 '이송二宋'으로 불렸다. 사관수찬史觀修撰을 맡아 구양수와 함께『신당서』를 편찬했다.

당나라가 멸망한 후 북방에는 양梁 · 당唐 · 진晉 · 한漢 · 주周 다섯 개의 조대가 차례로 세워졌는데, 이를 오대五代[60]라고 한다. 송나라 초에 감수국사 제거監修國史提擧 설거정薛居正을 책임자로 임명하여, 오대사를 편찬하도록 하였는데, 이 책이 바로『구오대사舊五代史』이다. 그 후 구양수가 사료 원본들을 수합하여 오대의 역사서를 다시 썼는데, 이를『신오대사新五代史』라 한다. 그래서『당서』와『오대사』는 각각 신新 · 구舊 두 종류가 있다.

요임금부터 오대까지 무릇 17왕조가 이어졌는데, 각 조대의 역사서가 편찬된 정황이 위와 같다. 역사 속 여러 조대의 역사서에 대해 어린 아들이 계속 질문을 해서, 여기에 상세하게 기록해보았다.

17. 한 마디 말로 무고의 근거 없음을 밝히는 현자
賢者一言解疑讒

어질고 총명한 현자賢者는 간단한 말을 사용해 다른 사람의 무고가 사실 무근임을 밝히는 능력이 뛰어나다. 현자의 간단한 말 중 특히 기록으로 남길 만큼 뛰어난 것이 있어, 두 가지 사례를 통해 여기에 기록한다.

첫째는 진회秦檜[61]가 정권을 장악하였을 때, 대신이셨던 선친 충선공忠宣 公[62]과 자정학사資政學士 정형중鄭亨仲 · 시랑侍郎 호명중胡明仲 · 중서사인中書舍人

----

60 五代 : 907년에 당나라가 망한 뒤 중국에는 후량 · 후당 · 후진 · 후한 · 후주까지 5개 왕조와 서촉 · 강남 · 영남 · 하동 등지를 나누어 차지한 10여 개 정권이 난립했는데, 이것들을 모두 아울러서 '오대십국'이라고 부른다. 일반적으로 '오대'라고 하면 후량부터 후주까지 5개 왕조만을 가리키기도 한다. 960년에 송나라 태조 조광윤趙匡胤이 왕조를 건립하고, 이어서 978년에 오월국吳越國이 송나라로 완전히 편입됨으로써 오대십국의 분열은 끝나게 된다.

61 秦檜(1090~1155) : 남송의 정치가. 자 회지會之. 고종高宗의 신임을 받아 24년간 재상의 자리에 있었다. 충신 악비岳飛를 죽이고, 금나라에 항전하여 잃어버린 영토를 회복하자는 항전파를 탄압했으며, 금나라와 굴욕적인 강화를 체결했다. 민족적 영웅인 악비와 대비되어 간신으로 평가받는다.

62 忠宣公 : 홍매의 아버지인 홍호洪皓(1088~1155). 자 광필光弼. 남송 요주饒州 파양鄱陽 출신. 선화宣和 연간에 수주사록秀州司錄이 되어 창고를 열어 알맞은 가격에 방출하고 절동浙東의 쌀을 사들여 사람들을 구제해 '홍불자洪佛子'로 불렸다. 고종高宗 건염建炎 3년(1129) 금나라에 사신으로 갔다가 회유와 협박에 굴복하지 않고 여러 차례에 걸쳐 적의 상황을 보고하여,

주신중朱新仲 등은 진회에게 협력하지 않는다는 이유로 쫓겨나 광동廣東지역으로 유배되었다. 당시 방자方滋가 광남동로경략사廣南東路經略使로 재직하고 있었는데, 덕망이 높은 노신들이 광동으로 유배되자 그들을 극진하게 대우했다. 진회가 이 소식을 듣고 자신의 문객에게 다음과 같이 물었다.

> 듣자하니 현재 광동에 재직하고 있는 방자가 조정에 죄를 짓고 그 곳으로 유배된 이들을 심혈을 기울여 보호하면서 극진하게 대우한다고 하더군. 이후 정국이 어찌될지 모르니 여지를 남겨두고자 하는 것이 아니오?

객이 답했다.

> 재상의 직책에서 물어보시는 것이 아니고 개인적으로 물어보시는 것이니 제가 어찌 아무렇게나 대답할 수 있겠습니까. 방자의 사람됨이 천성적으로 덕이 많고 남을 챙겨주기를 좋아하는 사람으로, 항상 상대방을 보호하고 배려하는 마음으로 사람들을 대합니다. 폄적되어 온 관리들이 아니더라도 그렇게 대우했을 것입니다.

진회가 문객의 대답을 듣고 방자에 대한 의심을 버리고 혼잣말을 했다.

> 방자가 원래 그렇게 사람들을 잘 챙겨주는 사람이었구먼.

만약에 진회가 방자에 대한 의구심을 품고 그에 대해 물었을 때 질문에 대답하는 사람이 음험하고 간사한 사람이었다면, 분명 방자에 대한 좋지 않은 말들을 쏟아 놓았을 것이다. 그렇게 되면 분명 방자는 그로 인해 죄를 지었다하여 형벌을 받았을 것이고, 광동에 유배되었던 노신들 또한 편히 지내지 못했을 것이다. 방자에 대해 진회와 문답을 나눈 문객은 어질고 총명한 현자라고 할 만하니, 고대의 현인들과도 함께 논할 만하다.

두 번째는 엄릉嚴陵[63]사람인 왕대변王大卞이 곡강曲江[64]의 태수에 임명되어,

．．．．．．．．．．．．．．．．．．．．．．．．．．．

15년 간 억류된 뒤 송으로 돌아갈 수 있었다. 직학사直學士로 재직하면서 항쟁을 주장해 화친파 진회秦檜의 미움을 사서 좌천되었다.
63 嚴陵 : 지금의 절강성 동려桐廬.
64 曲江 : 지금의 광동성 소관韶關.

임지로 가던 중 남안南安[65]을 지나가게 되었다. 남안은 그의 스승인 장자소張子韶가 사는 곳이었기에, 며칠 머무르며 마음에 간직한 의문을 풀기위해 스승을 찾아뵈려고 생각했다. 왕대변은 스승을 만나 조용히 물었다.

제가 근래 검원檢院의 관리로 있었는데, 어사중승御史中丞인 나언제羅彦濟가 상주문을 올려 저를 탄핵하는 바람에 폄적되어 개봉을 떠나게 되었습니다. 오래지 않아 나언제가 엄주嚴州[66]의 태수로 임명되어 엄주를 다스리게 되었습니다. 제가 그 사실을 알고 그를 피해 엄주를 떠나 난계蘭溪로 가서 은거하였습니다. 그런데 나언제가 사람을 보내 제게 편지를 보내 "나와 그대가 같은 해에 급제하여 우정을 나누었는데, 그대는 어찌하여 나를 피해 보지 않으려 하는가?"라고 물었습니다. 그의 편지를 보고서 거절할 수 없어 다시 엄주로 돌아갔습니다. 그와 만나 지난 일을 함께 이야기하는데, 남몰래 제게 이런 말을 했습니다.
"이전에 어사대에 상주문을 올려 그대를 탄핵한 것은 내 뜻이 아니었네. 그 상주문은 사실 주신중朱新仲이 쓴 것인데, 그가 상주문을 작성한 후 내게 진상해달라고 해서, 깊이 생각하지 않고 그대로 조정에 진상했다네. 지금은 아무 생각 없이 했던 내 행동을 깊이 후회하네."
이러한 일들이 발생된 지 오래되었지만, 제 마음속의 원망은 없어지지 않았습니다. 제가 지금 소주韶州의 태수로 부임하게 되면, 공교롭게도 마침 그곳에서 직무를 수행하고 있는 주신중을 만나게 될 것입니다. 그와 만나면 분명 좋지 못한 일들이 생길 것인데, 선생님 제가 어찌해야 할까요?

장자소는 왕대변이 주신중을 만나면 과거의 원한을 갚으려 할 것이 분명함을 알기에 이렇게 말했다.

네가 배포가 큰 군자가 될지 아니면 편협한 소인이 될지는, 모두 너한테 달려있느니라.

왕대변은 스승이 한 말의 뜻을 명확히 깨닫고 서둘러 대답했다.

반드시 스승님의 가르침대로 행하겠습니다.

왕대변은 소주에 도착한 후 지난 원한에 얽매이지 않고 주신중과 잘

65 南安 : 지금의 강서성 대유大庾.
66 嚴州 : 지금의 절강성 건덕建德.

용재수필

지내고자 노력했다. 그렇게 하며 두해가 흐르자 두 사람 사이의 맺힌 감정
이 다 풀어져, 원래의 좋은 관계를 회복할 수 있었다. 이는 장자소와 함께
이야기를 나누다 들은 이야기이기에, 내막을 조사하여 기록하였다.

1. 庫路眞

新唐書地理志:「襄州, 土貢漆器庫路眞二品十乘花文五乘。」庫路眞者, 漆器名也, 然其義不可曉。元豐九域志云「貢漆器二十事」是已。于頓傳, 頓爲襄陽節度, 襄有髹器, 天下以爲法。至頓驕蹇, 故方帥不法者, 稱爲「襄樣節度」。舊唐書職官志, 武德七年, 改秦王、齊王下領三衛及庫眞、驅呕眞, 並爲統軍。疑是周、隋間西邊方言也。記白樂天集曾有一說, 而未之見。

2. 得意失意詩

舊傳有詩四句誦世人得意者云:「久旱逢甘雨, 他鄕見故知。洞房花燭夜, 金榜掛名時。」好事者續以失意四句曰:「寡婦携兒泣, 將軍被敵擒。失恩宮女面, 下第擧人心。」此二詩, 可喜可悲之狀極矣。

3. 狄監盧尹

文潞公留守西京, 年七十七, 爲耆英會, 凡十有二人, 時富韓公年七十九, 最長, 至於太中大夫張問, 年七十, 唯司馬公方六十四歲, 用狄監、盧尹故事, 亦預於會。或問狄、盧之說, 乃見唐白樂天集, 今所謂九老圖者。懷州司馬胡杲年八十九, 衛尉卿吉皎年八十六, 龍武長史鄭據八十四, 慈州刺史劉嘉、侍御史盧貞皆八十二, 其年皆在元豐諸公之上, 永州刺史張渾、刑部尚書白居易皆七十四。時會昌五年。白公序云:「六賢皆多年壽, 予亦次焉。祕書監狄兼謩, 河南尹盧貞以年未七十, 雖與會而不及列。」故溫公紀韓公至張昌言而自不書。今士大夫皆熟知此事, 姑志狄、盧二賢, 以示兒輩。但唐兩盧貞, 而又同會, 疑文字或誤云。

4. 項韓兵書

漢成帝時, 任宏論次兵書爲四種, 其權謀中有韓信三篇, 形勢中有項王一篇, 前後藝文志載之, 且云:「漢興, 張良、韓信序次兵法, 凡百八十二家, 刪取要用, 定著三十五家。諸呂用事而盜取之。」項、韓雖不得其死, 而遺書可傳於後者, 漢世不廢, 今不復可見矣。

5. 承天塔記

黃魯直初謫戎、涪, 旣得歸, 而湖北轉運判官陳擧以時相趙淸憲與之有小怨, 許其所作荊南承天塔記, 以爲幸災, 遂除名羈管宜州, 竟卒于彼。今豫章集不載其文, 蓋謂因之兆禍, 故不忍著錄。其曾孫篕續編別集, 始得見之。大略云:「余得罪竄黔中, 道出江陵, 寓承天禪院, 住持僧智珠方徹舊浮圖於地, 囑余曰:『成功之後, 願乞文記之。』後六年, 蒙恩東歸, 則七級巋然已立, 於是作記。」其後云:「儒者嘗論一佛寺之費, 蓋中民萬家之産, 實生民穀帛之蠹, 雖余亦謂之然。然自省事以來, 觀天下財力屈竭之端, 國家無大軍旅勤民丁賦之政, 則蝗旱水溢或疾疫連數十州, 此蓋生人之共業, 盈虛有數, 非人力所能勝者邪!」其語不過如是, 初無幸災風刺之意, 乃至於遠斥以死, 寃哉!

6. 穆護歌

郭茂倩編次樂府詩穆護歌一篇, 引歷代歌辭曰:「曲犯角。」其語曰:「玉管朝朝弄, 淸歌日日新。折花當驛路, 寄與隴頭人。」黃魯直題牧護歌後云:「予嘗問人此歌, 皆莫能說牧護之義。昔在巴、夔間六年, 問諸道人, 亦莫能說。他日, 船宿雲安野次, 會其人祭神罷而飲福, 坐客更起舞而歌木瓠。其詞有云:『聽說商人木瓠, 四海五湖曾去。』中有數十句, 皆敍賈人之樂, 末云:『一言爲報諸人, 倒盡百瓶歸去。』繼有數人起舞, 皆陳述己事, 而始末略同。問其所以爲木瓠, 蓋刳曲木狀如瓠, 擊之以爲歌舞之節耳。乃悟『穆護』蓋『木瓠』也。」據此說, 則茂倩所序, 爲不知本原云。且四句律詩, 如何便差排爲犯角曲, 殊無意義。

7. 省試取人額

累擧省試, 鎖院至開院, 限以一月。如未訖事, 則申展亦不過十日, 所奏名以十四人取一爲定數, 不知此制起於何年。黃魯直以元祐三年爲貢院參詳官, 有書帖一紙云:「正月乙丑鎖太學, 試禮部進士四千七百三十二, 三月戊申具奏進士五百人。」乃是在院四十四日, 而九人半取一人, 視今日爲不侔也。此帖載於別集。

8. 通印子魚

魚通印之語, 本出於王荊公送張兵部知福州詩 「長魚俎上通三印」之句。蓋以福州瀕海多魚, 其大如此, 初不指言爲子魚也。東坡始以「通印子魚」對「披縣黃雀」, 乃借「子」字與「黃」字爲假對耳。山谷所云「子魚通印蠔破山」, 蓋承而用之。陳正敏遯齋閑覽云:「其地有通應廟, 廟前港中子魚最佳。王初寮詩『通應子魚鹽透白』, 正采其說。」郡人黃處權云:「興化子魚, 去城五十里地名迎仙者爲上, 所産之處, 土人謂之子魚潭而已, 初無通應港之名。」有大神祠, 賜額曰「顯應」, 乃遯齋所指之廟者, 亦非「通應」也。潭傍又有

小祠一間, 庳陋之甚, 農家以祀田神, 好事欲實逃齋之說, 遂粉刷一扁, 妄標曰「通應廟」, 側題五小字曰「元祐某年立」, 此尤可笑。且用神廟封額以名土物, 它處未嘗有也。

9. 壽亭侯印

荊門玉泉關將軍廟中, 有「壽亭侯印」一鈕, 其上大環, 徑四寸, 下連四環, 皆系於印上。相傳云:紹興中, 洞庭漁者得之, 入于潭府, 以爲關雲長封漢壽亭侯, 此其故物也, 故以歸之廟中。南雄守黃兊見臨川興聖院僧惠通印圖形, 爲作記。而復州寶相院, 又以建炎二年, 因伐木, 於三門大樹下土中深四尺餘, 得此印, 其環幷背俱有文, 云:「漢建安二十年壽亭侯印。」今留於左藏庫。邵州守黃沃叔啓慶元二年復買一鈕於郡人張氏, 其文正同, 只欠五系環耳。予謂皆非眞漢物, 且漢壽乃亭名, 旣以封雲長, 不應去漢字, 又其大比它漢印幾倍之。聞嘉興王仲言亦有其一。侯印一而已, 安得有四! 雲長以四年受封, 當卽刻印, 不應在二十年, 尤非也。是特後人爲之以奉廟祭, 其數必多。今流落人間者, 尚如此也。予爲黃叔啓作辨跋一篇, 見贅稿。

10. 茸附治疽漏

時康祖病心痔二十年, 用聖惠方治腰痛者鹿茸、附子服之, 月餘而愈, 夷堅己志書其事。予每與醫言, 輒云:「癰疽之發, 蘊熱之極也, 烏有翻使熱藥之理!」福州醫郭晉卿云:「脈陷則害漏, 陷者冷也, 若氣血溫煖, 則漏自止, 正用得茸、附。」案, 內經素問生氣通天論曰:「陷脈爲瘻, 留連肉腠。」注云:「陷脈謂寒氣陷缺其脈也, 積寒留舍, 經血稽凝, 久瘀內攻, 結於肉理, 故發爲瘍瘻, 肉腠相連。」此說可謂明白, 故復記於此, 庶幾或有助於瘍醫云。

11. 莆田荔枝

莆田荔枝, 名品皆出天成, 雖以其核種之, 終與其本不相類。宋香之後無宋香, 所存者孫枝爾。陳紫之後無陳紫, 過牆, 則爲小陳紫矣。筆談謂焦核荔子, 土人能爲之, 取本木, 去其大根, 火燔令焦, 復植於土, 以石壓之, 令勿生旁根, 其核自小。里人謂不然, 此果形狀, 變態百出, 不可以理求, 或似龍牙, 或類鳳爪, 釵頭紅之可簪, 綠珠子之旁綴, 是豈人力所能加哉! 初, 方氏有樹, 結實數千顆, 欲重其名, 以二百顆送蔡忠惠公, 紿以常歲所產止此, 公爲目之曰「方家紅」, 著之於譜, 印證其妄。自後華實雖極繁茂, 逮至成熟, 所存者未嘗越二百, 遂成語讖。此段已載逃齋閒覽中, 郡士黃處權復志其詳如此。

12. 雙陸不勝

新唐書狄仁傑傳, 武后召問:「夢雙陸不勝, 何也?」仁傑與王方慶俱在, 二人同辭對

용재수필

曰:「雙陸不勝, 無子也。天其意者以儆陛下乎!」於是召還廬陵王。舊史不載, 資治通鑑但書鸚鵡折翼一事。而考異云:「雙陸之說, 世傳狄梁公傳有之, 以爲李邕所作, 而其詞多鄙誕, 疑非本書, 故黜不取。」藝文志有李繁大唐說纂四卷, 今罕得其書, 予家有之, 凡所紀事, 率不過數十字, 極爲簡要, 新史大抵采用之。其忠節一門曰:「武后問石泉公王方慶曰:『朕夜夢雙陸不勝, 何也?』曰:『蓋謂宮中無子, 意者恐有神靈儆夫陛下。』因陳人心在唐之意, 后大悟, 召廬陵王, 復其儲位, 俾石泉公爲宮相以輔翊之。」然則新史兼采二李之說, 而爲狄爲王莫能辨也。通鑑去之, 似爲可惜。

13. 華元入楚師

左傳, 楚莊王圍宋, 宋華元夜入楚師, 登子反之牀, 起之曰:「寡君使元以病告。」子反懼, 與之盟, 而退三十里。杜注曰:「兵法, 因其鄉人而用之, 必先知其守將左右謁者、門者之姓名, 因而利道之。華元蓋用此術, 得以自通。」予案前三年晉、楚邲之戰, 隨武子稱楚之善曰:「軍行, 右轅, 左追蓐, 前茅慮無, 中權後勁, 軍政不戒而備。」大抵言其備豫之固。今使敵人能入上將之幕而登其牀, 則刺客奸人, 何施不得! 雖至於王所可也, 豈所謂軍制乎! 疑不然也。公羊傳云:「楚使子反乘堙而闚宋城, 宋華元亦乘堙而出見之。」其說比左氏爲有理。

14. 公羊用疊語

公羊傳書楚子圍宋, 宋人及楚人平事, 幾四百字。其稱「司馬子反」者八, 又再曰「將去而歸爾」,「然後而歸爾」,「然後歸爾」,「臣請歸爾」,「吾亦從子而歸爾」。又三書「軍有七日之糧爾」, 凡九用「爾」字, 然不覺其煩。

15. 文書誤一字

文書一字之誤, 有絕係利害者, 予親經其三焉, 至今思之, 猶爲汗下。乾道二年冬, 蒙恩召還, 過三衢, 郡守何德輔問奏對用幾箚, 因出草稿示之, 其一乞鐲減鄱陽歲貢誕節金千兩事, 言此貢不知起於何時, 或云藝祖初下江南, 郡庫適有金, 守臣取以獻長春節, 遂爲故事。誤書「長春」爲「萬春」, 乃金主褒節名也。德輔讀之, 指以相告, 予悚然面發赤, 亟改之。三年, 以侍講講毛詩, 作發題, 引孔子於論語中說詩處云:「不學詩無以言。」誤書「言」爲「立」, 已寫進讀正本, 經筵吏袁顯忠曰:「恐是言字。」予愧謝之。淳熙十三年在翰苑, 作賜安南國曆日詔云:「茲履夏正, 載頒漢朔。」書「夏正」爲「周正」, 院吏以呈宰執, 周益公見而摘其誤, 吏還以告, 蓋語順意同, 一時不自覺也。

용재사필 권8

16. 歷代史本末

古者世有史官，其著見於今，則自堯、舜二典。始，周之諸侯，各有國史，孔子因魯史記而作春秋，左氏爲之傳，鄭志、宋志、晉齊太史、南史氏之事皆見焉。更纂異同以爲國語。漢司馬談自以其先周室之太史，有述作之意，傳其子遷，紬金匱石室之書，罔羅天下放失舊聞，述黃帝以來至于元狩，馳騁古今，上下數千載間，變編年之體爲十二本紀、十表、八書、三十世家、七十列傳，凡百三十篇。而十篇有錄無書，元、成之間，褚先生補缺，作武帝紀、三王世家、龜策、日者列傳，張晏以爲言辭鄙陋，今雜於書中。而藝文志有馮商續太史公七篇，則泯沒不見。司馬之書既出，後世雖有作者，不能少紊其規制。班彪、固父子，以爲漢紹堯運建帝業，而六世史臣，追述功德，私作本紀，編於百王之末，厠於秦、項之列。故採纂前紀，綴輯舊聞，以述漢書，起元高祖，終于王莽之誅，大抵仍司馬氏，第更八書爲十志，而無世家，凡百卷。固死，其書未能全，女弟昭續成之，是爲前漢書。荀悅漢紀則續所論著者也。後漢之事，初命儒臣著述於東觀，謂之漢紀。其後有袁宏紀、張璠、薛瑩、謝承、華嶠、袁山松、劉義慶、謝沈皆有書。宋范曄刪采爲十紀、八十列傳，是爲後漢書，而張璠以下諸家盡廢，其志則劉昭所補也。三國雜史至多，有王沈魏書、元行沖魏典、魚豢典略、張勃吳錄、韋昭吳書、孫盛魏春秋、司馬彪九州春秋、丘悅三國典略、員半千三國春秋、虞溥江表傳，今唯以陳壽書爲定，是爲三國志。晉書則有王隱、虞預、謝靈運、臧榮緒、孫綽、干寶諸家，唐太宗詔房喬、褚遂良等修定，爲百三十卷。以四論太宗所作，故總名之曰「御撰」，是爲晉書，至今用之。南北兩朝各四代，而僭偽之國十數，其書尤多，如徐爰、孫嚴、王智深、顧野王、魏澹、張大素、李德林之正史，皆不傳。今之存者，沈約宋書、蕭子顯齊書、姚思廉梁陳書、魏收魏書、李百藥北齊書、令狐德棻周書、魏鄭公隋書。其它國則有和包漢趙紀、田融趙石記、范亨燕書、王景暉南燕錄、高閭燕志、劉昞涼書、裴景仁秦記、崔鴻十六國春秋、蕭方武敏之三十國春秋。李太師、延壽父子悉取爲南史八十卷，北史百卷。今沈約以下八史雖存，而李氏之書獨行，是爲南北史。唐自高祖至于武宗，有實錄，後唐修爲書，劉昫所上者已，而猥釀無統。國朝慶曆中，復詔刊脩，歷十七年而成，歐陽文忠公主紀、表、志，宋景文公主傳，今行於世。梁、唐、晉、漢、周，謂之五代，國初監脩國史薛居正提舉上之。其後，歐陽芠爲新書，故唐、五代史各有舊、新之目。凡十七代，本末如此，稚兒數以爲問，故詳記之。

17. 賢者一言解疑讒

賢者以單詞片言，爲人釋謗解患，卓卓可書者，予得兩事焉。秦氏當國時，先忠宣公、鄭亨仲資政、胡明仲侍郎、朱新仲舍人皆在謫籍，分置廣東。方務德爲經略帥，待之盡禮。秦對一客言曰：「方滋在廣部，凡得罪於朝廷者，必加意護結，得非欲爲異日地乎？」

客曰：「非公相有云, 不敢輒言。方滋之爲人, 天性長者, 凡於人唯以周旋爲志, 非獨於遷客然也。」秦悟曰：「方務德却是個周旋底人。」其疑遂釋。當時使一憸巧者承其問, 微肆一語, 方必得罪, 而諸公不得安迹矣。言之者可謂大君子, 當求之古人中。嚴陵王大卞赴曲江守, 過南安, 謁張先生子韶, 從容言：「大卞頃在檢院, 以羅彦濟中丞章去國, 其後彦濟自吏書出守嚴, 遂遷避于蘭溪。彦濟到郡, 遺書相邀曰：『與君有同年之契, 何爲爾？』不得已, 復還。旣見, 密語云：『前此臺評, 乃朱新仲所作, 託造物之意以相授, 一時失於審思, 至今爲悔。』此事旣往, 今適守韶, 而朱在彼, 邂逅有弗懌, 爲之奈何！」張揣其必將修怨, 卽云：「國光爲君子, 爲小人, 皆在此擧。」王悚然曰：「謹受敎。」至則降意彌縫, 終二年, 不見分毫形迹, 蓋本自相善也。予曩侍張公, 坐聞其言, 故追紀之。

1. 장지기의 『일사』 蔣魏公逸史

장지기蔣之奇[1]가 편찬한 『일사逸史』 20권은 대부분 당시의 전장제도와 문물을 기록한 것이다. 원래는 수백 책冊에 이르는 방대한 양이었다고 하는데, 장기간에 걸친 전란으로 인해 모두 유실되었다. 후에 그의 증손자인 장불蔣芾이 여기저기에서 그의 유고를 모으고 정리하여 다시금 『일사』를 편찬하였다. 편찬된 책을 조정에 진상하고 부본副本[2]을 국사관國史館의 태사太史에게 보내 판각하여 유포하고자 했지만 이루어지지 않았다.

장지기는 신종 희녕熙寧[3] 연간부터 철종 원우元祐[4] 연간·휘종 숭녕崇寧[5] 연간 약 30년간 박학다식과 뛰어난 기억력으로 유명했다. 그런데 그의 책을 읽고 난 후 몇몇 곳은 조금 의심스러운 부분이 있어 함께 논의해야 할 필요성을 느꼈다. 그가 살아있을 때 그와 더불어 말을 나눌 수 있는 인연이 없었던 것이 참으로 애석하여, 논의할 필요성이 있는 부분을 아래에 정리해보았다.

첫 번째로 논의할 부분은 다음과 같다.

---

1 蔣之奇(1031~1104) : 북송의 학자이자 서예가. 자 영숙穎叔. 상주常州 의흥宜興 출신이다. 가우嘉祐 2년(1057)에 춘추삼전과春秋三傳科를 통해 진사에 급제하여 20여 년간 관직에 있었다. 학식이 높고, 전서篆書에도 뛰어났다고 한다. 「육서첩蓼書帖」과 「북객첩北客帖」 등이 전해진다.

2 副本 : 원본과 똑같이 만들어 참고로 보관하는 서류나 책.

3 熙寧 : 북송 신종神宗 시기 연호(1068~1077).

4 元祐 : 북송 철종哲宗 시기 연호(1086~1093).

5 崇寧 : 북송 휘종徽宗 시기 연호(1102~1106).

관리를 임명할 때, 고위직 관원이 낮은 직책에 임용되면 '행行'이라 하고, 관직이 낮은 관원이 높은 직책에 임명되면 '수守'라고 하고, 관직 품계보다 2품 이하로 낮은 직책에 임명되는 것을 '시試'라고 하는데, 이러한 것들은 모두 관품官品의 고하를 근거로 정한 것이다. 관원이 승진할 때는 반드시 승진된 관직명에 원래의 품계를 함께 칭하게 되어있다. 여회숙呂晦叔이 사공司空에 임명되었을 때 낮은 관직으로 고위직에 임명된 것이라 '수守'를 붙여 수사공守司空이라고 했다. 그런데 한림원에서 임명장을 작성할 때 금자광록대부金紫光祿大夫라는 품계를 함께 쓰지 않았다. 이는 한림원에서 실수를 한 것이다. 여회숙은 품계가 빠져있는 것을 근거로 하여 '수守'자를 빼줄 것을 요구하였고, 결국 임명장에 '수守'자를 빼고 정사공正司空이라 고쳤다. 어떤 이가 이에 대해 여회숙을 정사공에 임명하게 되면 품계가 산관散官6 정이품正二品의 특진特進과 동궁삼태東宮三太7 · 개부의동삼사開府儀同三司8을 초월하게 된다고 이의를 제기하였다.

송나라 왕조의 관제를 조사해보니, 관리 임용시 행行 · 수守 · 시試라고 칭할 때는 반드시 원래의 품계를 병기하도록 했다. 이것은 규정으로 엄격하게 지켜졌다. 그런데 관제가 개혁된 이후 상황이 변하여, 사공의 직함을 받는 경우에는 원래의 품계를 병기하지 않는다. 여회숙은 정삼품의 금자광록대부에서 사공으로 승진한 것이기 때문에, 1급 특진特進한 것에 불과하다. 여회숙을 정사공正司空이라 한 것에 대해 이의를 제기한 것에 대해서도 여러 가지 의구심이 든다. 즉 동궁삼사를 어떻게 재상과 동일한 품계의 관리로 볼 수 있는지 이해할 수 없다. 개부의동삼사도 사상使相9 중 가장 명예로운

· ·

6 散官 : 관명은 있지만 실제 직무를 수행하지 않는 관직. 한나라의 조정에서 중신들에게 본래의 관직 이외에 명호名號를 하사했는데 실질적 관직은 아니었기에 이를 산관이라고 한다. 산관 제도는 위진남북조 시대에 계승되어, 수나라 때 완비되었다.

7 東宮三太 : 동궁삼사東宮三師로 태자태사太子太師 · 태자태부太子太傅 · 태자태보太子太保의 통칭이며, 종1품관從一品官이다. 황태자를 교육시키는 직책이기에, 지위와 인망이 높은 대신이 다른 직책과 겸임하거나 전임했다.

8 開府儀同三司 : 관직 명칭으로 문산관文散官의 최고 품계 대우를 받았다. 개부란 독립적으로 관아를 설치하고 속관屬官을 두는 것으로, 한漢 나라에서는 사도司徒 · 사마司馬, 사공司空의 삼사三司와 대장군大將軍의 지위에 있는 관리에게만 허용했던 제도이다. 때문에 개부는 삼사三司와 마찬가지의 대우를 나타냈다.

9 使相 : 당 후기, 재상은 왕왕 절도사를 겸직했고, 절도사도 재상을 겸직했기에 이들을 사상이라 칭했다. 송 초기, 친왕 · 추밀사 · 절도사가 시중 · 중서령 · 동평장사를 겸할 때 사상이라 칭했으나, 실제로는 재상의 직위와 무관했다.

칭호로, 실질적 권력을 행사하지 못하는 명예직일 뿐이다. 그런데도 이러한 이의를 제기한 것에 대해 여회숙은 시비를 따져 바로 잡지 않았다.

두 번째로 논의할 부분은 다음과 같다.

> 문언박文彥博[10]은 태사太師직에 임명된 후 재상의 직에서 파면되어 관직명에 '수守'자가 더해지자, 불만스러워했다. 조정의 몇몇 관원들이 그의 관직명에 첨가된 '수守'자를 빼려고 하자, 어떤 이가 그것은 관리제도 규정에 부합하지 않는다고 했는데, 문언박은 그저 실질적인 태사의 직분으로 퇴직하는 것을 바랐을 따름이다. 몇몇 관원들이 관련기관에 문언박의 관직명에 첨가된 '수守'자를 빼는 것이 옳은지 아닌지 하는 여부를 물었는데, 다음과 같은 답변이 왔다.
> "그렇게 해서는 안 된다. 태사의 직책은 재상의 위이기 때문이다."
> 결국 관직명에 첨가된 '수守'자를 빼지 못했지만, 후에 찰자札子[11]에서는 뺐다.

문언박이 본래 개부의동삼사수태사開府儀同三司守太師 겸 하동절도사河東節度使로 퇴직하였는데, 나중에 다시 평장군국중사平章軍國重事에 임명되었기 때문에 계함繫銜[12]으로 태사라고 했을 뿐이다. 그런데 다시 퇴직한 후에도 그대로 옛 직함을 사용하여, 당시 조정에서 내린 조서에도 '수守'자를 쓰지 않았는데, 이는 그가 실제로 태사의 직책을 역임했기 때문이다.

세 번째로 논의할 부분은 다음과 같다.

> 송나라의 원래 관제에서 집정 관원의 인사이동 중 쌍전雙轉이라고 하는 것은 공부시랑工部侍郎에서 형부시랑刑部侍郎으로, 형부시랑에서 병부시랑으로, 병부시랑

---

10 文彥博(1006~1097) : 북송 시대 정치가. 자 관부寬夫. 산서성 분주汾州 개휴介休 사람. 인종, 영종, 신종, 철종 조대의 중신으로 전후 50년간 장상의 지위에 있으면서 중책을 담당하였다. 신종 시기에는 왕안석의 신법을 비난하였다가 지방으로 폄적되었으나, 철종이 즉위하고 구법당이 부활하면서 평장군국중사平章軍國重事에 임명되었다.

11 札子 : 주차奏箚·차문箚文·차자箚子·차箚·방자牓子라고도 하였다. 송나라에서 비롯된 것으로 임금에게 아뢸 때 올리는 상주문의 한 종류이다. 여러 신하와 관리가 임금에게 의견을 아뢸 때 내제內制를 관장하는 한림학사翰林學士와 외제外制를 관장하는 지제고知制誥 이상은 불시不時에 아뢸 일이 있으면 모두 차자를 쓴다. 중서추밀원中書樞密院의 일로서 선칙宣勅이 내려 있지 않은 것도 차자를 쓴다. 중서성과 추밀원에서 주고받는 것도 역시 차자를 쓴다. 또 상관이 아래 관리에게 내리는 공문서도 찰자札子 또는 찰문札文이라고 했다.

12 繫銜 : 관리의 원래 직함 외에 별도로 가해지는 칭호나 명호名號.

에서 공부상서工部尚書로 인사 이동하는 것이다. 오로지 재상만이 대전對轉이 가능했는데, 즉 공부시랑에서 직접 공부상서로 승진하는 것으로 집정 관원의 경우에는 세 차례 인사이동을 거쳐야 한다.

내가 송나라의 원래 관제를 살펴보았는데, 집정 관원의 전관轉官은 학사學士와 같다. 6부의 시랑侍郎은 2급 승진이 가능한데, 공부工部·예부禮部·형부刑部·호부戶部·병부兵部·이부吏部의 순서로 진행되며, 병부시랑까지 오르면 다음은 우승右丞에 오르고, 이부시랑까지 오르면 다음은 좌승左丞이 되는데, 그런 승진을 거친 후에 비로소 공부상서가 될 수 있다. 그 다음에는 승진이 아주 더디게 진행된다. 지금 사람들은 병부시랑에서 바로 공부상서로 임명되었다고 말하는데, 이는 틀린 것이다. 시랑직에서 재상으로 승진한 것은 3급 승진한 것이고, 상서에서 재상으로 승진한 것은 쌍전이다. 예를 들면 공부시랑에서 호부시랑으로 이동하고 예부시랑에서 공부시랑으로 이동하는데, 호부시랑을 좌우이승左右二丞이라고도 한다. 재상은 승丞을 두지 않기 때문에 곧바로 상서로 승진을 한다. 여기에서는 공부시랑이 공부상서가 된다고 하였는데, 잘못된 견해이다.

네 번째로 논의할 부분은 다음과 같다.

> 양찰楊察이 한림학사로 재직하고 있을 때, 하루 밤 사이에 3편의 조서를 작성했다. 참지정사參知政事였던 유항劉沆과 선휘사宣徽使였던 부필富弼이 모두 재상으로 승진하였다. 선휘사는 참지정사보다 아래 직위였기 때문에, 부필의 직위가 응당 유항의 아래여야 했다. 그런데 누군가가 부필의 지위가 유항보다 높다고 잘못 생각해 조서를 잘못 작성했는데, 어느 누구도 그 실수를 인식하지 못했다. 오직 학사인 이숙李淑만이 이를 알아채고, 잘못된 곳을 지적하여, 마지貼紙를 붙여 오류를 수정하였다.

내가 사서史書의 기록들을 자세히 살펴보니, 인종 지화至和 원년(1054) 8월에 참지정사인 유항이 집현상集賢相[13]에 승진했다. 지화 2년(1055) 6월에 충

---

13 集賢相 : 송대의 재상 명칭. 송나라는 일반적으로 2명의 재상을 두었는데, 때로는 재상을 1명 또는 3명을 두는 경우도 있었다. 3명의 재상을 두는 경우에, 수상首相은 소문관대학사昭文

무군절도사忠武軍節度使 겸 지영흥군知永興軍 문언박이 소문상昭文相에 올라, 지위가 가장 높은 재상이 되었다. 유항이 사관상史館相으로 자리를 옮겨 두 번째로 지위가 높은 재상이 되었다. 그리고 선휘남원사宣徽南院使 겸 판병주判並州 부필은 집현상集賢相이 되어 세 번째 지위의 재상이 되었다. 위에서 하루밤 사이에 3편의 조서를 작성했다는 것은 바로 이를 말한 것이다. 즉 문언박을 소문상에 임명하고, 유항은 집현상에서 사관상으로 자리를 옮기고, 부필을 집현상에 임명한다는 조서를 작성했다는 것이다. 그런데 유항은 이미 1년 전에 먼저 재상의 자리에 올랐기 때문에, 문언박·부필의 임명장과는 내용이 다를 수밖에 없다. 그렇기 때문에 한림학사가 실수하여 잘못 기록한 부분에 마지를 붙여 수정한다는 것은 있을 수 없다.

　다섯 번째로 논의할 부분은 다음과 같다.

> 의동儀同 기구는 네 개가 있는데, 첫 번째는 개부의동삼사開府儀同三司, 두 번째 의동삼사儀同三司, 세 번째는 좌의동삼사左儀同三司, 네 번째는 우의동삼사右儀同三司이다.

이와 관련된 기록을 조사해보았는데, 의동삼사儀同三司[14]는 후한의 외척인 등즐鄧騭때 처음 설치된 것이다. 위진魏晉 이후에는 개부의동삼사의 명칭만 보이며, 북주北周와 수나라때는 '上상'자가 하나 더 더해지면 관직의 등급이 한 단계가 더 높아졌고, 의동삼사는 의동대장군儀同大將軍이 되었다. 또 개부開府와 상개부上開府·의동儀同·상의동上儀同이 있었지만, 관직 서열이 낮았기

....

館大學士를 겸하였기에 소문상昭文相이라 하였고, 직위가 수상 아래에 있는 재상은 국사편찬을 감수하는 일을 겸하였기에 사관상史館相이라 하였으며, 직위가 가장 낮은 재상은 집현전대학사集賢殿大學士를 겸하여 집현상集賢相이라고 하였다. 만약에 2명의 재상만 둘 경우에는 수상이 소문관대학사와 국사편찬 감수를 겸하였다.

14　儀同三司 : 후한과 위진남북조 시대부터 사용된 관직 명칭. 삼사三司와 마찬가지로 개부開府를 할 수 있는 최고 품계品階를 나타내는 관명官名이다. 『진서晉書』의 「직관지職官志」에는 후한 상제殤帝 연평延平 원년(106)에 등태후鄧太后의 오빠인 등즐을 거기장군車騎將軍과 의동삼사儀同三司로 임명하면서 관명官名으로 사용되기 시작했으며, 위魏에서 황권黃權을 개부의동삼사開府儀同三司로 임명하면서 개부開府의 명칭이 사용되었다고 기록되어 있다.

에 좌우左右로 나누지 않았다.

후학으로서 선배의 저서에 대해 평론할 수는 없지만, 손자인 홍언洪偃이 질문을 해 왔기에 이를 기록해 둔다.

2. 심경지와 조경종의 시 沈慶之曹景宗詩

남조 유송劉宋의 효무제孝武帝는 자주 대규모 국가 연회를 열어 문무 대신들을 모두 한자리에 청하곤 하였다. 효무제는 술이 몇 순배 돌고 분위기가 흥겨워지자 대신들에게 시를 짓도록 했는데, 심경지沈慶之[15]는 글자를 쓸 줄 모르는 무관이었기에 매번 시를 지으라 할 때마다 한스러웠다. 황제가 시 지을 것을 다그치자 심경지가 아뢰었다.

> 신은 글을 쓸 줄 모르니, 청컨대 제가 읊으면 안사백顏師伯이 기록하도록 윤허하여 주시옵소서.

효무제가 안사백에게 기록하도록 명하자, 심경지가 즉흥시를 읊었다.

미천한 사람 행운을 만나	微生遇多幸,
시류를 타고 복을 받았네.	得逢時運昌.
늙고 기력이 다하였지만,	朽老筋力盡,
아직도 남산을 오를 수 있네.	徒步還南岡.
이 영광이 모두 폐하의 은덕이니,	辭榮此聖世,
장자방에게 무엇이 부끄럽겠는가?	何愧張子房?[16]

....

15 沈慶之(386~465) : 남북조시기 유송劉宋의 명장. 자 홍선弘先. 오흥吳興 무강武康 사람이다. 어릴 때부터 무예를 닦아 그 기량이 뛰어났는데, 동진東晉의 유신遺臣 손은孫恩 장군이 반란을 일으켰을 때 불과 10세의 어린 나이에 사병을 이끌고 반란군과 싸워 번번이 승리하여 무명武名을 떨쳤다. 40세 때 이민족의 반란을 진압한 공로로 장군에 임명되었다. 문제에 이어 즉위한 효무제孝武帝 때는 도읍인 건강建康을 지키는 방위 책임자로 승진했다. 그 후 건무장군建武將軍에 임명되어 변경 수비군을 총괄했다.

16 張子房(?~B.C.189) : 전한 초기의 정치가 장량張良. 자방子房은 자字이다. 할아버지와 아버지는 한韓나라 소후昭侯·선혜왕宣惠王 등 5대에 걸쳐 승상을 지냈다. 진秦이 한을 멸하자 그는 자객들과 사귀면서 한의 회복을 도모했다. 박랑사博浪沙에서 진시황제를 공격했으나 실패했

효무제가 아주 기뻐했고, 그 자리에 있던 문무 대신들도 칭찬을 아끼지 않았다.

남조 양梁나라의 조경종曹景宗[17]이 위군魏軍의 침략을 물리치고 개선장군이 되어 돌아오자 양무제梁武帝는 축하연을 베풀었다. 술기운에 흥이 나자 참석한 대신들에게 심약沈約이 운을 띄우면 그 운에 맞춰서 대구對句를 짓도록 명했다. 조경종은 자신에게 운을 띄우라고 하지 않아 불만스러운 기색이 가득하여 시를 짓겠다고 청하였다. 양무제가 다음과 같이 말했다.

> 경卿의 재능은 아주 다양하지 않소? 재능도 많고 재주도 뛰어난데, 어찌하여 시 짓는 것에 마음을 쓰는 것이오?

조경종은 이미 취했기 때문에 시를 짓겠다고 고집을 피웠다. 이미 웬만한 운은 거의 다 쓴 상태라서, '競경'과 '病병' 두 자만 남아 있었는데, 조경종은 붓을 들어 일필휘지로 다음과 같은 시를 썼다.

갈 때는 아이와 아낙들이 슬퍼했는데,	去時兒女悲,
돌아올 때는 피리와 북이 다투어 울리네.	歸來笳鼓競.
길 가는 사람에게 물어보리,	借問行路人,
곽거병과 비교해 어떠하오?	何如霍去病?[18]

양무제는 감탄을 금치 못했고, 심약을 비롯한 조정의 대신들도 모두 탄복했다.

. . . .

다. 그후 진나라에 반대하는 무리를 모아 유방劉邦과 합세했고, 이후 주요전략가가 되어 한나라 건국에 큰 공을 세웠다.

17 曹景宗(457~508) : 위진 남북조 양 무제梁武帝 때의 장군. 자 자진子震. 신야新野 사람. 시호는 장壯. 처음에는 제齊나라의 장군이었으나, 후에 양나라의 장군이 되었다. 어릴 때부터 말 타고 활쏘기를 좋아했으며 담력으로 이름이 알려졌는데, 문무를 겸비하여 무제에게 신임을 받았다.

18 霍去病(B.C.140~B.C.117) : 전한 무제武帝 때의 명장. 흉노 토벌에 큰 공을 세웠다. 18세 때 시중侍中이 되어 곧 위청衛靑을 따라 흉노토벌에 나서 공을 세워 관군후冠軍侯로 봉해졌다. 한제국의 영토 확대에 지대한 공을 세워 위청과 함께 대사마大司馬가 되었으나 불과 24세로 요절하였다.

내가 보건데 심경지와 조경종의 시는 그렇게 감탄을 자아낼 만한 좋은 시는 아니다. 후세의 호사가들이 지어낸 이야기가 아닌지 의심스럽다. 만약에 심경지와 조경종의 시 뒷부분만 취합하여 다음과 같은 시를 만들어내면 어떨까?

이 영광이 모두 폐하의 은덕이니,
장자방에게 무엇이 부끄럽겠는가?
길 가는 사람에게 물어보리,
곽거병과 비교해 어떠하오?

辭榮聖世,
何愧子房?
借問路人,
何如去病?

대구가 딱 맞아 좋다!

3. 남미주 藍尾酒

백거이는 시에서 남미주藍尾酒[19]와 교아당膠牙餳[20]을 몇 차례 언급하였다.

세 잔의 남미주,
한 접시의 교아당.

三杯藍尾酒,
一楪膠牙餳.[21]

나이 들어 남미주를 마시니,
병의 여운이 온 몸에서 거두어 지네.

老過占他藍尾酒,
病餘收得到頭身.[22]

신년주 마시며 남미주 사양하니,
봄쟁반에 가득한 교아당을 먼저 권하네.

歲盞後推藍尾酒,
春盤先勸膠牙餳.[23]

교아당의 의미는 『형초세시기荊楚歲時記』에 나온다.

....

19 藍尾酒 : 술자리에서 술이 한 바퀴 돌 때, 마지막 사람이 연거푸 마시는 석 잔의 술을 말한다.
20 膠牙餳 : 맥아를 고아 만든 엿으로 정초에 이것을 깨물어 이의 강함을 겨루었다고 해서, '이굳히엿'이라고 한다.
21 「七年元日對酒五首」 제3수.
22 「喜入新年自詠」.
23 「歲日家宴戲示弟姪等, 兼呈張侍御二十八丈殷判官二十三兄」.

교아膠牙는 아교처럼 견고하다고 해서 아교에서 이름을 따왔다.

그러나 남미藍尾의 의미는 명확하지 않다.『하동기河東記』의 기록을 한 번 살펴보자.

신도징申屠澄이 길가 초가집에서 노부부와 그들의 딸과 함께 불을 쬐고 앉아 있는데, 노파가 밖에서 술병을 들고 와서 말했다.
"추위를 이기기 위해서는 술 한 잔 마시는 것이 좋을거요"
신도징이 공손하게 읍하며 말했다.
"응당 주인들께서 먼저 드시고 마지막으로 제가 남미婪尾를 담당하는 것이 예禮이지요!"

무릇 '藍남'은 '婪남'과 같은 의미이기에, 남미를 담당한다는 것은 마지막에 술을 마신다는 뜻이다. 섭몽득葉夢得의 『석림연어石林燕語』에도 다음과 같은 말이 기록되어있다.

당나라 때 사람들이 말한 '남미藍尾'의 의미는 대부분 다르다. '藍람'은 대부분 '啉람' 자로 쓰는데, 후백侯白[24]의 『주율酒律』에 보인다. 사람들이 모여서 술을 마실 때 술이 한 바퀴 돌고 난 후, 맨 마지막에 앉은 사람이 연속해서 석 잔의 술을 마시는 것을 '남미藍尾'라고 한다. 마지막에 앉아 있는 사람에게 까지 술이 돌아오기까지 상당한 시간이 걸리기 때문에 연속으로 세 잔을 마시게 함으로써 위로한 것인데, '啉'은 탐욕스럽다는 뜻이다. 혹자는 '啉'은 곧 '爁람'으로, 쇠가 화로에 들어가 그 특색이 드러나는 것이라고 했는데, 아주 터무니없다. 이를 통해 볼 때, 당나라 때 사람들 또한 '남미藍尾'의 의미를 명확하게 알지 못한 것 같다.

섭몽득은 이처럼 '남미藍尾'의 의미가 부정확하고, 당나라 사람들도 정확한 의미를 모른 채 사용했다는 견해를 밝혔다. 나는 그렇지 않다고 생각한다. 후백이 "세 잔의 술을 마신다"고 한 것은 단지 술잔이 돌아간 순배를 말하는 것이다. 다른 사람이 한 잔의 술을 마실 때 자기 혼자만 연속해서

---

24 侯白 : 수나라 때의 문인. 자 군소君素. 위군魏郡 임장臨漳 사람으로, 학문을 좋아하고 재기가 민첩했으며 골계와 언변에 능했다. 수재秀才에 천거되어 유림랑儒林郎이 되었다. 우스갯소리를 잘해 그가 가는 곳마다 시장처럼 사람들이 북적댔다고 하며, 수나라 때의 소화집笑話集인 『계안록啓顔錄』을 편찬했다고 한다.

세 잔의 술을 마신다는 뜻이라고 어디에 나와 있는가?

후백은 재미있는 말에 능했는데, 그러한 이야기들은『계안록敗顔錄』에 실려 있다.『당서唐書』의「예문지藝文志」에는 후백의『계안록』10권과『잡어雜語』5권만 기록되어 있을 뿐,『주율』이라는 책은 기록되어 있지 않다. 그렇기에 후백의『주율』이라는 책을 인용한 섭몽득의 견해는 다소 의심스러운 부분이 많다. 그런데 소악蘇鶚 또한『연의演義』에서 섭몽득의 견해를 인용하였다. 이에 대해선 좀 더 많은 고찰이 필요하다 하겠다.

4. 구양수의 사직서 歐陽公辭官

구양수歐陽脩[25]가 호주亳州[26]에 머물 때 병부상서兵部尚書에 제수되어 청주靑州[27]를 다스리게 된 이래, 연속해서 네 차례 상소문을 올려 사직을 청하였다. 사직을 청한 것은 자신의 승진이 관리제도 규정에 부합하지 않는다고 생각했기 때문이다. 구양수는 상소문에서 다음과 같이 말했다.

> 신은 하해와 같은 황상의 은혜로 단기간에 여러 차례 승진을 하였습니다. 신은 작년 봄 이부시랑吏部侍郎에서 상서좌승尙書左丞으로 자리를 옮긴 후, 두 달도 못되어 다시 파격적으로 세 등급이나 승진되어, 형부상서刑部尙書에 제수되었습니다. 신이 형부상서에 임명된 지 이제 막 1년이 넘었는데, 또 다시 관직을 두 등급이나 올린 파격적인 승진을 하게 되었습니다. 상서성 육조六曹 관원들의 승진은 공부工部·예부禮部·형부刑部·호부戶部·병부兵部·이부吏部의 순서로 엄격하게 시행되고 있습니다. 신이 1년 동안 연속해서 다섯 등급이나 올려 승진된다는 것은 관리제도 규정에 어긋나는 것입니다. 청컨대 승진을 취소해주시길 바라옵니다.

· ·

25 歐陽脩(1007~1072) : 북송 저명 정치가 겸 문학가. 자 영숙永叔, 호 취옹醉翁, 육일거사六一居士. 길안吉安 영풍永豊(지금의 강서성江西省)인. 송나라 초기의 미문조美文調 시문인 서곤체西崑體를 개혁하고, 당나라의 한유를 모범으로 하는 시문을 지었다. 당송8대가唐宋八大家의 한 사람이었으며, 후배들에게 많은 영향을 주었고,『신당서新唐書』와『신오대사新五代史』를 편찬하였다.
26 亳州 : 지금의 안휘성 호현亳縣.
27 靑州 : 지금의 산동성 청주靑州.

구양수가 이렇듯 여러 차례 퇴직을 청하는 상소문을 올렸지만, 조정은 계속해서 그의 청을 받아줄 수 없다는 조서를 내렸다. 이는 신종 희녕熙寧 원년(1068)에 있었던 일로, 관리제도 규정이 바뀌기 전에 있었던 일이기에 지금 사람들은 왜 이러한 논리가 나왔는지 모를 것이다.

송나라의 이전 관리제도의 규정에 의하면 좌승左丞과 우승右丞의 지위는 상서尚書보다 아래다. 구양수의 상소문에서 말한 좌승에서 관직이 세 등급 승진되어 형부상서에 제수되었다는 것은 공부상서工部尚書와 예부상서禮部尚書를 거치지 않고 곧바로 형부상서로 승진했다는 의미이다. 또 그 다음에 두 등급이나 올린 파격적인 승진이라고 한 것은, 호부상서戶部尚書를 거치지 않고 곧바로 병부상서兵部尚書에 임명되었다는 것이다. 그렇기 때문에 구양수는 파격적으로 연속 5차례 승진이 되는 것이 이전 관리제도와 부합하지 않는다고 한 것이다.

5. 남북의 언어 차이 南北語音不同

남방어와 북방어의 음이 달라 서로 의사소통을 하기가 어렵다. 그렇기 때문에 남방사람과 북방사람이 서로 일상적으로 사용하는 물건이나 평상시에 보는 꽃이나 나무를 말하면서도, 서로 무엇을 말하고 있는지 모르는 경우가 많다. 예를 들면 모형毛亨과 정현鄭玄이 『시경』을 해석하면서, 매화(매梅)를 녹나무(남柟)라고 하고, 대나무(죽竹)를 풀의 한 종류인 '왕추王芻'라 하였으며, 쑥(루蔞)을 높이 뻗은 풀[翹翹之草]이라고 한 것이 그것이다.

안사고顔師古의 『한서漢書』 주석도 역시 이와 같다. 회남왕淮南王 유안劉安의 「간무제벌월서諫武帝伐越書」에 다음과 같은 글이 나온다.

수레를 타고 재를 넘어가다.[輿轎而隃領]

다음은 위의 문장에 대한 다양한 해석이다.

복건服虔이 말했다. "轎교의 음은 橋교로, 협소한 길을 수레를 몰아 지나갔다는 의미이다."

신찬臣瓚이 말했다. "轎는 대나무로 만든 수레로 오늘날의 죽여거竹輿車이다. 강남 일대의 사람들은 대나무 수레를 타고 다닌다."

항소項昭가 말했다. "능절수陵絶水를 轎라고 한다. 발음은 旗기와 廟묘의 반절半切이다."

안사고가 말했다. "轎는 복건이 언급한 음과 신찬이 말한 대나무 수레라는 의미가 맞다. 항소의 설명은 틀렸다. 이 문장은 수레로 재嶺를 넘어갔다는 의미인데, 어떻게 능절수를 말한 것인가? 轎가 旗와 廟의 반절이라고 한 것도 근거가 없다."

또 「무제기武帝紀」의 "과선장군戈船將軍"이란 구절에 대한 각기 다른 해석을 살펴보자.

장안張晏이 말했다. "월越나라 사람은 물속에서 배를 짊어지고 옮기는데, 종종 교룡蛟龍의 공격으로 피해를 당하므로 창戈을 배 밑에 숨겨놓는다. 그렇기 때문에 과선戈船이란 이름이 붙여졌다."

신찬이 말했다. "오자서伍子胥[28]의 병법서에 과선戈船에 대한 기록이 있다. 배에 창과 방패를 실었기 때문에 과선戈船이라고 한 것이다."

안사고가 말했다. "한나라 때 등장한 누선樓船[29]의 경우로 볼 때, 과선戈船은 결코 병기를 실어 운반한 것이 아니다. 무릇 배 밑에 창인 과戈나 극戟을 장착하여 교룡이나 악어 같은 수중생물을 방어한 것이다. 장안의 설명이 본래의 의미에 가장 근접했다."

이상에서 언급한 『한서』에 대한 장안과 안사고의 주석은 유원보劉原甫와 유공보劉貢甫·유중보劉中甫 세 사람에 의해 비판받았다.

지금 남방의 대나무 수레인 轎는 旗와 廟의 반절로 발음하기 때문에 항소의 설명

용재수필

---

28 伍子胥(?~B.C.484) : 춘추시대의 정치가. 원래 초나라 사람이었으나 아버지와 형이 살해당한 뒤 오나라를 섬겨 복수하였다. 오나라 왕 합려闔閭를 보좌하여 강대국으로 키워 춘추오패의 패자로 군림하게 하였으나, 모함을 받아 합려의 아들 부차夫差에게 중용되지 못하고 자결하였다.

29 樓船 : 상갑판 위에 사령탑으로 쓰이는 다락을 갖춘 고대 군선軍船의 명칭. 중국의 전적에 의하면 한 무제武帝 원정 때 이미 누선의 모습을 갖춘 배가 등장했다고 하며, 『무경총요武經總要』(1044)에는 3층 누각을 두고 한쪽 현舷에 노가 7개씩 달려 있고 돛은 없는 배가 기록되어 있다.

이 완전히 틀린 것이 아니다. 안사고는 북방사람으로 서북방언을 근거로 설명하였기 때문에 轎의 음을 橋라고 한 것이다.

배 밑에 창인 과戈나 극戟을 장착했다고 하는데, 배 밑에 무기를 장착하는 것은 매우 어려우며, 배를 움직이는데도 불편하다. 게다가 지금 만들어지는 배들은 크기도 크고 종류도 다양한데, 배 밑에 창을 장착하는 배가 있다는 말은 들어본 적이 없다. 안사고는 북방사람이라 배 운행을 전혀 이해하지 못했기 때문에 이러한 주석을 달았는데, 그의 설명은 틀린 것이다. 신찬의 해석이 옳다.

내가 보기에 '轎'자의 음은 항소의 설명이 옳다. 하지만 그 의미를 능절수陵絶水라고 풀이한 것은 틀렸다. 그렇기 때문에 유원보 등이 항소의 설명이 모두 다 틀린 것은 아니라고 한 것이다. 장안이 "월나라 사람들이 물속에서 배를 짊어지고 움직인다"고 설명한 것은, 말도 안 되는 우스운 이야기다.

6. 풍속의 차이 南舟北帳

내가 예장豫章30에 머무를 때 요주遼州31에서 온 스님을 만나 이야기를 나누었다. 스님이 말했다.

남쪽 사람들은 북쪽에 천 명이 들어갈 수 있는 막사가 있다는 것을 믿지 않고, 북쪽 사람들도 남쪽에 곡식 만 석을 실을 수 있는 배가 있다는 것을 믿지 않습니다. 자고로 살고 있는 환경이 그들의 사고를 지배하기 때문이지요.

『법원주림法苑珠林』32에도 다음과 같은 기록이 있다.

· ·

30 豫章 : 지금의 강서성 남창南昌.
31 遼州 : 지금의 산서성 좌권현左權縣.
32 『法苑珠林』: 당나라의 율종승律宗僧 도세道世가 지은 불서佛書. 668년 불교의 세계관에서 불佛·법法·승僧 즉 삼보三寶에 관한 여러 문제를 광범하게, 내외의 전적을 인용하면서 해설한 백과전서적 저작이다. 삼계三界·육도六道·사리舍利·육도六度·참회懺悔 등 100개의 중심 내용을 100권으로 엮었는데, 각 권은 내용에 따라 다시 몇 부로 나뉘어 있기 때문에 총 668부가 된다. 이 책을 엮는 데 10년이 걸렸고, 인용한 경經·율律·논論·기記 등은 400여 종에 달한다. 위서僞書·잡서·도교道教경전 등도 많이 인용되어 오늘날에는 없어진 귀중한 자료도 적지 않게 수록되어 있다.

산속에 사는 사람은 나무만큼 큰 물고기가 있다는 것을 믿지 않고, 바닷가에 사는 사람은 큰 물고기만큼이나 거대한 나무가 있다는 것을 믿지 않는다. 오랑캐는 비단을 보고서 비단이 누에가 나뭇잎을 먹고 토해낸 실로 짠 것이라는 걸 믿지 않는다. 오땅 사람들은 자신들이 강남에 살고 있기 때문에 천 명이 들어갈 수 있는 양털 막사가 있다는 것을 믿지 못한다. 또 황하 이북의 사람들은 곡식 2만 석을 실을 수 있는 큰 배가 있다는 것을 믿지 못한다.

위의 기록은 요주의 스님이 말한 것과 일치한다.

7. 죄가 많은 위염 魏冉罪大

한나라 이래, 사람들은 진나라 멸망의 원인이 상앙商鞅[33]과 이사李斯[34]에게 있다고들 했다. 상앙의 변법變法은 백성들에게 이점을 가져다주지 못했고, 오히려 부담만 증가시켜, 민심을 잃었다. 이사 또한 진나라가 육국을 통일한 후 『시경』과 『서경』 등 유가서들을 불태우는 악행을 저질러, 역사를 이해할 수 있는 기회를 박탈해버렸다. 이러한 사실로 볼 때 상앙과 이사의 잘못된 판단이 진나라를 패망으로 이끌었다는 의견은 합리적이다. 그러나 역사를 자세히 살펴보면, 진나라가 멸망하게 된 것은 모두 속임수를 통해 백성들의 신뢰를 잃어버렸기 때문임을 알 수 있다.

진나라의 최초 사기행각은 초나라를 상대로 진행되었다. 진나라는 상어商於[35] 육백리를 미끼로 초나라가 제나라와의 동맹관계를 끊게 만들었고,

33 商鞅(?~B.C.338) : 위衛나라 태생이나 자신의 나라에서는 뜻을 펼치기가 어렵다고 여겨 위魏나라로 건너갔다가 결국 진秦나라 효공孝公에게 등용되었다. 20년간 진나라의 재상으로 있으면서 엄격한 법치주의 정치를 펼쳐 나라를 강국으로 성장시켰으나, 한편으로는 그 때문에 많은 사람들의 원한을 샀다. 결국 반대파에게 반역죄로 몰려 처형되었다.

34 李斯(?~B.C.208) : 초나라 출신. 원래는 여불위의 식객이었으나, 후에 승상이 되어 진시황을 도와 중앙집권의 군현제를 확립하였고, 분서갱유 정책을 추진하였다.

35 商於 : 중국 고대의 지명으로, 상商 땅과 어於 땅의 합칭이다. 상땅은 지금의 섬서성陝西省 상현商縣 동남쪽이며, 어땅은 지금의 하남성河南省 내향현內鄉縣 동쪽이다. 춘추 전국시대에 이 지역은 원래 초나라 땅으로 초나라 문화의 발원지 중 하나이다. 후에 진秦나라에서 이 지역을 점령하고, 상앙에게 이 지역을 봉읍으로 주었다. 진나라는 이 지역을 점령한 후

이어서 초楚나라 회왕懷王을 무관武關[36]으로 오게 하여 모욕을 주었다. 게다가 초나라와 진나라가 대등한 국가임에도 불구하고 회왕을 번신蕃臣 취급하면서 장기간 억류하여, 결국 죽게 만들었다. 회왕이 죽은 이후 그 유해가 초나라로 돌아와 안장되었는데, 초나라 모든 백성들이 마치 자신의 피붙이가 죽은 것 마냥 애통해하였다. 당시 제후들은 진나라가 이렇듯 비겁하고 잔인하게 초나라를 대한 것을 보며 몹시 분개하며, 다시는 진나라와 교류를 하지 않을 것이며 함께 협의하거나 논의하지 않겠다고 하였다. 백년도 못되어 초나라가 섬멸되고 비록 세 집만 남을지라도 억울한 초나라 사람들은 반드시 진나라를 멸망시킬 것이라는 뜻이 담겨있는 "삼호망진三戶亡秦"[37]의 말은 사실로 검증되었다.

진나라를 위해 이러한 계책을 내놓은 사람이 바로 장의張儀[38]와 위염魏冉이었다. 장의의 악행과 죄는 명확하게 드러나 있기에, 여기에서 자세하게 논하지는 않겠다. 그러나 위염이라는 사람은 사람들에게 많이 알려져 있지 않다. 위염의 간계는 은밀하여 드러나지 않아 정의로운 군자들의 질책을

- -

국경지역에 무관武關을 세웠는데, 북쪽 대산관大散關·서쪽 소관蕭關·동쪽 동관潼關·남쪽 무관武關으로 인해 진나라 중심부를 '관중關中'이라고 통칭하게 되었다. 진나라 재상 장의張儀가 초나라 회왕을 속여 제나라와 절교를 하면 초나라의 옛 영토인 상어육백리를 바치겠다고 하고서, 초나라 사자가 진나라에 오자 육리를 약속하였지 육백리는 들어 본 적도 없다며 육리의 땅만 바쳤다고 한다. 여기에서 남에게 사기를 치는 수단을 의미하는 상어육백리商於六百里라는 고사성어가 생겼다. 변육백리위육리變六百里爲六里라고도 한다.

36 武關 : 춘추전국시대 진나라와 초나라 접경지역에 세워진 관문으로, 지금의 섬서성 상락시商洛市 단봉丹鳳 부근.

37 三戶亡秦 : 세 가구의 집이 진秦나라를 멸망시킨다는 뜻으로, 힘이 작아도 큰 결심을 하면 승리한다는 것을 말한다. 사마천의 『사기史記』「항우본기項羽本紀」에 나오는 이야기에서 유래한 성어成語이다. 시황제始皇帝가 죽은 후 진승陳勝·오광吳廣의 난이 일어나 진나라가 혼란에 빠지자, 초나라 귀족 출신인 항량項梁과 항우가 봉기를 하려고 하였다. 그때 책사 범증范增이 명분을 세우기 위해 초나라 왕의 후손을 왕으로 세울 것을 건의하면서 한 말에서 유래되었다.

38 張儀(?~B.C.309) : 중국 전국 시대 위魏나라의 정치가. 귀곡 선생鬼谷先生에게서 종횡縱橫의 술책을 배우고, 뒤에 진秦나라 혜문왕惠文王의 신임을 받아 재상이 되어 연횡책을 6국에 유세遊說하여 열국으로 하여금 진나라에 복종하도록 힘썼다. 혜문왕이 죽은 후, 위魏나라로 가서 재상이 되었지만 1년 만에 죽었다.

받지 않았다. 진나라 무왕武王이 죽은 후, 그의 아우들이 왕권을 차지하기 위해 서로 다툴 때, 위염은 자신의 누이인 선태후宣太后의 아들을 왕위에 올리기 위해 온 힘을 다하였고, 결국 소왕昭王이 왕권을 차지할 수 있었다. 소왕은 너무 어린 나이에 왕위에 올랐기 때문에, 선태후가 수렴청정을 하였고 위염은 재상직에 올라 정치를 장악하였다. 그리고 재상에 재임한지 6년 째 되던 해, 속임수로 초나라 회왕을 억류하고 제나라에 인질로 가 있던 태자를 귀국시켜 왕위에 오르게 하여 열여섯 개의 성을 빼앗았다. 그 당시 소왕은 열 몇 살에 불과했기 때문에, 이 모든 악행은 위염에 의해 행해진 것이었다. 후에 위염은 범저范雎[39]의 공격으로 파면되어 쫓겨났다.

사마천은 위염이 소왕을 옹립하여 왕위 쟁탈로 인한 재앙을 없애주었고, 갖가지 계책을 써서 각지의 제후들이 진나라를 공손히 섬기도록 하였다고 판단하였다. 또 이를 바탕으로 진나라가 점차 강대국이 되었으니, 이는 모두 위염의 공적이라고 생각했다. 이는 사마천이 자세하게 역사를 살피지 않았기 때문에 나온 그릇된 평가다.

속임수로 초나라를 멸망으로 몰아간 것 이외에도 위염이 저지른 악행은 이루다 말할 수 없다. 그는 몰래 계책을 세워 조왕趙王을 민지澠池로 불러들여 회맹을 맺도록 하기위해 온갖 꾀를 다 내었는데, 이때 채택한 방법들은 초나라 회왕을 속일 때 사용한 사기수법들과 같았다. 모든 사람들이 그 음험한 수법을 알아채지 못했는데, 다행히 인상여藺相如가 이를 눈치 채고 그의 음모를 폭로하여 위염은 계책을 성공시키지 못했다. 만약에 인상여의 폭로가 없었다면 조왕 또한 초나라 회왕과 똑같은 운명에 처해졌을 것이다.

위염이라는 소인의 견해로 진나라는 일시의 이득을 얻어 육국을 통일할 수 있었다. 그러나 영원히 사라지지 않을 불의不義와 불신不信이라는 오명

39 范雎(?~B.C.255) : 전국시대 진秦나라 정치가. 변설에 능했으며, 원교근공遠交近攻 정책을 제안해 큰 성공을 거뒀는데, 이것이 나중에 진나라가 육국六國을 통일하게 되는 기초가 되었다.

용재수필

을 진나라에 씌웠으니, 위염의 죄는 실로 크다!

8. 진관과 의로운 기녀 辯秦少遊義倡

나는 『이견기지夷堅己志』에 담주潭州[40]의 의로운 기녀 이야기를 기록했다.
이 이야기는 시인인 진관秦觀[41]과 관련이 있다. 그가 남쪽 지방에 유배되었
을 때 담주에 머물게 되었는데, 그곳에서 아름답고 의로운 기녀를 만나게
되었다. 두 사람은 금방 생사를 함께하자고 할 만큼 친밀한 사이가 되었다.
후에 진관이 실의失意하여 담주를 떠나게 되었을 때, 그 기녀는 진관에 대한
사랑과 자신의 정절을 죽음으로 지키겠다 맹서하였고, 결국 진관을 위해
자신의 목숨을 바쳤다. 그의 기개는 진실로 남자 못지않았다. 당시 상주常
州[42]의 교수教授였던 종장지鍾將之가 이결李結에게서 이 이야기를 전해 듣고,
이 기녀의 절개에 감동하여 그녀를 위해 전기를 지었다.

후에 이 이야기를 여러 차례 생각해보고 관련 자료들을 찾아보면서,
의심스러운 점들이 하나 둘 눈에 띄게 되었다. 『이견기지』를 쓸 때 상세한
고찰을 거치지 않은 것이 진실로 후회막급이다.

진관이 항주杭州 부직副職에 임명되었을 때, 애첩인 변조화邊朝華와 함께
갔다. 후에 변조화와 함께 있는 것이 정신수양에 방해가 되고, 공무에 지장
이 된다고 생각해서, 고통을 감내하며 변조화를 떠나보냈다. 그 후 오래지
않아 진관이 당쟁의 화를 입게 되었는데, 어떻게 기녀와 애틋한 사랑을
나눌 수 있는 마음의 여유가 있었겠는가?

송나라 역사서에 기록된 바에 의하면 온익溫益이 담주의 지주知州에 임명

---

40 潭州 : 지금의 호남성 장사長沙.
41 秦觀(1049~1100) : 북송의 문인. 자 소유少遊 또는 태허太虛, 호 회해거사淮海居士. 양주揚州
　　고우高郵 출신으로, 고문古文과 시에 능하였고 특히 사詞에 뛰어났다. 황정견黃庭堅·장뇌張耒·
　　조보지晁補之 등과 함께 '소문 4학사蘇門四學士'로 일컬어졌다. 사詞에서는 스승 소식과는 달리
　　서정적인 작품으로 유명하다.
42 常州 : 지금의 강소성 상주常州.

된 것이 철종 소성紹聖[43] 연간이었다. 당시에 폄적되어 남쪽 지방에 유배된 조정의 대신들이 모두 그가 관할하는 지역에 머물렀다고 한다. 범순인范純仁과 유중풍劉仲馮 · 한원백韓原伯 · 여자진呂子進 · 여원균呂元鈞 등이 모두 그의 가혹한 박해와 악의적인 괴롭힘을 받았다. 추호鄒浩가 남쪽 지방으로 유배되어 담주를 지날 때 마침 날이 저물어 지방의 사찰에 투숙하게 되었다. 이를 안 온익이 즉시 주도감州都監에게 몇 명의 병정들을 거느리고 성 밖으로 가서 추호 일행을 찾아내어 유배지로 보내라고 명령했다. 결국 날은 저물고 달도 뜨지 않은 밤에 바람마저 세차게 부는데, 추호 일행을 억지로 배에 태우는 바람에 배가 뒤집혀 많은 사람들이 죽는 결과를 초래했다.

이처럼 흉악한 담주의 지주 온익이 폄적되어 온 진관과 기녀가 함께 지내며 정분나는 것을 어찌 좌시했겠는가? 이는 아주 명확한 상황이므로 더 이상 논할 필요가 없다. 『이견기지』에 수록된 담주의 의기와 관련된 이야기는 잘못 기록한 것이다.

9. 『성원운보』 姓源韻譜

성씨 족보 종류의 책은 대부분 사실과 부합하지 않은 오류가 많다. 당나라 정관貞觀[44] 연간에 편찬된 『씨족지氏族志』를 그 예로 들 수 있다. 지금 이 책은 이미 유실되어 전해지지 않지만, 여기저기에 산재된 기록들을 통해 당나라 황실에 불리한 씨족은 모조리 배척해 없애고 유리한 것은 가지와 잎을 보태어 기술한 것을 알 수 있다. 그리고 지금 전해지고 있는 『원화성찬元和姓纂』에도 황당무계하고 사실과 다른 점이 너무 많다.

송나라에서 편찬된 『성원운보姓源韻譜』 또한 아주 우스울 따름이다. 홍洪씨를 예로 들어 설명해보자, 『성원운보』에는 다음과 같이 기록되어있다.

. . . .

43 紹聖 : 북송 철종哲宗 시기 연호(1094~1097).
272 44 貞觀 : 당나라 태종太宗 시기 연호(627~649).

오대시대 때 홍창洪昌과 홍고洪杲는 모두 참지정사參知政事를 지냈다.

　이 두 사람은 오대시대 남한南漢45의 황제인 유엄劉龑의 아들이다. 유엄의
둘째 아들인 유성劉晟은 형 유분劉玢을 죽이고 황제의 자리를 차지한 후,
홍창과 홍고에게 참지정사를 맡겼다고 하는데, 그들의 원래 이름은 홍창弘
昌과 홍고弘杲이다. 송태조의 부친이 조홍은趙弘殷인데, 『오대사五代史』를 편찬
하는 사관이 이를 피휘하여, 그들의 이름을 홍창洪昌·홍고洪杲라고 한 것이
다. 이 두 사람의 본래 성은 유劉이며, 결코 홍洪씨가 아니다.
　이 외에도 홍경선洪慶善은 단양丹陽의 『홍씨보첩弘氏譜牒』의 서문에 다음과
같이 기록했다.

　　홍헌弘憲이라는 사람은 당나라 원화元和 4년(809)에 「망천도輞川圖」에 발문跋文을
　　썼다.

　「망천도」의 발문을 쓴 사람은 이길보李吉甫46인데, 이길보의 자字인 홍헌
을 이름으로 착각한 것이다. 『용재삼필』에 이길보의 「망천도」 발문과 관
련된 이야기를 기록했다.

용재사필 권9

. . . .

45　南漢(917~971) : 오대십국五代十國 시대 10국의 하나로서, 오늘날의 광동성廣東省과 광서성廣
　　西省·베트남 북부 등의 지역을 지배하던 나라이다. 917년 유엄劉龑(고조高祖, 재위 : 917~
　　941)이 광주廣州에서 건국하였으며, 본디 명칭은 '대한大漢'이지만 다른 한漢 왕조들과 구별하
　　여 '남한南漢'이라고 부른다. 남해 교역의 이익을 독점하며 번성했지만 지배층의 내분으로
　　971년 송宋에 병합되었다.
46　李吉甫(758~814) : 당나라 헌종憲宗때의 재상, 지리학자, 정치가, 사상가. 자 홍헌弘憲. 조군趙
　　郡(지금의 하북성 찬황현贊皇縣) 출신이며, 우이당쟁牛李黨爭에서 이당李黨의 영수인 이덕유李德
　　裕의 부친이다. 어릴 때부터 공부를 좋아했고, 글을 잘 써서 태상박사太常博士가 되었다. 재상
　　이필李泌과 두참竇參이 역사에 정통한 그의 재주를 아꼈다. 10여 년 동안 곤란에 처해 외직을
　　전전하면서 각 지역의 고충과 방진防鎭의 문제점 등을 알아내 황제에게 상소문을 올려 속군屬
　　郡의 자사刺史들이 독자적으로 정책을 처리하며 다스리도록 했다. 재상이 되자 안이하게
　　처리되던 번진 문제를 명쾌하게 해결하여 1년 만에 36개 진鎭을 바꿔버렸다.

10. 사실보다 과장된 칭송 譽人過實

　문인이 문장을 지을 때 목적이 한 개인의 공덕을 칭송하는 것인 경우 사실보다 과장해서 말하는 경우가 종종 있는데, 이는 스스로 자각하지 못하는 사이에 범하는 나쁜 버릇이다. 반고班固[47]같은 저명한 학자도 예외는 아니었다.

　예를 들면 반고가 사이오謝夷吾를 추천하려고 쓴 문장이 그러했다. 나는 『용재삼필』에서 이에 대한 논의를 한 적이 있기에 여기에서는 논하지 않겠다. 유종원柳宗元[48]은 「복두온부서復杜溫夫書」에서 이 문제에 대해 지적하면서 다음과 같이 논했다.

> 그대가 여러 차례 보내온 편지를 받아보았는데, 편지 마다 천여 언言이 넘었습니다. 편지에 저를 주공周公과 공자孔子에 비교하였는데, 제가 어찌 이 두 성현들과 비교될 수 있겠습니까? 한 사람을 평가할 때는 반드시 그와 비슷한 사람과 비교를 해야지, 성인들과 비교해서는 안 될 것입니다. 그대는 유주柳州[49]에서 유주자사를 만나 자사刺史가 주공이며 공자라고 말씀하셨습니다. 지금 그대는 이 곳을 떠나 연주連州[50]를 거쳐 조주潮州[51]로 갈 것인데, 그 두 주의 자사를 만나면 또 그들에게 주공이며 공자라고 칭송하겠지요. 후에 그대가 장안으로 돌아가면, 장안은 경사京師라 모든 유명한 사람들이 그곳에 모여 있을 터이니, 뛰어난 문장가와 명성을 갖춘 사람들이 헤아릴 수 없이 많을 것입니다. 그러면 그대는 또 그들

47　班固(32~92) : 후한의 역사가. 자 맹견孟堅. 부풍扶風 안릉安陵 사람으로, 박학능문博學能文하여 아버지의 유지를 이어 고향에서 『사기후전史記後傳』과 『한서漢書』의 편집에 종사했지만, 영평永平 5년(62)경 사사롭게 국사國史를 개작한다는 중상모략으로 투옥되었다. 아우인 서역도호西域都護 반초班超가 상소문을 올려 적극 변호해 명제明帝의 용서를 받아 석방되었다. 20여 년 걸려서 『한서』를 완성했다. 황제의 명령을 받아 여러 학자들이 백호관白虎觀에서 오경五經의 이동異同을 토론한 것을 바탕으로 『백호통의白虎通義』를 편찬했다.

48　柳宗元(773~819) : 중당의 문인. 자 자후子厚. 하동河東(지금의 산서성 영제시永濟市) 사람. 순종 때 유우석 등과 함께 왕숙문의 정치개혁에 동참했다가, 실패 후 영주永州(지금의 호남성 영릉零陵) 사마로 좌천되어 9년의 세월을 보냈다. 이후 다시 유주柳州(지금의 광서성) 자사로 폄적되었다. 유종원은 당송8대가의 한 사람으로 변문駢文을 반대하고 한유와 함께 중당의 고문운동을 주도하였다. 산수유기문과 우언문이 탁월하다.

49　柳州 : 지금의 광서성 유주柳州.

50　連州 : 지금의 광동성 연현連縣.

51　潮州 : 지금의 광동성 조주潮州.

모두가 주공이며 공자라고 칭송할 터인데, 어찌 세상에 주공과 공자가 수백 수천 명이 있을 수 있겠습니까? 어찌하여 그대의 마음속에는 그토록 많은 주공과 공자가 있는 것인지요?

당시 유우석劉禹錫[52]은 연주의 자사로 한유韓愈[53]는 조주의 자사로 재직하고 있었기 때문에, 유종원이 연주와 조주의 자사를 언급한 것이다. 유우석과 한유는 분명 뛰어난 인물들이지만, 주공이나 공자에 비견될 만한 사람은 아니다. 유종원의 이 문장은 당시에 광범위하게 퍼져, 사람들마다 암송하고 다녔다고 한다. 그런데 요즘 아첨하며 아부하기 좋아하는 사람들은 아무 일도 없었던 것처럼 시치미를 뗀다. 나는 자손들과 후인들이 이를 경계로 삼기 바라는 마음에 이 문장을 여기에 써 둔다.

이외에 장열張說[54]이 위원충魏元忠[55]의 영전을 축하하며 위원충을 칭송하여 다음과 같이 말하였다.

위공 그대는 이윤伊尹이나 주공처럼 막중한 임무를 맡으셨습니다.

이처럼 사실보다 과장해서 칭송한 말은 곧바로 많은 이들의 공격을 받았고, 그는 이로 인해 하마터면 죽을 뻔 했다. 이러한 일은 문자 상의 문제이지만, 그 영향력은 결코 홀시할 수 없는 것이었다.

52 劉禹錫(772~842) : 중당의 시인. 자 몽득夢得. 유종원과 함께 왕숙문王叔文의 정치개혁에 동참했는데, 실패하여 왕숙문이 실각하자 낭주郎州(지금의 호남성湖南省 상덕시常德市) 사마로 좌천되었다. 중당의 사회현실이 반영된 작품을 창작하여 환관의 횡포, 번진 세력의 할거, 정치 권력에 대한 풍자와 비판을 아끼지 않았다.
53 韓愈(768~824) : 당唐나라 문학가 겸 사상가. 자 퇴지退之. 시호는 문공文公. 조적祖籍이 하남河南 창려현昌黎縣이기 때문에 한창려韓昌黎라고도 부른다. 유가 사상을 추존하고 불교를 배격하여 송대 성리학의 선구자가 되었으며, 기존의 대구對句를 중심으로 짓는 변문騈文에 반대하고 자유로운 고문古文을 주창하여 문체개혁을 주도하였다.
54 張說(667~730) : 당나라 문학가이자 정치가. 자 도제道濟.
55 魏元忠(?~707) : 당나라의 저명한 정치가. 본명은 진재眞宰, 송주宋州 송성宋城(지금의 하남성 상구시商丘市 휴양구睢陽區) 출신. 고종高宗 · 측천무후則天武后 · 중종中宗에 걸쳐 두 차례 재상을 지냈으며, 군사적 재능이 아주 뛰어나, 정관지치에서 개원성세로 당나라의 번영이 자연스럽게 이어지도록 정치적 영향력을 발휘했다.

11. 작문 구법 作文句法

문장을 쓸 때 종지宗旨와 구상·구법句法은 전인들을 모방할 수 있다. 그런데 음절音節과 어기語氣·성조聲調가 같은지 아닌지는 고려하지 않는다. 『한서漢書·식부궁전息夫躬傳·찬贊』을 살펴보자.

수우豎牛[56]가 중임仲壬을 내쫓자 숙손표叔孫豹[57]가 세상을 떠났다. 후백郈伯이 계씨季氏를 무찌르려다 실패하자 노魯 소공昭公[58]이 도망갔다. 비무기費無忌[59]가 초나라 평왕平王을 위해 진秦나라 여자를 아내로 맞이하게 하자, 태자 건建이 도망갔다. 백비伯嚭[60]가 오자서伍子胥[61]를 중상모략하자 부차가 나라를 잃게 되었다. 이

....

56 豎牛 : 춘추시대 노나라 숙손표叔孫豹와 경종부인庚宗婦人의 아들. 이름이 우牛이고, 관직이 수豎였기에 수우豎牛라 했다. 총애를 받아 나이 들어서 정사에 참여했는데, 후에 반란을 일으켰다.

57 叔孫豹(?~B.C.538) : 춘추 시대 노魯나라 사람으로, 숙손목자叔孫穆子 또는 목숙穆叔이라고도 한다. 숙손교叔孫僑의 동생으로, 대부大夫를 지냈다. 숙손교가 노성공魯成公의 어머니 목강穆姜과 사통하자, 이것으로 인해 재앙이 생길 것을 알고 제齊나라로 달아났다가, 후에 노나라로 돌아가 양공襄公을 섬기면서 국정에 참여했다.

58 魯昭公(?~B.C.510) : 춘추 시대 노나라의 군주. 이름은 주裯 또는 조稠·소袑이고, 양공襄公의 서자庶子다. 어린 나이로 즉위하여 놀기를 좋아하였다. 양공의 장례를 치르면서도 세 번이나 상복을 갈아입었다. 5년 중군中軍을 없앴고, 노나라의 공족公族 중손씨仲孫氏·숙손씨叔孫氏·계손씨季孫氏와 공실公室을 사분했다. 25년 중손씨·숙손씨·계손씨가 함께 공격하자 제齊나라로 달아났고, 나중에 진晉나라로 갔다. 진나라가 건후乾侯에서 살게 했는데, 8년을 살다 죽었다. 32년 동안 재위했다.

59 費無忌(?~B.C.515) : 춘추시대 초楚나라 대부大夫. 이름을 무극無極이라고도 한다. 초평왕楚平王 2년 왕명을 받들어 진秦나라에 가서 태자 건建을 위해 아내감을 구해 돌아왔는데, 여자의 미모가 뛰어나자 평왕에게 아내로 삼을 것을 권했다. 평왕에게 여러 차례 참언을 하여 건을 살해하려고 하니, 건이 송宋나라로 달아났다. 이에 평왕이 태자의 스승 오사伍奢와 그의 아들 오상伍尚을 살해하게 만들었다. 평왕이 죽은 뒤 참언하여 영윤令尹 자상子常이 극완郤宛을 죽이게 했다. 초나라 사람들이 이를 원망했고, 결국 영윤 자상에게 살해당했다.

60 伯嚭(?~B.C.473) : 춘추시대 오나라의 정치가. 태재비太宰嚭. 춘추 시대 말기 초楚나라 사람. 자 자여子餘. 백희吊喜 또는 백희白喜로도 쓰인다. 초나라 대부大夫 백주려伯州犁의 손자다. 백주려가 피살되자 오吳나라로 달아나 오왕 합려闔閭의 신임을 얻었다. 손무孫武·오자서伍子胥 등과 함께 군대를 이끌고 초楚나라의 수도 영郢을 공격하고, 그 공으로 태재가 되었다. 오왕 부차夫差 2년 부초夫椒에서 월越나라를 패배시켰다. 월나라의 사신 대부 문종文種이 뇌물을 주면서 월나라와의 화의를 부탁하자 부차를 설득시켰고, 참언을 하여 오자서를 죽였다. 월나라가 오나라를 멸망시킨 뒤 월왕 구천句踐에게 살해되었다. 일설에는 항복하여 월나라의 신하가 되었다고도 한다.

용재수필

원李園이 누이를 진상하자, 춘신군春申君[62]이 죽게 되었다. 상관자란上官子蘭이 굴원을 모함하자 초회왕楚懷王이 진秦나라의 포로가 되었다. 조고趙高가 이사李斯를 모함하여 죽이자 진이세秦二世가 스스로 목을 매 자결하였다. 이려伊戾가 동맹서를 위조하자 송좌宋座는 죽임을 당했다. 강충江充이 한 무제의 병이 무고巫蠱 때문이라고 하자 태자가 죽임을 당했다. 식부궁息夫躬이 황당무계한 말로 군주를 속이자, 동평왕東平王이 사형집행을 당했다.

『신당서』의 몇몇 찬어贊語는 위와 같은 구법을 본떠 기술하였다. 『신당서·간신열전奸臣列傳·찬贊』이 그 예이다.

　　허경종許敬宗과 이의부李義府·부유예傅遊藝 세 명의 재상들이 흉포한 일들을 저질러 측천무후가 당나라를 찬탈하여 황제를 참칭하게 되었고, 이림보李林甫[63]가 오랑캐 안록산安祿山[64]을 등용하자 황제가 떠돌게 되었다. 모습이 귀신같은 노기盧杞가 계책을 망치자 흥원興元[65] 연간에 국가는 위급상황을 맞이하게 되었으며, 최윤崔胤과 유찬柳璨이 대권을 빼앗자 이씨 왕조 당나라가 멸망하게 되었다.

　　유우석 또한 「인논경주因論儆舟」에서 다음과 같이 말했다.

61 伍子胥(?~B.C.484) : 춘추시대의 정치가. 이름 원員. 부형父兄이 모두 초평왕楚平王에게 죽임을 당하자, 오吳 나라에 망명하여 오왕 합려闔閭를 보좌하여 강대국으로 키웠고, 초나라를 쳐 평왕의 무덤을 파헤치고 그 시체를 3백 번 두들겨 복수하였다. 합려의 아들 부차가 왕이 된 후, 백비의 모함을 받아 부차가 주는 칼로 자결하였다.

62 春申君(?~B.C.238) : 전국시대 말기 초楚나라의 정치가. 성姓은 황黃, 이름諱는 헐歇이다. 초楚 고열왕考烈王 때에 재상인 영윤슈尹의 지위에 있었으며, 제齊의 맹상군孟嘗君·조趙의 평원군平原君·위魏의 신릉군信陵君 등과 함께 이른바 '전국4공자戰國四公子' 혹은 '4군四君'으로 불린다. 『사기史記』에는 일찍이 여러 나라를 두루 돌아다니며 배워 견문이 넓었으며, 변설辨說에 능했던 것으로 기록되어 있다.

63 李林甫(?~752) : 당나라 현종玄宗 때의 재상宰相. 당나라를 쇠퇴의 길로 이끈 인물로 평가받는다. 성격이 음험하고 정치적 수완과 모함에 능해 간신의 전형으로, 조정의 인사를 좌지우지하며 유능한 인재들은 배척하고 자신에게 충성하는 사람들만 발탁하여 등용하였다. 겉으로는 감언을 일삼으며 절친한 척하지만 뒤에서는 음해와 모함을 일삼아 세인世人들이 그를 "입에는 꿀이 있고, 뱃속에는 칼이 있다口有蜜, 腹有劍"고 평했는데, 여기에서 '구밀복검口蜜腹劍'이라는 말이 생겼다.

64 安祿山(703~757) : 당나라의 절도사로 돌궐족의 후예. 안사安史의 난(755~763)을 일으켰다. 이듬해 스스로 황제임을 선포하고 대연大燕 제국을 세워 당나라를 전복시키려고 했으나 실패하고 말았다. 안사의 난은 비록 미수에 그쳤지만 엄청난 사회적·경제적 변화를 가져왔다.

65 興元 : 당나라 덕종德宗 시기 연호(784).

월왕越王 구천勾踐이 무릎을 꿇고 기어가자 오왕吳王 부차夫差는 그를 홀시하였다. 사마의司馬懿가 병든 것처럼 가장하여 '시거여기屍居餘氣'[66]하는 등 죽을 것처럼 하여, 조상曹爽이 경계심을 늦추었다가 도리어 사마의의 계책에 의해 죽임을 당하였다. 백공승白公勝[67]이 종일 칼을 갈며 복수할 기회를 기다리자, 자서子西[68]는 오히려 이를 멸시하며 비웃다가 결국 백공승에게 죽임을 당하였다. 춘신군春申君[69]은 이원李園[70]을 무시하였지만 결국 이원이 보낸 무사에 의해 죽임을 당하였다.

이 또한 반고의 『한서』 찬어 구법을 본뜬 것으로, 이러한 구법은 『한서』에서 시작 된 것이 아니라, 『순자荀子 · 성상成相』에서 처음 시작되었다.

· ·

66 屍居餘氣 : 사람이 거의 숨져감 또는 죽음이 경각頃刻에 달려 있음을 비유한 말.

67 白公勝(?~B.C.479) : 춘추 시대 초楚나라 사람. 이름이 승이고, 초평왕楚平王의 손자라서 왕손승王孫勝으로도 불린다. 아버지 태자건太子建이 음해를 입어 정鄭나라로 달아났다가 피살되었다. 백공승은 오자서伍子胥를 따라 오吳나라로 달아났다. 초혜왕楚惠王은 그를 불러 대부로 삼고 백공이라 했다. 혜왕 6년, 정나라에 아버지의 원수를 갚으려 영윤令尹 자서子西에게 정나라를 공격할 병사를 청하자 자서가 허락했다. 병사를 일으키기 전에 진晉나라가 정나라를 공격했고, 초나라는 정나라를 구원하여 두 나라는 동맹을 맺었다. 화가 난 백공승은 자서와 사마자기司馬子期를 죽이고 혜왕을 습격하여 초나라의 수도를 점령했다. 나중에 섭공자고葉公子高와 싸우다가 패하자 목을 매 자살했다.

68 子西(?~B.C.479) : 공자신公子申으로도 불린다. 춘추 시대 초楚나라 사람. 초평왕楚平王의 서자庶子다. 평왕이 죽자 영윤令尹 자상子常은 자서를 세워 왕으로 삼으려 했다. 그러나 그는 자상을 배척하며 나라를 어지럽힌다고 비난했고 이를 두려워한 자상은 평왕의 태자 소왕昭王을 세웠다. 노정공魯定公 영郢이 오吳나라의 공격을 받아 점령되어 소왕이 달아나 수隨에 이르자, 자서가 왕의 여복輿服을 본떠 달아나고 흩어지는 사람들을 보호했다. 다음해 오나라의 내란을 틈타 초진楚秦 구원병과 함께 오나라를 격파하여 소왕이 영으로 돌아오도록 했다. 6년 영윤令尹에 임명되고, 약鄀으로 도읍을 옮기면서 초나라의 정치를 개혁했다. 노애공魯哀公 16년 백공승白公勝이 반란을 일으켰을 때 피살되었다.

69 春申君(?~B.C.238) : 전국 시대 말기 초楚나라 사람. 제齊나라의 맹상군孟嘗君, 조趙나라의 평원군平原君, 위魏나라의 신릉군信陵君과 함께 전국4군戰國四君으로 불린다. 성은 황黃씨고, 이름은 헐歇이다. 초경양왕楚頃襄王에게 발탁되어 좌도左徒가 되고, 진秦나라의 소양왕을 설득하여 그의 공격을 막았다. 일찍이 초나라 태자 완完과 함께 볼모가 되어 진나라에 있다가 꾀를 내어 탈출했다. 완이 즉위해 고열왕考烈王이 되자 재상에 올라 춘신군에 봉해졌다. 회복淮北의 땅 12현縣을 봉지로 받고 문하에 식객이 3천 명에 이르렀다. 20여 년 간 권세를 휘두르면서, 내치內治와 외교로 강적 진나라에 대항했다. 고열왕이 죽자 권신 이원李園에 의해 일족과 함께 살해되었다.

70 李園(?~?) : 전국 시대 조趙나라 사람. 고열왕考烈王이 아들이 없었는데, 이를 근심한 춘신군이 임신한 이원李園의 누이동생을 고열왕에게 바쳐 아들을 낳았다고 전해진다. 비밀이 밝혀질 것을 염려한 이원은 고열왕이 병으로 죽자 춘신군과 일족을 모두 살해하였다. 이원의 누이동생이 낳은 아들이 유왕幽王(재위 B.C.237~B.C.228)으로 즉위하였고, 초나라 정치를 좌지우지하였다.

용재수필

12. 서찰을 쓸 때 행해지는 나쁜 습관 書簡循習

요즘 선비들을 보면 서찰에 기괴하고 난해한 상투어나 명칭들을 사용하는 것이 습관이 되어버린 것을 알 수 있다. 설령 품격이 고상하고 학식이 뛰어난 사람이라 할지라도 그러한 습관이 없는 경우가 거의 없다.

이러한 기괴한 습관들은 여기저기에서 보이는데, 형식 또한 아주 다양하다. 예를 들면 간단한 서찰로 다른 사람의 안부를 물으면서 자신이 있는 장소를 말해야 할 때, 명확하게 말하지 않고 반드시 남다른 기괴한 명칭을 쓴다. 내가 공주贛州[71]의 태수로 재직하고 있었을 때, 흥국현興國縣의 현령이 내게 서찰 한 통을 보내왔었다. 서찰 중에 이런 말이 쓰여 있었다.

> 만약에 염수瀲水에게 어떤 일을 시키고자 하신다면, 명령을 내리기만 하시면 되옵니다.

염수는 흥국현에 있는 작은 강의 이름으로 당지 사람들도 그 이름을 아는 이가 드물었다. 그렇기 때문에 흥국현의 현령이 염수라는 명칭으로 자신의 이름을 대신한 것은 무슨 영문인지 알 수가 없다. 흥국현이 공주에 속한 하위 행정구역이니 하읍下邑이나 속읍屬邑이라고 하면 간단명료한 일이다.

또 몇몇 현승縣丞들은 「남전벽기藍田壁記」의 "부승모처負丞某處"[72]나 "아송무보峨松無補"[73], "섭필승핍涉筆承乏"[74] 등의 말을 인용하기를 좋아한다. 사실 이러한 말들은 케케묵은 판에 박힌 말들이다. 또 어떤 사람들은 현승을 "남전藍田"이라고 칭하는데, 정말이지 우스울 따름이다.

처음 주州와 군郡의 책임자로 부임하여 다른 사람들에게 서찰을 보내게 되면, 대체적으로 부임지의 상황에 관한 내용이 주를 이루게 되고, 서찰에

---

71 贛州 : 지금의 강서성 공주贛州.
72 負丞某處 : 모처에서 현승의 직책을 담당하고 있다.
73 峨松無補 : 소나무 아래에 서서 시를 읊조리니 현에 발생한 일들이 관리가 안 된다.
74 涉筆承乏 : 붓을 드니 자신이 직무를 다하지 못하고 책임을 다하지 못했다는 말만 생각난다.

반드시 전임 장관의 정책이 제대로 된 것이 하나도 없다는 비판이 꼭 들어간다. 그 내용은 다음과 같다.

> 전임자의 정사가 문란하고 사치가 만연하여 창고가 텅텅 비어버렸으니, 어떤 방법으로 수습을 해야 할지 모르겠습니다.

이러한 말은 아예 상투어가 되어 습관처럼 굳어져버려, 설사 실제 상황이 말한 바와 같을 지라도 이 말을 믿는 이가 없었다.

내가 명을 받들어 당도현當塗縣[75]에 부임한 후, 재상인 주필대周必大[76]에게 감사를 전하는 서찰을 보냈다. 서찰의 내용 중 한 부분을 소개한다.

> 당도는 지역이 크지 않아 처리해야 할 공무도 많지 않고, 관아의 창고에 보관되어 있는 돈과 양식도 넉넉하지는 않지만 사용할 만큼은 됩니다. 그렇기에 제가 안심하고 도원道院에 앉아 시나 읊조리고 책이나 읽으며 보낼 수 있을 듯하니, 이는 실로 제 생애의 행운이라 할 수 있습니다.

주필대는 내 서찰을 보자마자, 곧바로 답신을 보내왔다.

> 이전에 받아보았던 지방 태수들의 서찰은 하나 같이 모두 자신이 새로 부임한 곳의 재정이 얼마나 열악한지 또 공무가 얼마나 번잡하게 많은지 하는 말들만 적혀있었는데, 그대의 서찰은 그것들과는 내용이 아주 다릅니다.

주필대는 내 서찰의 내용이 다른 이들의 서찰과는 너무 차이가 나서 위와 같은 답신을 보내온 듯하다.

자신이 살고 있는 곳을 이상하게 명칭하고 전임자들의 정책을 안 좋게 평가하는 악습은 완전히 풍습으로 굳어졌기 때문에, 후학들이 이를 경계로 삼아 똑같은 과오를 저지르지 않기를 바라는 마음에 여기에 기술해 둔다.

용재수필

- -

75 當塗縣 : 지금의 안휘성 당도當塗.
76 周必大(1126~1204) : 남송의 정치가이자 문학가. 자는 자충子充으로 명재상이라는 평가를 받았다.

280

13. 괘사를 잘못 끊어 읽는 오류 健訟之誤

독서를 할 때 문장을 잘못 끊어 의미를 잘못 파악하는 경우가 종종 발생한다. 그러한 오류의 근본이 그 사람에게 있기에, 거의 고치기 힘들다. 『주역周易』의 「단彖」 하편은 먼저 각각의 괘가 상징하는 괘의卦義를 먼저 해석한 후에, 순차적으로 각 괘의 명칭을 설명하고 있다. 무릇 여덟 개의 괘명이 나온다. 우선 몽蒙괘에 대한 설명을 살펴보자.

> 몽蒙은 산 아래 험한 것이 있고, 험해서 그치는 것이기에 몽蒙이다.[蒙, 山下有險, 險而止, 蒙.]

이는 '止지'자에서 끊어 읽어야 하고, 이어서 몽夢을 언급하여 비로소 다음과 같은 설명이 이어서 나오게 되는 것이다.

> 몽이 형통하다는 것은 형통함으로써 행하는 것이다.[蒙亨, 以亨行.]

송訟괘에 대한 설명을 살펴보자.

> 송訟은 위는 강하고 아래는 험한 것인데, 험하고 건장하기에 송訟이다.[訟, 上剛下險, 險而健, 訟.]

이 단사는 '健건'자에서 끊어 읽어야 하고, 이어서 송訟을 언급하여 비로소 다음과 같은 설명이 이어서 나오게 되는 것이다.

> 송訟에는 믿음이 있다.[訟有孚.]

다른 괘에 대한 설명도 살펴보자.

> 예豫괘 : 강함이 응해서 뜻이 행해진다. 순리로써 움직이는 것이 예豫이다. [剛應而志行, 順以動, 豫.]
>
> 수隨괘 : 강剛이 와서 유柔의 아래에 자리하니, 움직여 즐거워하는 것이 수隨이다. [剛來而下柔, 動而說, 隨.]
>
> 고蠱괘 : 강剛이 위에 있고 유柔가 아래에 있으니, 공손하게 멈추는 것이 고蠱이다.

281

[剛上而柔下, 巽而止, 蠱.]

항恒괘 : 공손하게 움직이니, 강과 유가 모두 응하는 것이 항恒이다.[巽而動, 剛柔皆
　　　應, 恒.]

해解괘 : 해解는 험한 데서 움직이는 것이니, 움직여서 위험을 면하는 것이 해解이
　　　다.[解, 險以動, 動而免乎險, 解.]

정井괘 : 물에 들어가서 물을 길어 올리는 것이 정井이다.[巽乎水而上水, 井.]

　위의 괘사들은 모두 괘명 앞에서 끊어 읽는다. 아이들이 막 공부를 시작
할 때, 몇몇 어리석은 스승들은 괘명을 바로 앞 글자와 연결하여 끊어
읽도록 가르치는 어리석음을 자주 범한다. 그래서 '건송健訟' 또는 '설수說隨'
등의 2자를 다른 의미로 이해하게 되는데, '지몽止蒙'과 '동예動豫' 같은 것은
또 어떻게 해석할 것인가? 요즘 완고하게 자신의 뜻만 내세우며 송사를
즐기는 이를 '은송嚚訟' 또는 '종송終訟'이라고 하는데, 이는 맞다.

　황정견黃庭堅의 「강서도원부江西道院賦」에는 다음과 같은 구절이 있다.

서민들은 험하고 강건하여서,　　　　　　細民險而健,
완고하게 송사를 즐기는 것(종송終訟)에 능하네.　以終訟爲能.
균만이 홀로 어리석게 송사에 휩쓸리지 않네.　筠獨不嚚於訟.

　이 문장에서의 '종송終訟'과 '은송嚚訟'이 바로 그런 뜻이다.
　동인同人괘의 괘사를 살펴보자.

부드러운 음陰인 유柔가 중中의 자리를 얻어 위의 건乾에 호응 하는 것을 동인同人
이라고 한다. '동인'이라고 말하는 것은, 들판에서 사람들과 함께 하는 것이니,
형통하다.[柔得中而應乎乾曰同人, 同人曰, 同人于野, 亨.]

　위에 서술한 문장을 의미 중심으로 살펴보면, 앞서 언급했던 여러 괘사
의 끊어 읽기와 구법이 똑같음을 알 수 있다. 차이점이라고 할 수 있는
것은 '왈曰'자를 여러 차례 사용한 것 뿐이다. 왕필王弼[77]은 이 괘사를 다음과

　77 王弼(226~249) : 위진 현학을 대표하는 학자. 자 보사輔嗣. 삼국시기 위魏나라 사람으로,

같이 설명하였다.

> 건乾이 움직이기 때문에 특별히 '동인왈同人曰'이라고 한 것이다.[乾之所行, 故特曰 '同人曰'.]

그러나 정이程頤[78]는 동인괘의 괘사에서 여러 차례 나온 '동인왈' 세 글자를 인쇄하면서 오류로 들어간 연자衍字[79]로 보았다.

14. 인용상의 오류 用史語之失

요즘 사람들은 역사서의 말을 인용하면서 본래 뜻을 놓쳐버리는 경우가 종종 있다. 장석지張釋之[80]와 한나라 문제文帝[81]가 당시 급히 처리해야 할 나라 일들에 대해서 논할 때, 문제가 말하였다.

> 취지와 목표를 조금 낮추고 그렇듯 높게 책정하지 마시오. 현재의 조건하에서 그것을 실행할 수 있을 것인가를 고려해야만 하오.[卑之, 毋甚高論, 令今可行也.]

18세에 『노자주老子註』를, 20세 초반에 『주역주周易註』를 지어 이름을 떨쳤다.

78 程頤(1033~1107) : 북송北宋 중기의 유학자. 자 정숙正叔, 호 이천伊川. 형 정호程顥와 함께 '이정二程'으로 불리며 정주학程朱學의 창시자로 알려졌다.

79 衍字 : 글이나 문장에서, 군이 들어갈 필요가 없는 자리에 군더더기로 들어간 글자.

80 張釋之(?~?) : 한나라의 명신. 자 계季. 남양南陽 도양堵陽 사람으로, 문제文帝 때 기랑騎郎이 된 후 10년 동안 승진하지 못했는데, 나중에 알자謁者와 알자복야謁者僕射·공거령公車令을 지냈다. 태자가 양왕梁王과 함께 수레를 타고 입조했는데 사마문司馬門에서 내리지 않자, 두 사람이 탄 수레를 정지시키고 불경함을 탄핵했다. 문제가 이 일로 기이하게 보아 중대부中大夫에 임명했다. 나중에 정위廷尉가 되었는데 형벌의 집행이 공정하고 후덕하다는 평을 들었다. 경제景帝가 즉위하자 회남왕상淮南王相으로 나갔다.

81 文帝(B.C.202~B.C.157) : 전한의 5대 황제(재위 B.C.180~B.C.157). 이름은 항恒, 묘호는 태종太宗으로 고조의 넷째아들이다. 여씨呂氏의 난이 평정된 후 태위太尉 주발周勃, 승상 진평陳平 등 중신의 옹립으로 즉위하였다. 고조의 군국제郡國制를 계승하고, 전조田租·인두세人頭稅를 대폭 감면하여 사회와 경제를 발전시켰다. 또한 자신이 직접 농업을 장려하는데 솔선수범하고 농지의 조세를 12년 동안 면제하였다. 문제는 검소한 생활을 실천하여 화려한 건물을 신축하지 않고 검정색 비단을 입었다. 가혹한 형벌을 폐지하였으며, 흉노에 대한 화친정책 등으로 민생안정과 국력배양에 힘을 기울였다. 문제가 죽고 그의 아들 경제가 즉위하여 선왕의 정책을 잘 이어 나갔다. 중국사에서 문제와 경제景帝의 치세를 '문경의 치文景之治'라고 하는데 풍요로운 시대를 상징하는 칭호로 사용된다.

장석지가 진나라와 한나라 교체기의 일들에 대한 자신의 생각을 이야기하였고, 문제는 그의 말이 옳다며 칭찬하였다. 안사고^{顏師古}는 이에 대해 다음과 같은 주석을 달았다.

> 이는 장석지의 논리가 당시의 정치를 따랐다는 것을 의미한다.[令其議論依附時事.]

나는 문제가 한 말은 장석지가 말한 높은 취지와 목표는 현실적으로 실행되기 어렵기 때문에 그것을 조금 낮출 것을 요구한 것이라고 생각한다. 요즘 사람들은 문제가 말한 '무심고론^{毋甚高論}'이라는 말을 인용하면서, 식견이 천박하여 채납할 수 없는 의론이란 의미로 사용한다.

한 번은 문제가 상림원^{上林園}을 지나며, 사육을 총괄하는 상림령^{上林令}에게 상림원의 금수 장부에는 어떤 짐승들이 기록되어 있는지를 물었다.

상림령이 곧바로 대답을 하지 못하자, 옆에 있던 호권색부^{虎圈嗇夫82}가 대답했다. 문제가 상림령에게 말했다.

> 관리는 호권색부와 같아야 하지 않겠는가? [吏不當如此邪?]

원제가 배를 타고 강을 건너려고 하였는데, 설광덕^{薛廣德}이 배를 타지 말고 다리를 건너가는 것이 옳다고 간언하며 만약에 배를 타신다면 자신이 수레에서 기둥이나 벽에 머리를 부딪쳐 자결하겠다고 했다. 장맹^{張猛} 또한 원제에게 "배를 타는 것은 위험하고, 다리를 건너가는 것이 안전합니다"라고 말했다. 원제가 이에 말하였다.

> 다른 사람에게 어떤 것을 설명해야 할 때는, 응당 장맹처럼 해야하지 않겠는가? [曉人不當如是邪?]

안사고는 이에 대해 다음과 같이 주석을 달았다.

> 간언하는 말은 응당 장맹처럼 상세하면서도 완곡하게 해야 한다.

82 虎圈嗇夫 : 호랑이를 기르는 곳을 관장하는 벼슬이 낮은 관리.

용재수필

문제와 원제의 말은 모두 표창하고 격려하는 뜻으로, "오직 이처럼 해야 하지 않겠느냐"고 말한 것이다. 그런데 요즘은 논리에 맞지 않거나 혹은 개인적인 것을 직접 서술하는 사람들을 질책할 때 "효인부당여시^{曉人不當如是}?"라고 한다. 이것은 원래의 의미와는 완전히 다르다.

또 한유^{韓愈}는 「송제갈각왕수주독서^{送諸葛覺往隨州讀書}」라는 시에서 다음과 같이 노래했다.

업후의 집에는 책이 많아,   鄴侯家多書,
서가에는 두루마리 삼만 축이 꽂혀있네.   插架三萬軸.
하나하나에 상아 표식 달려있고,   一一懸牙籤,
깨끗하니 손 하나 대지 않은 듯 했네.   新若手未觸.
그 사람 암기력이 좋고 두루두루 책 읽기에,   爲人強記覽,
한 번 본 책은 다시 읽지 않았다네.   過眼不再讀.
위대하도다, 여러 성현들의 글   偉哉群聖文,
가득하니 그의 뱃속에 들어 있다오.   磊落載其腹.

여기에서 말하는 업후^{鄴侯}는 이번^{李繁}으로 당시 수주자사^{隨州刺史}였다. 그는 아주 많은 책을 소장하고 있었는데, 매우 총명하여 한 번 본 것은 잊어버리지 않았으므로 그 많은 책도 딱 한 차례 훑어보기만 하면 되었다. 그렇기 때문에 서표^{書標}가 질서정연하게 정리되어 있어 마치 한 번도 손대지 않은 것 같았다. 요즘 사람들은 책을 소장만하고 읽지 않는 사람들을 질책하면서 종종 손이 한 번도 닿지 않은 듯 깨끗하다는 의미로 "신약수미촉^{新若手未觸}"이라고 한다. 이것 역시 원래의 의미와는 부합하지 않는다.

15. 날짜 표기 文字書簡謹日

글을 쓰거나 서찰을 쓸 때는 실제에 근거하여 월일^{月日}을 명확하게 써야 한다. 만약에 "어떤 계절에 쓰다"라는 식으로 절기만을 기록하면 웃음거리가 되어버릴 수도 있다. 마사서방^{麻沙書坊}의 도원거사^{桃源居士} 같은 이들이 쓴 발문이 모두 그러했다.

오고 가는 서찰은 더욱이 명확한 날짜를 써야만 한다. 성격이 제멋대로
인 사람은 서찰에 날짜나 절기 그 어떤 것도 쓰지 않는데, 그렇게 되면
그 서찰이 언제 쓴 것인지 알 수 없게 된다.

내 사위가 아들을 낳은 기쁜 소식을 서찰을 통해 전해왔다. 서찰에 다음
과 같은 내용이 있었다.

> 오늘 사시巳時[83]에 아들을 낳았습니다.

서찰을 끝까지 읽었지만, 정확하게 언제 아들을 낳았는지 알 수 없었다.

또 어떤 사람은 날짜를 표기하지 않고 특이하게 다른 것을 표기하기도
한다. 내 외가쪽 친척인 손정신孫䘏臣은 매번 우리 집에 서찰을 보내오는데,
서찰 뒤에 반드시 절기를 기록했다. 예를 들면 "소서小暑 하루 전" 또는
"경칩驚蟄 이틀 전" 같은 것이다. 형님이신 문혜공文惠公은 손정신의 서찰을
보고 항상 웃으시며 말씀하셨다.

용재수필

> 손정신의 편지를 볼 때는 반드시 책상위에 역서曆書[84]를 올려놓고 대조해봐야만,
> 그가 편지를 쓴 날짜를 알 수 있다.

원정元正[85] · 인일人日[86] · 삼원三元[87] · 상사上巳[88] · 중추中秋[89] · 단오端午[90] · 칠

· ·

83 巳時 : 오전 9시에서 11시 사이의 시간.
84 曆書 : 책력冊曆. 일 년 동안의 월일, 해와 달의 운행, 월식과 일식, 절기, 특별한 기상 변동
따위를 날의 순서에 따라 적은 책.
85 元正 : 정월 초하루.
86 人日 : 음력 정월 초이렛날로 절일節日의 하나. 이날에는 특히 사람을 소중하게 여기는 관습이
있어 일을 하지 않았다고 한다.
87 三元 : 음력 정월 초하루. 원단元旦의 다른 말. 연年 · 월月 · 일日이 시작되는 날이라는 뜻에서
유래했다.
88 上巳 : 음력으로 3월 초사흗날, 즉 삼짇날을 말한다. 원사元巳 · 중삼重三 또는 상제上除라고도
한다. 이날은 들판에 나가서 꽃놀이를 하고 새 풀을 밟으며 봄을 즐기기 때문에 답청절踏靑節
이라고도 했다.
89 中秋 : 음력 8월 15일. 가을에 해당하는 7 · 8 · 9월 중에서 가을의 한가운데에 있다는 의미
이다.
90 端午 : 음력 5월 5일. 단오의 단端은 첫 번째를 의미하고, 오午는 오五, 곧 다섯과 뜻이 통하므로

석七夕91 · 중구重九92 · 제석除夕93 이외에, 한식寒食94이나 동지冬至95는 모두 익숙한 절기지만, 아주 드물게 사용하는 절기는 어찌 다 기억하고 있을 수 있겠는가? 후학들은 서찰을 쓸 때 이를 경계로 삼아 명확한 날짜를 표기해야 할 것이다.

16. 갱의실 更衣

아지당雅志堂 뒤에 작은 집이 하나 있는데, '갱의更衣'라고 부른다. 이 곳은 친척이나 친구 또는 손님들이 휴식하는 공간이다. 내 어린 아들이 왜 '갱의'라고 부르는지 몇 차례 물어 와서, 직접 살펴볼 수 있도록 이와 관련된 반고의 『한서』 기록을 여기에 기록하였다. 「관부전灌夫傳」에는 다음과 같은 기록이 있다.

　　앉아 있다가 일어나 옷을 갈아 입는다.[坐乃起更衣.]

안사고는 다음과 같이 주석을 달았다.

　　갱更은 바꾼대改는 의미이다. 무릇 오래 앉아 있었던 사람들은 모두 일어나 옷을 갈아입는다. 그 추위나 더위가 시간의 흐름에 따라 변했기 때문이다.

용재사필 권9

· ·

　　단오는 초닷새를 말한다. 일년 중 양기陽氣가 가장 왕성한 날이라 하여 큰 명절로 여겨왔다.

91 七夕 : 음력 7월 7일. 헤어져 있던 견우牽牛와 직녀織女가 오작교烏鵲橋에서 만나는 날이라고도 한다.

92 重九 : 음력으로 9월 9일. 음양사상에 따르면 홀수는 양陽에 속하며, 양수陽數가 겹치는 날을 길일로 여긴다. 양수 중 가장 큰 수인 9가 겹치는 길일이어서 중양절重陽節이라고도 한다.

93 除夕 : 1년의 마지막 날인 섣달 그믐밤. 제除는 섣달그믐을 뜻하고 석夕은 저녁을 뜻하는 말로 섣달그믐을 가리킨다. 제야除夜, 세모歲暮라고도 한다. 한해를 마감하는 '덜리는 밤'이라는 뜻이다. 섣달그믐을 속칭 '작은 설'이라고 하여 묵은세배를 올리는 풍습이 있다.

94 寒食 : 동지冬至 후 105일째 되는 날. 양력으로는 4월 5일 무렵이다. 설날, 단오, 추석과 함께 4대 명절의 하나이다. 일정 기간 불의 사용을 금하며 찬 음식을 먹는 풍습에서 이름이 유래되었다.

95 冬至 : 24절기의 하나. 일년중에서 밤이 가장 길고 낮이 가장 짧은 날이다. 대설과 소한 사이에 있으며 음력 11월 중, 양력 12월 22일경이다.

또 다음과 같은 구절이 있다.

전연년田延年이 일어나 갱의실로 갔다.[田延年起, 至更衣.]

안사고는 또 다음과 같이 해석하였다.

옛날에 손님을 초청하여 접대할 때는 반드시 옷을 갈아입는 곳을 준비해야 했다.

「위황후전衛皇后傳」에도 다음과 같은 기록이 있다.

황제께서 일어나 옷을 갈아입는데, 위자부衛子夫[96]가 시중을 들면서, 황제에게 알맞은 의복을 골랐다. [帝起更衣, 子夫侍尙衣.]

'갱의'란 오랜 시간 연회에 앉아 있다가 온도 차이에 적응하기 위해서 또는 모임의 목적이나 취지에 맞는 옷을 갈아입는 것을 말한다.

● 용재수필

96 衛子夫(?~B.C.90) : 한나라 무제武帝의 황후. 평양平陽(지금의 산서성 임분) 사람. 대장군 위청衛靑의 아버지가 누이. 원래 무제의 누이 평양공주平陽公主와 부마 조수曹壽의 가기였으나, 후에 한 무제가 평양공주부를 방문했을 때, 그녀를 눈여겨보았고, 그녀와 위청을 동시에 입궁시켰다. 처음에는 부인夫人에 봉해졌고, 원삭元朔 원년(B.C.128) 아들 유거劉據를 낳아, 황후가 되었다. 원수元狩 원년(B.C.122) 유거는 태자가 되었다. 그리고 부마 조수를 잃고 과부가 된 평양공주와 동생 위청이 혼인하면서 그녀의 지위는 더욱 단단해졌다. 그러나 세월이 흐르자, 무제의 총애는 다른 후궁들에게 옮겨갔고, 정화征和 3년(B.C.90), 위황후와 태자가 무제를 저주한다는 무고의 변으로 자살했다.

1. 蔣魏公逸史

蔣魏公逸史二十卷, 穎叔所著也, 多紀當時典章文物。云舊有數百冊, 兵火間盡失之, 其曾孫芾始攟摭遺稿而成此書, 將以奏御, 以其副上之太史, 且板行之, 傳之天下後世, 既而不果。蔣公在熙寧、元祐、崇寧時, 名爲博聞強識, 然閲其論述, 頗有可議, 恨不及丞相在日與之言。其一云:「行、守、試, 視其官品之高下, 除者必帶本官。呂晦叔除守司空而不帶金紫光祿大夫者, 此翰林之失也, 既不帶官, 不當著『守』字, 故晦叔辨之, 遂去『守』字, 爲正司空, 議者謂超過特進、東宮三太、儀同矣。」予謂行、守、試必帶正官, 固也。然自改官制以後, 既爲司空, 自不應復帶階官。呂從金紫遷, 只是超特進一級耳; 東宮三太, 何嘗以爲宰相官? 儀同又係使相也。呂亦無自辨之說。其二云:「文潞公既爲眞太師矣, 其罷也, 乃加『守』字, 潞公怏怏, 諸公欲爲去之, 議者謂非典故, 潞公之意, 止欲以眞太師致仕耳。諸公曰:『如此可乎?』曰:『不可。爲眞太師則在宰相之上。』竟不去『守』字, 但出箚子, 令權去之。」案, 潞公本以開府儀同三司守太師、河東節度使致仕, 入爲平章軍國重事, 故繫銜只云太師。及再致仕, 悉還舊稱, 當時有旨於制詞內除去「守」字, 以嘗正任太師也。所謂箚子權去, 恐或不然。其三云:「舊制, 執政雙轉, 謂自工部侍郎轉刑部, 刑部轉兵部, 兵部轉工部尚書。惟宰相對轉, 工部侍郎直轉工書, 比執政三遷也。」予考舊制, 執政轉官, 與學士等。六侍郎則升兩曹, 以工、禮、刑、戶、兵、吏爲敍, 至兵侍者轉右丞, 至吏侍者轉左丞, 皆轉工書, 然後細遷。今言兵侍卽轉工書, 非也。宰相爲侍郎者, 升三曹, 爲尚書者, 雙轉。如工侍轉戶侍, 禮侍轉兵侍, 若係戶侍, 當改二丞, 而宰相故事不歷丞, 故直遷尚書。今言工侍對轉工書, 非也。其四云:「楊察爲翰林學士, 一夜當三制, 劉沆以參知政事, 富弼以宣徽使, 皆除宰相。宣徽在參政下, 則富當在劉下, 乃誤以居上, 人皆不覺其失, 惟學士李淑知之, 揚言其事, 遂貼麻改之。」予考國史, 至和元年八月, 劉沆以參知政事拜集賢相。二年六月, 以忠武軍節度使知永興軍文彦博爲昭文相, 位第一, 劉沆遷史館相, 位第二, 宣徽南院使判并州富弼爲集賢相, 位第三, 其夕三制是已。而劉先一年已在相位, 初無失誤貼改之說。其五云:「有四儀同: 一曰開府儀同三司, 二曰儀同三司, 三曰左儀同三司, 四曰右儀同三司。」案自漢鄧騭始爲儀同三司, 魏、晉以降, 但有開府儀同三司之目, 周、隋又增上字爲一階, 又改儀同三司爲儀同大將軍, 又有開府、上開府、儀同、上儀同, 班列益卑, 未嘗有左右之稱也。後進

不當輒議前輩, 因孫偓有問, 書以示之。

2. 沈慶之曹景宗詩

宋孝武嘗令羣臣賦詩, 沈慶之手不知書, 每恨眼不識字, 上逼令作詩, 慶之曰:「臣不知書, 請口授師伯。」上卽令顏師伯執筆, 慶之口授之曰:「微生遇多幸, 得逢時運昌。朽老筋力盡, 徒步還南岡。辭榮此聖世, 何愧張子房。」上甚悅, 衆坐並稱其辭意之美。梁曹景宗破魏軍還, 振旅凱入, 武帝宴飲連句, 令沈約賦韻, 景宗不得韻, 意色不平, 啓求賦詩。帝曰:「卿伎能甚多, 人才英拔, 何必止在一詩!」景宗已醉, 求作不已。時韻已盡, 唯餘競、病二字。景宗便操筆, 其辭曰:「去時兒女悲, 歸來笳鼓競。借問行路人, 何如霍去病!」帝嘆不已, 約及朝賢驚嗟竟日, 予謂沈、曹二公, 未必能辦此, 疑好事者爲之, 然正可爲一佳對, 曰:「辭榮聖世, 何愧子房; 借問路人, 何如去病。」若全用後兩句, 亦自的切。

3. 藍尾酒

白樂天元日對酒詩云:「三盃藍尾酒, 一楪膠牙餳。」又云:「老過占他藍尾酒, 病餘收得到頭身。」「歲盞後推藍尾酒, 春盤先勸膠牙餳。」荊楚歲時記云:「膠牙者, 取其堅固如膠也。」而藍尾之義, 殊不可曉。河東記載申屠澄與路傍茅舍中老父、嫗及處女環火而坐, 嫗自外挈酒壺至, 曰:「以君冒寒, 且進一盃。」澄因揖, 遜曰:「始自主人翁, 卽巡澄, 當婪尾。」蓋以藍爲婪, 當婪尾者, 謂最在後飲也。葉少蘊石林燕語云:「唐人言藍尾多不同, 藍字多作啉, 出於侯白酒律, 謂酒巡匝, 末坐者連飲三盃, 爲藍尾, 蓋末坐遠, 酒行到常遲, 故連飲以慰之, 以啉爲貪婪之意。或謂啉爲燂, 如鐵入火, 貴其出色, 此尤無稽。則唐人自不能曉此義。」葉之說如此。予謂不然, 白公三盃之句, 只爲酒之巡數耳, 安有連飲者哉! 侯白滑稽之語, 見於啓顏錄。唐藝文志, 白有啓顏錄十卷, 雜語五卷, 不聞有酒律之書也。蘇鶚演義亦引其說。

4. 歐陽公辭官

歐陽公自亳州除兵部尙書知青州, 辭免至四, 云:「恩典超優, 遷轉頗數。臣近自去春, 由吏部侍郎轉尙書左丞, 未逾兩月, 又超轉三資, 除刑部尙書, 今纔踰歲, 又超轉兩資, 尙書六曹, 一歲之間, 超轉其五。」累降詔不從其請。此是熙寧元年未改官制時, 今人多不能曉。蓋昔者左右丞在尙書下, 所謂左丞超三資除刑書者, 謂歷工、禮乃至刑也。下云又超兩資者, 謂歷戶部乃至兵也。其上唯有吏部, 故言尙書六曹超轉其五云。

용재수필

5. 南北語音不同

南北語音之異, 至於不能相通, 故器物花木之屬, 雖人所常用, 固有不識者。如毛、鄭釋詩, 以梅爲柟, 竹爲王芻, 葽爲葽翹之草是矣。顏師古注漢書亦然。淮南王安諫武帝伐越書曰:「興轎而隃領。」服虔曰:「轎音橋, 謂隘道輿車也。」臣瓚曰:「今竹輿車也, 江表作竹輿以行。」項昭曰:「陵絶水曰轎, 音旗廟反。」師古曰:「服音、瓚說是也, 項氏謬矣。此直言以轎過領耳, 何云陵絶水乎! 旗廟之音, 無所依據。」又武帝紀:「戈船將軍。」張晏曰:「越人於水中負人船, 又有蛟龍之害, 故置戈於船下, 因以爲名。」瓚曰:「伍子胥書有戈船, 以載干戈, 因謂之戈船也。」師古曰:「以樓船之例言之, 則非爲載干戈也。此蓋船下安戈戟以禦蛟鼉水蟲之害。張說近之。」二說皆爲三劉所破, 云:「今南方竹輿, 正作旗廟音, 項亦未爲全非。顏乃西北人, 隨其方言, 遂音橋。」又云:「船下安戈戟, 旣難厝置, 又不可以行。且今造舟船甚多, 未嘗有置戈者, 顏北人, 不知行船, 項說是也。」予謂項音轎字是也, 而云陵絶水則謬, 故劉公以爲未可全非。張晏云「越人於水中負船」, 尤可笑。

6. 南舟北帳

頃在豫章, 遇一遼州僧於上藍, 與之閑談, 曰:「南人不信北方有千人之帳, 北人不信南人有萬斛之舟, 蓋土俗然也。」法苑珠林云:「山中人不信有魚大如木, 海上人不信有木大如魚。胡人見錦, 不信有蟲食樹吐絲所成。吳人身在江南, 不信有千人氈帳, 及來河北, 不信有二萬斛船。」遼僧之談合於此。

7. 魏冉罪大

自漢以來, 議者謂秦之亡, 由商鞅、李斯。鞅更變法令, 使民不見德, 斯焚燒詩書, 欲人不知古, 其事固然。予觀秦所以得罪於天下後世, 皆自挾詐失信故耳。其始也, 以商於六百里啖楚絶齊, 繼約楚懷王入武關, 辱爲藩臣, 竟留之至死。及其喪歸, 楚人皆憐之, 如悲親戚。諸侯由是不直秦, 未及百年, 「三戶亡秦」之語遂驗。而爲此謀者, 張儀、魏冉也。儀之惡不待言, 而冉之計頗隱, 故不爲士君子所誅。當秦武王薨, 諸弟爭立, 唯冉力能立昭王。冉者, 昭王母宣太后之弟也。昭王少, 太后自治事, 任冉爲政, 威震秦國, 才六年而詐留楚王, 又怒其立太子, 復取十六城。是時, 王不過十餘歲, 爲此者必冉也。後冉爲范雎所間而廢逐。司馬公以爲冉援立昭王, 除其災害, 使諸侯稽首而事秦, 秦益强大者, 冉之功也。蓋公不細考之云。又嘗請趙王會澠池, 處心積慮, 亦與詐楚同, 賴藺相如折之, 是以無所成, 不然, 與楚等耳。冉區區匹夫之見, 徒能爲秦一時之功, 而貽秦不義不信之名萬世不滅者, 冉之罪誠大矣。

8. 辯秦少游義倡

夷堅己志載潭州義倡事, 謂秦少游南遷過潭與之往來, 後倡竟爲秦死。常州敎授鍾將之得其說於李結次山, 爲作傳。予反復思之, 定無此事, 當時失於審訂, 然悔之不及矣。秦將赴杭倅時, 有妾邊朝華, 旣而以妨其學道, 割愛去之, 未幾罹黨禍, 豈復眷戀一倡女哉! 予記國史所書溫益知潭州, 當紹聖中, 逐臣在其巡內, 若范忠宣、劉仲馮、韓川原伯、呂希純子進、呂陶元鈞皆爲所侵困。鄒公南遷過潭, 暮投宿村寺, 益卽時遣州都監將數卒夜出城, 逼使登舟, 竟凌風絶江去, 幾於覆舟。以是觀之, 豈肯容少游款昵累日! 此不待辨而明, 己志之失著矣。

9. 姓源韻譜

姓氏之書, 大抵多謬誤。如唐貞觀氏族志, 今已亡其本。元和姓纂, 誕妄最多。國朝所修姓源韻譜, 尤爲可笑。姑以洪氏一項考之, 云:「五代時有洪昌、洪杲, 皆爲參知政事。」予案二人乃五代南漢僭主劉龑之子, 及晟嗣位, 用爲知政事, 其兄弟本連「弘」字, 以本朝國諱, 故五代史追改之, 元非姓洪氏也。此與洪慶善序丹陽弘氏, 云:「有弘憲者, 元和四年嘗跋輞川圖。」不知弘憲乃李吉甫之字耳。其誤正同, 三筆已載此說。

10. 譽人過實

稱譽人過實, 最爲作文章者之疵病, 班孟堅尙不能免。如薦謝夷吾一書, 予蓋論之於三筆矣。柳子厚復杜溫夫書云:「三辱生書, 書皆逾千言, 抵吾必曰周、孔, 周、孔安可當也! 語人必於其倫。生來柳州, 見一刺史卽周、孔之, 今而去我, 道連而謁於潮, 又得二周、孔。去之京師, 京師顯人, 爲文詞立聲名以千數, 又宜得周、孔千百。何吾生胸中擾擾焉多周、孔哉」是時, 劉夢得在連, 韓退之在潮, 故子厚云然。此文人人能誦, 然今之好爲諛者, 固自若也。予表出之, 以爲子孫戒。張說賀魏元忠衣紫曰:「公居伊、周之任。」卽爲二張所讒, 幾於隕命。此但形於語言之間耳。

11. 作文句法

作文旨意句法, 固有規倣前人, 而音節鏗亮不嫌於同者。如前漢書贊云:「豎牛奔仲叔孫卒, 邱伯毁季昭公逐, 費忌納女楚建走, 宰嚭譖胥夫差喪, 李園進妹春申斃, 上官訴屈懷王執, 趙高敗斯二世縊, 伊戾坎盟宋痤死, 江充造蠱太子殺, 息夫作奸東平誅。」新唐書效之, 云:「三宰嘯凶牝奪辰, 林甫將蕃黃屋奔, 鬼質敗謀興元蹙, 崔、柳倒持李宗覆。」劉夢得因論儆舟篇云:「越子膝行吳君忽, 晉宣尸居魏臣怠, 白公厲劍子西哂, 李園養士春申易。」亦效班史語也。然其模範, 本自荀子成相篇。

12. 書簡循習

　近代士人, 相承於書尺語言, 浸涉奇猥, 雖有賢識, 不能自改。如小簡問委, 自言所在, 必求新異之名。予守贛時, 屬縣興國宰詒書云:「激水有驅策, 乞疏下。」激水者, 彼邑一水耳, 郡中未嘗知此, 不足以爲工, 當言下邑, 屬邑足矣。爲縣丞者, 無不采藍田壁記語, 云「負丞某處」、「哦松無補」、「涉筆承乏」, 皆厭爛陳言。至稱丞曰「藍田」, 殊爲可笑。初赴州郡, 與人書, 必言「前政頹靡, 倉庫匱乏, 未知所以善後」, 沿習一律。正使眞如所陳, 讀者亦不之信。予到當塗日, 謝執政書云:「郡雖小而事簡, 庫錢倉粟, 自可枝梧, 得坐嘯道院, 誠爲至幸。」周益公答云:「從前得外郡太守書, 未有不以窘乏爲詞, 獨創見來緘如此。」蓋覺其與它異也。此兩者, 皆狃熟成俗, 故紀述以戒子弟輩。

13. 健訟之誤

　破句讀書之誤, 根著于人, 殆不可復正。在易象之下, 先釋卦義, 然後承以本名者凡八卦。蒙卦曰「蒙, 山下有險, 險而止, 蒙」, 以「止」字爲句絶, 乃及於「蒙」, 始係以「蒙亨, 以亨行」。訟卦曰「訟, 上剛下險, 險而健, 訟」, 以「健」字爲句絶, 乃及於「訟」, 始係以「訟有孚」。豫卦「剛應而志行, 順以動, 豫」, 隨卦「剛來而下柔, 動而說, 隨」, 蠱卦「剛上而柔下, 巽而止, 蠱」, 恆卦「巽而動, 剛柔皆應, 恆」, 解卦「解, 險以動, 動而免乎險, 解」, 井卦「巽乎水而上水, 井」, 皆是卦名之上爲句絶。而童蒙入學之初, 其師點句, 輒混於上, 遂以「健訟」相連, 此下「說隨」二字, 尚爲有說, 若「止蒙」、「動豫」之類, 將如之何！凡謂頑民好訟者曰「囂訟」、曰「終訟」可也。黄魯直江西道院賦云「細民險而健, 以終訟爲能, 筠獨不囂於訟」, 是已。同人卦「柔得中而應乎乾曰同人, 同人曰, 同人于野, 亨。」據其文義, 正與諸卦同, 但多下一「曰」字, 王弼以爲「乾之所行, 故特曰『同人曰』」, 程伊川以爲衍三字, 恐不然也。

14. 用史語之失

　今之牽引史語者, 亦未免有失。張釋之言便宜事, 文帝曰:「卑之, 毋甚高論, 令今可行也。」遂言秦、漢之間事, 帝稱善。顔師古云:「令其議論依附時事。」予謂不欲使爲甚高難行之論, 故令少卑之爾。而今之語者, 直以言議不足采爲「無甚高論」。又, 文帝問上林令禽獸簿, 不能對, 虎圈嗇夫從旁代對, 帝曰:「吏不當如此邪？」薛廣德諫元帝御樓船, 曰:「宜從橋, 且有血汚車輪之訐。」張猛曰:「乘船危, 就橋安。」上曰:「曉人不當如是邪？」師古謂:「諫爭之言, 當如猛之詳婉也。」案, 兩帝之語, 皆是褒嘉之詞, 猶云「獨不當如是乎」, 今乃指引喩非理或直述其私曰「曉人不當如是。」又, 韓公送諸葛覺往隨州讀書詩云:「鄴侯家多書, 挿架三萬軸。一一懸牙籤, 新若手未觸。爲人强記覽, 過眼不再讀。偉哉羣聖文, 磊落載其腹。」鄴侯蓋謂李繁, 時爲隨州刺史, 藏書旣多, 且記

性警敏, 故籤軸嚴整如是。今人或指言雖名爲收書而未嘗過目者, 輒曰:「新若手未觸」, 亦非也。

15. 文字書簡謹日

作文字紀月日, 當以實言, 若拘拘然必以節序, 則爲牽強, 乃似麻沙書坊桃源居士輩所跋耳。至於往還書問, 不可不繫日, 而性率者, 一切不書。予有婿生子, 遣報云:「今日巳時得一子。」更不知爲何日。或又失之好奇。外姻孫鼎臣, 每致書, 必題其後曰「某節」, 至云「小暑前一日」、「驚蟄前兩日」之類。文惠公常笑云:「看孫鼎臣書須著置曆日於案上。」蓋自元正、人日、三元、上巳、中秋、端午、七夕、重九、除夕外, 雖寒食、冬至, 亦當謹識之, 況於小小氣候! 後生宜戒。

16. 更衣

雅志堂後小室, 名之曰「更衣」, 以爲姻賓憩息地。稚子數請所出, 因錄班史語示之。灌夫傳「坐乃起更衣」, 顔注:「更, 改也。凡久坐者, 皆起更衣, 以其寒煖或變也。」「田延年起至更衣。」顔注:「古者延賓, 必有更衣之處」衛皇后傳:「帝起更衣, 子夫侍尚衣。」

1. 통행증 過所

『송형통^{宋刑統}』¹의 「위금율^{衛禁律}」에 다음과 같은 내용이 기록되어 있다.

> 관문을 통과해서는 안 되는 이가 통행증을 발급받았다면, 통행증을 지급한 자 또한 사칭한 이름으로 통행증을 발급받아 관문을 통과한 사람과 같은 죄가 적용된다. '

> 통행증을 남에게 주는 것도 마찬가지이다.

『관진소의^{關津疏議}』에 關^관과 津^진에 대한 다음과 같은 설명이 나온다.

> '關'은 통행증인 과소^{過所}를 검사하는 곳이고, '津'은 오고가는 행인들을 관리할 뿐, 통행증 발급을 관리하지는 않는다.

『석명^{釋名}』의 설명도 살펴보자.

> 통행증인 과소^{過所}는 '관문^關'과 '나루터^津'에 도착했을 때 제시해야 한다.

어떤 이는 다음과 같이 말하기도 한다.

> '傳^전'²은 전하다는 의미이다. 한 곳에서 다른 곳으로 옮겨 갈 때 신분표식으로

----

1 『宋刑統』: 북송^{北宋} 초기의 형법전^{刑法典}. 30권으로, 963년에 성립되었다. 당나라의 율^律과 율소^{律疏}를 답습하여 송초^{宋初}의 제도에 대응하도록 부분적으로 변경한 것으로, 명례^{名例}·위금^{衛禁}·직제^{職制}·호혼^{戶婚}·구고^{廄庫}·천흥^{擅興}·적도^{賊盜}·투송^{鬪訟}·사위^{詐僞}·잡률·포망^{捕亡}·단옥^{斷獄}의 12율로 구성되었다. 송나라 법전 중 현재까지 전해지는 것은 드물며, 당의 영^令·격^格 및 식^式 등의 일부도 수록되어 있어서 귀중한 자료이다.

신용 증빙물로 삼아야 한다.

한나라 문제文帝 12년(172)에 관문을 통과할 때 '傳'을 제시하는 규정을 없앤다는 조서가 내려졌다. 이에 대해 장안張晏은 다음과 같이 설명하였다.

'傳'은 일종의 신물信物로, 지금의 통행증인 과소過所와 같은 것이다.
비단에 양행兩行이라고 쓰고, 둘로 나누어 각각 한 쪽씩 가지고 있다가, 관문 출입시 검사를 할 때 서로 맞추어보아 맞으면 통과가 허락되었다. 이를 '傳'이라고 한다.

『위지魏志』에 다음과 같은 기록이 있다.

창자倉慈가 돈황敦煌 태수로 재직하고 있을 때, 서역의 소수민족들이 낙양에 가고자 해서, 창자가 그들에게 통행증인 과소過所를 발급해주었다.

『정위결사廷尉決事』에도 이러한 기록이 있다.

광평廣平 출신인 조례趙禮가 낙양에서 병을 치료하고 있는데, 그의 문하에 있는 제자들이 통행증을 가지고 낙양에 왔다. 관부에서 검사를 하고나서 조례가 남의 이름을 도용하여 황하를 건너왔다고 질책하며 그를 1년 반의 도형徒刑[3]에 처하였다.

서현徐鉉의 『계신록稽神錄』에도 과소過所에 관련된 기록이 나온다.

장근張謹이라는 도사는 주문과 술법을 좋아했다. 그가 화음華陰을 돌아다닐 때 두 명의 노비를 구해, 하나는 덕아德兒라고 하고 하나는 귀보歸寶라고 하였는데, 그들을 충직하다고 여겨 신뢰하였다. 장근은 동쪽으로 가면서 서적과 부적·통행증·의복 등을 모두 귀보에게 들고 가도록 하였다. 관문에 거의 도착하였을 때, 갑자기 덕아와 귀보가 종적을 감추었다. 들고 있던 짐을 모두 가지고서 도망

2 傳 : 통행할 때 가지고 다니는 부신符信. 목판 혹은 비단으로 만드는데, 두 조각으로 나누어 하나는 관문에 보관하고 하나는 통행하는 사람이 가지고 있다가 서로 맞으면 통행할 수 있었다.
3 徒刑 : 강제노동형을 뜻하는 말. 진秦·한漢 나라 이후 이 강제노동형이 형벌체계의 주요부분을 구성하게 되었다. 도徒란 원래 죄를 범하여 감옥에서 복역服役하는 사람을 가리키는 말이었으나, 시일이 지나면서 형벌 그 자체의 명칭으로 변하였다. 당률唐律에서는 형벌을 태형笞刑·장형杖刑·도형·유형流刑·사형死刑의 5종류로 정하여, 도형을 3번째의 형벌로 하였다.

을 간 것이었다. 당시는 진秦과 농隴에서 전쟁이 벌어지고 있었던 때라, 관문에서 통행증 검사를 엄격하게 하고 통행증이 없으면 첩자로 몰려 사형을 당했다. 장근은 통행증이 없어 동쪽으로 갈 수 없어 오던 길을 되돌아갈 수밖에 없었다. 후에 이 두 노비의 주인이 이 일을 알게 되어, 그들에게 통행증을 장근에게 되돌려주도록 하였다.

그런데 과소過所라는 두 글자의 의미에 대해 독자들은 대부분 분명히 알지 못할 것이다. 대체로 오늘날의 공빙公憑[4]이나 인증서와 같은 것이다. 독자들의 이해를 위해 관련 자료들을 이곳에 수록해 둔다.

2. 노포 露布

출병하여 전쟁을 치뤄 승리를 거두었으면, 전쟁에서 세운 공로를 글로 작성하여 조정에 상주해야 하는데, 이를 '노포露布[5]라고 한다. 지금은 박학 굉사과博學宏詞科에서 이 노포를 제목으로 하여 시행하는 시험도 있다.

위진魏晉이래로 '노포'라는 말을 사용했지만, 그 유래는 정확히 알지 못한다. 유협劉勰의 『문심조룡文心雕龍』에 이에 대한 간단한 설명이 있다.

노포란, 밀봉하지 않은 노판露板으로, 직접 보고 듣고 전하도록 하였다.

후당後唐[6] 장종莊宗[7]이 진왕晉王으로 있을 때 유수광劉守光을 생포하자, 서기

---

4 公憑 : 관공서에서 발급한 증명서나 증빙 서류.

5 露布 : 주로 군사상의 전승戰勝을 속보하는 데 사용한 포고문布告文. 노판露板이라고도 하며, 봉함하지 않고 노출된 채로 선포하였다.

6 後唐 : 오대五代시기의 왕조 중 하나로서 923년에 장종莊宗 이존욱李存勖(885~926)이 낙양洛陽을 도읍으로 하여 건립했다. 이 해에 후당은 후량後梁을 멸망시키고 중국 북방을 통일했는데, 전성기 때의 후당은 대략 지금의 하남河南과 산동山東, 산서山西, 하북河北과 섬서陝西의 대부분, 그리고 감숙甘肅과 안휘安徽, 영하寧夏, 호북湖北, 강소江蘇의 일부분을 다스리고, 사천四川지역을 10년 동안 다스리기도 해서 오대의 왕조 중 가장 영토가 넓었다. 후당은 14년 동안 3개의 성姓에 4명의 황제가 자리를 이으며 다스렸다. 마지막 황제인 이종가李從珂는 934년에 정변政變을 통해 황제가 되었으나, 937년에 거란과 결탁한 석경당石敬瑭의 군대에 의해 낙양이 함락되자 자살하고 말았다.

7 莊宗 : 오대五代 후당後唐의 시조. 본명은 이존욱李存勖으로, 산서성 태원太原 출신. 돌궐突厥

관書記官인 왕함王緘에게 노포를 작성하도록 하였다. 왕함은 노포라는 제도를 정확하게 알지 못했기 때문에, 목면포에 유수광 생포에 관한 전후시말을 모두 기록하였고 그 천이 너무 길어서 두 사람이 한쪽 끝을 쥐고 당겨야 글을 볼 수가 있었다. 결과적으로 왕함은 웃음거리가 되었다. 그런데 노포를 그렇게 작성한 사람은 왕함 이전에도 있었다.

북위北魏의 고조高祖는 남제南齊를 정벌한 적이 있다. 장사長史 한현종韓顯宗이 남제의 변방을 지키던 장수와 격전을 벌여 그의 목을 베자, 고조가 물었다.

> 그대는 어찌하여 노포를 작성하여 올리지 않았소?

한현종이 대답하였다.

> 예전에 장군 왕숙王肅이 적 두 셋을 생포하고, 적의 군마 몇 필을 노획하였는데, 그때마다 노포를 올리는 것을 보고 소신은 그를 비웃었습니다. 지금 비록 소신이 이번 싸움에서 적의 기세를 꺾어 놓기는 하였지만, 사로잡거나 목을 벤 적들의 수가 그리 많지 않습니다. 그런데도 커다란 명주 천에 전공을 쓰게 되면 전공을 터무니없이 과장할 것이고 그리되면 되면 신의 죄 또한 더욱 커질 것입니다. 신이 어떤 노포도 작성하여 올리지 않은 것은 바로 이러한 이유 때문입니다. 부디 황상께서 소신의 마음을 헤아려 주시기 바랍니다.

이로써 명주천에 전공을 기록하여 황제에게 올린 관습이 상당히 오래되었다는 것을 알 수 있다.

3. 『담주석각법첩』과 소식 東坡題潭帖

『담주석각법첩潭州石刻法帖』 10권은 전희백錢希白이 새긴 것으로 석각법첩[8]

사타족沙陀族 출생으로 황소의 난을 진압했던 이극용李克用의 장자로서 연燕과 후량後梁을 멸망시키고, 제위에 올라 국호를 당唐이라 칭했다. 925년 전촉前蜀도 병합하여 하북의 땅을 평정하였다. 뛰어난 무장이었으나 측근들에게 정치를 맡기고 사치에 빠진 탓으로 반란이 일어나 부하에게 살해당하였다.

중 가장 좋은 판본이다. 나와 동향인 정흠지程欽之는 조정의 대제待制[9]로 있으면서, 철종 원부元符 3년(1100)에 계림桂林의 경략사經略使로 부임하였다. 그때 마침 소식이 담이儋耳[10]에서 합포合浦[11]로 왔기에 정흠지가 소장하고 있던 『담주석각법첩』을 볼 수 있게 되자, 서첩 매 책冊 마지막에 각각의 석각에 대한 설명을 썼다. 소식이 쓴 『담주석각법첩』의 설명들을 살펴보자.

> 제2권 : 당 태종太宗이 지은 시는 수량도 많고 자못 서릉徐陵과 유신庾信의 기세와 풍도를 지니고 있지만, 세상에 전해지지 않고 단지 『초학기初學記』 여기저기에 실려 있을 뿐이다.

> 제4권 : 오도자吳道子[12]가 처음으로 장승요張僧繇[13]의 그림을 보고 말했다.
> "허울 좋은 명성이었구먼!"
> 그런데 오래지 않아 장승요 그림의 매력에 빠져 그림 아래에 앉아 넋을 잃고 보면서 사흘이 지나도 자리를 떠나지 않았다.

---

8 法帖 : 중국에서 고인古人들의 유명한 필적을 돌 또는 목판에 모각해서 탁본拓本을 뜨고, 첩본帖本이나 감상을 위해서 섭본攝本으로 제작한 것. 넓은 의미로는 진적眞跡, 모사본, 금석金石 탁본拓本 등의 첩帖을 총칭하는 경우도 있으며, 오늘날의 복제본複製本에 해당한다. 내용이 한 종인 경우는 단첩單帖이라한다. 왕희지『십칠첩』이 일찍이 알려졌고, 당나라 손과정孫過庭의 『서보書譜』 등이 있다. 한 서가의 서적을 모은 것은 전첩專帖이라하며, 당나라 안진경顔眞卿의 『충의당첩忠義堂帖』, 북송 소식蘇軾의 『만향당소첩晚香堂蘇帖』, 왕탁王鐸의 『의산원첩擬山固帖』 등이 있다. 복수의 서가에 다종류의 법서를 모은 것은 집첩集帖 또는 휘첩彙帖이라 한다.
9 待制 : 당 태종이 즉위하자 경관京官 5품 이상의 관리들에게 중서, 문하성에서 번갈아 숙직하게 하여 수시로 불러 제서制書의 초안을 작성하게 하였던 것에서 비롯되었다. 송나라 때에는 각 전殿과 각閣에 대제를 두었다. 예를 들면 보화전대제保和殿待制, 용도각대제龍圖閣待制와 같은 것으로 학사, 직학사보다 아래 등급이었다.
10 儋耳 : 지금의 광동성 담현儋縣.
11 合浦 : 지금의 광동성 합포合浦.
12 吳道子(700?~760?) : 당나라 때의 화가. 당나라 하남河南 양적陽翟 사람. 어렸을 때의 이름은 도자道子인데 현종玄宗이 도현道玄이라 고쳐주었다 한다. 일찍이 장욱張旭과 하지장賀知章에게 배웠지만 대성하기 전에 그만두고 회화를 배웠다. 현종이 명성을 듣고 내교박사內敎博士에 올리고, 이름을 도현으로 고쳐준 뒤 궁정에서 그림을 그리게 했다. 멀리는 장승요張僧繇를 배우고 가까이는 장효사張孝師를 배웠다. 벽화에 능했고, 인물의 의상 주름을 잘 표현했으며, 산수화에서도 일가를 이루었다. 『역대명화기歷代名畵記』를 비롯하여 회화사상 최고의 평가를 받았지만, 확실한 유품은 전해지지 않는다. 후대에 '화성畵聖'으로 불렸다.
13 張僧繇(?~?) : 남조南朝 양대梁代의 화가. 오흥吳興 출생. 6법을 겸비한 화가로서 고개지顧愷之·육탐미陸探微와 함께 칭송되었는데, 감각면에서 가장 빼어났다.

유정서庾征西[14]는 처음에 왕희지의 글을 보고 탄복하지 않으면서 자신이 집 닭이라면 왕희지는 들판의 오리[家雞野鶩][15]라고 하였는데, 나중에 왕희지의 작품을 세심하게 살펴본 후에 장지張芝[16]가 다시 태어났다고 극찬을 하였다. 지금 유정서 의 글을 자세히 살펴보니 왕희지와는 차이가 많고, 양흔羊欣[17]과는 비슷하다.

제6권 : "재상이 편안하고 무사하니 은생殷生은 걱정근심이 없네."
　　　이 글에서 재상은 당연히 간문제簡文帝를 말하는 것이니, 은생이란 은호殷浩[18]가 아니겠는가?

제8권 : 전희백의 서법은 강좌江左의 풍미를 갖추고 있기 때문에 그의 「장사법첩

．．．．．．．．．．．．．．．．．．．．．．

14 庾征西 : 유익庾翼(305~345). 동진의 정치가. 자 치공稚恭, 시호 숙후肅候. 호胡를 멸망시키고 촉蜀을 취하여, 진晉의 중원회복의 큰 뜻을 품고 형주자사荊州刺史에서 정서征西장군, 남만교위南蠻校尉로 올랐으나 뜻을 이루지 못하고 사망했다. 서書는 초서와 예서를 잘하고, 왕희지王羲之에 이어 명성이 높았다.

15 家雞野鶩 : 일상의 흔한 것을 피하고 새로운 것, 진기한 것을 존중함을 비유한다. 진晉 나라의 유익庾翼이 글씨를 잘 써서 처음에는 왕희지王羲之와 이름이 나란하였다. 이에 자기의 서법을 집 닭에다 비유하고 왕희지의 서법을 '들판의 오리'에 비유하였다. 그 뒤에 왕희지는 필법이 더욱 진보하여 유익의 아들초차 자신의 아버지가 아닌 왕희지의 필체를 배웠다. 그러자 그가 "우리집 아이들은 집안에 있는 닭은 싫어하고 들판에 있는 오리만 좋아 한다"고 하며, 왕희지와 승부를 가리기를 원했다. 이후, 유익은 왕희지의 작품을 본 후 진심으로 승복하였다.

16 張芝(?~192) : 후한의 서예가. 자 백영伯英. 감숙성 출생. 두도杜度·최원崔瑗의 서법을 배웠으며, 장초章草에 뛰어나 초성草聖이라고 일컬어졌다. 속세를 피하여 오로지 서도를 벗 삼았으며, 베가 있으면 거기에 글씨를 썼고, 연못가의 작은 돌에도 글씨를 쓰고서 물로 씻기를 수없이 되풀이하여 마침내 연못의 물이 먹물로 까맣게 변하였다고 한다. 후세에 서도를 배우는 것을 '임지臨池의 기技'라고 하게 된 것은 이에 연유한다.

17 羊欣(370~442) : 육조 송나라 학자, 서예가. 자 경원敬元. 경적經籍을 두루 읽었고, 특히 예서隸書에 능했다. 12살 때 왕헌지王獻之가 오흥태수吳興太守가 되었는데, 그를 몹시 아꼈다. 안제安帝 때는 사마원현司馬元顯이나 환현桓玄 등 권문세가를 섬기지 않고 10여 년 동안 향리에서 은거했다. 송나라에 들어 신안태수新安太守가 되었으며 황로黃老를 좋아했고, 의술에도 능했다.

18 殷浩(?~356) : 동진東晉의 정치가. 자 연원淵源. 당나라 사람들이 피휘避諱하여 심원深源이라 했다. 은선殷羨의 아들인데, 약관의 나이 때부터 명성이 있었다. 특히 현언玄言을 잘했다. 당시 환온桓溫의 권력이 조정을 뒤덮고 있었다. 회계왕會稽王 사마욱司馬昱이 그의 명성을 흠모해 목제穆帝 영화永和 2년(346)에 편지를 보내왔다. 이를 계기로 벼슬에 나가 건무장군建武將軍과 양주자사揚州刺史가 되면서 사마욱의 심복이 되어, 조정의 일에 참여해 환온에 저항했다. 이후 중군장군이 되어 군대를 이끌고 북벌北伐에 나섰지만 연전연패했다. 환온이 글을 올려 문책하였고 서인으로 강등되었다.

長沙法帖」은 송태종 순화淳化[19] 연간에 대조가 모방한 법첩法帖보다 낫다. 그러나 일반인들은 자세히 살피지 못하고 대조가 모방한 각하본閣下本을 앞 다투어 구하니, 이는 잘못된 것이다. 여기에서 편집한 왕희지의 글씨 한 권 모두가 아주 뛰어난 작품들이다. 철종 원부 3년(1100) 경진庚辰 칠 석七夕에 합포현合浦縣 관사에서 잠시 빌려보았다.

제9권 : 사안謝安이 왕헌지王獻之에게 물었다.
"그대의 서법을 그대의 부친과 비교해보면 어떻다고 생각하는지요?"
왕헌지가 대답했다.
"제 서법과 아버님의 서법은 각기 나름대로의 특징이 있습니다."
사안이 말했다.
"사람들은 그렇게 생각하지 않습니다."
왕헌지가 대답했다.
"다른 사람들이 어찌 그것을 알 수 있을 런지요!"

이상의 설명은 지금 마사麻沙에서 판각한 『대전집大全集 · 지림志林』에 실려 있다. 조사를 해보니, 유량庾亮과 그의 아우 유익庾翼은 모두 정서장군征西將軍 을 역임하였는데, 소식이 제4권 설명문에서 언급한 유정서庾征西는 유익을 지칭한 것이다.

소식은 「차운답서교수관여소장묵次韻答舒教授觀余所藏墨」에서도 유익에 대해 다음과 같이 읊었다.

<table>
<tr><td>말년에 유익의 작품을 얻었는,</td><td>暮年却得庾安西,</td></tr>
<tr><td>스스로 집 닭이라 하며 여섯 작품에 제를 달았네.</td><td>自厭家雞題六紙.</td></tr>
</table>

유안서庾安西라고 하는 것 역시 유익의 관직명을 말한 것이다. 이 서첩은 지금 내가 소장하고 있다.

4. 산도의 계사 山公啓事

『진서晉書 · 산도전山濤傳』에 다음과 같은 내용이 실려 있다.

산도山濤[20]가 두 번째로 선직選職에 있으면서 관리들을 임명하고 면직하는 것을 담당했다. 선직에 재직하던 십여 년 동안 공석이 된 관직을 충원해야 할 때마다, 여러 사람들의 자료를 준비하였다. 그리고 일단 황제가 어떤 조건의 사람을 선발하고 싶어 하는지를 살핀 다음 즉시 그 조건에 맞는 사람들을 추천하는 상주문을 올려, 그 중에서 황제가 마음에 들어 하는 사람을 관리로 임용하였다. 그렇기 때문에 조정에 임용된 관리들 중, 어떤 이는 그가 모든 조건에 제일 합당한 인물이 아닌 경우도 있었다. 사람들은 이러한 관리 선발의 정황을 상세히 알지 못하고서, 산도가 관원의 인선 명단을 자기 임의대로 결정한다고 생각했다. 그런 이유로 어떤 사람은 황제 앞에서 산도가 자기 마음대로 관리를 임용한다고 비난하였는데, 산도는 태연자약하였다. 1년이 지나자 산도에 대한 비난도 잦아들었다. 산도는 관원 인선 후보자에 대해 상주문을 올릴 때, 조건에 합당한 인물들을 조사하고 각기 평가하여 분류한 후 진상하였는데, 당시 사람들은 이러한 상주문을 칭하여 '산공계사山公啟事'라고 하였다.

지금도 여전히 많은 사람들이 '산공계사'라는 말을 인용한다. 그런데 계사啟事[21]의 격식은 잘 알지 못하는 것 같다. 법첩法帖 중에 계사의 격식에 관한 내용이 있어 여기에 수록한다.

> 시중侍中·상서복야尚書僕射·봉거도위奉車都尉·신답백新沓伯 신하 산도가 말씀 올립니다. 신은 근래 최량崔諒과 사요史曜·진준陳准을 이부랑吏部郎에 임명할 만하다고 상소문을 올려, 황상의 임명 동의와 선포를 청하였습니다. 이 세 사람은 모든 사람들에게 칭찬을 받고 있습니다. 최량은 소박하고 화려하지 않기에 적극적으로 교화를 주창할 것입니다. 단기간 내에 큰 변화를 가져올 수는 없겠지만, 양호한 사회 기풍을 세울 수 있기에, 좋은 점이 아주 많습니다. 신은 응당 우선적으로 최량을 임명해야 한다고 생각합니다. 삼가 일에 따라 상주문을 갖추어 올리니, 황상께서 올바로 감정해주시기를 청하옵니다.

용재수필

· · · · · · · · · · · · · · · · · · · ·

20 山濤(205~283) : 위진시대에 활동한 죽림칠현의 한 사람. 자 거원巨源. 서진西晉 하내河內 회현懷縣 사람. 노장老莊의 학문을 즐겼으며, 혜강嵇康·완적阮籍과 가깝게 지내 '죽림칠현竹林七賢'의 한 사람이 되었다. 나이 40에 군주부郡主簿가 되 은자의 길을 고집한 혜강嵇康으로부터 절교를 당했다. 사마씨司馬氏와 친하게 지내어, 사마씨가 정권을 잡자 고위직에 봉해졌다. 산도가 10여 년 동안 관리 선발을 맡아 인물을 살피고 발탁함에 각기 평가하여 상주하니, 사람들이 '산공계사山公啟事'라 일컬었다.

21 啟事 : 왕에게 일을 아뢰던 일 또는 그런 글. 서면으로 그 사실을 적어 올리기도 하고 직접 아뢰기도 하였다.

302

이 법첩을 통해 '산공계사'의 대체적 형식을 알 수 있다. 산도가 최량 등 세 사람을 추천하여 상주문을 올렸는데, 후에 어떻게 되었는지는 기록이 남아있지 않다. 산도가 언급한 세 사람이 모든 사람들에게 칭찬을 받고 있다고 한 것을 보면, 분명 보잘 것 없는 사람들은 아니었을 것이다. 『담주 석각법첩』은 식자들에게 칭송되므로 다른 판본보다 뛰어난 것이라 생각된다. 그러나 이 상주문에서 "큰 변화를 가져올 수는 없겠지만"의 대목 아래에 "필치가 서글프다"고 한 것은 아무 뜻도 없다.

지금 여기에 수록한 것은 임강본臨江本을 근거로 하였다.

5. 친왕과 여러 관리들 간의 의례 親王回庶官書

나는 『용재수필』에서 송대 친왕親王[22]과 시종侍從 간의 의례에 대해 기록하였다. 근래 전비鏕丕의 『행년잡기行年雜紀』에서 이것과 관련된 기록을 보았다.

> 태종太宗의 여섯 째 아들인 조익趙益이 승왕昇王에 봉해졌을 때, 전비는 장작소감將作少監이었는데, 다른 대신들과 마찬가지로, 하장賀狀을 진상하여 축하드렸다. 승왕은 축하를 받은 후 답신을 보냈는데, 답신을 봉투 속에 넣고 봉투 밖에 긴 종이조각을 붙여 보내라고 명했다. 후에 승왕이 황태자에 봉해졌을 때, 삼사판관三司判官이 방자牓子[23]를 통해 먼저 알린 후 함께 황궁의 내동문內東門으로 가서 찾아뵙고 축하를 올렸다.
>
> 방자를 통해 알현을 알리자 얼마 후 궁중의 환관이 나와 황태자의 명을 전달하였다. 황태자 책봉의전이 끝난 후, 문무백관들이 줄줄이 서서 하례를 올리고, 이어 동궁으로 가서 직접 하례를 드렸다. 이 때 재상과 친왕들은 모두 품계에 맞춰 계단 아래에 배열하고 서 있고, 태자가 아래로 내려와 계단에서 그들을 맞이한다. 재상이 문무 대신들을 대표하여 앞으로 나아가 태자에게 하례하며 축하의 말을 올린다. 축하의 말이 끝나면 대신들이 다시 하례를 올린다. 태자는 일일이 하례에 대한 답례를 하고 또 감사의 인사를 한다.

---

22 親王 : 황제의 아들이나 형제를 이르는 말.
23 牓子 : 대신들이 입궁하여 황제를 배알 하여 상주할 때 사용한 일종의 공문서 문체로, 송나라 사람들은 이를 차자劄子라고 칭했다.

송나라가 개국한 후 지금까지 친왕과 일반 관원들 간의 의례는 모두 이와 같았다.

6. 불공정한 과거시험으로 인한 시험관의 강등과 좌천
責降考試官

진종眞宗 천희天禧 2년(1018) 9월에 조정에서 조서를 내려, 둔전원외랑판탁지계원屯田員外郞判度支計院 임포任布와 저작랑직사관著作郞直史館 서석徐奭, 태자중윤직집현원太子中允直集賢院 마온기麻溫其를 파견하여 개봉부開封府의 향시를 주관하도록 했다.

10월에는 병부원외랑직집현원兵部員外郞直集賢院 양간楊偘과 태자중윤직집현원 정도丁度를 파견하여 국자감國子監의 향시를 담당하도록 하였다.

11월에는 향시를 거행하여 104명이 합격하였는데, 장원이 곽진郭稹이었다.

11월 16일에는 한림학사翰林學士 전유인錢惟演과 성도盛度, 추밀직학사樞密直學士 왕회숙王晦叔, 용도각대제龍圖閣待制 이허기李虛己와 이행간李行簡 등 다섯 명에게 개봉의 향시 합격자들을 다시 심사하게 하였다. 이유는 낙방한 사람들 중 한 명이 시험이 불공평했다고 소송을 했기 때문이었다. 재심사가 끝난 후 합격생들의 명단을 진상했는데, 장원에는 변함없이 곽진의 이름이 적혀 있었고, 낙방했던 사람은 여전히 낙방이었는데 오히려 합격했던 사람들 중 상당수가 합격 취소되었다.

이로 인해 같은 해 12월에 조정에서는 시험담당관들에게 책임을 묻고 그들의 관직을 강등시키고 좌천시켰다. 임포는 등주鄧州[24]로 좌천되었고, 서석은 홍주洪州[25], 양간은 강주江州[26], 정도는 제주齊州[27]로 좌천되었는데, 모

용재수필

. . . .
24 鄧州 : 지금의 하남성 등주鄧州.
25 洪州 : 지금의 강서성 남창南昌.
26 江州 : 지금의 강서성 구강九江.
27 齊州 : 지금의 산동성 제남濟南.

두 감세관監稅官으로 강등되었다.

이 사건은 전비錢丕의 『행년잡기』에 상세하게 기록되어 있다. 그리고 다섯 명의 시종관에게 향시를 재심사하도록 위임한 것은, 전무후무한 일이었다.

7. 청련거사 이백 靑蓮居士

이백李白은 「증옥천선인장차시贈玉泉仙人掌茶詩」의 서문에서 다음과 같이 말했다.

> 형주荊州의 옥천사玉泉寺 부근 청계淸溪의 여러 산골짜기에는 종유석이 자라는 동굴들이 있다. 계곡 양쪽 곳곳에 명초茗草라 불리는 차茶 나무가 자라고 있는데, 가지와 잎의 푸른빛이 벽옥碧玉과 같다. 옥천사의 진공眞公이 항상 이것을 채취하여 마셨는데, 나이가 여든을 넘기고도 얼굴빛이 복숭아와 같았다. 내가 금릉金陵을 유람하면서 종질宗姪로 출가한 중부中孚를 만났는데, 내게 찻잎 수십 편을 보여 주었다. 모양이 마치 손과 같아서, 이름을 '선인장차仙人掌茶'라고 하였다. 모두가 옥천에 있는 산에서 새로 난 것으로 전에 본 적이 없는 것이었다. 내게 선물로 주면서, 아울러 시를 보내와 회답하고자 이 시를 지었다. 훗날의 고승高僧들과 숨어사는 현자들은 선인장차가 중부선사와 청련거사靑蓮居士 이백에게서 비롯된 것을 알게 될 것이다.

이백의 칭호는 '태백太白'과 '적선인謫仙人'으로 알려져 있다. '청련거사'라는 칭호는 여기에서만 보이고, 문인이나 학자들이 이 칭호를 인용한 적은 없다. 선인장차는 지금 지주池州28의 구화산九華山에서도 생산되는데, 그 형태가 작은 아이의 손과 유사하다.

8. 민 지역의 은밀한 살인사건 閩俗詭秘殺人

간사하고 흉악한 무리들은 돈이나 권세에 의지해 별의별 궁리를 다해서 사람들의 목숨을 해친다. 그런데 법률에 의거해 그들의 죄를 다스리려고 할 때 이와 관련된 법률조문을 찾지 못하는 경우가 종종 있다. 간악한 사람들을 제대로 징계하여 다스리고자 한다면 반드시 안건의 실제정황에 의거하여 죄를 판정해서, 간악한 무리들이 엄정한 징벌을 피할 수 없도록 만들어야 한다.

특히 은밀한 살인 사건은 민閩 지역의 나쁜 풍속 때문에 상당히 자주 발생하는데, 상황이 아주 심각하다. 민 지역 사람들은 나라의 법도란 안중眼中에도 없이 원수를 만나면 아주 심하게 괴롭히고 학대를 한다.

어떤 사람은 톱밥을 술 속에 넣어 원수에게 강제로 마시게 하는데, 이 술을 마신 사람은 결국 톱밥이 폐부에 붙어 숨을 쉬지 못하게 되어, 가래가 끓고 갈증이 계속 생기는 담갈증痰渴症에 걸리게 된다. 또 모래를 뜨겁게 볶아 석납石蠟29에 녹여서 원수의 귓속에 넣어 귀머거리로 만들기도 한다. 그리고 물에 적신 비단 천으로 원수를 겹겹이 묶고 천으로 싼 조약돌로 계속 때려서 내상을 입혀 죽음에 이르게 하기도 하는데, 몸에는 조금의 상처도 나지 않는다. 또 어떤 사람은 원수의 어깨와 등을 어루만지고 문질러 부드럽게 만든 다음 바늘로 견정肩井30을 찌르고 바늘을 빼지 않는다. 물고기를 잡는 낚싯대의 갈고리를 몰래 미꾸라지의 뱃속에 숨겨두고, 강제로 원수에게 삼키게도 하는데, 갈고리가 그의 뱃속에서 내장을 모두 망가뜨려 결국엔 죽게 된다.

이러한 살인 방법들은 너무 잔인한데, 방법이 한두 가지가 아니며 아주 다양하다. 게다가 사람이 죽어도 바깥으로 드러난 외상이 없어서, 검사를 해도 범죄사건으로 처리할 수 있는 확실한 증거를 찾지 못한다. 어떻게든 은밀한 살인을 저지른 흉악범들을 효과적으로 징벌할 수 있도록 법률조문을 뒤져보았지만 명확한 조문을 찾지 못했다.

용재수필

. . . .

29 石蠟 : 파라핀(paraffin). 원유를 정제할 때 생기는, 희고 냄새가 없는 반투명한 결정이다.
30 肩井 : 담경膽經에 속한 혈穴의 이름. 어깨 위의 가장 위쪽 부분으로, 팔을 펴면 오목하게 들어가며 삼지三指로 눌렀을 때 중지가 닿는 곳이다.

안도顔度가 전운사轉運使로 재직하고 있을 때, 은밀한 살인이 발생하는 것을 엄격하게 금지한다고 공개적으로 선포했었다. 내가 건녕建寧[31]에서 태수로 재직하고 있었을 때에도 이러한 은밀한 살인 사건 한두 건을 처리한 적이 있다. 이후 오吳와 초楚지역의 사대부들 중 민 땅에 가서 관리생활을 하게 된다면 은밀한 살인사건을 조사하는 데 주의를 기울여야 할 것이다.

9. 부필의 관직 富公遷官

인종 경력慶曆 2년(1042)에 부필富弼은 우정언지제조右正言知制誥의 직함으로 거란에 사신을 갔다. 사신으로서의 업무를 마치고 돌아온 이후 조정은 그에게 이부낭중吏部郎中과 추밀직학사樞密直學士를 제수하였지만, 부필은 사양하고 받지 않았다. 얼마 후, 다시 그에게 한림학사翰林學士를 제수하였지만, 또 사양하였다. 경력 3년(1043)에 그에게 간의대부諫議大夫와 추밀부사樞密副使가 다시 제수되었지만, 다시 또 완강히 사양하였다. 그리하여 직책을 바꾸어 자정전학사資政殿學士가 제수되었고, 이전에 제수하였던 간의대부직이 다시 내려졌다. 부필은 이 임명을 받아들였고, 5개월 후에는 다시 추밀부사에 임명되었다.

과거의 규정에 의하면, 새로이 임명되고 면직되는 관원들의 명단을 공표해서, 조정에서 작성한 관원들의 직무 변동에 관한 제사制詞[32]를 제 때에 발급할 수 있게 해야 한다. 그리고 새로이 임명된 직책이 재상이 아닌 경우에는 원래 더해졌던 관직은 그대로 남겨놓는다. 현행 관직으로 볼 때, 부필이 담당한 관직은 이전의 정언正言인 승의랑承議郎과 지제조知制誥인 중서사인中書舍人에서 간의대부인 태중대부太中大夫와 자정전학사로 승진한 것이다.

- -
31 建寧 : 지금의 복성성 건녕建寧.
32 制詞 : 관리 임명장인 사령장辭令狀에 적은 글. 임명한 관리의 덕망과 재능을 쓴 후, 어떠한 관직에 임명하겠으니 그 맡은 바 임무를 다해줄 것을 당부하는 내용을 담고 있다.

10. 당나라 번진에게 내려진 황제 친필의 칙서 唐藩鎭行墨敕

지주池州[33] 동릉현銅陵縣 부황후孚貺侯의 묘에는 당 희종僖宗 중화中和 2년(876) 세워진 비석이 하나 있다. 비문은 다음과 같다.

> 칙령으로 선주宣州[34] · 흡주歙州[35] · 지주의 도단련사都團練使와 관찰사觀察使에게 첩지를 내리는데, 집정 대신은 먼저 조서의 규정에 의거해 황제의 친필 첩지를 관할 구역 내에 공적을 세운 자사刺史와 대장군大將軍들에게 보냈다. 어사대御史臺의 관원은 첩지를 정리하여 발송했는데, 그 중 진양태수晉陽太守 겸 양주장사揚州長史 장관張寬에게 내린 첩지가 있었다. 그 내용은 다음과 같다.
> "처분을 받들라! 집정 대신이 황상의 뜻에 의거해서 칙서를 내려 공적을 세운 신하들을 포상하니, 공적이 크고 작음의 차이는 있겠지만 포상과 진급은 똑같이 행한다. 그대가 뛰어난 재능을 갖추었으며, 사람들에게 존경받는 기질과 풍격을 지녔음을 오래전부터 들어왔다. 그대가 재주와 업적으로 여러 차례 표창을 받은 것은 이미 천하 사람들이 모두 알고 있는 바이다. 작위를 내리고 포상하는 의식은 지방의 번진이 행할 수 있는 것이 아니다. 그대의 명망과 공훈이 탁월하게 뛰어나고, 또 도독都督의 주청이 있었기에, 잠시 권한을 위임받아 여러 사람들의 뜻을 따를 수 있도록 하고자 하니, 삼가 유격장군遊擊將軍 선주도독宣州都督직을 포증褒贈[36]한다."

마지막 서명은 다음과 같다.

> 사使 · 검교공부상서檢校工部尙書 겸 어사대부御史大夫 배휴裴休가 서명하다.

지주 동릉현 사람들은 서명을 한 이가 배휴裴休라고 생각하는데, 내가 여러 차례 조사해보니 아니었다. 장준張浚이 사천四川과 섬서陝西지역을 선무宣撫[37]할 때, 기회를 보아 여러 신들에게 작위를 내렸는데, 이 규정에 의거했다고 한다.

······

33 池州 : 지금의 안휘성. 귀지貴池.
34 宣州 : 지금의 안휘성 선주宣州.
35 歙州 : 지금의 안휘성 흡현歙縣.
36 褒贈 : 공로를 인정하여 관직을 추증하는 것.
37 宣撫 : 정부의 시책을 알리어 어수선한 민심을 수습하고 안정시키는 것을 말한다.

11. 이부의 인사제도 '순자격' 吏部循資格

당나라 현종 개원開元 18년(730) 4월에 시중侍中 배광정裴光庭에게 이부상서 吏部尙書를 겸하도록 임명하였다. 이 임명 이전에 이부吏部에서 관리를 선발할 때 정해진 규정 제도가 따로 없었다. 주로 당사자의 재능을 위주로 평가하여, 만약 재능이 뛰어나면 파격적으로 중앙관리직에 발탁하여 진급시켰다. 그러다보니 재능이 없으면 미관말직微官末職에 임명되어 한평생 전전긍긍하며 오랜 시간이 흘러도 승진하지 못하는 경우도 많았다. 또한 관리의 자격을 갖추었지만, 20여 년간 빈자리가 나지 않아 관직에 임명되지도 않고 봉록도 한 번 받아보지 못하는 경우도 있었다. 주州와 현縣의 지방장관들의 등급도 분명하게 나누어지지 않았다. 그래서 어떤 이는 나이가 들어 관리가 되었지만 낮은 직위에 임명되었고, 어떤 이는 처음부터 황제를 가까이서 모시는 직책에 임명되었다가 뒤에 지방 현이나 변방의 관리로 파견되기도 하는 등 정해진 원칙이 없었다.

배광정은 이부상서에 임명된 이후 정해진 법칙이 없는 인사제도를 정립하고자 조정에 '순자격循資格'이라는 제도를 작성해서 올렸다. 내용은 다음과 같다.

> 관리들을 선발할 때 해직된 관원들의 수에 의거해 관리들을 선발하고 파견한다. 높은 관직은 적게 선발하고, 낮은 관직은 많이 선발한다. 또 재능의 유무나 공적의 고하 등은 막론하고, 규정된 재직 기간을 채운 후에 승진할 수 있다. 각종 관직의 재직 기간과 승진 방법은 모두 엄격한 규정을 따르도록 하며, 규정된 재직 기간을 초과하거나 승진 방법을 어겨서는 안 된다. 법을 어기거나 관직이 강등되어 쫓겨나는 경우를 제외하고 일반적인 상황 하에서는 모두 승진만 있을 뿐 관직의 강등은 없다.

평범하고 우둔하여 별다른 재능이나 공적 없이 그저 자리만 지키고 있으면서, 오랜 시간 동안 승진을 하지 못했던 이들은 이 규정을 듣고, 모두 열광적으로 기뻐하며 '순자격'을 '성서聖書'라고 칭송했다. 그러나 자신의 재능을 바탕으로 일찌감치 관계에 진출하여 고위직에 오르려는 꿈을 가졌던 젊고 유능한 선비들은 이 규정을 본 후 불평과 탄식이 끊이지 않았다. 송경宋璟[38] 또한 관원들이 재능을 발휘할 수 없게 만든 이 규정을 반대하였지만, 그의 반대는 조정의 지지를 받지 못했다.

개원 21년(733) 배광정이 세상을 떠났다. 박사博士 손완孫琬이 배광정의 '순자격'이 근면한 관리를 포상하고 나태한 관리에게 벌을 주는 근본적 이치에 어긋나며, 총명한 인재를 파격적으로 기용할 수 없는 폐단을 초래했다고 지적하였다. 그리고 그러한 큰 폐단을 초래한 배광정에게 '克극' 자가 들어간 시호諡號를 내려야 한다고 주청하였다.

같은 해 6월 조정은 다음과 같은 조서를 반포하였다.

> 지금 이후로 관리 후보자들 중에 재능과 품행이 탁월한 자가 있으면, 관리자격의 제한을 받지 않고 이부에서 파격적으로 진급시켜도 된다.

비록 이러한 조서가 하달되기는 하였지만, 각급 관부 기구의 책임자들은 '순자격'이 자신의 승진에 더욱 유리하다고 여겨서, 새로이 반포된 조서를 따르지 않고 '순자격'을 그대로 준수하였다. 오늘날의 '이부사선吏部四選'이란 것도 바로 '순자격'에 따른 인사제도이다.

내가 역사를 고찰해보니 배광정의 '순자격' 이전 북위에 이미 이와 비슷한 인사제도가 있었다. 북위北魏 숙종肅宗[39] 신귀神龜 2년(519)에 결원으로 공석이 된 관직은 적은데 후보로 선발된 사람들이 너무 많았다. 이부상서

용재수필

---

38 宋璟(663~737) : 당나라 때의 명상. 시호 문정文貞. 요숭姚崇과 함께 '요송姚宋'이라 하여 명상名相의 대명사라 부른다. 측천무후則天武后 시대에 어사중승御史中丞으로서 총신寵臣 장씨 형제의 주벌誅伐을 주청奏請하여 강직한 인품이 널리 알려졌다. 8세기 초에 재상이 되어 근검절약을 솔선하여 국력 배양을 도모하고 개원開元의 치세治世가 출현할 수 있는 기초를 만들었다.

39 肅宗(510~528 / 재위 514~528) : 남북조시대 북위 제9대 황제. 이름은 원후元詡, 북위北魏 제8대 황제 선무제宣武帝의 차남으로 낙양洛陽에서 태어났다. 어머니는 호충화胡充華이다. 5살 때 황제로 즉위하여 어머니 호태후胡太后가 섭정하였다. 호태후는 불교에 심취해 전국에 사탑을 건립하여 재정을 어지럽혀, 국내에 도적이 봉기하고, 그동안 누적된 한화漢化 정책에 대한 선비족鮮卑族 불만은 6진六鎭의 난을 초래하여 북위멸망의 원인이 되었다. 숙종은 19살 때 어머니에 의해 독살 당하였다. 시호는 효명제孝明帝, 묘호는 숙종肅宗이다.

이소李韶가 보결 관원 선발의 인사문제를 제대로 처리하지 않은 것이라 많은 사람들의 원망과 불만이 쏟아졌다.

최량崔亮이 이소를 대신해 이부상서가 된 후 조정에 상소문을 올려 이력에 의거해 관리를 선발하는 '정년격停年格'을 책정할 것을 제안하였다. 이 제도는 관직 후보자들이 총명하든 우둔하든 간에 무조건 직속 상급자가 그 관직을 그만두면 순차적으로 다음 관직의 사람이 그 자리를 채우도록 제도화한 것이었다. 이 제도는 발표가 되자마자 재능이 뛰어나지 못해 오랜 기간 동안 승진하지 못했던 많은 관리들의 옹호와 지지를 받았으며, 모두들 최량이 뛰어나다고 입을 모아 칭송하였다. 최량의 생질甥姪[40]인 유경안劉景安이 최량에게 다음과 같은 편지를 보내왔다.

> 상商나라와 주周나라 때는 향리에서 시험을 거쳐 선발된 이들이 천자에게 천거되었고, 양한 때는 주군州郡에서 인재를 선발하여 천거하였으며, 위진魏晉시기에는 구품중정제九品中正制[41]가 시행되어 중정관中正官이 인재를 선발하였습니다. 각 조대의 추천제가 완벽한 것은 아니었지만, 그러한 제도를 통해 선발된 사람들은 열에 일고여덟은 모두 채용이 가능한 출중한 인재였습니다. 그런데 지금 조정은 인재를 선발하면서 그의 문장이 어떠한 지만 보고, 그의 덕행은 중시하지 않습니다. 효도하는 이와 청렴한 이를 구하면서, 단지 그가 경서經書의 장구章句를 얼마나 읽었나 만을 보고, 그가 나라를 다스리고 정치를 행할 수 있는 어떤 능력을 가지고 있는지를 살피지 않습니다. 인재를 추천하는 중정관이 관리로서의 재능과 덕성을 평가하지는 않고, 오직 그가 어느 집안 출신인지 만을 살핍니다. 외숙께서는 지금 관리를 선발하는 큰 권한을 지니게 되셨으니, 응당 관리 선발 방법을 바꾸시어 예전의 폐단을 제거해 조정을 위해 참으로 재능 있는 관원을 선발하셔야 할 것입니다. 그런데 오히려 '정년격'이라는 인사제도를 제정하셨습

용재사필 권10

---

40 甥姪 : 누이의 아들.
41 九品中正制 : 위진 남북조 시대의 관리 선발 제도. 위魏 문제文帝 황초黃初 원년(220)에 처음 실시되었으며 이후 약간의 변화는 있었으나 과거제에 의해 대체되기 전까지 계속 시행되었다. 지방의 주·군·현에 중정관中正官을 두어 관리의 재질이 있다고 인정되는 자를 1품에서 9품으로 나누어 중앙에 추천하면 이에 따라 임용하는 추천 제도이다. 그러나 중정관은 보통 그 지방의 유력 문벌이 장악하였기에 실질적으로는 가문의 고하가 추천등급의 기준이 되었다. 그 결과 상위의 3품은 문벌 출신이 아니면 차지할 수 없었기에 호족 출신이 관직을 독점하는 결과를 가져왔다.

니다. 이 제도는 재능 있고 총명한 젊은 인재들의 진급에 제동을 걸었습니다. 만일 '정년격'을 계속해서 견지한다면 앞으로 누가 품행을 단정히 하고 절개를 지키며 학문에 힘을 쏟겠습니까?

낙양洛陽의 현령 설숙薛琡도 다음과 같은 상소문을 올렸다.

> 일반 백성들의 운명은 지방장관의 손에 달려있습니다. 만약에 인재를 선발하는 부처에서 근무 연수만을 중시하고 재능을 갖추었는지 살피지 않는다면, 이는 마치 하늘에 줄지어 날아가는 기러기의 행렬마냥 순서대로 진급을 시키는 것이니, 명부를 들고 순서대로 이름을 부르는 것과 똑같습니다. 그렇다면 이부吏部에 한 사람만 있으면 충분하지 어찌 많은 관리가 필요하겠습니까? 그렇기 때문에 신은 왕공귀족들이 유능한 인재를 천거하여 군과 현의 지방장관직을 맡도록 해주십사 간청을 올립니다.

설숙의 상소문을 받아본 황제는 대신들에게 그의 상소문에 대해 토의하도록 명을 내렸다. 그러나 견침甄琛 등이 최량의 뒤를 이어 이부상서에 올라 '정년격'이 자신에게 더 유리하다 판단하여 계속 '정년격'을 시행하였다. 북위의 관리 선발 인사가 잘못되게 된 것은 최량 때 부터였다.

그러다가 동위東魏 효정제孝靜帝 원상元象 2년(539)에 고징高澄이 이부상서를 겸임하게 되면서, 비로소 근무연수만으로 관리를 선발하는 최량의 연공서열年功序列식 인사제도가 폐지되었다. 고징은 재능과 품행이 뛰어난 사람들을 파격적으로 승진시켰다. 이는 인사제도상 아주 큰 의의가 있는 변혁이었다.

배광정이 수립한 '순자격'이라는 인사제도는 최량의 인사제도인 '정년격'을 그대로 본뜬 것일 뿐이다. 그런데도 후세 사람들 중 최량과 고징이 주장한 인사제도에 대해서 아는 사람이 드물다.

12. 오행납음 五行納音

육십갑자六十甲子[42]를 궁宮·상商·각角·치徵·우羽의 오음五音에 분배하여 오행五行으로 나타내는 납음納音[43] 학설에 대해, 천문·역법·악률에 통달한

술가術家[44]라 해도 대부분 정확하게 알지 못한다. 왜 납음이라 했는지 탐구해보니, 고대의 오음인 궁·상·각·치·우를 따르면 규칙적이고 리듬감이 뛰어날 뿐만 아니라 소리가 조화로워 듣기 좋다.

육십갑자는 갑자를 첫머리에 두고, 오음은 궁음을 첫머리에 둔다. 오음이 금목수화토金木水火土 오행과 결합하면, 궁토생금宮土生金이 된다. 그렇기 때문에 갑자甲子는 금金이 되고, 을축乙丑은 음陰으로 양陽을 따른다. 상금생수商金生水이기 때문에 병자丙子는 수水가 되고, 정축丁丑이 따른다. 각목생화角木生火이기 때문에 무자戊子는 화火가 되고, 치화생토徵火生土이기 때문에 경자庚子는 토土가 된다. 우수생목羽水生木이기 때문에 임자壬子는 목木이 된다. 그리고 기축己丑과 신축辛丑·계축癸丑도 각각 이를 좇아 목이 된다.

갑인甲寅의 납음은 오음 중의 두 번째 음인 상商에서부터 시작된다. 상금생수商金生水이기 때문에 갑인甲寅이 수水가 된다. 각목생화角木生火이기 때문에 병인丙寅은 화火가 된다. 치화생토徵火生土이기 때문에 무인戊寅은 토土가 된다. 우수생목羽水生木이기 때문에 경인庚寅은 목木이 된다. 궁토생금宮土生金이기 때문에 임인壬寅은 금金이 된다. 그리고 정묘丁卯와 기묘己卯·신묘辛卯·계묘癸卯·을묘乙卯는 모두 각각 이를 좇아 금金이 된다.

갑진甲辰에 이르면 납음은 오음 중의 세 번째 음인 각角에서부터 시작된다. 각목생화角木生火이기 때문에 갑진甲辰은 화火가 된다. 치화생토徵火生土이기 때문에 병진丙辰은 토土가 된다. 우수생목羽水生木이기 때문에, 무진戊辰은

42 六十甲子 : 10간干과 12지支를 결합하여 만든 60개의 간지干支로, 육십간지·육갑이라고도 한다. 10간은 갑甲·을乙·병丙·정丁·무戊·기己·경庚·신辛·임壬·계癸이고, 12지는 자子·축丑·인寅·묘卯·진辰·사巳·오午·미未·신申·유酉·술戌·해亥이다. 상商나라의 역대 왕의 이름에 10간이 나타나는 것을 보면 간지 사용이 상당히 오래되었음을 알 수 있고, 60간지는 원래 날짜를 세기 위하여 썼을 것으로 추측된다. 중국의 음양오행설陰陽五行說과 결합하여 만물의 길흉을 판단하는 데 쓰였다.

43 納音 : 육십갑자인 천간과 지지에 각각 오음五音과 십이율十二律을 배정한 후 이를 오행五行에 맞추어 나타내는데, 주로 점을 치거나 궁합을 보는 데에 사용한다. 갑자甲子 을축乙丑 해중금海中金, 병인丙寅 정묘丁卯 노중화爐中火 따위로 모두 30가지가 있다.

44 術家 : 음양·오행·복서卜筮 등의 원리로 인사人事의 길흉화복을 예측하는 사람.

목木이 된다. 궁토생금宮土生金이기 때문에 경진庚辰은 금金이 된다. 상금생수商金生水이기 때문에 임진壬辰은 수水가 된다. 그리고 기사己巳와 신사辛巳·계사癸巳·을사乙巳·정사丁巳는 모두 각각 이를 좇아 수水가 된다.

궁·상·각 세 음은 모두 이렇게 되지만, 네 번째 음인 치徵와 다섯 번째 음인 우羽는 육십갑자의 납음 중에 첫머리에 올 수가 없다. 그래서 갑오甲午는 다시 갑자甲子와 같아지고, 갑신甲申은 다시 갑인甲寅과 같아지고, 갑술甲戌은 다시 갑진甲辰과 같아진다. 그리고 신미辛未와 계미癸未·을미乙未·정미丁未·기미己未, 계유癸酉와 을유乙酉·정유丁酉·기유己酉·신유辛酉, 을해乙亥와 정해丁亥·기해己亥·경해庚亥·신해辛亥 또한 각각 그 무리를 따라 변화한다.

13. 오행의 운행과 변화 五行化眞

금·목·수·화·토 오행의 운행과 변화는 만물을 끊임없이 생산, 발전, 변화시킨다. 예를 들면 갑甲과 기己는 진토眞土가 되는 것이 그렇다. 만약에 깊게 파고들어 어떻게 갑과 기가 진토가 되냐고 묻는다면, 제대로 연구한 적이 없어 명확하게 설명하기는 어렵다. 이는 오행이 최초로 만들어낸 것이다. 옛날에는 간지干支를 이용해 시간을 기록하였는데, 12지지地支로 달을 기록하여 월건月建[45]이라고 하였다. 민간 가결歌訣[46]에서 "갑과 기의 해는 병丙이 우두머리가 된다甲·己之年丙作首"고 말한 것은 바로 연간年干이 갑과 기인 해가 되면 정월은 모두 병丙이 되어, 병인丙寅이 월건이 된다는 것이다. 병丙은 화火에 속하고 화생토火生土이기 때문에, 갑甲과 기己가 진토眞土가 되는

....

45 月建: 다달에 배당되는 간지干支. 중국의 역법曆法에서는 모두 월건이 쓰이는데, 정월은 모두 인寅의 달이고, 2월은 모두 묘월卯月이며 11월은 언제나 자월子月이 된다. 이와같이 지支가 월명에 고정되는 이유는 1년이 12개월이며 지支도 12개 있고 윤달에는 월건을 배당하지 않았기 때문이다.

46 歌訣: 예전에 동양의 산학算學에서 기억하기 쉽게 시詩 형식으로 만든 수학 공식을 이르던 말. 구결口訣이라고도 하는데, 전통 산학에서는 창조적 노력보다는 경전처럼 되어버린 산서算書를 그대로 기억하는 일이 중요했기에 가결 형식으로 만들어 외우게 하였다. 주판의 계산법인 '구귀가九歸歌'가 그 대표적 예이다.

것이다.

또 가결에 "을乙과 경庚의 해는 무戊가 우두머리가 된다乙·庚之歲戊爲頭"고 하였는데, 이는 무인戊寅이 월건이 되는 것을 말한 것이다. 무戊는 토土에 속하고, 토생금土生金이기 때문에, 을과 경은 진금眞金이 되는 것이다.

또 "병丙과 신辛의 해는 경인庚寅을 향해 간다丙·辛寄向庚寅去"는 것은 즉 연간이 병과 신의 해는 정월이 모두 경庚이기 때문에 경인이 월간이 된다는 것이다. 경庚은 금金에 속하고 금생수金生水이기 때문에, 병과 신은 진수眞水가 되는 것이다.

"정丁과 임壬의 해는 임壬의 자리에 따라 흘러 다니게 된다丁·壬壬位順行流"는 것은 즉 정과 임의 해는 정월이 모두 임壬이기에, 임壬은 수水에 속하고 수생목水生木이기 때문에 정과 임은 진목眞木이 되는 것이다.

"무戊와 계癸는 단지 갑인甲寅을 향해 구한다戊·癸但向甲寅求"는 무와 계의 해는 정월이 모두 갑甲이기에, 갑甲은 목木에 속하고 목생화木生火이기 때문에 무와 계는 진화眞火가 되는 것이다.

이상의 두 가지 이야기는 모두 복건福建 포전莆田 사람인 정경실鄭景實에게서 들은 것으로, 최근 한림원에서 일을 하면서 들었던 위기도魏幾道의 오행 납음에 대한 이야기 역시 이와 같다.

14. 전류의 판결문 錢忠懿判語

왕순백王順伯은 전류錢鏐[47]의 판결문을 하나 소장하고 있다. 장문狀文[48]의

---

47 錢鏐(852~932) : 오월吳越의 창건자. 자 구미具美 또는 거미巨美. 당말오대唐末五代 때 항주杭州 임안臨安 사람. 당나라 말에 진장鎭將 동창董昌의 비장裨將이 되었다. 동창이 반란을 일으키자 그가 체포해 진해진동군절도사鎭海鎭東軍節度使가 되었다. 철권鐵券을 하사받고 양절兩浙의 병사를 이끌면서 12주州를 통솔했다. 당나라 소종昭宗 천복天復 2년(902) 월왕越王에 봉해졌다. 천우天祐 원년(904) 오왕吳王에 봉해졌다. 후량後梁 태조 개평開平 원년(908) 오월왕에 봉해지고, 회남절도사淮南節度使를 겸했다. 나중에 스스로 오월국왕이라 불렀다. 41년 동안 재위했고, 중원中原의 조정에 사신을 보내 스스로를 지켰으며, 수리水利를 진흥시키고, 해당海塘을 쌓아 재해를 막는 등 농업과 상업, 해상 교역을 발전시켰다. 시호는 무숙武肅이다.

내용은 다음과 같다.

> 신 찬영贊寧은 삼가 황상의 뜻을 받들어 소문疏文을 지어 황제께 진상하오니, 판결을 내려주시기를 청하옵니다. 조정은 원래 불공을 위하여 음식물을 마련하여 승려에게 공양하는 설재일設齋日 오경五更 전에 탑에 올라 제사를 지낼 것을 결정하였습니다. 그러나 신이 상소문을 올려 새로운 탑을 세울 것을 독단적으로 건의하였습니다. 그리고 밤에 인정전仁政殿 앞에서 이 상소문을 태울 수 있도록 윤허해 주십사 청하였습니다. 만약에 그것이 허락되지 않는다면 탑 앞에서라도 태울 수 있도록 윤허해 주십사 청하였습니다. 결국 어떻게 하느냐는 모두 황상의 뜻에 의해 결정되어지는 것입니다.
> 다음과 같이 판결한다.
> 성지聖旨를 낭독한 후에 진신탑眞身塔[49] 앞에서 상소문을 불태우도록 하라. 27일.

장문 앞에는 서명과 화압花押[50]이 적혀있다.

내가 오대십국五代十國[51] 시기 오월吳越지역을 점거했던 전류가 세 차례 연호를 바꾸어 세 개의 연호를 사용했다고 하자, 어떤 사람은 그가 황위를 빼앗아 스스로 황제라 참칭하였기에 연호를 사용했다는 식의 설명은 적절하지 못하다고 했다. 그러나 이 장문을 살펴보면 문장 중에 황제에게 진상하다는 의미인 '진정進呈'과 황제의 어지라는 의미의 '성지聖旨' 등의 단어가

- -

48 狀文 : 한문 문체의 명칭. 장狀은 진陳 즉 '늘어놓음'이라는 뜻으로 자기의 의사를 글로 적어서 남에게 개진하는 편지체이다. 장을 혹은 찰札 또는 첩牒이라고도 하는데 모두가 목간木簡으로 종이가 없던 옛날에 글을 나뭇조각에 썼던 데서 붙여진 이름이다. 장은 중국 고대에는 친구 간에 주고받는 서찰로 산문체와 변문체駢文體를 같이 썼는데, 후대로 내려오면서 변문을 주로 썼고 관원끼리 서로 통하는 글, 또는 임금에게 올리는 글로 쓰였다.
49 眞身塔 : 석가모니가 열반에 든 후 그의 유체遺體를 화장하여 수습한 사리舍利를 봉안한 탑.
50 花押 : 각종 문서에 자기의 성명이나 직함 밑에 본인이라는 것을 직접 증명하기 위해 붓으로 쓰는 서명署名으로, 그 모양이 꽃과 같다 하여 '화'라는 명칭을 붙였다. 당唐나라에서 시작되었다고 한다.
51 五代十國 : 당나라가 멸망한 907년부터, 960년에 나라를 세운 송宋이 전중국을 통일하게 되는 979년까지의 약 70년에 걸쳐 흥망한 여러 나라와 그 시대를 지칭. 5대는 화북華北의 중심지대를 지배하고 정통왕조正統王朝의 계열로 볼 수 있는 양梁(후량後梁)·당唐(후당後唐)·진晉(후진後晉)·한漢(후한後漢)·주周(후주後周)의 5왕조인데, 사가史家들이 그 이전에 존재하였던 같은 이름의 왕조와 구별하기 위해 앞에 후後자를 붙였다. 10국은 화남華南과 기타 주변 각 지방에서 흥망한 지방 정권으로, 오吳·남당南唐·오월吳越·민閩·형남荊南·초楚·남한南漢·전촉前蜀·후촉後蜀·북한北漢을 말한다.

삽입되어 있다. 전류를 황제라고 인정하지 않는 것은, 하서河西 지역 사람이 자하子夏가 공자라고 의심하는 것과 같다. 또한 그가 황제를 참칭했다는 주장은 이미 그를 황제라고 칭하고 있는 것이다.

15. 서예가로서의 명성에 가려진 왕희지의 식견 王逸少爲藝所累

동진東晉의 왕희지王羲之[52]는 온교溫嶠·채모蔡謨·사안謝安 등의 명류들과 함께 거론되는 사람이다. 재물을 탐내지 않고 권력자에게 아첨하거나 섬기지 않았기 때문에, 정치적으로 언급할 만한 공명을 이루지는 못했다. 그러나 고상한 품격과 덕성, 깊은 식견, 폭 넓고 정밀한 의론에 있어서는 당시 그와 견줄 수 있는 사람이 거의 없었다. 왕공대신들도 그의 재능을 중시하여 여러 차례 사람들을 보내어 관직에 오를 것을 청하였지만, 모두 사절하였다. 그와 절친했던 은호殷浩는 재상이 되어 조정의 정사를 담당하게 되자, 왕희지에게 사람을 보내 관직에 오를 것을 청하면서 다음과 같은 서찰을 보냈다.

> 그대는 속세로 나와 벼슬길에 오를 것이오 아니면 은거를 계속할 것이오? 응당 강산과 사직의 이익이 우선시 되어야 하는데, 그대는 어찌하여 국가의 존망을 돌아보지 않고, 자신의 유유자적한 삶만을 생각하시는가?

왕희지는 이렇게 답했다.

> 저는 평소 입조하여 관직에 오르는 것에 조금도 흥미가 없었습니다. 숙부이신

----

52 王羲之(307~365) : 동진東晉의 서예가. 자 일소逸少, 산동山東 낭야琅邪 출신으로, 우군장군右軍將軍의 벼슬을 하였으므로 세상 사람들이 왕우군이라고도 불렀다. 중국 고금古今의 첫째가는 서성書聖으로 존경받고 있다. 그에 못지않은 서예가로 알려진 일곱 번째 아들 왕헌지王獻之와 함께 '이왕二王' 또는 '희헌羲獻'이라 불린다. 해서·행서·초서의 각 서체를 완성함으로써 예술로서의 서예의 지위를 확립하였다. 예서隸書를 잘 썼고, 당시 아직 성숙하지 못하였던 해·행·초의 3체를 예술적인 서체로 완성한 공적이 있으며, 현재 그의 필적이라 전해지는 것도 모두 해·행·초의 3체에 한정되어 있다. 오늘날 전하여오는 필적만 보아도 그의 서풍書風은 전아典雅하고 힘차며, 귀족적인 기품이 높다.

왕승상王丞相(왕도王導)[53]께서 저를 관리로 임용하고자 하셨지만, 저는 결코 숙부의 뜻에 응하지 않았습니다. 제가 숙부께 보냈던 서찰들에 남겨진 제 맹서의 말들이 여전히 그대로 남아있고, 제가 이렇게 은거한 지 오래되었기 때문에, 그대께서 재상이 되셨다고 해서 저의 진퇴進退를 결정하실 수는 없습니다. 저는 줄곧 자식들 혼사가 끝나자 집안일에 손을 떼고 자유롭게 유람을 떠났던 한나라 상자평向子平(상장向長)[54]처럼 살고자 하는 뜻을 품었습니다. 그래서 아들이 아내를 맞이하고 딸이 출가한 후부터 이를 친척과 지기知己들에게 말했습니다. 이러한 제 생각은 하루아침에 결정된 것이 아닙니다.

후에 은호가 군사를 일으켜 북벌을 하려하자, 왕희지는 당시의 형세를 분석하며 반드시 실패할 것이라며 은호에게 중지할 것을 권하였다. 은호는 왕희지의 충고를 듣지 않고 북벌을 감행했는데, 결국 실패하였다. 그 후 은호는 다시 북벌을 계획하였는데, 왕희지는 또 서찰을 보내 중지할 것을 권하였다. 서찰의 내용은 이러하다.

보잘 것 없는 강좌江左의 땅으로 이러한 상황을 만드니, 천하 사람들이 한심하다 여긴 것이 하루 이틀이 아닙니다. 도적들의 난리로 인해 진나라 왕실이 남쪽으로 천도해온 이래, 안팎으로 관직에 임명된 문무관리들이 국고에 남아있는 재물들을 멋대로 탕진하며 각자 자신의 뜻대로 일을 행하였지만, 결과는 언급할 만한 공적 하나 세우지 못 한 채 헛되이 시간과 재물만을 낭비하고, 역사서에 실릴 만한 일 하나 이룩하지 못한 것으로 드러났습니다. 나라를 다스리는 막중한 직책에 있으면서, 어찌하여 천하에 대한 자신의 책임을 전가하는지요? 만약에 이번의 출정이 또 지난번의 북벌과 똑같이 실패로 끝이 난다면, 비록 천하는 넓고 넓다고 하나 그대를 수용할 수 있는 곳이 아무데도 없을 것입니다!

왕희지의 탁월한 식견은 이 서찰에만 드러나 있는 것이 아니다. 그가

용재수필

53 王導(276~339) : 동진東晉의 개국 공신. 자 무홍茂弘. 낭야 왕씨로 불리는 명문집안 출신으로, 왕희지의 숙부이다. 장강 북쪽에서 강을 건너온 이주민과 토착민이 잘 융화되도록 유화책을 펼쳤으며 유연한 정치적 판단과 수완으로 정사를 돌보았다. 그의 사촌형이자 개국공신이었던 왕돈王敦이 반란을 일으키자 왕도는 정치적 위기에 몰리게 되었지만 이를 평정하여 극복하였다. 자신을 내세우지 않고 부드럽고 유화적인 처세로 일관하여 처세술이 뛰어난 유연한 정치가로 평가받는다.

54 向長 : 후한後漢의 가인歌人. 자 자평子平. 『노자老子』와 『역易』에 정통했다. 은거한 채 벼슬을 하지 않았으며, 건무建武 연간(25~55)에 자식들을 출가시킨 뒤에 오악五嶽의 명산을 유람하였다. 『후한서後漢書 · 일민전逸民傳』에 전기가 실려있다.

회계왕會稽王에게 보낸 다음의 서찰에서도 당시 상황에 대한 명철한 분석이 드러나 있다.

> 지금 옛 영토를 회복하기 위해 북벌을 나선다는 것은 기쁘고 안심이 되는 일입니다. 하지만 곰곰이 지금의 상황을 생각해보면, 마음속으로 우려되는 것이 기쁘고 안심되는 것보다 더 많습니다. 보잘 것 없는 오월의 땅으로 천하의 9할을 차지하는 옛 영토를 수복하고자 하는데, 어찌 실패 없는 성공만을 기대할 수 있을까요? 바라옵건대 회계왕께서 북벌에 나선 군대들에게 퇴각을 명해주십시오. 군대를 회하淮河 연안에 주둔시키시어 회수 일대의 안전을 확보하시고, 입장이 굳건해지고 기회가 성숙해진 뒤에 다시 군대를 일으켜 북벌을 나설 수 있도록 해주십시오. 그렇게 한다고 해도 분명 늦지 않을 것입니다.

왕희지는 당시 형세에 대한 치밀한 분석을 통해 핵심을 찌르는 견해를 제기하였는데, 마치 당시의 국경지역에 직접 가 보고 생각한 것처럼 치밀하면서 원대하다. 하지만 이러한 견해가 채택되지 않은 것은 유감스럽다. 왕희지의 이러한 탁월한 견해는 서예가로서의 큰 명성에 가려져, 후세사람들은 그를 평가할 때 단지 그의 서법만을 칭송한다.

『진서晉書·왕희지전』의 '찬贊'을 보면 당 태종이 친필로 쓴 글이 있다. 전적으로 왕희지 서법의 성취와 조예를 칭송하면서 서법이 더할 나위 없이 훌륭하여 마음으로 흠모하며 손으로 좇는 경지에 이르렀다며 왕희지에 대한 존경을 표하였다. 그러나 왕희지의 생애와 인격·처세에 대해서는 한 마디도 언급하지 않았다. 이를 통해 서예상의 뛰어난 성취가 그에게 얼마나 큰 손실을 가져왔는지 알 수 있다.

왕헌지王獻之는 왕희지의 일곱 번째 아들로, 그 또한 왕희지처럼 기개가 넘쳤다. 사안은 왕헌지에게 태극전太極殿의 편액을 부탁하려고 했는데, 이 것은 진귀한 보물로 만대에 전해질 것이기에 입을 열기 쉽지 않았다. 그래서 삼국시대 위나라의 위탄韋誕[55]이 능운전凌雲殿의 편액을 쓴 이야기[56]로

---

55 韋誕(179~253) : 삼국 시대 위魏나라의 명필가. 자 중장仲將. 한헌제漢獻帝 건안建安 연간에 군상계리郡上計吏로 낭중郎中이 되었다. 위명제魏明帝 태화太和 연간에 무도태수武都太守가 되고,

왕헌지의 속마음을 떠보았다. 이야기를 들은 왕헌지는 정색을 하며 말하였다.

> 위탄은 위나라의 대신인데, 정말 그러한 일이 일어났다고 한다면, 이는 위나라 멸망의 징조일 것입니다.

사안은 생각지도 못한 왕헌지의 대답을 듣고서 놀라움을 금하지 못했으며, 더 이상 편액을 써 달라 부탁하지 못했다. 이 일을 통해 왕헌지의 사람됨을 알 수 있는데, 그의 인품 또한 아버지인 왕희지처럼 서예가로서의 명성에 가려져 버렸다.

왕희지와 왕헌지처럼 유명한 이들도 그들의 덕성과 품행이 이처럼 다른 것에 가려져 알려지지 않았는데, 하물며 다른 사람들은 어떠했겠는가!

16. 악주성 남쪽에서 발굴된 마애 석각비 鄂州南樓磨崖

송나라 영종寧宗 경원慶元 원년(1195), 악주鄂州[57]의 성 남쪽에 성루를 세웠다. 땅을 팔 때 거대한 바위를 발견하였는데, 형상이 아주 특이하여 볼만하였다. 군수인 오거吳琚가 그 바위를 보고 너무 좋아하며, 계속 땅 팔 것을 명령하니 모서리가 드러났다. 자세히 관찰해보니, 그것은 두 개의 마애磨崖[58] 석각石刻이었다. 그중 하나에는 두 개의 큰 글자가 위 아래로 새겨져있었다. 위의 글자는 '柳유'자인데 직경 2척尺 4촌寸으로 글씨의 획에

─────────────────────

글을 잘 써 시중侍中에 올랐다. 글씨는 장지張芝와 한단순邯鄲淳을 본받았는데, 모든 서체에 능했다. 특히 큰 글자를 잘 써 위나라 왕실의 보기명제寶器銘題는 모두 그의 손에서 나왔다.
56 위나라의 능운전이 완공되어 편액을 걸어야 했는데 대목수가 실수로 글씨도 쓰지 않은 나무판을 건물에 못으로 박아버렸다. 당시 최고 명필 위탄韋誕이 편액의 글씨를 쓰게 되었는데, 편액을 내릴 수가 없어 25척 높이에 줄을 타고 올라가 매달려 세 글자를 썼다. 글씨를 다 쓴 후 내려왔는데, 기진맥진하여 씩씩 가쁜 숨을 몰아쉬었고, 머리털이 하얗게 세어버렸다고 한다.
57 鄂州 : 지금의 호북성 무한武漢.
58 磨崖 : 자연 암벽에 부조浮彫나 선각線刻 등으로 조각한 것을 말한다. 주로 시부詩賦나 불상佛像 등을 새겼다.

320

드러난 기세氣勢가 맑고 빼어나며 힘이 넘쳤다. 아래의 글씨는 이미 훼손되어, '天천'자를 거꾸로 쓴 것처럼 보이기는 하는데, '人인'자 형태만 남아있어 판단할 방법이 없었다. 이것에 대한 여러 가지 추측이 난무했다. 어떤 이는 전각篆刻한 신표라고 하였고, 어떤 이는 초서草書로 서명한 화압花押이라고 하였다. 악주 사람들은 심지어 이것을 새로이 단장하여 조상을 모시는 신당에 놓고 사시사철 끊이지 않고 향을 사르며 공양해야 한다고도 하였다. 또 어떤 이는 도주道州[59]의 주학州學[60] 바로 옆에 위치한 순임금의 묘당에도 이러한 비석이 있다며, 비석 위에 쓰여진 유군柳君의 이름은 응진應辰이며 당말 오대시기의 호북 사람이라고 했다.

다른 석각은 높이가 1장丈 1척尺, 넓이가 1장 1척 5촌이고, 모두 9행에 걸쳐 85개의 비교적 큰 글씨가 새겨져 있었다. 비문은 다음과 같다.

> 건정乾正 원년元年에 형주荊州와 양주襄州지역에 도적들이 횡행하여 난리가 일어나자, 오나라의 장군이 무창武昌에서 출병하며, 동시에 태수 양공楊公에게 병사들을 이끌고 출전하여 도적들을 진압하라고 명령을 내렸다.

비문의 말미에는 다음과 같은 서명이 새겨져 있다.

> 형주, 강주江州[61], 경京, 한주漢州[62]의 추충推忠 보국輔國 시위장군侍衛將軍 오거중吳居中이 기록하다.

양행밀楊行密[63]의 아들인 양부楊溥가 양행밀의 사후에 오왕의 자리를 계승

---

59 道州 : 지금의 호남성 도현道縣.

60 州學 : 당나라 때부터 지방 각 주에 설치한 학교. 지방정부가 경영한 학교로 정계正系와 방계傍系를 두었는데, 그 중 정계로 부학府學과 주학州學·현학縣學을 두었고 방계로는 각 부·주에 의학과 숭현학崇玄學을 두었다. 명대明代에 있어서도 각 지방에 학교를 설치하게 하였는데, 주학에는 학정學正 1명과 훈도 3명을 두고 생원을 40명 한도로 하였다. 청대淸代에도 주학을 두었다.

61 江州 : 지금의 강서성 구강九江.

62 漢州 : 지금의 사천성 광한廣漢.

63 楊行密(852~905) : 오대五代 오吳나라의 태조. 자 화원化源, 본명 행민行愍. 여주廬州 합비合肥 사람으로, 젊어서 가난했지만 완력이 대단했다. 처음에는 도둑이었다가 주병州兵에 응모해

한 것을 근거로 보면, 비문에서 말하는 건정乾正 원년이라고 하는 것은 후당 명종明宗 천성天成 2년(927)이다. 양부는 그해 11월에 황제를 참칭하고 연호를 건정乾貞으로 고쳤다. 송상宋庠은 『기년통보紀年通譜』에서 송나라 인종仁宗 조정趙禎의 이름을 피휘하기 위해 '건정乾正'이라고 했다고 서술했다. 『자치통감』도 이 설을 그대로 따랐다.

그런데 이 비석에 새겨진 '건정乾正'이라는 연호는 분명 이 비석을 세운 악주사람들이 새긴 것일 것이기에, 착오가 있을 수가 없다.

17. 상어대의 출처 賞魚袋出處

나는 『용재수필』에서 형산衡山의 당나라 비석에 새겨진 "별가別駕[64] 상어대賞魚袋"에서 '상어대'라는 명칭이 무엇을 말하는지 알 수 없다고 했다. 지금 『당직림唐職林 · 어대문魚帶門』을 살펴보니, 금옥은철대金玉銀鐵帶와 금은어대金銀魚袋에 대한 설명이 있다.

> 당 현종 개원開元[65] 연간에 칙령이 내렸다. 전공이 뚜렷한 사람에게는 상어대를 상으로 내리지만, 그 외의 사람들은 모두 상어대를 얻을 수 없다.

상어대의 의미는 바로 이 문장을 통해 명확하게 알 수 있다.

용재수필

· ·

대장隊長이 되었다. 수成자리를 나갔다가 여주를 거점으로 병사를 모아 반란을 일으키자, 당나라에서 여주자사로 임명했다. 회남절도사淮南節度使를 자칭하던 손유孫儒를 격파하고 당 소종唐昭宗으로부터 회남절도사에 임명되어 양주揚州를 근거지로 삼아, 회수淮水 남쪽에서 강동江東에 걸친 약 30주의 땅을 확보하고 천복天復 2년(902) 오왕吳王에 봉해졌다.

64 別駕 : 각 주州 자사의 보좌관으로 정식 명칭은 별가종사사別駕從事使이다. 한나라 때 시작되었는데 언제나 자사를 따라다니며 주내를 순찰했기 때문에 이 명칭이 생겼다고 한다. 한때 장사長史로 명칭이 바뀌기도 하였다.

65 開元 : 당나라 현종玄宗 시기 연호(713~741).

1. 過所

刑統衛禁律云:「不應度關而給過所, 若冒名請過所而度者。」又云:「以過所與人。」又, 關津疏議:「關謂判過所之處, 津直度人, 不判過所。」釋名曰:「過所, 至關津以示之。」或曰:「傳, 傳轉也, 轉移所在, 識以爲信。」漢文帝十二年,「除關無用傳」, 張晏曰:「傳, 信也, 若今過所也。」「兩行書繒帛, 分持其一, 出入關, 合之乃得過, 謂之傳也。」魏志, 倉慈爲敦煌太守, 西域雜胡欲詣洛者, 爲封過所。廷尉決事曰:「廣平趙禮詣雒治病, 門人齎過所詣洛陽, 責禮冒名渡津, 受一歲半刑。」徐鉉稽神錄:「道士張謹好符法, 客游華陰, 得二奴曰德兒、歸寶, 謹愿可憑信。張東行, 凡書囊、符法、過所、衣服, 皆付歸寶負之。將及關, 二奴忽不見, 所齎之物皆失之矣。時秦、隴用兵, 關禁嚴急, 客行無驗, 皆見刑戮, 旣不敢東度, 復還主人, 乃見二兒, 因擲過所還之。」然過所二字, 讀者多不曉, 蓋若今時公憑引據之類, 故哀其事于此。

2. 露布

用兵獲勝, 則上其功狀於朝, 謂之露布。今博學宏詞科以爲一題, 雖自魏、晉以來有之, 然竟不知所出, 唯劉勰文心雕龍云:「露布者, 蓋露板不封, 布諸觀聽也。」唐莊宗爲晉王時, 擒滅劉守光, 命掌書記王緘草露布, 緘不知故事, 書之於布, 遣人曳之, 爲議者所笑。然亦有所從來。魏高祖南伐, 長史韓顯宗與齊戍將力戰, 斬其裨將。高祖曰:「卿何爲不作露布?」對曰:「頃聞將軍王肅獲賊二三人, 驢馬數匹, 皆爲露布, 私每哂之。近雖得摧醜虜, 擒斬不多, 脫復高曳長縑, 虛張功捷, 尤而效之, 其罪彌甚, 臣所以斂毫卷帛, 解上而已。」以是而言, 則用絹高懸久矣。

3. 東坡題潭帖

潭州石刻法帖十卷, 蓋錢希白所鐫, 最爲善本。吾鄉程欽之待制, 以元符三年帥桂林, 東坡自儋耳移合浦, 得觀其藏帖, 每冊各題其末。第二卷云:「唐太宗作詩至多, 亦有徐庾風氣, 而世不傳, 獨於初學記時時見之。」第四卷云:「吳道子始見張僧繇畫, 曰:『浪得名耳!』已而坐臥其下, 三日不能去。庾征西初不服逸少, 有家雞野鶩之論, 後乃以爲伯英再生。今觀其書, 乃不逮子敬遠甚, 正可比羊欣耳。」第六卷云:「『宰相安和, 殷生無

恙。』宰相當是簡文帝, 殷生則淵源也邪?」第八卷云:「希白作字, 自有江左風味, 故長沙法帖比淳化待詔所摹爲勝, 世俗不察, 爭訪閣下本, 誤矣。此逸少一卷, 尤妙。庚辰七夕, 合浦官舍借觀。」第九卷云:「謝安問獻之:『君書何如尊公?』答曰:『故自不同。』安曰:『外人不爾。』曰:『人那得知!』」已上所書, 今麻沙所刊大全集志林中或有之。案, 庾亮及弟翼俱爲征西將軍, 坡所引者翼也。坡又有詩曰:「暮年却得庾安西, 自厭家雞題六紙。」蓋指翼前所歷官云。此帖今藏予家。

4. 山公啟事

晉書山濤傳:「濤再居選職, 十有餘年, 每一官缺, 輒啓擬數人, 詔旨有所向, 然後顯奏, 隨帝意所欲爲先。故帝之所用, 或非擧首, 衆情不察, 以濤輕重任意。或譖之於帝, 濤行之自若。一年之後, 衆情乃寢。濤所奏甄拔人物, 各爲題目, 時稱山公啓事。」此語今多引用, 然不得其式, 法帖中乃有之, 云:「侍中、尚書僕射、奉車都尉、新沓伯臣濤言:『臣近啓崔諒、史曜、陳準可補吏部郎, 詔書可爾。此三人皆衆所稱, 諒尤質正少華, 可以崇敎, 雖大化未可倉卒, 風向所勸, 爲益者多, 臣以爲宜先用諒。謹隨事以聞。』」觀此一帖, 可以槪見。然所啓三人, 後亦無聞, 旣云皆衆所稱, 當不碌碌也。舊潭帖爲識者稱許, 以爲賢於他本, 然於此奏「未可倉卒」之下乃云「風筆惻然」, 全無意義。今所錄者, 臨江本也。

5. 親王回庶官書

隨筆中載親王與侍從往還禮數, 又得錢丕行年雜紀云:「昇王受恩命, 丕是時爲將作少監, 亦投賀狀, 王降回書簽子啓頭。繼爲皇太子, 三司判官並通牓子, 詣內東門參賀。通入後, 中貴出傳令旨傳語。及受冊寶訖, 百官班賀, 又赴東宮賀, 宰相親王階下班定, 太子降階, 宰相前拜, 致詞訖, 又拜。太子皆答拜, 亦致詞敍謝。」一時之儀如此。

6. 責降考試官

天禧二年九月, 敕差屯田員外郎判度支計院任布、著作郎直史館徐奭、太子中允直集賢院麻溫其並充開封府發解官。十月, 差兵部員外郎直集賢院楊侃、太子中允直集賢院丁度並國子監發解官。十一月, 解一百四人, 解元郭稹。十六日, 宣翰林學士錢惟演、盛度, 樞密直學士王晦叔, 龍圖閣待制李虛己、李行簡, 覆考開封擧人, 爲落解擧人有訟不平者。及奏名, 郭稹依舊, 其餘覆落並却考上人數甚多。十二月, 發解官並降差遣, 任布鄧州, 徐奭洪州, 楊侃江州, 丁度齊州, 並監稅。此事見於錢丕雜紀。用五侍從覆考解試, 前後未之有也。

요재수필

7. 靑蓮居士

李太白贈玉泉仙人掌茶詩序云：「荊州玉泉寺近淸溪諸山，往往有乳窟。其水邊處處有茗草羅生，枝葉如碧玉，唯玉泉眞公常採而飮之。余遊金陵，見宗僧中孚，示予茶數十片，其狀如手，名爲『仙人掌茶』，蓋新出乎玉泉之山，曠古未覯，因持以見遺，兼贈詩，要予答之，遂有此作。後之高僧大隱，知仙人掌茶發乎中孚禪子及靑蓮居士李白也。」太白之稱，但有「謫仙人」爾，「靑蓮居士」，獨於此見之，文人未嘗引用。而仙人掌茶，今池州九華山中亦頗有之，其狀略如蕨拳也。

8. 閩俗詭祕殺人

奸凶之民，恃富逞力，處心積慮，果於殺人。然揆之以法，蓋有敕律所不曾登載，善治惡者，當原情定罪，必致其誅可也。閩中習俗尤甚，每執縛其仇，窮肆殘虐。或以酒調鋸屑，逼之使飮，欲其粘着肺腑，不能傳化，馴致痰渴之疾。或炒沙鎔蠟灌注耳中，令其聾聵。或以濕薦束體，布裹卵石，痛加毆箠，而外無痕傷。或按擦肩背，使皮膚寬皺，乃施針刺入肩井，不可復出。或以小釣鉤藏於鰍魚之腹，强使吞之，攻鑽五臟，久而必死。凡此術者，類非一端，旣痕腫不露於外，檢驗不得而見情犯，巨蠹功意兩惡而法所不言。顏度魯子爲轉運使，嘗揭榜禁約。予守建寧，亦窮治一兩事，吳、楚間士大夫宦游於彼者，不可不察也。

9. 富公遷官

富韓公慶曆二年，以右正言知制誥報聘契丹，還，除吏部郎中、樞密直學士，不受。尋除翰林學士，又不受。三年，除右諫議大夫、樞密副使，力辭。乃改資政殿學士，而諫議如初，公受之。又五月，復爲副樞。蓋昔時除目才下，卽時命詞給告，及其改命，但不拜執政，而猶得所進官。用今日官制言之，是承議郎、[舊爲正言。]中書舍人[舊知制誥。]而爲太中大夫、[舊爲諫議。]資政殿學士也。

10. 唐藩鎭行墨敕

池州銅陵縣孚旵侯廟有唐中和二年二月一碑。其詞云：「敕宣、歙、池等州都團練、觀察使牒。當道先準詔旨，許行墨敕授管內諸州有功刺史、大將等，憲官具件如後：晉朝故晉陽太守兼揚州長史張寬牒。奉處分，當道先準詔旨，許行墨敕，獎勸功勳，雖幽顯不同，而褒昇一致。神久標奇絕，早揖英風，靈迹屢彰，神速不昧。夫寵贈之典，非列藩宜爲，神功旣昭，乃軍都顒請，是行權制，用愜人心。謹議襃贈游擊將軍宣州都督。」後云：「使、檢校工部尙書兼御史大夫裴押。」邑人以爲裴休，秋浦志亦然，予考之，非也。張魏公宣撫川、陝，便宜封爵諸神，實本諸此。

11. 吏部循資格

唐開元十八年四月，以侍中裴光庭兼吏部尚書。先是，選司注官，惟視其人之能否，或不次超遷。或老於下位，有出身二十餘年不得祿者。又州縣亦無等級，或自大入小，或初近後遠，皆無定制。光庭始奏用循資格，各以罷官若干選而集，官高者選少，卑者選多，無問能否，選滿則注，限年躡級，毋得踰越，非負譴者皆有升無降。其庸愚沉滯者皆喜，謂之「聖書」，而材俊之士，無不怨嘆，宋璟爭之，不能得。二十一年，光庭薨，博士孫琬議光庭用循資格，失勸獎之道，請諡曰「克」。是年六月，制自今選人有才業操行，委吏部臨時擢用。雖有此制，而有司可以循資格便於己，猶踵行之。蓋今日吏部四選，乃其法也。予案元魏肅宗神龜二年，官員既少，應選者多，尚書李韶銓注不行，大致怨嗟。崔亮代之，奏爲格制，不問士之賢愚，專以停解月日爲斷，沉滯者皆稱其能。亮甥劉景安與書曰：「商、周以鄉塾貢士，兩漢由州郡薦材，魏、晉中正，雖未盡美，應什收六七。而朝廷貢材，止求其文，不取其理，察孝廉唯論章句，不及治道，立中正不考材行，空辨姓氏。舅屬當銓衡，宜須改張易調，反爲停年格以限之，天下士子，誰復脩厲名行哉！」洛陽令薛琡上書言：「黎元命繫長吏，若選曹惟取年勞，不簡能否，義均行雁，次若貫魚，執簿呼名，一人足矣，數人而用，何謂銓衡！乞令王公貴人薦賢以補郡縣。」詔公卿議之。其後，甄琛等繼亮，利其便已，踵而行之。魏之選舉失人，自亮始也。至孝靜帝元象二年，以高澄攝吏部尚書，始改亮年勞之制，銓擢賢能，當是自此一變。光庭又祖亮故智云。然後人罕有談亮、澄事者。

12. 五行納音

六十甲子納音之說，術家多不能曉。原其所以得名，皆從五音所生，有條不紊，端如貫珠。蓋甲子爲首，而五音始於宮，宮土生金，故甲子爲金，而乙丑以陰從陽，商金生水，故丙子爲水，而丁丑從之。角木生火，故戊子爲火。徵火生土，故庚子爲土。羽水生木，故壬子爲木。而己丑、辛丑、癸丑各從之。至於甲寅，則納音起於商。商金生水，故甲寅爲水。角木生火，故丙寅爲火。徵火生土，故戊寅爲土。羽水生木，故庚寅爲木。宮土生金，故壬寅爲金。而五卯各從之。至甲辰，則納音起於角，角木生火，故甲辰爲火。徵火生土，故丙辰爲土。羽水生木，故戊辰爲木。宮土生金，故庚辰爲金。商金生水，故壬辰爲水。而五巳各從之。宮、商、角既然，惟徵、羽不得居首。於是甲午復如甲子，甲申如甲寅，甲戌如甲辰，而五未、五酉、五亥，亦各從其類。

13. 五行化眞

五行運化，如甲、己化眞土之類，若推求其義，無從可得，蓋祇以五虎元所生命之。如「甲己之年丙作首」，謂丙寅月建也，丙屬火，火生土，故甲、己化眞土。「乙、庚之歲戊爲

頭」，謂戊寅月建也，戊屬土，土生金，故乙、庚化眞金。「丙、辛寄向庚寅去」，庚屬金，金生水，故丙、辛化眞水。「丁、壬壬位順行流」，壬屬水，水生木，故丁、壬化眞木。「戊、癸但向甲寅求」，甲屬木，木生火，故戊、癸化眞火。此二說皆得之莆田鄭景實。頃在館中，見魏幾道談五行納音，亦然。

14. 錢忠懿判語

王順伯家有錢忠懿一判語，其狀云：「臣贊寧。右臣伏奉宣旨撰文疏，今進呈，乞給下，取設齋日五更前上塔，臣自宣却欲重建，乞於仁政殿前夜間化却，不然便向塔前化，並取聖旨。判曰：便要吾人宣讀後，於眞身塔前焚化。廿七日。」而在前花押。予謂錢氏固嘗三改元，但或言其稱帝，則否也。此狀內「進呈」、「聖旨」等語，蓋類西河之人疑子夏於夫子，故自貽僭帝之議，想它所施行皆然矣。

15. 王逸少爲藝所累

王逸少在東晉時，蓋溫太眞、蔡謨、謝安石一等人也，直以抗懷物外，不爲人役，故功名成就，無一可言，而其操履識見，議論閎卓，當世亦少其比。公卿愛其才器，頻召不就。殷淵源輔政，勸使應命，遺之書曰：「足下出處，正與隆替對，豈可以一世之存亡，必從足下從容之適！」逸少報曰：「吾素自無廊廟，王丞相欲內吾，誓不許之，手跡猶存，由來尚矣，不於足下參政而方進退。自兒娶女嫁，便懷尚子平之志，數與親知言之，非一日也。」及殷侯將北伐，以爲必敗，貽書止之。殷敗後，復圖再舉，又遺書曰：「以區區江左，所營綜如此，天下寒心久矣。自寇亂以來，處內外之任者，疲竭根本，各從所志，竟無一功可論，一事可紀。任其事者，豈得辭四海之責哉！若猶以前事爲未工，故復求之於分外，宇宙雖廣，何所自容！」又與會稽王牋曰：「今雖有可欣之會，內求諸己，而所憂乃重於所欣，以區區吳、越，經緯天下十分之九，不亡何待！願令諸軍皆還保淮，須根立勢舉，謀之未晚。」其識慮精深，如是其至，恨不見於用耳。而爲書名所蓋，後世但以翰墨稱之。晉書本贊，標爲唐太宗御撰，專頌其研精篆素，盡善盡美，至有「心慕手追」之語，略無一詞論其平生，則一藝之工，爲累大矣。獻之立志，亦似其父。謝安欲使題太極殿榜，以爲萬代寶，而難言之，試及韋仲將凌雲榜事，卽正色曰：「使其若此，有以知魏德之不長。」遂不之逼。觀此一節，可以知其爲人，而亦以書名之故，沒其盛德。二王尚爾，況於他人乎！

16. 鄂州南樓磨崖

慶元元年，鄂州修南樓，剝土有大石露于外，奇崛可觀。郡守吳琚見而愛之，命洗剔出圭角，卽而諦視，乃磨崖二碑。其一刻兩字，上曰「柳」，徑二尺四寸，筆勢清勁，下若翻書

「天」字, 唯存人脚, 不可復辨, 或以爲符, 或以爲花押, 邦人至褾飾置神堂, 香火供事。或云道州學側虞帝廟内亦有之, 云柳君名應辰, 是唐末五代時湖北人也。其一高丈一尺, 闊如其高而加五寸, 刻大字八十五, 凡爲九行, 其文曰:「乾正元年, 荆襄寇亂, 大吳將軍出陳武昌, 詔太守楊公出鎮。」後云:「荆、江、京、漢推忠、輔國、侍衛將軍吳居中記。」案楊行密之子溥嗣吳王位, 是歲, 唐明宗天成二年, 溥以十一月僭帝, 改元乾貞, 宋莒公紀年通譜書爲「乾正」, 云避仁宗嫌名, 通鑑亦同。而此直以爲「乾正」, 一時所立, 不應有誤也。

17. 賞魚袋出處

隨筆書衡山唐碑別駕賞魚袋, 云「名不可曉」, 今按, 唐職林魚帶鬥敍金玉銀鐵帶, 及金銀魚袋云:「開元敕, 非灼然有戰功者, 餘不得輒賞魚袋。」斯明文也。

1. 재상의 전관 京丞相轉官

송나라 영종^{寧宗} 경원^{慶元} 2년(1196) 어느 날, 조정은 삼궁^{三宮}에 책보^{冊寶1}를 올렸다. 그리고 계속해서 여러 신하들은 칙령과 편찬한 옥첩^{玉牒2}·실록^{實錄} 및 대신들의 승진과 변동을 기록한 상소문 등을 진상하였다. 휘종^{徽宗} 숭녕^{崇寧3} 연간부터 광종^{光宗} 소희^{紹熙4} 연간까지 80여 년간 조정이 이렇게 바빴던 적은 없었다.

이해 10월 경우승상^{京右丞相} 경당^{京鐺}은 조정에서 내린 책보를 하사받아, 정4품 정의대부^{正議大夫}에서 선봉대부^{宣奉大夫}로 품계가 두 단계 승진되었다. 12월에 또 칙령을 담당한 부서로부터 상을 받아 두 개의 관직을 받았는데, 관직 하나는 회수되었고 나머지 관직 하나는 종2품 광록대부^{光祿大夫}였다. 경원 3년(1197) 2월 또 한 차례 제거옥첩실록원^{提擧玉牒實錄院} 및 예의사^{禮儀使5}의 상을 받았다. 조정은 무릇 앞에서 서술했듯이 경당에게 3차례 상을 내렸는데, 일률적으로 각각 두 개 관직을 하사했다. 경당은 상과 관직을 네 다섯 차례 사양하고 절대 받아들이지 않았다. 후에 조정은 황제의 뜻을 받들어 그에게 네 개의 관직을 내려 진급시켰는데, 그중 두 개의 관직은

---

1 冊寶 : 옥책^{玉冊}. 제왕^{帝王}·후비^{后妃}의 존호^{尊號}를 올릴 때, 송덕문을 새긴 간책과 금보^{金寶}, 즉 추상존호^{追上尊號}를 새긴 도장을 말한다.
2 玉牒 : 왕비로 책봉하는 옥책^{玉冊}을 말한다.
3 崇寧 : 북송 휘종 시기 연호(1102~1106).
4 紹熙 : 남송^{南宋} 광종^{光宗} 시기 연호(1190~1194).
5 禮儀使 : 각종 제사의 의례 절차를 맡은 임시 관직.

회수되었고, 정3품 금자광록대부金紫光祿大夫직이 내려졌다. 넉 달 동안 다섯 품계가 올라갔고, 세 개의 관직이 회수되었다. 송나라 제도규정에 재상의 전관轉官과 승진은 똑같기 때문에, 조정의 상을 받아야 가능하다. 송나라가 건국된 지 120년 이래 이러한 승진을 한 사람은 모두 24명이었다.

효종孝宗 순희淳熙 14년(1187)에 좌상左相 왕회王淮는 옥첩을 진상하였고 황제께서는 그에게 국사예의사國史禮儀使를 담당하도록 하였다. 우상右相 양극가梁克家는『사조사전四朝史傳』과『국조회요國朝會要』를 진상하였고, 황제께서는 옥첩예의사玉牒禮儀使를 담당하도록 하였다. 아울러 각각 두 품계를 올려 전직하도록[各與轉兩官] 명하는 조서가 내려졌다. 여기에서 '각각'이란 좌상과 우상을 지칭하는 것이다. 그런데 당시 우상 양극가가 이 조서를 세 번 각각 두 품계씩 올린다[三者各兩官]로 잘못 보았다. 우상의 자리에서 옥첩예의사를 담당하게 된 것은 이미 특진에 속하는 승진으로, 관원들의 승진 규정에 의하면 태사太師에 오르게 된다. 실제로 조정에서 비준할 수 있는 것은 두 품계를 올리는 것이었기에 양극가는 승진을 사양했고, 조정이 다시 조서를 내렸기에 그가 또 사양한 것이다. 지금 고위직에 있는 관리에게 빈 직함을 수여하면 이를 수여받은 관리는 사양할 수가 있다. 그러나 그 당시 양극가는 재상의 자리에서 물러나, 경연에서 정기적으로 황제께 경사經史를 강의하고 있었기에, 어떠한 상도 받을 수 있는 처지가 아니었다. 오직 좌상 왕회 만이 조정에서 수여하는 상을 받을 수 있었다.

지금의 정황은 모두 그때와 비슷하다. 작년 겨울 이미 두 차례 상이 내려졌으나 담당관리가 전례를 숙지하지 못하여 과거와 비교해 황제의 결정을 실행했다. 듣자하니 경당은 이러한 승진을 알리는 조서에 대해 불안을 느꼈으나 피할 수 없었다고 한다. 동합東閤[6]의 현명하고 뛰어난 빈객들 중에 십년 동안의 궁궐 내에서 관리들에게 상이 내려진 정황들을 경당

---

6 東閤 : 동각東閣. 동쪽에 있는 있는 작은 문으로, 한나라 공손홍公孫弘이 재상이 된 뒤에 객관客館을 세워 동합을 열고 어진이를 영접하여 함께 국사를 의논하였다는 데서 나온 것으로, 재상이 빈객을 불러모아 대접하는 곳을 뜻한다.

에게 제대로 알려줄 수 있는 사람이 없었다는 것이 유감스럽다. 만약 경당에게 이를 알려줄 수 있는 이가 있었다면, 그는 모든 일을 원만하게 잘 마무리 했을 것이다.

얼마 전, 나는 한림원공직翰林院供職에 있으면서 좌상 왕회와 우상 양극가에게 답한 조서를 보았는데, 분석과 논증이 뛰어나기에 당시의 상세한 정황을 이해하는데 큰 도움이 되었다.

2. 희녕 연간 사농들의 가렴주구 熙寧司農牟利

신종神宗 희녕熙寧[7]·원풍元豊[8] 연간 신법이 시행되면서, 관원들은 수단을 가리지 않고 백성들을 착취하여 세금을 혹독하게 긁어모아 국가의 재정을 늘렸다. 그리하여 국가의 재정을 담당하는 사농司農[9]들은 전국 각지의 사당에도 세금을 매기기로 결정하고, 사당 내에 단을 설치하고 이를 백성들에게 임대하기로 하였다. 관청에서는 지정된 금액의 임대료를 내는 사람이 있으면 사당을 내주었고, 그가 사당에서 무엇을 하던 묻지 않았다. 사당은 조상의 신령을 모시는 신성한 곳인데, 사당을 임대한 사람들은 그곳을 돈 버는 곳으로 만들어, 사당이 상점과 장터가 되어버려 물건을 사고 파는 소리로 떠들썩했고 여기저기 오물이 잔뜩 쌓였다.

남경南京[10]에는 알백閼伯[11]과 미자微子[12]의 묘가 있는데, 사당을 임대해서 걷

• •

7 熙寧 : 북송 신종 시기 연호(1068~1077).

8 元豊 : 북송 신종 시기 연호(1078~1085).

9 司農 : 한나라의 구경九卿 가운데 하나로 전곡錢穀을 관장하는 사농경司農卿. 시장의 교역과 궁정에서 소요되는 물품을 공급하는 일과 백관의 녹봉을 지급하는 일 등의 업무를 담당하는 관서이다.

10 南京 : 지금의 하남성 상구商丘.

11 閼伯 : 고대 전설 속의 인물로 제곡帝嚳 고신씨高辛氏의 아들이라고 전해진다. 상구商丘에서 불씨를 관리하는 화정火正에 임명되었다. 『좌전』에 보면 동생 실침實沈과 광림曠林에 살았는데 서로 사이가 좋지 않아 싸우다가 상구로 옮겨졌다고 되어 있다. 알백은 불씨를 관리하는데 공을 세웠기 때문에 훗날 화조火祖로 추앙받았고, 사람들은 사당을 세우고 제사를 드렸다.

12 微子 : 상商의 29대 제을帝乙의 장자長子로서 주왕紂王의 이복형이다. 어머니가 정후正后가

어 들이는 세금은 1년에 고작해야 7, 8천 냥밖에 되지 않았다. 장방평張方平[13]이 응천부應天府[14]의 판관으로 있으면서, 신성한 사당이 돈벌이의 장으로 추락해가는 것을 참을 수 없어 다음과 같은 상소문을 올렸다.

> 송조宋朝는 화덕火德으로 왕이 되었기에, 남경은 송조 왕업의 근간이 되는 곳입니다. 알백은 헌원 황제의 증손인 제곡帝嚳의 아들로, 상구商丘의 제후로 봉해져 불씨를 관리하였기에, 화신으로 숭상을 받고 있습니다. 또 미자는 주왕의 배다른 형으로, 상나라가 주나라 무왕에게 멸망한 뒤, 이 남경을 봉읍지로 받아 송宋나라의 제후가 되었습니다. 화신인 알백과 고대 송나라를 세운 미자는 숭상 받아 마땅하옵니다. 그런데 지금 이 두 사당의 상황은 말이 아닙니다. 일 년에 기껏해야 7,8천 냥의 세금을 걷기 위해 사당을 다른 용도로 사용하게 하는 것은 폐단이 너무 크옵니다. 소신은 조정에서 국고의 재물로 이 두 사당의 매해 세금을 대납해주고, 사당을 원래 상태로 되돌려 알백과 미자를 섬길 수 있도록 해주시길 간절히 청하옵니다.

이 상소문을 통해 신종은 비로소 전국 각지의 사당들이 세금 납부로 인해 훼손되고 있는 상황을 알게 되었고 진노하였다. 그리고 곧 바로 다음과 같은 지시를 내렸다.

> 신령을 모욕하고 조정을 욕되게 함에 이보다 더 한 것은 없으리라!

황제의 지시가 내려지자 사당을 임대하여 세금을 걷던 법령은 폐지되고,

아니었기 때문에 왕위王位를 계승받지 못했으며, 미微에 봉封해져 미자微子라고 불렸다. 봉작封爵과 이름을 합쳐 미자계微子啓라고 한 경우가 많다. 미자는 주왕의 폭정에 대해 여러 차례 간언을 하였으나 받아들여지지 않자, 아우인 자연子衍과 함께 상을 떠나 봉지인 미微로 돌아갔다. 주周 성왕成王에게 송宋의 제후로 봉封해졌다. 비간比干, 기자箕子와 함께 상商 말기의 세 명의 어진 사람으로 꼽힌다.

13 張方平(1007~1091) : 북송의 대신. 자 안도安道, 시호 문정文定. 응천부 남경南京(지금의 하남성 상구)출신이다. 신종때 참지정사를 지냈으며, 왕안석 임용과 신법을 반대했다. 그가 죽었을 때, 소식이 무척 애통해했다고 한다.

14 應天府 : '응천'은 상나라를 세운 탕湯과 주나라를 세운 무왕이 "하늘의 명에 따르고 백성의 뜻에 응했다順乎天而應乎人"라고 한 『주역』「혁괘革卦」의 구절에서 취한 말로, 대개 왕조를 일으킨 창업군주가 처음으로 기의起義한 곳을 가리킨다. 이 때문에 송나라 때는 지금의 하남성 상구商丘에 응천부를 설치했고, 명나라 때는 지금의 남경에 응천부를 설치했다. 여기에서는 송나라때의 응천부로 하남성 상구를 지칭한다.

332

용재수필

전국 각지의 사당은 원상태로 회복되었다.

당시 또 이와 비슷한 일이 발생하였다. 어느 조대나 전대 황제들의 능원陵園을 매우 중요하게 여기고 보호관리에 심혈을 기울였다. 그리고 능원을 보호구역으로 정하여 그곳에서 벌목을 하거나 경작을 하는 것을 금하였다. 그런데 신종 때 대신 하나가 전대 제왕들의 능원이 차지한 땅이 아주 넓으니, 묘와 멀리 떨어진 곳은 백성들이 개간하여 경작할 수 있게 해야 한다고 건의하였다. 백성들이 개간을 하여 경작을 하면 조세를 걷을 수 있게 되니, 국가 재정이 늘어날 것이라는 주장이었다. 사농은 이 건의를 조정에 올려 비준을 받았다. 그 결과 당 태종 이세민의 소릉昭陵도 밭으로 개간되어 거대한 수목들이 흔적도 없이 몽땅 벌목되었는데, 다른 황제들의 능원은 말할 것도 없었다.

어사중승御史中丞 등윤보鄧潤甫가 말했다.

> 희녕 연간의 국가 법령에 따르면 능원 주변의 나무를 맘대로 벌목할 수 없게 되어 있습니다. 매번 교외에서 천지에 제사를 지낼 때마다 각지의 지방 관리들에게 명하여 전대 황제의 능원에 가서 제사를 지내게 하였으니, 조정의 덕이 그처럼 심원하고 사려 깊었습니다. 그런데 조정이 소인배의 부당한 세금 부여 건의를 받아들여, 보다 큰 것을 돌아보지 않는 상황에 이르게 되었습니다. 설령 전대 황제들의 능원의 나무들을 벌목하고 개간하여 세금을 거두어들인다 하더라도, 그 재정 수입은 사실 얼마 되지 않습니다. 바라옵건대 능원을 개간하여 세금을 걷을 것을 건의한 신료들을 물리치시고, 모든 것을 원상태로 되돌리라 하교해 주십시오.

신종은 이 상주문을 본 후 곧바로 다시는 전대 황제들의 능원을 파괴하여 경작하지 못하도록 명을 내렸다.

이 두 가지 사건은 전에 없었던 어처구니없는 일들이었다. 황제께서 매번 수많은 국사에 매달려있다 보니 모든 일을 알 수 없었기에, 상주문을 받아보고서야 사태의 심각성을 깨닫게 되었던 것이다.

3. 문동의 악부 文與可樂府

오늘날 많은 사람들은 문동文同[15]이 대나무와 돌을 소재로 하여 그린 죽석화竹石畵에 뛰어난 화가라고 알고 있는데, 소식은 문동의 시중 다음과 같은 구절을 들어 그의 시 작품을 극찬하였다.

| 미인은 부채도 놔둔 채 홀로 앉아, | 美人却扇坐, |
| 뜰아래 떨어진 꽃 부끄럽게 만드네. | 羞落庭下花. |

나는 항상 이 구절이 들어간 시 전체를 볼 수 없어서 무척 아쉬웠는데, 근래에 문동의 시문집인 촉본蜀本 『단연집丹淵集』을 구하게 되었다. 이 책의 악부잡영樂府雜詠에 실린 「진왕권의秦王卷衣」라는 시에 바로 위의 구절이 나온다. 시 전문은 다음과 같다.

용재수필

함양에 있는 진 나라 왕실,	咸陽秦王家,
아침노을에 궁궐 밝아오도다.	宮闕明曉霞.
푸르게 새긴 장식에 단청 무늬 아른거리고,	丹文映碧鏤,
서로들 광채 받아 영롱함 더하네.	光采相鉤加.
청동으로 된 용은 은 사자를 쫓아가고,	銅螭逐銀猊,
우뚝 솟은 건물 지붕 뭇 생령 위에 군림하네.	壓屋驚蟠拏.
대궐 안 그 속에 해와 달도 갇혔나니,	洞戶鎖日月,
온갖 광경 그야말로 으리으리하였다오.	其中光景眹.
봄바람 불어와 구슬발 흔들리니,	春風動珠箔,
난새 액자 황금 자리 살짝 비껴 엿보이네.	鸞額金窠斜.
미인은 부채도 놔둔 채 홀로 앉아,	美人却扇坐,
뜰아래 떨어진 꽃 부끄럽게 만드네.	羞落庭下花.
옥가락지 낀 손 한가롭게 놀리면서,	閑弄玉指環,
얇은 얼음 부서지듯 홍아 악기 연주하네.	輕冰扼紅牙.

....

15 文同(1018~1079): 북송의 화가. 자 여가與可, 호 소소笑笑선생 또는 석실石室선생. 최후의 관직인 지호주知湖州로 인해 문호주文湖州라고 불린다. 박학하고 시문과 글씨 · 죽화竹畵에 뛰어났으며, 글씨도 전篆 · 예隷 · 행行 · 초草 · 비백飛白을 잘하였다. 특히 고목枯木과 묵죽을 잘 그렸으며, 묵죽도의 조형을 만들어 문인화에 큰 영향을 주었다. 문동에서 시작되는 이 묵죽화파를 호주죽파湖州竹派라 한다.

왕께서 돌아보고 미소 지으시며,	君王顧之笑,
칠보 장식 수레 멈추라 명령했네.	爲駐七寶車.
황금으로 새긴 의복 스스로 말아 드니,	自卷金縷衣,
용과 난새 꽃 무늬 휘황찬란하게 어울렸네.	龍鸞蔚紛葩.
사랑하는 여인에게 선물로 갖다 주며,	持以贈所愛,
이로써 끝없이 아름다운 인연 맺자 했네.	結歡期無涯.

시어를 통해 시인의 의경意境을 잘 표현하였다. 이 외에도 「왕소군王昭君」 절구絶句 세 수가 아주 뛰어난데, 다음과 같다.

뛰어난 아름다움을 지니고 태어나,	絕艷生殊域,
꽃다운 나이에 궁궐에 들어왔네.	芳年入內庭.
누가 임금님의 총애 원하지 않을까 만은,	誰知金屋寵,[16]
그저 정성스러운 마음만 믿을 뿐.	只是信丹靑.
몇 해 지나니 궁궐엔 먼지만 가득하고,	幾歲後宮塵,
오늘 아침에는 봄도 찾아오지 않는 듯.	今朝絶國春.
왕의 은혜와 믿음 도타워,	君王重恩信,
다른 사람 보내려 하지 않네.	不欲遣他人.
두 눈 가득 오랑캐 땅 모래만 보이니,	極目胡沙滿,
한나라 둥근 달에 마음만 서글퍼라.	傷心漢月圓.
일생동안의 한이	一生埋沒恨,
네 가닥 현에 깊이 울려 퍼지네.	長入四條弦.

이러한 시들은 우아한 시어를 통해 작가의 사상과 감정을 잘 드러내어, 읽다보면 감탄이 끊이지 않는다.

4. 사마천의 『사기』에 대한 비난 譏議遷史

학식이 높은 선비들은 책을 지어 자신의 주장을 내세우는데, 가장 중요

---

16 金屋寵 : 임금의 깊은 총애를 이르는 말. 한무제가 아교阿嬌를 총애하여 좋은 집에 살게 해주었다는 데서 비롯되었다.

한 것은 자신의 글로 인해 후인들의 비방을 받지 않아야 한다는 것이다. 예를 들면 왕통王通[17]은 『중설中說』[18]에서 다음과 같이 말하였다.

> 진수陳壽는 역사서를 쓰려는 뜻을 가지고, 정통적 관점에 의거하여 재료를 취합하였다. 대의大義에 부합하지 않고 이단으로 보여지는 재료들은 과감하게 버렸다. 이렇게 해서 진수는 역사에 있어서 명예로운 이름을 얻을 수 없었는데, 이는 모두 사마천司馬遷과 반고班固의 죄이다.

또 다음과 같이 말하였다.

> 역사서에서 사실이 아닌 일들이 기술된 것은 사마천과 반고에게서 시작되었다. 『사기』와 『한서』의 잘못은 인물의 기록인 '기記'는 너무 번잡하고, 당대의 문화사인 '지志'는 기술된 양이 적어 너무 간략하다는 것이다.

왕통의 평가에 의하면 진수의 『삼국지三國志』가 『한서漢書』나 『사기史記』보다 더 뛰어나다는 것인데, 과연 그러한가?

왕통의 『원경元經』은 『시경』과 『상서』의 속편으로 지어진 것으로 현재 세상에 전해지기는 하지만, 이 책의 어느 부분이 사마천과 반고의 책보다 뛰어난지 알 수 없다. 송나라의 대학자 소철蘇轍이 편찬한 『고사古史』에는 다음과 같은 구절이 있다.

> 사마천은 편년체編年體[19]로 쓰던 역사서의 서술방법을 바꾸어 기전체紀傳體[20]의

──────────

17 王通(584~617) : 수隋나라의 철학가. 자 중엄仲淹. 문중자文中子라는 시호로도 불린다.
18 『中說』: 왕통이 자신의 문인들과 나눈 대화를 분류·정리한 책으로, 왕도王道·천지天地·사군事君·주공周公·문역問易·예악禮樂·술사述史·위상魏相·입명立命·관랑關朗 10권으로 되어 있다.
19 編年體 : 역사기록을 연·월·일순으로 정리하는 체재로 동양에서 가장 보편적이고 오래된 역사편찬 체재이다. 오늘날 전하는 중국의 편년체 사서 중 가장 오래된 것은 공자가 노魯나라의 역사를 쓴 『춘추春秋』이며, 사마천司馬遷·반고班固 등이 기전체紀傳體로 역사를 정리하면서부터 중국의 정사는 모두 기전체로 편찬되었다. 그러나 수·당대에 역사기록과 편찬을 담당하는 사관史館이 설치되고 각 왕의 실록을 편찬하였는데, 실록은 모두 편년체로 기술되었다. 북송 때 군주에게 정치적 교훈을 주기 위하여 사마광司馬光이 『자치통감資治通鑑』을 편찬하면서부터 편년체는 읽히는 역사로서 크게 발전하였다.
20 紀傳體 : 역사 사실을 서술할 때 본기本紀·열전列傳·지志·연표年表 등으로 구성하는 역사

역사서술 방법을 창안하였다. 후세 사가史家들은 본기本紀와 세가世家·열전列傳으로 나누어 역사서를 서술하면서, 기전체의 서술방식을 바꾸지 못했다. 그러나 사마천은 학식이 천박하고 제대로 배우지 못한 사람이기에, 그의 서술은 엉성하고 간략하며 사실이 아닌 것들을 경솔하게 믿고 서술한 부분도 많다. 그렇기 때문에 사마천이 제대로 서술하지 못한 역사를 보충하기 위해, 『고사』를 편찬하였다.

지금 『고사』는 세상에 전해지고 있지만, 이 책이 진실로 사마천의 역사 기술에서 나타난 오류를 완전히 바로잡았다고 할 수 있을까? 사마천이 학식이 천박하고 제대로 배우지 못한 사람이라고 질책하는 것은 너무 지나치다. 후대 학자들은 분명 이 의견에 동의하지 않을 것이다.

5. 상하 常何

당 태종太宗 정관貞觀 5년(641)에 큰 가뭄이 들었다. 태종은 문무백관들에게 조서를 내려 정치의 득실을 논하게 하였다. 당시 중랑장中郎將 상하常何의 집에 마주馬周라는 식객이 머물고 있었다. 황제의 조서에 따라 당시의 정치적 득실을 논하는 상소문을 올려야 했지만, 무인武人인 상하는 학문을 배우지 않았기에 무슨 말을 어떻게 써야 할지 몰랐다. 그래서 마주가 그를 대신해 20여 조條의 의견을 논한 상주문을 써서 올렸다. 태종이 상하의 상주문을 보고 식견과 치밀한 논리에 놀라 그에게 자초지종을 물었다. 상하는 다음과 같이 대답했다.

> 이 상주문은 신이 쓴 것이 아닙니다. 소신의 집에 머물고 있는 마주라는 식객이 학문이 천근한 소신을 위해 써준 것입니다.

태종은 즉시 마주를 불러들여 함께 이야기를 나누고, 그의 박학다식함과 뛰어난 식견에 매우 흡족해했다. 그리고 사람을 알아본 상하에게도 비단

서술 체재로서 사마천의 『사기』에서 비롯되어 중국·한국의 역대 왕조에서 정사正史 서술의 기본 형식으로 자리 잡았다.

300필을 하사했다. 이 일이 있은 후 상하는 그의 이름을 세상에 알릴만한 공을 세우지 못했기에, 그의 출세 여부는 알 수 없다.

「이밀전李密傳」을 살펴보니, 이밀李密[21]이 적양翟讓을 따라 장수타張須陀와 싸울 때, 날쌔고 용감한 상하 등 용사 20인을 기병騎兵으로 삼아 인솔하여 장수타를 무찔렀다는 기록이 있었다. 상하의 이름은 여기에서 볼 수 있었는데, 『당서唐書』는 유인궤劉仁軌의 『행년하락기行年河洛記』를 근거로 하여 기록했다고 한다.

6. 이밀의 시 李密詩

수 양제煬帝 대업大業[22] 연간에 이밀은 양현감楊玄感을 좇아 반란을 일으켰는데, 크게 패배하여 포로로 사로 잡혔다가 후에 도주하였다. 그리고 이름을 유지원劉智遠으로 바꾸고 학생들을 가르치면서 생계를 유지하였다. 그는 뜻을 이루지 못하였기 때문에 날마다 우울하게 탄식하며 눈물을 흘렸다. 이밀과 관련된 『당서』의 기록은 대체로 이와 같다. 유인궤의 『행년하락기』에 이밀과 관련된 간략하지만 전문적인 기록이 실려 있는데, 그 내용은 다음과 같다.

> 이밀은 수나라에 반대하여 반란을 일으킨 장수들과 왕래하면서 그들에게 천하를 다스릴 수 있는 계책을 내놓았지만, 받아들여지지 않았다. 그러자 마음속의 고통과 자신의 포부를 표현하기 위해 시 한 수를 지었는데, 시의 내용은 다음과 같다.

- -

21 李密(582~618) : 수나라 말기의 군웅. 자 현수玄邃 또는 법주法主. 수당隋唐 시기 장안長安 사람. 처음에 수 양제煬帝의 숙위宿衛로 있다가, 양소楊素에게 인정을 받아 양소의 맏아들 양현감楊玄感의 친구가 되었다. 양현감이 반란을 일으켰을 때 체포되었다가 탈주하여 망명길에 올랐다. 여러 군웅을 찾아다니다가 적양翟讓에게 투항했다. 위공魏公으로 불리며 강회江淮 이북에서 호응이 커지자 적양을 살해하고 그 집단을 장악, 이연李淵이 당 왕조를 일으켰을 때 최대의 반란집단으로 부상했다. 얼마 뒤 낙양의 왕세충王世充을 공격했지만 실패했다. 당고조 무덕武德 원년(618) 당나라에 항복해 광록경光祿卿이 되었다. 그러나 대우에 불만을 품고 모반을 꾀하다가 성언사盛彦師에게 살해되었다.

338 22 大業 : 수나라 양제煬帝 시기 연호(605~617).

가을바람이 처음 불어오니,	金風蕩初節,
옥 같은 이슬 해질 무렵 숲에 맺히네.	玉露垂晚林.
이 저녁 곤궁한 선비는,	此夕窮途士,
우울하니 마음이 아팠네.	鬱陶傷寸心.
들판엔 갈대밭이 펼쳐져있고,	平野葭葦合,
황량한 촌락엔 아욱과 콩 우거져있네.	荒村葵藿深.
보고 듣는 것에 다채로운 감정 생기니,	眺聽良多感,
이리저리 배회하며 홀로 옷깃만 적시네.	徒倚獨沾襟.
옷깃만 적시면 무엇 하리?	沾襟何所爲?
탄식하며 옛 뜻을 품네.	悵然懷古意.
장안과 낙양 일대 평정되지 못했으니,	秦洛既未平,
한나라 땅 언제 평정되길 기다릴 것인가?	漢道將何冀?
번쾌는 저잣거리에서 도축을 하였고	樊噲市井屠,
소하는 아전이었지만,	蕭何刀筆吏.
하루아침에 때를 만나	一朝逢時會,
천년동안 전해지는 이름을 남겼네.	千載傳名謚.
세상의 영웅들에게 전하노니,	寄言世上雄,
헛되이 살아가는 삶이 얼마나 부끄러운가!	虛生眞可愧!

여러 장수들이 이 시를 보고 이밀에 대해 존경을 표했다.

이 시를 보니, 이밀이 뜻을 얻지 못했을 때 쓴 작품이라는 것을 알 수 있었다.

7. 구시와 오감의 주부 寺監主簿

신종 원풍元豊[23] 연간에 관제官制가 개편된 이래, 중앙에 설립된 구시九寺[24]

. . . .

23 元豊 : 북송 신종神宗 시기 연호(1078~1085).

24 九寺 : 중앙의 서정庶政을 맡아보던 9개의 주요 관청. 중국에서는 진秦·한漢 시대 이후 남북조 시대까지 설치되어 있었는데, 북제北齊 때 이후부터 각 관청을 시寺라 부르고 그 장관을 경卿이라 불렀다. 태상시太常寺에서는 제사祭祀를 관장하였고, 광록시光祿寺에서는 궁중宮中의 경비숙직警備宿直의 일을 맡았으며, 위위시衛尉寺는 궁성의 경비, 종정시宗正寺는 황제의 일족에 관한 일을 담당하였다. 또 태복시太僕寺는 황제의 거마車馬와 목축에 관한 일, 대리시大理寺 또는 정위시廷尉寺는 사법과 형옥刑獄에 관한 일, 홍로시鴻臚寺 또는 전객시典客寺는 조공朝貢에

와 오감五監[25]에 각기 주부主簿를 두어 전적으로 문서만을 담당하도록 하였다. 주부는 문서 외의 일은 간여하지 않았다.

철종 소성紹聖[26] 초에 한수언韓粹彥이 광록시주부光祿寺主簿가 되었는데, 당시 그가 보고 들은 것을 근거로 하면 당시의 주부들은 시중寺中의 여러 가지 사무에 참여했다고 한다. 그러나 이는 선왕의 의도와는 부합하지 않는 것이기에, 그는 원풍 연간에 선포된 조서대로 주부는 문서일 만을 담당하게 해 달라고 건의하였다. 철종은 그의 건의를 받아들였다.

황족의 족보인 옥첩玉牒을 편찬할 때 주부는 참여하지 않는 것이 맞다. 이것은 왕정국王定國의 『구록舊錄』에 기록되어 있는데, 내가 직접 이 책을 구해 훑어본 적이 있다.

그리고 송나라 고종 소흥紹興[27] 연간에 황실의 재정을 담당하는 태부시太府寺가 다른 관부들과 주고받은 문서에는 경卿과 승丞의 서명이 있다. 후에 문서를 관리하는 서리書吏가 전장제도에 대해 잘 알지 못하여 이吏의 직책이 승丞과 같다고 생각해 자신의 서명도 포함시켰다.

지금 문무백관들과 각급 관부들은 관제를 정확하게 알지 못해 위반하는 일들이 자주 발생하고 있으니, 위에서 예를 든 주부 직책 하나만이 아닐 것이다.

용재수필

관한 일, 사농시司農寺는 농사와 국가재정의 일, 태부시太府寺는 황실의 재정일을 각각 관장하였다. 그러나 육조시대 이후에는 황제직속의 상서尙書가 세력을 장악하고 6부部 조직이 발달하여 수隋·당唐 이후 3성三省 6부六部가 정치의 중심이 되자 9시는 그 중요성을 잃게 되었다.
25 五監 : 중앙의 정사를 맡은 5개의 기구. 인재를 양성하는 국자감國子監, 무기를 생산 관리하는 군기감軍器監, 궁중 공예품과 보물의 보관에 관한 일을 담당하는 소부감少府監, 수리사업을 담당한 도수감都水監, 토목공사와 궁궐 및 관청의 신축과 개보수를 담당한 장작감將作監이 그것이다.
26 紹聖 : 북송 철종 시기 연호(1094~1097).
27 紹興 : 남송 고종 시기 연호(1131~1162).

8. 온대아 형제의 이름 溫大雅兄弟名字

온대아溫大雅와 관련된 『신당서新唐書』의 기록은 다음과 같다.

> 온대아의 자는 언홍彦弘이고, 아우가 둘 있다. 하나는 이름이 언박彦博으로 자는 대림大臨이며, 다른 하나는 이름은 대유大有이고 자는 언장彦將이다.

온대아 삼형제에 대한 『구당서舊唐書』의 기록을 살펴보면, 언박의 자만 빠져있고 다른 기록들은 『신당서』와 동일하다. 『신당서』와 『구당서』의 기록에 의하면 온씨 삼형제 중 두 사람 즉 온대아와 온대유가 '大대'자를 써서 이름을 짓고, '彦언'자를 써서 자字를 지었다. 그리고 다른 한 사람 즉 온언박은 반대로 '彦언'자를 써서 이름을 짓고, '大대'자를 써서 자字를 지었다. 즉 온대아 형제의 이름은 온대아, 온언박, 온대유이다.

『재상세계표宰相世系表』에는 온언장의 자가 대유大有라고 기록되어 있고, 온언박과 온대아의 이름과 자는 『당서』의 본전과 똑같이 기록되어 있다. 그러면 온대아 삼형제의 이름은 온대아·온언박·온언장이 되기에, 『당서』를 읽는 독자들은 종종 의문이 생길 수밖에 없다. 구양수歐陽脩[28]가 자신이 편찬한 『집고록集古錄』에서 『안사노제顔思魯制』에 기록되어 있는 "중서사인中書舍人 언장彦將"을 인용하여 『재상세계표』의 기록이 맞다는 것을 증명하였다.

또 내가 어렸을 때 큰 형님인 문혜공文惠公[29]께서 구양순歐陽詢이 쓴 「우공공지명虞恭公誌銘」을 얻으셨는데, 비문의 주인공인 우공공虞恭公은 바로 온언

---

28 歐陽脩(1007~1072) : 북송 저명 정치가 겸 문학가. 자 영숙永叔, 호 취옹醉翁, 육일거사六一居士. 길안吉安 영풍永豊(지금의 강서성江西省)인. 송나라 초기의 미문조美文調 시문인 서곤체西崑體를 개혁하고, 당나라의 한유를 모범으로 하는 시문을 지었다. 당송8대가唐宋八大家의 한 사람이었으며, 후배들에게 많은 영향을 주었고, 『신당서新唐書』와 『신오대사新五代史』를 편찬하였다.

29 文惠公 : 남송의 금석학자이자 문인인 홍적洪適. 어릴 때 이름은 조造, 자는 온백溫伯 또는 경온景溫인데, 벼슬길에 오르면서 이름을 적適으로 바꾸고, 자도 경백景伯으로 하였다. 홍호洪皓의 장남이다. 홍적은 아우 홍준·홍매와 함께 문학으로 이름을 떨쳤는데, 파양영기종삼수鄱陽英氣鐘三秀라 불려졌다. 또한 그는 금석학 방면에서 조예가 깊어, 구양수·조명성趙明誠과 함께 송대 금석3대가金石三大家로 칭해졌다.

박이다. 비문에는 언박彥博이라는 이름이 명확히 쓰여 있어, 이름이 언박이라는 것이 사실임이 증명되었다. 후에 온대아가 지은 『대당창업기거주大唐創業起居注』라는 책을 보았는데, 책에 이런 구절이 쓰여 있었다.

> 수 양제는 밤중에 태원太原으로 사람을 보냈다. 태원성 서문루西門樓에서 밤을 새고 있던 온언장이 가장 먼저 그를 보고, 곧바로 형인 온언홍에게 수 양제가 보낸 사신이 도착했음을 알렸다. 온언홍은 이를 당나라 고조高祖 이연李淵에게 보고하기 위해 급히 말을 달렸는데, 때마침 이연은 침대에 누워 있다가 온언홍이 온다는 말을 듣고, 매우 놀라 급히 몸을 일으켰다. 이연은 온언홍의 보고를 들은 후, 그의 손을 잡고 아주 기뻐하며 웃었다.

위의 기록에는 온씨 집안의 세 형제 중 온언장과 온언홍이 언급되어있다. 이 기록과 『당서』·『재상세계표』에 근거하면 온씨 집안의 세 형제들은 이름에 모두 '彥언'자를 사용했음을 알 수 있다. 그런데 『대당창업기거주』의 첫 페이지에 "온대아가 칙령을 받아 편찬했다大雅奉敕撰"라는 표제가 쓰여 있다. 표제에는 자신을 지칭할 때 자를 사용하지 않는 것이 원칙이기에 온언홍의 이름은 온대아가 아닐까 하는 의문이 생길 수밖에 없다.

이에 대해 내가 여러 기록들을 고찰해 보았다. 당나라 고종高宗때 태자인 이홍李弘은 자신의 어머니인 측천무후則天武后에 의해 독살을 당하였는데, 나중에 효경황제孝敬皇帝에 추서되어, 의종義宗이라는 묘호廟號도 받고 태묘太廟에 모셔졌다. 그렇기 때문에 이홍의 이름인 '弘홍'은 피휘의 대상이 되었다. 그래서 홍문관弘文館은 소문관昭文館으로 홍농현弘農縣은 항농현恒農縣으로 서홍민徐弘敏은 서유공徐有功으로 이름을 바꾸었다. 또 위홍기韋弘機는 이름을 위기韋機로 바꾸었고, 홍함광弘含光은 성씨 弘홍을 李이로 바꾸어 이함광李含光이라고 하였으며, 곡아曲阿 홍씨弘氏는 성을 洪홍으로 바꾸었다. 이를 통해 온언홍의 이름을 온대아라고 한 것은 바로 후인들이 피휘하여 기록한 것임을 알 수 있다.

안진경顔眞卿[30]의 「안근예비顔勤禮碑」에는 안씨 집안과 온씨 집안의 흥성을 기록하였는데, 그 중에는 사노思魯·대아大雅, 민초湣楚·언박彥博, 유진遊秦·

언장彦將 등의 이름이 기록되어 있다. 여기에서 '대아'를 이름으로 기록한 것도 피휘 때문이다. 전문시錢聞詩는 태학太學에 재직하고 있을 때, 이를 과거 시험의 책문策問 제목으로 삼았다.

구양수는 온씨 삼형제의 열전을 쓸 때 자료를 두루 살피지 못했기에, 송자경宋子京의 책에 이미 이에 대한 기록이 있다는 것을 발견하지 못했던 것이다.

9. 『책부원귀』冊府元龜

진종眞宗 초에 신료들에게 군신君臣간의 사적事跡을 정리하여 편찬하라는 명이 내려졌다. 진종은 나중에 보정대신輔政大臣에게 다음과 같이 말했다.

> 어제 짐이 『연향문宴享門』의 기록을 보았소이다. 당나라 중종中宗 때 여러 신하들과 술을 마시고 시를 짓는 연회를 여는데, 위황후韋皇后 등도 함께 어울려 시를 화창하였더군. 게다가 중종과 신하들이 함께 말을 타고 앵도원에 들어가 말 위에서 입으로 앵두를 따먹었다고 하는데, 이는 군신의 예법에는 어긋나는 것이오. 명을 내려 이러한 내용은 빼고 기록하지 말도록 하시오.

또 이어 다음과 같이 말하였다.

> 편찬된 군신간의 사적들은 후인들에게 모범이 될 만한 것이어야 하니, 반드시 신중에 신중을 기하시오. 그리고 정통이 아닌 것과 흥미위주로 전해져 내려오는 이야기들은 모두 빼놓고 수록하지 말아야, 비로소 편찬이 완벽하다고 할 수 있을 것이오.

『책부원귀冊府元龜』[31]의 편찬을 담당한 관리가 다음과 같은 상소문을 올

---

30 顔眞卿(709~785) : 당나라의 서예가. 자는 청신淸臣이며 산동성 낭야琅邪 임기臨沂 사람으로 노군개국공魯郡開國公에 봉해졌기 때문에 안노공顔魯公이라고도 불렸다. 북제北齊의 학자이며 『안씨가훈顔氏家訓』을 저술한 안지추顔之推의 5대손이다. 왕희지王羲之의 전아典雅한 서체에 대한 반동이라고도 할 수 있을 만큼 남성적인 박력 속에, 균제미均齊美를 충분히 발휘한 글씨로 당나라 이후의 중국 서도書道를 지배했다. 해서·행서·초서의 각 서체에 모두 능했고 많은 걸작을 남겼다.

렸다.

당나라와 오대 이래 몇몇 대신들은 자신을 과시하기 위해 자신의 일을 서술하였습니다. 이덕유李德裕의 『문무양조헌체기文武兩朝獻替記』와 이석李石의 『개성승조록開成承詔錄』·한악韓偓의 『금란밀기金鑾密記』 등등이 그렇습니다.

또 자손들이 선조를 자랑하기 위해, 선조들의 덕행과 가세家世를 회상하여 기록하기도 했습니다. 이번李繁의 『업후전鄴侯傳』과 『유씨서훈柳氏序訓』·『위공가전魏公家傳』 등이 그렇습니다. 이러한 저술들은 자신과 선조들의 악행과 나쁜 점들을 감추기도 하고, 고의로 다른 사람들의 업적과 덕행을 삭제해버리기도 하면서, 자신과 선조에 대해서 좋은 말만을 늘어놓았습니다. 그렇기 때문에 이러한 저작들은 믿을 수가 없습니다. 황제의 자리를 찬탈하여 칭제했던 자들 또한 각기 자신에 대한 저술을 남겼습니다. 『오록吳錄』과 『맹지상실록孟知祥實錄』 등이 그러한 것입니다. 이 책들에는 나라의 일들과 공적이 기록되어 있는데, 모두 자신을 과시하고 사실을 왜곡하여 터무니없이 날조된 것들도 있습니다. 이러한 저서들의 기록은 모두 채택할 수 없습니다.

이 외에 『삼십국춘추三十國春秋』·『하락기河洛記』·『호관록壺關錄』 같은 저서들의 내용 대부분이 정사에 이미 실려 있는 것들이고, 『진기秦記』와 『연서燕書』는 모두 정통 정권이 아닌 거짓 정권에서 편찬한 것입니다. 『은운소설殷芸小說』과 『담수談藪』 같은 저서는 가소롭고 자질구레한 이야기들을 기록한 것에 불과합니다. 또한 『하남지河南志』·『빈지邠志』·『평섬록平剡錄』 같은 저서들은 대부분 옛 관리들이 정벌과 토벌 전쟁에서 장군들이 세운 공을 기록한 것들로 번잡하고 자질구레한 내용들이 많습니다. 『서경잡기西京雜記』와 『명황잡록明皇雜錄』은 대체로 황당하고 괴이한 이야기들이고, 『봉천록奉天錄』은 허구의 이야기들입니다. 그렇기 때문에 모두 수록한다면, 잡다하고 황당한 내용들로만 가득 차게 될 것입니다.

진종은 이 건의를 받아들였고, 이 책이 완성되자 『책부원귀冊府元龜』라는 책명을 하사하였다. 이 책은 약 10년에 걸쳐 완성되었는데, 재상이었던 왕흠약王欽若이 총 책임을 맡아 1,000권에 달하는 분량으로 편찬되었다. 책

31 『책부원귀冊府元龜』: 『태평광기太平廣記』, 『태평어람太平御覽』, 『문원영화文苑英華』와 함께 송사대서宋四大書로 불리고 있는 유서類書의 하나. 진종의 명에 의해 왕흠약王欽若과 양억楊億이 상고시대부터 오대五代에 이르는 역대 군신 및 정치에 관한 사적을 정사正史와 실록實錄 등에서 채집 정리하여 완성하였다. 제왕帝王·윤위閏位·열국군列國君·종실宗室·외척外戚·장수將帥·헌관憲官·국사國史·학교學校·형법刑法·궁신宮臣·막부幕府·외신外臣 등 31부 1,000권의 송대宋代 최대 저작으로 사료적 가치가 매우 큰 것으로 평가된다.

용재수필

편찬을 위해 자료를 취사선택하면서 많은 자료들이 배제되었기 때문에 몇몇 역사적 사건의 진상이 정확하게 알려지지 않았다.

그러나 『자치통감資治通鑑』은 『책부원귀』와는 달리 많은 자료들을 취사선택하여 기술하였다. 당나라의 역사적 사실을 기술한 것을 예로 들자면, 왕세충王世充과 이밀李密의 역사를 기술하면서 『하락기河洛記』를 인용하였고, 위징魏徵의 간쟁諫諍을 기록하면서 『간록諫錄』의 기록을 채택하였다. 또 이강李絳의 상소문을 기록하면서 「이사공논사李司空論事」를, 회양睢陽의 일을 기록하면서 「장중승전張中丞傳」을 인용하였다. 회서淮西의 일을 기록하면서 『양공평채록涼公平蔡錄』을, 이필李泌의 일을 기록하면서 「업후가전鄴侯家傳」을 인용하였다. 그리고 이덕유李德裕가 태원太原과 택주澤州[32]·노주潞州·위구르에서 겪은 일들은 『양조헌체기兩朝獻替記』를 채택하여 기록하였다.

대중大中[33] 연간의 토번 상비비尙婢婢와 관련된 일은 임은林恩의 『후사보後史補』를 인용하였고, 한악韓偓이 봉상鳳翔에서 다양한 계책을 세운 것[34]들은 『금란밀기金鑾密記』를 인용하였다. 방훈龐勛의 반란을 평정한 일은 『팽문기란彭門紀亂』을 인용하였고, 구보裘甫[35]의 반란을 진압한 일은 『평섬록平剡錄』을 인용하였으며, 필사탁畢師鐸[36]과 여용지呂用之의 반란과 관련된 일은 『광릉요

32 澤州 : 지금의 산서성 진성晉城.
33 大中 : 당나라 선종宣宗 시기 연호(847~860).
34 한악이 소종昭宗을 따라 봉상鳳翔까지 갔다가 병부시랑兵部侍郎 한림승지翰林承旨가 되었으며, 최윤崔胤과 계획하여 소종의 복위復位를 도모하여 공신이 되었다. 또 조정에 환관들이 교만하게 횡포를 부리고 있는 것에 불만을 품고, 그들을 제거하려고 한 소공의 뜻을 헤아려 책략을 세워 환관세력들을 제거하였다.
35 裘甫(?~860) : 당나라 후기에 일어난 농민반란의 지도자. 859년(대중 13) 강남에 대한 당나라 조정의 수탈에 대항하여 군사를 일으켜 절강성浙江省 각지를 습격하였다. 그러나 이듬해 위구르 등을 포함한 당나라 토벌군에 의해서 평정되었다.
36 畢師鐸(?~888) : 희종僖宗 건부乾符 초에 마을 사람 왕선지王仙芝와 함께 사람을 모아 군사를 일으켰고, 왕선지가 죽자 황소黃巢에게 귀순했다. 나중에 고병高騈에게 항복해 절서浙西에서 황소를 격파했다. 고병이 여용지呂用之에게 마음이 기울자 스스로 대승상大丞相이라 부르면서 정한장鄭漢璋, 장신검張神劍 등과 양주揚州에서 고병을 공격하여 살해했다. 사람들이 진언秦彦을 절도사로 추대하자 그는 행군사마行軍司馬가 되었다. 나중에 양행밀楊行密에게 패하자 진종형秦宗衡에게 투항했는데, 진종형의 부장部將 손유孫儒에게 살해당했다.

란지廣陵妖亂志』를 인용하였다. 이러한 역사들과 관련된 기록은 사건의 전말을 분명하게 보여준다.

그러므로 어찌 잡사雜史[37]나 쇄설瑣說[38]·가전家傳[39]과 같은 저술들을 모두 폐기하고 취하지 않을 수 있겠는가!

10. 한 고조가 풍공으로 칭해지는 이유 漢高帝祖稱豐公

『한서漢書·고조기高祖紀』의 「찬贊」에 다음과 같은 내용이 있다.

> 유씨의 선조는 전국시대 때 진秦에 살다가, 위魏나라의 포로가 되어 위나라로 옮겨가 살게 되었다. 진나라가 위나라를 멸망시킨 후, 유씨는 대량大梁[40]에서 풍豐[41]으로 옮겨갔다. 그래서 주시周市가 옹치雍齒[42]에게 "풍豐은 원래 위나라의 유민들이 옮겨가 산 곳입니다"라고 말하였다. 때문에 고조高祖를 칭송한 다음과 같은 송가가 있게 되었다.

한나라 황제의 가계는	漢帝本系,
본래 요임금에게서 나왔네.	出自唐帝.
주나라가 천하를 다스릴 때,	降及于周,
진나라에서 유씨가 되었네.	在秦作劉.
위나라에 살다 동쪽으로 옮겨가,	涉魏而東,
마침내 풍공豐公이 되었다네.	遂爲豐公.

> 풍공은 태상황太上皇의 아버지이다.

---

37 雜史 : 민간에 전하는 역사서로 형식을 갖추지 못한 역사 서적이다.
38 瑣說 : 세상에 널리 알려지지 않은 자질구레한 이야기이다.
39 家傳 : 집안의 전기傳記으로, 한 집안의 사적을 적은 기록이다.
40 大梁 : 지금의 하남성 개봉開封.
41 豐 : 지금의 강소성 풍현豐縣.
42 雍齒 : 초나라 항우項羽의 부하 장수. 유방劉邦을 여러 번 곤경에 빠뜨려 유방이 가장 미워했는데, 항우가 쫓겨 자살한 뒤 항복하니 장량張良이 유방에게 여러 공신들의 모반을 진압하기 위해서는 가장 미워하던 옹치부터 벼슬에 봉해 주어야 한다고 말하여, 후侯에 봉하여 주었다. 그러자 장수들이 다 안심하였다고 한다.

위에 언급한 고조를 칭송한 송가는 모두 6구절의 운문韻文으로 누가 지었는지는 알 수 없다.『한서』를 주석한 많은 주석가들이 이 송가에 대해서는 어떠한 설명도 하지 않았기 때문이다.

나는 어렸을 때부터 반고가 쓴『한서』를 즐겨 읽었는데, 지금까지 6, 70년 동안 백 번도 넘게 읽은 것 같다. 붉은 색 먹으로 구두점을 찍으며 읽은 것도 열 번이나 된다. 처음『한서』를 읽었을 때는 유방의 조부祖父가 풍공이라는 기록에 대해 주의를 기울이지 않았는데, 요즘 다시『한서』를 읽으면서「고조기」의「찬」의 내용이 마치 처음 본 것처럼 눈에 확 들어와 여기에 기록을 해 놓았다. 옛말에 "옛 책은 백 번을 읽어도 싫증이 나지 않는다舊書不厭百回讀"라고 하였는데, 정말 맞는 말이다.

11. 추밀사의 분향 樞密行香

당나라 때는 환관宦官들이 전적으로 황제의 명령을 전달하는 추밀사樞密使를 담당하였는데, 추밀사와 중앙의 다른 관청들의 장관들은 모두 내제사內諸司로 불렸다. 오대五代이래 추밀사 선발에 변화가 생겨, 환관 외에 사대부 중에서도 선발하게 되었는데, 그 지위는 재상과 같았다.

『실록實錄』의 기록에 의하면, 진종眞宗 경덕景德 2년(1005) 3월 원덕황후元德皇后의 기일忌日에 중서성中書省과 추밀원樞密院의 문무백관들이 모두 상국사相國寺에 가서 분향하였다. 원래 추밀원의 관원들은 분향을 하지 않는 것이 관례였는데, 당시 추밀원에서 다음과 같은 의견을 내었다.

> 옛 규정에 의하면 무릇 중대한 기일이 되면 조정의 문무백관들이 모두 분향을 하도록 하였습니다. 그러나 추밀사와 추밀부사는 내제사의 예법에 의거해 분향을 하지 않습니다. 이는 조정의 공경과 근신을 훼손하는 것입니다. 그래서 지금 중요한 기일을 맞이하여 추밀원의 관원들은 중서성과 문하성의 관원들과 함께 상국사에 가서 분향을 하려고 합니다.

진종은 이 건의를 받아들였다. 추밀사와 추밀부사·한림원翰林院의 관원들 및 추밀직학사^{樞密直學士}들이 모두 함께 상국사에 가서 분향을 하는 것이 이 때서부터 시작되었다.

그런데 추밀사와 내제사의 지위가 같은 것은 그 유래가 오래되었다. 효종^{孝宗} 융흥^{隆興43} 연간 이래, 조정의 사삼관^{四參官44}의 예법에 따라, 재상부터 낭관^{郎官}·어사^{御史}까지 모두 궁정의 뜰에 품계에 따라 줄을 지어 서서 참배하였는데, 추밀사만 어전에 서서 이러한 참배에 참여하지 않았다. 이 또한 기일을 맞아 분향을 할 때 함께 하지 않고 제외된 것과 같다.

12. 배의 이름인 삼익 船名三翼

『문선^{文選}』⁴⁵에 수록된 장경양^{張景陽}의 「칠명^{七命}」에는 다음과 같은 구절이 있다.

> 삼익^{三翼}을 띄우고, 물가 가운데에서 노닐었다.

'삼익^{三翼}'은 『월절서^{越絶書}』에 나오는 것으로, 이를 전선^{戰船}이라고 설명한 이선^{李善}의 주석은 너무 간략하다. 『월절서』에는 다음과 같은 내용이 있다.

> 오왕 합려^{闔閭46}는 오자서^{伍子胥47}를 만나 운송을 위해 어떤 배를 준비했냐고 물었

---

43 隆興 : 남송 효종 시기 연호(1163~1164).

44 四參官 : 조정의 관원으로, 재상·시종^{侍從}·무신정임^{武臣正任}·문신경감^{文臣卿監}·원랑^{員郎}· 감찰어사^{監察御史} 이상의 관원을 지칭한다.

45 『文選』: 양^梁나라의 소통^{蕭統}(소명태자^{昭明太子})이 진^秦·한^漢나라 이후 제^齊·양나라의 대표적인 시문을 모아 엮은 책이다. 여러 종류의 주석본이 있는데 당나라 이선^{李善}이 주^註한 것이 가장 유명하다. 이 외에 당대 여연제^{呂延濟}·유량^{劉良}·장선^{張銑}·여향^{呂向}·이주한^{李周翰} 5명이 주를 단 것을 '오신주^{五臣註}'라고 한다.

46 闔閭(B.C.515~B.C.496) : 춘추시대 오^吳나라 왕. 제번^{諸樊}의 아들이며 부차^{夫差}의 아버지. 합려^{闔廬}라고도 한다. 왕위계승싸움에서 자객을 이용하여 왕료^{王僚}를 죽이고 즉위하였다. 도읍인 오^吳에 큰 성을 쌓고 오자서^{伍子胥}·손무^{孫武}에게 군비를 정비케 한 뒤 초^楚나라를 공격하여 도읍 영을 함락시켰다. 그런데 월^越나라가 침입해오고 진^秦나라도 초를 도왔으며, 또 동생 부개가 이에 편승해 초나라 공격을 멈추고 귀국하여 부개를 쳤다. 그 후 월왕 윤상^{允常}이 죽었다는 소식을 듣고 월나라를 공격하여 구천^{勾踐}과 싸웠으나 부상을 당한 뒤

다. 오자서는 대답했다.

"배의 명칭은 대익大翼・소익小翼・돌위突胃・누선樓船・교선橋船이라고 하옵니다. 대익이라고 하는 배는 보병의 중형수레에 상당하며, 소익이라고 하는 배는 보병의 가벼운 소형수레에 해당합니다."

『수전병법내경水戰兵法內經』에도 삼익에 대한 설명이 있다.

대익은 넓이가 1장 5척 3촌이며, 길이가 10장이다. 중익은 넓이가 1장 3척 5촌이며, 길이가 9장이다. 소익은 넓이가 1장 2척이며, 길이가 5장 6척이다.

『월절서』와 『수전병법내경』에 따르자면 삼익은 모두 다 거대한 전함인 것을 알 수 있다. 그런데 옛 시인들은 삼익을 가볍고 빠른 작은 배라고 생각했다. 아래는 그 예이다.

양나라 원제元帝 - 날이 화창하니 삼익을 강물위에 뛰우네.[日華三翼舸]
　　　　　　　　삼익은 절로 따라오네.[三翼自相追]
장정견張正見 - 삼익 목란배.[三翼木蘭船]
원진元稹 - 시간은 삼익처럼 흘러가네.[光陰三翼過]

이외의 다른 시문에서 삼익을 언급한 경우는 드물다.

13. 소식이 가르쳐준 글 짓는 비결 東坡誨葛延之

송나라 철종 원부元符[48] 연간에 강음江陰 사람 갈연지葛延之는 자신의 고향에서 만리 넘게 떨어져 있는 담이儋耳[49]까지 소식을 찾아와 한 달을 머물렀다.

아들 부차에게 보복을 맹세케 하고 죽었다.

47 伍子胥(?~B.C.484) : 춘추시대의 정치가. 원래 초나라 사람이었으나 아버지와 형이 살해당한 뒤 오나라를 섬겨 복수하였다. 오나라 왕 합려를 보좌하여 강대국으로 키워 춘추오패의 패자로 군림하게 하였으나, 모함을 받아 합려의 아들 부차夫差에게 중용되지 못하고 자결하였다.

48 元符 : 북송 철종 시기 연호(1098~1100).

49 儋耳 : 지금의 해남성海南省 담현儋縣.

갈연지가 소식에게 글을 짓는 방법을 물었다. 소식은 이렇게 알려주었다.

> 담주儋州는 비록 수백 호가 모여 사는 조그마한 곳이지만, 사람들이 필요로 하는 것은 시장에 가면 다 있습니다. 그러나 필요로 하는 것을 거저 얻을 수는 없습니다. 반드시 한 가지 물건을 가지고 가야 자기에게 필요한 것을 구할 수 있습니다. 그 한 가지 물건이라고 하는 것은 돈이지요. 글을 짓는 것도 마찬가지입니다. 세상의 모든 일이 경서와 제자백가서·역사서에 모두 있지만, 그것을 자기 마음대로 운용할 수는 없지요. 반드시 한 물건을 얻은 뒤에야 자유자재로 운용할 수 있습니다. 그 한 물건이란 바로 뜻[意]입니다. 돈이 없으면 필요한 물건을 얻을 수 없고, 뜻이 없으면 글을 쓸 수가 없습니다. 이것이 바로 글을 짓는 비결입니다.

갈연지는 소식의 말을 듣고 깨달음을 얻어 감사의 인사를 했다. 그리고 돌아와 소식의 가르침을 한시라도 잊지 않기 위해 허리띠에 소식이 들려준 글 쓰는 비결을 적어 항상 허리에 두르고 다녔다. 그는 공경의 뜻으로 직접 귀관龜冠을 만들어 소식에게 바쳤는데, 소식이 이를 받고서 다음의 「갈연지증귀관葛延之贈龜冠」 시 한 수를 보내주었다.

용재수필

남해의 신령스런 거북은 삼천 살,	南海神龜三千歲,
화합의 징조로 벗들이 따르니 기쁨이 절로 생기네.	兆叶朋從生慶喜.
지혜와 재능 두루 갖추었지만 자신의 몸 보전하기 위한 것 아니니,	智能周物不周身,
사람이 72개의 구멍을 뚫어도 죽지 않는다네.	未死人鑽七十二.
누가 이것으로 작은 관을 만들었을까,	誰能用爾作小冠,
우공의 팔대손이 그것을 처음으로 만들었다네.	岣嶁耳孫創其製.[50]
지금 그대가 이곳을 떠나 어찌 다시 돌아왔는가 하니,	今君此去寧復來,
그리움을 위로할 때 바로 보고자 함이었네.	欲慰相思時整視.

· ·

50 岣嶁: 회계산의 구루비岣嶁碑를 말하는데 우비禹碑라고도 칭한다. 하나라의 우禹가 치수할 때 새긴 것이라고 전해온다.
　　耳孫: 8세손을 지칭한다.

지금 전해지는 소식의 문집에는 이 시가 수록되어 있지 않다. 갈상지葛常
之는 갈연지의 삼종제三從弟[51]로, 소식의 친필로 쓰인 이 시를 직접 봤다고
한다.

14. '書雲서운'의 오용 用書雲之誤

지금 사람들은 동지冬至를 서운書雲[52]이라 하는데 황제에게 아뢰는 표表나
계啓에서도 이 말을 사용한다. 이에 대한 이전 사람들의 자세한 고증은
없지만 이는 오류이다. 『좌전左傳』에 이러한 내용이 있다.

> 희공僖公 5년 정월 신해辛亥 초하루, 동지로 태양이 가장 남쪽에 있었다. 노희공은
> 시삭視朔[53]을 하고 나서 마지막으로 천상天象을 관찰하는 대臺에 올라가 하늘을
> 바라보았다. 『춘추』에 이를 쓴 것은 예에 합당한 일이다. 무릇 분分, 지至, 계啓,
> 폐閉에는 반드시 운물雲物을 기록한다.[必書雲物] 이는 혹시 있을 재해를 대비하기
> 위한 것이다.

두예杜預의 주는 이러하다.

> 주周나라 정월은 지금의 11월이다. 분分은 춘분과 추분이고, 지至는 동지와 하지
> 이다. 계啓는 입춘과 입하를, 폐閉는 입추와 입동을 말한다. 운물雲物이라는 것
> 은 구름의 기운과 재이 등 다양한 천문 현상을 가리킨다.

춘하추동 사시의 팔절八節[54]에 모두 동일한 의식을 거행한다. 후한後漢
명제明帝 영평永平 2년(59) 봄 정월 신미辛未일, 종묘에서 광무제光武帝의 제사
를 마친 후 영대靈臺에 올라 '운물雲物'을 보았다고 했으니 더욱 확실한 증거

용
재
사
필
권
11

• •

51 三從弟 : 팔촌 동생을 지칭한다.
52 書雲 : 본래 천상을 관찰하여 길흉을 점치고 기록하는 것을 서운이라 하는데 송인宋人의
   시문에서 서운은 대체로 동지를 지칭하는 말로 사용되었다.
53 視朔 : 천자와 제후가 매월 초하루 조묘祖廟에 제사를 지낸 후 태묘太廟에서 정사를 듣는
   의식을 지칭한다.
54 八節 : 입춘立春, 입하立夏, 입추立秋, 입동立冬, 춘분春分, 하지夏至, 추분秋分, 동지冬至.

가 된다. 그러나 『좌전』의 앞 부분 두 세 구절만 보고서 운물雲物이 동지를 가리키는 것이라고 보았다.

지금 태사국太史局[55]의 관리는 8개의 절기마다 문서를 작성한다. 입춘이면 바람이 간艮[56] 방향에서 온다고 하고, 춘분이면 바람이 진震[57] 방향에서 온다고 한다. 다른 계절도 모두 이렇게 기록하는데 이는 사관이 단지 전례에 따라서 기록한 것이지 실제 상황에 근거한 것은 아니다. 『기거주起居注』도 사관의 기재를 근거로 이렇게 기록한다. 이 또한 '서운' 처럼 상투적 문구일 뿐 실제에 부합하는 것은 아니다.

15. 측천무후의 관직 남발을 비난한 장작 張鷟譏武后濫官

측천무후[58]는 당唐의 국호를 주周로 바꾼 후, 관직을 남발하였다. 그러자 장작張鷟[59]이 돌림말을 지어 이를 풍자하였다.

보궐은 여러 대 수레에 가득 실을 정도고,	補闕連車載,
습유는 말斗을 가득 채울 지경.	拾遺平斗量.
시어사는 써레로 쓸어 담을 만큼 많고,	杷推侍御史,

....

55 太史 : 서주西周, 춘추 시기 태사는 역사 사건을 기록하고 사서를 편찬하고 문서의 초안을 작성하며 국가의 전적과 천문역법을 관장하였다. 진한 시기에는 태사령太史令으로 불렸으며, 한대에는 태상太常에 소속되어 역법을 관장하였다. 위진 시대 이후, 사서의 편찬은 저작랑著作郎이 맡았고 태사는 전문적으로 역법을 관장하였다. 수나라 때는 태사감太史監이라 하였다가 당대에는 태사국太史局으로 바뀌었고, 송대에는 태사국太史局, 사천감司天監, 천문원天文院 등의 명칭이 있었다.

56 艮 : 동북 방향.

57 震 : 동쪽.

58 則天武后 : 여성으로 유일하게 황제가 되었던 인물로 당唐 고종高宗의 황후였지만 690년 국호를 주周로 고치고 스스로 황제가 되어 15년 동안 중국을 통치하였다.

59 張鷟(660~740) : 당나라의 정치가, 문인. 자 문성文成. 자호自號 부휴자浮休子. 고종高宗 조로調露 원년(679) 진사가 되었고 여덟 차례 제과에 응시하였는데 모두 갑과甲科에 합격했다. 과거를 보기만 하면 일등으로 합격하였으므로, 만 번을 골라도 만 번 모두 뽑히게 되는[萬選萬中] 가장 좋은 청동전靑銅錢과 같다 하여 '청전학사靑錢學士'라고 불리울 만큼 문장으로 유명했다. 저서에 필기집인 『조야첨재朝野僉載』와 전기소설 「유선굴」이 있다.

임명장을 쓰는 교서랑은 팔이 빠질 지경.　　　　　　腕脫校書郞.

『신당서』와 『구당서』에도 이 돌림말이 기록되어 있지만 구체적 설명 없이 대략적으로 언급되어 있다.[60]

천수天授 2년(691) 2월, 각지의 10도道 장관이 추천한 석애현石艾縣 현령 왕산휘王山輝 등 61명이 습유拾遺와 보궐補闕의 관직을 받았다. 회주懷州 녹사참 군綠事參軍 곽헌가霍獻可 등 24명은 시어사侍御史에 임명되었다. 병주幷州 녹사참 군綠事參軍 서흔徐昕 등 24명은 저작랑著作郞에 임명되었고, 내황현內黃縣 현위縣尉 최선도崔宣道 등 23명은 위좌교서衛佐校書에 임명되었다. 132명이 같은 날 임명되었고 시관試官[61]도 이때부터 시작되었다. 관직의 남발이 이처럼 심각했던 것이다.

「유자현전劉子玄傳」[62]에 이런 내용이 있다.

> 무후가 9품 이상에게 조서를 내려 득실을 진술하게 하였다. 유자현이 말했다. "군주는 허관을 수여해서는 안 되고, 신하는 헛되게 관직을 받아서는 아니됩니다. 지금 신하들은 공로가 없는데도 걸핏하면 승진을 하니 경성 내에 거재車載와 두량斗量·파추杷推·완탈腕脫 등의 돌림말이 생겨난 것은 바로 이 때문입니다."

그러나 이는 지방관 중에서 보궐과 습유·시어사·교서랑 네 관직에 제수된 경우를 말하는 것이지 일반적인 승진을 말하는 것이 아니기 때문에 유자현의 말은 잘못된 것이다.

....

60　『신당서·유기기전』에서 이 돌림말은 "도성에 '車載斗量, 杷椎碗脫'라는 속설이 유행하고 있다"고 간략히 인용되었다.

61　試官 : 정식 임명되지 않은 관리. 측천무후 천수天授 2년, 추천된 자들의 현불초를 살피지 않고 관직을 제수하게 되면서 이때부터 시관제도를 마련하였다. 시관이란 『상서』의 "실제 그대로 시행하는지를 살펴 공적이 있으면[明試以功]"의 의미를 취한 것이다.

62　劉子玄 : 유지기劉知幾(661~721)를 가리킨다. 자 자현子玄. 당나라 시기 역사학자. 20여 년 동안 수사국修史局에 재직하면서 측천무후, 중종, 예종 등의 실록과 『당서唐書』, 『성족계록姓族系錄』 등의 편찬에 참여하였다. 맏아들 황貺의 무죄를 호소하다가, 현종의 노여움을 사 유형 당한 뒤 죽었다. 저서로 사학 이론서인 『사통史通』이 있다.

16. 당나라 왕부 소속 관원의 대우 唐王府官猥下

당나라 고종高宗 이후, 왕부王府 관원의 직위는 점차 경시되었다. 개원開元 23년(735), 영왕榮王 이하에게 관작을 더하면서 왕부의 관속들도 모두 상을 받았다. 그 이후 점차 왕부의 관원은 감원되어 왕부王傅[63] 한 명, 왕우王友[64] 한 명, 장사長史 한 명만 남게 되었다. 게다가 인원만 채워놓을 뿐 부왕府王을 만나지 않는 경우도 있었다. 보력寶曆[65] 연간, 경왕瓊王 부府의 장사長史 배간구裴簡求가 왕부의 상황에 대해 이렇게 진술했다.

> 왕부는 원래 선평방宣平坊[66]에 있었는데 오랫동안 훼손되고 허물어져 이후에 장택사莊宅使[67]에게 맡겨 관리하게 하면서 결국 관서官署가 되었습니다. 성은을 내려 관직을 제수하더라도 성상에게 경의를 표할 장소가 없습니다. 왕부의 관원은 사람들에게 무시당하고 왕부도 이미 존재하지 않으며 왕부의 관직은 빈 자리나 마찬가지입니다. 청컨대 관택 한 구역을 하사하여 주십시오.

조서를 내려 연강방延康坊[68]의 집을 하사하였다.

당나라 문종 개성開成[69] 연간 당현도唐玄度가 편찬한 『구경자양九經字樣』을 본 적이 있는데, 그는 자신의 관계官階가 조의랑지면왕우朝議郎知沔王友이자 한림대조翰林待詔[70]라고 하였다. 면왕沔王의 이름은 순怕으로 헌종憲宗의 아들인데, 일개 서리를 친구故友로 삼을 수 밖에 없었던 지경이었으니, 그 나머지는 말하지 않아도 알 수 있다. 문종文宗[71]·무종武宗[72]·선종宣宗[73]·소종昭宗[74] 4조

---

63 王傅 : 왕부王府의 속관屬官으로 한나라 시기부터 있었다. 의식을 거행할 때 예법에 맞게 인도하고 과실을 바로잡아 주는 역할을 한다. 당나라 시기 종삼품從三品에 해당하였다.

64 王友 : 왕의 사우師友.

65 寶曆 : 당나라 경종敬宗 시기 연호(825~827).

66 宣平坊 : '坊'은 당나라 장안의 행정구역 단위이다. 장안은 110개의 방으로 구획화 되어 있었으며, 선평방은 동쪽 동시東市에 가까이 있었다.

67 莊宅使 : 양경兩京 관부官府의 경작지, 방앗간, 점포, 채소밭 등의 업무를 관장하였다.

68 延康坊 : 서쪽 서시西市에 가까이 있다.

69 開成 : 당나라 문종文宗 시기 연호(836~840).

70 翰林待詔 : 한림대조는 각지에서 올라오는 상소문의 회답 문장을 책임지는 관직으로 후에 한림봉공翰林供奉으로 변경되는데 급이 낮은 사무관직이다.

대에는 모두 번왕藩王이 제위에 올랐다. 역사가들은 그들이 강건하고 과단성 있다고 칭송하지만, 이는 천성에서 비롯된 것이지 스승의 가르침이나 친구의 도움으로 이루어진 것은 아니다.

17. '風聞풍문'의 용례 御史風聞

어사御史[75]는 풍문風聞에 근거해서 사건을 논할 수 있다. '풍문'이라는 말은 예전부터 전해 내려오는 것이었는데 아무도 그 내원을 조사해보지 않았다. 내가 이에 대해서 고찰해 보았더니, 진晉·송宋 이후부터 풍문이라는 말이 있었다. 제나라 심약沈約은 어사중승御史中丞이었을 때 왕원王源을 탄핵하면서 이렇게 말했다.

풍문에 동해東海 왕원王源이…… [風聞東海王源]

소면蘇冕의 『회요會要』에는 이렇게 기록되어 있다.

전례에 어사대御史臺는 소송 사건을 받지 않는다. 만약 소송장을 가지고 어사대 문 앞에 직접 온다면 어사는 소송장의 내용에 근거하여 탄핵하는 상소를 올릴 수 있다. 그러나 상소문에는 소송을 한 사람의 성명을 기입하지 않고 '풍문으로

. . . .

71 文宗 : 목종穆宗의 둘째 아들이고, 경종敬宗의 동생이다. 경종 보력寶曆 2년(826) 형 경종이 죽자 환관 왕수징王守澄 등이 옹립하여 즉위했다. 당시 횡포가 심하던 환관 세력을 제거하려 하였으나 실패했다.

72 武宗 : 목종穆宗의 다섯 번째 아들이고, 문종文宗의 동생이다. 문종의 병이 차도가 없자 환관 구사량仇士良 등이 조서를 고쳐 태자를 폐하고 그를 세워 황태제皇太弟로 삼았다. 형 문종이 환관들과의 정쟁 중 독살당하자 두 조카를 제치고 황위를 승계하였다.

73 宣宗 : 헌종憲宗의 13번째 아들. 광왕光王에 봉작 되었으나 비슷한 또래의 이복 조카 문종文宗, 무종武宗이 연이어 독살당하자 제위에 오르게 되었다. 당唐나라의 황제 중 마지막 유능한 황제였다고 평가되고 있다.

74 昭宗 : 의종懿宗의 7째 아들이며 희종僖宗의 동생. 당시 당의 실권을 잡고 있던 환관 양복공楊復恭에 의해 옹립되었다. 즉위 후 소종은 당나라의 재건과 환관의 척결을 위해 여러 가지 노력을 했으나 실패하였고 904년 소종은 이어 애제哀帝로 등극한 소종의 13세의 9번째 아들을 제외한 나머지 아들과 함께 당시 실권을 장악했던 주전충朱全忠의 손에 죽음을 당했다.

75 御史 : 어사는 관원의 조사와 탄핵의 역할을 맡는다.

알았다[風聞訪知]'라고 한다. 이후 악행을 미워하는 공정한 사람들이 적어지고 어사들도 서로 책임을 미루면서 소송장은 대부분 적체되었고 제때에 처리되지 못했다. 개원 14년(726), 처음으로 당직 어사가 당일의 탄핵 투서 상황을 파악하고 고발한 사람의 이름을 기록해 놓도록 규정하였다. 이렇게 되면서 고대의 '풍문'이라는 의미와는 멀어지게 되었다.

이렇게 시행되어 온 것이 지금의 '단점을 고발하는 문서[短牒]'이다. '풍문'이라는 두 글자는 『한서·위타전[尉佗傳]』에 처음으로 보인다.

18. 당나라 어사의 임기 唐御史遷轉定限

당나라 원화元和[76] 연간, 어사중승御史中丞[77] 왕파王播[78]가 상주했다.

감찰어사監察御史는 전례에 의하면 25개월 후 전임하고 그 수하 관리들도 임기를 연장하지 않습니다. 이를 전례대로 해 주실 것을 청합니다. 전중시어사殿中侍御史는 전례에 의하면 12개월 후 전임하고 수하 관리들은 18개월까지 연장하는데, 전중시어사의 수하 관리들의 임기를 15개월로 줄여주실 것을 청합니다. 시어사侍御史는 전례에 의하면 10개월 후 전임하고 수하 관리는 13개월까지 연장하는데, 시어사의 수하관리들의 임기를 12개월로 줄여줄 것을 청합니다.

헌종이 이를 받아들였다.

고찰해보니, 당나라 시기 어사대의 장관은 관리들의 비리를 탄핵하는 일을 담당하였으나 관리의 진퇴와 안건의 취사는 모두 재상이 결정하였다. 지금처럼 인사고과에 따른 승진과 일정한 기한이 있는 것과는 달랐다.

●
용
재
수
필

....

76 元和 : 당나라 헌종憲宗 시기 연호(806~820).
77 御史中丞 : 한나라 때는 어사중승이 어사대부御史大夫의 보조를 담당했다. 밖으로는 자사刺史를 감찰하고 안으로는 시어사侍御史를 거느리면서 공경公卿들의 상소문을 받고 백관을 규찰하기 때문에 그 권한이 막중했다. 동한東漢이후로 어사대부가 임명되지 않을 때는 어사중승이 어사의 수장을 맡았다. 당송 시기에 어사대부를 다시 두었으나 자주 공석이었기 때문에 어사중승이 그 업무를 대행하였다.
78 王播(759~830) : 당나라 정치가, 시인. 자 명양明敭. 정원 연간 진사에 급제하였고 장경長慶 초 중서시랑中書侍郎 동중서문하평장사에 임명되었다. 태화太和 연간 초 좌복야左僕射에 임명되었고 태원군공太原郡公에 봉해졌다.

우리 송조宋朝가 관제를 개편하기 전에는 감찰어사의 임기 4년이 만료되면 전중시어사로, 다시 4년 후면 시어사로, 다시 임기 4년이 만료되면 어사대의 근무를 그만두고 사봉원외랑司封員外郎으로 전임되었다. 원풍元豐 5년(1082) 이후, 관제가 개편되면서 관리의 승진 방식도 이전과 전혀 달라졌다.

1. 京丞相轉官

　　慶元二年, 朝廷奉上三宮徽稱冊寶, 繼又進敕令、玉牒、實錄, 大臣遷秩, 于再于三, 蓋自崇寧至于紹熙, 未之有也。於是京右丞相以十月受冊寶賞, 由正議轉宣奉。十二月, 用敕局賞, 當得兩官, 以一回授, 一轉光祿。三年二月, 用提擧玉牒實錄院及禮儀使賞, 有旨三項各轉兩官, 辭之至四五。詔減爲四官, 其半回授, 其二遂轉金紫。四月之間, 陟五華資, 仍回授三帙。在法, 宰執轉官與除拜同, 故得給使恩。百二十年而入流者二十有四。﹝薳記淳熙十四年, 王左相進玉牒, 并充國史禮儀使, 梁右相進四朝史傳、國朝會要, 并充玉牒禮儀使。詔各與轉兩官。所謂各者, 指二相也。時梁公誤認爲三者各轉一官, 已係特進, 謂如此則序進太師矣。中批只共爲兩官, 復辭之, 詔許回授, 又辭, 但令加恩, 亦辭。適已罷相在經筵, 訖於分毫不受, 唯王公獨加恩。今日之事全相類, 而又已有去冬二賞矣。有司不諳練故實, 徑準昔年中旨行出, 聞京公殊不自安, 然無說可免, 惜乎東閤賢賓客不告以十年內親的故事, 以成其美。﹞薳頃居翰苑, 答王、梁諸詔, 嘗上章開析論列, 是以竊識其詳。

2. 熙寧司農牟利

　　熙寧、元豐中, 聚斂之臣, 專務以利爲國, 司農遂粥天下祠廟。官既得錢, 聽民爲賈區, 廟中慢侮穢踐, 無所不至。南京有閼伯、微子兩廟, 一歲所得不過七八千, 張文定公判應天府, 上言曰:「宋, 王業所基也, 而以火王。閼伯封於商丘, 以主大火, 微子爲宋始封, 此二祠者獨不可免乎? 乞以公使庫錢代其歲入。」神宗震怒, 批出曰:「慢神辱國, 無甚於斯。」於是天下祠廟皆得不粥。又有議前代帝王陵寢, 許民請射耕墾, 司農可之, 唐之諸陵, 因此悉見芟刈。昭陵喬木, 翦伐無遺。御史中丞鄧潤甫言:「熙寧著令, 本禁樵采, 遇郊祀則敕吏致祭, 德意可謂遠矣。小人掊克, 不顧大體, 使其所得不貲, 猶爲不可, 況至爲淺鮮者哉! 願絀創議之人, 而一切如故。」於是未耕之地僅得免。二者可謂前古未有, 一日萬幾, 蓋無由盡知之也。

3. 文與可樂府

　　今人但能知文與可之竹石, 惟東坡公稱其詩騷, 又表出「美人却扇坐, 羞落庭下花」之

용재수필

句。予常恨不見其全, 比得蜀本石室先生丹淵集, 蓋其遺文也。於樂府雜詠, 有秦王卷衣篇曰:「咸陽秦王家, 宮闕明曉霞。丹文映碧鏤, 光采相鉤加。銅螭逐銀猊, 壓屋驚蟠拏。洞戶鎖日月, 其中光景賒。春風動珠箔, 鷺額金窗斜。美人却扇坐, 羞落庭下花。閑弄玉指環, 輕冰扼紅牙。君王顧之笑, 爲駐七寶車。自卷金縷衣, 龍鸞蔚紛葩。持以贈所愛, 結懽期無涯。」其語意采入騷人閫域。又有王昭君三絶句云:「絶豔生殊域, 芳年入內庭。誰知金屋寵, 只是信丹青。」「幾歲後宮塵, 今朝絶國春。君王重恩信, 不欲遣他人。」「極目胡沙滿, 傷心漢月圓。一生埋沒恨, 長入四條絃。」令人讀之, 縹縹然感喟無已也!

4. 譏議遷史

大儒立言著論, 要當使後人無復擬議, 乃爲至當, 如王氏中說謂:「陳壽有志於史, 依大議而削異端, 使壽不美於史, 遷、固之罪也。」又曰:「史之失自遷、固始也, 記繁而志寡。」王氏之意, 直以壽之書過於漢、史矣, 豈其然乎? 元經續詩、書, 猶有存者, 不知能出遷、固之右乎? 蘇子由作古史, 謂:「太史公易編年之法, 爲本紀、世家、列傳, 後世莫能易之, 然其人淺近而不學, 疏略而輕信, 故因遷之舊, 別爲古史。」今其書固在, 果能盡矯前人之失乎? 指司馬子長爲淺近不學, 貶之已甚, 後之學者不敢謂然。

5. 常何

唐太宗貞觀五年, 以旱, 詔文武官極言得失。時馬周客遊長安, 舍於中郎將常何之家。何武人, 不學, 不知所言, 周代之陳便宜二十餘條。上怪其能, 以問何。對曰:「此非臣所能, 家客馬周爲臣具草耳。」上卽召周與語, 甚悅, 以何爲知人, 賜絹三百匹。常何後亦不顯, 莫知其所以進。予按李密傳, 密從翟讓與張須陀戰, 率驍勇常何等二十人爲游騎, 遂殺須陀, 常何之名蓋見於此。唐史亦採於劉仁軌行年河洛記也。

6. 李密詩

李密在隋大業中, 從楊玄感起兵被獲, 以計得脫, 變姓名爲劉智遠, 教授諸生自給, 鬱鬱不得志, 哀吟泣下。唐史所書如此。劉仁軌行年河洛記專載密事, 云:「密往來諸賊帥之間, 說以擧大計, 莫肯從者, 因作詩言志, 曰:『金風蕩初節, 玉露垂晚林。此夕窮途士, 鬱陶傷寸心。平野蔍葦合, 荒村葵藿深。眺聽良多感, 徙倚獨沾襟。沾襟何所爲, 悵然懷古意。秦、洛旣未平, 漢道將何冀。樊噲市井屠, 蕭何刀筆吏。一朝逢時會, 千載傳名謐。寄言世上雄, 虛生眞可愧。』諸將見詩漸敬之。」予意此篇, 正其哀吟中所作也。

7. 寺監主簿

自元豐官制行, 九寺、五監各置主簿, 專以掌鉤考簿書爲職, 它不得預。紹聖初, 韓粹彦爲光祿主簿, 自言今輒預寺事, 非先帝意也, 請如元豐詔書。從之。如玉牒修書, 主簿不預, 見於王定國舊錄, 予猶及見。紹興中, 太府寺公狀文移, 惟卿丞繫銜, 後來掌故之吏, 昧於典章, 遂一切與丞等。今百官庶府, 背戾官制, 非特此一事也。

8. 溫大雅兄弟名字

新唐書溫大雅字彦弘, 弟彦博字大臨、大有字彦將。舊史不載彦博字, 它皆同。三溫, 兄弟也, 而兩人以大爲名, 彦爲字, 一以彦爲名, 大爲字。宰相世系表則云彦將字大有, 而博、雅與傳同, 讀者往往致疑。歐陽公集古錄引顏思魯制, 中書舍人彦將行, 證表爲是, 然則惟彦博異耳, 故或以爲誤。予少時因文惠公得歐率更所書虞恭公誌銘, 乃彦博也, 其名字實然。後見大唐創業起居注, 大雅所撰, 其中云:「煬帝遣使夜至太原, 溫彦將宿於城西門樓上, 首先見之。報兄彦弘, 馳以啓帝, 帝方臥, 聞而驚起, 執彦弘手而笑。」據此, 則三溫之名皆從彦, 而此書首題乃云大雅奉敕撰, 不應於其間敢自稱字。已而詳考之, 高宗太子弘爲武后所酖, 追尊爲孝敬皇帝, 廟曰義宗, 列於太廟, 故諱其名。如弘文館改爲昭文, 弘農縣改爲恆農, 徐弘敏改爲有功, 韋弘機但爲機, 李含光本姓弘, 易爲李, 曲阿弘氏易爲洪, 則大雅之名, 後人追改之也。顏魯公作顏勤禮碑敍顏、溫二家之盛, 曰思魯、大雅、愍楚、彦博、遊秦、彦將。以雅爲名, 亦由避諱耳。錢聞詩在太學, 以此爲策問, 而言歐陽作傳, 戾於聞見, 彼蓋不察宋子京之作云。

9. 冊府元龜

眞宗初, 命儒臣編修君臣事迹, 後謂輔臣曰:「昨見宴享門中錄唐中宗宴飲, 韋庶人等預會和詩, 與臣寮馬上口摘含桃事, 皆非禮也。已令削之。」又曰:「所編事迹, 蓋欲垂爲典法, 異端小說, 咸所不取, 可謂盡善。」而編修官上言:「近代臣僚自述揚歷之事, 如李德裕文武兩朝獻替記、李石開成承詔錄、韓偓金鑾密記之類, 又有子孫追述先德敍家世, 如李繁鄴侯傳、柳氏序訓、魏公家傳之類, 或隱己之惡, 或攘人之善, 並多溢美, 故匪信書。幷僭僞諸國, 各有著撰, 如僞吳錄、孟知祥實錄之類, 自矜本國, 事或近誣。其上件書, 並欲不取。餘有三十國春秋、河洛記、壺關錄之類, 多是正史已有; 秦記、燕書之類, 出自僞邦; 殷芸小說、談藪之類, 俱是詼諧小事; 河南志、邠志、平剡錄之類, 多是故吏賓從述本府戎帥征伐之功, 傷於煩碎; 西京雜記、明皇雜錄, 事多語怪; 奉天錄尤是虛詞。盡議採收, 恐成蕪穢。」並從之。及書成, 賜名冊府元龜, 首尾十年, 皆王欽若提總, 凡一千卷, 其所遺棄旣多, 故亦不能暴白。如資治通鑑則不然, 以唐朝一代言之, 敍王世充、李密事, 用河洛記; 魏鄭公諫爭, 用諫錄; 李絳議奏, 用李司空論事; 睢陽事, 用

張中丞傳；淮西事, 用涼公平蔡錄；李泌事, 用鄴侯家傳；李德裕太原、 澤潞、 回鶻事, 用兩朝獻替記；大中吐蕃尙婢婢等事, 用林恩後史補；韓偓鳳翔謀畫, 用金鑾密記；平龐勛, 用彭門紀亂；討裘甫, 用平剡錄；記畢師鐸、 呂用之事, 用廣陵妖亂志。 皆本末粲然, 然則雜史、 瑣說、 家傳, 豈可盡廢也！

10. 漢高帝祖稱豐公

前漢書高祖紀贊云：「劉氏自秦獲於魏。 秦滅魏, 遷大梁, 都于豐。 故周市說雍齒曰：『豐, 故梁徒也。』是以頌高祖云：『漢帝本系, 出自唐帝。 降及于周, 在秦作劉。 涉魏而東, 遂爲豐公。』豐公, 蓋太上皇父。」案上六句皆韻語, 不知何人作此頌, 諸家注釋, 大抵闕如。 予自少時讀班史, 今六七十年, 何啻百遍, 用朱點句, 亦須十本, 初不記憶高帝之祖稱豐公, 比再閱之, 恍然若昧平生, 聊表見於此。 舊書不厭百回讀, 信哉。

11. 樞密行香

唐世樞密使專以內侍爲之, 與它使均稱內諸司, 五代以來始參用士大夫, 遂同執政。 案實錄所載景德二年三月元德皇后忌, 中書、 樞密院文武百官並赴相國寺行香。 初, 樞密院言：「舊例國忌行香, 惟樞密使、 副依內諸司例不赴, 恐有虧恭恪。 今欲每遇大忌日, 與中書門下同赴行香。」從之。 樞密使副、 翰林、 樞密直學士並赴, 自茲始也。 然則樞密之同內諸司久矣。 隆興以來, 定朝臣四參之儀, 自宰臣至于郎官、 御史, 皆班列殿庭拜舞, 惟樞密立殿上不預, 亦此意云。

12. 船名三翼

文選張景陽七命曰：「浮三翼, 戲中沚。」其事出越絕書, 李善注頗言其略, 蓋戰船也。 其書云：「闔閭見子胥, 問船運之備。 對曰：『船名大翼、 小翼、 突冒、 樓船、 橋船。 大翼者, 當陵軍之車；小翼者, 當陵軍之輕車。』」又, 水戰兵法內經曰：「大翼一艘, 廣一丈五尺三寸, 長十丈；中翼一艘, 廣一丈三尺五寸, 長九丈；小翼一艘, 廣一丈二尺, 長五丈六尺。」大抵皆巨戰船, 而昔之詩人乃以爲輕舟。 梁元帝云「日華三翼舸」, 又云「三翼自相追」, 張正見云「三翼木蘭船」, 元微之云「光陰三翼過」。 其它亦鮮用之者。

13. 東坡誨葛延之

江陰葛延之, 元符間, 自鄉縣不遠萬里省蘇公於儋耳, 公留之一月, 葛請作文之法, 誨之曰：「儋州雖數百家之聚, 而州人之所須, 取之市而足, 然不可徒得也, 必有一物以攝之, 然後爲己用, 所謂一物者, 錢是也。 作文亦然, 天下之事散在經、 子、 史中, 不可徒使, 必得一物以攝之, 然後爲己用。 所謂一物者, 意是也。 不得錢不可以取物, 不得意不

可以用事, 此作文之要也。」葛拜其言, 而書諸紳。嘗以親製龜冠爲獻, 公受之, 而贈以詩曰:「南海神龜三千歲, 兆叶朋從生慶喜。智能周物不周身, 未死人鑽七十二。誰能用爾作小冠, 岣嶁耳孫創其製。今君此去寧復來, 欲慰相思時整視。」今集中無此詩。葛常之, 延之三從弟也, 嘗見其親筆。

14. 用書雲之誤

今人以冬至日爲書雲, 至用之於表啓中, 雖前輩或不細考, 然皆非也。左氏傳:「僖公五年正月辛亥朔, 日南至, 公旣視朔, 遂登觀臺以望, 而書, 禮也。凡分、至、啓、閉, 必書雲物, 爲備故也。」杜預注云:「周正月, 今十一月。分, 春秋分也; 至, 冬夏至也; 啓者, 立春、立夏; 閉者, 立秋、立冬; 雲物, 氣色災變也。」蓋四時凡八節, 其禮並同。漢明帝永平二年春正月辛未, 宗祀光武畢, 登靈臺觀雲物, 尤可爲證。而但讀左傳前兩三句, 故遂顓以指冬至雲。今太史局官, 每至此八日, 則爲一狀, 若立春則曰風從艮位上來, 春分則曰風從震位上來, 它皆倣此, 只是定本, 元非撫實。起居注隨卽修入, 顯爲文具, 蓋古之書雲意也。

15. 張鷟譏武后濫官

武后革命, 濫授人官, 故張鷟爲謠以譏之曰:「補闕連車載, 拾遺平斗量, 杷推侍御史, 椀脫校書郎。」唐新、舊史亦載其語, 但泛言之。案, 天授二年二月, 以十道使所擧人石艾becomes令王山輝等六十一人, 並授拾遺、補闕; 懷州錄事參軍霍獻可等二十四人, 並授侍御史; 幷州錄事參軍徐昕等二十四人, 授著作郎; 內黃縣尉崔宣道等二十三人, 授衛佐校書。凡百三十二人, 同日而命試官, 自此始也。其濫如此。劉子玄傳:「武后詔九品以上陳得失。子玄言:『君不虛授, 臣不虛受, 今羣臣無功, 遭遇輒遷, 至都下有車載、斗量、杷推、椀脫之謠。正爲此設。』」然只是自外官便除此四職, 非所謂輒遷, 子玄之言失之矣。

16. 唐王府官猥下

唐自高宗以後, 諸王府官益輕, 惟開元二十三年, 加榮王以下官爵, 悉拜王府官屬。浸又減省, 僅有一傅、一友、一長史, 亦但備員, 至與其府王不相見。寶曆中, 瓊王府長史裴簡求具狀言:「諸王府本在宣平坊, 多年摧毀, 後付莊宅使收管, 遂爲公局。每聖恩除授, 無處禮上。王官爲衆所輕, 府旣不存, 官同虛設, 伏乞賜官宅一區。」乃詔賜延康坊宅。予因閱九經字樣一書, 開成中唐玄度所纂, 其官階云朝議郎知沔王友、充翰林待詔。沔王名恂, 憲宗之子, 而以書吏爲友, 其餘可知。案文、武、宣、昭四宗, 皆自藩王登大位, 剛明果斷, 爲史所稱, 蓋出於天性, 然非資於師友成就也。

17. 御史風聞

御史許風聞論事, 相承有此言, 而不究所從來, 以予考之, 蓋自晉、宋以下如此。齊沈約爲御史中丞, 奏彈王源曰：「風聞東海王源。」蘇晁會要云：「故事, 御史臺無受詞訟之例, 有詞狀在門, 御史採狀有可彈者, 卽略其姓名, 皆云風聞訪知。其後疾惡公方者少, 遞相推倚, 通狀人頗壅滯。開元十四年, 始定受事御史, 人知一日劾狀, 遂題告事人名, 乖自古風聞之義。」然則向之所行, 今日之短卷是也。二字本見尉佗傳。

18. 唐御史遷轉定限

唐元和中, 御史中丞王播奏：「監察御史, 舊例在任二十五月轉, 準具員不加, 今請仍舊；其殿中侍御史, 舊十二月轉, 具員加至十八月, 今請減至十五月；侍御史, 舊十月轉, 加至十三月, 今請減至十二月。」從之。案, 唐世臺官, 雖職在抨彈, 然進退從違, 皆出宰相, 不若今之雄緊, 觀其遷敍定限可知矣。國朝未改官制之前, 任監察滿四年而轉殿中, 又四年轉侍御, 又四年解臺職, 始轉司封員外郎。元豐五年以後, 陞沉迥別矣。

1. 소학 小學不講

옛날에는 8세가 되면 소학에 입학해서 육서^{六書1}를 배웠다. 『주관^{周官}』²에 의하면 실제로 이 교육을 관장했던 보씨^{保氏}라는 직책이 있었다고 하는데, 이후 이 제도가 점차 폐지되었다.

소하^{蕭何3}가 법령을 제정하면서 태사^{太史}가 어린 학생들을 시험하여 9천자를 외울 수 있으면 사관에 임명하였다.⁴ 또 육체^{六體5}로 사관들을 시험하였

---

1 六書 : 한자의 성립을 6가지로 나누어 설명한 분류법. 『한서^{漢書}·예문지^{藝文志}』에 "옛날에는 8세가 되면 소학에 들어갔다. 그러므로 『주관^{周官}』에는 보씨^{保氏}가 귀족의 자제에게 육서를 가르쳤으니 상형, 상사, 상의, 상성, 전주, 가차로 글자를 만드는 기본 원칙이다."라고 하였다. 육서의 명칭과 순서에 대해서는 약간씩 차이가 있지만, 지금은 일반적으로 상형^{象形}, 지사^{指事}, 회의^{會意}, 형성^{形聲}, 전주^{轉注}, 가차^{假借}를 말한다.
2 周官 : 『주례^{周禮}』에 천관^{天官}·지관^{地官}·춘관^{春官}·하관^{夏官}·추관^{秋官}·동관^{冬官}으로 나누어 관제^{官制}를 세우고 직장^{職掌}을 기록하였음. 「지관」편에 '보씨'의 직책과 업무에 대한 내용이 있다.
3 蕭何(?~B.C.193) : 한나라 건국 공신. 유방과 함께 한나라 개국의 기틀을 닦아 고조가 즉위할 때 논공행상에서 일등가는 공신이라 인정하여 찬후^{酇侯}에 봉하였다. 한신의 반란을 평정하여 재상에 임명되었다.
4 『용재수필』 원문은 "諷書九千字, 乃得爲吏."로 되어있다. 『한서·예문지』의 원문은 "諷書九千字以上, 乃得爲史."로 '관리[吏]'가 아닌 '사관[史]'으로 되어있다. 홍매가 『한서』의 원문을 잘못 인용한 것이다. 여기서는 『한서』의 원문대로 번역하였다.
5 六體 : 고문^{古文}·기자^{奇字}·전서^{篆書}·예서^{隸書}·무전^{繆篆}·충서^{蟲書}. 안사고는 이렇게 설명하였다. "고문은 공자의 집 벽 속에서 나온 글씨를 말한다. 기자는 고문과 다른 것이다. 전서는 소전^{小篆}을 가리키는 것으로 진시황제가 정막^{程邈}에게 명하여 만든 것이다. 예서도 또한 정막이 바친 것인데 도예^{徒隸}(낮은 계급의 신분)에게 사용하게 하기 위하여 간단하고 쉽게 만든 것이다. 무전은 그 글씨가 굵고 얽히었음을 이름이니 인장^{印章}을 새기는 것이다. 충서는 벌레와 새의 형상을 이름이니, 번신^{幡信}(기旗에다 표지하여 부신^{符信}으로 삼는 것)에 쓰는 것이다."

으며, 글을 올렸을 때 혹 글씨가 바르지 않으면 탄핵받았다.

유향劉向[6] 부자父子는 궁중의 장서를 교정하고 정리하여 『사주편史籒篇』[7] 이하 10가家를 소학小學이라 하여 육예六藝의 마지막에 두었다.[8]

허신許愼[9]은 전篆·주籒[10]·고문古文 제가의 학설을 수집하고 당시 통행되던 예서隷書로 전서篆書를 해석하여 『설문해자說文解字』[11]를 엮었다.

채옹蔡邕[12]은 경전의 의미가 통일되지 않고 분분하며 그 주석도 혼란스러워 오류와 허위가 난무하고 있다고 보고 오경五經의 판본을 정할 것을 청하였다. 통행되는 글자체를 갖추어 돌에 새겨 태학太學의 문 밖에 세웠으니, 이것이 석경石經이다. 이후 여침呂忱은 『설문해자』 중 누락된 것을 수집하여 『자림字林』 5편을 지어 보완하였다.

당나라의 제도에는 국자감國子監에 서학박사書學博士를 두고 『설문해자』와 『석경』·『자림』의 학문을 개설하였다. 또한 글자의 의미를 제시하고 매년

6 劉向(B.C.77?~B.C.6) : 전한의 유학자. 자 자정子政. 원제 시기 환관 홍공弘恭, 석현石顯의 전횡에 반대하였다가 참소를 당해 하옥되었다가 성제 시기 다시 등용되었다. 『설원說苑』, 『신서新序』, 『열녀전列女傳』 등을 편찬하였다.

7 『史籒』 : 중국 최고最古 자서字書. 주周나라 선왕 때의 태사太史인 주籒가 편찬하였다고 하나 춘추 전국 시대에 편찬된 것으로 여겨진다. 아이들에게 글을 가르치기 위하여 만든 것으로 9,000자가 있었다고 하나, 오늘날에 전하는 것은 『설문』과 『옥편』에 단편斷片이 인용되어있을 뿐이다.

8 유향은 선진先秦의 고서를 수집하여 자신이 직접 교감하고 분류하여 『별록別錄』을 편찬하였다. 그의 아들 유흠劉歆은 이 책을 이용하여 『칠략七略』을 저술하였고, 이는 『한서漢書·예문지藝文志』에 거의 그대로 수록되어 전해진다.

9 許愼(30~124) : 후한後漢의 경학자. 자는 숙중叔重이며, 고전학자 가규賈達에 사사하여 유가의 고전에 정통하였다. 한자의 형形·의義·음音을 체계적으로 해설한 최초의 자서字書인 『설문해자』를 편찬하였다.

10 籒 : 고대 서체의 하나. 주서籒書, 대전大篆이라고도 하며, 『사주편史籒篇』에서 유래한 명칭이다. 춘추 전국시대 진나라에서 통용되었으며 전서와 비슷하다. 현존하는 석고문石鼓文이 대표적으로 이 서체를 사용하였다.

11 『說文解字』 : 후한後漢의 허신許愼이 편찬한 자서字書. 그 당시 통용된 모든 한자 9,353자를 540부部로 분류하고, 자의字義와 자형字形을 설명하였다.

12 蔡邕(132~192) : 후한 말 학자, 문인, 서예가. 자 백개伯喈. 170년 영제靈帝의 낭중郎中이 되어 동관東觀에서 서지 교정에 종사하였으며, 175년 경전의 문자평정文字平定을 주청하여 스스로 써서 돌에 새긴 후 태학太學의 문 밖에 세웠다. 이것이 '희평석경熹平石經'이다.

간행하여 각지로 발급하였다. 그러나 관리의 업적 평가와 예부禮部 시험에
서는 일반적으로 통용되는 글자의 사용을 허용하였기 때문에 사람들은
구습을 따르고 간편함을 쫓으면서 자체가 규범에 맞는지의 여부는 중요하
게 여기지 않았다. 대력大曆 10년(775), 국자감 사업司業 장참張參[13]은『오경문
자五經文字』를 편찬하였는데 부수에 따라 글자를 배열하였다.[14]

개성開成[15] 연간, 한림대조翰林待詔 당현도唐玄度가『구경자양九經字樣』을 편찬
하여 장참이 수록하지 못한 것을 보완하였다. 오대五代 후진後晉의 개운開運[16]
연간 말기, 좨주祭酒 전민田敏이『오경문자』와『구경자양』두 가지를 하나로
합쳤고 또한 속체의 오류를 교정하였다.

오늘날은 더 이상 글자체에 대해 상세한 고증을 하지 않는다. 사대부라
하더라도 글씨를 쓰는데 있어서 다 고법古法에 맞을 수는 없다. 한유韓愈는
이렇게 말했다.

> 무릇 글을 쓰는 사람이라면 문자의 훈고에 대한 지식을 대략은 알고 있어야 한
> 다.[宜略識字][17]
> 아매阿買는 훈고에 대한 지식은 없지만[阿買不識字] 글자의 8분分은 알고 있다.[18]

글자를 알지 못하면 어찌 글을 쓸 수 있겠는가? 여기서 '識字식자'의 의미
는 상술한 것처럼 자체字體에 대한 이해를 의미한다.

나는 장씨張氏와 전씨田氏의 책에서 지금 사람들이 잘 알지 못하는 글자를

....

13 張參 : 당나라 유학자. 현종玄宗 개원開元 연간에 명경明經으로 천거되어 대력大曆 초에 사봉원
 외랑司封員外郞이 되었다. 11년(776) 국자사업國子司業에 임명되었다. 오경五經을 자세히 교정하
 여『오경문자五經文字』3권을 편찬했는데, 3200여 자를 수록하고 160부部로 나누었다.
14 부수는『설문해자』에서 처음으로 채택한 것으로 한자를 귀속시키는 체계적인 방식이다.
 『설문해자』는 540부수를 수립하였고, 여침의『자림』은『설문』의 540부를 계승하였다.『五
 經字文』는 부수를 대폭적으로 줄여 160부수로 귀납하였다.
15 開成 : 당나라 문종文宗 시기 연호(836~840).
16 開運 : 후진 출제出帝 석중귀石重貴 시기 연호(944~946).
17 「과두서후기科斗書後記」.
18 「취중장비서醉贈張秘書」.

여기에 기록하여 자손들을 가르치고자 한다.

本본은 원래 木목 부수의 글자인데, 一자를 쓰고 그 아래에 상하로 大자와 十자를 쓰는 것은 잘못된 것이다.

休휴는 사람이 나무의 그늘에서 쉬는 것을 나타낸 것이다. 점을 더해 쓰는 것은 틀린 것이다.

美미는 羊양과 大대가 위 아래로 결합된 글자인데, 大를 犬이나 火로 쓰는 것은 모두 틀린 것이다.

甸는 고대 전시에 사용하던 전차를 의미한다. 軍군은 원래 勹 아래에 車자가 있는 것인데, 이후 전승의 과정에서 軍으로 쓰게 되었고 본래의 의미가 없어지게 되었다.

看간은 手와 目이 합쳐진 글자이다. 사물을 볼 때 잘 보이지 않으면 손으로 눈 위를 덮어 빛을 가리고 보는 경우가 있다. 乎호자 아래 目목자를 쓰는 것은 틀린 것이다.

양주揚州의 揚양자는 가볍게 날린다는 의미이기에 扌수를 木목으로 쓰는 것은 틀린 것이다.

梁양은 木목 부수의 글자이므로, 粱로 쓰는 것은 틀린 것이다.

乾건은 '干간', '虔건' 두 음이 있는데 자체는 하나이다. 지금 속자에서는 구분하여 '乾건' 자를 '虔' 음으로 사용하고 '乾'의 음을 '干'으로 쓰지만 모두 틀린 것이다.

尊존자는 酋추 아래에 寸촌이므로 尊로 쓰는 것은 틀린 것이다. 奠전자는 酋과 丌을 따르므로 奠라고 쓰는 것은 틀린 것이다.

夷이는 弓궁과 大대를 따르므로 㚇로 쓰는 것은 틀리다.

耆기자는 老노와 旨지가 결합된 글자이기에, 老노 아래에 目목을 쓰는 것은 틀린 것이다.

漆칠·泰태·黍서·黎려의 아랫부분은 모두 水수이다. 전승과정에서 생략하여 小 소자로 쓴 것은 틀린 것이다.

決결·沖충·況황·涼량·盜도는 모두 삼수변[氵]이다. 이수변[冫]으로 쓰는 것은 틀린 것이다.

饑기와 飢기 두 글자는 앞의 것은 곡식이 익지 않았다는 것이고, 뒤의 것은 굶주린다는 의미인데 지금은 대부분 오용되고 있다.

果과·芻추·韭구에 草초를 더하고, 岡강에 山산을 더하고, 攜휴를 携휴로, 鉏서를 鋤서로, 惡악을 惡으로, 霸패를 覇패로, 筍순을 笋순, 類자를 髭자로 쓰는 것은 틀린 것이다.

須수에 髟를 더하거나 혹은 좌부방을 阝로, 祕비의 부수를 禾화로, 簡간을 蕳간으로, 寶보의 缶부를 尒이로, 趨추의 芻를 多다로 쓰는 것도 잘못된 것이다.

衡형의 중간 글자는 角각과 大대를 합친 글자인데 魚어로 쓰거나 啟계의 攵복을 又우 혹은 弋익으로, 肇조의 戈과를 文문으로, 徹철의 중간글자 윗부분을 去거로,

용재수필

䴥추는 麁로, 蟲충을 虫충으로 쓰는 것도 모두 틀린 것이다.

墮타의 독음을 許허와 規규의 반절이라 하고, 속자俗字로 隨휴 또는 惰타를 쓰거나 幡번을 幡으로, 怪를 恠로, 關을 閞으로, 炙자의 윗부분을 夕석으로, 閑한의 가운데 月월을 日일로, 功공의 오른쪽 力력을 刀도로 쓰는 것은 틀린 것이다.

兹자는 두 개의 玄현자를 합친 것인데 兹자로, 升승을 卄로, 輩배의 윗부분 非비를 北북으로, 妒투의 오른쪽 石석을 戶호로, 姦간을 奻간으로, 纛독의 윗부분을 毒독으로, 奋인을 丞로, 冤원자 위에 점을 더하여 宽원으로, 鄰린을 隣린으로, 牟모의 아래 牛우를 午오로, 互호를 乄로, 元원의 윗 부분 一을 丶으로, 舌설의 윗부분을 千천으로, 蓋개를 盖개로, 京경을 亰으로, 皎교의 왼쪽 白백을 日일로 쓰는 것도 틀린 것이다.

次차는 欠흠 부수인데 冫빙 부수로, 鼓고의 오른쪽 支지를 皮피로, 潛잠·譖참·僭참의 오른쪽을 替체로, 出출을 山산자 두 개로, 覺각의 윗부분을 與여로, 遊유와 於어자에서 方방을 才재로, 皁조를 皀조로, 曷을 昌갈로, 匹필을 疋필로, 收수를 妆로, 敍서를 敘서로 쓰는 것도 틀린 것이다.

臥와는 臣신과 人인이 결합된 글자인데 人을 卜복으로, 改개의 왼쪽 글자는 십간十干 중 '戊己무기'의 '己'인데 巳사로 쓰고 几범을 凡범으로, 允윤을 允으로, 館관을 舘관으로, 覽람을 覧람으로 쓰는 것도 틀린 것이다.

祭제는 月[肉]과 又가 합쳐진 것인데 祭로, 瞻을 瞻첨으로, 緤보는 糸사 부수인데 衣의 부수로, 淫음을 㾫로, 徧편을 遍편으로, 徼요를 僥로, 漾양을 漾으로, 거문고의 '弦현'은 弓궁 부수인데 系계 부수로, 輕경을 軽으로 쓰는 것도 모두 틀린 것이다.

2. '主臣주신'의 의미 主臣

한나라 문제文帝가 진평陳平에게 옥사의 판결과 세금에 대해 묻자 진평이 사죄하며 말했다.

"황공하옵니다.[主臣]"

진평의 이 답은 『사기』와 『한서』에 똑같이 기록되어있다.

장안張晏은 '주신主臣'이라는 말이 "지금 사람들이 사죄할 때 쓰는 '황공惶恐'과 같다"고 했고, 문영文穎은 "황공惶恐이라는 말은 지금의 죽을 죄死罪라는 것과 같다"고 보았다. 진작晉灼은 "주主는 치다·때리다擊는 의미이이고, 신臣은 굴복服한다는 의미이다. '擊服격복'은 황공하다는 말이다"라고 설명

369

했다.

마융馬融 「용호부龍虎賦」의 다음 구절은 바로 그 의미를 활용한 것이다.

> 용감한 자든, 겁쟁이든 그를 보면 모두 '황공하옵니다'라고 하였다.[勇怯見之, 莫不主臣.]

『문선文選』에 양梁나라 임방任昉의 「주탄조경종奏彈曹景宗」[19]이 수록되어 있다. 먼저 조경종의 죄를 서술하고 그런 후에 이어서 "景宗卽主臣경종즉주신"이라고 하고서 "謹案某官臣景宗근안모관신경종"이라고 했다. 또 「탄유정彈劉整」[20]에서도 역시 "整卽主臣정즉주신"이라고 했다. 남조 제齊나라 심약沈約의 「탄왕원문彈王源文」[21] 역시 그러하다. 이선李善은 『한서』와 『사기』 중 관련 있는 내용을 취하지 않고 왕은王隱의 『진서晉書』 중 유순瘐純이 자신을 탄핵한 문장을 인용하면서 '主'자까지 한 구절로 끊고, '臣'자를 다음 구절과 연결시켜야 한다고 보았는데 이는 잘못된 것이다. 이렇게 단락을 끊는다면 '某人卽主모신즉주'가 무슨 의미인가?[22]

· ·

19 「奏彈曹景宗」: 후위後魏가 양梁나라의 국방상 요충지인 사주司州를 포위하자 조경종曹景宗은 사주를 구하라는 명을 받았다. 그러나 조경종은 작전 시기를 놓쳤고 결국 사주는 함락되었으며 삼관三關까지 잃었다. 후에 어사중승이 된 임방이 조경종의 탄핵을 주청하는 「주탄조경종」을 올렸으나 양나라 무제는 조경종이 공신이기 때문에 죄를 묻지 않았다.

20 「彈劉整」: 유정劉整이란 자가 과부가 된 형수 범씨范氏를 능욕하고 조카를 학대한 행실에 대해 탄핵한 글이다.

21 「彈王源文」: 왕원王源이 자신의 딸을 당시 거부였던 만장지滿璋之의 셋째 아들에게 시집보내고 결혼 예물로 5만금의 돈을 받았다. 왕원이 그 돈으로 잉첩媵妾을 사들여 주색에 탐닉하자, 심약은 이 글을 올려 왕원을 탄핵하며 그의 면직과 처벌을 주장하였다.

22 이 부분은 홍매가 잘못 이해한 듯하다. 『문선』에 인용된 구절들은 '主臣'과는 관계가 없으며, 이선의 주대로 읽는 것이 더 순통하다. 「주탄조경종奏彈曹景宗」의 "조경종이 곧 주범입니다. 신이 삼가 상고해 보았습니다.[景宗卽主, 臣謹案]"라고 끊어 읽어야 한다. 이는 탄핵 상소문에서 사용되는 상투적인 문구로 홍매가 인용한 「탄유정彈劉整」과 「탄왕원문彈王源文」에도 모두 보이는 구절이다. 유정의 탄핵문에는 "整卽主. 臣謹案"이, 왕원의 탄핵 상소문에는 "源卽主. 臣謹案"이 있다. 특히 『문선』의 중요 판본 계열 중 하나인 서울대학교 규장각 본에는 「탄왕원문」 중 "源卽主"가 "罪主"로 되어있다. 규장각본은 지금 전해지고 있는 어떤 『문선』 판본보다 오래된 『이선주李善注』와 『오신주五臣注』를 저본으로 완성된 최초의 육가본으로 알려져 있다는 점에서 신뢰할 수 있는 판본이다.

3. 경화어원 景華御苑

최언[23]은 원부[24] 연간 상서를 올렸다가 간사스럽고 사악한 무리[邪黨]로 몰려 숭녕[25] 연간까지 감금되어 있었다. 후에 낙남[26]에서 농지를 감찰하는 업무를 맡게 되었다. 회절원會節園에서 손님을 배웅한 적이 있는데 그 때가 겨울의 끝 무렵이라 매화가 피어있었다. 이듬해 봄, 환관 용좌容佐가 황궁을 감수하면서 회절원을 귀속시켜 경화어원景華御苑이라고 하였는데 최언은 이를 알지 못했다. 늦은 봄이 되어 다시 마른 말을 타고서 노병老兵과 함께 회절원 안을 노닐다가 매화 아래에 앉아 시를 지었다.

지난 해 백옥같이 흰 꽃이 있던 자리에는	去年白玉花,
짙은 나무 가지 사이 열매가 달려있네.	結子深枝間.
잠시 쉬다보니 떠오르는 그 날의 기억	小憩藉淸影,
고개 숙여 생각하니 마음이 시려온다.	低顰啄微酸.
옛 사람은 보이지 않고	故人不可見,
화창한 봄날은 이제 이미 저물어가네.	春事今已闌.
나무를 돌며 발자취를 찾아보지만	繞樹尋履跡,
흙에는 꽃 얼룩만 부질없이 남아있네.	空餘土花斑.

용재사필 권 12

다음 날, 용좌가 회원절에 들어왔다가 땅 위에 말똥이 있는 것을 보고는 최언이 왔다 갔다는 사실을 알게 되었다. 당시 주부州府의 관료들은 용좌에게 잘 보이려 애를 썼으나, 최언은 한 번도 그를 찾아온 적이 없었다. 용좌는 즉시 상주를 올려 최언이 함부로 어원에 들어와 어지럽혔다며 탄핵했

---

23 崔鷗(1058~1126) : 북송의 간관. 자 덕부德符. 원우 연간 진사에 급제하였다. 휘종이 막 즉위했을 때 상서를 올려 사마광을 칭송하고 장돈章惇의 죄를 폭로하여 채경에게 '사당邪黨'이라 지목되어 파면되었고 겹성郟城(지금의 하남성河南 겹현郟縣)에 10여 년간 은거하였다. 선화宣和 6년(1124) 다시 기용되어 전중시어사殿中侍御史가 되었고, 흠종이 즉위하자 간관에 임용되었으나 얼마 후 병으로 세상을 떠났다.
24 元符 : 송나라 철종哲宗의 연호(1098~1100).
25 崇寧 : 송나라 휘종徽宗의 연호(1102~1106).
26 洛南 : 낙수洛水의 남쪽에 있기 때문에 낙남이라 하였다. 지금의 섬서성陝西省 상낙시商洛市에 속한다.

고, 결국 최언을 파면시키라는 조서가 내려왔다. 최언은 본래 가난했기에 여러 현인의 집을 전전하며 먹고 지내게 되었고, 이런 상황이 오래되자 결국 고향인 양적^{陽翟}[27]으로 돌아가, 정강^{靖康}[28] 연간 세상을 떠났다. 미천한 말단 관리이니 역사에 그의 일생이 기록되지 못할 것임을 알기에 나는 사건의 전말을 자세히 조사하여 그의 전기를 썼다. 특히 이 사건을 전기에 상세히 수록하여 군자인 최언의 불행을 애도하였다. 마영경^{馬永卿}의 『나진록^{懶眞錄}』 중 최언과 관련된 내용이 있으나 이 책을 구할 수가 없어 여기에 기록해 둔다.

4. 주가 부로 승급되어도 진이 되지 못한다 州陞府而不爲鎭

지방 주군^{州郡}의 명칭 중 부^府[29]가 가장 중요하다. 절도사가 배치된 중점 진^鎭[30]이라도 부^府만 못하기 때문에 '부'이면서 절도사가 되지 않은 적은 없었다. 그러나 근래에 촉주^{蜀州}[31]가 숭경부^{崇慶府}로, 검주^{劍州}[32]가 융경부^{隆慶府}로, 공주^{恭州}[33]가 중경부^{重慶府}로, 가주^{嘉州}[34]가 가정부^{嘉定府}로, 수주^{秀州}[35]가 가흥부^{嘉興府}로, 영주^{英州}[36]가 영덕부^{英德府}로 승급되었다. 촉주와 검주는 이미

용재수필

. . . .

27 陽翟 : 지금의 하남성^{河南省} 우주시^{禹州市}.

28 靖康 : 남송 흠종^{欽宗} 시기 연호(1126〜1127).

29 府 : '부'는 당나라 때 처음 설치되었다. 처음에는 3개의 부로 옹주를 경조부로, 낙주를 하남부로, 병주를 태원부라 하였다. 이후 성도부가 설치되었고, 오대에는 5개의 부가 있었다. 송대의 지방 행정 단위는 로^路·주^州(부^府)·현^縣으로 나뉘어졌는데 '부'가 '주'보다는 약간 상위였다. 그러므로 규모가 큰 주는 대부분 부로 승격되었다.

30 鎭 : 당나라 시기 처음으로 국경지역을 수비하기 위하여 진을 설치하였는데 진의 우두머리는 변방 수비를 담당할 뿐 관리로서의 등급은 현령^{縣令}과 동등했다. 중당시기부터 진의 지위가 상승되고 권력이 커지면서 국경 지방에만 설치하던 진을 내지에도 설치하게 되었고 장관을 절도사라 하여 그 지역의 군사 업무를 총괄하게 하는 권력을 부여하였다.

31 蜀州 : 지금의 사천성 숭경^{崇慶}.

32 劍州 : 지금의 사천성 검각^{劍閣}.

33 恭州 : 지금의 사천성 파현^{巴縣}.

34 嘉州 : 지금의 사천성 악산^{樂山}.

35 秀州 : 지금의 절강성 가흥^{嘉興}.

숭경군崇慶軍[37], 보안군普安軍의 편제가 있지만 공주와 가주 이하 각 주는 지방 군대가 배치되지 않았다. 그러므로 군부의 관료들을 모부군사판관某府軍事判官·추관推官이라 부르는 것은 부府와 맞지 않는 것으로, 모두 담당 관료의 과실이다. 신양군信陽軍[38]은 작은 규모의 진영인데 사호참군司戶參軍의 직함이 절도추관節度推官까지 겸하고 있으니 더욱 가소로운 상황이다.

전에 내가 경사에 있을 때 여러 번 이부상서에게 이에 대해 이야기 하였으나 조정에 아뢸 필요가 없다고 하면서, 관련 문건을 검토하여 변경 사항을 하부 기관에 통지하면 충분하다고 했다. 그러면서 "오랫동안 이렇게 해 왔던 것이네"라고 했는데, 결국 그러한 잘못된 관습이 고쳐지지 않고 줄곧 지금까지 이어져 왔다. 형님이신 문안공文安公[39]이 좌선시랑左選侍郎[40]을 지내셨으나 그때에도 이에 대해 알지 못하셨다.

5. 자식을 알아 본 세 황제 漢唐三君知子

영명한 군주는 자식 중 재능이 있는 자를 알아보고 칭찬하며 편애하기 마련이다.

한 고조 유방劉邦이 조왕趙王 유여의劉如意가 자기를 닮았다고 하며 혜제惠帝[41] 대신 태자로 삼으려 했으나 대신들의 만류로 그쳤다.

한 선제宣帝는 회양왕淮陽王 유흠劉欽[42]이 체격이 건장하고 경서와 법률을

....

36 英州 : 지금의 광동성 영덕英德.
37 軍 : 송나라의 행정 구역 명칭. 송나라는 전국에 18로를 두었고 그 아래 주州·부府·군軍·감監 322곳을 두었다.
38 信陽軍 : 지금의 하남성 신양信陽.
39 文安公 : 홍매의 작은 형 홍준洪遵을 지칭한다.
40 左選 : 송나라 시기 이부吏部에서 관리를 전형할 때 문관의 선발을 좌선左選, 무관의 선발을 우선右選이 맡았다.
41 惠帝(B.C.210~B.C.188/ 재위 B.C.195~B.C.188) : 전한의 제2대 황제 유영劉盈. 고조高祖의 맏아들이다. 처음 태자가 되었을 때 고조가 너무 착해 빠졌다고 여겨 척부인戚夫人이 낳은 아들 조왕趙王 유여의劉如意를 세우려고 했지만, 대신들과 장량張良의 계책으로 위기를 모면했다. 즉위한 뒤 여태후呂太后가 조왕을 죽이고 척부인의 손발을 잘라 옥에 가두었다.

좋아하고 총명하고 재능이 있는 것에 감탄하며 "정말 내 자식이구나!"라고 칭찬했다. 선제는 늘 유흠을 태자로 삼을 마음이 있었지만, 당시 태자는 선제가 미천했을 때 어미 없이 키운 자식이라 차마 그러지 못했다.[43]

당 태종太宗은 오왕吳王 이각李恪이 영민하고 결단력 있는 점이 자신을 닮았다며 당시의 태자인 이치李治를 대신해 태자로 삼으려고 했다.[44]

그 후에 유여의는 여후呂后에게 죽임을 당했고, 이각은 장손무기長孫無忌에게 죽임을 당했으며, 회양왕 유흠은 장박張博의 일에 연루되어 죽을 뻔했다. 결국 이 세 왕의 재능은 발휘되지 못했다.

결국 황제의 자리에 올랐던 혜제의 유약함 때문에 유씨 황족들은 여후 일족에게 거의 다 죽을 뻔했다. 선제의 뒤를 이은 효원제孝元帝는 우유부단하여 환관들이 정권을 장악하였고 이로부터 한나라가 기울기 시작했다. 당 태종의 뒤를 이은 고종은 무능해 측천무후則天武后의 손아귀에서 정권이 농단되었고 당나라 황실은 참혹한 화를 입었다. 이 세 명의 황제들이 대업을 잇지 못할 것은 분명한 것이었다. 한나라 고조와 선제, 당나라 태종은 아들의 외모가 아닌 재능을 보고 고민했던 것이다. 아들을 아는 데는 아버

. . . .

42 劉欽(?~B.C.28) : 모친은 선제의 총애를 받았던 장첩여張婕妤이다. 장첩여를 총애하였고 유흠 또한 총명했기에 선제는 유흠을 태자로 세우려 했으나, 태자의 어미가 일찍 죽은 것을 안타깝게 여겨 차마 폐하지 못했다. 외삼촌인 장박張博의 형제들이 유흠에게 모반을 종용하였으나 유흠은 따르지 않았다. 결국 일이 누설되어 장박은 주살되었다.

43 태자 유석劉奭(원제元帝)은 선제가 형명刑名에 익숙한 법률관리들을 대거 기용하자 유학자를 중용해야 한다는 진언을 하였다. 유가적 이념만으로 나라를 다스릴 수 있다고 여기는 태자의 태도에 선제는 "한나라를 어지럽게 할 사람은 태자일 것"이라며 태자를 바꿀 생각을 하였고, 유가를 공부하면서 법률에도 해박했으며 총명하고 민첩한 유흠에게 끌렸다. 그러나 태자 유석은 선제가 젊어서 고생할 때 함께 했던 허황후가 낳은 아들이었고, 허황후가 억울한 죽임을 당해 태자는 어려서 어머니를 잃는 불행을 겪어야 했기에 선제는 차마 유석을 폐위하고 유흠을 태자로 책봉할 수 없었다.

44 오왕 이각은 수 양제의 딸인 양비楊妃의 소생으로 무덕 3년(620), 촉왕에 봉해졌다가 무덕 10년(627), 오왕에 봉해진다. 이각은 문무에 재능이 있어, 당 태종이 항상 자신을 닮았다고 하고 태자로 세우고자 했다. 그러나 대신 장손 황후의 오라비인 장손무기는 자신의 외조카인 태종의 아홉째 아들 이치를 세우고자 했고 결국 이치가 태자가 된다. 장손무기는 이치를 태자로 세운 후, 모반을 빌미삼아 이각을 죽임으로써, 후환을 없앴다.

지만 한 이가 없는 법이다.

훗날 당나라의 명승엄明崇儼은 중종中宗[45]이 태종과 용모가 흡사하다 말했고, 장열張說은 태종과 숙종肅宗[46]의 얼굴이 똑같다고 했는데 이는 그저 겉모습이 흡사함을 말한 것이다. 중종의 재능은 태종과 천양지차다.

한 성제成帝의 애첩 조궁曹宮은 아들을 낳고 이렇게 말했다.

"내 아이는 이마 위에 장발壯髮[47]이 있어 효원황제孝元皇帝와 닮았다."

정말 효원황제라고 해도 별 볼일 없는 인물인데, 하물며 모습을 닮은 것이 무슨 의미가 있겠는가?

6. 관리의 관청 수리 當官營繕

원풍元豊 원년(1078), 범순수范純粹[48]가 중서검정관中書檢正官에서 서주徐州의 등현滕縣으로 좌천되었다. 그는 관청과 아전의 숙소 116칸을 새롭게 수리하였다. 그러나 자신의 침실만은 수리하지 않았는데, 이는 사람들의 비난을 피하기 위해서가 아니라 다만 겨를이 없었을 뿐이라고 했다. 당시는 신법新法이 시행되고 있었기 때문에 사대부들의 생활은 매우 궁핍했다. 2천석의

. . . .

45 中宗(656~710/ 재위 683~684, 705~710) : 고종高宗의 일곱 번째 아들. 제위에 오르고도 어머니 무후武后가 정치에 참여해 간섭을 받았는데, 폐위되어 여릉왕廬陵王이 되었다가 균주均州로 옮겨지고, 다시 방주房州로 옮겨졌다. 무주武周 성력聖曆 2년(699) 다시 태자가 되었다. 신룡神龍 2년(706) 장간지張柬之 등이 우림병羽林兵으로 난정亂政을 토벌하자 비로소 제위와 당이라는 국호를 회복했다. 복위한 뒤 황후 위후韋后와 무삼사武三思 등이 권력을 장악했고, 안락공주安樂公主는 매관매직을 자행했다. 7년 동안 재위에 있었고, 위후와 장락공주에 의해 독살 당했다.

46 肅宗(711~762 / 재위 756~762) : 당나라 제7대 황제 이형李亨. 현종의 셋째 아들. 756년 안록산의 난으로 현종과 함께 사천四川으로 피신하던 도중 금군禁軍의 일부를 이끌고 북상하여 영무靈武에서 스스로 제위에 올랐다. 7년 동안 재위했고, 장량張良의 누이동생과 환관 이국보李國輔, 어조은魚朝恩 등을 총애하여 병화兵禍가 끊이지 않았다. 보응寶應 원년(762) 이국보 등이 장황후張皇后를 살해하고 태자를 옹립하자 놀람과 두려움 속에 죽었다.

47 壯髮 : 이마까지 머리털이 난 것으로 제왕의 기상을 갖춘 것을 말한다. 한 원제가 장발이라서 사람들에게 보이지 않으려고 두건으로 감추었던 고사가 있다.

48 范純粹(1046~1117) : 북송 저명 문학가이자 정치가인 범중엄范仲淹의 넷째 아들. 자 덕유德孺.

관리라 하더라도 한 푼이나 곡식 한 알이라도 마음대로 사용할 수 없었고 반드시 장부에 기록해야만 했다.

동파공東坡公 소식蘇軾은 그의 청렴함에 감탄하여 마침 그가 서주 지주로 부임하자 그를 위해 기문記文을 지었다. 대략의 내용은 이러하다.

> 관청은 전임자들에게 인수받아 사용하고 계속해서 후임자에게 인계해 주는 곳이므로 결코 자기만을 위한 것이 아니다. 지금 수리하지 않으면 나중에는 수리비가 배로 늘어난다. 그러나 요사이는 검소함만 강조하면서 토목 공사를 꺼리게 되었다. 기울고 허물어진 상태로 후임자에게 물려주면서 누구도 감히 나서서 서까래 하나 바꾸려 하지 않으니 이는 어찌된 일인가!49

이 글이 나오자 당시 시류를 쫓는 신진사대부들은 범순수를 질투하며 못마땅히 여겼다.

국사를 살펴보니 개보開寶 2년(969) 2월에 이러한 조서가 있었다.

> 부임 첫날에 반드시 지붕을 새로 이는 것은 옛날 어질고 현명한 관리의 일이었다. 그러나 오늘날에는 각 도道의 번진藩鎮, 군현의 관사와 창고가 훼손되어도 수리를 하지 않는다. 시간이 오래되어 무너지는 지경에 이르러 공사를 하게 되면 곱절의 인력과 재력이 든다. 지금부터 절도사節度使·관찰사觀察使·방어사防禦使·단련사團練使·자사刺史·지주知州·통판通判 등은 임기가 만료되면 관사에 훼손된 것이나 수리한 상황의 유무를 모두 문서에 기록하여 후임자에게 전달해 주도록 한다. 지방 장관의 속리와 주현州縣의 관리들은 업무의 인수인계를 할 때 이를 인사고과의 이력에 반영한다. 훼손된 곳이 있으면 진급을 한 차례 정지시키고, 관청을 잘 수리, 보수하면서도 백성에게 부담을 주지 않은 자는 한 차례 진급을 승진시킨다.

태조가 창업한 후 막 10년이 되었을 때 이 조서를 반포하였다. 작은 부분까지 힘쓰는 것이 이러한 정도에 이르렀다니! 그러나 훗날 관료들은 이런 일에는 별로 신경을 쓰지 않았다. 사리에 어둡고 남을 헐뜯기 좋아하는 자들은 허물어진 관사 수리에 힘쓰는 이들을 도리어 명목을 조작하여

49 「등현공당기滕縣公堂記」

용재수필

몰래 관전을 훔친다고 지목한다. 결국 혐의를 피하기 위해 관사가 기울고 허물어지는 것을 무시하고 아무것도 하지 않다가 결국 어찌 할 도리가 없는 상황에 이르게 된다. 탐관오리가 비리를 행하려고 마음먹는다면 하지 못할 것이 없을 텐데 하필 관청 수리를 구실 삼을 필요가 있겠는가?

7. 『주역 · 혁괘』 중 '治曆明時치력명시'의 의미 治曆明時

『주역周易 · 혁革』의 단사彖辭는 이러하다.

> 천지지간의 변화는 사시를 만들어냈다. 상나라 탕왕과 주나라 무왕의 혁명은 하늘에 순응하고 민의에 응한 것이다.[天地革而四時成. 湯、武革命, 順乎天而應乎人.]

위魏 · 진晉 이래, 왕조의 교체는 반드시 이 설을 근거로 했다. 이에 대해 고찰을 해 보니 한나라 원고생轅固生과 황생黃生이 경제景帝 앞에서 탕왕과 무왕에 대해 논쟁했을 때는 다만 천명의 시비를 평하기만 했지 『주역』을 논쟁의 근거로 인용하지 않았다.[50]

혁괘革卦의 상사象辭에는 "군자는 역법을 다스려 때를 안다[君子以治曆明時]"고 했는데, 이는 군주의 교체와 관련이 없다. 손자인 언偃[51]이 역학에 관심이 많은데 당나라 승려 일행一行의 『대연력大衍曆 · 일도의日度議』[52]에 이러한 내용이 있다고 한다.

---

50 『사기 · 유림열전』에 경제 면전에서 원고생과 황생이 논쟁을 벌인 일이 수록되어 있다. 황생은 탕왕과 무왕이 천명이 아니라 군주를 시해한 것이라 했고, 원고생은 백성들이 탕왕과 무왕에게 귀속하였으므로 이것이 천명이라 주장하였다.

51 원문은 '偃孫'이다. 『용재사필』 권9의 「장위공일사蔣魏公逸史」에 '孫偃有問, 書以示之'라는 구절이 있고, 『송사 · 예문지』에 '洪偃, 『五朝史述論』八卷'이 있고 하주下注에 '洪邁孫'이라고 되어 있다. 따라서 '孫偃'이 되어야 한다고 본다.

52 『大衍曆』: 승려인 일행一行이 현종玄宗의 명을 받아 728년에 만들고, 이듬해인 729년부터 이 역법을 시행해서 33년 동안 사용하였다. 천체관측에 충실한 우수한 역법으로 전하며, 『주역周易』의 '대연수大衍數'에 근거를 두고 만들었다 하여 '대연력'이라 하였다.

『전제력顓帝曆』에 상원上元인 갑인甲寅년 정월正月 갑인甲寅일 새벽 처음 합삭合朔[53] 입춘立春, 해와 달, 오성五星[54]이 모두 동북東北 방향을 향하였다. 탕湯임금이 은력殷曆을 만들어 다시 11월 합삭合朔 동지를 상원上元으로 하였고, 주나라 사람들도 이를 따랐다.

이것이 '역법을 다스리는 것[治曆]'이다.

삼통三統이 만들어진 것은 하夏나라는 인寅을 첫 달로 하였기에 인통人統이라 하고, 은殷은 축丑달을 첫 달로 하기에 지통地統을, 주周 무왕武王은 자子를 첫 달로 하였기에 천통天統을 얻었다고 한다. 이것이 '때를 안다[明時]'는 것이다.

혁명革命은 유흠劉歆[55]이 지은 『삼통력三統曆』과 『삼통력보三統曆譜』에서 혁괘의 단사彖辭를 인용하여 "탕과 무의 혁명[湯武革命]"이라고 말한 것에서 비롯되었다. 또 "역법을 다스려 때를 알고 이것으로 사람의 도와 화합한다[治曆明時, 所以和人道也]"라고 했을 뿐이다.

이 앞에서 『일서逸書』의 "선기혁명先其革命"이라는 말을 인용했다. 안사고顏師古는 이렇게 설명하였다.

왕이 제왕의 업을 이루고 나면 먼저 역수曆數를 제정하고 그것에 근거해서 모든 일의 명령이 반포됨을 말한 것이다.

이것으로 보건데 혁명은 제왕이 정삭을 개정하는 것이지 천하를 소유하는 것을 말하는 것이 아니다. 하물며 대연大衍은 49를 쓰고[56] 일행一行은 이를

53 合朔 : 달이 해와 지구의 사이에 있어서 일직선을 이룬 때로, 흔히 일식日蝕이 생긴다.
54 五星 : 수, 목, 금, 화, 토의 5행성을 가리킨다.
55 劉歆(B.C.53?~25) : 전한 말기의 유학자. 자 자준子駿. 나중에 이름을 수秀, 자를 영숙潁叔으로 고쳤다. 아버지 유향劉向과 궁정의 장서를 정리하고 육예六藝의 군서群書를 7종으로 분류하여 『칠략七略』이라 하였다. 이것은 중국 최초의 체계적인 서적목록으로 현존하지는 않지만, 『한서漢書·예문지藝文志』가 대체로 그에 의해서 엮어졌다. 『좌씨춘추左氏春秋』·『모시毛詩』·『일례逸禮』·『고문상서古文尙書』를 특히 존숭하여 학관에 이에 대한 전문박사를 설정하기 위하여 당시의 학관 박사들과 일대 논쟁을 벌였으나 뜻을 이루지 못하고 하내태수河內太守로 전출되었다. 그 후 왕망王莽이 한왕조를 찬탈한 후 국사國師로 초빙되어 그의 국정에 협력하였다. 만년에는 왕망에 반대하여 모반을 기도하였으나 실패하여 자살하였다.

근거로 역법을 만들었다. 혁괘革卦가 바로 『주역』의 49번째 괘이니 이는
분명히 역법을 말한 것이다. 「단사彖辭」의 윗 구절 '천지혁이사시성天地革而四
時成'을 생각해보면 의미는 더욱 명확해진다. 후세의 유가들은 『주역』을
칭송하면서 모두 이에 대해서는 언급하지 않았다. 왕필王弼도 이에 대해서
는 한 마디도 하지 않았다.

8. 고속 승진 仕宦捷疾

　　당나라에 부유예傅遊藝라는 사람이 있었는데 1년 동안 청색[靑]·녹색[綠]·
붉은색[朱]·자주색[紫]의 관복으로 바뀌었기에, 당시 사람들이 그의 승진이
아주 빠르다는 의미로 '사시사환四時仕宦'이라 불렀다.

　　송나라의 관복 등급은 녹색[綠]·붉은색[緋]·자주색[紫]의 세 등급뿐이다.
자주색의 도포는 무관 외에 문관은 6등급의 구별이 있다. 일반 관료는
검은 색의 뿔로 만든 띠를 두르고 금어金魚를 찬다. 아직 시종侍從이 아니지
만 특별히 대帶를 하사받은 관원은 여지오자荔枝五子 도안이 그려진 띠를
두르고 어패는 차지 않는다. 중서사인中書舍人·간의諫議·대제待制·권시랑權
侍郎은 붉은 가죽 띠[紅鞓]와 검은 무소 뿔 띠를 두르고 어패를 찬다. 권상서權
尚書·어사중승御史中丞·자정資政·단명전각학사端明殿閣學士·직학사直學士·정
시랑正侍郎·급사중給事中은 금색의 어선화御仙花[57]를 수놓은 띠를 두르고 어패
를 차지 않는데 이를 '횡금橫金'이라 한다. 한림학사翰林學士 이상 정상서正尚書
는 어선화를 수놓은 띠를 두르고 어패를 차는데 이를 '중금重金'이라 한다.
집정관재상執政官宰相은 방단구문대方團毬文帶[58]를 두르는데 속칭 '홀두毬頭'라고
하는 것이다. 자주색 도포의 등급은 이러하다. 일반적인 순서를 따라 차례대

---

56 『周易·繫辭傳上』: 大衍之數五十, 其用四十有九.
57 御仙花 : 여지荔枝의 별칭.
58 毬路帶 : 송대 대신들이 착용했던 허리띠. 공 모양의 무늬가 수놓아져 있으며 도포 위에
　　묶는다. 이를 '홀두毬頭' 혹은 '홀두대毬頭帶'라 한다.

로 승진하지 않고 등급을 뛰어넘은 초고속 승진의 경우는 다르다.

소흥^{紹興59} 연간, 송박^{宋樸}이 시어사^{侍御史}에서 어사중승^{御史中丞}으로, 시거^{施鉅}는 중서검정^{中書檢正}, 정중웅^{鄭仲熊}은 우정언^{右正言}에서 모두 권시랑^{權侍郎}으로 승진하였다. 세 사람은 모두 관직을 수여하는 공문을 받은 날 관복을 바꾸었는데 감사 인사를 올리러 조회에 참석한 날 집정관^{執政官}에 임명되었다. 송박과 시거는 붉은 색[緋], 정중웅은 녹색[綠] 관복이었는데 자주색 관복을 입은 다음 날, 구문대^{毬文帶}를 하사받은 것이다. 시종관 이하의 관직은 정식으로 인사를 올리러 조회에 참석할 때가 되어서야 요대를 바꾸는데 집정관의 임명이 결정되자 황제는 즉시 환관을 보내 구문대를 가져오게 하여 하사하였다. 세 사람은 결국 황제가 하사한 복장을 갖춰 입고 도당^{都堂60}으로 가 직무를 시작하였으니 고속 승진이라 할 만하다.

이강^{李綱61}의 경우는 이와 다르다. 선화^{宣和} 7년(1125) 12월 29일, 이강은 태상소경^{太常少卿}에서 병부시랑^{兵部侍郎}에 제수되었다. 감사 인사를 올리기 전인 정강^{靖康} 원년(1126) 정월 4일, 오랑캐 군대가 거의 경성까지 도달하였다. 이강은 변경의 일로 황제를 뵐 것을 청했다. 당시 재상이 일을 아뢰고서 아직 퇴청하지 않은 상황이었는데 이강은 지합문사^{知閤門事} 주효장^{朱孝莊}에게 말했다.

"급한 공사가 있어 집정과 조정에서 토론하고자 하오."

주효장이 말했다.

"집정관이 퇴조하지 않았는데 속관이 대면을 청하는 법은 없습니다."

· ·
59 紹興 : 남송 고종^{高宗} 시기 연호(1131~1162).
60 都堂 : 상서성은 동쪽에 이^吏·호^戶·예^禮 3부, 서쪽에 병^兵·형^刑·공^工 3부가 있으며, 좌·우 복야가 각 부를 총괄하는데 이를 도성^{都省}이라 하며, 이 업무를 총괄하는 곳을 도당이라 한다.
61 李綱(1083~1140) : 북송 휘종때의 명신. 자 백기^{伯起}. 호 양계^{梁溪}. 휘종^{徽宗} 연간에 금^金이 쳐들어오자 병부 시랑^{兵部侍郎}으로 화의^{和議}를 배척하고 맞서 싸울 것을 강력하게 주장하다가 귀양 갔으나, 고종^{高宗}이 즉위하자 재상이 되어 금나라와의 전쟁을 지휘하였다.

이강이 말했다.

"지금이 어떤 때인데 전례를 따진단 말이오!"

주효장은 즉시 아뢰었다. 황제는 조서를 내려 이강이 들어와 집정관의 끝자리에 서도록 했다. 당시 집정관은 어가를 호위하여 경성을 빠져 나가 양주襄州와 등주鄧州로 가는 것을 논의하는 중이었는데 이강은 경성을 지킬 것을 고집했다. 흠종이 물었다.

"누구를 우두머리로 삼을 만한가?"
"신이 죽음으로써 나라에 보답하겠습니다. 다만 신이 미관 말직인지라 군사들이 제게 복종하지 않을까 걱정입니다."

백시중白時中이 이강을 예부상서禮部尚書로 임명할 것을 청하자 이강이 말했다.

"그것도 시종侍從의 직책일 뿐입니다."

그리하여 바로 상서우승尚書右丞에 임명하였다. 이강이 말했다.

"신이 아직 정식으로 조회에서 사은하지 않아 아직 녹색 관복을 입고 있으므로 내조와 외조의 관료들이 복종하지 않을 것입니다."

흠종은 당장에서 도포와 띠, 홀笏을 하사하였고 이강은 그것을 착복하고서 감사인사를 올렸다.

"난국이니 감히 사양하지 않겠습니다."

이는 붉은색[緋]과 자색[紫]의 단계를 거치지 않고 최고 단계로 진급한 것으로 전례에 없던 것이다.

9. 문학 관료에 대한 홀대 詞臣益輕

북송 영종 치평治平[62] 이전 한림학사翰林學士[63]와 지제고知制誥[64]를 양제兩制라 불렀다. 한림학사에서 면직되어 외지로 임명되는 자는 단명전학사端明殿學士를 받았는데 이를 '환직換職'이라 한다. 희녕熙寧[65] 이후 용도각학사龍圖閣學士로 임명하기 시작했고 소흥紹興 연간 이후부터는 점점 더 이전만 못하게 되었다. 기거주起居注에 임명된 자는 순서대로 지제고知制誥에 임명되고 그 다음과 지제고의 임명을 사양한 자는 대제待制로 임명된다. 조개趙槪·풍경馮京·증공량曾公亮·사마광司馬光·여공저呂公著가 그러하다. 학사學士의 자리에 공석이 생기면 순서대로 채워 넣었는데 만약 재상이 좋아하는 자가 아니면 시독학사侍讀學士가 되었으니 유원보劉原甫가 그러하다. 재직한지 얼마 되지 않아 외지로 임명되어 추밀직학사樞密直學士에 임명된 자는 한기韓琦이며, 용도직학사龍圖直學士로 임명된 자는 구양수이다. 이후 포상으로 발탁되었으나 겨우 대제待制에 임명된 자는 왕시형王時亨이다. 그 외에 아무 일 없이 잘 면직되어 외지에 임명된 자는 집영전수찬集英殿修撰에 그쳤을 뿐이다.

10. 하송도 훌륭한 점이 있다 夏英公好處

하송夏竦[66]에 대한 평판이 좋지 않게 된 것은 「경력성덕송慶曆聖德頌」[67]으로

· ·

62 治平 : 북송 영종英宗 시기의 연호(1064~1067).

63 翰林學士 : 황제의 측근에서 문서 작성 업무를 담당한다. 당나라 덕종德宗 이후, 한림학사는 황제의 측근 고문이자 비서관으로 항상 내정內廷에서 숙직하면서 명을 받아 장상將相의 임명과 파면, 태자 책봉 등의 일에 관한 문서를 지었기 때문에 '내상內相'이라고 불리웠다. 당나라 후기에는 한림학사에서 재상으로 승진하는 경우가 종종 있었다.

64 知制誥 : 황제의 고명誥命을 작성한다는 의미로, 이 일을 담당하는 관리의 관명으로 사용되었다. 당나라 초기에는 중서사인中書舍人이 이 일을 담당하여 외제外制를 작성하였는데 이후 다른 관직으로 대체하기도 했다.

65 熙寧 : 북송 신종 시기 연호(1068~1077).

66 夏竦 : 북송의 재상. 자 자교子喬. 인종仁宗 천성天聖 5년 추밀원부사樞密院副使가 되고, 2년 뒤 참지정사參知政事에 올랐다. 재상宰相 여이간呂夷簡과 의견이 맞지 않아 다시 추밀부사樞密副

인해 하송의 마음이 바르지 않다는 악명이 드러났기 때문이다. 그러나 그에게도 좋은 점이 있었다.

　서하西夏[68]의 강인羌人[69]이 반란을 일으키자, 하송은 사로경략안무초토사四路經略安撫招討使로 임명되었고 한기韓琦가 그의 부장副將이 되었다. 강인이 산외山外를 공격하자 한기는 대장 임복任福에게 회원성懷遠城에서 득승채得勝寨로 향하여 적의 뒤로 돌아가라고 명령했다. 만약 전세가 불리해지면 험난한 지세에 매복해 있다가 그들이 돌아갈 때 퇴로를 차단하라고 명령하면서, 여러 차례 임복에게 계획대로 할 것을 신신당부했다. 그리고 그 명령을 문서로 작성하여 만약 명령을 위반한다면 전공이 있더라도 참형에 처하겠다고 못을 박았다. 그러나 임복은 결국 적에게 속아 호수천好水川에서 참패하고 죽었다. 조정의 여론은 패전의 원인을 한기에게 돌렸다. 그러자 하송이 사람을 시켜 흩어진 병사를 모아 임복의 옷 사이에서 한기가 쓴 문서를 발견하여 잘못은 한기에게 있는 것이 아님을 증명하였다. 그리하여 한기는 관직 한 등급이 강등당하는 것으로 문책을 면할 수 있었다. 하송은 현명하게 이 사건을 해결했다. 그러나 훗날 사대부들은 이 일을 알지 못하기

. . . .

使가 되었다. 경력慶曆 3년(1043) 추밀사樞密使가 되었는데, 대간臺諫의 공격을 받아 박주지주亳州知州로 내몰렸다. 7년(1047) 다시 추밀사가 되었지만 얼마 뒤 탄핵을 받아 하남지부河南知府로 나갔다. 후에 왕약흠王若欽 등과 붕당을 만들어 당시 사람들에게 비난을 받았고, 석개石介는 시를 지어 그를 대간大奸이라고 배척하기도 했다.

67　「慶曆聖德頌」 : 석개石介가 지은 것으로 석개가 국자직강國子直講일 때 여이간이 재상에서 면직되었다. 인종은 한기韓琦·범중엄范仲淹·부필富弼·두연杜衍 등을 기용하였고, 석개는 「경력성덕송」을 지어 조정이 현인을 중용하는 것을 칭송하며 당시 권신이었던 하송을 간신이라고 폄하하였다. 얼마 후 복주통판濮州通判에 임명되었으나 부임하지 못하고 세상을 떠났다. 하송은 예전 일에 앙심을 품고 석개의 죽음이 거짓이라고 무고하여 관을 열고 시신을 조사할 것을 상주하였다. 두연과 많은 사람들이 상주하여 관을 여는 것은 면할 수 있었지만, 처자까지 연루되었으며 20년 후에서야 누명을 벗을 수 있었다.

68　西夏(1038~1227) : 중국 서북부의 오르도스(Ordos)와 감숙甘肅 지역에서 티베트 계통의 탕구트족이 세운 나라이다. 본래의 명칭은 대하大夏이지만, 송宋에서 '서하'라고 불러 이 명칭으로 알려졌으며 1227년 칭기즈칸의 몽골군에 의해 멸망하였다.

69　羌 : 감숙甘肅·청해靑海·사천四川 일대에 분포하던 소수민족. 진한秦漢 시기에는 서강西羌이라 총칭하였다. 유목을 위주로 하며 후에는 서북 지역의 한족과 기타 민족에 융합되었다.

383

용재사필 권12

때문에 내가 기록하여 알려주려 한다.

11. 선조의 인재 임용 祖宗用人

우리 송나라 태조·태종 연간의 인재 임용은 진급과 강등의 빠르고 더딤
이 일정하지 않았다. 만약 재능이 있어 큰 일을 맡길 수 있다면, 경력과
등급을 뛰어넘는 것을 꺼리지 않았고, 명호名號와 거복車服 등의 의제를 아끼
지 않았다.

송기宋琪가 정월에 원외랑員外郞에서 간의대부로 임명되었다가, 3월에 다
시 참지정사參知政事로 진급되었다. 태종은 이방李昉을 중용하고자 하였는데,
당시 이방은 공부상서工部尙書였다. 7월에 송기를 특별 승진시켜 형부상서刑
部尙書직을 겸임하게 하면서, 결국 이방을 재상으로 임명하였다. 송기와 이
방이 똑같이 재상직에 올랐지만, 송기가 이방보다 직책은 위였다. 송기가
원외랑에서 시작해서 1년만에 재상직에 올랐기 때문이다.

석희재石熙載가 태평흥국太平興國 4년(979) 정월, 우보궐右補闕(지금의 조봉랑朝奉郞)
에서 병부원외랑兵部員外郞(지금의 조청랑朝請郞)·추밀직학사樞密直學士에 임명된 지
7일 만에 다시 첨서원사簽書院事에 임명되었다. 4월에는 급사중給事中(지금의 통의
대부通議大夫)에 임명되어 부재상이 되었다가 10월에 형부시랑刑部侍郞(지금의 정의正
議)에 임명되었다. 태평흥국 6년(981)에 호부상서戶部尙書(지금의 은청광록銀靑光祿)·
추밀사가 되었다가 8년(983) 그만두고 우복야右僕射(지금의 특진特進)가 되었으니,
처음부터 여기까지가 5년 동안의 승진이다. 지금의 관계官階로 따져본다면
조봉랑에서 특진이 된 것이다. 당시의 직위 중 추밀직학사樞密直學士는 대부
분 일반 관직에서 발탁되었으므로 짧은 시간에 중용된 것이다.

장제현張齊賢과 왕면王沔 두 사람은 모두 보궐補闕과 직사관直史館에서 낭중郞
中으로 승진하여 추밀직학사로 중임되었고, 반년도 되지 않아 함께 간의대
부諫議大夫·첨서추밀원사簽書樞密院事로 승진되었다.

온중서溫仲舒와 구준寇准은 모두 정언正言(지금의 승의랑承議郞)·직사관直史館에서

낭중郎中으로 승진하였다가 2년의 임기를 채운 후 함께 추밀부사樞密副使에 임명되었다.

상민중向敏中은 원래의 관직 때문에 공부랑중工部郎中에 임명되었다가 3개월이 지난 후 동지추밀원사同知樞密院事[70]로 승진하였다.

전약수錢若水는 동주同州 추관推官에서 입조하여 직사관直史館에 임명되었고, 1년 후 지제고知制誥로, 2년 후 한림학사翰林學士에 임명되었다가 마침내 간의대부諫議 동지추밀원사同知樞密院事가 되었는데, 전후로 5년밖에 걸리지 않았다.

12. 지도 연간의 구로회 至道九老

이방李昉[71]은 재상에서 해임된 후 경사에 거주하면서 사공司空으로 퇴임하였다. 지도至道 원년(995), 당시 그는 71세였다. 이방은 백거이가 낙양에서 구로회九老會를 만들었던 것을 떠올렸는데, 때 마침 자신과 교유하는 벗들 또한 9명이었다. 태자중윤太子中允 장호문張好問이 당시 85세, 태상소경太常少卿 이운李運이 80세, 전 재상 이부상서吏部尙書 송기宋琪와 여주절도부사廬州節度副使 무윤성武允成이 79세, 오吳 지방 승려 찬녕贊寧이 78세, 영주자사郢州刺史 위비魏丕가 76세, 좌간의대부左諫議大夫 양휘지楊徽之가 75세, 수부낭중水部郎中 주앙朱昂과 이방이 71세였다. 이방은 전대의 현인을 계승하여 모임을 만들고자 했으나 마침 촉蜀 지방에서 반란이 일어나는 바람에 무산되었다.

이방이 계획했던 모임에는 두 명의 재상과 승려가 한 명 있다는 점에서 당나라와 북송 원풍元豊 연간의 기영회耆英會[72]와 달랐다. 그러나 이듬해 이

---

70 同知 : 부직副職을 말한다. 송대에는 중앙에 동지합문사同知閤門事·동지추밀원사同知樞密院事, 지방의 부府·주州·군軍에도 동지부사同知府事·동지주군사同知州軍事가 있었다.

71 李昉(925~996) : 북송의 재상. 자 명원明遠. 태종시기에 참지정사와 평장사를 지냈다. 태종의 명을 받아 『태평어람太平御覽』·『태평광기太平廣記』·『문원영화文苑英華』라는 3종의 대작을 편찬하였다.

72 耆英會 : 문언박文彦博이 서도유수西都留守로 있을 때, 연로하지만 명망이 있었던 12명을 부필富弼의 집에 모아서 연회를 베푸니 이것을 낙양기영회洛陽耆英會라 하였다.

방이 세상을 떠나면서 이 일은 결국 성사되지 못했다. 노년의 현인들이 태평 성세에 서로 모여 즐거움을 누리고자 했으나, 그들의 고상하고 멋스러운 계획을 결국 이룰 수 없었으니 조물주가 어찌 이리 인색하단 말인가!

13. 두 차례 재상에서 해임된 이방 李文正兩罷相

재상의 임명과 면직, 은사恩賜의 경중은 성지의 초안을 작성하는 한림학사의 문장력에 영향을 받는다. 문정공文正公 이방李昉은 태평흥국太平興國 8년(983) 공부상서工部尚書로서 집현원集賢院·직사관直史館을 관장하는 재상에 임명되었다. 단공端拱 원년(988), 포의布衣 적마주翟馬周가 이방을 고소하였다. 태종太宗은 학사學士 가황중賈黃中을 불러 제서制書를 작성하게 하였는데, 이방을 재상직에서 파면하여 우복야右僕射로 임명하고 그를 질책하는 내용의 조서詔書를 쓰도록 했다. 가황중이 태종에게 아뢰었다.

용재수필

> "복야는 백관의 수장입니다. 지금 이방이 공부상서에서 복야에 임명되면 이는 승진인 셈이니 처벌의 의미가 없습니다. 그러므로 일과 휴식의 적절한 조화라는 입장에서 고려하여 이방을 과중한 정무로부터 벗어나게 해 주기 위한 것이라고 조서를 작성한다면 좋을 것이라 사료됩니다."

태종은 그의 의견에 동의하였고 다음과 같은 제서가 작성되었다.

> 재상의 자리는 높고 중요하니 현자가 아니고서는 맡을 수 없다. 이방은 평소 덕망이 있으며 오랫동안 나랏일을 위해 애써왔다. 또한 겸손하고 온화하여 군자의 풍모를 갖추었고 고상하고 훌륭하니 하늘의 복을 타고났다 할 수 있다. 이제 삼공의 관직을 그만두고 육경六卿을 총괄하게 함으로써 세속의 편견을 없애는 전례로 삼고 현자를 존중하는 미담을 보이고자 한다.

해임하는 제서의 문사가 이토록 아름다웠다.

순화淳化 2년(991), 이방은 다시 재상의 자리로 돌아왔다가 4년 후 그만두게 되었다. 황제는 그를 우대하고자 좌복야左僕射로 임명하려했는데 학사

장계張洎가 말했다.

"근래에 장마가 백여 일 지속되었는데 이방의 직책은 음양을 조화롭게 하는 것임에도 책임을 지고 자리에서 물러날 결심을 하지 못했습니다. 복야는 우복야가 좌복야보다 낮으니 그의 지위와 명성은 좌복야에 맞지 않습니다. 그를 좌복야에 임명한다면 무엇으로 사대부들에게 장려의 뜻을 보이겠습니까!"

황제는 장계의 상주문 마지막에 지시를 내려 이방을 재상직에서 해임하고 우복야右僕射에 임명하게 했다. 장계는 결국 제서를 작성하면서 이방에 대한 비난을 드러냈다. 서두 부분은 이렇게 시작한다.

음양을 조화롭게 하여 천지를 보좌하는 것이 재상의 책임이다. 만약 재상의 자리에만 미련을 갖고 군주를 제대로 보좌하지 못한다면 비록 집정 대신의 높은 자리에 있더라도 천하를 다스리는 능력을 발휘하지 못하는 것이다. 그러므로 마땅히 교지를 반포하여 중신의 자리에서 물러나게 해야 한다. 이방은 집정이 된 이후 천하를 위한 아무런 해결책도 내놓지 못했고 교화를 관장하는 높은 자리에 오랫동안 있으면서 사람들의 바람을 깊이 저버렸는데 그에게 상서성의 장관을 맡게 하는 것은 우대하는 것이다. 이전대로 상서우복야尙書右僕射에 임명하고 참지정사의 직무를 파면한다.

제서에서는 일반적으로 어떤 관직에 임명한다는 언급만 하는데 여기서 참지정사의 직무를 파면한다고 말한 것은 장계가 첨가한 것이다. 본조 사서 중 이방의 전기에는 이런 기록이 있다.

이방은 장계를 후대하였는데 이방이 재상에서 파면되었을 때 장계가 제서를 작성한 것은 이처럼 각박하였다.

소흥紹興 29년(1159), 심해沈該가 재상에서 해임되었을 때의 제서를 학사 주인지周麟之가 작성하였는데, 마지막에 상서좌복야동평장사尙書左僕射同平章事에서 파면한다는 구문을 첨가한 것은 장계의 제서를 따라한 것이다.

••• 卷第十二(十三則)

1. 小學不講

古人八歲入小學, 敎之六書, 周官保氏之職, 實掌斯事, 厥後浸廢。蕭何著法, 太史試學童, 諷書九千字, 乃得爲吏。以六體試之, 吏人上書, 字或不正, 輒有擧劾。劉子政父子校中祕書, 自史籒以下凡十家, 序爲小學, 次於六藝之末。許叔重收集篆、籒、古文諸家之學, 就隸爲訓注, 謂之說文。蔡伯喈以經義分散、傳記交亂、訛僞相蒙, 乃請刊定五經, 備體刻石, 于於太學門外, 謂之石經。後有呂忱, 又集說文之所漏略, 著字林五篇以補之。唐制, 國子監置書學博士, 立說文、石經、字林之學, 擧其文義, 歲登下之。而考功、禮部課試貢擧, 許以所習爲通, 人苟趍便, 不求當否。大曆十年, 司業張參纂成五經文字, 以類相從, 至開成中, 翰林待詔唐玄度又加九經字樣, 補參之所不載。晉開運末, 祭酒田敏合二者爲一編, 並以考正俗體訛謬。今之世不復詳考, 雖士大夫作字, 亦不能悉如古法矣。韓子曰:「凡爲文辭, 宜略識字。」又云:「阿買不識字, 頗知書八分。」安有不識字而能書, 蓋所謂識字者, 如上所云也。予采張氏、田氏之書, 擇今人所共昧者, 漫載於此, 以訓子孫。本字从木, 一在其下, 今爲大十者非。休字象人息於木陰, 加點者非。美从羊从大, 今从犬从火者非。匍字古者以車戰, 故軍从勹下車, 後相承作軍, 義無所取。看字从手, 凡視物不審, 則以手遮目看之, 作着者非。揚州取輕揚之義, 从木者非。梁从木, 作梁者非。乾有干虔二音, 爲字一體, 今俗分別作乹字音虔而乾音干者非。尊从酋下寸, 作尊者非。奠从酋从丌, 作奠者非。夷从弓从大, 作戋者訛。耆从旨作老下目者訛。漆、泰、黍、黎, 下並从水, 相承省作氺, 今从小, 从小者訛。決、沖、況、涼、盜並从水, 作冫者訛。饑、飢二字, 上穀不熟, 下餓也, 今多誤用。至於果、芻、韭之加草, 岡加山, 攜之作携, 鉏作鋤, 惡作悪, 霸作覇, 筍作笋, 頿作髭, 須加彡或从水, 祕从禾, 簡作蕳, 寶从尔, 趨从多, 衡合从角从大而从魚, 啓从又及弋, 肇从文, 徹从去, 龘作龎, 蟲作虫, 墮許規反, 俗作隳, 又以爲惰, 幡作幡, 怪爲恠, 關爲𨷈, 炙从夕, 閒从日, 功从刀, 茲合从二玄而作玆, 升作升, 輩从北, 妬从户, 姦爲奸, 纛从毒, 吝作吝, 冤上加點, 鄰作隣, 牟从午, 互作㸦, 元从點, 舌从千, 蓋作盖, 京作亰, 皎从日, 次从冫, 鼓从皮, 潛、譖、僭从替, 出作二山, 覺从與, 游、於以方爲才, 阜爲皀, 曷爲昌, 匹爲疋, 收作收, 敍作叙, 臥从臣从人, 而以人爲卜, 改从戊己之己而以爲衛, 凡作九, 允作允, 館作舘, 覽作覧, 祭合从月从又而作祭, 瞻作瞻, 緑从衣, 淫从缶, 徧作遍, 徼作僥, 漾作漾, 琴瑟之弦從系, 輕作輊, 如是者皆

非也。

2. 主臣

漢文帝問陳平決獄、錢穀, 平謝曰:「主臣!」史記、漢書皆同。張晏曰:「若今人謝曰『惶恐』也。」文穎曰:「惶恐之辭, 猶今言死罪也。」晉灼曰:「主, 擊也。臣, 服也。言其擊服, 惶恐之辭。」馬融龍虎賦曰:「勇怯見之, 莫不主臣。」正用此意。文選載梁任昉奏彈曹景宗, 先敍其罪, 然後繼之曰「景宗卽主臣」, 仍繼之曰「謹案某官臣景宗」, 又彈劉整亦曰「整卽主臣」。齊沈約彈王源文亦然。李善捨漢、史所書, 而引王隱晉書庾純自劾以謂然, 以主爲句, 則臣當下讀, 殊爲非是。不知所謂某人卽主, 有何義哉?

3. 景華御苑

崔德符坐元符上書邪黨, 困於崇寧。後監洛南稻田務, 嘗送客於會節園, 是時冬暮, 梅花已開。明年春, 監修大內, 閹官容佐取以爲景華御苑, 德符不知也。至春晚, 復騎瘦馬與老兵游遊園內, 坐梅下賦詩。其詞曰:「去年白玉花, 結子深枝間。小憩藉清影, 低鬟啄微酸。

故人不可見, 春事今已闌。繞樹尋履迹, 空餘土花斑。」次日, 佐入園, 見地上馬糞, 知爲德符。是時, 府官事佐如不及, 而德符未嘗謁之。佐卽具奏, 劾以擅入御苑作踐。有旨勒停。家素貧, 傳食於諸賢之舍, 久乃歸陽翟。德符沒於靖康, 官卑, 不應立傳, 予詳考本末, 爲特書之, 頗憶此段事, 擬載於傳中, 以悼君子之不幸。且知馬永卿嬾眞錄中有之, 而求不可得, 漫紀于此。

4. 州陞府而不爲鎭

州郡之名, 莫重於府, 雖節鎭不及焉, 固未有稱府而不爲節度者。比年以來, 陞蜀州爲崇慶府, 劍州爲隆慶府, 恭州爲重慶府, 嘉州爲嘉定府, 秀州爲嘉興府, 英州爲英德府, 蜀、劍既有崇慶、普安軍之額, 而恭、嘉以下獨未然, 故幕職官仍云某府軍事判官、推官, 大與府不相稱, 皆有司之失也。信陽軍一小壘耳, 而司戶參軍銜內帶兼節推, 尤爲可笑。頃在中都時, 每爲天官主者言之, 云亦不必白朝廷, 只本案檢擧改正申知足矣。乃曰:「久例如此。」竟相承到今。文安公嘗爲左選侍郎, 是時, 未知此也。

5. 漢唐三君知子

英明之君, 見其子有材者, 必愛而稱之。漢高祖謂趙王如意類己, 欲以易孝惠, 以大臣諫而止。宣帝以淮陽王欽壯大, 好經書、法律, 聰達有材, 數嗟嘆曰:「眞我子也。」常有意欲立爲嗣, 而用太子起於微細, 且蚤早失母, 故弗忍。唐太宗以吳王恪英果類我, 欲以

代雄奴。其後如意爲呂母所戕，恪爲長孫無忌所害，欽陷張博之事，殆於不免。此三王行事，無由表見。然孝惠之仁弱，幾遭呂氏之覆宗；孝元之優柔不斷，權移於閹寺，漢業遂衰；高宗之庸懦，受制凶后，爲李氏禍尤慘。其不能繼述固已灼然。高祖、宣帝、太宗蓋本三子之材而言之，非專指其容貌也，可謂知子矣。彼明崇儼謂英王哲 [即中宗也。] 貌類太宗，張說謂太宗畫像雅類忠王，[即肅宗也。] 此惟取其形似也。若以材言之，中宗之視太宗，天壤相隔矣。漢成帝所幸妾曹宮産子，曰：「我兒額上有壯髮，類孝元皇帝。」使其眞是孝元，亦何足道，而況於嬰孺之狀邪！

6. 當官營繕

元豐元年，范純粹自中書檢正官謫知徐州滕縣，一新公堂吏舍，凡百一十有六間，而寢室未治，非嫌於奉己也，曰吾力有所未暇而已。是時，新法正行，御士大夫如束濕，雖任二千石之重，而一錢粒粟，不敢輒用，否則必著冊書。東坡公嘆其廉，適爲徐守，故爲作記。其略曰：「至於宮室，蓋有所從受，而傳之無窮，非獨以自養也。今日不治，後日之費必倍。而比年以來，所在務爲儉陋，尤諱土木營造之功，欹仄腐壞，轉以相付，不敢擅易一椽，此何義也！」是記之出，新進趨時之士，媢疾以惡之。恭覽國史，開寶二年二月詔曰：「一日必葺，昔賢之能事。如聞諸道藩鎭、郡邑公宇及倉庫，凡有隳壞，弗卽繕脩，因循歲時，以至頹毀，及僝工充役，則倍增勞費。自今節度、觀察、防禦、團練使、刺史、知州、通判等罷任，其治所廨舍，有無隳壞及所增修，著以爲籍，迭相符授。幕職州縣官受代，則對書於考課之曆，損壞不全者，殿一選，修葺、建置而不煩民者，加一選。」太祖創業方十年，而聖意下逮，克勤小物，一至於此。後之當官者不復留意。以興仆植僵爲務，則暗於事體，不好稱人之善者，往往翻指爲妄作名色，盜隱官錢，至於使之束手諱避，忽視傾陋，逮於不可奈何而後已。殊不思貪墨之吏，欲爲奸者，無施不可，何必假於營造一節乎！

7. 治曆明時

易革之象曰：「天地革而四時成。湯武革命，順乎天而應乎人。」魏、晉而降，凡及禪代者，必據以爲說。案漢轅固與黃生爭論湯、武於景帝前，但評受命之是非，不引易爲證。卦之象曰：「君子以治曆明時。」其義了不相涉。偓孫頗留意曆學，云按唐一行大衍曆日度議曰：「顓帝曆上元甲寅正月甲寅晨初合朔立春，七曜皆直艮維之首，湯作殷曆，更以十一月合朔冬至爲上元，周人因之。」此謂治曆也。至於三統之建，夏以寅爲歲首，得人統；殷以丑，爲得地統；周武王改從子，爲得天統。此謂明時也。其革命之說，劉歆作三統曆及譜，引革象「湯、武革命」，又曰「治曆明時，所以和人道也」，如是而已。其前又引逸書曰：「先其革命。」顏師古曰：「言王者統業，先立算數，以命百事也。」推此而伸

之, 所云革命, 蓋謂是耳, 非論其取天下也。況大衍之用四十有九, 一行以之起曆, 而革卦之序, 在周易正當四十九, 然則專爲曆甚明。考其上句, 尤極顯白, 然諸儒贊易, 皆不及此, 王弼亦無一言。

8. 仕宦捷疾

唐傳游藝以期年之中, 歷衣靑、綠、朱、紫, 時人謂之「四時仕宦」, 言其速也。國朝惟綠、緋、紫三等。而紫袍者, 除武臣外, 文官之制其別有六: 庶僚黑角帶, 佩金魚; 未至侍從, 而特賜帶者, 爲荔枝五子, 不佩魚; 中書舍人、諫議、待制、權侍郎, 紅鞓黑犀帶, 佩魚; 權尙書、御史中丞、資政、端明殿閣學士、直學士、正侍郎、給事中, 金御仙花帶, 不佩魚, 謂之橫金; 翰林學士以上正尙書, 御仙帶, 佩魚, 謂之重金; 執政官宰相, 方團毬文帶, 俗謂之笏頭者是也。其敍如此。若猛進躐得者則不然。紹興中, 宋樸自侍御史遷中丞, 施鉅自中書檢正、鄭仲熊自右正言, 並遷權侍郎, 三人皆受告日易服, 以正謝日拜執政。樸、鉅以緋, 仲熊以綠, 服紫之次日, 而賜毬文帶。蓋侍從以下, 俟正謝乃易帶, 而執政命才下, 卽遣中使齎賜, 遂服之而赴都堂供職, 可謂捷疾矣。若李綱則又異於是, 宣和七年十二月二十九日, 自太常少卿除兵部侍郎, 未謝間, 靖康元年正月四日, 胡騎將至京城, 綱以邊事求見。宰執奏事未退, 綱語知閤門事朱孝莊曰:「有急切公事, 欲與宰執廷爭。」孝莊曰:「舊例, 未有宰執未退而從官求對者。」綱曰:「此何時, 而用例邪?」孝莊卽具奏。詔引綱立於執政之末。時宰執議欲奉鑾輿出狩襄、鄧, 綱請固守, 上曰:「誰可將者?」綱曰:「願以死報, 第人微官卑, 恐不足以鎮服士卒。」白時中乞以爲禮部尙書, 綱曰:「亦只是侍從。」卽命除尙書右丞。綱曰:「臣未正謝, 猶衣綠, 非所以示中外。」卽面賜袍帶幷笏, 綱服之以謝, 且言:「方時艱難, 臣不敢辭。」此爲不經緋紫而極其服章, 未之有也。

9. 詞臣益輕

治平以前, 謂翰林學士及知制誥爲兩制, 自翰林罷補外者, 得端明殿學士, 謂之換職。熙寧之後, 乃始爲龍圖, 紹興以來愈不及矣。脩起居注者序遷知制誥, 其次及辭不爲者, 乃爲待制, 趙康靖、馮文簡、曾魯公、司馬公、呂正獻公是也。學士闕, 則次補, 或爲宰相所不樂者, 猶得侍讀學士, 劉原甫是也。在職未久而外除者, 爲樞密直學士, 韓魏公是也; 亦爲龍圖直學士, 歐陽公是也。後來襃擢者, 僅得待制, 王時亨是也。餘以善去者, 集英脩撰而止耳。

10. 夏英公好處

夏英公旣失時譽, 且以慶曆聖德頌之故, 不正之名愈彰, 然固自有好處。夏羌之叛, 英

公爲四路經略安撫招討使, 韓魏公副之。賊犯山外, 韓公令大將任福自懷遠城趨得勝寨, 出賊後, 如未可戰, 卽據險置伏, 要其歸, 戒之至再。又移檄申約, 苟違節度, 雖有功亦斬。福竟爲賊誘, 沒于好水川, 朝論歸咎於韓。英公使人收散兵, 得韓檄於福衣帶間, 言罪不在韓, 故但奪一官。英公此事賢矣, 而後來士大夫未必知也。予是以表出之。

11. 祖宗用人

祖宗用人, 進退遲速, 不執一端, 苟其材可任, 則超資越級, 曾不少靳, 非拘拘於愛惜名器也。宋琪自員外郎以正月擢拜諫議大夫, 三月參知政事。太宗將用李昉, 時昉官工部尙書, 七月特遷琪刑書, 遂並命爲相。而琪居昉上, 自外郎歲中至此。石熙載以太平興國四年正月, 自右補闕[今朝奉郎。]爲兵部員外郎, [今朝請郎。]樞密直學士, 才七日, 簽書院事, 四月拜給事中, [今通議大夫。]爲副樞, 十月遷刑部侍郎, [今正議。]六年遷戶部尙書, [今銀青光祿。]爲使, 八年罷爲右僕射, [今特進。]從初至此五歲, 用今時階秩言之, 乃是朝奉郎而爲特進也。當日職名, 唯有密直多從庶僚得之, 旋卽大用。張齊賢、王沔皆自補闕、直史館, 遷郎中, 充學士, 越半歲並遷諫議、簽樞。溫仲舒、寇準皆自正言, [今承議郎。]直館, 遷郎中, 充職二年, 並爲樞密副使。向敏中自工部郎中以本官充職, 越三月同知密院。錢若水自同州推官入直史館, 踰年擢知制誥, 二年除翰林學士, 遂以諫議同知密院, 首尾五年。

12. 至道九老

李文正公昉罷相後, 只居京師, 以司空致仕。至道元年, 年七十一矣, 思白樂天洛中九老之會。適交游中有此數, 曰太子中允張好問, 年八十五; 太常少卿李運, 年八十; 故相吏部尙書宋琪、盧州節度副使武允成, 皆七十九; 吳僧贊寧, 年七十八; 郢州刺史魏丕, 年七十六; 左諫議大夫楊徽之, 年七十五; 水部郎中朱昂與昉, 皆七十一。欲繼其事爲宴集, 會蜀寇起而罷。其中兩宰相乃著一僧, 唐世及元豐耆英所無也。次年, 李公卽世, 此事竟不成。耆老康寧, 相與燕嬉於升平之世, 而雅懷弗遂, 造物豈亦吝此耶!

13. 李文正兩罷相

宰相拜罷, 恩典重輕, 詞臣受旨者, 得以高下其手。李文正公昉, 太平興國八年, 以工部尙書爲集賢、史館相。端拱元年, 爲布衣翟馬周所訟。太宗召學士賈黃中草制, 罷爲右僕射, 令詔書切責。黃中言:「僕射百寮師長, 今自工書拜, 乃爲殊遷, 非黜責之義。若以均勞逸爲辭, 斯爲得體。」上然之, 其詞略云:「端揆崇資, 非賢不授。昉素高問望, 久展謨猷, 謙和秉君子之風, 純愨擅吉人之美。輟從三事, 總彼六卿, 用資鎭俗之淸規, 式表尊賢之茂典。」其美如此。淳化二年, 復歸舊廳。四年又罷, 優加左僕射, 學士張洎言:「近者霖霪百餘日, 昉職在燮和陰陽, 不能決意引退。僕射之重, 右減於左, 位望豈侔, 因而授之,

용재수필

何以示勸！」上批泊奏尾，止令罷守本官。泊遂草制峻詆，腦詞云：「燮和陰陽，輔相天地，此宰相之任也。苟或依違在位，啓沃無聞，雖居廊廟之崇，莫著彌綸之效。宜敷朝旨，用罷鼎司。昉自處機衡，曾無規畫。擁化源而滋久，孤物望以何深。俾長中臺，尚爲優渥。可依前尚書右僕射，罷知政事。」歷考前後制麻，只言可某官，其云罷知政事者，泊創增之也。國史昉傳云：「昉厚善泊，及昉罷，泊草制乃如此。」紹興二十九年，沈該罷制，學士周麟之於結句後，添入可罷尚書左僕射同平章事，蓋用此云。

1. 과거 시행의 폐단 科擧之弊不可革

법률과 규제가 번다해질수록 비리와 사기는 점점 더 심해진다. 과거장에서는 상황이 더 심한데 가장 심각한 것은 전시銓試[1]이다. 대필은 금지되고 있지만 금지가 심해질수록 대필해 주는 사람의 사례금은 더욱 높아진다. 불행히도 발각되는 자들은 백에 한둘도 되지 않고, 설사 발각된다 하더라도 당사자는 법적 처벌을 받지 않는다. 이부吏部 장이청長貳廳 앞에서 거행되는 염시簾試[2] 제도는 좋지 않다고는 할 수 없지만, 실제 상황에 적용할 수 없는 빈 껍질의 규정이라 사람들은 이를 애들 장난처럼 여기니 다른 과거 현장에서 발생하는 폐단보다 더 심각하다. 공정함을 중시하는 대신들은 아침 저녁으로 개선을 위해 건의했지만, 이는 마치 물길을 터 주어 물을 흘려보내는 것처럼, 바람에 풀이 잠시 눕는 것처럼 상황은 조금도 개선되지 않았다. 혹자는 이것이 법률만 정해 놓고 그 법을 실행할 수 있는 사람을 제대로 임용하지 못했기 때문이라고 말한다. 그러나 이렇게 말하는 자들은 원칙을 고수했다가 도리어 미운 털이 박히고 스스로 번거로움을 사는 일을 하려는 사람은 없다는 점을 생각하지 못하는 것 같다. 그렇게 하면 일에

---

1 銓試 : 과거시험 이후 관직을 위임하는 것은 이부에서 관할하였기 때문에 각과의 급제자들은 다시 이부의 전시를 통과해야 했다. 시험 결과에 따라 우수한 자는 관직을 수여받고 열등한 자는 계속 결원을 기다리며 대기하게 된다.
2 簾試 : 송대 이부에서 관직의 공석이 생겨 보충해야 할 경우 진사출신과 나라에 경사가 있었을 때 실시한 과거 출신 외에는 모두 이부의 장이청長貳廳 앞에 가서 시험을 치게 하였는데 대필을 막기 위해서이다.

아무런 도움이 안 될 뿐만 아니라 도리어 후환과 비방이 자신에게 집중되기 때문이다.

개보開寶[3] 연간, 태자빈객太子賓客 변광범邊光範이 선발을 관장했다. 태묘재랑太廟齋郎 이종눌李宗訥[4]이 이부에 와서 응시하였는데, 변광범은 그의 나이가 젊은 것을 보고 사부詞賦를 짓지 못할 거라 생각하여 말했다.

> "만약 네가 붓을 잡아 6운韻의 시를 쓸 수 있다면 서법書法과 문리文理를 시험보지 않아도 합격할 수 있을 것이다."

이종눌이 말했다.

> "시를 배웠을 뿐만 아니라 항상 사부詞賦를 짓는 것을 염두해 왔습니다."

그리하여 시부 2수를 금방 완성해냈다. 변광범은 매우 가상히 여겨 칭찬하였고 이튿날 그의 비서성정자秘書省正字 임명을 입안하였다. 지금 세상에 어찌 이런 일이 다시 있을 수 있겠는가!

2. 재상 자제들의 시험 응시 宰執子弟廷試

태종 시기, 문목공文穆公 여몽정呂蒙正[5]의 아우 여몽형呂蒙亨이 진사에 급제하자 예부禮部에서 진사 급제자들을 추천할 때 그의 이름이 앞에 있었다. 그러나 정시廷試[6]에서 여몽형과 문정공文正公 이방李昉의 아들 종악宗諤은 부친

. . . .

3 開寶 : 북송 태조 시기 연호(968~976).
4 李宗訥 : 북송의 재상 이방李昉의 아들. 자 대변大辨. 음보蔭補로 태묘재랑太廟齋郎이 되었고 이부吏部에서 비서성정자秘書省正字에 제수되었다.
5 呂蒙正(944~1011) : 북송 태종太宗과 진종眞宗 시기 재상. 자 성공聖功. 태종 태평흥국太平興國 2년(977) 진사제일進士第一로 합격한 후, 진종 때까지 세 번이나 재상의 지위에 올랐다. 명망이 높았으며, 직언을 서슴지 않았다. 사람을 볼 줄 알아 부필富弼을 중용했고, 조카 여이간呂夷簡을 천거했는데, 모두 나중에 명재상이 되었다.
6 廷試 : 회시會試에 급제한 후 황제가 친히 책문策問하는 것으로 궁전에서 거행되었으며 전시殿試라고도 한다.

과 형이 중서성에서 직책을 맡고 있기 때문에 시험을 중지당했다. 본조 국사 중 「허중선전許仲宣傳」에 이런 내용이 있다.

> 허중선의 아들 허대문許待問은 옹희雍熙 2년(985) 진사에 합격하여 이종악李宗諤· 여몽형呂蒙亨·왕부王扶와 함께 정시廷試에 응시하게 되었다. 이종악은 재상 이방의 아들이고, 여몽형은 참지정사 여몽정의 아우이고, 왕부는 염철사鹽鐵使 왕명王明의 아들이었다. 태종이 말했다.
> "이들은 모두 명문 세가의 자식들인데 빈한한 집안의 자제들과 함께 경쟁하게 되었으니, 설령 이들이 재주로 선발되었다 하더라도 사람들은 짐이 사사로운 마음이 있다 할 것이다."

이들이 모두 급제하지 못했던 것은 바로 이 때문이었다. 허중선은 당시 탁지사度支使였다.

인종仁宗 시기, 충헌공忠憲公 한억韓億이 참지정사일 때 그의 아들 한유韓維가 진사로 예부가 추천하는 명단에 포함되어 있었다. 그러나 그는 전시에 응시하지 않으려 하였고 음보蔭補[7]로 관직을 받았다. 질숙공質肅公 당개唐介가 참지정사일 때 아들 당의문唐義問은 예부가 주관하는 쇄청시鎖廳試[8]에 참가했다. 천거된 자는 비각에서 거행되는 시험에 참가할 수 있었으나, 당개는 혐의를 피하기 위해 아들을 시험에 참가하지 못하게 했다. 예전에는 재상 자제의 응시에 대한 규제가 이렇듯 엄격하였다. 진회秦檜[9]가 집정을 할 때, 그의 아들 진희秦熺와 손자 진훈秦塤이 모두 성시省試와 전시殿試에서 다른 선비보다 이름이 앞에 있었던 것과는 전혀 다르다.

---

7 蔭補: 과거를 거치지 않고 조상의 공적이나 음덕蔭德에 의하여 특별한 대우를 받아 벼슬길에 오르거나 관직에 임명되는 것을 말한다.
8 鎖廳試: 송대 현임 관료 혹은 작록爵祿이 있는 자가 진사시험에 응시하는 것을 이른다.
9 秦檜(1090~1155): 남송의 정치가. 자 회지會之. 고종高宗의 신임을 받아 24년간 재상의 자리에 있었다. 충신 악비岳飛를 죽이고, 금나라에 항전하여 잃어버린 영토를 회복하자는 항전파를 탄압했으며, 금나라와 굴욕적인 강화를 체결했다. 민족적 영웅인 악비와 대비되어 간신으로 평가받는다.

3. 송나라 초기 폐해를 고치다 國初救弊

송나라 조정은 할거 국면을 수습하고 백성을 도탄에서 구제하였으나 여전히 예전의 폐단이 답습되었고 고칠 겨를이 없었다. 그렇기 때문에 현명한 사대부들의 건의와 논의에 의지해야 했다.

강남 지역이 막 평정되었을 때 태종은 장제현張齊賢[10]을 강남서로전운사江南西路轉運使[11]에 임명하고 백성들에게 불편한 것이 있으면 하나도 빠짐없이 조정에 보고하도록 지시했다. 이전에는 각 지방의 죄인을 조정으로 압송하였는데 도중 이유 없이 죽은 자가 10명중 대여섯 명이었다. 장제현은 기주蘄州[12]에서 남검주南劍州의 관리가 죄인을 압송하는 상황을 보게 되어 그곳의 공문을 구하여 알아보았다. 두 사람의 죄목이 모두 소금 판매였는데, 소금이 담긴 소쿠리를 짊어주고 소금 2근을 얻은 죄로 붙잡힌 것이었다. 또 여섯 명은 소금을 파는 것을 보고도 고발하지 않았다는 죄로 걸린 것이었는데 모두 묵형을 판결 받고 경사로 압송되던 중 다섯 사람이 도중에 죽었다. 강주江州의 사리원司理院에 정월에서 2월까지 이곳을 지나거나 이곳에 구금되어 있는 죄인들은 모두 324인이었다. 건주建州의 두 백성은 본래 지주의 소작농이었는데 주인의 연못에서 송곳으로 한 근 반짜리 물고기를 찔러 잡았다는 이유로 등에 매질을 당하고 얼굴에 묵형을 받고서 조정에 압송되었다. 장제현은 이렇게 보고하였다.

> 청컨대 이 죄인들이 경사에 이르면 관리를 골라 세심히 심문해 주십시오. 만약 억울함이 있다면 그 지방의 관리에게 엄중한 처벌을 가해야 합니다. 그리고 지금

....

10 張齊賢(942~1014) : 자 사량師亮. 북송 정치가. 21년간 재상의 직위에 있으면서 북송 시대의 정치·군사·외교 각 방면에 많은 공헌을 세웠다.

11 송 태종 지도至道 3년(997)에 행정단위를 개편하여 전국을 경동京東·경서京西·하북河北·하동河東·섬서陝西·회남淮南·강남江南·형호남荊湖南·형호북荊湖北·양절兩浙·복건福建·서천西川·협峽·광남동廣南東·광남서廣南西의 15로路로 나누었다. 이후 강남로를 강남동로와 강남서로로 나누었고, 강남서로는 지금의 강서성江西省 대부분의 지역에 해당한다.

12 蘄州 : 지금의 호북성湖北省 기춘蘄春.

부터 죄를 지은 당사자 본인만 경사로 압송되도록 해 주십시오.

장제현이 건주虔州에 도착했을 때, 세 사람이 압송되고 있었는데 그들의 죄는 시장에서 소고기를 샀다는 것이었다. 그러나 그들의 가족 12명까지 모두 다 연루되어 경사로 압송되고 있었고 정작 소를 죽인 범인은 잡지도 못한 상태였다. 장제현은 그들을 불쌍히 여겨 처자식은 모두 고향으로 돌려보내주었다. 이때부터 강남에서 경사로 압송되는 죄인이 반으로 줄어들었다. 이는 장제현이 그대로 답습되던 이전의 폐단을 바로잡아 그 이로움이 백성들에게 돌아갔기 때문이었다. 장제현은 태평흥국太平興國 2년(977)에 과거에 급제하여 6년에 전운사轉運使가 되었고 8년에 경사로 돌아와 추밀직학사樞密直學士에서 참지정사에 임명되었으니, 진급이 빨랐다고 할 수 있다.

4. 방현령의 이름 房玄齡名字

『구당서舊唐書』목록에는 방원령房元齡이라고 되어 있으나, 본전에서는 방교房喬의 자가 현령玄齡이라고 되어있다. 『신당서新唐書・열전列傳』에는 방현령房玄齡[13]의 자가 교喬라고 되어있으나, 「재상세계표宰相世系表」에는 현령의 자가 교송喬松이라고 되어 있어, 세 곳의 기록이 다르다. 조명성趙明誠[14]의 『금석록金石錄』에 그의 신도비가 있는데, 저수량褚遂良[15]이 쓴 것으로 이름과

----

13 房玄齡(578~648) : 당나라 초기의 재상. 태종 이세민李世民을 도와 당나라를 건국하였고, 당나라 건국 후에는 인재를 발굴에 노력해 두여회杜如晦와 같은 인물들을 이세민에게 천거했다. 태종이 즉위한 후 15년간 재상의 지위에 있으면서 두여회・위징魏徵 등과 함께 '정관貞觀의 치治'라는 황금시대를 만들어냈다.

14 趙明誠(1081~1129) : 송나라의 저명한 금석학자・문물학자・고문자연구가. 자 덕보德甫 또는 덕보德父, 밀주密州 제성諸城(지금의 산동 제성) 사람이다. 송대 휘종 숭녕崇寧(1102~1106) 연간 재상을 지낸 조정지趙挺之의 셋째 아들이다. 21세 때 태학에서 공부할 때 이청조李淸照와 혼인했다.

15 褚遂良(596~658) : 당나라의 서예가. 자 등선登善. 우세남虞世南・구양순歐陽詢과 함께 초당初唐 3대가로 불린다.

자가 『신당서』의 열전과 같다.

선친께서 연경^{燕京}에서 돌아오실 때 방현령의 비문 한 책^冊을 구해오셨는데 우지녕^{于志寧}이 지은 것이었다. 여기에는 현령의 자가 교송^{喬松}이라고 되어 있었다. 본래 흠종^{欽宗}이 동궁^{東宮}에 있을 때 소장했던 것인데 책의 뒤에 '백지서재^{伯志西齋}'라는 도장이 찍혀있었다. 그런데 이 책을 지금은 찾을 수가 없다.

5. 주재상과 주익의 시 二朱詩詞

주재상^{朱載上}은 서주^{舒州} 동성^{桐城16} 사람으로 황주^{黃州17}의 교수^{敎授18}다. 이런 시가 있다.

관직은 한가해 아무 일 없는데,	官閑無一事,
나비가 섬돌에 날아왔네.	胡蝶飛上階.

소식^{蘇軾}이 이를 보고 여러차례 칭찬하였고 두 사람은 벗이 되었다.

중서사인^{中書舍人} 주익^{朱翌19}은 그의 둘째아들이다. 아버지의 가르침을 받아 18세에 이러한 사^詞를 지었다.

졸졸 흐르는 물,	流水泠泠,
무너진 다리, 비스듬한 길에 늘어진 매화가지.	斷橋斜路梅枝亞

· ·

16 桐城 : 지금의 안휘성^{安徽省} 동성현^{桐城縣}.
17 黃州 : 지금의 호북성^{湖北省} 황강^{黃岡}.
18 敎授 : 각 주현^{州縣}의 학교에 교수를 두어 수업과 시험을 관장하게 하였다. 지위는 제독학사사^{提督學事司}의 아래로 비교적 한가한 관직이었기 때문에, 아래 시 구절에서 "관직은 한가해 아무 일 없고^{官閑無一事}"라 읊은 것이다.
19 朱翌(1097~1167) : 북송의 이학자^{理學者}. 자 신중^{新仲}. 호 잠산거사^{潛山居士}, 성사노인^{省事老人}. 휘종^{徽宗} 정화^{政和} 8년(1118) 진사^{進士}가 되어 율수부^{溧水簿} · 비서소감^{秘書少監} · 중서사인^{中書舍人}을 역임했다. 『휘종실록』을 편찬했으며, 진회^{秦檜}의 편에 가담하지 않았다가 소주^{韶州}에 폄적되어 20년 가까이 은거하며 이학^{理學}을 일으켰다.

용재수필

주돈유^{朱敦儒20}가 보고서 이를 부채에 써 놓았기에, 지금 사람들은 이를 주돈유의 작품으로 알고 있다.

또 주재상이 부채에 대해 노래한 사^詞가 있다.

얇은 비단 위에는 벌 매화를 쫓고,	宮紗蜂趁梅,
부채는 날개 편 난새 같아라.	寶扇鸞開翅.
여러 겹 주름에 맑은 바람 모이니,	數摺聚清風,
한번 잡으면 가을 생각 절로.	一捻生秋意.
흔들 흔들 가벼운 옥 장식,	搖搖雲母輕,
하늘 하늘 가느다란 부채살.	裊裊瓊枝細.
옥고리 풀지 마세요,	莫解玉連環,
날리는 꽃이 되어 떨어질지 모르니.	怕作飛花墜.

주재상의 친필 원고가 현존한다. 장효상^{張孝祥21}이 이 사를 부채에 써 놓았기 때문에 이 작품이 『우호집^{于湖集}』에 수록되었다. 주재상은 「오월국^{五月菊}」이란 사도 남겼다.

옥대에서 금 술잔 쥐고 불꽃같은 국화를 마주하니,	玉臺金盞對炎光.
작년의 향기와 똑같다.	全似去年香.
단오절을 꾸밀 생각이 있지만,	有意莊嚴端午,
중양절도 잊지 말아야지.²²	不應忘卻重陽.
구절포와	菖蒲九節,
금빛 국화를 가득 움켜쥐고,	金英滿把,

....

20 朱敦儒(1081~1159) : 북송의 사인^{詞人}. 자 희진^{希眞}, 호 암학^{巖壑}. 일찍부터 청고^{清高}함으로 명성이 있어 학관^{學官}에 추천되었으나 임명을 받지 않았다. 소흥 2년(1132), 어떤 사람이 그를 조정에 추천하였고 고종은 그에게 진사 출신을 하사하고 비서성정자^{秘書省正字}에 임명하였다. 주전파^{主戰派} 대신 이광^{李光}과 사귀다가 주화파^{主和派}인 왕발^{王勃}의 탄핵을 받아 파면되어 가화^{嘉禾}에 은거하였다. 만년에 진회^{秦檜}의 농락에 빠져 홍려소경^{鴻臚少卿}을 맡았다가 사람들의 빈축을 샀다. 진회가 죽은 후 파면되었다.
21 張孝祥(1132~1170) : 남송시기의 저명 사인^{詞人}이자 서예가. 자 안국^{安國}, 호 우호거사^{于湖居士}. 고종 소흥^{紹興} 24년(1154) 정시에 장원급제했지만 악비^{岳飛}를 변호하다 진회^{秦檜}의 눈밖에 나서 투옥되었다. 진회가 죽은 뒤 복권되어 예부원외랑^{禮部員外郎}과 기거사인^{起居舍人}·권중서사인^{權中書舍人} 등을 역임했다.
22 중양절은 음력 9월 9일로 국화를 감상하거나 국화주를 마시는 풍속이 있다.

함께 옥잔을 띄운다,   同泛瑤觴.

옛날 동쪽 울타리의 도연명은,[23]   舊日東籬陶令,

북창에서 희황상인을 자부했었지.   北窓正傲羲皇.

옛날 도연명은 오유월이 되면 맑은 바람이 불어오는 북창 아래에 누워 스스로를 희황상인羲皇上人이라고 했다.[24] 이 일을 5월 국화를 노래한 사에 인용했으니, 시인들은 그 세밀함과 적절함에 탄복하였다.

6. 『금강경』의 게송 金剛經四句偈

지금 세상에 통용되는 『금강경金剛經』[25]은 요진姚秦 시기 구마라습鳩摩羅什[26]이 번역한 것으로 이 중 4구 게송偈頌[27]이 있다.

모든 법은,   一切有爲法,

꿈·환영·거품·그림자 같고,   如夢幻泡影,

이슬 같고 번개 같으니,   如露亦如電,

....

23 도연명의 「음주飮酒」시 제6수에 "동쪽 울타리 아래서 국화를 꺾으니, 멀리 남산이 바라보이네採菊東籬下, 悠然見南山"라는 구절이 있다.

24 羲皇上人 : 복희씨伏羲氏 이전 태고 때 사람들. 세상 일을 잊고 한가로이 지내는 사람을 비유한다. 도연명의 「여자엄등소與子儼等疏」에 "오뉴월에 북창 아래 누워 시원한 바람이 잠시 이르러 오매 스스로 생각하기를 희황상인이라고 여긴다五六月中, 北窓下臥, 遇涼風暫至, 自謂是羲皇上人.라고 하였다.

25 『금강경』은 전부 여섯 번 번역되었다. 402년에 구라마습이 번역한 「금강반야바라밀경」, 535년 보리유지가 번역한 「금강반야바라밀경」, 566년 진제가 번역한 「금강반야바라밀경」, 590년 달마급다가 번역한 「금강능단반야바라밀경」, 648년 현장이 번역한 「능단금강반야바라밀다경」, 685년 의정이 번역한 「능단금강반야바라밀다경」이다. 홍매의 이 글은 『금강경』의 여러 판본의 차이를 대조 분석한 것이다.

26 鳩摩羅什(344~413, kumārajīva) : 중국 사대 불경번역가 중 한 사람. 인도의 귀족 구마라염鳩摩羅炎(Kumārāyana)을 아버지로, 구자국龜玆國왕의 누이동생인 기바耆婆(Jīvā)를 어머니로 하여 구자국에서 출생하였다. 그의 이름은 부모의 이름을 합한 것이라고 한다. 여러 곳을 편력하며 가르침을 받다 구자국龜玆國에서 주로 대승교 포교활동을 벌였다. 후진後秦의 왕 요흥姚興이 401년 구마라습을 장안長安으로 데리고 가 국빈으로 대우하였다. 그는 서명각西明閣과 소요원逍遙園 등에 있으면서 많은 경전을 번역하였다. 또 삼론三論 중관中觀의 불교를 위하여 많은 힘을 기울어 이를 확립하여 삼론종三論宗의 조사祖師로 불린다.

27 偈 : 게송偈頌이라고도 하며 불덕佛德을 찬미하고 교리를 서술한 4구四句의 시구詩句.

마땅히 이와 같이 볼 것이다.　　　　　　　　　應作如是觀.

또 이런 내용도 있다.

만일 형상으로 나를 보려 하거나,　　　　　　若以色見我,
음성으로 구하려고 한다면,　　　　　　　　　以音聲求我,
그는 삿된 길을 가는 사람,　　　　　　　　　是人行邪道,
결코 여래를 볼 수 없다.　　　　　　　　　　不能見如來.

그런데 다른 판본을 두루 살펴보니 이 게송과 다른 점이 많다. 북위北魏
때 중국에 온 천축인天竺人 삼장보리유지三藏菩提流支의 번역은 다음과 같았다.

모든 법은,　　　　　　　　　　　　　　　　一切有爲法,
별 그림자·등불·환상　　　　　　　　　　　如星翳燈幻,
이슬·거품·꿈·번개·구름 같으니,　　　　　露泡夢電雲,
마땅히 이와 같이 볼 것이다.　　　　　　　應作如是觀.

그리고 "不能見如來" 아래 다음의 4구가 더 있다.

저 여래의 묘체,　　　　　　　　　　　　　彼如來妙體,
곧 법신으로서의 제불은,　　　　　　　　　即法身諸佛,
법체라서 볼 수 없다,　　　　　　　　　　　法體不可見,
저 식으로는 알 수 없다.　　　　　　　　　彼識不能知.

남조 진陳나라 시기 천축天竺 사람 삼장진제三藏眞諦의 번역은 이러하다.

영원토록 변함없는 정설이 있으니 모든 법은 어둠 같고 그늘 같고 등불 같고
환영과 같고 이슬·거품·꿈·번개·구름 같은 것이라고 보아야 한다.
만약 형상으로 나를 보려 하거나 소리로써 나를 구하려고 하면 이 사람은 삿된
도를 행하는 것이니 마땅히 나를 보지 못할 것이다. 법에 입각해야 마땅히 부처
를 보니 부처는 법이 그 몸인 것이다. 이 법은 알 수 있는 것이 아니며 깊어서
보기가 어려운 것이다.

당나라 삼장현장三藏玄奘의 번역은 이러하다.

모든 화합하여 되는 것은 별 그림자[星翳]·등불·요술[幻], 이슬·물거품·꿈·번개·구름 같으니 마땅히 이렇게 볼 것이니라.

모두가 형상으로 나를 보려 하거나 음성으로 나를 찾으면 그 중생은 삿된 단견이니 당연코 나를 보지 못하리. 마땅히 부처님 법의 성품을 보면 곧 도사[導師]요 법신이도다. 법이란 알 수 있는 것이 아니니 그러므로 그는 할 수 없을 것이다.

당나라 승려 의쟁[義淨]의 번역은 앞 4구는 북위의 삼장보리유지와 같으나 뒷부분은 이렇게 되어 있다.

만약 형상으로 나를 보거나 음성으로 나를 구하면 이 사람은 삿된 견해를 일으킴이니 능히 마땅히 나를 보지 못하리라.

뒷 4구는 현장본과 같다.

사람들이 말하는 '육여[六如]'라는 것을 고찰해 보았다. 소식[蘇軾]은 '육여'라는 이름의 당[堂]을 지으면서, '육여'를 꿈[夢]·환상[幻]·거품[泡]·그림자[影]·이슬[露]·번개[電]라고 하였다. 그러나 이 네 종의 번역을 보고서 '구여[九如]'가 맞는 것임을 알 수 있었다. 『대반야경[大般若經]』제8회[會] 「세존송[世尊頌]」과 제9회 「능단금강분[能斷金剛分]」 중의 2송[頌]도 역시 현장의 번역과 동일하다.

7. 네 가지 연꽃의 이름 四蓮華之名

온발마화[嗢鉢摩華]는 청련화[青蓮花]다. 발특마화[鉢特摩華]는 파두마[波頭摩]라고도 하는데 적련화[赤蓮花]이다. 구무타화[拘母陀華]는 구물두[俱物頭]라고도 하고 구모타[俱牟陀]라고도 하는데 홍련[紅蓮]이다. 분도리화[奔茶利華]는 분타리[芬陀利]라고도 하는데 백련[白蓮]이다. 도라면[堵羅綿][28]은 버드나무 솜의 일종으로 두라면[兜羅綿]이다.

· ·

28 堵羅 : 산스크리트어 tūla의 음사. 버드나무과의 꽃에 붙어 있는 가늘고 보드라운 솜털을 지칭한다.

용재수필

8. 흑법과 백법 黑法白法

나쁜 행위[黑法]²⁹에 머무르게 되면 악한 행위로 인해 괴로움으로 그 업業을 갚게 되니[黑異熟]³⁰, 소위 지옥으로 떨어지거나 가축으로 태어나거나 귀계鬼界로 떨어지는 것은 모두 나쁜 행위로 인한 것이다.³¹ 좋은 행위[白法]에 머무르게 되면 선한 행위로 인해 즐거움으로 그 업을 갚게 되니[白異熟], 소위 인간세상이다. 선악이 혼합된 행위[黑白法]에 머무르면 선악이 혼합된 행위로 인해 즐거움과 괴로움으로 그 업을 갚게 되니[黑白異熟], 반은 축생과 귀계에 반은 인간 세상에 걸쳐있는 것이다. 선악을 떠난 청정한 행위[非黑非白法]에 머무르면 선악을 떠난 청정한 행위로 인해 어떠한 업보도 받지 않게 되니[非黑非白異熟], 이것이 예류과預流果³² 혹은 일래과一來果 · 불환과不還果이다.³³

9. 『다심경』의 게송 多心經偈

현장이 번역한 『다심경多心經』³⁴에 다음과 같은 게송이 있다.

---

29 黑法 : 청정하지 못한 일 · 악한 행위. 부처의 정도正道인 '백법白法'의 상대적인 말이다.

30 異熟 : 과보果報. 과거의 선악으로 인해 얻게 되는 결과와 업보로, 결과는 원인과 다르게 성숙된다.

31 불교에서 지은 행위와 그에 대한 과보를 네 가지로 나눈 것을 사업四業이라 한다. 첫째, 흑흑이숙업黑黑異熟業은 악한 행위를 저질러서 받는 괴로움의 과보이다. 둘째 백백이숙업白白異熟業은 착한 행위를 하여 받는 즐거움의 과보이다. 셋째, 흑백흑백이숙업黑白黑白異熟業은 선악이 혼합된 행위를 하여 받는 즐거움과 괴로움의 과보이다. 넷째, 비흑비백무이숙업非黑非白無異熟業은 선악을 떠난 청정한 행위를 하여 과보를 받지 않는 것을 말한다.

32 預留果 : 불교 수행단계인 사향사과四向四果의 첫 번째 단계로, 진리를 알지 못하거나 잘못 아는 것에서 생겨나는 미혹인 견혹見惑을 모두 끊고자 수행해가는 과정과 그 결과를 이르는 말이다. 즉 잘못된 견해에서 벗어나 비로소 진리를 추구하는 흐름에 들어섰다는 것으로, 수행자가 비로소 성자의 흐름에 들어섰다는 의미이다.

33 소승 불교에서 이르는 깨달음의 네 단계를 사과四果라고 하는데 수다원과須陀洹果 · 사다함과斯陀含果 · 아나함과阿那含果 · 아라한과阿羅漢果이다. 수다원을 예류預流, 사다함을 일래一來, 아나함을 불환과라 하고 모든 번뇌를 완전히 끊어 열반을 성취한 성자는 아라한이라고 한다.

34 『多心經』: 정식 명칭은 『마하반야바라밀다심경摩訶般若波羅蜜多心經』으로, 현장玄奘(600~664)

아제아제 바라아제, 바라승아제 모지사바하.[揭帝揭帝, 波羅揭帝, 波羅僧揭諦, 菩提薩摩訶.]

구마라습鳩摩羅什이 번역한 『대명주경大明咒經』[35]에서는 위의 게송을 다음과 같이 번역하였다.

竭帝竭帝, 波羅竭帝, 波羅僧竭帝, 菩提僧莎呵.[36]

10. 천궁의 보배 나무 天宮寶樹

한 줄 한 줄 마주서 있어	行行相值,
줄기와 줄기가 서로 바라보고,	莖莖相望.
가지와 가지는 나란하고	枝枝相准,
잎과 잎은 서로를 향하고,	葉葉相向.
꽃과 꽃은 서로 가지런하고	華華相順,
열매와 열매는 서로 마주해있다네.	實實相當.

이는 『무량수경無量壽經』에서 천궁의 보수寶樹를 묘사한 것이다. 천궁의 보배나무는 인간 세상에는 있을 수 없는 것이다.

이 번역했고 1권으로 이루어져 있다. 일반적으로 『반야심경』이라 한다. 현장법사는 17년간의 인도 유학을 마치고 돌아올 때 『반야심경』 범어 원전을 가지고 귀국하여 649년 5월에 종남산終南山에 있는 취미궁翠微宮에서 한문으로 번역하였다. 수백 년에 걸쳐서 편찬된 반야경전의 중심 사상을 260자로 함축시켜 서술한 경으로 불교의 모든 경전 중 가장 짧은 것에 속한다. 인용된 대목은 반야심경의 맨 마지막 구절이다.

35 『大明咒經』: 구마라습이 번역한 것으로 정식 명칭은 『마하반야바라밀대명주경摩訶般若波羅密大明呪經』이다.

36 범어 원문은 "gate gate paragate……"인데 이를 현장은 "揭帝揭帝, 波羅揭帝"로, 구라마습은 "竭帝竭帝, 波羅竭帝"로 번역한 것이다. 이렇게 차이가 나는 이유는 번역자마다 글자 중에서 음이 범어 원문과 비슷한 것을 골라 썼기 때문이다. 우리나라에서는 이렇게 한자로 쓰지만 원래 범어의 발음으로 읽는다. 때문에 '게제게제揭帝揭帝'라 하지 않고, '아제아제'라 읽는 것이다.

11. 백분과 흑분 白分黑分

달이 가득 차 보름이 되면 백분白分이라 한다. 달이 이지러져서 그믐이 되면 흑분黑分이라 한다.[37] 앞의 백과 뒤의 흑을 합하면 한 달이 된다. 또는 해가 달 뒤를 따라 가는데 15일이 되면 해가 달을 완전히 가리게 되는데 이를 흑반黑半이라고 한다. 태양이 달 앞에서 먼저 가다가 15일이 되면 달이 둥글게 되는데 이를 백반白半이라 한다.

12. 월쌍과 윤쌍 月雙閏雙

15일 밤이 반월半月이고 반달이 두번이면 한 달一月이 된다. 3개월을 일시一時, 양시兩時를 일행一行, 양행兩行이 일년一年, 2년二年이 한쌍一雙이다. 이렇게 하면 시간이 남기 때문에 윤달閏月을 본래 달과 함께 두는데 이를 월쌍月雙이라 하고 윤쌍閏雙이라고 하지 않는다. 5년 후 또 다시 윤달이 있으면 윤쌍閏雙이라 한다.

13. 유선나와 일유순 踰繕那一由旬

수량에 대한 명칭 중 유선나踰繕那는 40리里이다. 『비담론毗曇論』에서 4주四肘[38]를 1궁弓이라 하고, 5백궁을 1구로사拘盧舍, 8구로사를 일유순一由旬이라 한다. 1궁은 8척尺이므로 5백궁은 4백장丈이고, 1구로사가 2리이므로 16리가 1유순由旬이다.

- -

37 인도력印度曆에서는 음력 16일부터 다음달 15일까지를 월月의 단위로 하는데, 달이 이지러지기 시작하는 16일부터 30일까지의 전반부를 흑분이라 하고, 달이 차기 시작하는 1일부터 15일까지의 후반부를 백분이라 한다.
38 肘 : 산스크리트어 hasta 길이의 단위. 스물네 손가락 마디의 길이를 지칭한다.

14. 일곱 알의 먼지 알갱이 七極微塵

일곱 먼지 알갱이가 아누지^{阿耨池}의 먼지가 되고, 일곱 아누진이 동상진^銅^{上塵}, 일곱 동상진이 수상진^{水上塵}, 일곱 수상진이 토끼털 위의 먼지[兎毫上塵], 일곱 알갱이 토끼털 위의 먼지가 양털 위의 먼지 한 알갱이, 양털 위 먼지 일곱 알갱이가 소털 위 먼지 한 알갱이, 소털 위 먼지 일곱 알갱이가 향유진^{向遊塵}, 일곱 향유진이 밀기벌레 한 마리, 밀기벌레 7마리가 이[蝨] 한 마리, 이 7마리가 보리 알갱이 하나, 보리 알갱이 7개가 손가락 하나, 24지^指가 1주^肘, 4주가 1궁^弓이다.

15. 재상의 친부모에 대한 추증 宰相贈本生父母官

선조에 대한 관직과 작위의 봉증^{封贈}[39]은 진^晉과 남조 송^宋이래부터 있었으며 당나라 때 완비되었다. 그러나 일반적으로 한 대^代를 넘지 않았으므로 은혜가 조부까지 소급되는 경우는 극히 드물었으며 최고의 품계가 수여된 적이 없다. 곽자의^{郭子儀}[40]는 중서령을 지내는 동안 스물 네 차례 관리의 업적 평가를 관장했지만, 그의 부친은 태보^{太保}[41]에 추증되는 것에 그쳤다. 권덕여^{權德興}[42]는 재상이었지만, 그의 조부는 낭중^{郎中}[43]에 추증되는 것에 그쳤다.

- -

39 封贈 : 신하에게 은혜를 베풀기 위해 관작을 그 부모에게 수여하는 것. 부모가 살아계시는 경우는 봉^封이라 하고 돌아가신 경우는 증^贈이라 한다. 봉증의 제도는 진^晉과 남조 송나라 시기에 시작되었으며 당나라 시기에 완비되었다. 처음에는 부모만을 봉증하였으나 당말 오대 이후 증조·조부·부모의 3대를 봉증하기 시작했다.

40 郭子儀(697~781) : 당나라의 장군. 안사^{安史}의 난을 진압하였고, 탕구트족을 비롯한 북방 오랑캐의 침입으로부터 중국 서부지방을 방어하는 일에 전념했다.

41 太保 : 삼공^{三公}의 하나로 태부^{太傅}의 다음이다. 주대^{周代}에 설치되었으며 군주를 보필하는 역할을 하였다. 후대에는 대부분 중신에게 직함으로 더하여 은총을 보여주기 위한 것이었으며 실제 직무가 있는 것은 아니었다.

42 權德興(759~818) : 당나라 중기 시인. 자 재지^{載之}.

43 郎中 : 각 부^部에 모두 낭중이 있으며 상서^{尙書}, 시랑^{侍郎}의 다음 직위이다.

당말 오대시기 처음으로 재상의 지위 높은 대신에게 3대를 추증하기 시작했고, 송나라도 이를 계승하였다. 이방李昉[44]은 본래 공부낭중工部郎中 이초李超의 아들인데 숙부 이소李紹에게 아들이 없었기에 이소의 양자가 되었다. 이방은 두 번째 재상이 되었을 때 표를 올려 친부와 조부의 관직을 추증해 줄 것을 청하였다. 조서를 내려 조부 이온李溫을 태자태보太子太保로, 조모 권씨權氏를 여국태부인莒國太夫人으로, 친부 이초를 태자태사太子太師로, 친모 사씨謝氏를 정국태부인鄭國太夫人으로 추증했다. 이러한 경우는 극히 드문 사례로 이후에도 들어본 적이 없다.

16. 집정대신의 3대 추증 執政贈三代不同

문신文臣에게 3대를 추증하는 것은 처음 집정執政[45]에 임명되었을 때를 제외하고 다른 관직으로 전임되었을 때는 추증을 하지 않으며, 지추밀원사知樞密院事[46]와 재상에 임명된 사람에게만 3대를 추증해 줄 수 있다. 그러나 예전의 제도는 그렇지 않았다. 구양수가 문간공文簡公 정림程琳의 부친을 위해 쓴 신도비神道碑에서 조정의 은택을 이렇게 서술했다.

> 정림程琳이 참지정사參知政事에 임명되자 조정에서는 그의 부친을 태자소사太子少師로 추증하였다. 참지정사에서 좌승左丞이 되자 그의 부친은 또 태자태사太子太師로 추증되었다. 면직되어 자정전학사資政殿學士가 되자 태사太師, 중서령中書令으로 추증되었다. 이후 정림이 선휘북원사宣徽北院使에 임명되자 부친은 겸상서령兼尙書令으로 추증되었다.

----

44 李昉(925~996) : 북송의 대신. 자 명원明遠. 송 태종시기 참지정사와 평장사를 지냈다. 그의 주요 공적은 태종의 명을 받아 『태평어람太平御覽』・『태평광기太平廣記』・『문원영화文苑英華』라는 3종의 대작을 편찬한 것이다.

45 執政 : 원래는 국정을 관장하는 대신을 지칭하는 것이었으나, 송대에는 재상 이외의 집정대신을 가리킨다. 참지정사・추밀사・상서좌승尙書左丞・상서우승尙書右丞・중서시랑中書侍郎・문하시랑門下侍郎 등을 포함하며 지위는 재상의 다음이다.

46 知樞密院事 : 신종神宗 원풍元豐 연간 추밀사樞密使를 폐지하고 지추밀원사를 추밀원의 장관으로 하였다. 정이품正二品으로 전국의 군정軍政을 책임졌다.

그러므로 전임의 경우나 재상을 그만두었을 때 모두 추증이 될 수 있었다. 그러나 태자태사에서 태사·중서령에 이른 것은 관직의 등급을 초월한 추증이다. 다른 사람에게서는 이러한 경우를 볼 수 없다.

17. 손처약의 일화 唐孫處約事

『신당서新唐書·내제전來濟傳』에 이러한 내용이 있다.

> 처음, 내제來濟와 고지주高智周·학처준郝處俊·손처약孫處約이 선성宣城 석중람石仲覽의 집에서 손님으로 머물고 있었다. 부유하고 도량과 견식이 넓었던 석중람은 이 네 사람을 매우 후대하였다. 이들은 서로 자신의 뜻에 대해 이야기하였다. 학처준은 재상이 되고 싶다고 했고, 내제와 고지주 역시 그랬다. 손처약은 말했다.
> "재상은 바랄 수 없고 통사사인通事舍人이면 만족하네."
> 훗날 내제는 이부상서가 되었다. 손처약이 영주瀛州 서좌書佐에서 경성으로 발령받아 이부에 도착 보고를 하러 왔을 때 내제가 말했다.
> "뜻을 이루었군."
> 이리하려 그를 통사사인으로 임명했다. 이후 두 사람은 모두 재상의 자리까지 올랐다.

「고지주전高智周傳」의 기록은 이러하다.

> 고지주가 당초 학처준郝處俊·내제來濟·손처약과 함께 강도江都의 석중람石仲覽에게 의지했었다. 석중람은 가산을 털어 이 네 사람과 교우를 맺었는데 네 사람을 초청하여 각자의 바램을 이야기한 적이 있었다. 학처준이 말했다.
> "장부가 벼슬을 하지 않으면 그만이지만, 벼슬을 한다면 재상의 자리까지는 올라야지."
> 고지주와 내제도 그와 같았다. 손처약은 이렇게 말했다.
> "사인舍人이 되어 궁궐을 드나들며 의론을 펼칠 수 있다면 족하네."
> 훗날 내제가 이부에 있을 때 손처약이 영주 참군으로 발령을 받고 오자 내제가 말했다.
> "그대의 바램이 이루어졌군."
> 그리고는 그를 통사사인으로 임명했다. 임명을 끝낸 후 섬돌을 내려가 옛 친구를 위문하였다.

『신당서』의「내제전」과「고지주전」은 앞뒤로 붙어 있기 때문에 이렇게 중복할 필요가 없었다. 이 기록의 출전은 한완韓琬이 지은『어사대기御史臺記』인데 이 책에는 사실이 아닌 내용이 적지 않다.「손처약전」을 보자.

> 정관貞觀 연간, 제왕齊王 이우李祐의 기실記室이 되었다. 손처약은 수차례 글을 올려 이우의 과오에 대해 간언하였다. 제왕이 주살되자 태종은 손처약이 간언했던 문서를 보고 그를 중서사인으로 발탁하였다.

이때가 정관 17년(643) 계묘癸卯년이다. 내제는 이듬해 중서사인이 되었다가 영휘永徽 3년(652)에 재상이 되었고 6년(655)에 검교이부상서檢校吏部尚書가 되었다. 이 해는 정사丁巳년으로 계묘년과 15년의 거리가 있다.『신당서』의 내제, 고지주 두 사람의 열전과 대조해보면 부합하지 않는다. 한완의 기록은 황당한데도 역사를 기록하는 자는 자세히 고증하지 않았다. 석중람의 고향에 대해 한 곳에서는 선성宣城이라 했고 다른 곳에서는 강도江都라 했다.[47] 선성 사람이면서 광릉廣陵(江都)에 머무른 것인가?

18. 하후승과 경방의 열전 夏侯勝京房兩傳

『한서漢書·유림전儒林傳』은 경학의 사승관계를 상세히 기록하고자 매우 신중하게 서열을 배치하였다. 그러나 하후승夏侯勝[48]과 경방京房[49]은 따로 열전을 썼다.「유림전」의 기록은 이러하다.

. . . .

47 홍매가 이 편의 서두에서 인용한『신당서新唐書·내제전來濟傳』에는 석중람의 집이 선성으로 되어 있고,「고지주전」에는 강도로 되어있다.

48 夏侯勝(B.C.152~B.C.61): 전한 선제宣帝 시기의 유학자. 자 장공長公. 하후시창夏侯始昌의 족자族子다. 하후시창에게『상서尚書』와『홍범오행전洪範五行傳』을 배웠고, 또 예관兒寬의 제자인 간경簡卿과 구양씨歐陽氏에게도 배웠다.

49 京房(B.C.77~B.C.37): 전한의 사상가. 자 군명君明. 본래는 이씨李氏였는데 경씨로 바꾸었다. 양梁나라 사람 초연수焦延壽에게서 역학易學을 배웠다. 재이사상災異思想에 밝아 원제元帝의 총애를 받았다. 나중에 위군魏郡의 태수太守가 되었으나, 재이점후災異占候에 대하여 자주 황제에게 아뢰어 석현石顯과 오록충종五鹿充宗 등의 미움을 사서, 하옥된 후에 살해당하였다.

하후승의 선조는 하후도위夏侯都尉로 『상서尚書』를 족자族子[50]인 시창始昌에게 전수하였고, 시창이 하후승에게 전수하였다. 하후승은 또 같은 마을 간경簡卿을 스승으로 모셨다. 하후승은 형의 아들 건建에게 전수하였고, 하후건은 또 구양고歐陽高를 스승으로 섬겼다.

하후승의 본전은 이러하다.

시창始昌에게서 『상서』를 선수 받았고, 후에 간경簡卿을 섬겼으며 또 구양씨를 따랐다. 종자인 건建은 하후승과 구양고를 스승으로 섬겼다.

「유림전儒林傳」에는 경방에 대해 100여자를 기재하였다.[51]

경방은 양인梁人 초연수焦延壽에게 『역경』을 전수받았다. 이 때문에 재이災異에 밝아 황제의 총애를 얻게 되었으나 석현石顯에게 참소당하여 주살되었다.

그러나 본전에도 거의 동일한 기록이 있다.

『역경』을 배웠으며 양인梁人 초연수焦延壽를 섬겼다. 그의 학설은 재변災變에 뛰어났으므로 경방은 특히 이 분야에 조예가 있었다. 그러나 석현에게 고발당하여 정치적으로 비방을 당하였고 주살되었다.

하후승과 경방에 대한 「유림전」과 본전의 기록은 거의 중복이다. 기타 장우張禹 · 팽선彭宣 · 왕준王駿 · 예관倪寬 · 공승龔勝 · 포선鮑宣 · 주감周堪 · 공광孔光 · 이심李尋 · 위현韋賢 · 현성玄成 · 설광덕薛廣德 · 사단師丹 · 왕길王吉 · 채의蔡誼 · 동중서董仲舒 · 휴맹眭孟 · 공우貢禹 · 소광疏廣 · 마궁馬宮 · 적방진翟方進 등의 사람들에 대해서는 이름과 스승만 기록해 놓았을 뿐이다.

19. 말 한마디로 처형되었던 지식인들 漢人坐語言獲罪

한나라 소제昭帝[52] 시기, 바위가 저절로 우뚝 일어서고 말라죽었던 버드나무가 도로 살아났다. 휴맹眭孟이 상소를 올렸다.

> 장차 평민이 천자가 될 것이니 천자께서는 현인을 찾아 제위를 넘겨주고 물러나
> 고 백리百里 땅의 왕후가 되셔야 합니다.[53]

곽광霍光[54]은 노하여 요상한 말로 군중을 미혹시킨다는 죄를 씌워 휴맹을
주살하였다. 휴맹은 망언을 서슴치 않았으니 그가 죽음을 당한 것도 마땅
하다 할 수 있다.

선제宣帝가 환관을 신임하자 갑관요蓋寬饒가 밀봉된 상서문을 올렸다.

> 오제는 천하를 공유했고 삼왕은 천하를 집으로 삼았습니다. 천하를 집안으로 생
> 각했기에 자식에게 제위를 물려주었고, 천하를 공유했기에 제위를 현자에게 물
> 려주었습니다.

집금오執金吾[55]는 이 밀봉상서의 의도가 천자에게 선양을 요구하는 것이
라 보고 그에게 사형을 내렸다. 그가 인용한 것을 고찰해보니 죄가 없다
할 수는 없다.

양운楊惲[56]이 손회종孫會宗에게 보낸 답신은 원망이나 격분의 말은 없었으

52 昭帝(B.C.94~B.C.74) : 전한의 제8대 황제 유불릉劉弗陵. 무제武帝의 여섯째 아들로 무제의
    유언에 따라 8세에 즉위하였다. 때문에 대사마대장군大司馬大將軍 곽광霍光이 보좌하였다.
53 당시 말라 죽었던 버드나무가 되살아나고 벌레가 나뭇잎을 갉아먹는 곳에 "公孫病已立"이라
    는 글씨가 새겨져 있었다. 소제가 갑자기 후사도 없이 요절해 버리자 곽광霍光이 창읍왕昌邑王
    유하劉賀를 영입했지만 얼마 뒤 황음荒淫하다는 이유로 폐위하고 선제宣帝를 맞아 옹립했다.
    선제는 무제의 폐태자 여태자戾太子의 손자로 초명이 병이病已였으므로 이전의 징조가 맞아떨
    어진 것이다. 선제는 여태자가 무고巫蠱에 걸려 자살하고 부모가 모두 해를 당하자 민간에서
    길러졌다.
54 霍光(?~B.C.68) : 전한의 대장군. 자 자맹子孟. 곽거병霍去病의 이복 동생으로, 10여 세 때부
    터 무제武帝를 측근에서 섬기다가, 무제가 죽을 무렵에는 대사마대장군大司馬大將軍 · 박륙후博
    陸侯가 되었다. 무제가 임종시 곽광과 김일제金日磾 · 상관걸上官桀 · 상홍양桑弘羊에게 후사後事
    를 위탁하였기에 소제를 보필하였고 이후 선제를 옹립하였다.
55 執金吾 : 수도의 경비를 관장하고 황제의 행차를 경호하는 관직.
56 楊惲 : 사마천司馬遷의 외손. 자 자유子幼. 선제宣帝 때 좌조左曹에 임명되어 곽씨霍氏의 음모를
    고발해 평통후平通侯에 봉해졌고, 중랑장中郎長이 되었다. 신작神爵 원년(B.C. 61) 제리광록훈
    諸吏光祿勳에 올랐다. 관직에 있는 동안 청렴하여 재물을 경시하고 의로움을 좋아했다. 그러
    나 각박하고 남의 나쁜 비밀 등을 들추어내기를 좋아하여 사람들의 원한을 많이 샀다.

나 이런 시구절을 있다.

저 남산에서 농사를 짓노니	田彼南山,
김을 매지 않아 잡초만 무성하다.	蕪穢不治,
한 이랑에 심은 콩은	種一頃豆,
콩깍지 떨어지고 콩대만 남았구나.	落而爲其.

장안張晏은 이 시가 조정이 황음무도하고 관료들은 아첨만 일삼는 것을 말하는 것이라 보았다. 이는 견강부회라 할 수 있다. 정위廷尉는 이것이 대역무도한 죄이므로 처자까지 형벌에 처해야 한다고 보았다. 나는 이 서신의 의미를 여러 번 곱씹어보았는데 이런 대목이 있었다.

> 임금과 부모는 지극히 존귀하고 가까운 사이지만 그들의 상을 치루고 시간이 오래되면 결국 끝나는 시기가 있게 됩니다.

내 생각에는 아마 선제가 임금의 임종에 대한 비유를 싫어하지 않았던 게 아닐까 싶다.

엄조嚴助는 급암汲黯이 어린 황제를 보좌하여 전인의 업적을 지키는 것에만 급급하다고 상소를 올렸는데 무제가 노하지 않았으니 그때 엄조의 운이 좋았던 것이다. 가의賈誼와 유향劉向은 시의적절하고 거리낌 없는 논의를 펼쳤으나 문제文帝와 성제成帝는 그들에게 죄를 묻지 않았다. 이에 대해서는 『수필』에 기록해 두었다.[57]

태복대太僕戴 장악長樂과 사이가 나빴는데, 장악이 고발당하자 그가 시킨 것으로 잘못 알아 평소 언어가 불경하다고 상소를 올림으로써 면직당해 서인庶人이 되었다. 직위를 잃고 집에서 일하며 집안을 일으켜 그 재산으로 생애를 즐겼다. 친구 손회종孫會宗이 편지를 주고받으면서 충고했지만 대답하지 않았다. 편지에 원망하는 내용이 많았는데, 선제宣帝가 이것을 읽고 미워한데다가 참소와 중상모략을 당해 대역 무도죄로 요참형腰斬刑을 당했다.

57 『용재수필』권11 「誼向觸諱」 참조.

20. 추밀서사 樞密書史

경덕景德 4년(1007), 재상인 왕단王旦에게 태조와 태종 양대의 정사正史를 감수하도록 했다. 지추밀원知樞密院 왕흠약王欽若과 진요수陳堯叟, 참지정사參知政事 조안인趙安仁도 함께 국사를 편찬하였다. 그러나 이후 집정執政은 추밀원에 들어가면 모두 역사 편찬을 관장할 수 없게 되었으니 예전과는 다르다.

21. 지주·전운사가 통판이 되다 知州轉運使爲通判

지금의 사대부들은 일단 신분이 귀해지면 더 이상 낮은 관직을 맡지 않는다. 순화淳化[58] 연간, 북방의 거란이 침입해 왔을 때 조정에서는 전전도우후殿前都虞候 조찬曹璨을 정주定州 지주로 임명했다. 당시 조안이趙安易가 종정소경宗正少卿 겸 정주 지주를 맡고 있었으므로, 조찬이 부임한 후 조안이는 통판通判[59]으로 옮겼다.

당시 나연길羅延吉이라는 사람이 있었는데 팽주彭州·기주祁州·강주絳州 3주의 지주知州였다. 그러나 광주廣州 통판으로 임명되었다. 등중정滕中正은 흥원부興元府 지부에서 하남河南 통판으로 옮겨졌다. 원곽袁郭은 초주楚州·운주鄆州 2주의 지주였으나, 당시 진왕秦王 조정미趙廷美가 방주房州로 전임되면서 조서를 내려 숭의부사崇儀副使 염언진閻彦進을 지주로 임명하였고, 원곽은 통판이 되었다. 범정사范正辭는 융주戎州·치주淄州 2주의 지주였으나, 체주棣州·심주深州의 통판이 되었다. 또 진약졸陳若拙은 단주單州 지주·전중시어사殿中侍御史·서천전운사西川轉運使를 지냈으나, 조정으로 돌아왔을 때 마침 이지李至가 낙양을 지키고 있었기에 표를 올려 진약졸을 통판으로 임명할 것을

---

58 淳化 : 북송 태조 시기 연호(990~994).

59 通判 : 번진藩鎭의 힘을 누르기 위하여 조정의 관료가 군郡의 정치를 감독하도록 만든 송나라 때의 지방관. 각 주州의 지주知州 밑에 소속되어 있지만, 감찰을 통해 지주의 권한을 제한하는 역할을 하였다.

415

청하였다. 후에 시우석柴禹錫이 경주涇州를 진압하고는 다시 표를 올려 진약졸을 통판으로 임명할 것을 청하였다. 계속해서 직위가 내려갔지만 모두 강등이라 여기지 않았다. 그러나 근자에는 이런 경우가 없다.

22. 요주를 다스린 범정사 范正辭治饒州

태평흥국太平興國[60] 연간, 요주饒州[61]에 미결된 송사가 많아 범정사范正辭[62]가 지주로 발탁되었다. 범정사는 부임하자마자 장기간 미해결 되었던 범죄 안건을 모두 처리하였고 일을 오랫동안 지체하고 처리하지 않았던 서리 63인은 정직停職되었다.

마침 요주의 병력을 골라 경사로 보내라는 조령이 내려왔는데 왕흥王興이라는 자가 고향을 떠나기 싫어 일부러 발을 베어 상처를 냈다. 범정사는 그를 참형에 처하였다. 왕흥의 아내는 상소를 올렸고 태종은 범정사를 불러 조정에서 변론하게 했다. 범정사가 말했다.

> 동남의 여러 고을 중 요주는 가장 풍요롭고 번성한 곳이어서 인심이 쉬이 동요되는데 왕흥은 감히 징역의 거부를 선동하였습니다. 만약 이를 제어하지 못한다면 신은 조정의 처벌을 기다릴 곳조차 없게 될 것입니다.

태종은 범정사의 과단성을 칭찬하고 특별히 강남전운부사江南轉運副使로 승진시켰다.

요주에 감소甘紹라는 백성이 있었는데 도둑들에게 노략질을 당하였다. 요주에서는 14명을 체포하였고 모두 사형을 선고받았다. 범정사가 관할 지역을 순찰하다가 이 범인들을 심문하였는데 죄수들이 모두 눈물을 흘렸다. 범정사는 그들이 범인이 아님을 간파하고 그들을 심문할 수 있는 곳으

<figure>
용재수필
</figure>

60 太平興國 : 송나라 태종 시기 연호(976~984).
61 饒州 : 치소治所는 지금의 강서성 파양.
62 范正辭(936~1010) : 북송의 유학자. 자 직도直道. 어려서부터 『춘추』 삼전三傳을 익혀 급제하였다. 치주淄州·요주饒州 등지에서 지주를, 체주棣州·심주深州에서 통판을 지냈다.

로 옮기도록 명령했다. 얼마 후 도적이 있는 곳을 백성이 고발하자 범정사는 몰래 감군監軍을 소집하여 그들을 체포하게 했다. 발각된 도적들이 달아나 숨자 범정사는 홀로 말을 타고 성곽 20리 밖까지 그들을 추격했다. 도적들이 활 시위를 당기고 창을 들고 협박하자 범정사는 크게 소리치며 채찍으로 그들을 내리쳤다. 한 도적이 눈에 채찍을 맞고 쓰러지자 나머지 도적들은 모두 강을 건너 흩어져 달아났다. 상처를 입고 쓰러진 자는 아직 숨이 남아있었고 그의 곁에는 도둑들이 내버린 장물들이 있었다. 악행을 조사하여 사형에 처하였고 14명은 모두 석방될 수 있었다. 이 사건은 바로 우리 고향에서 있었던 일이지만 사람들은 대부분 이 사실을 알지 못한다.

23. 영왕의 장서 榮王藏書

복안의왕濮安懿王[63]의 아들 종작宗綽의 장서는 7만권에 달한다. 당초 영종英宗과 함께 관저에서 수학했기에 영종은 희귀한 책을 얻을 때마다 반드시 그에게 주었다. 종작의 장서 중 '악양岳陽'이라고 기재되어 있는 것은 모두 영종이 그에게 하사한 것. 이는 국사의 본전에 수록된 내용이다.

휘종 선화宣和[64] 연간, 종작의 아들 회안군왕淮安郡王 중미仲糜가 목록 3권을 조정에 바쳤다. 충선공忠宣公[65]께서 연경燕京에서 그 중의 한 책을 입수했는데 이렇게 적혀 있다.

· ·

63 濮安懿王(995~1059) : 송 태종의 넷째아들 상왕商王 조원빈趙元份의 셋째 아들 조윤양趙允讓, 자 익지益之. 사후 복왕濮王으로 추봉되었으며 시호는 안의安懿. 인종이 아들이 없었기 때문에 인종 사후 조윤양의 13자가 제위를 계승하게 되었고 영종英宗이다. 영종 즉위 후 조윤양을 황고皇考로 할 것인지 황백皇伯으로 할 것인지에 대해 조정의 의론이 양분되었는데, 범순인范純仁 · 사마광 등은 인종을 황고로 해야 한다고 했고, 한기韓琦와 구양수歐陽修는 복왕을 황고로 인정해야 한다고 주장했다. 역사에서는 이 사건을 '복의濮議'라 하였고 이후 조정의 쟁론을 가리키는 의미로 사용되었다.

64 宣和 : 휘종 연간 연호(1119~1125).

65 忠宣公 : 홍매의 부친인 홍호洪皓. 홍호는 금나라에 사신으로 가서 15년간 억류되었다가 천신만고 끝에 송나라로 돌아왔다. 고종은 홍호에 대해 "소무蘇武라도 이보다 더할 수는 없을 것"이라며 가상히 여겼다.

감본監本[66]을 제외하고, 필사본, 간행본 서적이 2만 2천 8백 36권이다.

한 책의 목록만 해도 이렇게 많으니 7만권이라는 것이 헛말이 아님을 알겠다. 삼관三館[67]의 비부秘府를 합쳐도 종작의 장서만 못하니 대단하구나!

24. 진관의 「팔육자」 秦杜八六子

진관秦觀[68]의 「팔육자八六子」 사詞가 있다.

조각 조각 흩날리는 꽃 저녁을 희롱하고,	片片飛花弄晚,
부슬부슬 내리는 비 맑은 하늘을 덮는구나.	蒙蒙殘雨籠晴.
넋 놓고 있는데	正銷凝,
꾀꼬리는 또 몇 마디 우짖는구나.	黃鸝又啼數聲.

명사들이 최고라고 인정하는 청초한 구절이다.

우리 집에 예전에 건양建陽에서 간행된 『난원곡집蘭畹曲集』이 있었는데 여기에 두목杜牧[69]의 사가 한 수 수록되어 있다. 그 마지막 구절은 이러하다.

넋 놓고 있는 사이,	正銷魂,
오동나무는 또 초록 그늘을 옮겨간다.	梧桐又移翠陰.

진관은 두목의 이 구절을 모방하였으나 조금 못 미치는 듯하다.

용재수필

· ·

66 監本 : 국자감國子監에서 각인한 서적.
67 三館 : 당나라 때는 홍문弘文 · 집현集賢 · 사관史館의 삼관이 장서藏書 · 교서校書 · 역사편찬의 일을 담당했다. 송대는 이를 계승하여 삼관을 하나로 합쳐 숭문원崇文院 안에 두었다.
68 秦觀(1049~1100) : 북송의 문인. 자 소유少遊. 호 회해거사淮海居土. 고문과 시에 능했고 특히 사詞에 뛰어났다. 소식의 문하에 있으면서 황정견黃庭堅과 장뢰張耒 · 조보지晁補之 등과 함께 '소문사학사蘇門四學士'로 일컬어진다.
69 杜牧(803~852) : 당나라 시인. 자는 목지牧之, 번천樊川. 문장과 시에 능했으며, 이상은李商隱과 더불어 '이두李杜'로 불리기도, 작풍이 두보杜甫와 비슷해서 '소두小杜'로도 불리었다.

1. 科舉之弊不可革

法禁益煩, 奸僞滋熾, 唯科場最然, 其尤者莫如銓試。代筆有禁也, 禁之愈急, 則代之者獲賂謝愈多。其不幸而敗者百無一二, 正使得之, 元未嘗致法。吏部長貳簾試之制, 非不善也, 而文具兒戲, 抑又甚焉。議論奉公之臣, 朝夕建明, 然此風如決流偃草, 未嘗少革。或以謂失于任法而不任人之故。殊不思所任之人, 渠肯一意向方, 見惡輒取, 於事無益, 而禍謗先集於厥身矣! 開寶中, 太子賓客邊光範掌選, 太廟齋郎李宗訥赴吏部銓, 光範見其年少, 意未能屬辭, 語之曰:「苟援筆成六韻, 雖不試書判, 可入等矣。」宗訥曰:「非唯學詩, 亦嘗留心詞賦。」卽試詩賦二首, 數刻而就, 甚嘉賞之。翌日, 擬授祕書省正字。今之世寧復有是哉!

2. 宰執子弟廷試

太宗朝, 呂文穆公蒙正之弟蒙亨擧進士, 禮部高等薦名。旣廷試, 與李文正公昉之子宗諤, 並以父兄在中書罷之。國史許仲宣傳云, 仲宣子待問, 雍熙二年擧進士, 與李宗諤、呂蒙亨、王扶幷預廷試。宗諤卽宰相昉之子, 蒙亨參知政事蒙正之弟, 扶鹽鐵使明之子。上曰:「斯並勢家, 與孤寒競進, 縱以藝升, 人亦謂朕有私也。」皆下第, 正此事也。仲宣時爲度支使。仁宗朝, 韓忠憲公億爲參知政事, 子維以進士奏名禮部, 不肯試大廷, 受蔭入官。唐質肅公介參政, 子義問鎖廳試禮部, 用擧者召試祕閣, 介引嫌罷之。舊制嚴於宰執子弟如此, 與夫秦益公柄國, 而子熺、孫塤皆於省殿試輒冠多士者異矣。

3. 國初救弊

國朝削幷僭僞, 救民水火之中, 然亦有因仍舊弊, 未暇更張者, 故須賴於賢士大夫昌言之。江左初平, 太宗選張齊賢爲江南西路轉運使, 諭以民間不便事, 令一一條奏。先是諸州罪人多鎖送闕下, 緣路非理而死者, 常十五六。齊賢至蘄州, 見南劍州吏送罪人者, 索得州帖視之。二人皆逢販私鹽者, 爲荷鹽籠得鹽二斤, 又六人皆嘗見販鹽而不告者, 並黥決傳送, 而五人已死于路。江州司理院自正月至二月, 經過寄禁罪人, 計三百二十四人。建州民二人, 本田家客戶, 嘗於主家塘內, 以錐刺得魚一斤半, 並杖脊、黥面, 送闕下。齊賢上言:「乞俟至京, 擇官慮問, 如顯有負屈者, 本州官吏量加懲罰, 自今只令發遣正身。」

及虔州, 送三囚, 嘗市得牛肉, 幷家屬十二人悉詣闕, 而殺牛賊不獲, 齊賢憫之, 卽遣其妻子還。自是江南送罪人者減大牛。是皆相循習所致也。齊賢改爲, 其利民如此。齊賢以太平興國二年方登科, 六年爲使者, 八年還朝, 由密學拜執政, 可謂迅用也。

4. 房玄齡名字

舊唐書目錄書房元齡, 而本傳云房喬字玄齡, 新唐書列傳房玄齡字喬, 而宰相世系表玄齡字喬松, 三者不同。趙明誠金石錄得其神道碑, 褚遂良書, 名字與新史傳同。予記先公自燕還, 有房碑一冊, 于志寧撰, 乃玄齡字喬松, 本欽宗在東宮時所藏, 其後猶有一印, 曰「伯志西齋」, 今亦不存矣。

5. 二朱詩詞

朱載上, 舒州桐城人, 爲黃州敎授。有詩云:「官閑無一事, 胡蝶飛上階。」東坡公見之, 稱賞再三, 遂爲知己。中書舍人新仲翌, 其次子也, 有家學, 十八歲時戲作小詞, 所謂「流水泠泠, 斷橋斜路梅枝亞」者。朱希眞見而書諸扇, 今人遂以爲希眞所作。又有摺疊扇詞云:「宮紗蜂趁梅, 寶扇鶯開翅。數摺聚淸風, 一捻生秋意。搖搖雲母輕, 裊裊瓊枝細。莫解玉連環, 怕作飛花墜。」公親書稿固存, 亦因張安國書扇, 而載於于湖集中。其詠五月菊詞云:「玉臺金盞對炎光, 全似去年香。有意莊嚴端午, 不應忘却重陽。菖蒲九節, 金英滿把, 同泛瑤觴。舊日東籬陶令, 北窗正傲羲皇。」淵明於五六月高臥北窗之下, 淸風颯至, 自謂羲皇上人。用此事於五月菊, 詩家嘆其精切云。

6. 金剛經四句偈

今世所行金剛經, 用姚秦鳩摩羅什所譯, 其四句偈曰:「一切有爲法, 如夢幻泡影, 如露亦如電, 應作如是觀。」又曰:「若以色見我, 以音聲求我, 是人行邪道, 不能見如來。」予博觀它本, 頗有不同。元魏天竺三藏菩提流支譯云:「一切有爲法, 如星翳燈幻。露泡夢電雲, 應作如是觀。」而「不能見如來」之下更有四句云:「彼如來妙體, 卽法身諸佛。法體不可見, 彼識不能知。」陳天竺三藏眞諦譯云:「如如不動, 恆有正說。應觀有爲法, 如暗翳燈幻, 露泡夢電雲。若以色見我, 以音聲求我, 是人行邪道, 不應得見我。由法應見佛, 調御法爲身, 此法非識境, 法如深難見。」唐三藏玄奘譯云:「諸和合所爲, 如星翳燈幻。露泡夢電雲, 應作如是觀。諸以色見我, 以音聲尋我, 彼生履邪斷, 不能當見我。應觀佛法性, 卽導師法身。法性非所識, 故彼不能了。」唐沙門義淨譯前四句, 與魏菩提本同, 而後云:「若以色見我, 以音聲求我, 是人起邪觀, 不能當見我。」後四句與玄奘本同。予案, 今人稱六如, 東坡以名堂者, 謂夢、幻、泡、影、露、電也。而此四譯, 乃知有九如。大般若經第八會世尊頌, 第九會能斷金剛分二頌, 亦與玄奘所譯同。

7. 四蓮華之名

嗢鉢摩華, 靑蓮華也；鉢特摩華, 亦云波頭摩, 赤蓮華也；拘母陀華, 亦云俱物頭, 亦云俱牟陀, 紅蓮也；奔茶利華, 亦云芬陀利, 白蓮也。堵羅綿, 柳絮之類, 卽兜羅綿也。

8. 黑法白法

安立黑法, 感黑異熟, 所謂地獄傍生鬼界。安立白法, 感白異熟, 所謂人天。安立黑白法, 感黑白異熟, 所謂一分傍生鬼界及一分人。安立非黑非白法, 感非黑非白異熟, 所謂預留果, 或一來果, 或不還果。

9. 多心經偈

多心經偈曰：「揭帝揭帝, 波羅揭帝, 波羅僧揭諦, 菩提薩摩訶。」又有大明呪經, 鳩羅什所譯, 曰：「竭帝竭帝, 波羅竭帝。波羅僧竭帝, 菩提僧莎呵。」

10. 天宮寶樹

「行行相值, 莖莖相望。枝枝相准, 葉葉相向。華華相順, 實實相當。」此無量壽經所言天宮寶樹, 非塵世所有也。

11. 白分黑分

月盈至滿, 謂之白分；月虧至晦, 謂之黑分。白前黑後合爲一月。又曰：日隨月後行, 至十五日覆月都盡, 是名黑半；日在月前行, 至十五日具足圓滿, 是名白半。

12. 月雙閏雙

十五夜爲半月, 兩半月爲一月, 三月爲一時, 兩時爲一行, 兩行爲一年, 二年半爲一雙。此由閏, 故以閏月兼本月, 此謂月雙, 非閏雙也, 以五年再閏爲閏雙。

13. 踰繕那一由旬

數量之稱, 謂踰繕那, 四十里也。毗曇論四肘爲一弓, 五百弓爲一拘盧舍, 八拘盧舍爲一由旬, 一弓長八尺, 五百弓長四百丈, 一拘盧舍有二里, 十六里爲一由旬。

14. 七極微塵

七極微塵成一阿耨池上塵, 七阿耨塵爲銅上塵, 七銅上塵爲水上塵, 七水上塵爲冤毫上塵, 七冤毫上塵爲一羊毛上塵, 七羊毛上塵爲一牛毛上塵, 七牛毛上塵成一嚮遊塵, 七嚮遊塵成一蟻, 七蟻成一虱, 七虱成一穬麥, 七穬麥爲一指, 二十四指爲一肘, 四肘爲一弓。

15. 宰相贈本生父母官

封贈先世, 自晉、宋以來有之, 迨唐始備, 然率不過一代, 其恩延及祖廟者絕鮮, 亦未嘗至極品。郭汾陽二十四考中書令, 而其父贈止太保；權德興位宰相, 其祖贈止郎中。唐末五季, 宰輔貴臣, 始追榮三代, 國朝因之。李文正公昉本工部郎中超之子, 出繼從叔紹。昉再入相, 表其事求贈所生父、祖官封, 詔贈祖溫太子太保, 祖母權氏莒國太夫人, 父超太子太師, 母謝氏鄭國太夫人。可謂異數, 後不聞繼之者。

16. 執政贈三代不同

文臣封贈三代, 自初除執政外, 凡轉廳皆不再該, 唯知樞密院及拜相乃復得之。然舊法又不如是。歐陽公作程文簡公琳父神道碑, 歷敍恩典曰：「琳參知政事, 贈爲太子少師。在政事遷左丞, [係轉一官。] 又贈太子太師。罷爲資政殿學士, 又贈太師、中書令。爲宣徽北院使, 又贈兼尚書令。」 則是轉官與罷政亦褒贈, 而自宮師得太師中令, 更爲超越。它或不然。

17. 唐孫處約事

新唐書來濟傳云：「初, 濟與高智周、郝處俊、孫處約客宣城石仲覽家, 仲覽衍於財, 有器識, 待四人甚厚, 私相與言志。處俊曰：『願宰天下。』濟及智周亦然。處約曰：『宰相或不可冀, 願爲通事舍人足矣。』後濟領吏部, 處約始以瀛州書佐入調, 濟遽注曰：『如志。』遂以爲通事舍人。後皆至公輔。」高智周傳云：「智周始與郝處俊、來濟、孫處約共依江都石仲覽。仲覽傾産結四人驩, 因請各語所期。處俊曰：『丈夫惟無仕, 仕至宰相乃可。』智周、濟如之。處約曰：『得爲舍人, 在殿中周旋吐納可也。』後濟居吏部, 處約以瀛州參軍入調, 濟曰：『如志。』擬通事舍人。畢, 降階勞問平生。」案兩傳相去才一卷, 不應重複如此, 可謂冗長。本出韓琬所撰御史臺記, 而所載自不實。處約傳：「貞觀中, 爲齊王祐記室, 祐多過失, 數上書切諫。王誅, 太宗得其書, 擢中書舍人。」是歲十七年癸卯, 來濟次年亦爲中書舍人, 永徽三年拜相, 六年檢校吏部尚書, 是歲丁巳, 去癸卯首尾十五歲。若如兩傳所書, 大爲不合, 韓琬之說誠謬, 史氏又失於不考。仲覽鄉里, 一以爲宣城, 一以爲江都, 豈宣城人而家於廣陵也？

18. 夏侯勝京房兩傳

漢書儒林傳, 欲詳記經學師承, 故序列唯謹, 然夏侯勝、京房又自有傳。儒林云：「勝其先夏侯都尉, 以尚書傳族子始昌, 始昌傳勝, 勝又事同郡簡卿。傳兄子建, 建又事歐陽高。」而本傳又云：「從始昌受尚書, 後事簡卿, 又從歐陽氏。從子建, 師事勝及歐陽高。」儒林言：「房受易梁人焦延壽。以明災異得幸, 爲石顯所譖, 誅。」凡百餘字。而本傳又

云：「治易，事梁人焦延壽。其說長於災變，房用之尤精。爲石顯告非謗政治，誅。」此兩者，近於重複也。若其它張禹、彭宣、王駿、倪寬、龔勝、鮑宣、周堪、孔光、李尋、韋賢、玄成、薛廣德、師丹、王吉、蔡誼、董仲舒、眭孟、貢禹、疏廣、馬宮、翟方進諸人，但志姓名及所師耳。

19. 漢人坐語言獲罪

漢昭帝時，有大石自立，僵柳復起。眭孟上書，言：「有從匹夫爲天子，宜求索賢人，禪以帝位，而退自封百里。」霍光惡之，論以祅言惑衆，伏誅。案，孟之妄發，其死宜矣。宣帝信任宦官，蓋寬饒奏封事，言：「五帝官天下，三王家天下。家以傳子，官以傳賢。」執金吾議以指意欲求禪，亦坐死。考其所引，亦不爲無罪。楊惲之報孫會宗書，初無甚怨怒之語，其詩曰：「田彼南山，蕪穢不治，種一頃豆，落而爲萁。」張晏釋以爲言朝廷荒亂，百官諂諛。可謂穿鑿。而廷尉當以大逆無道，刑及妻子。予熟味其詞，獨有所謂「君父至尊親，送其終也，有時而旣」，蓋宣帝惡其君喪送終之喩耳。莊助論汲黯輔少主守成，武帝不怒，實係於一時禍福云。賈誼、劉向談說痛切無忌諱，文、成二帝未嘗問焉，隨筆紀之矣。

20. 樞密書史

景德四年，命宰臣王旦監修兩朝正史；知樞密院王欽若、陳堯叟，參知政事趙安仁並修國史。後來執政入樞府，皆不得提舉修書，非故事也。

21. 知州轉運使爲通判

今世士大夫，旣貴不可復賤。淳化中，北戎入寇，以殿前都虞候曹璨知定州，時趙安易官宗正少卿，以知州，遂就徙通判。同時有羅延吉者，旣知彭、祁、絳三州，而除通判廣州，滕中正知興元府而通判河南。袁郭知楚、鄆二州，會秦王廷美遷置房州，詔崇儀副使閤彥進知州，而以郭通判州事。范正辭旣知戎、淄二州，而通判棣、深。又陳若拙歷知單州、殿中侍御史、西川轉運使，召歸，會李至守洛都，表爲通判；久之，柴禹錫鎮涇州，復表爲通判。連下遷而皆非貶降，近不復有矣。

22. 范正辭治饒州

范正辭太平興國中，以饒州多滯訟，選知州事，至則宿繫皆決遣之，胥史坐淹獄停職者六十三人。會詔令料州兵送京，有王興者，懷土憚行，以刃故傷其足，正辭斬之。興妻上訴，太宗召見，正辭庭辯其事。正辭曰：「東南諸郡，饒實繁盛，人心易動，興敢扇搖。苟失控馭，則臣無待罪之地矣。」上壯其敢斷，特遷官，充江南轉運副使。饒州民甘紹者，爲

群盜所掠, 州捕繫十四人, 獄具將死。正辭案部至, 引問之, 囚皆泣下。察其非實, 命徙他所訊鞫。旣而民有告盜所在者, 正辭潛召監軍掩捕之。盜覺遁去, 正辭卽單騎出郭二十里追及之。賊控弦持矟來逼, 正辭大呼, 以鞭擊之, 中賊雙目, 仆之。餘賊渡江散走。被傷者尚有餘息, 旁得所棄贓, 按其奸狀伏法, 十四人皆得釋。此吾鄕里事, 而郡人多不聞之。

23. 榮王藏書

濮安懿王之子宗綽, 蓄書七萬卷。始與英宗偕學于邸, 每得異書, 必轉以相付。宗綽家本有岳陽記者, 皆所賜也。此國史本傳所載。宣和中, 其子淮安郡王仲糜進目錄三卷, 忠宣公在燕得其中秩, 云:「除監本外, 寫本、印本書籍計二萬二千八百三十六卷。」觀一秩之目如是, 所謂七萬卷者爲不誣矣。三館祕府所未有也, 盛哉!

24. 秦杜八六子

秦少游八六子詞云:「片片飛花弄晚, 濛濛殘雨籠晴。正銷凝, 黃鸝又啼數聲。」語句淸峭, 爲名流推激。予家舊有建本蘭畹曲集, 載杜牧之一詞, 但記其末句云:「正銷魂, 梧桐又移翠陰。」秦公蓋效之, 似差不及也。

용재수필

1. 사소한 일까지 직접 처리한 태종 祖宗親小事

태종 시기, 여단呂端[1]이 간의대부諫議大夫, 개봉판관開封判官에서 위위소경衛尉少卿으로 좌천되었다. 당시 관료 중 적지 않은 사람들이 탄핵을 받아 대부분 산질散秩[2]에 배정되었다. 당시 조정은 고과원考課院을 설치하였는데 매번 태종을 만날 때면 관료들은 대부분 눈물을 흘리며 배고픔과 추위를 면하게 해 달라고 호소했다. 그러나 여단은 달랐다.

> "신의 죄가 큰데 깊은 은혜를 입었으니 영주부사潁州副使의 자리를 얻은 것만으로 만족합니다."

태종이 말했다.

> "짐은 경을 잘 알고 있네."

얼마 되지 않아서 여단은 원래 자리로 복직했고 한 달 후, 참지정사參知政事에 임명되었다.

태종은 조정의 재정에 신경을 많이 썼다. 하루는 이부李溥 등 삼사三司[3]의 관리를 숭정전崇政殿으로 불러들여 계사計司[4]의 이해利害에 대해 물었다. 이부

---

1 呂端(935~1000) : 자 이직易直. 송 태종 · 진종시기 주현州縣의 지방관리에서 시작하여 추밀직학사樞密直學士 · 참지정사參知政事와 재상에까지 이르렀다.
2 散秩 : 산관散官. 일정한 직무가 없는 한직으로 관품官品만 있다.
3 三司 : 당송 시대는 염철鹽鐵 · 탁지度支 · 호부戶部를 삼사라 하여 재물과 부세를 담당하였다.
4 計司 : 재정과 부세 · 무역을 관장하는 관서.

등은 필묵과 종이를 청하였고 27인이 모두 71가지 일을 올렸다. 태종은 조서를 내려 이 중 44가지 일을 관련 부서에서 집행하도록 하고 19가지는 염철사鹽鐵使 진서陳恕 등에게 내려 보내 그 실행의 가능성을 논의하도록 하였으며 지잡어사知雜御史를 파견하여 논의를 감독하게 하였다. 그리고 이부 등에게는 백금과 비단·금전을 하사하고 모두 시금侍禁·전직殿直으로 임명하여 직책을 수행하게 했다. 그리고 재상에게 말했다.

> "이부 등이 건의한 일은 모두 쓸 만한 것들이오. 짐은 진서 등에게도 이렇게 이야기 하였소. 문장을 쓰고 옛일을 논하는 것은 이들이 경보다 훨씬 못하겠지만, 재정적 논의에 대해서라면 저들은 어려서부터 그 속에서 생활해 왔기 때문에 바닥까지 훤히 잘 알고 있을 것이오. 경이 안색을 부드럽게 하여 그들로 하여금 분석하고 진술하도록 잘 이끌어 준다면 필히 도움이 될 것이오."

그러나 진서는 자신을 낮춰 그들에게 물어보려 하지 않았고 얼마 지나지 않아 일은 흐지부지되었다. 태종이 그를 불러 질책하자 그제야 머리를 조아리며 사죄하였다.

왕빈王賓이 공봉관供奉官의 신분으로 박주亳州 감군監軍에 부임되었다. 그의 처는 매우 사나웠다. 당시 감군은 임지에 가솔을 데리고 갈 수 없었는데 그의 처가 마음대로 박주까지 오자 왕빈은 정황을 갖추어 태종에게 아뢰었다. 태종은 왕빈의 처를 불러 꾸짖고는 위사衛士에게 곤장 백대를 치도록 명한 후 충정영忠靖營 병졸의 처가 되게 했다. 어느 날 밤 그녀는 죽었다.

진주陳州 백성 장구張矩가 마을 왕유王裕 집안 사람 둘을 죽였는데 지주知州 전석田錫은 이에 대해 조사도 심문도 하지 않았다. 왕유의 집안 사람들은 궐에 와서 억울함을 호소하였다. 조정에서는 2명의 관원을 파견하여 사건의 진상을 조사하게 하였으나 이들은 모두 "장구가 죽인 것이 아니다"라고 보고하였고 왕유의 가족은 억울해했다. 결국 그 아들 왕복王福은 군대 모병에 참여하며 태종을 직접 만날 수 있게 되었다. 왕복이 아뢰었다.

> "신은 군대에 들어오고자 했던 것이 아닙니다. 저희 집안의 억울함을 호소하고자

한 것입니다!"

태종은 진노하여 어사부^{御史府}에 사건을 조사하도록 넘겼다. 결국 장구는 법의 심판을 받았고 조정에서 파견되었던 2명의 관원도 모두 벌을 받았으며, 전석^{田錫}과 통판^{通判} 곽위^{郭渭}는 해주^{海州}와 영주^{郢州}의 단련부사^{團練副使}로 폄적되었다.

요주^{饒州} 병졸의 처가 남편의 죽음이 억울하다며 호소하자 태종은 지주^{知州} 범정사^{范正辭}를 불러 조정에서 변론하게 하였다. 뿐만 아니라 고정적인 직무가 없는 산질^{散秩} 관료들도 불러 모아 각자의 요청을 진술하도록 했다. 삼사^{三司}의 관리도 정전^{正殿}에 불러 질문을 하고 관작을 수여하며 그들의 건의를 들었다. 일개 주^州의 도감^{都監5}이라도 직접 상서를 올려 아뢸 수 있었고 그의 아내를 불러 직접 꾸짖기도 했다. 일개 병졸이 군인이 되어 천자를 만나 집안의 억울함을 하소연하자 책임 관리를 강등시켰다. 모든 나랏일을 이처럼 처리하였으니 어찌 다스려지지 않을 수 있겠는가? 오늘날 송나라의 옛 일을 말하는 자들은 이에 대해 잘 알고 있지 못하는 것 같다.

2. 왕거정의 직간 王居正封駁

소흥^{紹興} 5, 6년(1135, 1136), 왕거정^{王居正6}은 급사중^{給事中}이었다. 당시 왕계선^{王繼先}이 고종의 병을 치료한 덕분에 총애를 받아 진급하였다. 황제는 그의 사위에게 절강^{浙江}의 세무를 감찰하도록 했다. 이 내용이 기록된 황지^{黃紙}가 문하성에 도착하자 왕거정은 이를 봉환^{封還7}시켰다. 고종은 중서·문

5 都監 : 관명. 송대는 지방의 로^路·주^州·부^府에 병마도감^{兵馬都監}을 두었는데 이를 줄여 '도감'이라고 했다.

6 王居正(1087~1151) : 양주^{揚州} 강도^{江都}(강소성 양주^{揚州}) 사람. 자 강중^{剛中}. 상소 수천 언을 올려 불필요한 비용을 절감해야 한다고 주장했다. 평소 진회^{秦檜}와 친했지만, 재상이 된 후 그의 궤변과 사기에 실망하여 무주지주^{婺州知州}로 나갈 것을 자청하였다. 나중에 온주지주^{溫州知州}로 나갔지만 진회에게 밉보여 파직 당하고 10년 동안 집에 머물렀다. 진회가 죽은 후 복직되었다.

하·상서 삼성의 장관과 두 재상에게 조서를 가지고 오도록 하고 이렇게
말했다.

> "경들은 치료를 받아 본 적이 있는가?"
> "모두 있습니다."
> "보답은 어떻게 하는가?"
> "술을 주기도 하고, 돈을 주기도 하고, 비단을 주기도 합니다. 효과의 크고 작음에
> 따라 그 보답의 수준을 정합니다."
> "그렇다면 짐이 궁에서 치료를 받았는데 어찌 사례를 할 수 없단 말인가! 작성된
> 조서는 급사중의 비준을 거칠 것 없고 왕거정에게 조서에 '읽었음讀'이라고 쓰게
> 하도록 하라."

재상은 물러나 곧바로 왕거정에게 말했다.

> "성상의 뜻이 이러하네. 이 일은 사소한 일이니 급사중은 고집 부릴 필요 없네."

왕거정은 고개를 끄덕거리더니 고종을 뵐 것을 청했다. 고종은 근엄한
낯빛으로 이전에 했던 말을 반복했다. 왕거정이 말했다.

> "일반적으로 신하와 백성의 집안에서 의사를 대하는 것은 조정과 다릅니다. 의사
> 의 공로를 헤아려보고 자신의 역량을 따라서 각자 사례의 예의를 표합니다. 그러
> 나 조정은 그렇지 않습니다. 왕계선 같은 무리는 평용한 수준의 의술로 관직과
> 영예를 누리고 봉록을 받으니 대체 원인이 무엇입니까? 만일 실수를 할 경우 엄
> 중하면 형벌을 받게 되고 가벼우면 쫓겨날 뿐입니다. 그가 효과적으로 업무를
> 수행하면서 자신의 책임을 다할 수 있게만 하면 됩니다. 금전과 비단을 하사하고
> 싶으시다면 이미 적지 않게 주셨습니다. 이유 없이 관원의 수를 늘리는 것은 실
> 로 좋지 않습니다. 신은 폐하께서 그리 하지 않으시길 바랍니다."

고종은 끄덕거리며 말했다. "경의 말이 옳소."

・・・・・・・・・・・・・・・・・・・・・・・・・

7 封還 : 당 이후 문하성 급사중의 주요 업무 중 하나로 '봉박封駁'이라고도 한다. 중서성에서
  작성한 조서를 검토하고 부당한 것이 있으면 반박하는 일이다. 이 제도는 한나라 때부터
  있었으나 전문적으로 담당하는 관직이 있지는 않았다. 당나라에 이르러 문하성에서 담당
  하여 타당하지 않은 조칙은 급사중이 봉환하고 잘못을 따져 바로잡을 수 있었다. 오대시기에
  폐지되었으나, 송 태종이 당나라의 제도를 복구하였다.

그날로 즉시 조서를 내려 이전의 명령을 실행하지 않도록 했다. 나는 역사에서 왕거정의 지조있는 직간과 그것을 수용한 고종에 대해 온전하게 기록하지 못할까봐 삼가 이를 기록해둔다. 이 일화는 얼마 전에 장구성張九成에게서 들은 것이다.

3. 관료 감축에 관한 왕우칭의 논의 王元之論官冗

관원의 감축에 대한 예전 사람들의 논의는 많지만 왕우칭王禹偁[8]의 두 소疏가 가장 적절하고 지당하다. 첫째는 이러하다.

> 신은 예전에 소주蘇州 장주현長洲縣의 지현을 지냈습니다. 이곳은 전씨錢氏가 땅을 바쳐 온[9] 이후 조정에서 관리를 파견하였는데 7년 동안 현위縣尉 없이 주부主簿가 현위까지 겸직하였지만 한 번도 문제가 생긴 적이 없었습니다. 3년 전 현위를 두기 시작했지만 아무런 공도 없었습니다. 신은 이에 대해 자세히 살펴보았습니다. 천하의 일도 대략 이와 같다고 생각합니다. 만약 관료 3천명을 줄일 수 있다면 수 천 만의 봉록을 줄일 수 있습니다. 이것으로 변방을 수비하고 백성의 세금을 경감시켜준다면 이는 크게 이로운 일입니다.

두 번째는 다음과 같다.

> 개보開寶[10] 연간, 관리가 매우 적었습니다. 신의 본적은 제주濟州인데, 과거에 급제하기 전에는 이곳에 자사刺史 1명 뿐이었으니 바로 이겸부李謙溥이고, 사호司戶 1명은 손분孫賁이었습니다. 1년 가까이 되도록 조정에서는 다른 관리를 임명하지 않았습니다. 그러나 이 이후 단련추관團練推官 1인을 임명하였으니 이가 필사안畢士安입니다. 태평흥국太平興國 연간 신이 급제하여 고향으로 돌아갔을 때는 자사刺史·통판通判·부사副使·판관判官·추관推官·감군監軍이 있었고, 감주각세산監酒權稅算도 4명으로 증원되었으며, 조관曹官 외에 사리司理가 증설되었습니다. 물어보니 조세는 예전보다 감소되었고, 인구도 예전보다 줄었습니다. 한 주가 이와

같으니 천하의 상황을 알 수 있습니다. 넘치는 군대가 조정의 돈을 소비하고 있고, 넘치는 관리가 지방의 조세를 소비하고 있습니다. 이것이 산택山澤의 이익을 다 하여도 여전히 부족한 이유입니다.

이 두 글을 보고 지금의 상황을 생각해 보니 어찌 장탄식에 그칠 뿐이겠는가!

4. 82세의 장원급제 梁狀元八十二歲

진정민陳正敏의 『둔재한람遁齋閑覽』에 다음과 같은 내용이 있다.

> 양호梁顥는 82세 되던 해, 즉 옹희雍熙 2년에 장원급제하였다. 그는 황제에게 감사를 표하는 문장에서 이렇게 썼다.
> "백발이 되어서 경전을 연구하였으니 복생伏生[11]보다 8살이 적고, 청운의 꿈을 안고 벼슬길에 올랐으니 강태공보다 2살 많습니다."
> 후에 비서감秘書監까지 올랐으며 90여세에 세상을 떠났다.

이 이야기는 널리 알려져 있고 사대부들도 이를 사실로 여긴다.

그러나 역사서를 통해 고찰해보니, 양호의 자는 태소太素로 옹희雍熙 2년(985) 정시廷試[12] 갑과甲科에 합격해, 경덕景德 원년(1004)에 한림학사翰林學士 개봉부 지부에 임명되었다가 갑자기 병에 걸려 죽었는데, 향년 42살이었다. 그의 아들 고固 역시 진사進士 갑과甲科에 합격해서 직사관直史館까지 올라 33세에 세상을 떴다. 사서에는 이렇게 기록되어 있다.

> 양호가 마침 신임을 받고 중용되었을 때 불행히도 중도에 요절하였다.

> 양호는 뛰어났으나 중도에 세상을 떠났다.

....

11 伏生 : 서한 시기 경학자. 자 자천子賤. 『상서』가 분서갱유로 소실되자 한漢 문제文帝 때 진秦에서 박사를 지낸 복생伏生이 『상서』에 정통하다는 말을 듣고 한 왕실에서 유학을 진흥시키기 위해 조조晁錯를 보내 배워오게 했다. 당시 복생이 90살이었다고 한다.
12 廷試 : 과거 시험의 최종 단계에 해당하는 것으로 황제가 직접 주관한다. 일반적으로 전시殿試라 한다.

이와 같이 명백하게 기록되어 있으니 『둔재한람』의 황당함은 논박할
필요도 없다.

5. 태종의 애민 太宗恤民

증치요曾致堯[13]가 양절전운사兩浙轉運使가 되어 상소를 올렸다.

> 작년 신이 관할한 지역의 가을 조세는 오직 호주湖州 한 곳만이 때에 맞춰 납부하
> 였고, 소주蘇州와 상주常州 · 윤주潤州 3주는 다 연체가 있습니다. 청컨대 각각 상
> 황에 맞춰 상과 벌을 내려 주십시오.

당시 장강長江과 회수淮水 지역에 해마다 수해가 발생하였고, 특히 소주와
상주는 피해가 극심하였다. 이런 상황을 모두 알고 있던 태종은 증치요의
상소가 너무 각박하므로 시행할 수 없다고 여겼다. 그리하여 조서를 내려
증치요로 하여금 그들을 곱절로 위로하도록 하고 그들에게 피해를 주지
않도록 했다. 이 일은 분명 『삼조보훈三朝寶訓』에 수록되어 있을 테지만,
이는 정사 중 증치요의 열전에 근거한 것이다.

6. 반량능 · 유조 · 홍적 · 심개덕 潘游洪沈

소흥紹興 13년(1143), 헌상된 서적의 산정 작업을 수행할 5명을 모두 선인
選人에서 선발하라는 칙령이 내려왔다. 반량능潘良能 · 유조游操 · 심개덕沈介德
과 큰형님 홍적洪適[14]께서 모두 비서성정자秘書省正字에 임명되었다. 장정민張
正民은 과거 출신이 아니기 때문에 사농승司農丞에 임명되었다. 네 명의 정자

---

13 曾致堯(947~1012) : 당송팔대가 중 한 명인 증공曾鞏의 조부. 자 정신正臣, 무주撫州 남풍南豊
  출신이다.
14 洪適(1117~1184) : 남송 시기 저명 금석학자金石學家. 자 경백景伯. 홍매의 맏형으로 관직이
  상서우복야尙書右僕射 · 동중서문하평장사同中書門下平章事 겸 추밀사樞密使에까지 이르러 위국공
  魏國公에 봉해졌다.

^{正字}는 같은 날 관각에서 임명을 받았다. 소감^{少監} 진백양^{秦伯陽}이 식사를 하면서 좌중의 객들에게 말하였다.

> "같은 날 4명의 동료를 선출했는데 이름에 모두 '물수(氵)' 부수가 있구려. 내가한 구를 지어 볼 테니 그대들이 한번 대구를 만들어 삼관^{三館}의 미담을 만들어보는 것이 어떻소."

그러더니 "반량능·유조·홍적·심개덕이 영주에 떴네[潘游洪沈泛瀛洲]"¹⁵라고 지었다.

좌중의 객들은 하나같이 칭찬하고 감탄하였으나 끝내 아무도 대구를만들어내지 못했다. 나는 『몽계필담』에 이러한 내용이 있던 것을 기억한다.

> 원강^{元絳}¹⁶이 젊었을 때 꿈 속에서 어떤 사람이 알려주었다.
> "후에 한림학사가 될 것이고, 필시 형제 몇 명도 함께 한림원에 있게 될 것이오."
> 깨어난 후 생각해보니 자신에게는 본래 형제가 없으므로 신통치 않은 꿈이라여겼다. 희녕^{熙寧} 연간 원강은 한림학사에 임명되었는데 그와 동시에, 그의 앞뒤로 한림원에 들어온 자들이 한유^{韓維}와 진역^{陳繹}·등관^{鄧綰}·양회^{楊繪}로 이름에모두 '실사(糸)' 부수가 있었다. 그제서야 비로소 형제라는 말이 무슨 의미인지알게 되었다.¹⁷

나는 "원강·진역·양회·한유·등관은 황제의 조서를 책임지네[絳繹繪維綰綸綍]"¹⁸로 대구를 만들려 하였으나 이 사람들이 한림원에 들어간 시기가 실제로 같은지의 여부를 사서의 기록에서 확인할 겨를이 없었다.

....

15 瀛洲 : 당나라 태종은 인재를 모아 문학관^{文學館}을 설치하고 두여회^{杜如晦}·방현령^{房玄齡} 등
   18명의 문관을 학사로 임명하여 돌아가면서 숙직하도록 했다. 휴일에도 방문하여 정사와
   전적^{典籍}에 대해 논의하였다. 또 염립본^{閻立本}에게 이들의 화상을 그리게 하고 저량^{褚亮}에게
   찬^贊을 짓게 하여 '십팔학사도'라 하여 세상의 현자를 존중하는 뜻을 보였다. 당시 사람들이
   흠모하여 이를 '등영주^{登瀛洲}'라 하였다.
16 元絳(1008~1083) : 북송의 대신이자 문학가. 자 후지^{厚之}. 전당^{錢塘}(지금의 절강성^{浙江省} 항주
   ^{杭州}) 출신이다.
17 『몽계필담』권21 「異事」.
18 綸綍 : 황제의 조령^{詔令}을 의미한다.
   ○『예기·치의^{緇衣}』: 왕의 말씀 실 같아도 나오면 인끈같이 굵게 되고, 왕의 말씀 인끈
   같아도 나오면 동아줄처럼 굵어진다.[王言如絲, 其出如綸 ; 王言如綸, 其出如綍.]

7. 갈매기와 잠자리 舞鷗游蜻

전국시기 제자백가의 책 중 완전히 같은 내용들이 있다. 예를 들면『열자列子 · 황제편黃帝篇』에 이런 내용이 있다.

바닷가에 갈매기를 좋아하는 사람이 있었다. 매일 아침 갈매기를 쫓아 노니 그에게 모이는 갈매기가 백 마리 이상이었다. 부친이 말했다.
"듣자니 갈매기가 모두 너를 따라 논다는데 네가 잡아와서 나도 좀 놀아보게 해다오."
다음날 바닷가에 갔지만 갈매기는 춤을 추면서 내려오지 않았다.

『여씨춘추呂氏春秋 · 정유편精喻篇』에 비슷한 내용이 있다.

바닷가에 잠자리를 좋아하는 사람이 있었다. 매일 아침 바닷가에서 잠자리를 따라 놀았다. 그에게 다가오는 잠자리가 백 마리 이상이었고, 앞뒤로 좌우로 모두 잠자리여서 종일 그들과 놀면서 떠나지 않았다. 부친이 그에게 말했다.
"듣자니 잠자리들이 모두 너를 따라 산다는데 잡아와보아라. 나도 그것들을 가지고 놀아보자."
다음날 바닷가에 갔지만 그에게 다가오는 잠자리가 없었다.

이 두 이야기는 한 사람의 손에서 나온 것 같다.

8. 낭중의 임명 郎中用資序

송나라의 관제가 시행된 후 직사관職事官의 임용에서는 이력의 고하를 묻지 않고 품계에 따라서 관직 앞에 행行[19] · 수守[20] · 시試[21]라는 글자를 붙여 봉록의 많고 적음을 표시했다. 낭중郎中과 원외랑員外郎[22]도 두 등급으로 나

- -

19 行 : 품계는 높고 실제 관직이 낮은 경우 관직 앞에 '行'자를 붙인다.
20 守 : 行의 반대 경우. 품계보다 실제 관직이 높은 경우 관직 앞에 '守'자를 붙인다.
21 試 : 당송 시대 관제의 하나로, 당나라의 관제에서는 어떤 관직을 담당하지만 정식 임명이 아닌 경우 '試'라 하였다. 송나라 관제에서는 직사관에 임명된 경우 기록관보다 2품이 낮을 경우 '試'라 하였다.

뉘는데 이력에 따라 관직을 수여했다. 후에 이 규정을 답습하여 반드시 지주知州의 경력이 있어야 낭중으로 승진이 될 수 있었기에, 원외랑에 임명되는 자는 관직이 바뀐 이후의 실제 임직 기간을 이부吏部에 보고해야 했다. 기간의 길고 짧음을 기준으로 하는 것이 아니라 이부의 까다로운 심사를 통과하고 8년의 심사 기간을 채우면 지주로 승진할 수 있었고, 낭중이 되면 별도로 조서를 작성하여 수여한다.

근자에 명령이 있었는데, 처음 낭관郎官에 임명된 자는 경력이 높고 원외랑을 지냈더라도 이부에서 다시 보고할 때까지 기다려야 낭중으로 승진할 수 있게 되었다. 최근에는 원래 규정은 이미 실행되지 않는다. 그러므로 이대성李大性은 절동浙東 제형提刑에서 이부낭중吏部郎中에 임명되었고, 시좌時佐는 대리정大理正에서 형부낭중刑部郎中에, 서관徐閌은 태부승大府丞에서 도관都官에, 악진岳震은 장작소감將作少監에서 탁지사度支使에 임명되었다. 임명장에는 낭중이라 호칭하였지만, 원래 낭중의 임명 규정과는 다르다.

9. 어사대와 간원의 직무 구분 臺諫分職

어사대御史臺[23]와 간원諫院의 직책은 분명히 구분되어 있어 서로 월권할 수 없다. 이에 대해서는 이미 『속필』에서 기록한 것이 있으니[24] 이 둘은 직분도 다르고 각각의 전고가 있다.

원풍元豊 연간 조언약趙彦若이 간의대부諫議大夫에 임명되었다. 그는 당시 조정 대신들이 도덕적으로 성인의 교화를 계승하지 않고서 오로지 술수만으로 관리들과 시비를 따지니 사람들에게 존망과 신망을 잃게 되었다고

· ·

22 員外郎 : 원외員外라는 것은 정원 이외의 낭관郎官을 가리킨다. 수隋나라 개황開皇 연간, 상서성 24사司에 각자 원외랑 1인을 두어 각 사의 차관으로 삼았다. 당나라에서 청나라까지 각 부部에는 모두 원외랑이 있었고, 직위는 낭중郎中 다음이다.

23 御史臺 : 탄핵의 직무를 전문적으로 하는 관서.

24 『용재속필』권3 「臺諫不相見」 참조.

논했다. 그리고 문하시랑門下侍郎 장자후章子厚와 좌승左丞 왕안례王安禮 같은 사람이 그처럼 중요한 관직에 있어서는 안 된다고 말했다. 그러자 신종神宗은 조언약이 어사대의 업무를 침범했다고 하여 비서감秘書監으로 좌천시켰다. 그가 조정의 일에 대해 논의하는 것은 허락할 수 있지만, 대신을 탄핵하는 것이 월권임을 나무란 것이다.

원우元祐 초, 손각孫覺이 간의대부에 임명되었다. 당시 간관諫官과 어사대의 업무는 분명히 구분 되어 있어 월권을 할 수 없었다. 손각은 『당육전唐六典』과 진종 시기 천희天禧 연간에 작성된 조서를 인용하여 황제의 조령과 처결 중 불편한 것이 있다면 모두 아뢸 수 있도록 청하였다. 본조의 사서에 어사의 직책은 관리의 위법과 비리를 감찰하고 기강을 바로잡는 것이며, 간관은 완곡하게 간언하고 권고하는 것으로 조정에 잘못이 있거나, 대신부터 백관에 이르기까지 적절하지 않은 임용, 삼성三省과 각 기관의 일처리가 합당하지 않다면 모두 간언하여 바로잡을 수 있다고 되어있다. 그리하여 손각의 건의를 수용하였다.

당나라의 제도는 대체로 간관을 중시하고 어사대를 경시하였다. 어사중승御史中丞 온조溫造가 길에서 좌보궐左補闕[25] 이우李虞를 마주쳤는데 온조는 이우가 피하지 않은 것을 노여워하여 그의 수행원들을 잡아들여 매질하여 이우를 욕되게 했다. 좌습유左拾遺 서원포舒元褒 등이 건의하였다.

> 옛날 제도에 의하면 천자를 곁에서 모시는 관원은 재상을 제외하고는 길에서 다른 관리를 만나도 피하지 않습니다. 온조는 이러한 제도와 의례를 무시하고 천자를 모시는 신하를 욕되게 하였습니다. 습유拾遺와 보궐補闕은 비록 낮은 관직이나 시신侍臣입니다. 어사중승은 높은 관직이긴 하지만 법을 집행하는 관리입니다. 법을 집행하는 관리가 방자하여 시신을 욕보였으니 그 죄를 다스려 주십시오.

그리하여 조서를 내려 이후 어사대의 관원과 시신이 만약 길을 함께

....

25 補闕 : 당 측천무후 시기 처음 설치하여 좌우의 구분을 두었다. 좌보궐은 문하성에, 우보궐은 중서성에 속하며 풍간의 직무를 담당한다. 북송 시기 사간司諫으로 바꾸었다.

지나간다면 선후에 따라서 지나가고 마주친다면 서로 읍하도록 했다. 그러므로 당나라 시기 이 두 중책을 맡은 자들은 절대 함께하지 않았다.

10. '정원 연간 선비'의 전고 貞元朝士

유우석劉禹錫[26]은 「청구궁인목씨창가聽舊宮人穆氏唱歌」라는 시를 지었다.

직녀 따라서 은하수 건너가,	曾陪織女度天河,
천상의 제일가는 노래 들었던 일 생각나네.	記得雲間第一歌.
정원 연간 궁에서 연주하던 노래 부르지 마소,	休唱貞元供奉曲,
그때의 선비들 이미 모두 사라졌다네.	當時朝士已無多.

유우석은 정원貞元 연간 낭관郞官·어사御史에 임명되었다가 24년 후 다시 중앙 조정으로 복귀하였기에 이러한 표현을 쓴 것이다.[27] 왕조汪藻가 처음으로 이 전고를 사용하였다. 그는 「선주사상표宣州謝上表」에서

> 동한 광무제의 건무建武[28] 연간에 제정된 관의官儀를 오늘날 다시 보게 될 줄을 몰랐습니다. 정원貞元[29] 연간의 선비들을 헤아려보니 지금은 이미 많지 않습니다.[數貞元之朝士, 今已無多.]

왕조는 선화 연간 관직부보랑館職符寶郞에 임명되었는데 이 때는 소흥紹興 13, 14년이었으니 적절하다고 할 수 있다.

· ·

26 劉禹錫(772~842) : 중당 시인. 자 몽득夢得. 유종원과 함께 왕숙문王叔文의 정치개혁에 동참했는데, 실패하여 왕숙문이 실각하자 낭주朗州(지금의 호남성湖南省 상덕시常德市) 사마로 좌천되었다. 중당의 사회현실이 반영된 작품을 창작하여 환관의 횡포, 번진 세력의 할거, 정치 권력에 대한 풍자와 비판을 아끼지 않았다.

27 유우석은 22세에 진사과에 합격하여 24세에 태자교서太子校書에 임명된 이후 10년 동안은 출세가도를 달렸다. 그러나 영정永貞원년(805) 왕숙문이 실각하고 영정혁신은 실패로 돌아가면서 유우석은 낭주사마朗州司馬로 폄적되었다. 이후 문종 태화 2년(828) 봄 57세에 장안으로 다시 입성하기까지 23년간 연주連州자사·기주夔州자사·화주和州자사 등의 지방관을 전전하였다.

28 建武 : 동한 광무제 시기 연호(25~56).

29 貞元 : 당나라 덕종德宗 때의 연호(785~805).

나는 이 전고를 네 차례 사용하였다. 「사시강수사표^{謝侍講修史表}」에 이런 대목이 있다.

> 황제께서 동한 광무제 시기 건무^{建武} 연간과 같은 조서를 내리시니 바로 나라를 다스리는 가장 훌륭한 조치를 펴신 것입니다. 정원 연간의 선비를 헤아려보니 먼 곳에 유배되어 영락하게 지내는 자들이 가엾게 여겨집니다.

고종의 탄신일을 경축하는 자리에서 중서성과 문하성의 관원에게 모두 승진이 하사되었다. 나도 은혜를 입어 통봉대부^{通奉大夫}에 임명되었기에 사표^{謝表30}를 올렸다.

> 천자를 보좌하여 감히 정원 연간 조정의 선비들처럼 하고자 하고, 대업을 칭송하여 지덕^{至德31} 연간의 중흥을 계승하고자 합니다.

영사릉^{永思陵} 교도돈체사^{橋道頓遞使}에서 선봉대부^{宣奉大夫}로 전직되었을 때도 사표를 올렸다.

> 무덕^{武德} 연간 문관처럼 3품관의 대우를 누리니 송구스럽고 정원 연간 선비들의 처지를 생각하니 당시의 비애가 떠오릅니다.

효종께서 즉위하시고 명당^{明堂}의 의식이 끝나자 성은에 감사하는 글을 올렸다.

> 인종^{仁宗} 황우^{皇祐32} 연간의 명당 의식을 고찰하여 그것을 근거로 현재의 의식을 거행하였습니다. 정원 연간의 조정 선비들을 생각해보니 지금은 몇몇만이 남아 있을 뿐입니다.

각각 당시의 정황에 따라 인용하였다.

근자에 단기^{單夔}가 소흥부^{紹興府}에서 화문각직학사^{華文閣直學士}로 승진한 후

---

30 謝表 : 신하가 임금의 은혜에 감사함을 표하기 위해 올리는 상주문.
31 至德 : 당나라 숙종^{肅宗}의 첫 번째 연호(756~758).
32 皇祐 : 북송 인종 시기 연호(1049~1054).

사표를 올려 이렇게 말했다.

> 그 옛날 감천궁甘泉宮에서 황제를 시중들던 관리를 헤아려보니 정원 연간 조정의 선비들처럼 그 수가 적습니다.

단기는 순희淳熙[33] 연간 비록 시랑侍郎이었지만 당시 조정에는 명사가 많았고 지금으로부터 10여년 전일 뿐이므로 이 전고를 사용하는 것은 타당하지 않아 보인다.

11. '臣신'자를 사용한 상주문의 대구 表章用兩臣字對

표장表章을 쓸 때 두 개의 '臣신'자를 쓰는 것은 소식蘇軾부터 왕부계汪浮溪까지 많은 사람들이 이렇게 사용하였다. 그러나 이를 사용할 때는 군신지간의 정의가 두터운지의 여부와 이 사람에 대한 군주의 애정이 어느 정도인지를 잘 헤아려야 합당할 수 있다. 소식이 올린 사표謝表들에 사용된 '臣'자의 용례들을 살펴보자.

「호주사표湖州謝表」:
신이 어리석어 때에 맞지 않으며 젊은이들을 따라가기 어렵다는 것을 아시고, 신이 연로하여 많은 일을 하지 못하지만 혹시 백성들을 다스리는 일을 할 수 있을 꺼라 살펴주시었습니다.[知臣愚不適時, 難以追陪新進; 察臣老不生事, 或能牧養小民.]

「등주사표登州謝表」:
잘못은 사람에 따라 다르니[34] 신의 마음이 임금을 사랑하는 것에서 비롯된 것임을 이해해 주시고, 단점으로 장점을 구하여 신이 마을을 다스리는 것은 조금이나마 잘 할 수 있는 일임을 알아주셨습니다.[於其黨而觀過, 謂臣或出於愛君; 就所短以求長, 知臣稍習於治郡.]

- -

33 淳熙 : 남송 효종 시기 연호(1174~1189).
34 『논어·이인里仁』: 사람의 허물은 각각 그 종류에 따라 다르니 허물을 보면 그 사람의 인仁을 알 수 있다.[人之過也, 各於其黨. 觀過, 斯知仁矣.]

「시독사표侍讀謝表」:

신이 크게 남보다 훨씬 뛰어난 재주는 없으나 신은 조금이라도 군주를 기만하지 않음을 아시고 조석으로 함께 논의하고자 하셨습니다.[謂臣雖無大過人之才, 知臣粗有不欺君之實, 欲使朝夕, 與於討論.]

「영주표潁州表」:

충의로 나라에 보답하려는 뜻을 아시기에 불러들이셨고, 늙고 병들어 사람들을 두려워한다는 것을 이해하시고 다시 외지로 나가서 일할 수 있도록 배려해 주셨습니다.[意其忠義許國, 故暫召還; 察其老病畏人, 復許補外.]

왕부계汪浮溪의 사표에서도 '臣'자의 활용을 살펴볼 수 있다.

「사휘주謝徽州」:

신의 변함없는 지조를 아시고 한직에 기용하셨고, 신이 평소 사람을 잘 본다는 걸 아시고 휘주를 제게 맡겨주셨습니다.[謂臣不改歲寒, 故起之散地; 察臣素推月旦, 故付以本州.]

「위륙조사급사중爲陸藻謝給事中」:

신이 우둔하여 다른 재주가 없음을 아셔서 오랫동안 현왕의 학문을 받들게 하시고, 신의 경력이 오래되었음을 가엾게 여기시어 황제의 곁에서 모실 수 있도록 승진시켜 주셨습니다.[知臣椎鈍無他, 故長奉賢王之學; 憫臣踐揚滋久, 故亟隲法從之班.]

「위왕추밀사자자로중귀불령입성강조장유표爲汪樞密謝子自虜中歸不令入城降詔獎諭表」:

신이 치아와 머리카락이 빠지는 나이에도 등유처럼 후사가 없음을 항상 걱정해 주시고,[35] 훤히 들여다보이는 신의 마음은 집을 사양했던 곽거병과 같은 충심이라 보아 주셨습니다.[36] [知臣齒髮已凋, 常恐鄧攸之無後; 憐臣肺肝可見, 有如去病之辭家.]

. . . .

35 등유는 진晉시기 사람으로 자는 백도伯道이다. 태자중서자太子中庶子・오군태수吳郡太守를 지냈다. 당시 기근이 크게 들었는데 창고를 열어 백성을 구제했으며, 청렴한 정치로 민심을 얻었다. 거듭 승진하여 상서우복야尚書右僕射가 되었다. 석륵石勒의 난 때 아들과 아우의 아들을 업고 달아나다가 위기가 닥쳐 두 아이를 모두 보전하기 어렵게 되자 자기 아들을 버리고 조카만 보전했다. 그러나 끝내 다시 아들을 얻지 못했다.

36 곽거병은 한나라 무제 시기 흉노의 토벌에 공을 세운 장군으로 무제가 그의 공을 치하하며 큰 집을 내리려 하자 그는 "흉노가 아직 멸망되지 않았는데 어찌 집을 받을 수 있겠습니까!匈奴未滅, 何以家爲"라며 황제의 선물을 사양하였다.

여기서 언급한 것들은 모두 군주의 면전에서 직접 말할 수 있는 것이다.

유우석은 「대두군용주표代竇群容州表」에서 "신의 이전 일들을 살피시고, 신의 어리석은 본성을 용서해 주셨습니다察臣前任事實, 恕臣本性朴愚"라고 한 구절이 있는데 소식은 아마 이것을 인용한 것일 것이다.

요사이 젊은 사람들은 다른 사람의 표현을 빌려 문장을 지으면서도 그 체제를 제대로 이해하지 못한다. 심지어는 범속한 자가 어쩌다가 사표를 올릴 기회가 생기면 말끝마다 '知臣'·'察臣'이라는 표현을 남발하니 가소롭다.

12. 유우석의 사표 劉夢得謝上表

군수郡守가 사표를 쓸 때 맨 앞에는 반드시 이렇게 쓴다.

> 신을 모 고을에 임명한 황제의 조령을 받들어 이미 모월, 모일에 임지로 부임하였습니다.[伏奉告命授臣某州, 已於某月某日到任上訖.]

그런 다음 본문을 쓰기 시작한다. 그러나 유우석의 몇몇 표는 그렇지 않다. 화주和州에서의 표를 보자.

> 작년 6월 25일, 신을 사지절화주제군사使持節和州諸軍事 화주자사和州刺史에 임명하는 제서를 받았습니다. 신은 파巴[37], 종賓[38]을 다스린 이래 정치적 업적에 대해 호평을 들어본 적이 없는데 폐하께서 갑자기 은혜를 내리시니 기쁜 기색을 감출 수 없었습니다.[中謝][39]
> 황제 폐하께서 제위를 이어받아 대업을 발양하고 한 무제와 같은 천인의 자태와 주 성왕 같은 현명함과 미덕을 갖추고 말씀은 고례에 맞고 생각은 비범하시며 용인은 합당하니 만물이 모두 기뻐합니다. 고금을 통틀어 보아도 이처럼 빨리

• •

37 巴 : 지금의 사천성 동부東部.
38 賓 : 지금의 사천성 거현渠縣 동북쪽.
39 中謝 : 신하가 사표謝表를 올릴 때 '실로 황송하옵고 머리 조아려 죽을 죄를 비옵니다誠惶誠恐, 頓首死罪'와 같은 상투적 인사말로 공손함을 표한다. 후대 사람들이 문집을 인쇄할 때 종종 생략하였는데 옆에 '中謝' 두 글자를 주로 달아 놓았다.

천하가 태평해 진 적이 없습니다. 신이 무슨 복에 이러한 태평성세를 볼 수 있게 되었는지요. 신은 문장을 익혀 젊은 시절 과거에 급제하였습니다. 덕종께서 문치를 중시하여 저를 어사로 발탁하셨습니다. 조정을 안팎으로 드나들며 역대 5대를 섬겼고 여러 차례 은총을 받아 세 차례 군수로 임명되었습니다.[40] 군수의 직을 맡겨주시고 후한 봉록을 내려주셨으나 제가 갈고 닦은 실력을 유용하게 쓸 날이 없었습니다. 신은 물건이 제 위치를 잃게 되면 전왕이 애통해한다 들었습니다. 이제 성명한 천자의 시대를 만났으니 어찌 자리가 없음을 근심하겠습니까. 신은 이번 달 26일에 부임지에 도달했습니다. 이 지역은 장강과 회수에 있어 풍속이 오못, 초楚와 섞여있으며 가뭄의 재앙이 있은 후라 저들을 위무하고 안정시키는 것이 실로 어렵습니다. 삼가 명을 받들어 천자의 교화를 선양하고 저 백성들을 위로하여 그들에게 예법을 알게 하도록 하겠습니다. 바라옵건대 성상께서 잘 살펴 주시옵소서.

처음과 끝의 서술이 모두 다른 사람의 표와 다르다. 그의 기주夔州 · 여주汝州 · 동주同州 · 소주蘇州에서의 각 표들이 모두 이러한 격식을 갖추고 있다.[41]

나의 장자 진樺은 항상 이 문장을 좋아하며 암송하였다. 내가 태평주太平州[42]의 지주가 되었을 때 아들은 나를 대신하여 이 글을 모방한 표를 지었다.

신 홍매 말씀드립니다. 올해 9월 17일, 신을 태평주太平州의 지주로 임명하는 제서를 받았습니다. 조정의 관료로 지내다가 외지에 부임되어 마음은 전전긍긍하였으나, 일단 임관의 명령을 받게 되면 책임을 피하는 것을 용납하지 않습니다. 황천의 은혜를 우러러보고 조정에 고개 숙이니 무슨 말을 하겠습니까! [中謝] 폐하께서는 지혜로 천하에 임하시고 신묘한 무예가 있으나 사람을 다치게 하지 않고[43] 순임금의 효심을 흠모하고 담장에서 요임금을 경모하시니[44] 덕으로는 고

---

40 유우석은 일생동안 덕종德宗 · 순종順宗 · 헌종憲宗 · 목종穆宗 · 경종敬宗 · 문종文宗 · 무종武宗 7 대를 섬겼다. 목종 장경長慶 4년(824)에 유우석은 화주자사로 부임되었다가 경종 보력寶曆 2년(826) 낙양으로 돌아가게 된다.

41 유우석은 목종 장경 원년(821) 기주자사에 임명되었다. 3년 여 동안의 기주 생활을 끝내고 화주자사로 전근되었다가 문종이 즉위하고 몇 년간 중앙조정에 있었으나 다시 지방으로 전출되어 대화大和 5년(831) 소주자사로, 대화 8년(834)에는 여주자사로, 이듬해에는 동주자사로 부임하게 된다.

42 太平州 : 지금의 안휘성安徽省 당도현當塗縣.

43 『周易 · 繫辭傳上』: 옛날의 총명하여 예지가 있고 신묘한 무예가 있으나 사람을 다치게

금의 으뜸이며 인자함이 천하를 뒤덮었습니다. 명철함은 만리를 내다보아 제도를 통일하시고 백성을 자식처럼 여겨 악목岳牧[45]에게 더욱 세심하게 요구하십니다. 신은 본래 유가 출신으로 명성도 없고 능력도 없이 박학굉사과博學宏詞科에 급제하여 현귀한 자리에 앉게 되었습니다. 한림원에서 글을 썼고 황제의 측근에서 정무를 처리하였습니다. 소흥 말년 우사右史에서 기거주起居注의 관직을 맡아 용이 날아올라 천명에 순응하고 봉황이 나타나 상서로움을 기록하였습니다. 조정에서는 아주 작은 재주를 가진 자라도 빠뜨리지 않았기에 우둔한 사람도 함께 채용되었고 결국 저도 사부詞賦의 직책으로 한가한 관직을 얻게 되었습니다. 비록 저의 운명이 신선에 상응하여 잠시 천상에 오르는 것을 허락받았으나, 세속의 먼지를 아직 떨궈내지 못하여서 다시 인간 세상으로 떨어졌습니다. 18년 중 세 번 이천석의 군수를 지냈고, 이후 금화군金華郡에서 조정으로 불려가 궁궐의 도서를 정리하는 일을 맡게 되었습니다. 화려하고 넓은 관서를 누비고 다녔고, 큰 저택의 지붕 아래 고운 양탄자 위에서 강연을 하였습니다.[46] 용도각학사龍圖閣學士에 임명되어 천자의 사신으로 불리우고 폐하의 지기가 되는 총애를 받아 세 번이나 천자의 침소에 들어가 정사를 의론하였으니 글을 짓는 일에만 그치지 않았습니다. 그러나 신은 날개가 약하여 거센 바람을 맞을 수 없고 제대로 걷지도 못하므로 중임을 감당할 수가 없습니다. 폐하께서는 제가 끝내 버려질 것을 애석해하시고 태수에 임명하시어 저의 여생을 후하게 대우해 주셨습니다. 이광李廣은 운명이 기구하여 후작을 받은 교위를 부러워하였고[47] 급암汲黯은 감히 회양淮陽의 태수직을 천시하는 망발을 하였습니다.[48] 신은 이번 달 28일에 임지에

하지 않았던 분인저! [古之聰明叡知, 神武而不殺者夫.]

44 『후한서·이고전李固傳』: 요임금이 죽은 후 순임금은 3년 동안 요임금을 경모하는 마음이 간절하여 앉아있을 때는 담장에서 요임금을 보고, 밥 먹을 때는 국에서 요임금을 보았다고 한다.

45 岳牧: 요순堯舜 시기의 사악四岳과 십이목十二牧. 4악은 사방의 산을 다스리는 관리이고 12목은 지방을 다스리는 관리인데, 후대에 오면서 합쳐져 지방관을 의미하게 되었다.

46 『한서·왕길전王吉傳』: 큰 저택의 지붕 아래, 고운 양탄자 위에 앉으시되 명철한 스승이 그 앞에 있고 뒤에서는 좋은 일을 격려하는 말을 하는 자가 있어야 합니다.[廣夏之下, 細旃之上, 明師居前, 勸誦在後.]

47 이광은 작위나 봉읍도 얻지 못하고 관직도 구경을 넘지 못하였으나 이광의 부하들은 후작에 봉해진 자도 있었다. 이광은 예언가와 한담하면서 이렇게 탄식하였다. "한나라에서 흉노 정벌을 시작한 이래로 나는 참가하지 않은 적이 없었소. 그리고 각 부대의 교위 이하의 사람들 중에서 재능이 중간치에도 미치지 못하지만 흉노 토벌의 군공으로 후작을 받은 자가 수십 명이나 있소. 그런데 내가 다른 사람에 뒤떨어지는 것도 아닌데 봉읍을 얻지 못하는 것은 무엇 때문이오? 내 관상이 후작에 봉해질 상이 아니란 말인가, 아니면 내 팔자가 그렇단 말인가?"

48 무제가 급암을 회양 태수로 임명하자 급암은 울면서 중랑이 되어 궁궐을 출입하게 해 달라고

도착하였습니다. 이곳은 강동江東에 위치하여 예전에는 도원道院이라 불렸으며 회우淮右와 인접하고 있어 지금은 번창한 곳이 되었습니다. 신은 마땅히 폐하의 은택과 위엄을 널리 베풀고 관대한 정책을 받들어 시행하여 백성을 질고에서 구하고 풍속을 바로잡기 위한 방법을 구할 것입니다. 허리띠를 느슨하게 하고 갓옷을 가볍게 하며 품위가 있었던 점은 당나라 이적李績에 비할 수 없겠지만, 마음을 맑게 하고 일을 줄이는 점에 있어서는 개공蓋公과 병론할 수 있을 것입니다. 이렇게 한다면 나라의 근본을 굳건히 하고 폐하께서 저를 알아보아 주신 것에 대해 조금이나마 보답할 수 있을 것입니다.

이 글은 전체가 유우석의 격식을 모방하여 쓴 것이다. 예전에 지은 것을 보니 말이 번잡한 느낌이 든다.

13. 진여의의 보진궁 시 陳簡齋葆眞詩

휘종 숭녕崇寧[49] 연간 이래로 당시 재상은 사대부들에게 사서史書를 읽고 시를 쓰는 것을 금지하였다. 하청원何淸源은 심지어 이 내용을 조령에 포함시키기까지 했다. 본래 의도는 경학을 존숭하고 시부詩賦를 익히는 것을 제지하기 위한 것일 따름이었으나 결국 학교 안에서도 시詩를 금기시하게 되었다.

정화政和[50] 연간 이후 차차 완화되면서 다시 시를 짓게 되었고 진여의陳與義[51]는 마침내 「묵매절구墨梅絶句」로 발탁되어 관각館閣에 임명되었다. 그는 여름날 5명의 동료와 함께 보진궁葆眞宮 연못가에서 피서를 즐기던 중 "綠陰生晝靜녹음생주정"을 운으로 시를 짓게 되었다. 진여의는 '靜정'자를 사용하여

간청하였다. 무제는 "그대는 회양의 태수직을 천시하는가?"라고 말했고, 급암은 결국 회양 태수로 부임하였다.

49 崇寧 : 북송 휘종 시기 연호(1102~1106).

50 政和 : 북송 휘종 시기 연호(1111~1118).

51 陳與義(1090~1138) : 북송의 정치가·문학가. 낙양洛陽 사람. 자 거비去非, 호 간재簡齋. 진희량陳希亮의 증손이다. 부재상에 해당하는 참지정사參知政事까지 지냈다. 시를 잘 지었고, 처음에는 황정견黃庭堅과 진사도陳師道를 배우다가 나중에는 두보杜甫를 배웠다. 강서시파江西詩派 '삼종三宗'의 한 사람으로 꼽힌다.

이렇게 시를 지었다.

맑은 연못가는 덥지 않아,	淸池不受暑,
조용한 이곳 찾노라면 내 병도 낫는 듯.	幽討起予病.
장안의 수레바퀴 오가는 옆에,	長安車轍邊,
이렇듯 연꽃이 많을 줄이야.	有此萬荷柄.
이 몸 게으르기만 해서,	是身唯可懶,
함께 끝없는 흥취 붙인다.	共寄無盡興.
물고기는 물 밑 서늘한 곳을 노닐고,	魚遊水底涼,
새는 숲 사이에서 나지막히 지저귄다.	鳥語林間靜.
이야기 하는 사이 해는 정오,	談餘日亭午,
나무 그림자도 똑바르다.	樹影一時正.
맑은 바람은 손님의 기대 져버리지 않으니,	淸風不負客,
백금의 선물보다 그 뜻 더 고맙다.	意重百金贈.
살짝 흐트러진 귀밑머리,	聊將兩鬢蓬,
일어나 맑은 연못물에 비춰본다.	起照千丈鏡.
잔잔한 물결 나를 흔들지만,	微波喜搖人,
나는 서서 가라앉기를 기다린다.	小立待其定.
양왕은 지금 어디에 있나,	梁王今何許,
버들의 색은 몇 번이나 시들고 무성해졌을까.	柳色幾衰盛.
인생은 즐겨야 할 따름,	人生行樂耳,
시율 같은 것은 군소리에 불과.	詩律已其賸.
이렇게 만나 한잔 술 나누니,	邂逅一尊酒,
이 또한 〈오군영〉[52] 아니겠는가.	它年五君詠.
기약하노니 다시 한 번 달빛 아래 산보하며,	重期踏月來,
깊은 밤 안개 자욱한 배에서 읊조릴 수 있기를.	夜半嘯煙艇.[53]

시를 지어 자리에 있던 사람들에게 보이자 모두 그의 탁월함에 놀라움을 감추지 못했다. 주신중^{朱新仲}이 당시 직접 그것을 보았는데 경사의 모든

---

52 『五君詠』: 위진^{魏晉} 시기의 명사인 죽림칠현^{竹林七賢} 중 완적^{阮籍}·혜강^{嵇康}·유영^{劉伶}·완함^阮^咸, 향수^{向秀}를 오군^{五君}이라 한다. 남조^{南朝} 시기 송^宋나라의 안연지^{延之}가 영가^{永嘉} 태수로 폄적되자 울분에 찬 심정으로 『오군영^{五君詠}』을 지었다. 죽림칠현 중 산도^{山濤}와 왕융^{王戎} 두 사람만 현달하였으므로 안연지는 이 다섯명만 노래한 것이다.

53 「夏日集葆眞池上以綠陰生晝靜賦詩得靜字」.

용재수필

444

사람들이 앞 다투어 베껴갔다고 말했다.

14. 신선전과 지리서의 황당무계함 仙傳圖志荒唐

옛 사람이 지은 신선전 같은 것들은 대부분 황당무계하고 불경한 것들이라 사서에 인용할 수 없는 것들이다. 예를 들어 위숙경衛叔卿[54]의 일에 대해 묘사한 것을 살펴보자.

> 한나라 의봉儀鳳 2년, 무제가 궁전에서 한가로이 쉬고 있다가 그를 만났다.

월지국月支國[55]이 사신을 파견한 일에 대해서는 다음과 같이 말했다.

> 연화延和 3년, 무제가 안정安定에 행차하였는데 월지국에서 사신을 파견하여 향을 바쳤다.

고찰해보니 의봉儀鳳[56]은 당나라 고종 시기의 연호이고, 연화延和[57]는 북위北魏 태무太武 시기, 당나라 예종睿宗의 연호이니 황당하다. 그 나머지 산천지명에 대한 기재에서도 자주 이러하다. 근자의 사대부들은 다투어 전기傳記

---

54 衛叔卿 : 전설 속의 신선. 『신선전』에 의하면 무제가 궁전에서 쉬고 있을 때 위숙경이 흰 사슴이 끄는 구름수레를 타고 찾아왔다. 구름 옷을 입고 도사들이 쓰는 모자를 쓰고 있었는데 낯빛이 아이 같았다. 위숙경은 자신을 '중산인中山人'이라 소개했고, 무제는 "중산이라면 짐의 신하"라고 말했다. 위숙경은 무제의 태도에 실망하여 홀연 사라졌다.

55 月支國 : 월지月氏라고도 한다. 돈황과 기련산맥 유역에서 유목을 하던 민족으로 기원전 177년 이후 수년간에 걸쳐 흉노의 공격을 받아 대부분 서쪽으로 옮겨가 지금의 신장성 위구르 자치구 이리하伊犁河 유역과 그 서쪽 일대에 위치한 대월지大月氏와 서쪽으로 옮기지 않은 소수는 기련산祁連山으로 들어가 강인羌人과 잡거한 소월지小月氏로 나뉘어졌다.

56 儀鳳 : 당나라 고종 시기 연호(676∼679).

57 延和 : 한나라 무제 시기 연호 정화征和(B.C.92∼B.C.89). 이는 '사방의 오랑캐를 정벌하여 천하를 태평하게 한다征伐四夷而天下和平'는 것에서 의미를 취한 것이다. 학자들은 이 '征和'가 '延和'라고 본다. '延' 이 글자는 '征'의 이체자인데 자형이 비슷하여 잘못 사용한 것이다. 진직陳直의 『한서신증漢書新證』에서 "서안의 한나라 성 유적에서 延和 원년의 기와 조각이 출토되었고, 많은 고고학적 문헌과 증거들이 延和라고 보여주고 있다"고 했다. 延가 '延'자와 비슷하기 때문에 혼동된 듯하다.

445

나 옛날 이야기를 취하여 지리서[圖志]를 편찬한다. 심혈을 기울이고 애를 쓰지만 그래도 모순이 있는 것을 피하지 못한다. 고기高夔가 양양襄陽의 태수로 있을 때 관료에게 양양의 역대 연혁을 서술한 책을 편찬하도록 하였는데 이렇게 되어있다.

양양은 주나라 시기에는 초楚, 등鄧, 우鄀나라에 속하는 지역이었다.

『좌전左傳』에 따르면 우鄀땅은 등鄧나라의 읍이었는데 파인巴人이 초나라를 공격할 때 우땅을 포위하였다.[58] 아마 초나라가 등나라를 멸망시킨 후 우땅도 초나라에 속하게 된 것이지 원래는 나라가 아니었다. 그리고 『좌전』의 만성연蔓成然을 인용하면서 '만蔓'을 나라로 간주하였다.[59] 고증해보니 성연成然은 초楚나라 대부로 영왕靈王이 그 읍을 빼앗은 것이지 만蔓이라는 나라는 없었다.

58 『좌전 · 환공 9년』.
59 蔓成然(? - B.C.528) : 춘추 시기 초나라의 영윤令尹, 자 자기子旗.

용재수필

1. 祖宗親小事

太宗朝, 呂端自諫議大夫、開封判官左遷衛尉少卿。時群官有負宿譴者, 率置散秩, 會置考課院, 每引對, 多泣涕, 以不免飢寒爲請。至端, 卽前奏曰:「臣罪大而幸深, 苟得潁州副使, 臣之願也。」上曰:「朕自知卿。」無何, 復舊官。踰月, 拜參知政事。上留意金穀之務, 一日盡召三司吏李溥等對於崇政殿, 詢以計司利害, 溥等願給筆札, 於是二十七人共上七十一事。詔以四十四事付有司奉行, 十九事下鹽鐵使陳恕等, 議其可否, 遣知雜御史監議, 賜溥等白金縑錢, 悉補侍禁、殿直, 領其職。謂宰相曰:「溥等條奏事, 亦頗有所長。朕嘗語恕等, 若文章稽古, 此輩固不可望卿, 錢穀利病, 彼自幼至長寢處其中, 必周知根本。卿但假以顏色, 引令剖陳, 必有所益。」恕不肯降意詢問, 旋以職事曠廢, 上召而責之, 始頓首謝。王賓以供奉官充亳州監軍, 妻極妬悍。時監軍不許挈家至任所, 妻擅至亳州, 賓具以白上。上召見其妻詰責, 俾衛士交捽之, 杖一百, 配爲忠靖卒妻, 一夕死。陳州民張矩, 殺里中王裕家兩人, 知州田錫未嘗慮問, 又詣闕訴冤。遣二朝士鞫之, 皆云:「非矩所殺。」裕家冤甚, 其子福應募爲軍, 因得見, 曰:「臣非欲隸軍, 蓋家冤求訴耳。」太宗怒, 付御史府治之, 置矩于法, 二朝士皆坐貶, 錫泊通判郭渭, 謫爲海、鄆州團練副使。饒州卒妻訴理夫死, 至召知州范正辭庭辯。且夫引見散秩庶僚, 而容其各各有請, 三司胥吏而引對正殿, 命以官爵, 聽其所陳;一州都監而得自上奏, 至召其妻責辱之;一卒應募而得入見, 遂伸家冤, 爲貶責吏。萬幾如是, 安得不理! 今之言典故者, 蓋未能盡云。

2. 王居正封駁

紹興五六年間, 王居正爲給事中, 時王繼先方以醫進, 中旨以其壻添監浙江稅務, 錄黃過門下, 居正封還。高宗批三省將上, 及二相進呈, 聖訓云:「卿等亦嘗用醫者否?」對曰:「皆用之。」曰:「所酬如何?」曰:「或與酒, 或與錢, 或與縑帛, 隨大小效驗以答其勞。」上曰:「然則朕宮中用醫, 反不得酬謝邪! 文字未欲再付出, 可以喩居正使之書讀。」丞相退, 卽語居正曰:「聖意如此, 是事亦甚小, 給事不必固執。」居正唯唯, 遂請對, 上語如前, 而玉色頗厲。居正對曰:「臣庶之家, 待此輩與朝廷有異, 量功隨力, 各致陳謝之禮。若朝廷則不然, 繼先之徒, 以技術庸流, 享官榮, 受祿俸, 果爲何事哉! 一或失職, 重則有刑, 輕則斥逐。使其應奉有效, 僅能塞責而已, 想金帛之賜, 固自不少。至於無故

增創員闕, 誠爲未善, 臣不願陛下輒起此門。」上悟曰:「卿言是也。」卽日下其奏, 前降
指揮更不施行。居正之直諒有守, 高宗之聽言納諫, 史錄中恐不備載, 故敬書之。邁頃聞
之於張九成。

3. 王元之論官冗

省官之說, 昔人論之多矣, 唯王元之兩疏, 最爲切當。其一云:「臣舊知蘇州長洲縣,
自錢氏納土以來, 朝廷命官, 七年無縣尉, 使主簿兼領之, 未嘗闕事。三年增置尉, 未嘗立
一功。以臣詳之, 天下大率如是。誠能省官三千員, 減俸數千萬, 以供邊備, 寬民賦, 亦大
利也。」其二云:「開寶中, 設官至少, 臣占籍濟上, 未及第時, 止有刺史一人, 李謙溥是
也, 司戶一人, 孫賁是也。近及一年, 朝廷別不除史。自後有團練推官一人, 畢士安是
也。太平興國中, 臣及第歸鄉, 有刺史、通判、副使、判官、推官、監軍、監酒榷稅算又
增四員, 曹官之外更益司理。問其租稅, 減於曩日也, 問其人民, 逃於昔時也, 一州旣爾,
天下可知。冗兵耗於上, 冗吏耗於下, 此所以盡取山澤之利而不能足也。」觀此二說, 以
今言之, 何止於可爲長太息哉!

4. 梁狀元八十二歲

陳正敏遯齋閑覽:「梁灝八十二歲, 雍熙二年狀元及第。其謝啓云:『白首窮經, 少伏
生之八歲, 靑雲得路, 多太公之二年。』後終祕書監, 卒年九十餘。」此語旣著, 士大夫亦
以爲口實。予以國史考之, 梁公字太素, 雍熙二年廷試甲科, 景德元年以翰林學士知開封
府, 暴疾卒, 年四十二。子固亦進士甲科, 至直史館, 卒年三十三。史臣謂:「梁方當委
遇, 中途夭謝。」又云:「梁之秀穎, 中道而摧。」明白如此, 遯齋之妄不待攻也。

5. 太宗恤民

曾致堯爲兩浙轉運使, 嘗上言:「去歲所部秋租, 惟湖州一郡督納及期, 而蘇、常、潤
三州, 悉有逋負, 請各按賞罰。」太宗以江、淮頻年水災, 蘇、常特甚, 致堯所言, 刻薄不
可行, 因詔戒之, 使倍加安撫, 勿得騷擾。是事必已編入三朝寶訓中, 此國史本傳所載
也。

6. 潘游洪沈

紹興十三年, 敕令所進書刪定官五員, 皆自選人改秩。潘良能季成、游操存誠、沈介
德和伯兄景伯, 皆拜祕書省正字, 張表臣正民以無出身, 除司農丞, 四正字同日赴館供
職。少監秦伯陽於會食之次, 謂坐客言, 一旦增四同舍, 而姓皆從水傍, 嬉有一句, 願諸君
爲對之, 以成三館異日佳話。卽云:「潘、游、洪、沈泛瀛洲。」坐客合詞賞嘆, 竟無有能

對者。予因記筆談所載, 元厚之絳少時, 曾夢人告之曰:「異日當爲翰林學士, 須兄弟數人同在禁林。」厚之自思素無兄弟, 疑爲不然。及熙寧中, 除學士, 同時相先後入院者, 韓維持國、陳繹和叔、鄧綰文約、楊繪元素, 名皆從糸, 始悟兄弟之說。欲用「絳、繹、繪、維綰綸絞」爲對, 然未暇考之史錄, 歲月果同否也?

7. 舞鷗游蜻

戰國時, 諸子百家之書, 所載絕有同者。列子黃帝篇云:「海上之人有好漚〔音鷗〕鳥者, 每旦之海上從漚鳥游, 漚鳥之至者百數而不止。其父曰:『吾聞漚鳥皆從汝游, 汝取來吾玩之。』明日之海上, 漚鳥舞而不下也。」呂覽精喩篇云:「海上人有好蜻〔蜻蜓也。〕者, 每朝居海上, 從蜻游, 蜻之至者百數而不止, 前後左右盡蜻也, 終日玩之而不去。其父告之曰:『聞蜻皆從汝居, 取而來, 吾將玩之。』明日之海上, 蜻無至者矣。」此二說如出一手也。

8. 郎中用資序

國朝官制既行, 除用職事官, 不問資序高下, 但隨階品, 而加行、守、試以賦祿, 郎中、員外郎亦自爲兩等, 頗因履歷而授之。後來相承, 必欲已關陞知州資序者爲郎中, 於是拜員外郎者具改官後實歷歲月申吏部, 不以若干任, 但通理細滿八考則陞知州, 乃正作郎中, 別命詞給告。頃嘗有旨, 初除郎官者, 雖資歷已高, 且爲員外, 候吏部再申, 然後陞作郎中。近歲掌故失之, 故李大性自浙東提刑除吏部, 時佐自大理正除刑部, 徐閎自大府丞除都官, 岳震自將作少監除度支, 其告內卽云郎中, 與元指揮戾矣。

9. 臺諫分職

臺、諫不相見, 已書於續筆中, 其分職不同, 各自有故實。元豐中, 趙彥若爲諫議大夫, 論大臣不以道德承聖化, 而專任小數, 與群有司校計短長, 失具瞻體。因言門下侍郎章子厚、左丞王安禮不宜處位。神宗以彥若侵御史論事, 左轉祕書監。蓋許其論議, 而責其彈擊爲非也。元祐初, 孫覺爲諫議大夫。是時諫官、御史論事有分限, 毋得越職。覺請申唐六典及天禧詔書。凡發令造事之未便, 皆得奏陳, 然國史所載, 御史掌糾察官邪, 肅正綱紀, 諫官掌規諫諷諭, 凡朝政闕失, 大臣至百官, 任非其人, 三省至百司, 事有失當, 皆得諫正。則蓋許之矣。唐人朝制, 大率重諫官而薄御史, 中丞溫造道遇左補闕李虞, 恚不避, 捕從者笞辱。左拾遺舒元褒等建言:「故事, 供奉官惟宰相外無屈避, 造棄蔑典禮, 辱天子侍臣。遺、補雖卑, 侍臣也, 中丞雖高, 法吏也。侍臣見陵, 法吏自恣, 請得論罪。」乃詔臺官、供奉官共道路, 聽先後行, 相值則揖。然則居此二雄職者, 在唐日了不相謀云。

10. 貞元朝士

劉禹錫聽舊宮人穆氏唱歌一詩云:「曾陪織女度天河, 記得雲間第一歌。休唱貞元供奉曲, 當時朝士已無多。」劉在貞元任郎官、御史, 後二紀方再入朝, 故有是語。汪藻始采用之, 其宣州謝上表云:「新建武之官儀, 不圖重見; 數貞元之朝士, 今已無多。」汪在宣和間爲館職符寶郎, 是時, 紹興十三、四年中, 其用事可謂精切。邁嘗四用之, 謝侍講修史表云:「下建武之詔書, 正爾恢張於治具; 數貞元之朝士, 獨憐流落之孤蹤。」以德壽慶典, 曾任兩省官者遷秩, 蒙轉通奉大夫, 謝表云:「供奉當時, 敢齒貞元之朝士; 頌歌大業, 願賡至德之中興。」充永思陵橋道頓遞使, 轉宣奉大夫, 謝表云:「武德文階, 愧三品維新之澤; 貞元朝士, 動一時既往之悲。」主上卽位, 明堂禮成, 謝加恩云:「考皇祐明堂之故, 操以舉行; 念貞元朝士之存, 今其餘幾。」亦各隨事引用。近者, 單夔以知紹興府進文華閣直學士, 謝表云:「數甘泉法從之舊, 眞貞元朝士之餘。」夔當淳熙中雖爲侍郎, 然一朝名臣尙多, 又距今才十餘歲, 似爲未穩貼也。

11. 表章用兩臣字對

表章自敍以兩「臣」字對說, 由東坡至汪浮溪多用之。然須要審度君臣之間情義厚薄, 及姓名眷顧於君前如何, 乃爲合宜。坡湖州謝表云:「知臣愚不適時, 難以追陪新進; 察臣老不生事, 或能牧養小民。」登州表云:「於其黨而觀過, 謂臣或出於愛君; 就所短以求長, 知臣稍習於治郡。」侍讀謝表云:「謂臣雖無大過人之才, 知臣粗有不欺君之實, 欲使朝夕, 與於討論。」潁州表云:「意其忠義許國, 故暫召還; 察其老病畏人, 復許補外。」汪謝徽州云:「謂臣不改歲寒, 故起之散地; 察臣素推月旦, 故付以本州。」爲陸藻謝給事中云:「知臣椎鈍無他, 故長奉賢王之學; 憫臣踐揚滋久, 故亟陞法從之班。」爲汪樞密謝子自虜中歸不令入城降詔獎諭表云:「知臣齒髮已凋, 常恐鄧攸之無後; 憐臣肺肝可見, 有如去病之辭家。」凡此所言, 皆可自表於君前者。劉夢得代竇羣容州表, 有「察臣前任事實, 恕臣本性朴愚」之句, 坡公蓋本諸此。近年後生假倩作文, 不識事體, 至有碌碌常流, 乍得一壘, 亦輒云知臣察臣之類, 眞可笑也。

12. 劉夢得謝上表

郡守謝上表, 首必云:「伏奉告命授臣某州, 已於某月某日到任上訖。」然後入詞。獨劉夢得數表不然, 和州者曰:「伏奉去年六月二十五日制書, 授臣使持節和州諸軍事, 守和州刺史。臣自理巴、竇, 不聞善最, 恩私忽降, 慶抃失容。臣某中謝。伏惟皇帝陛下丕承寶祚, 光闡鴻猷, 有漢武天人之姿, 稟周成叡哲之德。發言合古, 擧意通神。委用得人, 動植咸悅。理平之速, 從古無倫。微臣何幸, 獲覩昌運。臣業在辭學, 早歲策名。德宗尙文, 擢爲御史。出入中外, 歷事五朝; 累承恩光, 三換符竹。分憂之寄, 祿秩非輕, 而素蓄

요재수필

所長, 效用無日。臣聞一物失所, 前王軫懷, 今逢聖朝, 豈患無位。臣卽以今月二十六日
到所任上訖。伏以地在江、淮, 俗參吳、楚, 災旱之後, 綏撫誠難。謹當奉宣皇風, 慰彼
黎庶, 久於其道, 冀使知方。伏乞聖慈俯賜昭鑒。」 首尾敍述, 皆與他人表不同。其夔
州、汝州、同州、蘇州, 諸篇一體, 邁長子梓常稱誦之。及爲太平州, 遂擬其體, 代作
一表。其詞云:「臣邁言:伏奉今年九月十七日制書, 授臣知太平州者。一麾出守, 方切
兢危, 三命滋共, 弗容控避。仰皇天之大造, 扣丹地以何言。中謝。恭惟皇帝陛下叡知有
臨, 神武不殺, 慕舜之孝, 見堯於牆, 德冠古今而獨尊, 仁並淸寧而徧覆。明見萬里, 將大
混於車書;子來庶民, 更精求於岳牧。臣家本儒素, 時無令名。濫竽宏博之科, 說駕淸華
之地。瀛山抱槧, 郎省握蘭。在紹興之季年, 汚記注於右史。龍飛應運, 鳳歷紀祥。不遺
細微, 兼取愚鈍。遂以詞賦之職, 獲侍淸閒之歡。雖宿命應仙, 許暫來於天上;而塵心未
斷, 旋卽墮於人間。一去十八年之中, 三叨二千石之寄。末綵金華郡, 還紬石室書。從珍
臺閒館之游, 勸廣廈細旃之講。眞拜學士, 號名私人。受九重知己之殊, 極三入承明之
幸。使與大議, 不專斯文。而臣弱羽不足以當雄風, 蹇步不足以勝重任。上恩惜其終棄,
左符寵其餘生。李廣數奇, 徒羨侯於校尉;汲黯妄發, 敢嘆薄於淮陽。臣卽以今月二十
八日到任上訖。伏以郡在江東, 昔稱道院;地鄰淮右, 今謂壯藩。謹當宣布恩威, 奉行寬
大, 求民之瘼, 問俗所宜。緩帶輕裘, 雖弗賢長城於李勣;淸心省事, 敢不避豈堂於蓋
公。庶幾固結本根, 少復報酬知遇。」 全規模其步驟, 然視昔所作, 猶覺語煩。

13. 陳簡齋葆眞詩

自崇寧以來, 時相不許士大夫讀史作詩, 何淸源至於修入令式, 本意但欲崇尚經學, 痛
沮詩賦耳, 於是庠序之間, 以詩爲諱。政和後稍復爲之, 而陳去非遂以墨梅絕句擢置館
閣, 嘗以夏日偕五同舍集葆眞宮池上避暑, 取「綠陰生晝靜」分韻賦詩, 陳得「靜」字。其
詞曰:「淸池不受暑, 幽討起予病。長安車轍邊, 有此萬荷柄。是身唯可懶, 共寄無盡
興。魚游水底涼, 鳥語林間靜。談餘日亭午, 樹影一時正。淸風不負客, 意重百金贈。聊
將兩鬢蓬, 起照千丈鏡。微波script搖人, 小立待其定。梁王今何許, 柳色幾衰盛。人生行樂
耳, 詩律已其膌。邂逅一尊酒, 它年五君詠。重期踏月來, 夜半嘯煙艇。」詩成, 出示坐上,
皆詫爲擅場。朱新仲時親見之, 云京師無人不傳寫也。

14. 仙傳圖志荒唐

昔人所作神仙傳之類, 大抵荒唐謬悠, 殊不能略考引史策。如衛叔卿事云:「漢儀鳳
二年, 孝武皇帝閑居殿上而見之。」月支使者事云:「延和三年, 武帝幸安定, 而月支國遣
使獻香。」案, 儀鳳乃唐高宗紀年名, 延和乃魏太武、唐睿宗紀年名, 而誕妄若是。自餘
山經地志, 往往皆然。近世士大夫采一方傳記及故老談說, 競爲圖志, 用心甚專, 用力甚

博, 亦不能免牴牾。高夔守襄陽, 命僚屬作一書, 其敍歷代沿革云:「在周爲楚、鄧、鄾諸國。」據左傳, 鄾乃鄧邑, 後巴人伐楚圍鄾, 蓋楚滅鄧, 故亦來屬, 元非列國也。又引左傳蔓成然事, 以蔓爲國。據成然乃楚大夫, 靈王奪其邑, 無所謂「蔓國」也。

1. 휘종 시기의 재상 徽廟朝宰輔

채경蔡京[1]은 20년 동안 국정을 농단하였다. 이 시기의 사대부 중 그를 통하지 않고 중용된 자는 하나도 없었다. 그러나 그 후 이들은 공정한 입장을 취하였으므로 채경과 다르다. 재상이었던 조변趙抃·장상영張商英[2]·정거중鄭居中·유정부劉正夫의 언행에 대해서는 세상 사람들이 다 알고 있다. 집정의 자리에 있었던 장강국張康國·온익溫益·유규劉逵·후몽侯蒙도 모두 기록할만한 공로가 있다.

장강국張康國[3]은 원우당적元祐黨籍[4]의 명단 결정과 강의사講議司에서 정리한

---

1 蔡京(1047~1126) : 북송北宋 말기의 재상·서예가. 자 원장元長. 휘종 시기 환관 동관童貫의 도움으로 52세에 재상이 된 뒤, 전후 4회에 걸쳐 16년을 재상 자리에 있었다. 금나라와 동맹하여 요遼를 멸망시킨 것은 그의 공적이지만, 휘종에 아첨하여 사치를 권하고, 재정을 궁핍에 몰아넣었으며 증세를 강행하여 민심의 이반을 초래하였다. 금나라가 침입하고 흠종欽宗이 즉위하자 국난을 초래한 우두머리로 몰려 실각, 해남도인 담주儋州로 유배되어 가던 도중 병사하였다.

2 張商英 : 북송北宋 말기의 재상. 호 무진거사無盡居士. 희녕熙寧 연간 장돈章惇의 추천으로 발탁되었다. 철종이 친정親政을 하자 우정언右正言과 좌사간左司諫이 되어 원우대신元祐大臣인 사마광司馬光과 여공저呂公著 등을 강력하게 공격했다. 휘종徽宗이 즉위하자 중서사인中書舍人으로 옮겼고, 숭녕崇寧 초에 한림학사翰林學士에 오른 뒤 얼마 후 상서우승尙書右丞을 거쳐 좌승左丞이 되었다. 채경蔡京과 의견이 맞지 않아 박주지주亳州知州로 내쫓기고 원우당적元祐黨籍에 포함되었다. 대관大觀 4년(1110) 상서우복야尙書右僕射가 되자 채경의 정책을 바꾸어 공평하게 정무를 보았다.

3 張康國(1056~1109) : 북송의 대신. 자 빈로賓老. 소성紹聖 연간 채경의 추천으로 양절兩浙 지역의 상평常平을 맡았다. 숭녕 연간 초, 중서사인과 한림학사를 역임하였고, 3년(1104), 상서좌승이 되었다가 다시 지추밀원사가 되어 휘종의 밀령을 받고 채경을 견제하였다. 채경의 지시를 받은 어사대 관리에게 탄핵을 당하였고 얼마 지나지 않아 갑자기 죽었는데 독살이라고 의심하기도 한다.

주독奏牘을 검토하는 일에 모두 깊이 간여하였다. 그 후 지추밀원사知樞密院事
가 되자 비로소 부화뇌동하는 태도를 바꾸게 되었다. 휘종은 채경의 전횡
과 외고집을 알고서는 은밀히 장강국에게 채경의 간사함을 살피도록 하고
이후 재상으로 임명해 주겠다고 했다. 당시 서북 변경의 장수는 대부분
부하를 자신이 선발하였는데 힘이 있는지만 보았지, 재능이 있는지는 따지
지 않았다. 그러나 장강국은 이렇게 말했다.

> "변경 지역에는 마땅히 적합한 인재를 선발해야 우환을 없앨 수 있다. 어찌 자신
> 과 사적으로 관계가 좋은 사람만 쓴단 말인가?"

결국 결원에 맞춰 재능 있는 자를 선발하였고 이것이 규정화되었다.
채경이 어사중승御史中丞 오집중吳執中에게 장강국을 공격하게 하였으나, 장
강국이 이를 먼저 알고서 휘종에게 보고하였다.

온익溫益이 담주潭州에 주둔할 때 원우당인으로 축출된 사람들이 호남에
있으면서 모두 박해를 받고 곤경에 처했었다. 그리고 '애막조지도愛莫助之圖'[5]

---

4 元祐黨籍 : 북송 원풍元豊 8년(1085), 신종이 서거하고 9세의 철종이 제위에 오르자 선인태후
宣仁太后가 국정을 처리하면서 사마광을 재상에 임명하고 왕안석의 변법을 전면적으로 폐지
하고 구제舊制를 복구하였는데 당시 연호가 '원우'였다. 당시 변법을 지지하던 당파를 '원풍당
인元豊黨人', 변법을 반대하던 자들을 '원우당인'이라 하였다. 원우 8년(1093) 철종이 친정하게
되자 장돈章惇을 재상으로 임명하면서 변법파 인사들을 대거 기용하였고 신정을 전면적으로
복구하면서 원우당 인사들은 타격을 입게 되었다. 소식蘇軾·소철蘇轍·황정견黃庭堅등은 모
두 폄적되었다. 원부元符 3년(1100), 철종이 서거하고 휘종이 즉위하자 태후가 수렴청정하게
되었다. 이 기간 다시 원우당인들이 기용되고, 변법은 폐지되었으나, 9개월 후 태후가 병환
이 생기면서 휘종이 정권을 장악하게 되었다. 숭녕崇寧 원년(1102) 휘종은 채경을 재상에
임명하였고 희녕 연간의 신정을 부활시키고자 하여 원우 연간 신법에 반대했던 대신의
명단을 제출하도록 명했다. 채경은 문언박文彦博·여공저呂公著·사마광司馬光·범순인范純
仁·소식·범조우范祖禹·황정견·정이程頤등 120명의 명단을 제출하였다. 휘종은 이들을 '간
당奸黨'이라 하고 직접 이들의 성명을 써서 돌에 새겨 단례문端禮門 밖에 두었는데 이를 '원우당
인비元祐黨人碑'라 한다. 이들의 자손은 경사에 머무를 수 없고, 과거에 참가할 수 없으며,
비에 이름이 나열된 자들은 모두 영원히 등용되지 못하도록 했다.

5 「愛莫助之圖」: '애막조지愛莫助之'란 『시경·대아·증민烝民』의 한 구절로 '사랑하나 도와줄
수 없다'는 의미이다. 온익이 '애막조지도'를 바쳤다는 것은 홍매가 잘못 안 것이다. 당시
휘종은 희녕·원풍 연간의 정치를 다시 실행하고자 하였는데, 당시 기거사인이었던 등순무가
'애막조지도'를 바치며 조정의 정치인들이 선제의 뜻을 계승하고자 하지만 채경이 아니고서는

로 채경의 중용을 얻었다. 그러나 관직이 중서시랑^{中書侍郎}에 오른 후 입장을 바꿨다. 한번은 채경이 감사^{監司}와 군수^{郡守} 10인을 임명하고 문건을 휘종에게 바쳐 비준을 얻으려 했는데 온익이 그 뒤에 "철회^收"라고 판결을 내렸다. 채경은 온익과 관계가 좋은 중서사인^{中書舍人} 정거중^{鄭居中}에게 이유를 물어보도록 했다. 온익이 말했다.

> "그대는 중서성에서 일하면서 임명에 대해 논의할 때 중서사인이 추천한 사람을 중서시랑이 부결하는 경우를 본 적이 있는가? 지금 승상이 임명하려는 10인은 모두 그와 친인척 관계이네. 그의 뜻을 거스르지 않고자 해도 그럴 수 있겠는가?"

유규^{劉逵}는 채경에게 붙어 중서시랑^{中書侍郎}까지 올랐다. 그러나 채경이 재상에서 면직되자 유규는 제일 먼저 상서를 올려 원우당비^{元祐黨碑}를 부술 것을 청하였다. 그리고 상소를 올렸다가 당적에 이름이 올라 금지령을 받았던 자들을 면제해주고 채경이 행했던 이치에 어긋나고 백성에게 화가 되었던 일들을 하나씩 바로잡았다.

후몽^{侯蒙}이 상서성에 재직하고 있을 때 황제가 조용히 물었다.

> "채경은 어떤 사람인가?"
> "그가 마음만 바르다면 옛 현인이라도 무엇을 더할 수 있겠습니까!"

황제는 머리를 끄덕이고는 몰래 채경의 행동을 살피게 했다. 채경이 이를 듣고는 앙심을 품었다.

이 몇 가지 일은 모두 국사의 본전에 수록되어 있다.

2. 교관의 문서 작성 教官掌箋奏

지방 주군^{州郡}에서는 표주^{表奏}・서계^{書啟6}와 같은 업무를 교수^{教授7}에게 위

이 중임을 감당할 사람이 없다고 진언하였고, 휘종은 채경을 기용하기로 결심하게 된다.
6 書啟 : 아랫사람이 윗사람에게 보내는 서신을 말한다.
7 教授 : 각 주현^{州縣}의 학교에 교수를 두어 수업과 시험을 관장하게 하였다.

임하고 금전과 술을 대접한다. 내가 복주福州에서 관직을 지낼 때, 공적
업무로 사표謝表와 기우祈雨·사청謝晴의 문건을 작성하였으나, 개인적인 의
례 문서나 서한·소간小簡[8]과 같은 글들은 일체 짓지 않았다. 성절聖節[9]을
맞아 악어樂語[10]를 짓고 또 다른 용도의 글을 두·세편 더 지은 적이 있는데
생각할 때마다 부끄럽다.

추호鄒浩[11]가 영창穎昌[12] 교수를 지낼 때 당시 지부知府 범순인范純仁[13]이 흥룡
절興龍節에 사용할 치어致語를 부탁하자 추호가 사양하였다. 범순인이 말했다.

"한림학사도 이런 문장을 짓습니다."

추호가 대답했다.

"한림학사라면 가하지만, 좨주祭酒나 사업司業[14]은 안 됩니다."

범순인은 정중히 사과하였다. 선배들의 이 같은 풍모와 절개는 실로
감탄할 만하다.

---

8 小簡 : 송대 선화宣和 연간 이후, 사대부들간에 안부와 소식을 물을 때 사용하던 변려문으로
   쓴 전계篤啟를 지칭한다.
9 聖節 : 당나라 개원開元 17년(729) 8월 5일이 현종玄宗의 생일이었는데, 좌승상左丞相 원건요源
   乾曜와 우승상右丞相 장열張說등이 이 날을 천추절千秋節로 정할 것을 건의하였고 허하였다.
   후에 역대 황제의 생일을 모두 성절聖節이라 한다.
10 樂語 : 문체文體의 이름. 송나라 궁정에서 연극을 할 때 사신詞臣에게 명하여 악어樂語를 짓게
   하고 배우가 부르게 하였다.
11 鄒浩(1060~1111) : 북송의 관리. 자 지완志完. 상주常州 진릉晉陵(지금의 강소성江蘇省 상주常
   州) 사람. 원풍 5년(1082) 진사에 급제하여 영창부 교수로 임명되었다.
12 穎昌 : 지금의 하남성 허창許昌.
13 范純仁(1027~1101) : 범중엄의 둘째 아들. 자 요부堯夫. 철종 시기 영주로 폄적되었다가
   휘종이 즉위한 후 관문전대학사觀文殿大學士로 복직하였다.
14 司業 : 학관명學官名. 수나라 이후 교육기관인 국자감國子監을 설치하였는데 장관은 좨주이고
   부장관이 사업이다.

3. 경전을 인용하여 답하다 經句全文對

내가 처음 사과詞科¹⁵에 합격하고 두 번째 임안臨安¹⁶에 왔을 때 삼교三橋 서쪽 심량공沈亮功 주부主簿의 관소에 머물렀다. 심량공은 내가 밖에서 밥을 사 먹는 것이 불편할 거라 여겨 매일 직접 집에서 식사를 가져와 나에게 주었다. 나와 같이 시험을 본 탕승상湯丞相¹⁷이 나를 보러 와서는 먹고 지내는 상황을 물어 나는 하나하나 대답해 주었다. 탕공이 웃으며 말했다.

> "주인이 현명하구나."

그러고는 장난삼아 한 마디를 덧붙였다.

> "왕손을 불쌍히 여겨 밥을 주었으니 어찌 보답을 바라리오![哀王孫而進食, 豈望報乎?]"¹⁸

한참 후에 나는 이렇게 응대했다.

> "어른을 위해 가지를 꺾는 것은 못하는 것이 아니라 하지 않는 것입니다. [爲長者而折枝, 非不能也.]"¹⁹

탕공이 크게 칭찬하고서는 갔다.

왕성석汪聖錫이 비서소감秘書少監을 지낼 때 매번 식사를 마치면 모여 차를

---

15 詞科 : 과거 과목의 하나로 주로 학문이 깊고 문사가 청려한 자를 선발하여 조정의 일상 문서를 작성하는데 필요한 인재를 선발하는 것으로 박학굉사과博學宏詞科라는 통칭을 사용하였다. 홍매는 소흥 15년(1145) 박학굉사과에 급제하였다.

16 臨安 : 남송의 수도로 지금의 절강성浙江省 항주杭州이다.

17 湯丞相 : 탕사퇴湯思退(1117∼1164). 자 진지進之.

18 『사기 · 회음후열전』 : 한신이 빨래터에서 굶주려 하고 있을 때 한 여인이 밥을 주었다. 한신은 기뻐서 그 여인에게 "내 반드시 은혜에 크게 보답하겠다"고 하자 여인이 성을 내며 "내가 왕손을 불쌍히 여겨 밥을 주었으니 어찌 보답을 바라리오!"라고 했다.

19 『맹자 · 양혜왕상梁惠王上』 : 어른을 위해 가지를 꺾으라고 했는데 그가 "나는 할 수 없다"고 하면, 이는 하지 않는 것이지 못하는 것이 아니다.[爲長者折枝, 語人曰, "我不能", 是不爲也, 非不能也.]

마셨는데 한 동료가 매번 잠을 자느라 오지 않았다. 그가 일어나면 장난삼아 이렇게 말했다.

"재여가 낮잠을 잤다고 해서 재여에게 무엇을 꾸짖겠는가?[宰予晝寢, 於予與何誅]"[20]

모두가 답을 하지 못했는데 왕성석이 말했다.

"대對가 있습니다. 지금 상황에는 딱 들어맞는다고 할 수는 없지만 출처는 같습니다. '자공은 사람을 비교하지만 나는 그럴 겨를이 없다[子貢方人, 夫我則不暇]'라고 한 대목이 있습니다."[21]

동료들이 모두 칭찬하였다.

4. 북교 제사에 관한 논쟁 北郊隘義論

용재수필

삼대三代의 예禮에 동지冬至가 되면 남교南郊[22]에서 하늘에 제사를 지내고, 하지夏至에는 북교北郊에서 땅에 제사를 지낸다고 했다. 왕망王莽[23]은 원시元始[24] 연간에 두 제사를 합쳐 지내는 것으로 바꾸었고 이 이후로 바뀌지 않았다.

신종神宗 원풍元豐[25] 연간, 조서를 내려 북교北郊의 의례를 회복시키려했다. 원풍 6년(1083) 동지冬至에 하늘에만 제사를 지내고 땅에게 지내는 제사는

---

20 『논어‧공야장公冶長』: 재여가 낮잠을 잤다. 공자가 말씀하셨다. "썩은 나무에는 새기지 못할 것이며, 썩은 흙으로 쌓은 담은 흙손질하지 못할 것이니, 재여에게 무엇을 꾸짖겠는가?[宰予晝寢. 子曰: "朽木不可雕也, 糞土之牆不可杇也, 於予與何誅?"]

21 『논어‧헌문憲問』: 자공이 사람을 비교하자, 공자께서 말씀하셨다. "사賜(자공)는 어진가보다. 나는 그럴 겨를이 없노라.[子貢方人. 子曰, "賜也賢乎哉? 夫我則不暇.]"

22 南郊: 도읍의 남쪽에 원구圜丘를 짓고 하늘에 제사지내는 곳이다.

23 王莽(B.C.45~23): 전한前漢 말의 정치가이며 '신新' 왕조(8~24)의 건국자. 8년 한나라를 멸망시키고 국호를 '신新'이라 하여 황제가 되었으나, 22년 후한 광무제 유수가 군대를 일으켜 신을 공격, 왕망은 죽게 된다.

24 元始: 전한 평제平帝 시기 연호(1~5).

25 元豐: 북송 신종 시기 연호(1078~1085).

거행하지 않았다. 원풍 7년(1084) 다시 전면적이고 상세한 논의가 펼쳐졌다. 허장許將·고림顧臨·범순례范純禮·왕흠신王欽臣·공무중孔武仲·두순杜純이 각자의 견해를 발언했다. 그러나 소식의 논의가 나오자 다른 의견은 모두 폐기되었다. 당시 사람들의 의견은 여섯 가지로 귀납할 수 있다.

첫째, 오늘날의 추위와 더위는 옛날과 다르지 않은데 주周 선왕宣王은 6월에 출사하면서 하지에 왜 제사를 지내지 않았는가?

둘째, 하지에 천자가 의례를 거행할 수 없으면 관원을 보내 대행하게 할 수 있으며 과거에도 이러한 선례가 있었다.

셋째, 번거롭고 자잘한 의례를 줄인다면 일 년에 두 번 교제를 거행할 수 있다.

넷째, 3년에 한 번씩 천제를 지내고 중간의 일 년에 한 번씩 지제地祭를 지낸다.

다섯 째, 교제를 지내는 해에는 10월에 신주神州[26]에서 제사를 지내고 하지에는 방택方澤[27]으로 옮겨 제사를 지내면 무더위에 의례를 거행하는 불편함을 피할 수 있다.

여섯 째, 교제를 지내는 해의 하지에 방택에서 지제를 지낼 때는 천자가 직접 참가하지 않고 궁궐에서 멀리 봉화燧火를 바라본다.

소식은 이 여섯 가지에 대해 모두 반박하며 실행할 수 있는 것이 하나도 없다고 했다. 그의 상주문은 주의奏議에 수록되어 있는데 3천 여자의 문장이다.[28] 원부元符[29] 연간, 다시 합제에 대한 논의가 펼쳐졌고 의견이 통일되지 않았다. 태상소경太常少卿 우문창령宇文昌齡의 의견이 가장 간결하면서도 핵심이 있다.

. . . .

26 神州 : 동도東都.

27 方澤 : 방구方丘이다. 하지夏至에 땅의 신에게 제사를 지내기 위한 방형의 제단이다. 제단을 연못 가운데 지었기 때문에 붙여진 이름이다.

28 「上圓丘合祭六議劄子」.

29 元符 : 북송 철종哲宗 시기 연호(1098~1100).

하늘과 땅의 형세는 높고 낮은 위치가 다르니 의례와 제도도 차별화 해야 하고 음악도 다른 수數로 해야 합니다. 의복의 문양, 제기 도구, 하지와 동지의 시간 이 모든 것이 분명히 구분되어 어지럽지 않아야 합니다. 무릇 제사는 실체가 없는 것에서 있음을 느끼고 실제로써 허虛와 통하는 것입니다. 반드시 동류의 것으로 상응하고, 기운과 기운이 융합되고서야 신神이 가까이 와서 강림할 것입니다. 지금 환구圜丘에서 땅에 제사 지내는 것은 기운이 합하는 바가 아니고, 동류가 응하는 것이 아니니 하늘과 땅의 신이 강림하여 흠향하기를 바라지만 어렵지 않겠습니까?

결국 이 의견이 채택되었다. 소식과 우문창령 두 사람의 논의는 지당하다.

5. 남발되는 상에 대한 소식의 사 討論濫賞詞

소식蘇軾의 「행향자行香子」는 다음과 같다.

티 없이 맑은 밤,	淸夜無塵,
은 같은 달빛.	月色如銀.
술을 따를 때는,	酒斟時,
모름지기 한 잔 가득 채워야 한다.	須滿十分.
부질없는 명예와 하찮은 이익,	浮名浮利,
고생해야 소용없고 마음만 고달프다.	休苦勞神.
한스럽게도 인생은 문틈의 망아지요,	嘆隙中駒,
부싯돌 사이에서 번쩍이는 불이요,	石中火,
깨고 나면 사라지는 꿈속의 몸이로다.	夢中身.
가슴 속에 문장을 품고 있으나,	雖抱文章,
내가 입을 열어본들 그 누가 좋아하리.	開口誰親?
잠시나마 도도하게,	且陶陶,
천진을 만끽하리.	樂盡天眞.
차라리 돌아가,	不如歸去,
한가한 사람 되어,	作個閑人.
거문고 하나 안고,	對一張琴,
술 한 병 앞에 놓고,	一壺酒,
계곡에 가득한 구름을 보며 살리.	一溪雲.

소흥紹興[30] 초, 범각민范覺民은 재상이 되었는데 숭녕崇寧[31] 이래 온갖 법을 만들어 상을 넘치도록 하사해 왔다고 여겼다. 예를 들어 학교學校, 차와 소금[茶鹽], 화폐[錢幣], 호적 편제[保伍], 농지[農田], 거주와 봉양[居養], 구제[安濟], 사찰과 도관[寺觀], 개봉開封 대리시大理寺의 감옥, 변방, 어전御前 안팎의 부서들, 회요會要[32]·학제學制·예제禮制·도사道史 등을 편찬하는 서국書局, 액정掖庭[33]에 은택을 배분하는 일, 황제의 행차, 왜곡된 은사, 건축 수리, 강에 둑을 쌓는 노역, 채석·벌목·화석花石 등의 운송, 상서祥瑞, 예악禮樂, 양성兩城에서 관리하는 공전公田, 기예, 광대, 삼산관三山冠, 영교永橋, 명당明堂, 황궁 안의 서쪽, 여덟 가지 보배[八寶], 현규玄圭[34] 등 갖가지 넘치는 하사품들을 일일이 다 쓸 수 없을 정도였다.

그리하여 범각민은 조정을 위해 공로를 세운 경우, 조정에 훌륭한 송사頌詞를 바친 경우, 맡은 직무를 성실히 수행한 경우, 특별하게 임명되거나 승진한 경우, 명분이 없는데 관직을 수여받은 경우, 평민이 관직에 임명되거나 선인選人의 관직이 변경된 경우, 직명職名이 규정에 어긋나는 경우, 동궁東宮의 관료가 아닌데도 태자를 따라 중용되거나 전공이 없는데도 상을 받은 경우 등 매 경우를 모두 항목으로 정하여 토론할 것을 건의하였다. 그리고 이부에 하명하여 상세한 명목이 없는 상황은 조정의 지시에 따라서 그때그때 참작하게 하였다. 관직을 박탈하는 경우에 대해서 통일된 규정을 내렸는데 심지어 15차례 관직을 박탈당한 사례도 있었다. 비록 당연한 공론이라 하더라도 관직을 잃은 자는 비방 여론을 선동하였고 근거 없는 논의가 벌떼처럼 일어났다. 익명의 누군가가 소식의 사를 이렇게 개작했다.

---

30 紹興 : 남송 고종高宗 시기 연호(1131~1162).

31 崇寧 : 북송 휘종 시기 연호(1102~1106).

32 會要 : 항목을 나누어 일대의 전장제도典章制度, 문물文物, 고사故事를 기록한 책.

33 掖庭 : 궁에서 비빈妃嬪들이 거처하는 곳.

34 玄圭 : 검은색의 옥기玉器. 위는 뾰족하고 아래는 방형으로 특별한 공적을 세운 제후에게 하사하는 것이다.

청요한 관직과는 인연이 없고,	清要無因,
선발되기는 어렵기만 하네.	擧選艱辛.
돈을 묶을 때는,	繫書錢,
모름지기 꼭 채워야 하네.	須要十分.
부질없는 명리,	浮名浮利,
헛된 고생과 힘든 마음.	虛苦勞神.
한스런 나그네의 근심,	嘆旅中愁,
마음 속 답답함,	心中悶,
매인 몸.	部中身.
가슴 속에 문장을 품고 있으나,	雖抱文章,
찾기가 고통스럽네.	苦苦推尋.
말하려다 마는데	更休說,
누가 진짜고 누가 가짜인가.	誰假誰眞.
차라리 돌아가서,	不如歸去,
평민이라면,	作個齊民.
왔다가,	免一回來,
토론하고,	一回討,
토론하는 것은 면할 수 있을 것을.	一回論.

이를 큰 글자로 써서 경성 안 벽 위에 붙였다. 순찰하던 자가 그것을 가져다 조정에 알렸다. 당시 위제僞齊35 유예劉豫가 하남河南을 점거하고 있었는데, 조정에서는 민심이 동요될 것을 염려하여 바로 토론을 중지시켰다. 범각민은 이 때문에 어사와 간관의 공격을 받았고 장차수章且叟의 상주문에도 범각민을 탄핵하는 내용이 있다. 범각민은 결국 재상의 직위에서 파면되었다.

· ·

35 僞齊 : 북송 말년, 금나라 군대가 남침하여 변경을 함락하고 흠종과 휘종 두 황제를 포로로 데려가면서 북쪽 대부분의 영토를 차지하게 되었다. 그러나 실제적으로 금나라는 북송의 영토를 통치할 수 없었고 송조 유민들의 반란 등을 피하고자 각지에 괴뢰정권들이 수립되어 통치되는 것을 지원했다. 원래 제남濟南 지부知府였던 유예劉豫는 금나라에 투항하였고, 금나라는 유예를 황제에 봉하고 국호를 대제大齊라 하였다. 역사에서는 이를 '위제'라 한다.

6. 척팔 尺八

당나라 노조盧肇[36]가 흡주자사歙州刺史가 되어 강가의 정자에 손님들을 모아놓고 눈 앞에 있는 한 가지 사물을 취하여 주령酒令을 짓되 마지막은 악기의 이름을 넣도록 청했다. 노조의 주령은 "멀리 보이는 고깃배, 폭이 일척 팔촌이 안 되네.[遙望漁舟, 不闊尺八]"[37]였다.

요암걸姚嚴傑은 술 한 사발을 마신 후 난간에 기대 토하고는 금새 자리로 돌아와서는 주령을 지었다. "난간에 기대 토해냈더니 목구멍이 빈 것을 느끼네[憑欄一吐, 已覺空喉]"

이 일은 『당척언唐摭言』[38]에 수록되어 있다. 『일사逸史』[39]에 이런 내용이 있다.

> 개원開元[40] 말엽, 한 광승狂僧이 종남산終南山 회향사回向寺에 왔다. 노승이 그에게 빈 방에서 척팔을 가져오게 하였는데 옥피리[玉笛]였다. 그리고 이렇게 말했다. "너의 주인이 이 절에 있을 때 이 척팔을 불기 좋아하여 인간 세상으로 쫓겨 가게 되었다. 이것은 그가 항상 불던 것이니 이것을 가지고 가서 너의 주인에게 돌려주도록 해라."
> 광승은 피리를 현종에게 바쳤다. 현종이 그것을 불어보았더니 예전에 썼던 것과 같은 것이었다.

손이중孫夷中의 「선은전仙隱傳」에는 다음과 같은 내용이 있다.

....

36 盧肇(818~882) : 당나라 정치가·문장가. 자 자발子發. 당나라 회창會昌 3년(843) 장원 급제 이후 습주歙州·선주宣州·지주池州·길주吉州 등지의 자사를 지내면서 가는 곳마다 좋은 글을 남겼다. 이덕유李德裕의 문생이었으나 '우이당쟁牛李黨爭'에 개입하지 않아 사람들에게 칭송되었다.
37 尺八 : 고대 관악기. 대나무로 만들며 세로로 분다. 6개의 구멍이 있는데 길이가 한 척 8촌이기 때문에 붙여진 이름이다.
38 『唐摭言』 : 당말 오대 왕정보王定保(870~940)가 편찬한 필기소설. 당대 과거제도에 대해 전문적으로 기술한 필기소설집이다.
39 『逸史』 : 노조盧肇가 지은 필기소설집으로 3권으로 이루어졌는데 지금은 실전되었으며, 『태평광기太平廣記』와 『유설類說』 등에 산견된다.
40 開元 : 당나라 현종玄宗 시기 연호(713~741).

방개연房介然이 대나무 피리 불기를 좋아하였는데 척팔尺八이라 이름 하였다. 죽을 때가 되자 미리 대나무 관을 쳐서 깨고는 곁에 있던 사람에게 말했다.
"나와 함께 무덤에 넣어다오."

여기서의 대나무 피리가 척팔이다. 척팔은 악기 이름인데 지금은 이미 사라졌다. 「여재전呂才傳」에 이러한 내용이 있다.

정관貞觀[41] 연간, 조효손祖孝孫이 악률樂律을 정비할 때 태종이 시신侍臣에게 조서를 내려 음악에 조예가 있는 자들을 추천하게 했다. 왕규王珪와 위징魏徵이 여재呂才가 척팔을 만들 수 있다고 칭찬했다. 그는 12자루의 피리를 만들었는데 길이가 달라 조화로운 음률을 만들었다. 태종이 여재를 불러 악률의 정비에 참가하게 했다.

척팔의 출처가 여기에 보인다. 그 형태가 어떠했는지에 대해서는 『이아爾雅 · 석악釋樂』에도 기재가 없다.

7. 세 급사의 비방 三給事相攻

북송 철종哲宗 원우元祐[42] 연간, 왕흠신王欽臣이 권공부시랑權工部侍郎에서 급사중給事中[43]에 임명되었는데 급사給事 요면姚勔이 반박하여 취소되었다.

휘종徽宗 대관大觀[44] 연간, 진형백陳亨伯이 좌사원외랑左司員外郎에서 급사중給事中으로 발탁되었는데 권관權官 채의蔡嶷가 저지하여 축출되었다.

정화政和[45] 말엽, 큰할아버님이신 홍중달洪仲達께서 문하성에서 재직하실 때 병을 얻어 이틀간의 휴가를 청하셨다. 장천각張天覺이 관직 복귀 명령을

내려 문하성의 네 번째 청廳을 지날 때[46] 급사였던 방회方會는 큰할아버님이
봉박封駁[47]이 두려워 병을 핑계 삼았던 것이라고 하였다. 큰할아버님은 결
국 파면되어 저주滁州 지주로 임명되셨다.

8. 주장일의 시 朱藏一詩

정화政和 말엽, 당시 이미 70세가 넘었던 채경蔡京은 태사太師 노국공魯國公
으로 중서·문하·상서 삼성三省을 장악하고 있었는데 소재少宰 왕보王黼[48]
와 권력을 다투며 대립하였다. 주장일朱藏一은 당시 관각館閣[49]에서 일하고
있었는데, 동료가 가을밤 삼성에서 당직을 서면서 지은 시에 이렇게 창화
하였다.

오래된 불길 아직 사그러들지 않았는데,	老火未甘退,
새로운 쇳덩이가 힘을 쓴다.[50]	稚金方力征.
권세에 따라 승부가 나뉘고,	炎涼分勝負,
경각에 음지와 양지가 바뀌네.	頃刻變陰晴.

두 사람의 문하생들은 서로 참소하며 비방하였다. 그 후에 왕보가 혼

....

46 원문은 '過門下第四廳'으로, '第四廳'의 정확한 의미를 파악할 수 없다. 아마도 문하성에는
    장관인 시중侍中과 좌산기상시左散騎常侍·좌간의대부左諫議大夫·급사중의 네 관직을 두었는
    데, 서열상 급사중이 네 번째에 해당되기 때문에 이렇게 말한 것 같다.
47 封駁 : 중서성은 조서의 작성을 주관하고 문하성이 이 조서에 반대할 경우에는 원래 조서에
    대하여 비판·주석 등을 더하여 바로잡아 봉인하여 돌려보낸다. 이를 봉박封駁·봉환封還·
    박환駁還이라 한다.
48 王黼(1079~1126) : 북송 시기 재상. 자 장명將明. 본명은 보甫인데, 이름을 하사받아 '黼'로
    하였다. 채경蔡京이 다시 재상이 되는 일을 도와 단번에 어사중승御史中丞에 올랐다. 선화宣和
    원년(1119) 우재상에 해당하는 소재少宰가 되어 연속 8급의 품계를 단번에 뛰어올라 전례없
    는 승진을 하면서 권세를 장악하였다. 집정이 된 뒤 사방에서 기이한 산물들을 가혹하게
    착취하여 자기 소유로 삼았다. 흠종欽宗이 즉위한 후 유배되었다가 살해되었다.
49 館閣 : 송대에는 소문관昭文館·사관史館·집현원集賢院의 삼관三館과 비각秘閣·용도각龍圖閣 등
    의 각閣이 있어 서적과 국사 편찬 등의 업무를 나누어 관장하고 있었다. 이를 '관각'이라
    통칭하였다.
50 오래된 불길은 채경을, 새로운 쇳덩이는 왕보를 가리킨다. 화火는 금金을 용해한다.

자 재상이 되자 관직의 대대적인 이동이 있었으나 주장일의 관직에는 변동이 없었다. 그는 다른 사람의 국화시에 이렇게 창화했다.

복숭아꽃 어지럽게 흩어지는 봄,　　　　　紛紛桃李春,
눈 깜짝할 사이 시들어 버렸네.　　　　　過眼成枯萎.
늦게 핀 꽃이 오래 가니,　　　　　　　　晩榮方耐久,
조물주는 어찌 나를 속이는가.　　　　　造物豈吾欺?

어떤 자가 왕보에게 주장일이 원한을 발설하는 자라고 참소하였다. 당시 지식인들은 삼관三館[51]을 가리켜 '떠들썩한 절[鬧藍]'[52]이라 했다.

9. 채경의 인사권 남발 蔡京輕用官職

채경은 세 번째로 재상에 임용되자 관직을 분토처럼 여겨 아무렇게나 남발하였고 조정의 작록으로 개인의 사적인 은혜를 거래하였다.

정화政和 6년(1116) 10월, 황제의 칙령을 거치지 않고 시종侍從 이상의 관료 중 이전에 좌천되었던 20명을 자 한 날에 승진시켰다. 통봉대부通奉大夫 장상영張商英은 관문전학사觀文殿學士가 되었고, 중대부中大夫 왕양王襄은 연강전학사延康殿學士, 현모각顯謨閣 대제待制 이도남李圖南은 술고전학사述古殿學士로, 보문각寶文閣 대제待制 채의蔡嶷와 현모각대제顯謨閣待制 섭몽득葉夢得은 모두 용도각직학사龍圖閣直學士로, 보문각대제寶文閣待制 장진張近과 통봉대부通奉大夫 전즉錢卽·우문전수찬右文殿修撰 왕한지王漢之는 모두 현모각직학사顯謨閣直學士로, 중대부中大夫 섭조흡葉祖洽은 휘유각직학사徽猷閣直學士로, 조산대부朝散大夫 증효온曾孝蘊은 천장각대제天章閣待制로, 조산랑朝散郎 유로俞㮚, 조의대부朝議大夫 증효서曾孝序, 중봉대부中奉大夫 범치명范致明, 우문전수찬右文殿修撰 채조蔡肇, 대중대부大中大夫

51 三館 : 당나라에 홍문弘文(또는 소문昭文)·집현集賢·사관史館의 삼관을 두어 장서藏書·교서校書·역사편찬 등의 업무를 담당하게 하였다. 송나라는 이를 계승하여 삼관을 하나로 합하고 숭문원崇文院에 두었다.

466　52 藍 : 범어 가람伽藍의 준말로, 절을 가리킨다.

손고^{孫轂}, 조의대부^{朝議大夫} 왕각^{王覺}, 우문전수찬^{右文殿修撰} 진양^{陳暘}은 모두 현모각대제로, 조청랑^{朝請郎} 채무^{蔡懋}, 중봉대부^{中奉大夫} 방공손^{龐恭孫}, 조청랑^{朝請郎} 홍언승^{洪彥昇}은 모두 휘유각대제^{徽猷閣待制}가 되었다.

11월 동지 제사를 지내고 나서는 천하에 사면을 베풀었고 또 대대적으로 인사 승진을 시행하였다.

10. 절도사를 동궁관과 환위관에 임명하다 節度使改東宮環衛官

태조는 천하를 얻은 후 번진^{藩鎮}의 병권^{兵權}을 되찾고자 점진적으로 개혁을 시행하였다. 시중^{侍中}·중서령^{中書令}·사상^{使相}의 자리에 있던 사람은 직위가 높아도 동궁관^{東宮官}, 그 다음으로는 궁정금위^{宮廷禁衛}의 자리를 내렸을 뿐이었다. 봉상^{鳳翔} 왕안^{王晏}을 태자태사^{太子太師}로, 안원^{安遠} 무행덕^{武行德}을 태자태부^{太子太傅}로, 호국^{護國} 곽종의^{郭從義}를 좌금오상장군^{左金吾上將軍}으로, 봉상^{鳳翔} 왕언초^{王彥超}를 우금오상장군^{右金吾上將軍}으로, 정국^{定國} 백중찬^{白重贊}을 좌천우상장군^{左千牛上將軍}으로, 보태^{保太} 양정장^{楊廷璋}을 우천우상장군^{右千牛上將軍}으로 정난^{靜難} 유중진^{劉重進}을 우림통군^{羽林統軍}으로 임명하였다. 부언경^{符彥卿}은 태사중서령^{太師中書令}·천웅절도사^{天雄節度使}에서 해임된 후 낙양으로 돌아왔으나, 태조는 8년 동안 그의 안부를 묻지 않았고 다른 관직에 임명하지도 않았다. 태조의 계획과 영명한 결단이 이와 같았다.

흠종 정강^{靖康}[53] 초엽, 황친과 국친들은 휘종 정화^{政和}·선화^{宣和} 연간의 은전^{恩典}을 사칭하여 대부분 부절^{符節}과 부월^{斧鉞}[54]을 가진 장군이 되었는데, 이는 태조 시기의 제도를 참조한 것이다. 전경진^{錢景臻}은 소부^{少傅}·안무절도

---

53 靖康: 남송 흠종^{欽宗} 시기 연호(1126~1127).
54 '符'란 군대를 동원할 때 사용하며 '節'은 사신이 사용한다. 고대부터 사용되어 온 신표로 대개 나무 조각이나 금속·옥으로 만들어 위에 글자를 새기고 두 조각으로 나눈다. 두 조각이 합쳐져야 효력을 발휘한다. 부월^{斧鉞}은 도끼로 형벌과 살육을 관장함을 의미한다. 부절^{符節}과 부월^{斧鉞}은 장수에게 수여하는 것으로 권력을 더하는 상징이다.

사^{安武節度使}였고, 유종원^{劉宗元}은 개부의동삼사^{開府儀同三司}·진안절도사^{鎭安節度使}였는데, 모두 좌금오상장군^{左金吾上將軍}이 되었다. 범눌^{范訥}은 평량절도사^{平涼節度使}에서, 유부^{劉敷}는 보신절도사^{保信節度使}에서, 유민^{劉敏}은 보성절도사^{保成節度使}에서, 장무^{張楙}는 향덕절도사^{嚮德節度使}에서, 왕순신^{王舜臣}은 악양절도사^{岳陽節度使}에서, 주효손^{朱孝孫}은 응도절도사^{應道節度使}에서, 전침^{錢忱}은 노천절도사^{瀘川節度使}에서 모두 우금오상장군^{右金吾上將軍}이 되었다. 이후로는 다시는 이런 일이 없었다.

11. 원망을 감내하는 재상 宰相任怨

재상은 사대부들의 존경과 신임을 얻고 사람들이 자신에게 감사하게 되기를 원하기 때문에 관직의 임용을 중히 여긴다. 그러나 그 자리에 부적합하거나 명백한 과오가 있는 자는 원망을 듣지 않으려고 좌천시키거나 폄적을 보내기도 한다. 형님이신 문혜공^{文惠公}께서 재상을 지낼 때 이렇게 아뢴 적이 있다.[55]

> 지금의 감사^{監司}와 군수^{郡守}는 만약 큰 잘못이 없다면 어사대와 간관이 탄핵을 하지 않습니다. 그러나 그들 중에는 분명 나약하고 비용하며 연로한 자들이 있으니 계속해서 그들을 유임시킨다면 도리어 백성들에게 해가 될 것입니다. 신은 그들을 모두 사록^{祠祿}[56]으로 전임시키려 합니다. 물론 그들이 자신을 변호할 수 있게 해 주어야 합니다. 감사 중 혹 작은 고을로 옮기는 자가 있다면 의식^{衣食}을 걱정하지 않아도 되고 나라의 입장에서도 무능한 관리를 임용하는 실수가 없게 될 것입니다.

효종^{孝宗}께서는 흔쾌히 허락하셨다. 그리하여 호남^{湖南} 전운판관^{轉運判官} 임

⦿ 용재수필

----

55 文惠公(1117~1184) : 홍매는 위로 두 형님이 있었는데 큰 형님인 홍적^{洪適}은 구양수·조명성과 함께 송대 3대 금석학자 중 한 명이다. 자는 온백^{溫伯}이며 시호가 문혜이다. 홍적은 건도^{乾道} 원년(1165), 상서우복야·동중서문하평장사 겸 추밀사에 임명되어 폐단을 개혁하였다. 이듬해 오랜 장마 때문에 책임을 지고 사직하였다.
56 祠祿 : 송대 관제에 대신이 파면되면 도교의 궁관^{宮觀}을 관리하게 하는 것으로 우대해 주었는데 실제 하는 일은 없고 봉록을 받기 위한 명분이었다.

조任詔는 복주復州 지주로, 광동廣東 제거염사提擧鹽事 유경劉景은 남웅주南雄州로 전임되었다.

당시 태상승太常丞의 자리가 공석이었는데, 감좌장고監左藏庫 허자소許子紹가 그 자리를 얻고자 하였다. 형님께서는 너무 품계를 뛰어넘는 승진이라 여겨 그에게 좀 더 기다리라고 하셨다. 그러나 허자소는 완곡하면서도 점차 강하게 요구를 해 왔다. 형님께서는 결국 그 일을 아뢰었고, 그는 정강부靜江府의 통판通判으로 발령받았다. 사람들은 형님께서 재상이 어사·간의대부의 역할까지 겸한 것이라 했지만 이들은 현명한 자를 등용하고 불초한 자를 물러나게 하는 것이 진정한 재상의 일이라는 것을 알지 못한 것이다. 형님께서는 궁관宮觀에 3·4인을 더 전임시키려 하셨지만 미처 행하지 못하고 재상에서 물러나셨다. 허자소를 정강부 통판으로 보낸 일은 결국 형님을 탄핵하는 상주문에 포함되었다.

근자에 경당京鏜57 승상丞相께서 국자록國子錄 오인걸吳仁傑이 재직한지 얼마 되지 않았는데 승진을 요구하자, 황제께 아뢰어 그를 해임하고 이부吏部에서 첨판簽判58으로 발령하도록 했으니 또한 이러한 뜻이다.

12. 역사상 '李이·杜두'로 칭해진 사람들 四李杜

한나라 태위太尉인 이고李固59와 두교杜喬60는 모두 정도를 지키고 아첨하

57 京鏜(1138~1200) : 송대 재상. 자 중원仲遠. 소희紹熙 5년 첨서추밀원사簽書樞密院事·참지정사參知政事에 임명되었고 경원慶元 2년(1196) 우승상右丞相에, 6년 좌승상에 올랐다.

58 簽判 : 송나라 시기 각 주州와 부府에 경관을 파견하여 판관判官을 충당하게 하는 경우 첨서판관청공사簽書判官廳公事라 불렸는데 줄여 첨판簽判이라 한다. 공문서 관련 사무를 담당한다.

59 李固(94~147) : 후한의 대신. 자 자견子堅. 충제沖帝가 즉위한 후 이고는 태위太尉에 임명되었다. 충제가 죽자 이고는 청하왕淸河王을 세울 것을 건의하여 양기와 대립하였고 미움을 사 파면 당하였다. 양기가 옹립한 질제가 죽자 또 다시 청하왕을 세울 것을 주장하였다. 환제가 즉위한 후 양기에게 모함을 당해 체포되었다가 옥중에서 죽었다.

60 杜喬(?~147) : 후한의 대신. 자 숙영叔榮. 질제質帝가 죽자 이고와 함께 연장자인 청하왕淸河王 유산劉蒜을 옹립할 것을 주장했다. 환제桓帝가 즉위하자 태위太尉가 되었다. 양기의 자제 다섯 사람과 중상시中常侍 등이 모두 공도 없이 봉작封爵된 일을 간했다가 참소를 받아 옥사했다.

지 않다가 양기^{梁冀}61에게 죽임을 당했다. 그들의 부하 관리였던 양생^{楊生}은 상소를 올려 '이^李·두^杜' 두 사람의 유해를 가져가 안장 시켜줄 것을 청하였다.

양기가 주살당한 후 권세는 환관에게 돌아가 조정 안팎을 진동시켰다. 백마현^{白馬縣} 현령 이운^{李雲}이 밀봉하지 않은 상소를 올렸는데, "황제께서는 살피지 않으려 하십니까^{帝欲不諦}"62라는 구절이 있었다. 환제는 상주문을 받아들고 진노하여 이운을 잡아 북시옥^{北寺獄}63에 하옥시켰다. 홍농^{弘農}의 오관연^{五官掾}64 두중^{杜衆}이 상소를 올려 이운은 충심으로 간언하였는데 죄를 얻은 것은 비극이니 이운과 같은 날 죽기를 청한다고 하였다. 황제는 더욱 진노하여 정위^{廷尉}에게 처리하도록 했고 두사람 모두 옥에서 죽었다. 그 후 양해^{襄楷}가 상서를 올렸는데 이운과 두중을 아울러 '이·두'라 칭했다.

영제^{靈帝} 시기 다시 붕당을 다스리면서 범방^{范滂}65이 주살되었는데 그의 모친이 그와 이별할 때 이렇게 말했다.

"너는 지금 이·두와 이름을 나란히 하는 것이니, 죽는다 해도 무슨 여한이 있겠느냐!"

....

61 梁冀(?~159) : 후한의 권신. 자 백탁^{伯卓}. 두 여동생이 순제^{順帝}와 환제^{桓帝}의 황후가 되면서 외척으로서 권세를 휘둘렀다. 순제 사후, 충제^{沖帝}도 1년 만에 서거하자 질제^{質帝}를 옹립하였다. 그러나 질제가 양기를 면전에서 '발호장군^{跋扈將軍}'이라 하자 앙심을 품고 질제를 독살하고 환제^{桓帝}를 세웠다. 환제^{桓帝}는 양황후가 죽자 중상시^{中常侍} 단초^{單超} 등과 군사를 일으켜 양기의 저택을 포위하였고, 양기는 처자와 함께 자살하였다.

62 『후한서·이운전』: 이운은 환제에게 "공자께서 '황제는 살피는 것'이라고 하셨습니다.^{孔子曰帝者諦也.}"라고 하면서 당시 정치의 폐해를 지적한 후 "조서를 일별하지도 않으시니 황제께서는 살피지 않고자 하시는 것입니까^{尺一拜用不經御省, 是帝欲不諦乎?}"라고 하였다.

63 北寺獄 : 동한 시기 황문서^{黃門署} 관할 아래 있던 감옥. 주로 장상 대신을 국문하고 감금하였다. 황문서가 궁의 북쪽에 있었기 때문에 붙은 명칭이다.

64 五官掾 : 주군^{州郡}의 속관^{屬官}.

65 范滂(137~169) : 후한의 대신. 자 맹박^{孟博}. 효렴^{孝廉}으로 천거되었다. 환제^{桓帝} 연희^{延熹} 9년(166) 환관의 부패를 기탄없이 공격하다가 당인^{黨人}을 끌어 모은다는 죄목으로 파직되었다. 석방되었을 때 여남과 남양^{南陽}의 사대부들이 마중 나와 수레만 수천 대었다고 한다. 영제^{靈帝} 건녕^{建寧} 2년(169) 2차 당고^{黨錮}의 화가 일어나 이응·두밀 등 100여 명이 체포되어 옥중에서 죽음을 맞이했는데 범방도 그 중의 한 명이었다.

여기서의 '이·두'는 이응李膺과 두밀杜密을 말한 것이다.

이백과 두보는 동시에 유명하였기에 한유는 시에서 이렇게 읊었다.

> 이백과 두보의 문장은　　　　　　　　李杜文章在,
> 만장의 불꽃　　　　　　　　　　　　光焰萬丈長.[66]

위와 같이 역사상 '이·두'로 칭해진 사람들은 모두 네 경우가 있었다.

13. 혼탈대 渾脫隊

당나라 중종中宗 시기, 청원淸源 현위縣尉 여원태呂元泰가 상서를 올려 당시의 정치에 대해 말했다.

> 근자에 방읍에서 계속해서 혼탈渾脫[67] 무리를 보는데 준마를 타고 오랑캐 옷을 입고 춤을 추는 것으로 '소막차蘇幕遮[68]라고 합니다. 깃발을 휘두르고 북을 울리며 소란스럽게 뛰어다닙니다. 예의의 나라에서 선왕의 예악이 아닌 오랑캐의 풍습이 사방에서 행해지고 있습니다. 『서경』에 "훌륭한 헤아림이 있으면 때 맞추어 추위가 온다[謀時寒若]"고 했으나 어찌 몸을 드러내고 대로변에서 환호하며 춤추고 북을 치며 뛰어다니면서 추위를 쫓을 필요가 있겠습니까!

상주문을 올렸으나 답을 얻지 못했다.

이는 '발한호희潑寒胡戲[69]'에 대한 것이다. 『당서唐書』「송무광전宋務光傳」의

---

66 「調張籍」.

67 渾脫 : 원래는 북방 민족에서 유행하던 동물의 가죽 전체를 벗겨 만든 가죽 주머니를 가리키는 것으로 강을 건널 때 부낭浮囊으로 사용하거나 물 등의 음료를 담는 용기로 사용할 수 있다. 작은 동물의 가죽을 벗겨 만든 주머니 형태의 모자나 혹은 모양을 비슷하게 만든 모방품을 가리킨다. 또는 혼탈모를 쓴 사람들이 추는 춤, 혹은 춤을 추는 무리를 가리키기도 한다.

68 蘇幕遮 : 蘇莫遮·蘇摩遮라고도 한다. 당나라 시기 구차龜玆에서 유입된 악무樂舞이다. 범문란范文瀾의 『중국통사中國通史』에 의하면 '발한호희潑寒胡戲'는 준마를 타고 호복胡服을 하고 북을 치고 춤을 추면서 서로에게 물을 뿌리는 것으로 당나라에서는 이를 '蘇莫遮'라 하였고 이 악곡을 소막차곡蘇莫遮曲이라 하였다.

69 潑寒胡戲 : 서역西域 악무樂舞의 일종. 매년 11월 혹한이 되면, 용감하고 건장한 소년들이 나체로 무리를 이루어 춤을 춘다. 북을 치는 것으로 반주를 삼고 구경꾼들을 그들에게

말미에 이 일이 수록되어있는데 여원태는 언급되지 않았다. 지금의 풍속에서도 여전하여 공적이거나 사적인 연회 장소를 막론하고 항상 짓궂은 악곡과 춤이 등장한다. 발해악渤海樂 같은 것이 이와 비슷하다.

14. 세양과 세명 歲陽歲名

세양歲陽과 세명歲名의 설은 『이아爾雅』에서 시작되었다.

태세太歲가 갑甲에 있으면 연봉閼逢[70], 을乙에 있으면 전몽旃蒙, 병丙에 있으면 유조柔兆, 정丁에 있으면 강어彊圉, 무戊에 있으면 저옹著雍, 기己에 있으면 도유屠維, 경庚에 있으면 상장上章, 신辛에 있으면 중광重光, 임壬에 있으면 현익玄黓, 계癸에 있으면 소양昭陽이라 하며, 이를 세양歲陽이라 한다.

인寅에 있으면 섭제격攝提格, 묘卯에 있으면 단알單閼, 진辰에 있으면 집서執徐, 사巳에 있으면 대황락大荒落, 오午에 있으면 돈장敦牂, 미未에 있으면 협흡協洽, 신申에 있으면 군탄涒灘, 유酉에 있으면 작악作噩, 술戌에 있으면 엄무閹茂, 해亥에 있으면 대연헌大淵獻, 자子에 있으면 곤돈困敦, 축丑에 있으면 적분약赤奮若이라 하며, 이를 세명歲名이라 한다.

후에 사마천의 『사기·역서曆書』에만 이를 기재하였는데 조금 다르다. 예를 들어 연봉閼逢을 언봉焉逢으로, 전몽旃蒙을 단몽端蒙으로, 유조柔兆를 유조游兆로, 강어彊圉를 강오彊梧로, 저옹著雍을 도옹徒維으로, 도유屠維를 축리祝犁로, 상장上章을 상황商橫으로, 중광重光을 소양昭陽으로, 현익玄黓을 횡애橫艾로, 소양昭陽을 상장尙章으로, 대황락大荒落을 대망락大芒落으로, 협흡協洽을 즙흡汁洽으로, 군탄涒灘을 예한汭漢으로, 작악作噩을 작악作鄂으로, 엄무閹茂를 엄무淹茂로, 대연헌大淵獻과 곤돈困敦이 서로 자리가 바뀌어 있고, 적분赤奮은 적탈赤奮로 되어있다. 아마 시간이 오래되어 전사의 과정에서 와전되었을 것이니 자세히

....

물을 부려준다.
70 閼逢 : 閼의 독음은 '알'·'연'·'어'이다. 『광운廣韻』에 따르면 태세太歲 연명年名으로 쓰일 때는 '烏오와 前전의 반절'로 읽는다고 했으니, '연'으로 읽는 것이 옳다.

472

분석할 필요는 없다. 그러나 한 무제 태초太初 원년(기원전104) 태세太歲는 정축丁丑이었는데 갑인甲寅으로 되어있으니, 이는 큰 착오이다.

『이아爾雅』에 또 월양月陽과 월명月名이 있다. 달이 갑에 있으면 필畢, 을乙에 있으면 귤橘, 병丙에 있으면 수修, 정丁에 있으면 어圉, 무戊에 있으면 려厲, 기己에 있으면 칙則, 경庚에 있으면 질窒, 신辛에 있으면 새塞, 임壬에 있으면 종終, 계癸에 있으면 극極이다. 정월은 추陬, 이월은 여如, 삼월은 병寎, 사월은 여余, 오월은 고皐, 유월은 차且, 칠월은 상相, 팔월은 장壯, 구월은 현亥, 시월은 양陽, 십일월은 고辜, 십이월은 도涂이다. 이를 전적에서 고찰해보니 오직 『역서曆書』만 태초 10월을 필취畢聚라 하였다.

「이소離騷」에서는 "인寅의 해 정월攝提貞于孟陬", 『좌전左傳』에서는 "10월은 좋은 달이다[十月曰良月]"[71], 『국어國語』에서는 "9월에 이르러[至于玄月]"라고 하였고, 다른 문헌에서는 인용되지 않았다.

곽경순郭景純은 주석에서 이렇게 설명했다.

> 세양歲陽에서 월명月名까지 자세히 아는 사람이 아무도 없다. 그러므로 비워두고 이에 대해 논하지 않는다.

억지로 해석할 수 없었던 듯하다. 『율서律書』에서 28사舍·십모十母·12자子에 대해 천착하고 견강부회 한 것과 다르다.

『자치통감資治通鑑』에서 세양歲陽과 세명歲名으로 매 해의 시작을 표시하였는데 의미가 분명하지 않다.[72] 갑자甲子에서 계해癸亥까지의 표기방식을 사용하는 것이 훨씬 명백했을 것이다. 한유의 시에 "세성이 연헌과 견우성 사이에 있다[歲在淵獻牽牛中]"[73], 왕안석의 『자설字說』에 '강어彊圉'라고 되어 있

. . . .

71 『좌전·장공16년』: (공보정숙으로 하여금) 10월에 정나라로 들어오게 하면서 말했다. "10월은 좋은 달이다. 꼭 찼다는 의미를 지니는 숫자이기 때문이다."[十月入, 曰, "良月也, 就盈數焉]

72 『자치통감』은 각 권이 시작되는 곳마다 연도를 세양과 세명으로 표기하였다. 예를 들면 개원2년부터 5년까지가 수록된 당기이십칠唐紀二十七의 '갑인년부터 정사년까지'를 '起閼逢攝提格(甲寅), 盡强圉大荒落(丁巳), 凡四年'이라고 표기하였다.

73 홍매는 한유의 시 구절이라며 인용했으나, 한유의 시가 아니며 누구의 시인지도 알 수가

으나 다른 곳에서는 이에 관한 내용이 없다.

『좌전左傳』에서 '세성歲星[74]'을 언급한 부분들은 다음과 같다.

> 금년의 세성歲星이 성기星紀에 있어야 하는데 이미 현효玄枵 방향까지 갔다.[歲在星紀, 而淫于玄枵.][75]
> 세성이 강루의 자리에서 운행하고 있었다. 강루가 하늘의 중앙에 있을 때 날이 밝아왔다.[歲在降婁, 降婁中而旦.]
> 세성이 추자娵訾(강루 앞의 별자리)의 자리에 있었다.[歲在娵訾之口.]
> 세성이 다섯 번 순화성의 위치에 나타나다.[歲五及鶉火.]
> 세성이 전욱을 상징하는 허숙虛宿에 있다.[歲在顓帝之虛.]
> 세성이 시위의 자리에 있다.[歲在豕韋.]
> 세성이 대량의 자리에 있다.[歲在大梁.]

이들은 모두 세성歲星이 머물러 있는 곳을 말하였다.

사마광司馬光의 『잠허潛虛』[76]에 사마탁司馬倬의 발문이 있다. 그 말미에 "건도乾道 2년(1166), 유조柔兆 엄무閹茂년, 현익玄黓 집서執徐 달, 극대極大 연헌淵獻 일"이라고 썼다. 이는 병술丙戌년, 임진壬辰월, 계해癸亥일이다. 세명歲名을 월과 일까지 사용하였으니 더욱 타당하지 않다. 사마탁이 직접 쓴 것이 아니라 아마 억지로 아는 척하는 관료가 쓴 것 같다.

15. 관명의 별칭 官稱別名

당나라 사람들은 다른 이름으로 관직을 호칭하기를 좋아했다. 여기에 몇 가지를 나열하여 이를 잘 모르는 아들과 조카들에게 알려주려 한다.

없다. 전후 맥락을 알 수가 없기 때문에 이 구절의 정확한 의미 또한 알 수 없다.

74 歲星: 목성木星을 말한다. 목성이 하늘을 12등분한 구획인 12차次를 차례로 1년에 하나씩 거쳐 가기 때문에 목성의 위치에 근거한 기년법紀年法이 있었다. 여기에서 세성이란 명칭이 생겨났다.

75 성기星紀는 '유酉'방향을 말하며, 현효玄枵는 '술戌' 방향이다.

76 『잠허潛虛』: 사마광이 말년에 지은 1권의 철학저서. 의리義理·도식圖式·술수術數 3부분으로 구성되어 있다. 그는 한대漢代의 양웅揚雄을 숭배하여 양웅의 『태현太玄』을 본받아 『잠허』를 지었다. 상수학象數學을 중심으로 한 천인상관天人相關의 철학이 주요 내용이다.

용재수필

태위太尉는 장무掌武라 하고, 사도司徒는 오교五教라 하고, 사공司空은 공토空土라 하고, 시중侍中은 대초大貂라 하고, 산기상시散騎常侍는 소초小貂라 하고, 어사대부御史大夫는 아대亞台・아상亞相・사헌司憲이라 한다.

중승中丞을 독좌獨坐・중헌中憲이라 하고, 시어사侍御史를 단공端公・남상南牀・횡탑橫榻・잡단雜端이라 하고 취리脆梨라 하기도 한다.

전중殿中을 부단副端 또는 개구초開口椒라 하고, 감찰監察을 합구초合口椒라 하고, 간의諫議를 대파大坡・대간大諫이라 하고, 보궐補闕을 중간中諫 또는 보곤補袞이라 한다.

습유拾遺를 소간小諫 또는 유공遺公이라 하며, 급사랑給事郎을 석랑夕郎・석배夕拜라 한다.

지제고知制誥를 삼자三字라 하고, 기거랑起居郎을 좌리左螭, 사인舍人을 우리右螭라 하고 합쳐서 수주修注라 한다.

이부상서吏部尙書를 대천大天이라 하고, 예부禮部상서를 대의大儀라 하고, 병부兵部상서를 대융大戎, 형부刑部상서를 대추大秋, 공부工部상서를 대기大起, 이부랑吏部郎을 소선小選・성안省眼이라 하고, 고공考功과 탁지도支를 진행振行이라 한다.

예부시랑禮部侍郎을 소의小儀・남성사인南省舍人이라 하는데 지금은 남궁南宮이라고 하며, 형부시랑刑部侍郎은 소추小秋라 한다.

사부랑祠部郎은 빙청冰廳, 비부랑比部郎은 비반比盤 또는 곤각개두昆脚皆頭라 하며, 둔전랑屯田郎은 전조田曹, 수부랑水部郎은 수조水曹라 하고, 모든 부서의 낭郎을 통칭하여 애오哀烏・의오依烏라고 한다.

태상경太常卿을 악경樂卿, 소경少卿을 소상少常・봉상奉常이라 한다.

광록光祿을 포경飽卿, 홍려鴻臚를 객경客卿・수경睡卿으로, 사농司農을 주경走卿, 대리大理를 극경棘卿, 평사評事를 정평廷平, 장작감將作監을 대장大匠, 장작소감少監을 소장少匠이라 한다.

비서감秘書監을 대봉大蓬, 비서소감을 소봉少蓬, 좌우사左右司를 도공都公, 태자서자太子庶子를 궁상宮相, 재상宰相을 당로堂老라 부른다.

양성兩省은 서로 각로閣老라 부르고, 상서승랑尙書丞郎을 조장曹長, 어사御史와 습유拾遺를 원장院長이라 한다.

지방의 현령을 명부明府, 현승縣丞을 찬부贊府・찬공贊公이라 하고, 현위縣尉를 소부少府・소공少公・소선少仙이라 한다.

지방 현령에 관해서는 『수필』에서 이미 언급하였다.[77]

1. 徽廟朝宰輔

蔡京擅國命，首尾二十餘年，一時士大夫未有不因之以至大用者，其後頗採公議，與爲異同。若宰相則趙清憲挺之、張無盡商英、鄭華原居中、劉文憲正夫，所行所言，世多知之。其居執政位者，如張康國賓老、溫益禹弼、劉逵公路、侯蒙元功者，皆有可錄。康國定元祐黨籍，看詳講議司編彙奏牘，皆深預密議，及後知樞密院，始浸爲崖異。徽宗察京專橫，陰令狙伺其奸，蓋嘗許以相。是時西北邊帥多取部內好官自辟置，以力不以才。康國曰：「並塞當擇人以紓憂，顧奈何欲私所善乎？」乃隨闕選用，定爲格。京使御史中丞吳執中擊之，康國先知之，具以奏。益鎮潭州，凡元祐逐臣在湖南者，悉遭侵困，因愛莫助之圖，遂爲京用。至中書侍郎，乃時有立異。京一日除監司郡守十人，將進畫，益判其後，曰：「收。」京使益所厚中書舍人鄭居中問之，益曰：「君在西掖，每見所論事，舍人得舉職，侍郎顧不許邪？今丞相所擬十人，共皆姻黨耳，欲不逆其意，得乎？」逵以附京至中書侍郎。京去相，逵首勸上碎元祐黨碑，寬上書邪籍之禁，凡京所行悖理殃民事，稍稍釐正之。蒙在政地，上從容問：「蔡京何如人？」對曰：「使京能正其心術，雖古賢相何以加！」上頷首，且使密伺京所爲，京聞而銜之。凡此數端，皆見於國史本傳。

2. 教官掌牋奏

所在州郡，相承以表奏書啓委教授，因而餉以錢酒。予官福州，但爲撰公家謝表及祈謝晴雨文，至私禮牋啓小簡皆不作，然遇聖節樂語嘗爲之，因又作他用者三兩篇，每以自愧。鄒忠公爲潁昌教授，府守范忠宣公屬撰興龍節致語，辭不爲。范公曰：「翰林學士亦作此。」忠公曰：「翰林學士則可，祭酒、司業則不可。」范公敬謝之。前輩風節，可畏可仰如此。

3. 經句全文對

予初登詞科，再至臨安，寓於三橋西沈亮功主簿之館，沈以予買飯于外，謂爲不便，自取家饌日相供。同年湯丞相來訪，扣旅食大概，具爲言之。湯公笑曰：「主人亦賢矣。」因戲出一語曰：「哀王孫而進食，豈望報乎？」良久，予應之曰：「爲長者而折枝，非不能也。」公大激賞而去。汪聖錫爲祕書少監，每食罷會茶，一同舍輒就枕不至。及起，亦戲

之曰：「宰予晝寢，於予與何誅。」衆未有言，汪曰：「有一對，雖於今事不切，然却是一个
出處。」云：「子貢方人，夫我則不暇。」同舍皆合詞稱美。

4. 北郊議論

三代之禮，冬至祀天於南郊，夏至祭地於北郊。王莽於元始中改爲合祭，自是以來，不
可復變。元豐中，下詔欲復北郊，至六年，唯以冬至祀天，而地祇不及事。元祐七年，又使
博議，而許將、顧臨、范純禮、王欽臣、孔武仲、杜純各爲一說。逮蘇軾之論出，於是羣
議盡廢。當時，諸人之說有六。一曰今之寒暑與古無異，宣王六月出師，則夏至之日，何
爲不可祭；二曰夏至不能行禮，則遣官攝行，亦有故事；三曰省去繁文末節，則一歲可以
再郊；四曰三年一祀天，又一年一祭地；五曰當郊之歲，以十月神州之祭，易夏至之方
澤，可以免方暑擧事之患；六曰當郊之歲，以夏至祀地祇於方澤，上不親郊，而通爟火於
禁中望祀。軾皆辟之，以謂無一可行之理，其文載於奏議，凡三千言。元符中，又詔議合
祭，論者不一，唯太常少卿宇文昌齡之議，最爲簡要。曰：「天地之勢，以高卑則異位，以
禮制則異宜，以樂則異數。至於衣服之章，器用之具，日至之時，皆有辨而不亂。夫祀者，
自有以感於無，自實以通於虛，必以類應類，以氣合氣，然後可以得而親，可以冀其格。今
祭地於圓丘，以氣則非所合，以類則非所應，而求高厚之來享，不亦難乎！」後竟用其
議。此兩說之至當如此。

5. 討論濫賞詞

東坡公行香子小詞云：「清夜無塵，月色如銀。酒斟時，須滿十分。浮名浮利，休苦勞
神。嘆隙中駒，石中火，夢中身。雖抱文章，開口誰親。且陶陶，樂盡天眞。不如歸去，作
箇閑人。對一張琴，一壺酒，一溪雲。」紹興初，范覺民爲相，以自崇寧以來，創立法度，例
有汎賞，如學校、茶鹽、錢幣、保伍、農田、居養、安濟、寺觀、開封大理獄空，四方邊事，
御前內外諸司，編敕會要、學制、禮制、道史等書局，掖庭編澤，行幸，曲恩，諸色營繕，
河埽功役，採石、木柮、花石等綱、祥瑞，禮樂，兩城所公田，伎術，伶優，三山，永橋，明
堂，西內，八寶，玄圭，種種濫賞，不可勝述。其曰應奉有勞、獻頌可采、職事修擧、特授
特轉者，又皆無名直與，及白身補官，選人改官，職名礙格，非隨龍而依隨龍人，非戰功而
依戰功人等，每事各爲一項，建議討論。又行下吏部，若該載未盡名色，並合取朝廷旨揮，
臨時參酌。追奪事件，遂爲畫一規式，有至奪十五官者。雖公論當然，而失職者胥動造
謗，浮議蜂起。無名子因改坡語云：「清要無因，擧選艱辛。繫書錢，須要十分。浮名浮
利，虛苦勞神。嘆旅中愁，心中悶，部中身。雖抱文書，苦苦推尋。更休說，誰假誰眞。不
如歸去，作箇齊民。免一回來，一回討，一回論。」至大字書寫貼於內前牆上，邏者得之
以聞。是時，僞齊劉豫方盜據河南，朝論慮或搖人心，亟罷討論之擧。范公用是爲臺諫所

용재사필 권 15

攻, 今章且叟奏稿中正載彈疏, 竟去相位云。

6. 尺八

唐盧肇爲歙州刺史, 會客於江亭, 請目前取一事爲酒令, 尾有樂器之名。肇令曰：「遙望漁舟, 不闊尺八。」有姚巖傑者, 飲酒一器, 凭欄嘔噦, 須臾卽席, 還令曰：「凭欄一吐, 已覺空喉。」此語載於摭言。又逸史云：「開元末, 一狂僧往終南回向寺, 一老僧令於空房內取尺八來, 乃玉笛也。謂曰：『汝主在寺, 以愛吹尺八, 謫在人間, 此常吹者也。汝當回, 可將此付汝主。』僧進於玄宗, 持以吹之, 宛是先所御者。」孫夷中仙隱傳：「房介然善吹竹笛, 名曰尺八。將死, 預將管打破, 告諸人曰：『可以同將就壙。』」亦謂此云。尺八之爲樂名, 今不復有。呂才傳云：「貞觀時, 祖孝孫增損樂律, 太宗詔侍臣學善音者。王珪、魏徵盛稱才製尺八, 凡十二枚, 長短不同, 與律諧契。太宗卽召才參論樂事。」尺八之所出, 見於此, 無由曉其形製也。爾雅釋樂亦不載。

7. 三給事相攻

元祐中, 王欽臣仲至自權工部侍郎除給事中, 爲給事姚勔所駁而止。大觀中, 陳亨伯自左司員外郞擢給事中, 爲權官蔡薿所沮而出。政和末, 伯祖仲達在東省, 以疾暫謁告兩日, 張天覺復官之命, 過門下第四廳, 給事方會論爲畏繳駁之故, 所以託病, 遂罷知滁州。

8. 朱藏一詩

政和末, 老蔡以太師魯國公總治三省, 年已過七十, 與少宰王黼爭權相傾。朱藏一在館閣, 和同舍秋夜省宿詩云：「老火未甘退, 稚金方力征。炎涼分勝負, 頃刻變陰晴。」兩人門下士互興譖言, 以爲嘲謗。其後黼獨相, 館職多遷擢, 朱居官如故, 而和人菊花詩云：「紛紛桃李春, 過眼成枯萎。晩榮方耐久, 造物豈吾欺。」或又譖於黼以爲怨懟。是時, 士論指三館爲鬧藍。

9. 蔡京輕用官職

蔡京三入相時, 除用士大夫, 視官職如糞土, 蓋欲以天爵市私恩。政和六年十月, 不因赦令, 侍從以上先緣左降同日遷職者二十人。通奉大夫張商英爲觀文殿學士, 中大夫王襄爲延康殿學士, 顯謨閣待制李圖南爲述古殿學士, 寶文閣待制蔡薿、顯謨閣待制葉夢得並爲龍圖閣直學士, 寶文閣待制張近、通奉大夫錢卽、右文殿修撰王漢之並爲顯謨閣直學士, 中大夫葉祖洽爲徽猷閣直學士, 朝散大夫曾孝蘊爲天章閣待制, 朝散郞兪㮚、朝議大夫曾孝序、中奉大夫范致明、右文殿修撰蔡肇、大中大夫孫鼇、朝議大夫王覺、右文殿修撰陳暘幷爲顯謨閣待制, 朝請郞蔡懋、中奉大夫龐恭孫、朝請郞洪彦昇並爲徽

猷閣待制。至十一月冬祀畢，大赦天下，仍復推恩。

10. 節度使改東宮環衛官

太祖有天下，將收藩鎮威柄，故漸行改革。至於位至侍中、中書令、使相者，其高僅得東宮官，次但居環衛。鳳翔王晏爲太子太師，安遠武行德爲太子太傅，護國郭從義爲左金吾上將軍，鳳翔王彥超爲右金吾上將軍、定國白重贊爲左千牛上將軍，保太楊廷璋爲右千牛上將軍，靜難劉重進爲羽林統軍。若符彥卿者，以太師中書令、天雄節度使直罷歸洛，八年不問，亦不別除官。其廟謨雄斷如是。靖康初，以戚里冒政、宣恩典，多建節鉞，乃稽用此制。錢景臻以少傅、安武節度，劉宗元以開府儀同三司、鎮安節度，並爲左金吾上將軍。范訥以平涼，劉敷以保信，劉敏以保成，張林以嚮德，王舜臣以岳陽，朱孝孫以應道，錢忱以瀘川節度，並爲右金吾上將軍。自後不復舉行矣。

11. 宰相任怨

宰相欲收士譽，使恩歸己，故只以除用爲意，而不任職及顯有過舉者，亦不肯任怨，稍行黜徙。文惠公在相位，嘗奏言：「今之監司、郡守，其無大過者，臺諫固不論擊。但其間實有疲懦庸老之人，依阿留之，轉爲民害。臣欲皆與祠祿，理作自陳，監司或就本路移小郡，庶幾人有家食之資，國無曠官之失。」孝宗欣然聽許。於是湖南轉運判官任詔改知復州，廣東提舉鹽事劉景元改知南雄州。時太常丞闕，監左藏庫許子紹欲得之，公以大超越，諭使小緩。子紹宛轉愈力，乃白其事，出通判靜江府。議者私謂若如此則是廟堂而兼臺諫之職，殊不思進賢退不肖，眞宰相之事耳。欲擬宮觀三四人，未暇而去位，子紹之出，遂織入言章中。近者京丞相以國子錄吳仁傑居職未久，便欲求遷，奏罷歸吏部注簽判，亦此意也。

12. 四李杜

漢太尉李固、杜喬，皆以爲相守正，爲梁冀所殺。故掾楊生上書，乞李、杜二公骸骨，使得歸葬。梁冀之誅，權勢專歸宦官，傾動中外，白馬令李雲露布上書，有「帝欲不諦」之語。桓帝得奏震怒，逮雲下北寺獄。弘農五官掾杜衆，傷雲以忠諫獲罪，上書願與雲同日死，帝愈怒，下廷尉，皆死獄中。其後襄楷上言，亦稱爲李、杜。靈帝再治鉤黨，范滂受誅，母就與之訣，曰：「汝今與李、杜齊名，死亦何恨。」謂李膺、杜密也。李太白、杜子美同時著名，故韓退之詩云：「李、杜文章在，光焰萬丈長。」凡四李、杜云。

13. 渾脫隊

唐中宗時，清源尉呂元泰上書言時政曰：「比見坊邑相率爲渾脫隊，駿馬胡服，名曰『蘇

幕遮」, 旗鼓相當, 騰逐喧譟。以禮義之朝, 法胡虜之俗, 非先王之禮樂, 而示則於四方。書曰:『謀時寒若。』何必贏形體、讙衢路, 鼓舞跳躍而索寒焉。」書聞不報。此蓋幷論潑寒胡之戲。唐史附於宋務光傳末, 元泰竟亦不顯。近世風俗相尙, 不以公私宴集, 皆爲要曲要舞, 如勃海樂之類, 殆猶此也。

14. 歲陽歲名

歲陽、歲名之說, 始於爾雅。太歲在甲曰閼逢, 在乙曰旃蒙, 在丙曰柔兆, 在丁曰彊圉, 在戊曰著雍, 在己曰屠維, 在庚曰上章, 在辛曰重光, 在壬曰玄黓, 在癸曰昭陽, 謂之歲陽。在寅曰攝提格, 在卯曰單閼, 在辰曰執徐, 在巳曰大荒落, 在午曰敦牂, 在未曰協洽, 在申曰涒灘, 在酉曰作噩, 在戌曰閹茂, 在亥曰大淵獻, 在子曰困敦, 在丑曰赤奮若, 謂之歲名。自後, 唯太史公曆書用之, 而或有不同。如閼逢爲焉逢, 旃蒙爲端蒙, 柔兆爲游兆, 彊圉爲彊梧, 著雍爲徒維, 屠維爲祝犂, 上章爲商橫, 重光爲昭陽, 玄黓爲橫艾, 昭陽爲尙章, 大荒落爲大芒駱, 協洽爲汁洽, 涒灘爲赤奮若, 作噩爲作鄂, 閹茂爲淹茂, 大淵獻、困敦更互, 赤奮若乃爲汭漢。此蓋年祀久遠, 傳寫或訛, 不必深辨。但漢武帝太初元年太歲丁丑, 而以爲甲寅, 其失多矣。爾雅又有月陽、月名。月在甲曰畢, 在乙曰橘, 在丙曰修, 在丁曰圉, 在戊曰厲, 在己曰則, 在庚曰窒, 在辛曰塞, 在壬曰終, 在癸曰極。正月爲陬, 二月爲如, 三月爲病, 四月爲余, 五月爲皋, 六月爲且, 七月爲相, 八月爲壯, 九月爲玄, 十月爲陽, 十一月爲辜, 十二月爲涂。考之典籍, 唯曆書謂太初十月爲畢聚。離騷云:「攝提正于孟陬。」左氏傳:「十月曰良月。」國語:「至于玄月。」它未嘗稱引。郭景純注釋云:「自歲陽至月名, 皆所未詳通者, 故闕而不論。」蓋不可強爲之說。非若律書所言二十八舍、十母、十二子, 猶得穿鑿傅致也。資治通鑑專取歲陽、歲名以冠年, 不可曉解, 殊不若甲子至癸亥爲明白爾。韓退之詩「歲在淵獻牽牛中」, 王介甫字說言「彊圉」, 自餘亦無說。左傳所書「歲在星紀, 而淫於玄枵」,「歲在降婁, 降婁中而旦」,「歲在娵訾之口」,「歲五及鶉火」,「歲在顓頊之虛」,「歲在豕韋」,「歲在大梁」, 皆用歲星次舍言之。司馬倬跋溫公潛虛, 其末云:「乾道二年, 歲在柔兆閹茂, 玄黓執徐月, 極大淵獻日。」謂丙戌年、壬辰月、癸亥日, 以歲名施於月日, 尤爲不然。漢章不自爲文, 殆是僚寀強解事者所作也。

15. 官稱別名

唐人好以它名標牓官稱, 今漫疏於此, 以示子姪之未能盡知者。太尉爲掌武, 司徒爲五敎, 司空爲空土, 侍中爲大貂, 散騎常侍爲小貂, 御史大夫爲亞臺、爲亞相、爲司憲, 中丞爲獨坐、爲中憲, 侍御史爲端公、南牀、橫榻、雜端, 又脆梨, 殿中爲副端, 又曰開口椒, 監察爲合口椒, 諫議爲大坡、大諫, 補闕今司諫。]爲中諫, 又補袞, 拾遺今正言。]爲小諫, 又曰遺公, 給事郎爲夕郎、夕拜, 知制誥爲三字, 起居郎爲左蠐, 舍人爲右蠐, 又並

爲修注, 吏部尙書爲大天, 禮部爲大儀, 兵部爲大戎, 刑部爲大秋, 工部爲大起, 吏部郎爲
小選、 爲省眼, 考功、 度支爲振行, 禮部爲小儀、 爲南省舍人, 今曰南宮, 刑部爲小秋, 祠
部爲冰廳, 比部爲比盤, 又曰昆脚皆頭, 屯田爲田曹, 水部爲水曹, 諸部郎通曰哀烏、 依
烏, 太常卿爲樂卿, 少卿爲少常、 奉常, 光祿爲飽卿, 鴻臚爲客卿、 睡卿, 司農爲走卿, 大
理爲棘卿, 評事爲廷平, 將作監爲大匠, 少監爲少匠, 祕書監爲大蓬, 少監爲少蓬, 左右司
爲都公, 太子庶子爲宮相, 宰相呼爲堂老, 兩省相呼爲閣老, 尙書丞郎爲曹長, 御史、 拾遺
爲院長. 下至縣令曰明府, 丞曰贊府、 贊公, 尉曰少府、 少公、 少仙, 此已見前筆.

1. 소무를 우대한 한나라 漢重蘇子卿

한나라 시기 사대부에게 은혜가 적었으나 유독 소무蘇武[1]만은 우대와 총애가 더해졌다. 이는 그가 사신의 업무를 받들고 떠나 지조를 지켰기 때문에 그 충의를 기리고 권장하기 위한 것이었다. 상관안上官安[2]이 모반하였을 때 소무의 아들 소원蘇元이 가담하였다가 연루되어 죽임을 당했다.[3] 소무는 평소 상관걸上官桀·상홍양桑弘羊과 오랜 친분이 있었고, 자주 연왕燕王의 상소문에 이름이 올라 있었으며, 아들이 모반에 가담했었기 때문에 정위廷尉가 소무의 체포를 주청하였다.[4] 그러나 곽광霍光[5]은 그 주청을 물리쳤다.

....

1 蘇武(?-B.C.60) : 전한의 충신. 경조京兆 두릉杜陵 사람. 자 자경子卿. 흉노 정벌에 공을 세운 소건蘇建의 둘째 아들이다. 무제武帝 때 낭郎이 되고, 얼마 뒤 중감中監으로 옮겼다. 천한天漢 원년(B.C. 100) 흉노匈奴 지역에 사신으로 파견되었는데 흉노 선우單于에게 붙잡혀 항복할 것을 강요당했지만 굴복하지 않아 19년 동안 유폐되었다. 흉노에게 항복한 옛 동료 이릉李陵이 설득했지만 굴복하지 않고 절개를 지켰다. 소제昭帝 시원始元 6년(B.C. 81) 흉노와 화친하자 석방되어 돌아와 전속국典屬國에 올랐다. 선제宣帝의 옹립에 가담하여 그 공으로 관내후關內侯가 되었다.

2 上官安 : 전한의 외척. 상관걸上官桀의 아들이며, 딸이 소제昭帝의 황후가 되었다. 아내는 곽광霍光의 딸이었다. 시원始元 5년(B.C. 82) 황후의 아버지로서 상락후桑樂侯에 봉해졌고, 거기장군車騎將軍으로 옮겼다. 나중에 아버지와 함께 곽광과 권력 다툼을 벌이다가 틈이 벌어져 연왕燕王 유단劉旦, 개장공주蓋長公主와 함께 곽광을 죽이고 황제를 폐위하려다 발각되어 멸족 당했다.

3 소무가 한나라로 귀환한 이듬해 상관걸과 아들 상관안이 상홍양·연왕·개장공주와 모반하였다. 소무의 아들 소원과 소안蘇安이 모반에 가담했다가 연좌되어 죽었다.

4 한 무제는 후궁 조첩여의 아들 유불릉劉弗陵에게 제위를 물려주면서, 곽광·김일제·상관걸·상홍양에게 당시 8살이던 어린 황제를 보필하도록 유조를 남겼다. 무제의 후궁 이희李姬 소생인 연왕燕王 단旦은 형임에도 불구하고 제위를 소제에게 뺏긴 것에 대해 원망하고 있었다. 곽광이 조정의 국사를 독점하고 있던 것에 불만과 원망이 있던 상관걸·상홍양은 연왕

선제宣帝가 즉위하여 군신들의 논공행상을 행하면서 관내후關內侯의 작위를 하사받은 자가 8명이었고, 유덕劉德과 소무蘇武도 식읍을 얻었다. 장안張晏이 말했다.

"예전에 관내후는 식읍이 없었습니다. 그러나 소무는 흉노에 사신으로 갔다가 절개를 지켰고 유덕은 종실 인물 중에 뛰어난 자입니다. 그러므로 특별히 식읍을 하사한 것입니다."

선제는 소무가 늙고 그의 자식이 모반에 연루되어 죽음을 당한 것을 가엾게 여겨 좌우의 사람들에게 물었다.

"소무는 흉노의 땅에서 그렇게 오랜 시간을 지냈는데 아들이 없는가?"

소무가 답했다.

"예전에 흉노의 땅에서 잡혀 있었을 때 흉노 아내가 통국通國이라는 아들 하나를 낳았고 편지를 보내온 적도 있습니다. 원컨대 사신을 보내어 아들을 되찾아오고 싶습니다."

선제는 윤허하였다. 통국이 한나라로 돌아오자 선제는 그를 낭郎에 임명하고 소무 아우의 아들을 우조右曹에 임명하였다. 소무가 곧은 절개와 지조가 있는 노신老臣이라 여긴 선제는 초하루와 보름의 조회 때마다 그를 좨주祭酒[6]라고 부르게 하며 후대하고 예우하였다. 황후의 부친과 황제의 외삼

. . . .

단과 공모하였고, 연왕 단의 이름을 사칭하여 상소를 올려 곽광을 탄핵하였다. 당시 14살이던 소제는 상소가 거짓이라는 것을 간파하고 다시 곽광을 참소하는 자가 있다면 용서치 않겠다고 했다. 일이 틀어지자 상관걸과 상홍양은 연왕을 천자로 세울 것을 모의하였으나 발각되어 처형되었다.

5 霍光(?~B.C.68): 전한前漢의 정치가. 자 자맹子孟. 곽거병霍去病의 이복 동생으로, 10여 세 때부터 무제武帝를 측근에서 섬기다가, 무제가 죽을 무렵 대사마대장군大司馬大將軍·박륙후博陸侯가 되었다. 무제가 임종시 곽광과 김일제金日磾·상관걸上官桀·상홍양桑弘羊에게 후사後事를 위탁하였기에 소제昭帝를 보필·정사를 집행했다.

6 祭酒 : 연회를 할 때 제일 큰 어른이 술을 들어 제사를 올리는데, 나이가 많고 덕이 있는 사람을 좨주라고 불렀다.

촌·승상·어사·장군 모두가 소무를 존경하였다. 이후 기린각麒麟閣[7]에 왕조의 중흥을 보좌한 공신의 화상을 걸었는데, 모두 11명이었고 소무도 포함되었다. 소무는 전속국典屬國[8]의 직위에서 세상을 떠났다. 나이가 많았기 때문에 공경公卿의 지위에는 임명되지 않았다.

나의 부친께서도 금나라에 15년간 억류되셨다가 현인황태후顯仁皇太后의 서신을 가지고 돌아와, 고종황제로부터 '소무라 할지라도 뛰어넘을 수 없는 홍호洪皓의 공로'라는 과찬을 받았다. 그러나 권신의 압제로 귀국 후 겨우 한 계급의 승진을 했으며, 조정에서 한 달을 채우지 못하고서 남방의 황량한 벽지로 폄적되셨고, 큰 아들인 나의 형님은 면직되셨다. 한나라 역사를 읽다보니 통곡을 금할 수 없다.

소무의 본전은 이러하다.

> 흉노에 사신으로 파견되었다가 돌아오자마자 전속국典屬國에 배수되었고 봉록은 중이천석中二千石이었다. 소제 시기 면직되었다.[9] 후에 전임前任 이천석의 신분으로 선제를 옹립하는데 참여하여 작위를 하사받았다. 장안세張安世가 그를 추천하자 즉시 불러다가 조서를 기다리게 하였다. 자주 불러들여 만난 후 전속국으로 복직되었다.

이에 따르면 소무는 전임 이천석의 신분으로 선제의 옹립에 가담하였다. 그러나 「곽광전霍光傳」에는 창읍왕昌邑王[10]의 죄상을 논한 연명連名 상소문에서 '전속국典屬國 신 소무'라 칭하였다. 「선제기」에도 소무가 이미 작위를 받은 것으로 되어 있으니 아마 착오인 것 같다.

용재사필 권 16

- - - - - - - - - - - - - - - - - - - -

7 麒麟閣 : 미앙궁未央宮의 서북쪽에 있던 궁이다.

8 典屬國 : 한나라에 귀부한 이민족의 속국에 관한 일을 관장하는 직책이다.

9 연왕의 일당들이 모반죄로 죽임을 당할 때 정위가 소무의 체포를 주청하였으나, 곽광은 소무의 벼슬만을 면직하였다.

10 昌邑王 : 무제武帝의 손자 유하劉賀의 봉호封號. 소제昭帝의 뒤를 이어 즉위했으나, 향연과 음란을 일삼다가 곽광霍光에 의하여 즉위한 지 27일 만에 폐위되었다.

2. 현인을 군졸로 삼다 昔賢爲卒伍

하·은·주 삼대 이전에는 문관과 무관의 구분이 없었다. 춘추시기 열국의 군장은 모두 천자의 명을 받은 대신이었다. 조정에 있을 때는 정사를 처리하였고 밖으로 나가서는 군대를 거느렸다. 『시詩』·『서書』·『좌전左傳』에서 모두 이러한 정황을 고증할 수 있다. 그러나 이는 장수의 경우에 해당한다.

군졸은 미천한 신분이지만 현사賢士가 가담하여도 이상할 것이 없었다. 노나라 애공 시기 오나라가 노나라를 공격하여 사상泗上에 주둔하였다. 노나라 대부 미호微虎는 밤을 틈타 왕사王舍를 공격하고자 은밀히 병사 700여 명을 모은 뒤 이들에게 군막 밖의 뜰에서 세 번 펄쩍 뛰게 했다. 결국 300명을 선발했는데[卒三百人] 공자의 제자 유약有若[11]이 그 중에 있었다.[12] 이에 대해 두예杜預는 이렇게 설명하였다.

> '卒'은 '최종約'의 의미이다. 700명 중에서 결국 300명을 얻어 작전에 임명한 것이다.

어떤 사람이 계손에게 말했다.

> "이것으로는 오나라 군사에게 아무런 해도 끼칠 수 없을 뿐만 아니라, 오히려 노나라의 군대만 화를 당할 것이니 그만 두는 것이 낫습니다."

이내 그만두었다. 적의 진영을 급습[斫營劫寨]하는 일인데 유약도 이러한 일을 한 것이다.

제나라가 노나라를 공격하자 염구冉求[13]가 좌사左師의 장수가 되었고 번지

---

11 有若 : 공자의 제자. 자 자유子有. 유자有子로 불린다. 증자曾子 및 민자건閔子騫 등 몇몇과 함께 자字가 아닌 자子로 불려 공문孔門에서의 비중을 엿볼 수 있다. 공자가 죽은 뒤 공자의 모습을 닮았다고 해서 그를 공자처럼 섬기려고 했지만 증자의 반대로 이루어지지 않았다.
12 『좌전·애공8년』.
13 冉求 : 공자의 제자. 자 자유子有·염유冉有. 춘추 시대 말 노魯나라 사람으로, 염옹冉雍·염경冉耕과 친족이다. 공문십철孔門十哲의 한 사람이고, 정사政事에 밝아 계손씨季孫氏의 가신家臣이 되었다. 『논어·선진先進』편에 의하면 계씨가 주공보다 부유하였는데도 염구가 그를 위해

용재수필

樊遲[14]가 우사를 이끌었다. 계손이 이의를 제기했다.

"번지는 나이가 너무 어리다."

염구가 반박했다.

"임무가 주어지면 명을 수행할 것 입니다."

비록 나이가 어리지만 목숨을 걸고 명을 수행할 수 있다는 것이다. 염구는 창을 잘 써서 제나라 군사를 공격하였으므로 군대에 가담할 수 있었던 것이다. 두예는 "염구는 정의롭기 때문에 용감할 수 있었다"고 설명했다. 모두 공자의 수제자들인데도 보통의 사병들과 함께 전장에서 힘을 다했다. 후세에 어찌 이런 일이 다시 있을 수 있겠는가?

3. 병법에서는 대비가 중요하다 兵家貴於備豫

동진東晉시기 반란군 노순盧循[15]이 광주廣州를 차지한 후 그 일당인 서도복徐道覆은 시흥상始興相[16]이 되었다. 노순이 건강建康을 공격할 때 서도복이 선봉에 섰다.[17] 처음, 서도복은 사람을 보내 남강산南康山에서 나무를 벌목하게 하여 시흥에 가져 와서 싸게 팔았고 사람들은 다투어 샀다. 목재가 많이

••••••••••••••••••

세금을 걷어 재산을 더 늘려주자 공자는 이를 경계하여 이렇게 말했다고 한다. "우리 무리가 아니니, 소자들아! 북을 울려 성토함이 옳다."

14 樊遲 : 공자孔子의 제자. 이름 수須, 자 자지子遲. 일찍이 계씨季氏에게 벼슬했다.

15 盧循 : 399년 오두미도五斗米道 교도敎徒를 이끌고 오吳지역을 중심으로 민란民亂을 일으킨 손은孫恩의 매부. 402년 손은이 패하여 자살하자 매부인 노순과 서도복이 남은 무리를 이끌었다. 세력이 약해진 반란군을 이끌고 더 이상 절동浙東에서 저항할 수 없게 되자, 노순은 거리가 멀어 동진 정권의 세력이 상대적으로 약한 광동廣東으로 본거지를 이동하였다.

16 始興 : 지금의 광동성廣東省 소관韶關

17 409년 당시 동진의 권신權臣이었던 유유劉裕가 남연南燕 정벌을 위해 건강建康(동진의 수도로 지금의 남경)을 출발하였다. 유유가 건강을 비운 틈을 타 서도복이 노순에게 북벌하여 건강을 취할 것을 권하였고, 결정이 나자 서도복은 목재를 팔았던 증서로 목재를 사들여 밤낮으로 전함을 만들었고 열흘만에 북벌의 준비를 마칠 수 있었다.

쌓여 있었지만 사람들은 의심하지 않았다. 건강을 공격할 때가 되자 서도복은 목재를 모두 가져다가 전함을 만들었고, 열흘 만에 준비를 갖추었다.

소연蕭衍[18]이 옹주雍州에 주둔하고 있을 때 제齊나라 왕실에 반드시 대란이 일어날 것이라 예견했다. 소연은 몰래 군사 준비를 갖추었고 다량의 목재와 대나무를 벌목하여 단계檀溪의 물밑에 숨겨두었고 볏짚을 산만큼 쌓아두고서도 쓰지 않았다. 중병참군中兵參軍 여승진呂僧珍이 소연의 의도를 알아채고 그 또한 몰래 수백 장의 노를 준비하였다. 소연은 기병한 후 대나무와 목재로 전함을 만들고 그 위를 볏짚으로 가려 모든 준비를 갖추었다. 그러나 장수들이 서로 노를 차지하려 다투자, 여승진이 미리 준비해 두었던 것을 꺼내 모든 배에 2장씩 나눠주었고 싸움은 가라앉았다.

북위北魏의 태무제太武帝 탁발도拓跋燾가 남하하여 우이肝眙를 공격하였다. 당시 태수였던 심박沈璞은 우이군이 요충지라는 것을 알고서 성 주변에 깊은 해자를 만드는 한편 재물과 곡식을 비축하고 화살과 돌을 준비하여 성을 지킬 만반의 대비를 갖추었다. 북위가 공격하였으나 30일이 지나서도 함락시킬 수가 없었고 결국 장비를 불살라버리고 퇴각하였다.

이러한 예는 아주 많다. 서도복은 비록 반란군을 추종하는 실수를 하여 잔혹한 결말을 맞이했지만, 그가 미리 준비했던 이 일은 칭찬할 만하다.

4. 거양 지방의 야만적 습속 渠陽蠻俗

정주靖州[19]는 희녕熙寧 9년(1076) 남당南唐 계동溪洞 성주誠州에서 수복한 후 원풍元豊 4년(1081)에도 성주誠州로 설치하였다. 원우元祐 2년(1087) 폐지하고

---

18 蕭衍(464~549) : 남조 양나라 개국 황제. 자 숙달叔達. 제나라 명제가 죽은 후 그의 아들 소보권蕭寶卷이 즉위하게 되는데 이가 바로 무능하고 잔인했던 동혼후이다. 옹주雍州 자사刺史로 있던 소연은 동혼후가 자신의 형을 죽이자 동혼후를 타도하기 위해 군대를 일으켜, 그 도읍인 건강建康(남경南京)을 함락시켜 제齊를 멸망시키고 제위에 올라 국호를 양梁이라 하였다.

488 19 靖州 : 지금의 호남성 정현靖縣.

용재수필

거양군^{渠陽軍}으로 했다가 다시 폐하고 채^寨로 바꾸었다가 5년 후에 거양군으로 복구했다. 숭녕^{崇寧} 2년(1103) 정주^{靖州}로 바꾸었다. 처음에는 거양현^{渠陽縣}이 치소였으나 이후 원주^{沅州}에 속하게 되면서 영평^{永平}을 치소로 하였다.

이곳의 풍속은 중원과 다르다. 오랑캐의 두목은 스스로를 '관^官'이라 하고, 각 부락의 우두머리를 '도막^{都幕}'이라 하며 그곳 사람들은 그를 '토관^{土官}'이라 한다. 추관^{酋官}이 성곽에 들어오면 두건을 쓰고 나머지 사람들은 모두 상투를 튼다. 능력이 있는 자는 흰 비단 포를 상투에 묶는데, 살인을 한 적이 있는 사람을 능력이 있는 것으로 본다.

아녀자들은 맨발로 걸으며 신발을 알지 못한다. 은이나 주석 혹은 대나무로 비녀를 만드는데 길이가 1척^尺 8촌^寸이다. 얼룩무늬가 있는 성긴 명주로 치마를 만든다.

한 해의 표기는 건인^{建寅}을 처음으로 하지 않는다. 거주지를 수시로 옮기며 일정한 기한이 없다. 중요한 약속은 나무나 쇠로 증표를 삼는다. 병이 걸려도 의사를 찾아가지 않으며 소를 잡아 귀신에게 제사를 지내는데 단칼에 소의 목을 베어 소가 죽을 때 향하는 방향을 보고 점을 친다. 많을 때는 수백 마리를 죽이기도 한다. 형이 죽으면 아우가 형수를 아내로 맞이하며, 고종 사촌끼리의 혼인이나 다른 사람에게 시집을 갈 때 반드시 남자쪽 집안에 재물을 주어야 한다. 아니면 싸움이 일어나고 심지어는 살인으로 원수가 되기도 한다. 남자는 추장에게 땅을 받아 지세를 내지 않고 노역만 복무한다.

죄가 있으면 추장의 처결에 따라야만 하는데 이를 '초단^{草斷}'이라 한다. 빌린 것이 연체된 상황에는 갑이 상환할 수 없다면 을에게서 뺏어 보상하게 하는데 이를 '준교^{準攣}'라 한다. 노인과 젊은이 사이에 문제가 생기면 젊은이가 물건을 내놓는데 이를 출면^{出面}이라 한다. 남을 무고하면 없는 말을 한 자가 재물을 내놓는데 이를 '과구^{裹口}'라 한다. 농사를 짓는 남자가 거주하는 곳은 가파르고 험한 산의 바위인데 대부분 10가구도 모여 있지 않다. 살인이 발생하면 목책을 세우거나 가시나무를 설치하여 상대의 도전을 받아들이겠다는 뜻을 드러낸다. 사람들은 각자 '문관^{門款}'이라는 것을 갖고 있는데 호적^{戶籍}이다. 이웃에게 소나 비단을 빌린 자를 '예문관^{拽門款}'이라 한다.

싸움이 나면 머리로 머리를 때린다. 한두 명을 죽이면 물러났다가 다음 날 다시 싸우는데 서로 죽은 사람의 수가 서로 대등하게 되어야 그만둔다. 원한을 풀고자 하면 재물을 준비해 가서 화해하는데 이를 '배두난심^{陪頭暖心}' 이라 한다. 결투를 하는 날에 구경하는 사람들은 옆에 서서 선동하고 부추기는데, 설사 관원이 그 곳에 있다 하더라도 감히 끼어들 수 없다. 패하면 물러가는데 이를 '상파^{上坡}'라 한다. 결투의 목적은 재물을 약탈하는 것에 있지 살인을 하려는 것이 아니다. 징소리가 울리면 한 귀퉁이를 느슨하게 하여 달아나려는 자를 그쪽으로 모는데 이를 '병^拼'이라고 한다. 패자가 패배를 인정하고 달아났던 곳에서 돌아오면 승리한 쪽은 재물을 빼앗고 각자의 땅으로 돌아가는데 이를 입지^{入地}라 한다.

무기는 갑옷·창·방패·활·쇠뇌가 있고, 칼을 만드는 쇠가 특히 뛰어나다. 쇠뇌는 화살을 활시위에 한쪽으로 치우치게 놓는데 이를 '편가노^{偏架 弩}'라 한다. 그 날카로움이 중원의 신비궁^{神臂弓}과 견줄만 하며 덥고 습한 날씨에도 사용할 수 있다.

살인은 아주 사소한 모순에서도 비롯되는데 옛날의 원수라도 반드시 복수하며, 부자지간이나 형제지간 등의 혈친이라도 피할 수 없다. 자제가 선비가 되어 학교에 속한 신분이 되더라도 복수를 위해 살인을 해야 하면 돌아갔다가, 복수를 마치고 다시 돌아온다. 형호남로^{荊湖南路}와 북로^{北路}에 속하는 무강^{武岡}·계양^{桂陽} 일대 요족^{瑤族} 사람들의 풍속이 대략 이러하다.

5. 내시의 승진 寄資官

내시^{內侍}직은 후원^{後苑}의 관리까지 오르면 파격적인 발탁인데, 동료들은 그를 원사^{苑使}라 부른다. 다시 승진하여 용도^{龍圖} 소속의 각^閣들을 맡게 되면

각장^{閣長}이라 부르고 그 위는 문사^{門司}·어약^{御藥}·어대^{御帶}이다. 다시 승진하여 성관^{省官}이 되면 압반^{押班} 혹은 도지^{都知}라 한다. 법규에 내시는 동두공봉관^{東頭供奉官}까지 승진하면 더 이상 올라갈 곳이 없다. 만약 어약원^{御藥院}을 맡게 되면 기자^{寄資20}를 허용하지 않으며 승진을 할 때는 이부^{吏部}로 귀속되게 된다.

사마광이 고거간^{高居簡}에 대해 이렇게 말했다.

> 제도에 따르면 어약원^{御藥院}의 관리는 내전숭반^{內殿崇班}까지 오르면 밖으로 나가야 합니다. 그런데 지금 아직 4명 밖으로 나가지 않고 있으니 이에 대해 안팎의 의론이 분분합니다.

상세한 설명이다. 그러나 이후에는 그렇지 않았으니 대어기계^{帶御器械21}까지 승진을 하고서야 계관^{階官22}을 받을 수 있었고 그 후에 기자^{寄資}를 모두 되돌려 주었다. 선정사^{宣政使23}·선경사^{宣慶使24}들은 멀리 변군의 방^防·단^團·관찰^{觀察}이 되었고, 가장 높게는 연복궁^{延福宮}·경복전^{景福殿}의 승선사^{承宣使}가 되었다.

얼마 전 내가 추밀행부^{樞密行府}에 있을 때 원리병방부승지^{院吏兵房副承旨} 동구^{董球}는 소흥^{紹興} 32년(1162) 정월에 정식 관직이 없었다. 그러나 4월에 내가 금나라에 사신으로 갔다가 돌아온 사람들을 영접한 후 집에 돌아왔을 때, 동구가 명함을 보내와 나를 만나기를 청하였다. 이때 그는 이미 무현대부^武

용재사필 권 16

---

20 寄資 : 기관^{寄官}이라고도 한다. 송나라에서 내시는 동두봉공관^{東頭供奉官}까지 승진하면 밖으로 전출되어 이부^{吏部}로 귀속되어 외관^{外官}의 규정을 따르게 된다. 만약 전출되지 않으면 정식은 아니지만 더 높은 계관^{階官}을 받게 되는데 이를 기자^{寄資}라 한다.
21 帶御器械 : 관명^{官名}. 송나라 초기, 삼반^{三班} 이상 중 믿을만한 관원을 골라 활과 화살통·검을 차고 황제를 호위한다. 간혹 환관으로 충당하기도 하였는데 어대^{御帶}라 한다. 함평^{咸平} 원년(998)에 어대기계^{帶御器械}로 명칭을 변경하였는데 무신에게 있어 영예로운 직함이다.
22 階官 : 관리의 등급을 표시하는 칭호로 직사관^{職事官}과 구별되어 사용한다. 예를 들어 정일품은 광록대부^{光祿大夫}·종일품은 영록대부^{榮祿大夫}와 같은 것들이다. 봉증에 사용하고 실제 관직은 아니다.
23 宣政使 : 내시의 고급 계관^{階官}이다.
24 宣慶使 : 내시의 고급 계관으로 선정사보다 높다.

顯大夫로 전출되어 있었다. 나는 어찌 이렇게 빨리 승진하였는지 물었다.

"부승지副承旨는 무현랑武顯郎에 비해 상을 하사받는 것이 느리기 때문입니다."

아마도 기자관寄資官인 것 같다.

6. 친왕을 장사랑에 임명하다 親王帶將仕郎

설씨薛氏의 『오대사五代史』[25]에 의하면 양태조梁太祖[26]는 개평開平 원년(907)
5월, 다섯째 아들 주우옹朱友雍을 하왕賀王에 봉하였다. 주우규朱友圭가 제위를
찬탈하자, 장사랑將仕郎 시비서성교서랑試秘書省校書郎 하왕 주우옹을 은청광록
대부銀青光祿大夫ㆍ검교공부상서겸어사대부檢校工部尚書兼御史大夫에 임명하였다.
친왕親王인데 관계官階가 장사랑將仕郎이었으니, 이는 사인이 처음 임관될 때
받는 품계이다.[27] 비록 전장제도의 체계가 다 무너진 상황이었다고는 하지
만, 이 정도까지는 되지 말았어야 했다.

7. '陰음'과 '陽양'자를 사용한 군현의 이름 郡縣用陰陽字

산의 남쪽과 강의 북쪽을 '陽양'이라 하는 것은 『곡량전穀梁傳』의 설이다.
산의 북쪽, 강의 남쪽은 '陰음'이라 한다. 그러므로 군현과 지명에서 이를
많이 사용한다. 여기에 간략히 서술해 보겠다.
산의 남쪽으로 '陽'자를 이용한 지명은 다음과 같다.

숭양嵩陽ㆍ화양華陽ㆍ항양恒陽ㆍ형양衡陽ㆍ진양鎭陽ㆍ악양岳陽ㆍ역양嶧陽ㆍ하양夏

25 『五代史』 : 설거정薛居正 등이 태종의 명을 받들어 오대인 양梁ㆍ당唐ㆍ진晉ㆍ한漢ㆍ주周의
역사를 편수한 책.
26 梁太祖 : 5대五代 최초의 왕조인 후량後梁(907~923)의 태조 주온朱溫. 당을 멸망시키고 후량을
건국하였으나, 주온은 큰 아들 우규友珪에게 시해되고, 우규도 동생 우정友貞에게 살해되는
내분이 일어났다. 결국 우정(말제)은 이존욱에게 패하여 자살하였고 후량도 멸망되었다.
27 당송 시기에 장사랑은 종구품從九品이었다.

陽 · 성양城陽 · 능양陵陽 · 기양岐陽 · 수양首陽 · 영양營陽 · 함양咸陽 · 역양櫟陽 · 의양宜陽 · 산양山陽[하내군河內郡에 속하며 태행산이 북쪽에 있다] · 광양廣陽 · 벽양辟陽 · 하양河陽 · 노양魯陽 · 여양黎陽 · 종양樅陽 · 영양零陽 · 무양巫陽 · 동양東陽 · 소양韶陽 · 침양郴陽 · 게양揭陽 · 익양弋陽[여남군汝南郡에 속하며 익산弋山이 서북쪽에 있다] · 당양當陽 · 청양青陽 · 검양黔陽 · 수양壽陽 · 마양麻陽 · 운양雲陽 · 미양美陽 · 복양復陽 · 상곡양上曲陽 · 하곡양下曲陽 · 고양稒陽 · 원양原陽

강의 북쪽으로 '陽'자를 이용한 지명은 다음과 같다.

풍익馮翊의 지양池陽 · 빈양頻陽 · 합양郃陽 · 심양沈陽 · 부풍扶風의 두양杜陽 · 하동河東의 대양大陽 · 평양平陽 · 태원太原의 진양晉陽 · 분양汾陽과 하양河陽 · 낙양洛陽 · 형양滎陽 · 핍양逼陽 · 위양渭陽 · 회양淮陽 · 문양汶陽 · 제양濟陽 · 양양襄陽 · 부양滏陽 · 어양漁陽 · 요양遼陽 · 사양泗陽 · 이양伊陽 · 영양永陽 · 저양滁陽 · 조양潮陽 · 예양澧陽 · 관양灌陽 · 견양汧陽 · 조양洮陽 · 술양沭陽 · 동군東郡의 복양濮陽 · 동무양東武陽 · 영천潁川의 영양潁陽 · 곤양昆陽 · 무양舞陽 · 여남汝南의 여양汝陽 · 동양鮦陽 · 주양紬陽 · 구양瀃陽 · 전양滇陽 · 신양新陽 · 안양安陽 · 박양博陽 · 성양成陽 · 남양南陽의 육양育陽 · 열양涅陽 · 도양堵陽 · 채양蔡陽 · 축양築陽 · 극양棘陽 · 비양比陽 · 조양朝陽 · 호양湖陽 · 홍양紅陽 · 강하江夏의 서양西陽 · 여강廬江의 심양尋陽 · 구강九江의 곡양曲陽 · 제음濟陰의 구양句陽 · 패군沛郡의 곡양穀陽 · 부양扶陽 · 표양漂陽 · 위군魏郡의 번양繁陽 · 거록鉅鹿의 당양堂陽 · 청하清河의 청양淸陽 · 탁군涿郡의 고양高陽 · 요양饒陽 · 범양范陽 · 발해勃海의 부양浮陽 · 제남濟南의 반양般陽 · 조양朝陽 · 태산泰山의 동평양東平陽 · 동무양東武陽 · 영양寧陽 · 북해北海의 교양膠陽 · 동양東海의 개양開陽 · 곡양曲陽 · 도양都陽 · 임회臨淮의 사양射陽 · 난양蘭陽 · 단양丹陽의 단양丹陽 · 능양陵陽 · 율양溧陽 · 예장豫章의 파양鄱陽 · 교양鄡陽 · 계양桂陽의 뇌양耒陽 · 계양桂陽 · 정양湞陽 · 무릉武陵의 무양無陽 · 진양辰陽 · 유양酉陽 · 영양零陽 · 영릉零陵의 조양洮陽 · 한중漢中의 순양旬陽 · 면양沔陽 · 안양安陽 · 건위犍爲의 강양江陽 · 무양武陽 · 한양漢陽 · 금성金城의 지양枝陽 · 천수天水의 약양略陽 · 아양阿陽 · 안정安定의 경양涇陽 · 팽양彭陽 · 북지北地의 이양泥陽 · 상군上郡의 정양定陽 · 안문雁門의 옥양沃陽 · 극양劇陽 · 상곡上谷의 저양沮陽 · 어양漁陽의 요양要陽 · 요서遼西의 해양海陽 · 우북평右北平의 석양夕陽 · 취양聚陽 · 창오蒼梧의 봉양封陽 · 조국趙國의 역양易陽 · 교동膠東의 관양觀陽 · 장사長沙의 익양益陽

이상은 모두 『한서漢書 · 지리지地理志』에 보인다.

강의 명칭 다음에는 반드시 '陽'자를 붙인다. 산과 강이 합쳐지는 곳에 '陽'자를 붙인 것은 150, 60여 곳이 있지만, '陰'자를 붙인 경우는 매우 적다.

이는 산의 북쪽, 강의 남쪽은 지세가 좋지 않아 국읍國邑을 세우기가 어렵기 때문일 것이다.

산의 북쪽으로 '陰'자를 이용한 지명은 다음과 같다.

화음華陰·산음山陰·구음龜陰·몽음蒙陰·순음鶉陰·조음雕陰·양음襄陰

강의 남쪽으로 '陰'자를 이용한 지명은 다음과 같다.

분음汾陰·탕음蕩陰·영음潁陰·여음汝陰·무음舞陰·제음濟陰·한음漢陰·진음晉陰·포음蒲陰·상음湘陰·탑음漯陰·하음河陰·호음湖陰·강음江陰·회음淮陰·환음圜陰

모두 합쳐 30개 밖에 안 된다.

낙양樂陽·남양南陽·합양合陽·피양被陽·부양富陽·창양昌陽·건양建陽·무양武陽 같은 지명이 더 있지만 산이나 강 때문에 이렇게 지어진 것인지는 모르겠다.

8. 두기·이필·동진 杜畿李泌董晉

한나라 건안建安[28] 연간, 하동河東 태수 왕읍王邑이 조정의 부름을 받았는데 하동군의 관리였던 위고衛固와 범선范先은 남아줄 것을 청하였다. 위고 등은 표면적으로는 왕읍이 유임되기를 요청한다는 명목이었지만 속으로는 은밀히 병주幷州의 고간高幹과 내통하여 반역을 모의했다. 조조曹操는 두기杜畿[29]를 하동 태수로 임명하였다. 위고 등이 병사를 보내 섬진陝津을 차단하자 두기는 몇 달 동안 강을 건널 수 없었다. 두기는 이렇게 말했다.

· ·

28 建安 : 후한 헌제獻帝 시기 연호(196~220).
29 杜畿(163~224) : 위나라의 중신. 자 백후伯侯. 순욱이 조조에게 두기를 추천하여 벼슬길에 나갔다. 하동의 태수로 임명된 후 16년 동안 천하 제일의 치적을 쌓았다. 조비가 왕위에 오른 후 두기에게 관내후의 작위를 하사하였고 중앙으로 불러 상서로 삼았다.

"하동에는 3만호가 있는데 이들 모두가 위고를 따라 반란을 일으키고자 하지는 않을 것입니다. 제가 혼자 수레를 타고 곧장 들어가 저들이 예상하지 못하는 쪽으로 치고 나가겠습니다. 위고는 계략은 많지만 과단성이 없으므로 필히 저를 거짓으로 받아들일 것입니다. 하동군에서 1달이면 저들을 농락하기에 충분합니다."

결국 지름길로 두진^{耶津}에서 강을 건넜고 위고는 결국 그를 받아들였다. 두기는 위고와 범선에게 이렇게 말했다.

"위고와 범선은 하동 땅에서 인망이 두터우니 나는 가만히 앉아 그대들이 거둔 성과를 누리기만 하겠소."

수십일 후 여러 장수들이 위고 등을 참수하였다.

당나라 정원^{貞元30} 초엽, 섬괵^{陝虢} 병마사^{兵馬使} 달해포휘^{達奚抱暉}가 절도사 장권^{張勸}을 죽이고 군무를 대신 총괄하며 조정에서 그에게 부절을 내려줄 것을 요청하였다. 덕종은 이필^{李泌31}을 파견하며 금군^{禁軍}인 신책군^{神策軍32}에게 그를 호송하도록 했으나, 이필은 혼자 갈 것을 청하였고 덕종은 이필에게 관찰사^{觀察使}를 수여하였다. 이필이 동관^{潼關}을 나서자 부방^{鄜坊}의 보병과 기병 3천명이 동관 밖에 포진하고서 이필에게 말했다.

"공을 호송하라는 밀명을 받았습니다."

그러나 이필은 그들을 물리치고 떠났다. 달해포휘는 영접하는 부하를 보내지 않다가, 이필이 성에서 15리 떨어진 곳에 도착했을 때서야 마중을

용재사필 권16

---

30 貞元 : 당나라 덕종^{德宗} 시기 연호(785~805).

31 李泌(722~789) : 당나라의 재상. 자 장원^{長源}. 당나라 현종·숙종·대종·덕종의 네 조대를 거쳤고, 덕종 시기에는 재상을 지냈다. 현종이 태자였던 숙종에게 그와 포의교^{布衣交}를 맺게 하고 선생이라 부르게 했다. 숙종이 즉위한 뒤 밖에 나갈 때마다 말을 함께 탔고, 잘 때는 탑^榻을 마주하여 태자로 있을 때처럼 대우했다. 덕종이 태자를 폐하려 할 때 간절하게 충간하여 중지하도록 했다.

32 神策軍 : 당나라 시기 금군^{禁軍} 중 하나. 원래는 서북 지역의 변경을 지키던 군대였으나 이후 경사로 들어와 당나라 왕조의 중요 금군이 되어 수도의 호위와 궁정의 숙위, 정벌을 책임졌다.

나왔다. 이필은 그가 성벽을 지키고 업무를 대행한 공로를 칭찬하였고 성에 들어가 군사 업무를 처리하였다. 이튿날, 포휘를 집으로 불러 말했다.

> "내가 너를 아껴 주살하지 않는 것이 아니다. 앞으로 문제가 되는 지역이 있을 때 조정의 명을 받은 장수가 들어갈 수 없게 될까봐 너의 목숨을 구해준 것이다."

달해포휘는 결국 도망쳤다.

선무절도사宣武節度使[33] 이만영李萬榮이 병이 들자 그 아들 이내李廼는 병마사兵馬使가 되어 난을 일으키려 했다. 도우후都虞候 등유공鄧惟恭이 이내를 체포하여 경사로 압송하였다. 조정에서는 조서를 내려 동도東都 유수留守 동진董晉[34]을 절도사節度使로 임명하였다. 등유공은 임시로 군사업무를 담당하면서 당연히 자신이 이만영의 업무를 대신해야 한다고 여겨 동진을 맞이하는 사람을 파견하지 않았다. 동진은 조서를 받은 후 즉시 수하 인원들 10여 명을 데리고 선무宣武로 갔고 호위병을 데려가지 않았다. 정주鄭州에 이르렀을 때 어떤 사람이 동진에게 잠시 머물러 사태 변화를 살피라고 권하였고 변주汴州에서 온 사람은 그 곳에 갈 수 없다고 말했으나, 동진은 아랑곳 하지 않고 계속해서 갔다. 동진이 서둘러 선무를 향해 오자 등유공은 계략을 도모할 여유가 없었다. 동진이 성에서 10여리 정도 떨어진 곳에 도착했을 때 등유공은 장수들을 보내 마중하였다. 동진은 들어와서 여전히 등유공에게 군사 업무를 맡겼다. 그러나 등유공은 시간이 흐르자 불안해졌고 반란을 도모하였다. 사태가 발각되자 동진은 그의 일당을 모두 잡아 참수하였고, 등유공을 형틀에 묶어 경사로 압송하였다.

이 세 가지 경우를 보건데 당시의 형세는 매우 위험했다. 두기杜畿·이

---

33 宣武 : 지금의 하남성河南省 개봉開封.
34 董晉(723~799) : 당나라의 절도사. 자 혼성混成. 정원貞元 9년(793), 동진은 동도 유수에 임명되었다. 얼마 후 선무절도사 이만영이 죽자 덕종은 동진을 선무절도부대사로 임명하였다. 이만영은 임종 전에 자신이 신임하던 등유공에게 직무를 이어받도록 하였다. 그러므로 등유공은 동진의 부임에 매우 불만스러워했고 결국 모반을 도모하게 되었다. 동진은 이를 알고 그 무리들을 모두 참하고 등유공을 경사로 압송하였으며 등유공은 정주汀州로 유배되었다.

필李泌·동진董晉은 모두 혼자 성으로 들어가 조용히 진압하였으니, 이들의 지략과 용맹이 남보다 뛰어났음을 보여주는 것이다.

당나라 사서에는 동진을 나약하고 구차하게 안일함을 구하는 사람이라 비판하였으나 그렇지 않다. 당시 조정에서는 동진이 부드럽고 인자하기 때문에 이 일을 성공시키기 힘들 거라는 의견이 있었다. 그래서 여주자사汝州刺史 육장원陸長源을 행군사마行軍司馬로 임명하여 그를 보좌하게 했다. 육장원은 강직하고 칼 같은 성격으로 개혁을 시행하였다. 동진은 처음에는 모두 허용해주었으나 정세가 안정되자 육장원의 조치를 폐지하였고 결국 군중은 안정된 상태가 될 수 있었다. 당초 유현좌劉玄佐와 이만영李萬榮·등유공鄧惟恭이 병권을 쥐고 있을 때 사병들은 교만하고 방자하여 통제가 되지 않았다. 그래서 믿을 수 있는 군사를 배치하여 진영의 마당에 장막을 세우고 활과 검을 가지고 보초를 서게 하면서 수시로 술과 고기를 상으로 내렸다. 그러나 동진은 도착한 다음 날 이를 모두 폐지하였다. 그를 유약하다고 하는 것은 타당하지 않다. 동진은 변주汴州에서 3년 후에 세상을 떠났고 육장원이 그를 대신하였으나 얼마 못가 군사에게 죽임을 당했다. 만일 동진이 육장원의 말을 채용했다면 변주汴州는 큰 혼란에 빠졌을 것이다.

또 「이필전」은 이필이 섬괵관찰사陝虢觀察使에 임명되어 삼문三門까지 수레 길을 개통하고[35] 회서淮西의 탈영병을 참수한 일에 대해서는 기록하였으나 군대를 진압한 일은 쓰지 않았으니 이 또한 마땅하지 않다.

9. 소식을 비난한 엄유익 嚴有翼詆坡公

엄유익嚴有翼[36]이 지은 『예원자황藝苑雌黃』에는 풍부한 지식이 수록되어 있

. . . .

35 정원 2년 이필은 섬괵관찰사를 지내던 시절 집진창集津倉에서 삼문창三門倉까지 18리를 산을 뚫어 길을 만들어 황하로 운반할 때 지주砥柱(격류 속에도 움직이지 않는다는 황하의 돌기둥)의 위험을 피할 수 있게 했다.

36 嚴有翼 : 생졸 년대는 알 수 없으나, 대략 소흥 연간 임천任泉·형荊 두 군郡의 교관敎官을

으므로 그는 박식한 선비라 할만하다. 그러나 그 내용 중에는 소식을 헐뜯는 의도가 자못 많다. 나는 노동盧仝[37]의 「월식시月蝕詩」에 대해 논의하면서 엄유익의 견해가 경솔한 것임을 비판한 적이 있다.[38] 이 외에도 경망스러운 발언이 8가지가 더 있는데, 모두 왕개미나 하루살이가 큰 나무를 흔드는 격으로 후인의 비난을 샀다.

예를 들면 「정오편正誤篇」에서 소식이 50뿌리의 파를 "부추 50뿌리를 심었다種薤五十本"고 한 것과 '모금교위摸金校尉'를 '모금중랑摸金中郎'이라고 한 것[39], 장상군[40]이 편작[41]에게 땅에 떨어지지 않은 깨끗한 이슬이나 빗물을 마시라고 한 일을 "창공이 상지를 마시라 했네倉公飮上池"[42]라고 한 것, 정여경鄭餘慶이 호롱박胡蘆을 찐 일[43]을 말하면서 정여경을 노회신盧懷愼이라고 한

맡았다. 그의 저작인 『예원자황藝苑雌黃』은 소식의 시문에 대한 비판이 많이 포함되어 있다. 원서는 실전되었고 10권의 잔본만이 전해진다.

37 盧仝(?~835) : 당나라 중기 시인. 호 옥천자玉川子. 붕당의 횡포를 풍자한 장편 시 「월식시月蝕詩」가 유명하다. 재상 이훈李訓 등이 환관 소탕을 도모하다가 실패한 '감로甘露의 변'이 일어났을 때 재상 왕애王涯의 저택에 있다가 잡혀서 죽임을 당했다.

38 『용재속필』권14, 「玉川月蝕詩」 참조.

39 「有言郡東北荊山下, 可以溝畎積水, 因與吳正字·王戶曹同往相視, 以地多亂石, 不果. 還, 遊聖女山, 山有石室, 如墓而無棺槨, 或云宋司馬桓魋墓. 二子有詩, 次其韻二首」중 제2수에 "縱令司馬能鑿石, 奈有中郎解摸金"이라는 구절이 있다.

　○ 조조는 발구중랑장發丘中郎將과 모금교위摸金校尉를 두어 무덤을 파서 금과 보물을 캐도록 하였다.

40 長桑君 : '장상長桑'이 성이고 군은 존칭으로 편작의 스승이라 할 수 있다. 편작이 젊은 시절 남의 객사에서 사장을 지냈는데 객사에 장상군이 와 있었다. 편작은 장상군을 특별한 사람이라고 여겨 정중하게 대하였고, 장상군 역시 편작이 비범함을 알아보았다. 장상군은 객사를 드나든 지 10여 년이 되었을 때 은밀히 편작을 불러 약을 주며 "이 약을 땅에 떨어지지 않은 깨끗한 이슬이나 빗물에 타서 마신 후 30일이 지나면 사물을 꿰뚫어 볼 수 있게 되네"라고 하였다. 그리고 비전의 의서를 모두 편작에게 주고 사라졌다. 편작은 이 약을 먹고 사람의 오장육부와 병근을 훤히 들여다 볼 수 있게 되었다.

41 扁鵲 : 고대 명의. 본명은 진월인秦越人으로, 춘추 전국시대 동쪽 일부 지역에서는 뛰어난 의술을 가진 자를 흔히 편작이라고 불렀다.

42 倉公 : 태창공太倉公. 제齊나라 태창太倉의 장관으로 성은 순우淳于 이름은 의意. 한나라 문제 시기의 명의. 사마천은 『사기』에서 「편작창공열전」을 지어 편작과 창공을 묶어 하나의 열전으로 지었다. 소식은 「차운전사인병기次韻錢舍人病起」 시의 맨 마지막 구절에서 '倉公飮上池'라고 하였다.

43 『태평광기』권165 「정여경鄭餘慶」 : 정여경은 청렴하고 검소하며 덕망이 높았다. 어느 날

것 등을 지적하였다. 이 외에도 소식의 실수를 지적한 것이 매우 많다.

소식의 시는 은하수를 도려낸 듯, 하늘의 무늬를 떼어온 듯[抉雲漢, 分天章], 샘물이 땅을 가리지 않고 솟아나오는 것 같다.[44] 패蒯를 부추라 하고, 교위校尉를 중랑中郞이라 하고, 편작扁鵲을 창공倉公이라 하고 여경餘慶을 회신懷愼이라 했다고 해서 명언이 되지 못하는 것도 아니고, 이치상 무슨 해가 있는가? 소식이 어찌 하나하나 배우고 연구하는 서생처럼 그림에 그려진 대로 천리마를 찾으며[按圖索驥][45] 규칙만 알고 변통을 모르겠는가!

또 소식은 사마천이 선진先秦의 고서古書를 두루 섭렵했다며 사족四族은 모두 참수를 당하지 않았을 것이라 하였다.[46] 그러나 엄유익은 「사흉편四凶篇」에서 소식의 견해가 근거없는 것이라고 하였다.

「노귤편盧橘篇」에서는 소식이 비파枇杷를 읊으면서 "노귤盧橘은 향인이라네[盧橘是鄕人]"[47]라고 했는데 무엇을 근거로 이렇게 말한 것인지 의문을 제기했다.

「창양편昌陽篇」에서는 소식이 「창포찬昌蒲贊」에서 도홍경陶弘景[48]의 말을 믿

그가 관원들에게 식사를 초대하였고 관료들은 모두 새벽같이 찾아갔다. 정여경은 시종에게 "주방에 푹 삶아서 털을 없애되 목은 꺾지 말라고 하여라"라고 하였고, 사람들은 서로 돌아보며 분명 거위나 오리를 삶는 것이라 여겼다. 잠시 후 식사가 나왔는데, 각 사람 앞에 조밥 한 사발과 삶은 조롱박[胡蘆] 한 줄기가 놓여 있었다.

44 소식은 「조주한문공묘비潮州韓文公廟碑」에서 "손으로 은하수를 도려내고 천장을 갈라놓았다[抉雲漢, 分天章]"라고 하였고, 또 「논문論文」에서 "내 글은 마치 아주 많은 양의 물이 저장되어 있는 샘물의 원천과 같아서, 땅을 가리지 않고 솟아나온다[吾文如萬斛泉源, 不擇地皆可出]"라고 하였다.
   ○ '운한雲漢'과 '천장天章'은 모두 아름답고 훌륭한 글에 대한 비유이다.

45 按圖索驥 : '안도색기按圖索驥'라고도 하며, 보통 어떤 일을 처리할 때 원리 원칙에 지나치게 얽매여 융통성이라고는 전혀 발휘하지 못하는 것을 비유한다.
   ○ 명마를 알아보는 뛰어난 안목이 있었던 백락伯樂에게 아들이 있었다. 어느 날 그 아들은 두꺼비를 보고는 백락에게 "좋은 말을 찾았습니다. 불쑥한 이마와 툭 튀어 나온 눈이 아버지가 쓰신 책에 있는 그대로이고, 단지 발굽만 조금 다르게 생겼습니다"라고 말하였다.

46 「오제본기」에서 사마천은 "순은 요에게 공공을 유릉으로 유배시켜 북적을 교화하게 하고, 환두를 숭산으로 쫓아내어 남만을 교화하게 하며, 삼묘를 삼위산으로 쫓아내어 서융을 교화하게 하고, 곤을 멀리 우산으로 추방하여 동이를 교화하게 할 것을 청하였다"고 하였다.

47 「真覺院有洛花, 花時不暇往, 四月十八日, 與劉景文同往賞枇杷」.

고서 창포를 창양昌陽이라고 했다며 이는 『본초本草』를 상세히 읽지 않은 것이라 망언하였다.

「고도편苦茶篇」에서는 "주나라 시에 고도苦荼라 기록되어 있네[周詩記苦荼]"[49]가 『이아爾雅』를 잘못 인용한 것이라고 했다.

「여고편如皋篇」에서는 "여고로 가며 한가롭게 꿩을 쏘아 맞추지 못했네[不向如皋閑射雉]"[50]가 『좌전左傳』의 두예 주에 부합하지 않는다며 강총江總의 "잠시 여고의 길을 갔네[暫往如皋路]" 구절과 같은 실수라 했다.[51]

「여지편荔枝篇」에서는 4월에 여지를 먹고 지은 시에서 여지의 형상을 매우 정교하게 묘사하기는 했지만,[52] 소식은 민 땅에 가 본 적이 없어 진짜 여지를 맛본 것은 아니며 이는 화산火山[53]일 뿐이라고 했다.

이 몇 가지 지적들은 어떤 것은 옳고 어떤 것은 틀린데, 근본적으로 큰 실수가 아니므로 모두 명확하게 따지고 들 만한 것들이 아니다.

마지막으로 「변파辨坡」편이 있다. 소식이 눈雪을 읊으면서 "흩날리는 꽃

48 陶弘景(456~536) : 남조 양나라의 은자. 자 통명通明, 호 은거隱居. 일찍이 관직을 사퇴하고 구곡산句曲山, 즉 모산茅山에 은거하여 학업에 정진하였으며, 유 · 불 · 도 삼교三教에 능통하였다. 특히 음양오행陰陽五行 · 역산曆算 · 지리地理 · 물산物産 · 의술본초醫術本草에 밝았다. 양나라 무제武帝의 신임이 두터웠으며, 국가의 길흉 · 정토征討 등에 대해 자문역할을 하여 산중재상山中宰相이라고 불리었다. 의학 · 약학의 저서에 『본초경집주본草經集注』가 있다.
49 「問大冶長老乞桃花茶栽東坡」.
50 「和梅戶曹會獵鐵溝」.
  ○ 『좌전 · 소공 28년』 : 옛날 가賈나라의 대부는 매우 못생겼으나 미인을 아내로 맞았다. 그러나 아내는 결혼한 지 3년이 되도록 가대부에게 한 마디 말도 건네지 않고 웃지도 않았다. 그가 하루는 아내를 수레에 태우고 고皋로 가 활로 꿩을 맞히자 그때야 비로소 그의 아내가 웃으며 말을 했다. 이에 가대부가 이렇게 말했다. "사람은 한 가지 재주라도 없으면 안 되니 만일 내가 활을 쏠 줄 몰랐으면 그대는 끝내 말도 하지 않고 웃지도 않았을 것이오."
51 '如皋'에서 '如'는 '가다往'의 의미이다. 그러나 소식은 '如皋'를 지명으로 사용하였다. 강총은 「치자반雉子班」이라는 악부시에서 "暫往如皋路"이라고 하여 '如皋'를 지명으로 사용하는 실수를 했다.
52 「四月十一日初食荔支」.
53 火山 : 여지의 일종. 채양蔡襄의 『여지보荔枝譜』에 의하면 "화산은 본래 광남廣南에서 나는데 4월에 익는다. 맛은 달면서도 시고, 과육이 적다"고 한다.

또 적선의 처마에서 춤을 추는구나[飛花又舞謫仙簷]"[54]라고 했는데, '흩날리는 꽃[飛花]'은 본래 이백이 술 마시는 흥을 돋궈준다는 의미로 사용했기에 눈과 관련된 전고가 아니라고 하였다.[55]

또 소식이 "물 아래 생황 소리는 개구리의 양부고취요[水底笙歌蛙兩部]"[56]라고 읊었으나 원래의 전고에는 '笙歌(생가)' 자가 없다고 하였다.[57]

* * * * * * * * * * * * * * * *

54 「謝人見和前篇二首」 제1수.

술잔을 나누며 나약한 나를 속였지만,	已分酒杯欺淺懦,
감히 시의 격률로 심오함과 엄밀함을 다툴 수가 있으랴?	敢將詩律鬪深嚴.
어부의 도롱이 읊은 구절 아름다우니 한 폭의 그림 같고,	漁簑句好應須畫,
눈이 버들 솜 같다 한 비유 뛰어나니	柳絮才高不道鹽.
소금 같다 하지 않았네.	
해진 신발 아직 동곽선생 발에 그대로 있고,	敗履尙存東郭足,
날리는 꽃은 또 적선의 처마에서 춤을 추는구나.	飛花又舞謫仙簷.
서생이 하는 일이란 참으로 우습나니,	書生事業眞堪笑,
추위를 참고 시 읊느라 붓끝이 다 망가졌구나.	忍凍孤吟筆退尖.

○ 소식은 매 구절 눈과 관련된 전고를 인용하였다. 세 번째 구는 당나라 시인 정곡鄭谷의 「설중우제雪中偶題」 중 '강가에 느지막히 와 그림 그릴 만한 곳 어부는 도롱이 하나 걸치고 돌아가네[江上晩來堪畫處, 漁人披得一簑歸]'라는 구절을 응용한 것이다. 네 번째 구절은 『세설신어·언어言語』편에 나오는 전고이다. 사안謝安이 눈 내리는 추운 날 집안에 모여 아이들과 함께 문장을 강론하고 있었다. 잠시 뒤 갑자기 눈이 펑펑 내리자, 사안이 기뻐하며 말했다. "흩날리는 흰 눈이 무엇과 같은가?" 형의 아들인 호아胡兒가 말했다. "공중에 소금을 뿌린다고 하는 것이 거의 비슷할 듯 합니다." 그러자 형의 딸이 말했다. "버들솜이 바람에 일어난다고 하는 것만 못합니다." 다섯 번째 구절은 『사기·골계열전』에 보이는 전고이다. 동곽선생은 오랫동안 공거公車에서 조서를 기다리고 있었으므로 빈곤하여 굶주리고 추위에 떨었으며 옷은 해지고 신도 온전치 못하였다. 눈 속을 가면 신이 위는 있어도 밑이 없어서 발이 그대로 땅에 닿았다. 사람들이 이를 보고 웃자 동곽선생은 이렇게 말했다. "누가 신을 신고 눈길을 가는데 겉은 신발이지만 그 밑창을 사람의 발처럼 보이게 할 수 있겠는가?"

55 이백, 「題東谿公幽居」

아름다운 새 봄을 맞아 후원에서 노래하고,	好鳥迎春歌後院,
흩날리는 꽃잎은 술동무 되어 추녀 앞에서 춤을 추네.	飛花送酒舞前簷.

56 「贈王子直秀才」.

57 『남사南史·공치규전孔稚圭傳』: 공치규의 정원은 풀이 무성해도 자르지 않았다. 개구리 울음 소리가 들리자 혹자가 "진번陳蕃이 되려는 것입니까?"라고 물었다. 공치규가 웃으며 대답했다. "나는 이를 양부고취兩部鼓吹로 생각할 뿐이지 어찌 진번을 본받으려는 것이겠소."

○ 진번陳蕃 : 후한後漢 시기 낙안樂安과 예장豫章의 태수를 지냈다. 평소에 방을 쓸지 않으면서 "대장부가 마땅히 천하를 맑게 해야지 어찌 방이나 쓸고 있겠는가"라고 했다.

○ 兩部鼓吹 : 임금이 신하에게 특별한 은사恩賜를 내릴 때 연주하는 성대한 음악을 말한다.

엄유익은 소식이 꽃을 빌려 눈을 노래하고 개구리 울음 소리를 생황 노래에 비유한 것을 이해하지 못했는데, 그러한 것이 바로 소식의 뛰어남이다.

"푸른 언덕이 물에 잠겨 초개^{草芥}처럼 작아진 것을 바라본다^{坐看靑丘吞澤芥}"⁵⁸, "푸른 언덕이 운몽택에 잠겨 초개^{草芥}처럼 작다^{靑丘已吞雲夢芥}"⁵⁹, '芥개'자를 써서 운을 맞추고 '澤芥택개'로 '溪蘋계빈'과 대구를 만들었으니⁶⁰ 정교하고도 신선하다. 그러나 엄유익은 이 전고의 출처인 '曾不蔕芥'에서의 '芥'는 '작은 가시'이지 '草芥'의 의미가 아니라고 했다.⁶¹

소식이 "백을 알면서 흑을 지키는 것을 '곡^谷'이라 이름한다^{知白守黑名曰谷}"⁶²고 한 것에 대해, 또 엄유익은 이는 노자의 말⁶³로 노자가 "천하의 골짜기가 된다^{爲天下谷}"고 한 것은 자신을 비우고 낮춘다는 상징적인 의미이지 이름을 '谷'이라 한 것은 아니라고 했다. 이런 식으로 문장을 논하는 것은 너무 얕은 식견이다.

10. 인심을 얻는 방법 曹馬能收人心

조조^{曹操}가 직접 오환^{烏桓64}을 공격할 때 여러 장수들이 모두 말했다. 그

양부^{兩部}는 음악을 연주할 때의 좌부^{坐部}와 입부^{立部}를 지칭한다.

58 「次韻滕元發許仲途秦少遊」.

59 「復次放魚前韻答趙承議陳敎授」.

60 '坐看靑丘吞澤芥'의 다음 구절은 "自慙黃潦薦溪蘋'로, '澤芥'와 '溪蘋'이 대를 이룬다.

61 사마상여^{司馬相如}, 「자허부^{子虛賦}」: 가을에는 청구산^{靑丘山}에서 사냥하고, 자유롭게 바다 밖에서 소요하면, 운몽^{雲夢}과 같은 것은 여덟 개나 아홉 개쯤 삼켜도 그 가슴속에는 일찍이 가시만큼도 걸리는 것이 없다.[秋田乎靑邱, 傍偟乎海外, 吞若雲夢者八九其於胸中, 曾不蔕芥.]

62 「谷庵銘」.

63 知白守黑 : '白'은 지식의 밝음을 이르고 '黑'은 침묵하여 지혜를 나타내지 않음을 이름. 밝은 지식을 가지고 있으면서도 이를 나타내지 않고 대우^{大愚}의 덕을 지키는 일을 말한다.
　○『노자』28장 : 백을 알면서 흑을 지키면 천하의 모범이 된다.[知其白, 守其黑, 爲天下式.]

64 烏桓 : 북방민족. 흥안령^{興安嶺}에서 요하^{遼河} 상류 유역의 초원지대에 걸쳐 유목생활을 하였으나 중국 농경민과의 접촉으로 농경생활을 하기도 하였다. 중국과는 현재의 하북성^{河北省} 장가구^{張家口} 근처에서 교역을 하였으나, 207년 위^魏나라 조조^{曹操}의 공격으로 멸망하였다.

후 조조는 승리하고 돌아와 전에 말렸던 사람이 누군가를 자세히 물었다. 사람들이 그 이유를 알지 못해 모두 두려워했다. 그런데 조조는 자신을 말렸던 사람들 모두에게 후한 상을 내리며 말했다.

> "내가 오환을 공격해서 이긴 것은 하늘이 도운 요행이지 정상적인 것이라 할 수 없소. 여러 장수들이 나를 말린 것은 나를 위한 계책이었소. 때문에 상을 주는 것이니 훗날에도 어려워 말고 의견을 내도록 하시오."

위魏나라가 오吳나라를 정벌할 때 세 번 공격했는데 여러 장수들이 많은 의견을 올렸다. 천자가 상서尚書 부하傅嘏를 불러 묻자 부하가 말했다.

> "장수들이 상을 바라고 먼저 싸운 뒤에 전략을 세우려고 하니 이것은 안전한 책략이 아닙니다."

그러나 병권을 쥐고 있던 사마사司馬師65는 그 말을 듣지 않았고 세 번을 공격했으나 모두 실패했다. 조정에서는 오나라 공격을 주장한 장군들에게 벌을 내려야 한다는 여론이 형성되었다. 사마사가 말했다.

> "내가 부하의 말을 듣지 않아 이렇게 되었으니 이는 나의 잘못이다. 여러 장수들이 무슨 잘못이 있겠는가?"

그러고는 모두 용서했다. 사마사의 아우 사마소司馬昭66가 당시 감사監事로

---

65 司馬師(208~255) : 위魏나라 상국相國 사마의司馬懿의 장자. 자 자원子元. 249년 아버지 사마의를 도와 출병하여 당시 실력자 조상曹爽과 그 일족을 제거하였다. 251년 사마의가 죽자, 당시 황제인 조방曹芳으로부터 대장군 벼슬에 임명되었다. 이후 아버지보다도 더 많은 권세를 누렸고 그 권력은 황제를 이미 뛰어넘었다. 이에 위기감을 느낀 조방이 사마사 제거 계획을 세웠다가 발각되었고 사마사는 조방을 제왕齊王으로 강등, 폐위시키고 고귀향공高貴鄕公 조모曹髦를 새 황제로 앉혔다. 255년 관구검毌丘儉이 황제 폐위에 대한 죄를 물으며 군사를 일으키자 직접 출병하였다가 진중에서 사망하였다. 훗날 조카 사마염司馬炎이 서진西晉 초대 황제에 올랐다.

66 司馬昭(211~265) : 서진西晉 초대 황제 무제武帝 사마염司馬炎의 아버지. 자 자상子上. 사마의司馬懿의 둘째 아들로 형인 사마사가 죽은 뒤 정권을 장악했다. 그 후 조환曹奐을 황제로 옹립함으로서 사실상 모든 전권을 갖게 되었고 이를 토대로 자신 스스로를 진왕晉王에 봉하였다. 죽고 몇 달 뒤 아들 사마염이 위나라를 대신해 칭제稱帝하여 진晉나라를 세우자 문제文帝로

있었는데 사마소의 작위를 삭탈하는 것으로 이 일을 마무리 지었다.

옹주雍州자사 진태陳泰가 병주并州에 칙서를 보내 함께 오랑캐를 토벌할 것을 요청했다. 사마사는 그 의견을 따랐다. 그런데 군사가 소집되기도 전에 옹주와 병주의 오랑캐가 먼저 반란을 일으켰고, 사마사는 조정 대신들에게 사과했다.

> "이는 나의 잘못이다. 진태의 잘못이 아니다."

이 때문에 사람들은 모두 사마사의 태도를 존경했다.

이후 사마소는 수춘壽春에서 반란을 일으킨 제갈탄諸葛誕[67]을 토벌하는 군대를 파병했다. 왕기王基가 군사를 이끌고 막 도착해서 성을 포위했다. 아직 전투가 개시되지 않았을 때 사마소는 왕기에게 군사를 거두고 공격하지 말 것을 명령했다. 왕기가 여러 차례 공격을 청했으나 사마소는 왕기에게 군사를 이끌고 북산北山으로 가라고 했다. 왕기는 당시의 상황을 보고 다음과 같이 상소했다.

> 험난한 지형에 의지할 수 있는 곳으로 진영을 이동시킨다면 군심이 동요되어 대세가 불리해 질 것입니다.

사마소는 이 건의를 받아들였다. 수춘이 평정된 후 사마소는 왕기에게 이러한 편지를 보냈다.

> 처음에 공격하자는 의견을 내었을 때 여러 의견이 분분했는데, 군대를 철수시키자는 사람이 많았소. 당시 나는 전선에 있지 않아 형세를 잘 알 수가 없었고, 군사를 옮겨 수비에 치중하는 것이 옳다고 생각하였소. 그러나 장군은 상황을 옳게 파악하고 자신의 주장을 굽히지 않았소. 비록 위로는 명령을 어기고 아래로는 여론을 거슬렀으나 결국 적을 무찌르고 적장의 수급을 베었으니, 옛날의 훌륭

추존되었다.

67 諸葛誕(?~258) : 위나라의 장수. 자 공휴公休. 사마사를 도와 큰 공을 세운다. 권신 사마소가 황제를 마음대로 폐위하는 것을 보고 격분하여 수춘壽春을 근거지로 위나라에 반란을 일으켜 오나라에 신하의 예를 갖추었는데, 사마소司馬昭에게 패한 뒤 살해당했다.

한 장수라도 그대보다 뛰어날 수 없을 것이오.

그러나 훗날 사마소는 동관東關에서 싸움에 지고 여러 사람들에게 물었다.

　"누가 책임을 져야 하는가?"

왕의王儀가 대답했다.

　"최고 지휘자에게 책임이 있습니다."

사마소는 대노하였다.

　"그대는 나에게 죄를 씌우려는가?"

왕의를 끌어내어 참수하였다. 얼마나 어이없는 일인가!

　조조와 사마사·사마소는 간신이다. 이는 말할 필요가 없다. 그러나 군사를 지휘할 때 명예는 다른 사람에게 미루고, 오명은 자신이 뒤집어쓰는 것으로 여러 사람들의 지혜를 모았으니, 누가 그를 위해 전심전력하지 않겠는가?

　원소袁紹는 전풍田豐[68]의 건의를 듣지 않았다가 관도官渡 전투[69]에서 조조에게 크게 패했다. 원소는 의당 자신을 책망하고 전풍에게 사과해야 했음에도 불구하고 이렇게 말했다.

　"내가 전풍의 말을 듣지 않았다가 결국 웃음거리가 되었다."

· ·

68　田豐 : 원소袁紹의 모사謀士. 자 원호元皓. 원소를 설득하여 조조曹操의 후방을 공격할 것을 간언했지만, 원소는 아들 병을 핑계로 허락하지 않았다. 이에 그는 지팡이로 땅을 치며 "우연한 기회는 얻기도 어려운데, 어린아이의 병으로 기회를 잃을 줄이야! 애석하도다!"라고 하면서 원소의 무능함과 자신의 뜻이 받아들여지지 않음을 한탄했다고 한다.

69　官渡 전투(200~201) : 199년 요동遼東의 공손찬公孫瓚을 격파한 원소는 다음 해 대군을 인솔하고 남하하여, 당시 헌제獻帝를 옹립하고 하남성河南省의 허창許昌에 할거하고 있는 조조와 맞붙게 되었다. 조조는 관도官渡에 진을 치고 원소의 대군을 맞이하여 책략과 기습으로 격파하였다. 조조는 이 싸움으로 화북의 지배를 확립하고 세력을 한층 더 강화하게 되고, 크게 패한 원소는 분에 못이겨 죽었다.

결국 전풍을 죽였다. 원소가 나라를 잃고 군사를 잃은 것은 자초한 일이다.

11. 촉땅을 점령했던 장수들의 비참한 말로 取蜀將帥不利

파촉巴蜀[70]이 중국과 통한 이후, 이곳을 차지하고서 조정의 명령을 듣지 않고 마음대로 명령을 내린 무리들은 기껏해야 다음 대代까지 이어지다가 모두 멸망했다. 그리고 동쪽에서 군대를 이끌고 이곳으로 왔던 자들도 대부분이 뛰어난 장수들이었지만, 불리한 상황에 처해 결국 죽거나 폄적되었다.

한나라 조정이 공손술公孫述[71]을 토벌할 때 대장이었던 잠팽岑彭[72]과 내흡來歙은 자객의 화를 당했고, 오한吳漢도 거의 죽을 뻔했었다.

위나라가 유선劉禪[73]을 공격했을 때 대장이었던 등애鄧艾[74]와 종회鍾會[75]는

●
용재수필

....

70 巴蜀 : 진한秦漢시기에 파·촉 두 군郡을 설치하였다. 지금의 사천성四川省이다.

71 公孫述 : 후한 때의 군웅. 자 자양子陽. 처음에는 왕망王莽을 섬겼으나, 전한前漢 말 경시제更始帝가 반란을 일으키자, 성도成都에서 군사를 일으켰다. 촉蜀·파巴나라를 평정하고, 25년 스스로 천자라 칭하고 국호를 성가成家라고 하였다. 36년 후한의 광무제光武帝에게 패하여, 일족과 함께 멸망하였다.

72 岑彭(?~35) : 건무建武 8년(32), 광무제에게는 농隴(지금의 감숙성)의 외효隗囂와 촉蜀의 공손술公孫述 등 2개의 지방군벌이 남아있었다. 잠팽이 농을 공격할 때 광무제는 잠팽에게 이런 서한을 보냈다. "농의 성을 함락한 후 바로 군사를 거느리고 남쪽으로 촉을 쳐라. 사람은 만족할 줄을 모르기 때문에 고통스러운 것이다. 이미 농 지역을 평정했는데 다시 촉을 바라게 되는구나." 잠팽에게 보낸 이 서한에서 '득롱망촉得隴望蜀'이라는 성어가 유래하게 된다. 결국 잠팽은 외효와 공손술을 정벌하였으나 성도成都 부근에서 공손술이 보낸 자객에게 살해당했다.

73 劉禪(207~271) : 유비의 적자 장남. 자 공사公嗣. 후주後主라고도 불린다. 유비의 뒤를 이어 황제가 되었다. 재위 당시 유선의 나이가 어려 국정은 제갈량諸葛亮이 보필했으며, 이후 제갈량이 사망하자 동윤董允·장완蔣琬·비의費禕·강유姜維 등 중신들이 국정을 맡았다. 위나라 등애鄧艾가 공격해오자 위나라에 항복하였고 낙양으로 이주하여 안락공安樂公에 봉해졌다.

74 鄧艾(197~264) : 위나라의 명장. 자 사재士載. 경원 4년(263) 위나라는 촉나라를 정벌하였다. 사마소가 대장군이 되어 총지휘를 맡고, 등애는 촉의 장수 강유와 대치하도록 했다. 등애는 유선의 항복을 받아내었다. 등애는 촉을 평정한 형세를 타고 오나라를 평정해야 한다고 사마소에게 상소를 올렸고, 사마소는 보고를 해야 하므로 즉시 시행하지 못한다고

모두 멸족 당했다.

오대 후당시기 장종莊宗이 왕연王衍[76]을 공격했을 때 초토사招討使였던 위왕魏王 이계급李繼岌과 대장 곽숭도郭崇韜[77]·강연효康延孝는 모두 죽임을 당했다.

송나라가 맹창孟昶[78]을 공격했을 때 대장이었던 왕전빈王全斌과 최언진崔彥進도 모두 상을 받지 못하고 축출되었다가 10년 후 복직되었다.

12. 이교와 양재사 李嶠楊再思

이교李嶠[79]·양재사楊再思는 당나라 중종中宗시기의 재상이다. 모두 아첨으

....

답했다. 등애는 재차 상소를 올려 "만일 나라의 명령을 기다린다면 길에서 오가며 시간을 끌 뿐"이라며 일상적인 규정에 구애되어 성공의 기회를 잃을 수 없다고 했다. 종회鍾會는 등애의 행동이 반역에 해당하며 변란의 징조가 있다고 했고, 결국 등애는 구금되어 경사로 압송되었다. 등애 수하의 장수와 병사들이 압송하는 수레를 추격하여 등애를 구하였으나 결국 위관衛瓘에게 죽음을 당했다.

75 鍾會(225~264) : 위나라의 장군. 자 사계士季. 등애와 함께 촉을 멸망시키는데 결정적 역할을 하였다. 그러나 종회는 등애에게 모반의 조짐이 있다고 말하고는 정작 자신이 촉을 차지하고자 반란을 일으켰고, 결국 병사들의 손에 죽임을 당했다.

76 王衍 : 5대 10국 시대 10국의 하나인 전촉前蜀의 후주後主. 사천절도사였던 왕건王建은 903년 당나라로부터 촉왕蜀王의 지위를 하사받았고, 907년 후량後梁에 의해 당나라가 멸망되자 왕건은 칭제하였다. 918년 왕건이 죽자 계승권 다툼이 일어났고 최종적으로 왕건의 막내아들인 왕연이 제위를 계승하였다. 925년 후당의 침입으로 멸망하였고, 왕연은 장안으로 호송되던 중 살해되었다.

77 郭崇韜 : 후당의 재상. 자 안시安時. 이존욱이 후당後唐을 건국하자 추밀사樞密使까지 올랐다. 양梁나라를 멸망시키는 데 일등의 공을 세웠다. 시중侍中에 올라 성덕절도사成德節度使를 지냈고, 월국공越國公에 봉해지고, 지위가 장상將相을 겸했다. 위왕魏王 이계급李繼岌을 도와 전촉前蜀을 멸망시켰으나 환관의 모략에 빠져 피살되었다.

78 孟昶(919~965) : 오대 후촉後蜀의 후주後主. 후촉을 건국한 맹지상의 셋째 아들. 재위 30년간 중원에 일이 많았지만 촉의 험난한 지세를 거점으로 무사할 수 있어 사치와 음란에 빠졌다. 송나라 태조 건덕乾德 3년(965) 송나라에 항복하고, 포로로 경사로 끌려 와 검교태사겸중서령檢校太師兼中書令에 임명되고 진국공秦國公에 봉해졌다.

79 李嶠(645~714?) : 당나라 재상. 자 거산巨山. 측천무후 때 내준신이 적인걸의 옥사를 일으켰을 때 그의 무죄를 변론했다가 윤주사마潤州司馬로 쫓겨났다. 얼마 뒤 입조하여 봉각사인鳳閣舍人이 되었는데, 국가의 중요한 문서들은 대개 그가 주관하였고 정치문화 양면으로 중용되었지만 측천무후가 죽은 뒤 실각했다. 중종中宗 신룡神龍 초에 통주자사通州刺史로 폄적되었지만 몇 달 뒤 소환되어 재상에 올랐다. 예종睿宗이 즉위하자 다시 폄적되었고, 얼마 뒤 나이를 이유로 치사致仕했다. 현종玄宗 때 여주별가廬州別駕로 쫓겨났다가 죽었다.

로 환심을 사서 재상의 자리를 지켜 세상으로부터 비난을 당했으나, 칭찬할 만한 구석도 있다.

측천무후 시기, 이교가 급사중^{給事中}이었을 때 내준신^{來俊臣}이 적인걸^{狄仁傑80} 등을 모함하여 감옥에 갇혀 곧 사형에 처해질 때였다. 무후는 이교와 대리소경^{大理少卿} 장덕유^{張德裕}, 시어사^{侍御史} 유헌^{劉憲}에게 칙서를 내려 사건을 다시 심리하도록 했다. 장덕유 등은 적인걸 등의 억울함을 알았으나 감히 이견을 내놓지 못했다. 그 때 이교가 말했다.

"그가 억울하다는 것을 알면서도 변론해 주지 않는다면 이는 의리를 보고도 행하지 않는 것입니다."

결국 장덕유와 유헌 두 사람은 적인걸의 억울함에 대해 말하였다. 무후의 뜻을 거슬렀기 때문에 이교는 윤주사마^{潤州司馬}로 폄적되었다. 그러나 적인걸 등은 이교 덕분에 사형에서 벗어날 수 있었다. 이교의 이 같은 행동은 매우 어려운 일이었으나, 『자치통감』에 수록되어 있지 않다.

신룡^{神龍81} 초, 주요 관직에 공석이 생기자 집정대신은 순서대로 자신의 친척을 등용하고자 했다. 위거원^{韋巨源}이 관리를 임명하는 문서를 작성하는 일을 맡고 있었다. 임명을 받은 10명 중 양재사^{楊再思}도 들어 있었다. 양재사가 나머지 9명이 어떤 사람이냐고 묻자 모두 재상의 친속이라고 대답했다. 양재사는 한숨을 쉬며 말했다.

"우리가 세상 사람들에게 잘못하는군요!"

위거원은 "지금은 이렇게 할 수밖에 없다"고 했다. 양재사의 이 말은

---

80 狄仁傑(630~700) : 측천무후 시기 재상. 자 회영^{懷英}. 적인걸은 중종을 다시 세우도록 무후에게 건의하여 당 왕조의 부활에 공을 세웠다. 측천무후에게 직간하여 정치의 기강을 바로세웠을 뿐 아니라, 민생을 안정시켜 백성에게 존경을 받았다. 새로운 인재들을 추천하여 정치의 기풍을 쇄신하였다. 700년, 적인걸이 죽자 측천무후는 그에게 문창우승^{文昌右丞}의 직위와 문혜^{文惠}라는 시호^{諡號}를 내렸다.

81 神龍 : 당나라 중종 시기 연호(705~707).

자신의 허물을 말한 것이다. "과오를 보고 그 사람이 어진지 아닌지를 알
수 있다"[82] 했으니 그의 이러한 행동은 칭찬할 만한 것이다.

---

82 『논어·이인里仁』: 사람의 과실에는 저마다의 유별이 있으므로 잘못을 보면 인자仁者인지
아닌지를 알 수 있다.[人之過也 各於其黨 觀過斯知仁矣.]

1. 漢重蘇子卿

漢世待士大夫少恩, 而獨於蘇子卿加優寵, 蓋以其奉使持節, 褒勸忠義也。上官安謀反, 武子元與之有謀, 坐死。武素與上官桀、桑弘羊有舊, 數爲燕王所訟, 子又在謀中, 廷尉奏請逮捕武, 霍光寢其奏。宣帝立, 錄群臣定策功, 賜爵關內侯者八人, 劉德、蘇武食邑。張晏曰:「舊關內侯無邑, 以武守節外國, 德宗室俊彦, 故特令食邑。」帝閔武年老子坐事死, 問左右:「武在匈奴久, 豈有子乎?」武曰:「前發匈奴時, 胡婦實産一子通國, 有聲問來, 願因使者贖之。」上許焉。通國至, 上以爲郎, 又以武弟子爲右曹, 以武著節老臣, 令朝朔望, 稱祭酒, 甚優寵之。皇后父、帝舅、丞相、御史、將軍皆敬重武。後圖畫中興輔佐有功德知名者於麒麟閣, 凡十一人, 而武得預。武終於典屬國, 蓋以武老不任公卿之故。先公繫留絶漠十五年, 能致顯仁皇太后音書, 蒙高宗皇帝有 「蘇武不能過」之語。而厄於權臣, 歸國僅陞一職, 立朝不滿三旬, 訖於竄謫南荒惡地, 長子停官。追誦漢史, 可爲痛哭者已。又案武本傳云:「奉使初還, 拜爲典屬國, 秩中二千石。昭帝時, 免武官。後以故二千石與計謀立宣帝, 賜爵。張安世薦之, 卽時召待詔, 數進見, 復爲典屬國。」然則豫定策時, 但以故二千石耳。而霍光傳連名奏昌邑王時, 直稱典屬國, 宣紀封侯亦然, 恐誤也。

2. 昔賢爲卒伍

三代而上, 文武不分, 春秋列國軍將皆命卿, 處則執政, 出則將兵, 載於詩、書、左傳, 可考也。然此特謂將帥耳, 乃若卒伍之賤, 雖賢士亦爲之, 不以爲異。魯哀公時, 吳伐魯, 次于泗上。微虎欲宵攻王舍, 私屬徒七百人, 三踊於幕庭, 卒三百人, 有若與焉。杜預云:「卒, 終也, 謂於七百人中, 終得三百人任行也。」或謂季孫曰:「不足以害吳, 而多殺國士, 不如已也。」乃止之。此蓋後世斫營劫寨之類, 而有若亦爲之。齊伐魯, 冉求帥左師, 樊遲爲右, 季孫曰:「須也弱。」有子曰:「就用命焉。」謂雖年少, 能用命也。冉有用矛於齊師, 故能入其軍。杜預云:「言能以義勇也。」皆孔門高弟, 而親卒伍之事, 後世豈復有之。

용재수필

3. 兵家貴於備豫

晉盜盧循據廣州, 以其黨徐道覆爲始興相, 循寇建康, 以爲前鋒。初, 道覆遣人伐船材於南康山, 至始興賤賣之, 居人爭市之, 船材大積, 而人不疑。至是悉取以裝艦, 旬日而辦。蕭衍鎮雍州, 以齊室必亂, 密修武備, 多伐材竹, 沈之檀溪, 積茅如岡阜, 皆不之用。中兵參軍呂僧珍覺其意, 亦私具櫓數百張。衍旣起兵, 出竹木裝艦, 葺之以茅, 事皆立辦。諸將爭櫓, 僧珍出先所具者, 每船付二張, 爭者乃息。魏太武南伐盱眙, 太守沈璞以郡當衝要, 乃繕城浚隍, 積財穀, 儲矢石, 爲城守之備。魏攻之, 三旬不拔, 燒攻具退走。古人如此者甚多, 道覆雖失所從, 爲畔渙之歸, 然其事固可稱也。

4. 渠陽蠻俗

靖州之地, 自熙寧九年收復唐溪洞誠州, 元豐四年, 仍建爲誠州, 元祐二年, 廢爲渠陽軍, 又廢爲寨, 五年復之, 崇寧二年, 改爲靖州。始時渠陽縣爲治所, 後改屬沅州而治永平。其風俗夐與中州異。蠻酋自稱曰官, 謂其所部之長曰都幙, 邦人稱之曰土官。酋官入郭, 則加冠巾, 餘皆椎髻, 能者則以白練布纏之, 曾殺人者謂之能。婦人徒跣, 不識鞋履, 以銀、錫或竹爲釵, 其長尺有咫。通以班𧜱布爲之裳。紀歲不以建寅爲首, 隨所處無常月。要約以木鐵爲契。病不調醫, 但殺牛祭鬼, 率以刀斷其咽, 視死所向以卜, 多至十百頭。凡昏姻, 兄死弟繼, 姑舅之昏, 他人取之, 必賄男家, 否則爭, 甚則讎殺。男丁受田於酋長, 不輸租而服其役, 有罪則聽其所裁, 謂之草斷。凡貸易之逋, 甲不能償, 則掠乙以取直, 謂之準掣。長少相犯, 則少者出物, 謂之出面。言語相詆, 則虛者出物, 謂之裹口。田丁之居, 峭巖重阜, 大率無十家之聚。遇讎殺則立柵布棘以受之。各有門款, 門款者, 猶言伍籍也, 借牛綵於鄰洞者, 謂之拽門款。方爭時, 以首博首, 獲級一二則潰去, 明日復來, 必相當乃止。欲解仇, 則備財物以和, 謂之陪頭煖心。戰之日, 觀者立其傍和勸之, 官雖居其中, 不敢犯也。敗則走, 謂之上坡。志在於掠, 而不在於殺, 則震以金鼓, 而挺其一隅。縱之逸, 謂之趐。敗者屈而歸之, 掠其財而還其地, 謂之入地。兵器有甲胄、標牌、弓弩, 而刀之鐵尤良。弩則傅矢於弦而偏架之, 謂之偏架弩, 其利侔中土神臂弓, 雖暑濕亦可用。凡仇殺, 雖微隙必發, 雖昔釁必報, 父子兄弟之親不避也。子弟爲士人者, 隸於學, 讎殺則歸, 罷則復來。荊湖南、北路如武岡、桂陽之屬傜民, 大略如此。

5. 寄資官

內侍之職, 至于幹辦後苑, 則爲出常調, 流輩稱之曰苑使。又進而幹辦龍圖諸閣, 曰閣長。其上曰門司, 曰御藥, 曰御帶。又其上爲省官, 謂押班及都知也。在法, 內侍轉至東頭供奉官則止, 若幹辦御藥院, 不許寄資, 當遷官則轉歸吏部。司馬公論高居簡云:「舊制, 御藥院官至內殿崇班以上, 即須出外, 今獨留四人, 中外以此竊議。」言之詳矣。後乃

不然，逮其遷帶御器械可帶階官，然後盡還所寄之資。至於宣慶諸使，遙郡防、團、觀察，其高者爲延福宮、景福殿承宣使。頃在樞密行府，有院吏兵房副承旨董球，於紹興三十二年正月尙未有正官，至四月，予接伴人使回，球通刺字來謁，已轉出爲武顯大夫。問其何以遽得至此，曰：「副承旨比附武顯郞，後用賞故爾。」蓋亦寄資也。

6. 親王帶將仕郞

薛氏五代史，梁太祖開平元年五月，皇第五男友雍封賀王。及友珪篡位，以將仕郞試祕書省校書郞賀王友雍爲銀青光祿大夫、檢校工部尙書兼御史大夫。以親王而階將仕郞，仍試衘初品，雖典章掃地之時，恐不應爾也。

7. 郡縣用陰陽字

山南爲陽，水北爲陽，穀梁傳之語也，若山北、水南則爲陰，故郡縣及地名多用之，今略敍於此。山之南者，如嵩陽、華陽、恆陽、衡陽、鎭陽、岳陽、嶧陽、夏陽、城陽、陵陽、岐陽、首陽、營陽、咸陽、櫟陽、宜陽、山陽(屬河內郡，太行在北)、廣陽、辟陽、河陽、魯陽、檟陽、零陽、巫陽、東陽、郚陽、郴陽、揭陽、弋陽(屬汝南郡，弋山在西北。)當陽、青陽、黔陽、壽陽、麻陽、雲陽、美陽、復陽、(在復山之南。)、上曲陽、(在常山。)下曲陽、(在鉅鹿。)稠陽、(在五原。)原陽。(在雲中。)水之北者，馮翊之池陽、頻陽、郃陽、沈陽，扶風之杜陽，河東之大陽、(在大河之北。)平陽、(在平河之陽。)、太原之晉陽、汾陽，及河陽，洛陽，滎陽、偃陽、渭陽、淮陽、汶陽、濟陽、襄陽、滏陽、漁陽、遼陽、泗陽、伊陽、永陽、滁陽、潮陽、澧陽、灌陽、汧陽、洮陽、沭陽，東郡之濮陽、東武陽，潁川之潁陽、昆陽、舞陽，汝南之汝陽、鮦陽、細陽、灈陽、滇陽、新陽、安陽、博陽、成陽，南陽之育陽、涅陽、堵陽、蔡陽、筑陽、棘陽、比陽、朝陽、湖陽、紅陽，江夏之西陽，廬江之尋陽，九江之曲陽，濟陰之句陽，[音鉤，句瀆之丘。]沛郡之穀陽、扶陽、漂陽，魏郡之繁陽，鉅鹿之堂陽，清河之淸陽，涿郡之高陽、饒陽、范陽、勃海之浮陽，濟南之般陽、朝陽，泰山之東平陽、東武陽、寧陽，北海之膠陽，東海之開陽、曲陽、都陽，臨淮之射陽、蘭陽，丹陽之丹陽、陵陽、溧陽，豫章之鄡陽、鄱陽，桂陽之耒陽、桂陽、湞陽，武陵之無陽、辰陽、酉陽、零陽，零陵之洮陽，漢中之旬陽、沔陽、安陽，犍爲之江陽、武陽、漢陽，金城之枝陽，天水之略陽、阿陽，安定之涇陽、彭陽，北地之泥陽，上郡之定陽，雁門之沃陽，劇陽，上谷之沮陽，漁陽之要陽，遼西之海陽，右北平之夕陽、聚陽，蒼梧之封陽，趙國之易陽，膠東之觀陽，長沙之益陽，已上皆見漢書地理志。其水之下，必曰在某水之陽，合山水之稱陽者，百有五六十，至陰字則甚少，蓋面勢在背，自難立國邑耳。山之北者，唯華陰、山陰、龜陰、蒙陰、鄆陰、雕陰、襄陰，水之南者，汾陰、蕩陰、潁陰、汝陰、舞陰、濟陰、漢陰、晉陰、蒲陰、湘陰、溧陰、河

512

陰、湖陰、江陰、淮陰、團陰、 僅三十而已。若樂陽、南陽、合陽、被陽、富陽、(在
泰山者)、昌陽、建陽、(在東海者)、武陽之類, 尚多有之, 莫能知其爲山爲水也。

8. 杜畿李泌董晉

漢建安中, 河東太守王邑被召, 郡掾衛固、范先請留之。固等外以請邑爲名, 而內實
與并州高幹通謀。曹操選杜畿爲太守, 固等使兵絕陝津, 數月不得渡。畿曰:「河東有三
萬戶, 非皆欲爲亂也。吾單車直往, 出其不意, 固爲人多計而無斷, 必僞受吾。吾得居郡
一月, 以計縻之足矣。」遂詭道從郖津度, 固遂奉之。畿謂固、先曰:「衛、范, 河東之望
也, 吾仰成而已。」比數十日, 諸將斬固等首。

唐貞元初, 陝虢兵馬使達奚抱暉殺節度使張勸, 代總軍務, 邀求旌節。德宗遣李泌往,
欲以神策軍送之, 泌請以單騎入, 上加泌觀察使。泌出潼關, 鄜坊步騎三千布於關外,
曰:「奉密詔送公。」 泌寫宣以却之, 疾驅而前。抱暉不使將佐出迎, 去城十五里方出
謁。泌稱其攝事保城壁之功, 入城視事。明日, 召抱暉至宅, 語之曰:「吾非愛汝而不誅, 恐
自今有危疑之地, 朝廷所命將帥皆不能入, 故句汝餘生。」抱暉遂亡命。

宣武節度使李萬榮疾病, 其子迺爲兵馬使, 欲爲亂, 都虞候鄧惟恭執送京師。詔以東
都留守董晉爲節度使。惟恭權軍事, 自謂當代萬榮, 不遣人迎晉。晉既受詔, 即與僕從十
餘人赴鎮, 不用兵衛。至鄭州, 或勸晉且留觀變。有自汴州出者, 言不可入, 晉不對, 遂
行。惟恭以晉來之速, 不及謀, 去城十餘里, 乃帥諸將出迎。晉入, 仍委以軍政。久之, 惟
恭內不自安, 潛謀作亂, 事覺, 晉悉捕斬其黨, 械惟恭送京師。

觀此三者, 其危至矣。杜畿、李泌、董晉, 皆以單車入逆城, 從容妥定, 其智勇過人如
此。唐史猶譏晉爲懦弛苟安, 殆不然也。是時, 朝議以晉柔仁多可, 恐不能集事, 用汝州
刺史陸長源爲行軍司馬以佐之。長源性剛刻, 多更張舊事, 晉初皆許之, 案成則命且罷,
由是軍中得安。初, 劉玄佐、李萬榮、鄧惟恭時, 士卒驕不能禦, 乃置腹心之士, 幕於公
庭廡下, 挾弓執劍以備之, 時勞賜酒肉。晉至之明日, 悉罷之。謂之懦弛, 實爲失當。晉
在汴三年而薨, 長源代之, 即爲軍士所殺。向使晉聽用其言, 汴亂久矣。又李泌傳但云拜
陝虢觀察使, 開車道至三門, 及殺淮西亡兵, 於赴鎮事略不書, 亦失之也。

9. 嚴有翼詆坡公

嚴有翼所著藝苑雌黄, 該洽有識, 蓋近世博雅之士也。然其立說頗務譏詆東坡公, 予
嘗因論玉川子月蝕詩, 誚其輕發矣。又有八端, 皆近於蚍蜉撼大木, 招後人攻擊。如正誤
篇中, 撼其用五十本葱爲「種薤五十本」, 發丘中郎將爲「中郎解摸金」, 扁鵲見長桑君,
使飲上池之水, 爲「倉公飲上池」, 鄭餘慶烝胡蘆爲盧懷愼云, 如此甚多。坡詩所謂抉雲
漢, 分天章, 萬斛泉源不擇地而出。若用葱爲薤, 用校尉爲中郎, 用扁鵲爲倉公, 用餘慶爲

513

懷愼, 不失爲名語, 於理何害！ 公豈一一如學究書生, 案圖索駿, 規行矩步者哉！ 四凶篇中, 謂坡稱太史公多見先秦古書, 四族之誅, 皆非殊死, 爲無所攷據。 盧橘篇中謂坡詠枇杷云「盧橘是鄉人」, 爲何所據而言。 昌陽篇中昌蒲贊, 以爲信陶隱居之言, 以爲昌陽, 不曾詳讀本草, 妄爲此說。 苦荼篇中謂「周詩記苦荼」爲誤用爾雅。 如皋篇中, 謂「不向如皋閑射雉」, 與左傳杜注不合, 其誤與江總「暫往如皋路」之句同。 荔枝篇中, 謂四月食荔枝詩, 愛其體物之工, 而坡未嘗到閩中, 不識眞荔枝, 是特火山耳。 此數者或是或非, 固未爲深失, 然皆不必爾也。 最後一篇, 遂名曰辨坡。 謂雪詩云「飛花又舞謫仙檐」, 李太白本言送酒, 卽無雪事 ; 「水底笙歌蛙兩部」, 無笙歌字。 殊不知坡藉花詠雪, 以鼓吹爲笙歌, 正是妙處。 「坐看青丘吞澤芥」, 「青丘已吞雲夢芥」, 用芥字和韻, 及以澤芥對溪蘋, 可謂工新。 乃以爲出處曾不蔕芥, 非草芥之芥。 「知白守黑名曰谷」, 正是老子所言, 又以爲老子只云爲天下谷, 非名曰谷也。 如此論文章, 其意見亦淺矣。

10. 曹馬能收人心

曹操自擊烏桓, 諸將皆諫, 旣破敵而還, 科問前諫者, 衆莫知其故, 人人皆懼。 操皆厚賞之, 曰 :「孤前行, 乘危以徼倖, 雖得之, 天所佐也, 顧不可以爲常。 諸君之諫, 萬安之計, 是以相賞, 後勿難言之。」魏伐吳, 三征各獻計, 詔問尙書傅嘏, 嘏曰 :「希賞徼功, 先戰而後求勝, 非全軍之長策也。」司馬師不從, 三道擊吳, 軍大敗。 朝議欲貶出諸將, 師曰 :「我不聽公休, 以至於此, 此我過也, 諸將何罪！」悉宥之。 弟昭時爲監軍, 唯削昭爵。 雍州刺史陳泰求敕幷州, 幷力討胡, 師從之。 未集, 而二郡胡以遠役遂驚反, 師又謝朝士曰 :「此我過也, 非陳雍州之責。」是以人皆愧悅。 討諸葛誕於壽春, 王基始至, 圍城未合, 司馬昭敕基斂軍堅壁, 基累求進討, 詔引諸軍轉據北山。 基守便宜, 上疏言 :「若遷移依險, 人心搖蕩, 於勢大損。」書奏報聽。 及壽春平, 昭遺基書曰 :「初, 議者云云, 求移者甚衆, 時未臨履, 亦謂宜然。 將軍深筭利害, 獨秉固心, 上違詔命, 下拒衆議, 終於制敵禽賊, 雖古人所述, 不過是也。」將東關之敗, 昭問於衆曰 :「誰任其咎 ?」司馬王儀曰 :「責在元帥。」昭怒曰 :「司馬欲委罪於孤邪！」引出斬之。 此爲謬矣。 操及師、昭之奸逆, 固不待言, 然用兵之際, 以善推人, 以惡自與, 幷謀兼智, 其誰不歡然盡心悉力以爲之用！ 袁紹不用田豐之計, 敗於官渡, 宜悉己, 謝之不暇, 乃曰 :「吾不用豐言, 卒爲所笑。」竟殺之。 其失國喪師, 非不幸也。

11. 取蜀將帥不利

自巴蜀通中國之後, 凡割據擅命者, 不過一傳再傳。 而從東方舉兵臨之者, 雖多以得儁, 將帥輒不利, 至於死貶。 漢伐公孫述, 大將岑彭、來歙遭刺客之禍, 吳漢幾不免。 魏伐劉禪, 大將鄧艾、鍾會, 皆至族誅。 唐莊宗伐王衍, 招討使魏王繼岌、大將郭崇韜、康延

孝皆死。國朝伐孟昶, 大將王全斌、崔彥進, 皆不賞而受黜, 十年乃復故官。

12. 李嶠楊再思

李嶠、楊再思相唐中宗, 皆以諛悅保位, 爲世所詆, 然亦有可稱。武后時, 嶠爲給事中, 來俊臣陷狄仁傑等獄, 將抵死, 敕嶠與大理少卿張德裕、侍御史劉憲覆驗。德裕等內知其寃, 不敢異, 嶠曰:「知其枉不申, 是謂見義不爲者。」卒與二人列其枉。忤后旨, 出爲潤州司馬, 然仁傑數人竟賴此獲脫。嶠此舉可謂至難, 而資治通鑑不載。神龍初, 要官闕, 執政以次用其親。韋巨源秉筆, 當除十人, 再思得其一, 試問餘授, 皆諸宰相近屬。再思喟然曰:「吾等誠負天下。」巨源曰:「時當爾耳。」再思此言, 自狀其短, 觀過知仁, 亦足稱也。

찾아보기

찾아보기

● 인명 ●

/ 가 /

용재수필

용재수필

용재수필

용재수필

용재수필

용재수필

찾아보기

537

용재수필

• 지은이 •

홍매洪邁

저자 홍매洪邁(1123~1202)는 자는 경로景盧, 호는 용재容齋이며, 시호는 문민공文敏公으로 강서성江西省 파양鄱陽 사람이다. 홍매의 부친과 두 형들은 모두 당시의 저명 인사였다. 부친인 홍호洪皓는 금나라에 사신으로 갔다가 억류되어 15년 만에 송나라로 돌아왔는데, 고종 황제는 "한나라 시기 흉노에게 억류되었다가 19년 만에 돌아왔던 소무와 같은 충절"이라며 칭송하였다. 홍매의 두 형들 또한 재상과 부재상을 지낸 고위 관료이자 학자였기에 당시 '홍씨 삼 형제의 학문과 문학적 명성이 천하에 가득했다三洪文名滿天下'는 평판이 있었다.

홍매는 고종 소흥紹興 15년(1145) 박학굉사과博學宏詞科에 급제한 후 여러 관직을 거쳐 단명전학사端明殿學士로 관직생활을 마감하였다. 저작으로는 『이견지夷堅志』와 『만수당인절구萬首唐人絶句』, 『용재수필容齋隨筆』, 『야처류고野處類稿』가 있다. 또한 30여 년 동안 사관史官을 지내면서 북송 신종神宗, 철종哲宗, 휘종徽宗, 흠종欽宗 4대의 역사인 『사조국사四朝國史』와 『흠종실록欽宗實錄』, 『철종보훈哲宗寶訓』을 집필하였다.

• 옮긴이 •

홍승직洪承直

고려대 중문과를 졸업하고 동대학원에서 석사와 박사학위를 취득하였다. 현재 순천향대학교 중문과 교수로 재직하고 있다. 중국 섬서사범대학에서 방문학자로 연구한 바 있다. 주로 중국 고전 산문 분야를 연구 강의하며 중국 고전의 번역에 힘쓰고 있다. 『논어』, 『대학·중용』, 『이탁오평전』, 『분서』, 『아버지 노릇』, 『유종원집』 등의 번역서와 「유종원산문의 문체별 연구」, 「풍자개의 산문세계」, 「사부에 나타난 유종원의 우환의식」 등의 논문이 있다.

노은정盧垠靜

성신여대 중문과를 졸업하고 고려대학교에서 석사와 박사학위를 취득하였다. 현재 성신여자대학교 인문과학연구소 연구원으로 재직하고 있다. 중국 고전시 분야를 연구하며 중국 고전을 강의하고 있다. 『중국문학이론비평사』(선진편, 양한편, 수당오대편, 송원편, 명대편/ 공역), 『그림으로 읽는 중국고전』 등의 번역서와 「사시가의 연원과 범성대 『전원사시잡흥』의 시간」, 「양성재楊誠齋와 이퇴계李退溪 매화시의 도학자적 심미관」 등의 논문이 있다.

안예선安芮璿

순천향대 중문과를 졸업하고 고려대에서 석사를, 중국 푸단復旦대학에서 박사학위를 취득하였다. 현재 고려대와 순천향대에서 강의하며, 중국 고전 산문 분야를 연구하고 있다. 「구양수歐陽脩『신오대사新五代史』의 서사 기획 —『구오대사舊五代史』와의 비교를 중심으로」, 「『한서漢書』 중 한漢 무제武帝 이전 시기 서사 고찰 —『사기史記』와의 비교를 중심으로」 등의 논문이 있다.

한국연구재단
학술명저번역총서
[동 양 편] 615

용재수필 容齋隨筆 ❹ 용재사필 容齋四筆

초판 인쇄   2016년 7월   1일
초판 발행   2016년 7월 15일

지   음 | 홍매洪邁
옮   김 | 홍승직 · 노은정 · 안예선
펴 낸 이 | 하운근
펴 낸 곳 | 學古房

주   소 | 경기도 고양시 덕양구 통일로 140 삼송테크노밸리 A동 B224
전   화 | (02)353-9908   편집부(02)356-9903
팩   스 | (02)6959-8234
홈페이지 | http://hakgobang.co.kr/
전자우편 | hakgobang@naver.com, hakgobang@chol.com
등록번호 | 제311-1994-000001호

ISBN   978-89-6071-599-8   94820
            978-89-6071-287-4   (세트)

값 : 43,000원

■ 이 책은 2010년도 정부재원(교육부)으로 한국연구재단의 지원을 받아 연구되었음(NRF–2010–421–
  A00053).
  This work was supported by National Research Foundation of Korea Grant funded by the Korean
  Government(NRF–2010–421–A00053).

  이 도서의 국립중앙도서관 출판예정도서목록(CIP)은 서지정보유통지원시스템 홈페이지
(http://seoji.nl.go.kr)와 국가자료공동목록시스템(http://www.nl.go.kr/kolisnet)에서 이용하실
수 있습니다. (CIP제어번호 : CIP2016016156)

■ 파본은 교환해 드립니다.